多喜二の文学、世界へ

2012 小樽小林多喜二国際シンポジウム報告集

2011年 小樽商大 創立100

（小樽商科大学）

小樽商科大学創立百周年記念
2012 小樽 小林多喜二国際シンポジウム

小樽商科大学創立百周年記念
2012 小樽 小林多喜二国際シンポジウム

(小樽市奥沢墓地、墓前祭)

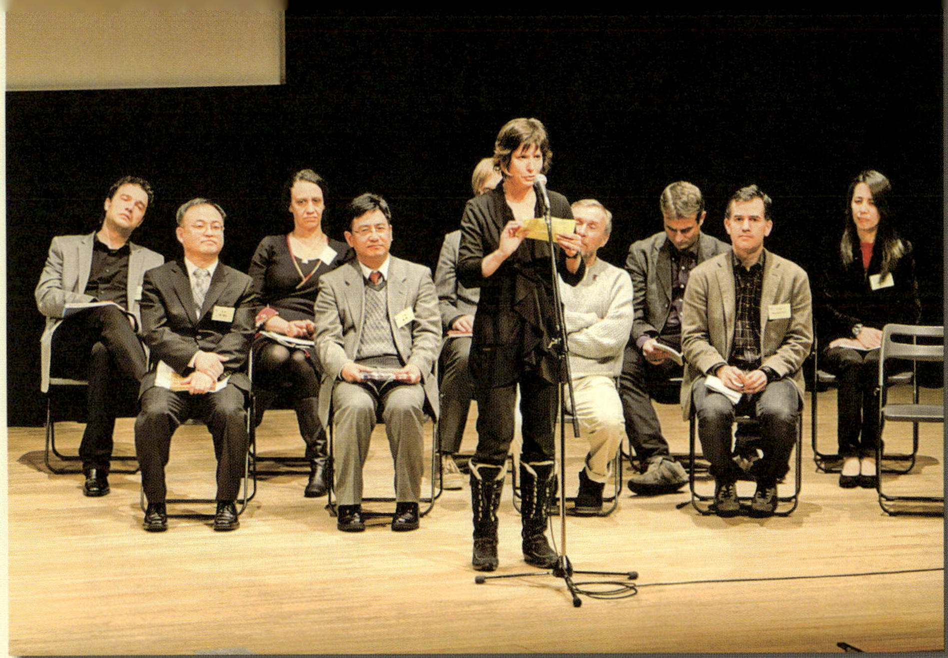

（記念講演会、小樽マリン・ホール）

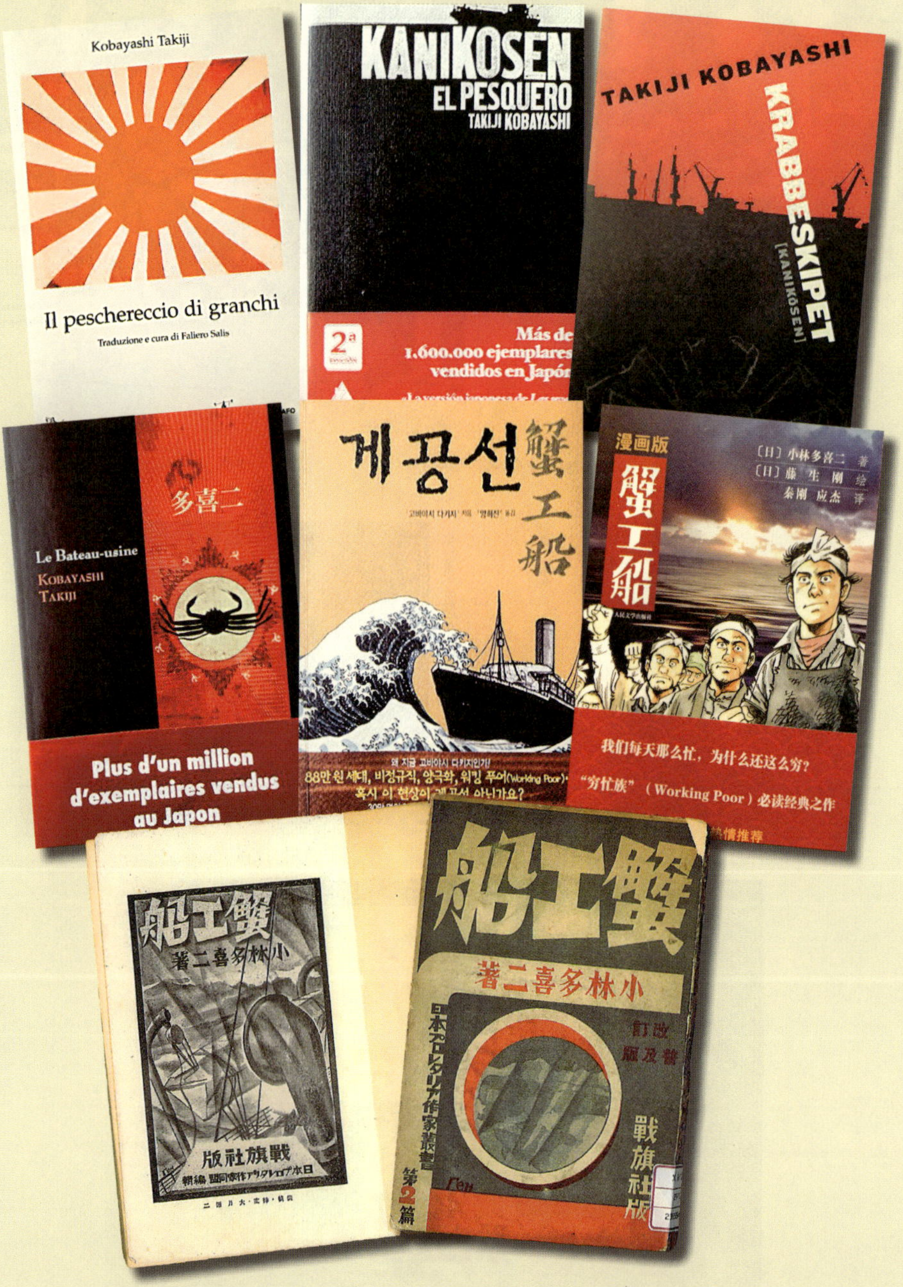

Kobayashi Takiji
Il peschereccio di granchi
Traduzione e cura di Faliero Salis
KANIKOSEN
EL PESQUERO
TAKIJI KOBAYASHI
Más de
1.600.000 ejemplares
TAKIJI KOBAYASHI
KRABBESKIPET
[KANIKOSEN]
多喜二
Le Bateau-usine
KOBAYASHI TAKIJI
Plus d'un million d'exemplaires vendus au Japon
게공선
蟹工船
漫画版
蟹工船
〔日〕小林多喜二 著
〔日〕藤生刚 绘
秦刚 应杰 译
我们每天那么忙，为什么还这么穷？
"穷忙族"（Working Poor）必读经典之作
蟹工船
小林多喜二著
戰旗社版
蟹工船
小林多喜二著
改訂 普及版
戰旗社版
第2篇

目　　次

山本　眞樹夫（小樽商科大学長）●ごあいさつ……………………………………1
荻野　富士夫●小樽小林多喜二国際シンポジウムの開幕に向けて……3

記　念　講　演

ノーマ・フィールド●小林多喜二を21世紀に考える意味……………7

第1分科会　多喜二文学の国際性

第1部　多喜二文学翻訳の可能性

ファリエーロ・サーリス（イタリア）●「蟹工船」の現在……………35
エヴリン・オドリ（フランス）●
フランス語『蟹工船』翻訳をめぐって…………………………………51
マグネ・トリング（ノルウェー）●「方言」と「歴史」
――『蟹工船』のノルウェー語翻訳について…………………………65
ジョルディ・ジュステ（スペイン）／小野　志津子●
スペイン語『蟹工船』翻訳をめぐって…………………………………69
梁　喜辰（韓国）●
『蟹工船』の韓国語訳をめぐる読者の階級認識………………………95

第2部　多喜二と国際プロレタリア文学運動

高橋　純●
多喜二生前の国際的評価：1932年に見られるその一端…………117
嘉瀬　達男●多喜二「母たち」の中国語訳の意義…………………133
ヘザー・ボーウェン=ストライク（アメリカ）●
国際モダン・ガールのジレッマと『安子』…………………………153
秦　剛（中国）●『戯曲蟹工船』と中国東北部の「留用」日本人
――中日戦後史を結ぶ「蟹工船」……………………………………169

第3部　多喜二の「反戦・平和・国際主義」をめぐって

サミュエル・ペリー（アメリカ）●フェミニズムを赤で書く：
姜敬愛の『人間問題』における文学的な矛盾………………………197
ジェリコ・シプリス（アメリカ）●多喜二の世界中の同志達………207
今西　一●『蟹工船』とマイノリティ………………………………211

第2分科会　多喜二「草稿ノート」を読み解く

第3分科会　多喜二研究の諸相

付　　録

ごあいさつ

小樽商科大学長
山本　眞樹夫

小樽商科大学は、2011年創立百周年を迎えました。本学が生んだ偉大な作家、小林多喜二に関する世界の研究者たちが集う、「2012小樽小林多喜二国際シンポジウム」が本学創立百周年記念行事の一環（大学歴では2012年3月末まで2011年度です。）として開催されることは、本学にとって大きな喜びです。

また、研究者や参加者の皆様にとっても、多喜二が通い、勉学にいそしみ、そして感性を磨いた本学で、多喜二の息づかいを感じながら議論を展開することに、大きな意義を感じて頂けると思います。

数年前、わが国では多喜二の代表作である「蟹工船」のブームが沸き起こり、社会現象にさえなりました。表面的には、このブームは沈静化しているように見えますが、ブームが提起した問題はますます大きなものになっています。わが国の失業率は4%台ですが、若年層の失業率はその倍、また非正規労働の割合も突出して高く、失業者＋非正規労働者の割合は2人に1人近くになるという分析もあります。経済の構造的問題のしわ寄せが、若年層に集中しているといえましょう。

これは、わが国だけではなく世界的な状況であり、ツイッターやフェイスブック等のソーシャル・メディアの普及等とあいまって、アラブ世界や先進諸国での若者の抗議の基本的な要因と考えられます。こうした状況の下で、多喜二の文学を改めて多角的に読み解き、世界に発信することは大きな意義をもちます。

わが国は、昨年3月11日の東日本大震災、それにともなう福島原子力発電所事故という大きな困難に直面しています。いうまでもなく、今後の復旧、復興をになうのは若者たちです。若者たちが未来を語れる社会を作ることが、復興の要です。また、若者たちを教育する大学の使命です。そして、このシンポジウムの大きな目的といえましょう。

最後になりましたが、本シンポジウムの開催に多大な御尽力を頂いた関係者の皆様、そして御参加の皆様に深く感謝を申し上げます。本シンポジウムの成功を心より祈念しております。

2012年2月

小樽小林多喜二
国際シンポジウムの開幕に向けて

荻野　富士夫

二〇世紀末からの国際的な「格差社会」拡大は誰の目にも明らかとなり、それへの関心と批判は、二〇〇八年に至って、ワーキング・プアや「名ばかり管理職」などの現状告発とともに、「蟹工船」ブームを巻き起こし、一躍、小林多喜二を時の人とした。

そうした多喜二への現代的関心の気運醸成に寄与したのが、白樺文学館多喜二ライブラリーの過去四回におよぶ多喜二シンポジウム（東京〔2003、04〕、中国・保定〔2005〕、オックスフォード〔2008〕）であった。それらは多喜二研究の水準を大きく引き上げ、とくにオックスフォード・シンポは、「多喜二を単一の出発点としながら、池に広がる波のように、時空を貫いて多様な領域に広がる、多喜二研究のもたらす大きな衝撃力」（ヘザー・ボーウェン＝ストライクの総括）を示すことになった。この開催は、偶然にもリーマン・ショックと重なった。

第三回シンポジウムの準備過程において、関係者の間では締めくくりのシンポジウムを小樽で開催したいと話し合われていた。それを受けて、創立百周年を記念する事業の一つとして、多喜二の母校小樽商科大学の主催で、雪の二月に小樽小林多喜二国際シンポジウムが開催されることになった。三日間の日程で、三つの分科会と記念講演会が企画されている。

近年の多喜二浮上の社会的要因が国際的・構造的なものであることから、欧米・アジアの日本研究者にも注目され、独自の論点が提示されるとともに、中国・韓国・アメリカ・フランス・スペイン・イタリア・ノルウェーなどにおいては『蟹工船』を中心に新たな翻訳書が刊行されている。第一分科会では、こうした国際的な受容と評価・翻訳のあり方などについて、各国のプロレタリア文化運動研究などとも関連させ、比較文学の観点からの報告と討議をおこなう。七か国語の翻訳者が一堂に会し、多喜二文学の国際性を論議する様子は壮観であろう。

二〇一一年一月に刊行された『DVD版　小林多喜二　草稿ノート・直筆原稿』では、多くの多喜二作品の草稿段階での構想、その修正、原稿への推敲過程などが全面的に明らかになった。第二分科会ではこれを本格的に用い、『蟹工船』や「工場細胞」・「独房」などの具体的な草稿分析を通じて、新たな読みと論点の提示がなされる。

第三分科会では、若い世代の研究者によって多喜二小説への斬新なアプローチがなされるほか、北海道・北洋を舞台とする『防雪林』や『蟹工船』の独自な捉えかえしが試みられる。また、軍事的な観点から「北洋漁業」が概観される。

記念講演会では「小林多喜二を二一世紀に考える意味」と題して、ノーマ・フィールドさんが多喜二文学・思想の現代性や国際性、さらに普遍性と個性などについて語る。

この小樽でのシンポジウムが、これまでのシンポの成果を確かなものとして受け継ぐだけでなく、今後の多喜二研究をさらに進展させていくような、実質的で内容の濃いものとなることを願ってやまない。人文・社会科学全般にわたり、多喜二を読み・考えることが、現代の抱える諸問題と切り結ぶものであることを共有する場となりえることを希望し、期待する。

（『しんぶん赤旗』二〇一二年一月一八日掲載）

記　念　講　演

小林多喜二を21世紀に考える意味

ノーマ・フィールド

一　はじめに

まずは、小樽商科大学創立百周年につきまして、こころからお祝いを申し上げます。国内外からの小林多喜二研究者、小樽市民、さらに各地から多喜二に想いを寄せるみなさまとこうして一堂に会せることなど、たった十年前、多喜二を研究しようと思い立った頃にはとうてい想像もできませんでした。多喜二をテーマにした事業を百周年記念の柱のひとつにされた小樽商科大学に敬意をもって感謝いたします。

「百周年」とは区切りを現すことばですが、区切りは新たな始まりをも意味します。小樽商科大学とその前進の小樽高等商業学校と小林多喜二との関係は日本の近代史を振り返るのに貴重な材料を提供してくれるもので、その意義は百周年が過ぎたからといって消えるものではありません。在学中の多喜二は外国語、世界文学、そして当時新しい学問だった経済学から精力的に知識とともに物の見方を吸収し、また掛け替えのない仲間を得ました。後に発禁の書の著者となり、国家権力によって殺されたこの卒業生の記憶は密かに、しかしたしかに守られたように思えます。小林多喜二を世に送り出してかれこれ九〇年後に母校で彼の名を冠したシンポジウムが開催されることが、彼とこの大学で追求される学問との関係、これらと社会との関係が今後考察され続けることの契機になることを願っています。

今夜の話は、そうした営みに寄せるささやかな試みです。まずは今日顕著な社会動向のなかから多喜二の関心事を想起させるものを拾ってみました。多喜二のことばと合わせてみて、双方の意味が深まるのではないか、という期待からです。私たちが直面する危機は、多喜二の時代にすでに顕著であったか、すくなくても兆していた、という認識をもってのことですが、とはいっても、多喜二がいま起きていることをすべて予期していた、というのではありません。当時の社会構造を小説家と社会運動家の観察眼と具体的な想像力で多喜二は描いています。それを現在の状況と付き合わせることで、多喜二にはまだ見えなかった、あるいは名付けることができなかった現象が浮き彫りにされ、私たちが生きる「現在」の輪郭も部分的にではありますが、はっきりされるのではないか、ということです。

二　労働、消費、そして人間と機械の関係

小林多喜二の名も作品も長らく忘れ去られていましたが、一九二九年作の「蟹工船」があらためて、奇しくも人前に現れたのは四、五年前のことで、みなさんのご存じのところと思います。「奇しくも」、と言いましたが、この再現には偶然性とともに必然性がありました。ちょうど「貧困」、「非正規雇用」、あるいは「格差社会」などが不幸にもなじみ深い表現となっていた時期です。日本に限った話ではありませんが、今日に至って、展望が開けたとは到底言えません。「搾取」ということばは若い世代には耳慣れないものでしょうが、働く人たちが心身ともに搾り取られる労働条件を指しています。その例は世界各地で認められますが、ここで取り上げたいのは私たちがひごろほとんど無意識のうちに頼りにしている携帯、とくにスマホの元祖であるアップル社のｉフォンや最近爆発的な人気を博しているｉパッドなどの商品の製造状況です。昨年（二〇一一年）の十月、これらの開発に携わったカリスマ的存在スティーブ・ジョブス氏の死去が大々的に報じられたことは記憶に新しいでしょう。これらの器具は美しく、便利さの名目をはるかに逸脱した機能を満載していますが、彼の頭脳を離れて、私たちの手元に届くまでの道程は顧みられないままにきました。

しかしここ一年ほど、アップルその他ヨーロッパ、日本のハイテク企業（ソニー、東芝など）の部品製造を請け負う台湾企業で、中国に最も多くの工場をもつフォックスコン（富士康）社に批判が向けられ

るようになりました。日本文の記事を探してみたところ、英文の翻訳あるいは紹介記事のみ上がってきますが、そのいくつかを紹介してみましょう。CNNの取材に応じた四川省成都の工場に働く女性はこう語っています。「フォックスコンでは女性は男性のように働き、男性は機械のように働くと言われている。もっとはっきり言うと、女性は男性のように働き、男性は動物のように働いている。」（「中国フォックスコン従業員に聞く、アップル下請け工場の実態」http://www.cnn.co.jp/business/30005526.html）

また、「ニューヨークタイムズ」紙は中国下請け企業の労働条件をたびたび報道しています。その記事のひとつを中村芳子氏というファイナンシャル・プランナーがブログで紹介しています。

> 労働者がオーバータイムで働くのは日常茶飯事で、週7日働くこともある。
>
> 多くは会社の寮にすし詰めの生活を送る。一日立ち詰めのために仕事が終わった後歩けなくなることもある。正規に労働できない若年者がアップル社の製造に関わることもあるという。
>
> 労働者の健康状態に関心を払わない製造業者もある。2年前、Appleの部品供給会社で働く労働者137人がiPhoneのスクリーンを洗浄する化学洗剤でケガをした。昨年は7ヶ月の間にiPad工場で2回爆発があり4人が死亡、77人が怪我をした。この事故の前にApple社は工場の危険な環境を忠告されていたという。（「iPadを作る中国の工場　労働環境は…」http://alphaandassociates.blog.fc2.com/blog-entry-90.html。
>
> 元の記事は “In China, Human Costs Are Built into the iPad” http://www.nytimes.com/2012/01/26/business/ieconomy-apples-ipad-and-the-human-costs-for-workers-in-china.html?_r=1&pagewanted=all）

フォックスコンに批判が集中するのは不公平、中国の下請け労働市場では賃金もむしろ良い、という声も聴かれます。批判的報道に応えてアップル社の要請で捜査に入った独立組織・公正労協会（Fair Labor Association、略称FLA）の報告書は残業時間、残業手当、現場の安全性などの問題を指摘しています。（“Foxconn Investigation Report,” http://www.fairlabor.org/report/foxconn-investigation-report）改善措置も約束されていますが、そもそも捜査が不充分だった、と指摘する団体もある一方（SACOM, 法人による不正行為に反対する学生と研究者、“FLA Waters Down Rights Violations at Apple Suppliers,” http://sacom.hk/archives/931）、フォックスコン会長は上昇する人件費対策としてロボット導入の意図を発表しています。（“Migrant Workers in China Face Competition from Robots,” http://www.technologyreview.com/news/428433/migrant-workers-in-china-face-competition-from/）ということは、出稼ぎ労働者は機械と効率の良さを競わなければならなくなるわけです。

フォックスコンその他下請け工場の実態を具体的に知ることは難しいですが、労働条件の厳しさは充分想像できますし、また都市部の労働現場に期待を託して地方から出てくる若者の姿も容易に描くことができます。ブームとなった「蟹工船」のなかで、多喜二はいくつも忘れがたい過酷な場面を描いていますが、ここではフォックスコン工場などによりちかいと思える現状を描き出した一九三〇年作「工場細胞」の一節を見てみましょう。この作品の舞台は当時小樽で「北のフォード」と自負する北海製罐の工場をモデルにしたものです。工員たちもそこで働くことにプライドを抱いていますが、彼等を組織しようとする森本という登場人物の目にはこう映ります。

> ハンドルを握った労働者の何処から何処までが機械であり、何処から何処までが労働者か、それを見分けることは誰にも困難なことだった。
>
> そこでは、人間の動作を決定するものは人間自身ではない。［中略］ 工場の中では「職工」が働いていると云っても、それはあまり人間らしく過ぎるし、当たってもいない。――働いているものは機械しかないのだ。コンヴイヤーの側に立っている

> 女工が月経の血をこぼしながらも、機械の一部にはめ込まれている「女工という部分品」は、そこから離れ得る筈がなかった。
> このまゝで行くと、労働者が機械に似てゆくだけではなしに、機械そのものになって行く、森本にはそうとしか考えられない。（新装版「小林多喜二全集」3: 139）

さすが小説家の目と社会運動家の分析力を兼ね備えた多喜二の文ではないでしょうか。この一節の視点人物・森本は、捕まった後、警察と協力してしまいます。恋する女性の元にはやく戻りたかったのだ、と訴えますが、結局拒まれてしまいます。ひょっとしたら、人間が「機械そのものになっていく」宿命を肌身で感じてしまったことが寝返りの潜在的要因となったのかもしれません。それを短絡的に恋愛で解決しようとしたのではないか、と思えてきます。それは問題の解決ではなく、回避でしかないわけですが。

とまれ、ここには産業化が進むなか、人間が機械と合体していく過程がするどく捉えられています。フォックスコンのロボット導入企画は、人間が機械「そのものになっ」たあげく、機械が取って代わるシナリオにほかなりません。出稼ぎ労働者、とくに若い女性に果たされてきたのは単純作業で、もともと機械に適した動作です。（ちなみに、iパッドひとつ組み立てるのに三二五段階で五日間かかるそうです。“Migrant Workers in China Face Competition from Robots,” 同上）機械が人間に取って代わるのは産業化の歴史がくり替えし物語るところですが、近年はその逆もあるようです。二〇〇五年二月五日に放映され、話題になった「NHKスペシャル　フリーター放流」では、競争が特に激しい携帯電話産業においては、新機種を登場させるのに、いちいち新しい機械を製造するより、人間を使った方が安上がりとみなされている、という衝撃的な事実が紹介されました。こうした人間と機械の互換性が進むなか、機械が人間らしくなっていく側面もありますが、それよりずっと気になるのは人間が「機械そのものに成って行く」様子ではないでしょうか。（四川省の女性工員がまず男性を機械に例えて、つぎに動物として捉えているのは、動物も長らく機械の働きをさせられてきたことからきているのでしょう。ただ、働く動物とその飼い主のあいだには機械とは違った関係があるはずです。）また、人間と機械の関係を互換性として捉えるにせよ、合体として捉えるにせよ、いずれも「人間の機械化」を指していますが、その二つには微妙な差異があるように思えます。「合体」には生産サイドのみならず、iフォンやiパッドを手放せなくなった消費者の姿まで読み取れるのではないでしょうか。先に引用した「工場細胞」の一節は生産者を描いていますが、そのすぐ後に、森本は「人造人間」の発想に触れています。多喜二が生産者と並んで消費者の問題まで意識していたというのではなく、いま、私たちがこうした描写を前にしたとき、そこまで視野に入れるべきではないか、ということです。それは機械文明が生産者・消費者の関係や階級をも超えて、人類全体に及ぼす影響を認識することです。

しかし、一気に人類全体に思いを馳せる前に、多喜二の「機械の階級性」についての考察に注目してみましょう。「工場細胞」と同じ一九三〇年に発表された「『機械の階級性』について」という論文で彼はヨーロッパの一世代前の知識人や芸術家が機械文明に魅了されたことを以下のように捉えています。

> 勿論、私は構成派、未来派其他の芸術に於て、或いは先駆的に「機械」に関心を示したことを認めている。けれども、それ等の芸術が、機械そのものゝその後の益々大なる発展にも不拘、何故没落して行ったか、ということを考える。［中略］
>
> 機械の素晴らしい発達に、彼等は肩をたゝかれたのだ。珍らしいネクタイの柄を見出した時のように、この人たちは狂気の声をあげた。然しその場合、この人たちは、第一には、機械の位置とそれに関心を向けている自分の位置について考えても見なかったこと、第二には、鉄とマシン油の匂いしかしない工場の生産的機械を知らなかったこと、彼等の関心は従って汽車、キセン、アスファルトの上を走る自動車、又は飛行機等の消費的、享楽的機械であったこと。（蔵原惟人）。［中略］
>
> ——工場の「窓」から覗いてみて、機械の素晴しい特性に関

心する人。
——機械をいじっている労働者の立場から、機械の持っている特性に関心する人。（5: 185, 187）

「人類全体」に影響を及ぼす現象も、特定の人の「位置」によって、その影響の質が全くちがってくることを決して忘れてはならないのです。

三　民衆が立ち上がるとき、あるいはその困難

二〇一一年の秋、「ウォール街を占拠せよ」（オキュパイ）運動が世界の注目を集めました。当初、主流メディアは無視していましたが、オキュパイ運動がウォール街から全米に、さらに世界に広がっていくと、さすが黙殺できなくなりました。その光景はアメリカの主要月刊誌「アトランチック」が纏めた写真シリーズが鮮やかに伝えています。（全米は "Occupy Wall Street Spreads Beyond NYC" http://www.theatlantic.com/infocus/2011/10/occupy-wall-street-spreads-beyond-nyc/100165/ 世界は "Occupy Wall Street Spreads Worldwide" http://www.theatlantic.com/infocus/2011/10/occupywall-street-spreads-worldwide/100171/ 以下、写真番号は前者より）この写真集をクリックしていくと、多喜二の文章を彷彿とさせるものがたびたび目につきます。例えば、ハリケーン・カトリーナの自然災害と差別意識と当局の無能が引き起こした人災で有名になってしまったニューオーリンズのウォール街占拠・連帯パレードでは「資本主義は組織犯罪」というプラカードが見られます。（#39）あるいはロサンジェルスの盛大なデモ行進では「労働者には自らの党を！」や「警察は金持ちの手先」などというプラカードが見られます。（#13）八四年前の三月一五日、小樽で開催された小作人争議の講演会会場の様子に興奮した多喜二は恋人・田口タキにその様子を手紙でこう伝えています。

講演会へ行ったが、満員で入れず、表には武装した巡査が何十人も立って居《お》り、入れないでいる人々が何百人も立ち去りもしないで表にいるのだ。そしてそういう労働者の多くが如何に

進歩してきたか、ということは、その立ち話でも分かる。マルクスあたりの言葉などを使っていた袢纏《はんてん》の男もいた。兎《と》に角《かく》僕は興奮して帰ってきた。何でもやっぱり磯野が警察に金を出して、ウマくやっているそうだ。(荻野富士夫編「小林多喜二の手紙」56-57)

多喜二自身、労働運動家を含む社会科学研究会に参加していたし、そもそも講演会がいくつも開催されているなか、なぜこれほど驚いたのでしょう。もちろん、これは喜びの驚きです。私自身、これらの写真を観ながら、いつ、どうやって現在のアメリカでこうした表現が準備されたのだろう、とやはりうれしい驚きを覚えます。後から知ったことですが、オキュパイ運動は水面下でかなりていねいに準備されていたようです。それと同時に、ふたを開けてみて、いかに構造的な条件、とでもいいましょうか、が整っていたかを思い知らされます。どれほど多くのひとにとって今日の社会がたまらないものになっていたか。格差は広がるばかりで希望の萌しは全くない。オキュパイに参加した人たちの想いには毎週金曜日の官邸前脱原発デモ(二〇一二年七月現在)に集まる人たちの気持ちに通じるものがあるのではないかと思います。こうした現象を前にして、ふかい喜びを覚えるのも、人はいつか社会の不条理に抗して立ち上がる、と信じようとしても、待ち時間があまりに長くなると、諦めが定着してしまい、その諦めが消極性、あるいはシニシズムにすら化してしまうからです。

オキュパイ運動からは「階級」ということばこそ聞こえてきませんが、「99%対1%」という強力な図式が打ち出されました。大きな功績です。なぜならそれ以前は財政赤字以外話題として認められなかったからです。でも、この図式が定着しても、個々人が自分の立ち位置を定めるのはこれまた複雑なことです。警察官だってそうです。ウォール街のバリケードを突破しようとするデモ隊員めがけて警棒を突っ込む「白シャツ」の印象的な写真が先に挙げたシリーズに含まれています(#30)。固く結ばれた口元からは決意とも憎しみとも取れるものがあります。帽子には輝く金色のバンド。警棒を握る手は黒革の手袋に包まれて気味が

AP/Aflo

悪い。「白シャツ」は警部補。平のニューヨーク市警のユニフォームは紺で、したがって「青シャツ」とよばれ、帽子のバンドは目立たない黒。白シャツはとくに暴力的、という評判が立ちました。しかも、ジュリアーニ前市長のもとで、ウォール街の企業や証券取引所に白シャツを貸し出す制度ができたようで、これこそ「警察は金持ちの手先」を実証するようなものです。（“Financial Giants Put New York City Cops on Their Payroll” http://www.counterpunch.org/2011/10/10/financial-giants-put-new-york-city-cops-on-their-payroll/）#30の写真の中央にいる白シャツの背後には青シャツ数人の姿が見られ、さらに奥にはこちらを向いた黒人の青シャツがひとりいます。なにを考えているのでしょう。もちろん、マイノリティだからといって抗議者の見方とは限りません。でもこの間、自分たちはいったいどこに位置するのか、と立ち止まる警官はいたはずです。実際ゼネスト状態にちかかったカリフォルニア州オークランド市——太平洋岸有数の港町です——では市の警察官団体が「オキュパイ・オークランド」宛ての公開状で、自分たちも99%に属するのだ、と書いています。（"An Open Letter to Occupy Oakland from the Oakland Police Officers' Association　http://blogs.kqed.org/newsfix/2011/11/11/oakland-police-officers-association-to-occupy-camp-oakland-in-state-of-emergency/）だからこそ、「占拠者」の訴えは理解できるのだ、と。しかし、彼らが言う99%に対する1%とは富裕層ではなく、オークランド市の犯罪者なのです。犯罪から市民を守るという本来の仕事に戻れるよう、占拠をはやく止めてくれ、というのが公開状の趣旨です。犯罪の社会的分析を欠いている分、オキュパイ運動が打ち出した「99%対1%」とは決定的にずれていることがわかります。警察官だから仕方なかろう、と諦めてしまえばそれまでですが、違った前例が身近にあります。オキュパイ運動が檜舞台に現れる前の二〇一一年二月、ウイスコンシン州知事が財政赤字対策として、公務員組合の団体交渉権などを廃止しようとしました。世界各地で見受けられる、公務員を敵視する傾向に便乗したのかどうか、ともかく、消防と警察労働組合はその方針から免除されているにも関わらず、多くが教職員組合や他の公務員組合と共闘することを選びました。

「99%対1%」という体制下で秩序を守るべき警察官の意識は今後どう動いていくのでしょうか。こうした状況が孕む可能性を多喜二はプロレタリア作家としてのデビュー作「一九二八年三月十五日」で描いています。一九二八年一一月と一二月に発表されたこの小説は、その年の二月に行われた初の普通選挙の結果を受けて全国的に行われた日本共産党や労農党や組合関係者などに対する大弾圧の小樽での展開を題材にしています。留置所の一場面を見てみましょう。

> 頭の毛の薄い巡査が、青いトゲ〳〵した顔をして龍吉に云った。[中略]
> 「非番に出ると——いや、引張り出されると、五十銭だ。それじゃ昼と晩飯で無くなって、結局ただで働かせられてる事になるんだ。[中略] 俺達だって、本当のところ君等のやってる事がどんな事か位は、実はちアんと分ってるんだが……。(2: 193–94)

実際にこんな会話があり得たのでしょうか。確答はできませんが、むしろ、こうした台詞を書き込むことによって、多喜二は警察で働く人たちに労働者として目覚めることを示唆していたのではないでしょうか。しかも、巡査の口を借りて。

AP/Aflo

「占拠せよ」運動から最後の例として、ニューヨーク市の運動のキャンプ場となったズコッティ公園の通勤時の場面をご紹介します。（#28）色とりどりの寝袋や家財道具が覗くレジ袋などが散乱する中を通勤者四人の姿がクローズアップされています。足の踏み場が狭いのか、一列になって歩いています。ちょっと離れて最後方にはジャンパー姿の男性。小脇に折りたたみ傘、右手は携帯を耳に当てています。相手の話に集中している、といえなくもありませんが、その眼差しはむしろ周りの光景を相手に伝えているのではないか、と思わせます。数歩前はネクタイと背広姿の男性。右手にブリーフケースでいかにもウォール・ストリートという白髪。眉をひそめ、顔全体には嫌悪とともに、ほとんど恐怖に似たものが漂っています。すぐ前にはアジア系の若い女性。iポッドから流れる音楽に聞き入っているようですが、伏し目がちに足下の光景に注意を注いでいることがわかります。あきらかに妊娠中で、カジュアルな服装から弁護士でも銀行員でもないことが察せられます。彼女の前はアジア系の男性。ネクタイなし、大きなズックのバッグを肩から下げています。周囲を見ぬようにしているのか、まっすぐ先を見て歩いています。背広姿の男性がなにを考えているか、想像に難くありませんが、アジア系のふたりはどうでしょう。職に就くことができた移民、あるいはアジア系マイノリティとして、こうした運動に対して違和感すらあるかもしれません。場合によっては、その違和感は、自分たちにとってこうした運動に参加することのリスクが大きすぎる、という諦めかもしれない。だとしたら、自分たちのほんとうの居場所はどこなのだろう、という疑問も潜んでいるかもしれません。

こんな心境を多喜二はよく理解していました。それは先ほどの巡査の話が出てくる「一九二八年三月十五日」に、年齢も立場も異なる人物に即して表現されています。まず紹介したいのは、「お恵」という元教員の妻の思いです。夫・龍吉は労働運動参加のために職を失った後、益々熱心に組合に身を投じるにつれて、尾行されるようになります。ある晩、つかの間の眠りについた夫の顔を眺めながら、お恵はこんな思いにつかれます。

> 然し、やっぱり、そんなに苦しんで、何もかも犠牲にしてやって、それが一体どの位の役に立つんだろう。皆が昂奮すると叫ぶような、そんな社会――プロレタリアの社会が、そう〳〵来そうにも思えない、お恵はひょい〳〵考えた。幸子もいる、本当のところ、あんまり飛んでもない事をしてもらいたくなかった。夫のしている事が、ワザ〳〵食えなくなるようにする事であるとしか思えなく、女らしい不服が起きてくる事もあった。(2: 123)

お恵の夫・龍吉とともに拘束された男たちの中に「佐多」という若い銀行員がいます。みなさんは多喜二も小樽高商卒業後、銀行員だったことをご存じでしょうが、佐多は母親の大変な苦労の末、学校を出て、銀行に就職した、という人物です。彼は龍吉にこんな悩み事を打ち明けています。

——家には、佐多だけを頼りにしている母親が一人しかいなかった。その母は自分の息子が運動の方へ入ってゆくのを「身震い」して悲しんでいた。母親は彼を高商まであげるのに八年間も、身体を使って、使って、使い切らしてしまった。彼はまるで母親の身体を少しずつ食って生きてきたのだった。然し母親は、佐多が学校を出て、銀行員か会社員になったら、自分は息子の月給を自慢をしたり、長い一日をのん気にお茶を飲みながら、近所の人と話し込んだり、一年に一回位は内地の郷里に遊びに行ったり、ボーナスが入ったら、温泉にもたまに行けるようになるだろう、……今迄のように、毎月の払いにオド〳〵したり、言訳をしたり、質屋へ通ったり、差押さえをされたりしなくてもすむ。［中略］

毎日会社に通う。——月末にちゃん〳〵と月給が入ってくる。——何んとそれは美しい、静かな生活ではないか！（2: 143）

母親が夢見るものは彼女にとっては贅沢ですが、実際は誰もが保障されるべき安定した生活です。そう、戦後には日本国憲法第一三条の「幸福追求の権利」と第二五条の「健康で文化的な最低限度の生活を営む権利」で明記された内容です。この母親からいちど手にした贅沢な安定を取り上げることがいかに過酷であるかが私たちに伝わるよう、多喜二はていねいに描いています。

佐多自身、母親にちょくちょく「お前、そのう、主義者《しきしゃ》だか、なんだかになったんでないだろうねえ」（2: 144）と不安気に問いただされると、いらだつことしかできません。そのいらだちが彼自身の不安や迷いに由来していることもよくわかります。ちなみに、この小説が発表されてやく一年後、多喜二自身、北海道拓殖銀行小樽支店をクビになりますが、そのことを母に知られるのが辛くてしばらくは出勤する振りをしていました。まるで佐多を描いたときの感情移入が自分の心境の下準備になったかのようです。しかし、多喜二はちがった進路を選ぶことになります。佐多のほうは龍吉、そしてもちろん将来の多喜二自身とちがって、拷問も受けずに釈放されます。そして彼が見慣れた風景や耳に入る音を初めて体験するかのように新鮮な喜びで受け止める様子を多喜二は描いています。それは寛容というべきなのでしょうか。すくなくとも人にとっての質素な、しかそ根本的な喜びとはなにか、ということをしっかりつかんでいた多喜二の姿が見受けられます。

運動に参加することのコストを如実に物語る例をもう一つだけ挙げておきましょう。留置所の場面で、ある「浜人夫」の訴えです。

> 「浜の現場から引っぱられてきたんで、家でどッたらに心配してるッて思ってよ。俺働かねば嬶も餓鬼も食って行けねえんだ。」(2: 171)

この木村という男は、警察に「犠牲になって行く」役に指名されたとき、

> 「俺アそったら事して、一日でも二日でも警察さ引っ張られてみれ、飯食えなくなるよ。嫌だ！」[中略]「お前え達幹部みたいに、警察さ引ッ張られて行けば、それだけ名前が出て偉くなったり、名誉になったりすんのと違《ちが》んだ。」(2: 172)

「犠牲」とひとことでいっても、本人の意識によっていかにちがったものになるか、またその意識も生活環境によっていかに左右されるか、この作品はよく分析しています。

命までを運動に捧げた小林多喜二ですが、躊躇ったり、脱線したりする登場人物を切り捨てず、ていねいかつ説得的に扱っています。こうした努力はなにを意味するのでしょう。まず、人はどんなに苦しくても、例え生きるか死ぬかの瀬戸際におかれていても、明るいかもしれない、しかし未知の将来にかけるより、地獄のような、しかしなじみ深い現状にしがみついていく、ということを多喜二がしっかり把握していたこと。これは選択といえるかどうかはともかく、多喜二の作品には、社会

変革を目指す者にとって重たい事実が徹底して描かれています。でも、切り捨てず、ていねいに描いているからといって、躊躇ったり裏切ったりする行為を肯定しているわけではありません。「一九二八年三月十五日」もそうですが、知識人と労働者との間に生じるギャップなど、多喜二の作品は運動にありがちな問題をよく暗示するか具体的に取り上げています。こうして現実を尊重しながら理念を貫こうとする姿勢は、文学作品だからこそ可能だったと考えます。さまざまな登場人物を創造するに当たって、フィクションだからこそ、実験もでき、より精密に現実を探求できたのです。彼等、彼女たちの心の襞も仕草も言葉遣いも読者の共感をよび、自分の問題として捉えることを促す。多喜二が運動の一責任者としてものを書くときには別の責務があり、党派的になるのは当然のことでしょう。運動にはどちらも必要ではないかと考えます。

ところで、一年経ってマスコミはオキュパイ運動に目を背けてしまいました。もともと体制側も北半球の冬の到来に事の始末を期待していたことでしょう。しかし、二〇一一年の秋場のような大集会や泊まり込みはないにせよ、各地でさまざまな活動は続いています。あれだけのひとたちが「もう我慢できない！」と実感して立ち上がった状況は一年経って、さらに悪化しつつあります。この状況を多喜二が小説で捉えるとしたら、どんなものになるでしょう。「蟹工船」の締めくくりを思い出してください。「彼等は立ち上がった。――もう一度」。これは人類が存在する限り、繰り返されなければならない台詞、そして行為です。

四　福島～生活対生命の図式を超えることとは

「小林多喜二を二十一世紀に考える意味」という課題を引き受ける以上、福島原発事故を避けて通ることはできません。日本の近代史のみならず、地球の現在と未来を左右しつつある大災害です。私たちを含めて、現在と未来の生きものすべての運命を多かれ少なかれ形作る現象に関して、多喜二を引き合いに出せないとしたら、彼を「二十一世紀に考える意味」はない、と言っても過言ではないとすら考えています。逆に、福島原発事故がそれほど大きな課題であるなら、あらゆる事柄に対して同じ要求がなされ、それぞれの関わりが指摘されうることでしょう。でもこれではあまり大雑把にすぎます。どうしたら多喜二と福島を有意義に結ぶことができるでしょう。入り口はいくつか考えられます。戦後原子力に夢を託したリベラルあるいは左派科学者の検討や、日本共産党が核実験に対してとった姿勢、原発と科学技術に関しての方針、脱原発運動への参加などについての考察から遡ることもできるでしょう。それぞれ必要な作業ですが、ここではすでに取り上げた多喜二の作品から福島で起きていることを理解するヒントを引き出すとともに、福島で起きていることがいかに今後多喜二の作品の読みを深めていくか、ということを検討したいと考えます。

二〇一一年九月十九日に東京・明治公園で開催された「9・19さようなら原発5万人集会」で福島から参加した武藤類子さんのスピーチは人々のこころをつかみ、瞬く間にインターネットで世界に広がりました。なぜ武藤さんのことばはこんなに力を発揮したのでしょう。彼女自身は人から聴いたことを伝えただけ、と説明していますが、人から聴いたことにせよ、自身の体験にせよ、生活者として直面する3・11以降の実態が自ずと——と感じられるのですが——詩的ことばに凝縮されていることが大きな特徴として挙げられます。もう一つ大事なのは、その詩的ことばの連なりが鋭い分析を提示している、ということです。分析の根幹には「分断」の認識があります。例えば、9・19のスピーチにはこうあります。

すばやく張り巡らされた
安全キャンペーンと不安のはざまで
引き裂かれていく人と人のつながり。
(『福島からあなたへ』大月書店　11)

ちょうど日本中がひととき原発ゼロとなったころ、彼女は「分断」のモチーフをこう展開しています。

人々はどの情報を信じたら良いのか迷い、やがて分断されていきました。

国の無策が人々をさらに差別と分断に落ち込ませます。

人々は子どもたちの健康被害を心配しています。あらゆる防護が必要です。しかし、一方で障害を持つ人々は放射能による新たな差別や分断に危機感を募らせています。

人々の分断は、あらゆる部分に放射性物質が入り込むのと同じように入り込んでいきます。（二〇一二年五月五日、シカゴ大学で開催された「福島」シンポジウム。http://lucian.uchicago.edu/blogs/atomicage/2012/07/09/muto-ruiko-atomicage/）

それぞれの項目で、彼女は分断の具体例を挙げています。さらに、二〇一二年六月十一日、福島地方検察庁に「福島原発事故の責任を問う」告訴を行ったときの声明には「事故により分断され、引き裂かれた私たちが再びつながり、そして輪をひろげること」が告訴を求める意味のひとつに挙げられています。それは「傷つき、絶望の中にある被害者が力と尊厳を取り戻すこと」でもあるとされています。（http://kokuso-fukusimagenpatu.blogspot.jp/）

「9・19さよなら原発」のスピーチには「逃げる、逃げない。食べる、食べない」という、極めて象徴的な悩みが挙げられています。人にとってこれほど日常的な行為が、しかもいくら「失われた二〇年」を経てきたとはいえ、いまだに経済大国の一員である日本で、なぜこうも悩ましい選択の対象となるのでしょう。自明なことかもしれませんが、3・11以降、いろいろ見聞きしていると、「食べない」こと、「逃げる」ことを選択できるのは、おおむね経済力に因るようです。無論、頼れる親類縁者の有無や職種も条件となります。また、折角こどもが所謂いい学校に入学できた、あるいは年老いた親が新地に適応できない、ということもありましょう。しかし、見知らぬ所で食べていけないとしたら、それは決定的です。そこで、移転は出来ないとしても、できるだけ安全なものを食べよう、すくなくてもこどもには食べさせよう、と考えると、これまた家計の問題となります。逃げることもできなく、いかにも「安全・安心」ではなさそうなものを食べないわけにいかないとなると、そこからさらなる分断が生じます。つまり、原発事故は、「蟹工船ブーム」の契機ともなった経済格差を補強し、その意味することをさらに鮮明にした、といえないでしょうか。安全な水や食べ物が確保できないとなれば、毎日のことですから、心配していてはやりきれません。保育園や学校給食の安全性を案じる親は排除されたり、生産者（農家）は自らの健康を棚に上げて、問題のほとんどを「風評被害」に転嫁したりする構造ができてしまいました。そうなると、さらなる不安をもたらす情報は拒否するようになり、提供しようとする行為を迷惑に感じ、早い話、「安全神話」助長に廻る可能性すらあります。

福島の災害は、心配することができるかできないかまでが格差の一環となることを見せてくれています。今後、補償の有無などを含めて、分断は拡大するとしか考えられません。分断された人々は不安を分かち合うことも阻止しされ、ぎゃくに互いを抑圧するようになっていくでしょう。それはもともと補償負担を抑えようと避難区域を狭く設定した政府や東電の思う壺にほかなりません。原発立地パターンがそもそも地域格差を利用していたことを考えれば、問題の根の深さが察せられます。人は社会のどこに位置するかによって、生活と引き換えに生命を犠牲にしなければならないということです。

この「生活対生命」という構図は、現代社会では全く無用であっていいはずです。権力保持者が脅しのように押しつける選択です。原発を問うことは、日本社会の経済・政治権力構造、価値観と文化を問うことに他なりません。多喜二が生きていたら、必ず挑戦していたことでしょう。そう思いたいです。首相官邸前のデモに驚き、ツイッターでメッセージを発進して、「タキちゃん」を呼び出していたのではないでしょうか。果たして彼女がその呼び出しに応じることが出来たかどうか、これも社会構造全体に関わる問題です。

さまざまな形を取る「生活対生命」という図式ですが、労働条件に惹きつけて考えると、多喜二の 時代の「タコ部屋」を想起します。主に北海道のことですが、囚人労働が廃止された後、取って代わったのが「タコ部屋」です。別名「監獄部屋」からもおわかりになると思いますが、

「タコ」となった労働者は非人間的条件下で働かされ、逃げようとすればさらなる虐待や死までも覚悟しなければならない制度でした。多喜二自身、こどもの頃に近所の築港駅建築現場から逃げ出した「タコ」を見ています。一九二五年の「人を殺す犬」という作品でこうした労働現場を恐ろしく克明に描き、それを一九二八年にまさに「監獄部屋」と改題改作しています。なぜ「タコ」か、というと、説はいくつかありますが、蛸は必要に迫られれば自分の足も食べてしまう、という民間語源説があります。ブームとなった「蟹工船」で描かれた労働も、命がけの、いや命と引き換えのつかの間の雇用、といえるでしょう。「蟹工船ブーム」期には、現在の派遣労働が当時のものに匹敵するかどうか、議論もありましたが、要は食べていくために健康を犠牲にしても就かなければならない職、ということでしょう。

原発労働はその最たる例のひとつに違いありません。二〇一一年の暮れに刊行された『ヤクザと原発〜福島第一侵入記』の著者・鈴木智彦氏の感想がそれを端的に物語っています。インタビュー記事から引用します。

——フクイチを目の当たりにし、原発で働いた鈴木さんでさえ「脱原発とは言えない」と書かれたことが驚きでした。
鈴木　この目で見て、ここまで調べて、今のフクイチが「完全にアウトな状態」と分かっているのに、今すぐ「脱原発」って言えないのよ。それだけ原発というものが共同体に組み込まれていて、今の日本から原発を抜くのは相当に難しいし、実際に原発をなくしたら大変なことになる。今はフクイチから帰ってきたから、「基本的には原発はないほうがいいな」と言えるけど、オレみたいな一時的に働いただけの人間でも、あそこで友達もできたし、雇用を生み出しているのを見ると、「原発はいらない」とは言えなくなるんだ。オレも“原発ムラ”の一員になったということなんじゃないのかな。だから、地元の人なんてもっと言えないと思うよ。(「『持ち物検査は一切なかった』福島第一原発潜入ジャーナリスト・鈴木智彦の見た景色　後編」

取材・文＝小島かほり
「日刊サイゾー」http://www.cyzo.com/2012/02/post_9774.html）

この仕組みがいかに社会全体を支配しているか、原発災害こそ最も鮮明に私達に突き付けています。例えば、「放射能から子どもを守る@横浜」という団体は設立（二〇一一年七月一一日）に際しての心がけをこう表現しています。

子供の安全を確保することを目的としますので反原発、教科書問題、その他の**個人の主義思想に関わる問題は扱いません**（原文赤字）。

横浜市の給食や、幼稚園保育園の除染をなんとかするためには横浜市会最大与党の自民党に「Yes」を言わせなければなりません。

また、「反原発」を持ちだしてしまうと家族や親せきが、東電や原発関連企業に勤めているママや子供には、参加資格がなくなってしまいます。

東電に勤める親の子どもだって、みんな守られるべきだし、夫が原発関連の仕事をしているママだって、子供を守りたい気持ちに変わりはないはずです。

反原発を唱えずに、純粋に「子供たちを被曝から守るため」だけの団体を作りたいと考えています。

放射能から子どもを守るという目的に対してみんなが同じ方向を向いて、未来へ進んでいかれるように
（http://savekids-kanagawa.jimdo.com/）

「東電に勤める親の子どもだって、みんな守られるべき」とは当然のことです。「夫が原発関連の仕事をしているママ」だけでなく、親戚の仕事も気にしなければならない、しかし子どもは守りたい。「生活対生命」の図式を当てはめてみるなら、夫や親戚の生活に障らないよう注意しながら、子どもの命を守る、ということになるでしょう。一見生活も生命も犠牲にしない、好ましい行動計画です。しかしこの場合、生活の内容（原発関連事業）が生命を脅かすものと密接に関わっていることを忘れるわけにいきません。実際のところ、当事者も矛盾を感じているのではないか、と想像します。そして、この活動を続けていくなか、ひとりひとりでは考えたくない、ましてや口にできないこともちがって見えてくるかもしれません。

先ほど取り上げた「一九二八年三月十五日」の登場人物をもう一度思い出してみましょう。龍吉の妻お恵は、夫が政治活動のために教職を失い、雑貨屋を開いてどうにか安定した生活にこぎつけたのに、それも脅かすようなことをしている、と心配しています。拷問の実態を知ったら、命まで引き渡してしまうのか、と震え上がったことでしょう。お恵は毎日を子どもと一緒にどうにか無事に過ごせるなら、その毎日の質を問うことは断念しているようです。それに対して、龍吉は自分の生活が安定しても、まわりに見る不平等からくる苦しみは自分の毎日をも侵害するもの、と受け止めているようです。多喜二は龍吉の運動参加の理由は描いていませんが、充分想像できます。龍吉みたいな人にとって、生活と生命は区別されるものというより、双方関わり合い、個人的にも社会的にも統一した価値観に基づかなければ納得いかないのです。銀行員の佐多は龍吉のように生活と生命の統合を求めているようですが、なかなか治まりません。龍吉ほど確信はなく、母親の犠牲が意識に重くのしかかっています。浜人夫はどうでしょう。すぐ効果が期待できない運動に自分が参加して拘束されたその日から、家族が食べられなくなるのだ、と訴えます。蟹工船やタコ部屋や原発の下請け作業ほど過酷な労働を強いられていなくても、一日、一日生き延びる以上の余裕はなさそうです。お恵ともちがっていますが、やはり毎日の質を問うことはできません。

生活と生命の関係も、社会的位地によってかなりの分決定されることがわかります。窮地に追い込まれれば追い込まれるほど、生命は肉体的生存のみを意味するようになり、生活とはそれを今日明日引き延ばす手段になっていきます。そして今日明日の命を支える生活も、一年先、一〇年先の命と引き換えになってしまいかねません。生活と生命の意味を露骨な手段と目的の関係から解き放し、人間に相応しく、豊かなものにすることが可能かは、個々人の資質にもよりますが、おおかたは社会的条件によって決定されます。結局、「格差」、「階層」、「階級」とは「生活」と「生命」の対立をどこまで乗りこえられるか、その可能性あるいは限界の範囲を示す概念ともいえないでしょうか。龍吉とお恵、佐多やその母親、そして浜人夫はこの対立のさまざまな様相を示しています。

では、今を生きる私たち——つまり、福島第一原発災害がもたらした危機に瀕して生きる私たち——そういう私たちにこの問題を追求する余裕は可能なのでしょうか。フクイチに潜り込んだ鈴木氏は否定的ですし、日本政府他、世界のエネルギー産業に携わるほとんどの人も同じです。課題は資本主義と人類、いや、地球の存続にほかなりません。そこで、垣間見ていどしかできませんが、マルクスとエコロジーについて触れておきましょう。マルクスは近代主義者で、産業文明を肯定し、環境破壊にはむしろ鈍感だった、というイメージがつきものです。したがってマルクス主義とエコロジーは相容れないもの、となります。こうした常識に対して、ジョン・ベラミー・フォスターという研究者が先駆的な仕事をしてきました。(例えば『マルクスのエコロジー』という著作が二〇〇四年、こぶし書房から出ています。http://ratio.sakura.ne.jp/archives/2005/02/13171550/ にていねいな紹介があります。)
さきほどオキュパイ運動の写真を数枚とりあげましたが、フォスター氏はまさにあのズコッティー公園で「資本主義と破滅的環境災害」と題する講演をしています。(二〇一一年一〇月二三日。"Capitalism and Environmental Catastrophe" http://mrzine.monthlyreview.org/2011/foster291011.html) ここで彼は現在私たちが直面している最大の危機、つまり99%対1%の社会構造と環境破壊を合わせて考えようとしています。「破滅的環境災害」とは主に気候変動を指していますが、それがいかに絶え間ない成長を必要とする資本の論理に因るものか、端的に説明しています。「環境か雇用か」、というのは資本家が使う脅しですが、それに対して環境保全側はとかく曖昧な答えしか出していません。いいかえれば、資本家は「生活対生命」のどちらかを選べ、と突き付けますが、従来どちらかといえば生活に若干の余裕があるエコロジー側は、「生命」に重きを置いてきた、あるいはおきたそうな様子です。フォスターはこの図式そのものを拒否します。資本主義経済は内包する矛盾のため、ときには低迷し、危機に瀕することさえあり、それが環境にとって一時的に良いかもしれない。しかし、それは99％にとって、とくにその底辺にとってはたまらないことだ、と書いています。気候変動に対応するには、消費も生産も根底から考え直し、平等な社会を構築する以外の道はない、と確言しています。社会的正義の達成に地球の存続がかかっている、というわけです。「人間のコミュニティー」が「地球とのコミュニティー関係」を結ぶのでなければ救いはない、と。

科学技術を主に当てにするのではなく、いわば社会的社会変革を目指すフォスターは原発をもってして気候変動を解決しようとすることを「ファウスト的契約」ときっぱり拒絶します。（つまり、他の気候変動論者の多くと区別されます。）日本では「ファウスト的契約」を「ハイリスク・ハイリターン」と解されているようですが、中世から引き継がれてきたファウストのイメージには、魂を引き換えにした、つまり、掛け替えのないものを手渡してしまった、という要素が強く、それに対してはどんな「ハイリターン」もとうてい及ばない、というふうに解すべきだと思います。フォスターは社会変革抜きの技術依存を「狂気に近い幻想」と見なしています。

多喜二は機械の階級性を論じる一方、機械と合体したり、交換可能になったりする人間を念頭においていたことにさきほど触れました。つまり、機械と人間の関係には階級的側面もあれば人間全てに影響を及ぼす面もあることを認識していたのです。環境破壊の打撃は階級的位地によってちがっても、全人類の運命を左右せずにおきません。「生活」か「生命」かの選択を迫られること自体が福島の武藤類子さんがいう「分断」の根幹にあり、「生活対生命」の構図が現在の破滅路線を支えているとしたら、それを乗りこえずには未来はありません。1%に属する者が自ら生きものとしての弱さに気づくことが絶対不可欠です。というか、生きものであること自体に気づかなければならないのです。99%の上や中に位置する者は自分たちより下に置かれている人だけにこの選択を押しつけたり、自分たちも矛盾に満ちた妥協を我慢しつづけたりすることを乗りこえる決意が必要でしょう。これはこのごろよく強調されるひとりひとりの思考と決意だけでなく、お互いを支え合い、団結することを絶対に必要とします。

社会変革と地球の存続が不可分なところに到達した私たちです。これが二十一世紀の現実なのです。この課題から目を離さず、多喜二を読み続けようではありませんか。

＊＊＊

本稿は二〇一二年小樽小林多喜二国際シンポジウムにおいての記念講演を大幅に加筆したものである。現在進行中のことがらも扱っているので、講演以後に起きたことにも触れていることをご了承されたい。

小樽商科大学創立百周年記念事業としてこのシンポジウムは開催されたが、実り豊かなものであったことを痛感する。貴重な経験をさせていただき、小樽商科大学に重ねて感謝の意を表したい。また『百年史』の執筆を含め、企画から実施のすべてに関して尽力された荻野富士夫氏にこころから感謝する。例によって、たいへんお世話になった。いうまでもないかもしれないが、小樽と小林多喜二は切っても切れない縁。しかし自明なことに思えるのも多くの人の意志と努力のおかげだ。荻野氏も一員である小樽小林多喜二祭実行委員のみなさんに深い感謝の念を表したい。実行委員長の寺井勝夫氏、実行委員で歴史研究家の琴坂守尚氏には長年お世話になってきた。琴坂氏はシンポジウムの一月半ほど前に永眠された。ご冥福を祈る。

第1分科会

多喜二文学の国際性

第1部　多喜二文学翻訳の可能性

「蟹工船」の現在

ファリエーロ・サーリス

御挨拶

まず初めに、荻野教授には心からの感謝を申し上げたく思います。教授はこの集まりを開催するに当たって、非常に丁重かつ熱心に御尽力下さいました。また手厚くおもてなし頂いた小樽商科大学にも感謝しております。そして当然のことながら報告者や聴衆の皆さん御出席の方々全員に感謝いたします。小林多喜二の、文学者として、人間としての短くも激しい活動に対する関心と賞賛の念を、私は皆さんと分かち合うものです。

多喜二との出会い

この作家との「出会い」が起こったのは、二十年ほど前のことです。その頃私は大学生として、卒業論文を作成する準備をしていました。ここではしばらくの間、多喜二のように著しく政治的で「異端的」な作家を取り上げるように、当時の私の動かした思想的な動機のことには触れません。ここで私が唯一思い出したいことは、短編小説「人を殺す犬」を読んだ後で、私が非常に強い印象を受けたことです。自分の前にいるのは、書くことを真実と結びつける固い結び目をはっきりと提示することができる、そんな作家たちのひとりだ、物事のうわべの姿を超えてその先に入りこみ、社会の根底にある構造を見抜き、世界を覆い隠すヴェールを引き裂いて見せる、そうした芸術家たちのひとりだと感じたのです。

こうした最初の印象は、その後さらに強まっていきました。そしてそうした思いから、彼の代表作とされる作品を翻訳してイタリアの読者に向けて発表しようという考えが生まれました。(この翻訳は2006年に出版されました)。

日本の近代小説にとり非常に重要な里程標であるこの小説について、私なりの考えを、これからいくつか述べさせて頂きたいと思います。月並みで表面的な感想に終わってしまうかもしれませんし、私の研究に重大な見過ごしや避けがたい欠陥があることが明らかになるかもしれません。しかし、これからお話しするようなことを考えながら、私は翻訳作業をしました。ですから、この翻訳の長所であれ短所であれ、それはそこから生じたものです。今日の報告のために参考文献を参照することを、私は敢えてしませんでした。この作家に関しては学者や研究者たちによって莫大な参考文献が書かれていますし、そうした皆さんは明らかに私よりも豊富な資料に恵まれています。私が敢えてそれを参照しなかった理由は、今日私は、遠い昔の卒論の時期に自分がこの小説を読んでいる間に生まれた考察や印象をお伝えしたいと考えるからです。当時の私の読みは、利用することができたごく僅かな参考文献だけが頼りで、したがってその大半は著しく恣意的な読みとして否定されるべきものではあります。しかしそれでも、後になってそうした「直感」のいくつかは、幸いなことに、裏付けを得ることができたのです。

翻訳者から見た『蟹工船』の迫力

『蟹工船』を単なる小説としてだけ捉えるのは、まったくのところ妥当とは云えません。わたしたちの前に置かれているこの作品は、なによりもまず歴史記録文書とみなされるべきものであって、当時の日本の労働の現場というひとつの世界への扉を開く貴重な鍵なのです。日本はこの19世紀末という時点にあって、貪欲に迫り来る西洋に対しその門戸を開くことを余儀なくされ、自らが味わっていた劣等感を払拭すべく、国際社会の檜舞台に躍進しようという切迫した願望を抱える一方で、また他方では、後進的な、すなわち劣った東洋を支配すべく神意により選ばれた東洋の国家であると自任するまでに至っていた漠然とした優越感をも抱えていて、その双方の重みに苦しんでいました。この作品の偉大な点は、私の考えでは、修辞を廃したその簡潔さにこそあります。その簡潔さによって、作者は社会を糾弾する自分の主張を伝えることができ、またそれと同時に、その主張を高度な芸術的水準でもって作品中に浸透させることができたのです。

登場人物

その意図するところは明らかです。プロレタリアートの厳しい生活条件、労働者からの人間性の剥奪、労働者の段階的な「覚醒」、そして平和的ではあるが直接的な抗議手段としてのストライキというのが、この物語の登場人物たちがたどる歩みの各段階となっています。確固たるアイデンティティーを持たず、名前すら奪われた男たちは、「グループ」と呼ばれる全体のなかの単なる一部となり、プロレタリアート大衆という集団が織りなすモザイクのなかにあって他と取り替え可能な、名もないそのひとかけらとなっています。登場人物のなかには「英雄的な」行動によって読者の注意を自らの上に惹き付けるような人物は、だれひとりいません。そこにあるのは、農民や、鉱夫、学生、土方、漁民たちが無秩序にひしめきあう姿ばかりです。そして、そのひとりひとりが貧困と苦悩に押しひしがれたそれぞれの事情を抱え、また、アルコールと諦念にまみれためいめいの希望を抱いてもいるのです。

この人たちについてわたしたちが知ることができるのは、そのわざと動物のように怪奇に描かれた容姿や、いかなる内面的な個性も奪われ、醜く変形された人格から窺い知ることができるだけのごくほんのわずかな事柄と、かれらがそうしたまさに「動物的」としか云いようのない特徴だけを備えた存在と化して、自らの人間としての資格を失うに至ったということだけです。かれらのそうしたありさまは、労働者を内側からも外側からも蝕むひとつの体制に対するこの著者の糾弾を、なおいっそう切っ先鋭いものとしています。かくして現実は、動物的な様相へと変容を遂げることで、わたしたちの目によりいっそう現実的なものとして映ることとなります。

作者はこうした技を駆使することで、彼独自の想像力の世界を見事に活用してみせています。その想像力の世界は、動物を用いた直喩や暗喩からなっていたり、あるいは植物の世界から直接汲み出されたりしています。さらに小林は、複数のイメージが連想を介して相互に結びつく力を借りて、数々の劣悪な生活の断片を単一の枠組みのなかにひとまとめにすることにも成功しています。

*

小林はしばしば、カリカチュアを重視し、人の容貌の目を引く細部に注目していますが、それは誇張のあまり、ユーモラスな人物描写の範囲をほとんど超えてしまっています。こうした形象描写の多彩な展開は、時にはやり過ぎとも感じられるほどで、極端なまでに執拗に繰り返されますが、それは実際には読者の道徳的な怒りを喚起することを意図したものであって、その人間とは呼べないような人間たちを前にした読者が、そのありさまに否定的な判断を下すのを促そうとしてのことなのです。

そこは、不正を訴える密やかな良心の声が物陰に潜んでいる世界で、それが長年にわたるその貧窮とともに、哀れな人々の上にのしかかっています。しかし同時にそこは、こうした搾取される人々の、一見したところ粗野な感情が、かれらを抑圧する「カースト」のそれよりも、より素直に、より純粋に、より「正当に」立ち現れてくる世界でもあります。そしてまさしくそうした形を通して、連帯や友愛や相互信頼が「発見」されるとともに、さらに重要なことには、自分たちが歴史という物語のたんなるエキストラではなく主人公なのだという自覚が生じ、「社会革命」を求める人間的な欲求が、パンのために闘争する誘因が生じるのです。このように考えると、素朴で本能的な人間たちの、言わば、心の成長過程こそが、この小説を導く一本の糸であると言っても、あながち的外れではないでしょう。かれらは、虐げられて受け身の「幼年期」から自らの運命の責任を取る「成熟期」へと至るのです。そしてそうした成長は、本を通じた教育や、立派な思想の教え、あるいは広場での厳めしい演説を通じて達成されるのではなく、ただ単に情操の発達と、自分がひとりぼっちではないと知る喜びとのお陰で達成されるのです。この点において「名のないグループ」は、最も顕著にその力を発揮しています。最も悲惨で劣悪な情況のなかで、それに立ち向かって、打ち倒されることなく、よりよい将来を願い、それを実現するために行動するだけの力を、かれらは無名の存在でありながらも、「共に」持つのです。小林は、絶望のではなく、希望の詩人なのです。

イメージの構成原理と空間

この小説では「主人公」ばかりか、多くのイメージの構成原理もまた、複数の声から織り上げられています。語り手の眼は、画面のなかを動き回って、さまざまな身振りや瞬間や動きをほとんど同時に捉えて、まるで「ドリー撮影」のように移動します。この眼は、時折しばしその歩みを止めて、昔のからくりめがねのような技法で細部に光を当てて拡大してみせますが、それが時には人間の眼に写る範囲を超えていることもあります。この眼はまた、着ているものや、神経性の顔の痙攣といった対象を拾い上げては、フレーミングします。さらにそれは人が輪になって話をしているなかに降りて行き、自分自身もその聞き手となってあたりのおしゃべりへと耳を傾けます。するとそのおしゃべりは、ある登場人物からまた別の登場人物へと、その焦点が次々と移り変わっていきます。こうして語り手の眼は、読者を物事の核心に降り立たせ、その空間のなかに「登場して」、その世界の証人となるように読者を誘います。

登場人物たちが活動する空間はしばしば、（漁船さえもが穏やかに「船も子守歌程に揺れてゐる」ようになる回想の夜、あの「不思議に静かな夜」を除いては）あからさまに敵対的な徴候を帯びています。残忍で激烈な自然は、時には人間悲劇の無言の証人ともなりますが、また時にはそれ自身が、悪魔に取り憑かれたように無尽蔵の力を持つ、だれにもその力は止められない登場人物となって、その力を男たちにぶつけてきます。そうすると、「ガツ、ガツに飢えている獅子のように、えどなみかゝつてきた」、「窓のところへドッと打ち當り、砕けて、ザアー……と泡立つ」、「白い歯をむいてくる」海は、まさにこうした恐ろしい擬人化の力によって、登場人物たちのたどる運命と分かちがたく結びついたこの劇の構成要素となり、説話上の一要素となるのです。そしてそのすべてが、さまざまな力の下に置かれてそれに屈従する人間の姿を描き出すことへと結びついています。そうした力は、かれらの著しく悲惨な情況をさらに深刻なものにしますが、それに対してはどんな抵抗も不可能なのです。

この物語の背景をなす「恐れの地」としてのこうした風景は、作家の関心が内面に向かうやいなや、たちまち「汚れの地」へと変貌します。この小林の、打ちのめされた人々が飲み込まれている、陰鬱で暴力的な環境ほど、日本文学に特有の淡く漂うような繊細な雰囲気から、かけ離れたものものはありません。劣悪で絶望的な環境についてはくりかえし語られ、乗組員たちの「穴」のなかや労働者たちの「巣」のなかにひろがる酷い悪臭についてもひっきりなしに言及されることで、かれらの置かれた情況のなかに存在する劇的葛藤が鮮明に描きだされています。「流れの止まった泥溝」や、「林檎やバナヽの皮、グジヨ〳〵した高丈、鞋、飯粒のこびりついている薄皮などが捨てゝあった」暗い牢獄のような通路、その「隅に、カタのついた汚れた猿又や褌が、しめっぽく、すえた臭いをして円められていた」**繭のような寝棚**、あるいはまた「かまきり虫のような無気味な頭」をした致命的な虱、といった数多くの描写からわたしたちが思い知らされるのは、西洋で日本文学について抱かれているおなじみイメージと、小林がどれほどかけ離れているのかということです。夏目漱石の自伝的な小説の数々の内省的な雰囲気にも、谷崎潤一郎の官能的な幻想にも、そして川端康成のきめ細やかに仕上げられた抑えられた情感にも、わたしたちは、いわば「折り目正しい」とでも云えるようなそうした日本文学のイメージを、見いだしてきたのですが。この著者は、極度に否定的なイメージに可能な限り満ちた世界を創造しようと試み、嗅覚まで取り込んで読者の感覚の領域を拡大することに務めているように随所で見受けられます。それは創造するというよりもむしろ、まるで体験的に獲得されたその場所に関する認識を、すなわち「目撃したこと」や「確かな事実」を、回想しているかのようにさえ思われます。

ここで「空間」についてさらにひと言付け加えますと、最初にこの小説を読んだときに、私がイタリア人として想像したのは、もちろんそれにはなんの根拠もなかったのですが、多喜二はそれが何時かも何処でかも判らないが、ダンテの『神曲』を読んでいたのではないかということでした。もちろんそれはまったくただの思い付きでした。それでも、この作品には、イタリアの偉大な詩人の作品からの引用を思わせるような一場面があります。第十章で「どもりの漁夫」は「学生」と「機関室の縄梯子のようなタラップを下りて行った。急いでいたし、慣れていないので、何度も足をすべらして、危く、手で吊下った。中はボイラーの熱でムンとして、それに暗かった。彼等はすぐ身体中汗まみれになった。汽罐の上のストーブのロストルのような上を渡って、またタラップを下った。下でなにか声高にしゃべっているのが、ガン、ガーンと反響していた。――地下何百尺という地獄のような竪坑を初めて下りて行くような不気味さを感じた。」これは、鮮明な描写で大変見事な一節ですが、それにはふたつの理由があります。第一には、二人の乗組員の下降する動きのなかで、この船の垂直構造が明確に浮かび上がっています。それは、社会の垂直性それ自体を反復しているかのようです。言い換えるならば、この船は世界の雛形である小宇宙としての特性を帯びているのです。この小宇宙は「将軍のような恰好をした船長が、ブラブラしながら煙草をのんでいる」。「ボートデッキ」から、「雑夫の穴」と「漁夫の巣」を経て、「機関室」という非人間的な階級主義の最下層まで、下へ下へと降っていっています。第二には、こうした言葉の拳の力強い一撃によって（とはいえ、これはこの小説全体についても言えることなのですが）、読者のすべての、ほんとうにすべての感覚が、そこで起こっていることに直接関わることを余儀なくされるのです。視覚（この光を奪われた地獄のような穴蔵を脳裏に描かないわけにはいきません）も、聴覚（低くうなるざわめき、声の押し殺した響き）も、嗅覚（煮えたぎり息が詰まるような空気）も、触覚（滑りやすい階段、頼りない手触り）もあります。このなかで、明らかに欠けているのが、味覚です。でも、この二人の乗組員の唇が、自分の身体からしたたり落ちる汗の塩辛さを味わっていないなどと疑う余地があるでしょうか。多喜二の叙述力により、読者は出来事の核心に牽き込まれて、「身をもって」行動に参加することになって、ページの外に留まることはないのです。

こうした特徴は、あまりにもダンテ的であると同時に、あまりにも多喜二らしいと私は思います。

作者の映画的・写真的な眼差し

無慈悲で細密なその描写の力は、映画的・写真的であるといえます。次に挙げるいくつかの「フレーミング（構図）」は、私に強い印象を与えました。

a）　俯瞰：例えばこの小説の冒頭では、函館港を俯瞰した光景が、飛ぶ鳥の眼から見たかのように捕らえられています（第一章）。

b）　この小説の随所にある、ドリー（移動）撮影のような描写。

c）　船を荒れ狂う波の間に浮かぶ小さなおもちゃのようにちっぽけなものとして捉えたイメージ（第二章）。

d）　船の上を流れる雲が、「手が届きそう・・・」なほど、接近しているイメージ（第二章）。

e）　嵐の中で仲間を助けることのできない漁船員たちの「ストップモーション」（第三章、「漁夫達の顔の表情はマスクのように化石して、動かない。眼も何かを見た瞬間、そのままに硬わばったように動かない。」）

f）　まるで一連の連続写真のように描写される急速な動き。例えば、ひとしずくの唾がストーブの上で急速に蒸発するところ（第四章、「・・・漁夫が唾をはいた。ストーブの上に落ちると、それがグルグルっと真円にまるくなってジュウジュウ云いながら、豆のように跳ね上って、見る間に小さくなり、油煙粒ほどの小さいカスを残して、なくなった。」、一瞬を長く引き延ばす効果（第一章、「・・・1/500秒もちがわず、自分の身体が紙ッ片のように何処かへ飛び上がったと思った。何台というトロッコがガスの圧力で、眼の前を空のマッチ箱よりも軽くフッ飛んで行った・・・」）など。

g）　一匹の虱の頭のクローズアップ（第五章）。

さらに小林自身までもがこの小説のすくなくとも二箇所にわたって、写真の世界に「メタ言語的に」言及しています。それは、第二章の「・・・そのまま後へ、後へ、窓をすべって、**パノラマ**のように流れて行く。」と、第三章の「カムサツカの連峰が**絵葉書**で見るスイッツルの山々ように、くっきりと輝いていた。」という箇所です。

さらにこの作品の全体的な構造はところどころで、映画のモンタージュ技法の躍動感に基づいて構成されているかのように見えます。つまり物語内容の時間と物語言説の語りの時間とは足並みをそろえて進行するものの、語り手としての作者の声が叙述の網の目のなかにしばしば降りて行くことによって、前述の同時進行性を引き裂き、物語内容の時間の直線性を掻き乱して、その進み方を早めたり、遅くしたりしているのです。とりわけこうした語り手の声の介入がもっとも盛んに起こるのが、話が脇道にそれる箇所で、そこではそうすることによって、作者が出来事の解説者の立場を取ったり、情況を説明してそれに注釈を加えたり、情況を告発したり、情況を明らかにしたり、それを非難したりすることが可能になっています。それはちょうど、上映の際に弁士が口を挟んで字幕では語られていないことを補っていた、昔の無声映画のようです。

またそれと同じくらい頻繁に現れるのが「インサート（挿入）」です。インサートでは、前述の語り手の声が割って入るのとはまた別のやり方で、物語内容の時間の流れからは外れた隙間を作り出しています。そして、物語言説の語りの時間に対してそれよりも以前もしくは以後の事実や出来事を述べ、あるいはそれ以前に起こった事柄に言及したりなどして、出来事の順序の直線性を乱すことで、物語により大きなダイナミズムを与えています。それがなければ読者の視界の外にあったであろう出来事やエピソードへと逸脱する、そうした小休止では、複数の声を発する記憶の亡霊たちが、おたがいに溶けあい、絡まり合う声のポリフォニーをなしています。こうしてそれは、無名の登場人物たちのひとりの口から始まりながらも、一種のオーヴァー・ラップのような形をとることで、一貫した流れを損なうことなく、最終的には作者の語る声のなかへとふたたびひとつに合わさっていきます。この語り手としての作者の声がこの旅の終わりには、「グループ」の覚醒へと向かうゆっくりとした歩みの象徴そのものとなって、等質物語世界的な語り手としての集合的な＜われら＞として、物語のなかに直接登場してきます。

多喜二の「笑い」

『蟹工船』を著すのに最もよく使われるのを私が耳にする形容詞は「暗い」です。その世界は引き裂かれた世界で、病気、体罰、肉体的欲求の野蛮な充足、怒りと屈従、汗と小便と糞がはびこっている世界です。確かにこうしたもののすべては、ほとんど明るくはありません。私もそう思います。しかしこの小説には、率直に言って人が笑わずにはいられない箇所もいくつかあります。そこでは、多喜二の**卓抜な熟練**が、皮肉とユーモアの間に挟まれています。「ボルシェビズムの発見」（第三章）の場面と、補給船の到着の場面は、素直に愉しめて、たやすく読者から笑いを引き出すだろうと私は思います。しかしこの小説には、「内面の笑い」もあります。それは、労働者たちの笑いで、この小説のなかで何度となく不意に出現してきます。

a）　二章：「**『偉い偉い。そいつを浅の前で云えれば、なお偉い！』皆は仕方なく、腹を立てたまま、笑ってしまった。**」

b）　四章：「**『其処から生きて帰れたなんて、神助け事だよ。ありがたかったな！んでも、この船で殺されてしまったら、同じだべよ。——何アーんでえ！』そして突調子なく大きく笑った。**」

c）　四章：「**『死に虱だべよ』『んだ、ちょうどええさ』仕方なく、笑ってしまった。**」

d）　五章：「**仕事が終わってから… 皆ゾロゾロ「糞壺」に帰ってきた。顔を見合うと、思わず笑い出した。それがなぜか分からずに、おかしくて、おかしくてしようがなかった。**」

それは集団的な笑いで、現在の劇的な盛り上がりが最高潮に達するまさにその瞬間にほとばしり出ます。それはカタルシス的な笑いであり、抜け道なのです。困難な情況の時に、わたしたちイタリア人は「泣かないために笑う」という言い方をしますが、これはそのことを思い出させます。また、それは偶像破壊的な笑いです。わたしたちが圧倒的な情況に迫られて、自分たちの内面を全面的に変えることを余儀なくされたときに、わたしたちにとって唯一の救いとなるのは笑いです。笑いは、自分たちの尊厳を押し潰す残虐な圧力に抗して、わたしたちに生き延びることを可能にしてくれるのです。

始まりとしての終わり

小林は、自分の創造物の上に立って生きるのではなく、それとともに、そのなかで生きています。そして、自分の「同志」たちの苦しみに聞き入り、かれらをゆっくりとだがしかし着実に、団結と最終的な解放へと向けて導いていきます。この団結と最終的な解放は、それがなければ暗い灰色一色に覆われることになるこの小説にとって、たったひとつの光明となっています。「恐ろしい」「赤化」との出会いは、発見といっても力の抜けるような発見であり、ほとんど読者の期待を裏切りかねないものです。しかし、それはそうなるしかなかったのでした。なぜなら、ボルシェヴィズムという異国風のラベルの裏側に隠れているのは、見慣れた凡庸な真実だからです。マルクスとレーニンによって造り出された良くできた言い回しは仕舞い込まれて、笑いとダンスと拍手喝采とからなる生き生きとした芝居や、抗しがたい魅力を持った力強いパントマイムの上演に場所を譲ることになります。そうすると、観客たち（漁船員たち）は戸惑いながらも楽しんで、髭の生えたロシア人たちからなる小人数の脇役者の一団を従えたひとりの中国人の、奇抜で活発な演技に見とれます。ボルシェヴィズムが啓示される際には、それが「順序の狂った日本語」で語られるという道化芝居じみた形をとるのは、政治的には冒瀆的に見えるかもしれません。しかしまさにそうした素朴さによってこそ、そのメッセージは的を射抜くことができ、それに共感を覚えた観客たちが「変にムキに」「引き入れられ」ることになるのです。

最後に解放がやってきます。そして孤独と恨みと苦痛は、「グループ」の自覚のなかにその一致点を見いだします。それは、絶望的に不安定な立場に置かれているという自らの共通性に関する、まだそれが社会的なものとなる以前の、実存的な自覚であり、耐え難い域にまで達した悲惨な情況から不可避的にほとばしり出たものです。その悲惨な情況は、辛い苦悩ともなり、怒りともなり、復讐心ともなりますが、それが憎しみに変わることはありません。浅川という男には名前があり、したがって「グループ」の外にいます。この男は、悪（資本主義）の化身そのものであり、ありとあらゆる種類の権力の濫用と横暴を象徴する登場人物です。かれは、一隻の漁船とその五百人の乗組員（動物のような人間たちを載せた「ボロ船」）が沈むのを前にしてもその悪魔的な尊大さを手放しません。自らを取り巻く人間の動物園への野蛮な軽蔑からくる嘲笑を常に浮かべた仮面なのです。その浅川が、最後には上で述べてきたようなありとあらゆることにもかかわらず、哀れみに近い気持ちで扱われることになります。そして自分の主人自身の手で解雇された取るに足らぬ哀れな手下として、悪魔的なヒステリーと敗北の苦い味わいだけを道連れに放り出された存在として描かれます。

なぜ『蟹工船』をイタリア語で翻訳するか

一冊の小説を翻訳するにあたって、その背後には無数の理由がありえます。私の場合には、同時に二つの誘因が作用しました。そのひとつは主観的な、言わば感傷的なものであり、非常に「青い」ものです。もうひとつは、客観的な種類のものです。第一の誘因として大きな役割を果たしたのは、作者の政治的傾向や、その社会参加、平和主義、地下活動をするというその選択、「革命的な」そのイメージ、非常に若くしてのその死を包む英雄的な輝きといったものでした。

それに対して第二の誘因は、この小説の芸術的な価値に対する静かな確信と、さらには詩的な理想を追求する一方で、他方では社会的な機能を文学に取り戻すことも同時にできるような人物がイタリアの文学の世界に（そしておそらくその他の国の文学にも）欠けているという認識から生じています。したがって、私の意図としては、イタリア語で小林多喜二を紹介することは、ピエール・パーオロ・パゾリーニや、レオナールド・シャーシャ、パーオロ・ヴォルポーニといったイタリア現代文学の最後の「社会参加する」作家たちが死んで後に残していった一種の真空状態を埋めることを意味していました。さらに、それだけではなく、イタリア人が日本と日本文学に関して全体として抱いているイメージに、ひとつのピースを付け加えることでもあります。川端、谷崎、芥川といった古典作家や、あるいは、よしもとばなな、村上春樹といった名前に占められている出版市場において、多喜二のような作家を人々に知らしめることは、日本の文化史のこれまで見過ごされてきた側面に光を当てることも意味しています。またそれは、帝国主義の言説に酔いしれて、好戦的な物言いに容易く屈して、政治面では「社会と関わらない」民族というステレオタイプの偏見を打ち砕く事を意味しています。

こうした意図が実現できているかどうか、私には判りませんが、ともかくイタリアではこの小説は賞賛を受けました。そのおかげで現在出版社では、第三刷をまもなく出そうとしています。また破格の書評にも恵まれたことは、ささやかな成功でした。2010年3月7日にはテールニの司教（!!）である（時には悪魔と聖水が仲良くすることもあるのです！）ヴィンチェンツォ・パーリア猊下が、ゴールデン・タイムに放映されるRAI（イタリア国営放送局）3の番組で、この本について話して下さり、そのなかで特にこの小説が持つ現代的な意義の大きさと深い人間性を強調してくださいました。そしてその二日後には出版社には注文が嵐のように殺到しました。その後まもなく第二刷が出ます。同じ年の五月に私は、トリノ国際ブックフェアで作者と小説を紹介する機会を得ました。大聴衆を前にしてではありませんでしたが、興味を持った一団の素晴らしい聴衆に恵まれました。その後第二版も売り切れました。この小説への関心が高まった**理由**（そして今も高まりつつあること）は、ブログ上での比較的肯定的な書評や、大学関係でのそれよりは控え目なコメント（今ではこの小説は、さまざまな大学の日本語・日本文学の講座の学生向けの「推薦図書」に加えられているものの、大学関係での受け取られ方は明らかに冷淡なものではありましたが）、サブ監督によるリメークが製作されたこと、そしてもちろん2008年の多喜二のブームなどによるものでした。

ようするに「ペスケレッチョ（蟹工船）」は、そのゆったりとした航海を、追い風を受けて今も続けています。

最後にひと言申し上げます。今日あの多喜二との最初の出会いから長い年月を経て私が思うのは、人間の世代の移り変わりを廻って、作家と作品の着実な交代があるのだということです。天に昇って星となった作家たちは、その輝きを失ってはまた取り戻すことを絶え間なく繰り返しています。ある作家が必要とされる時もあれば、もう必要とされない時もあります。それでも私は、小林多喜二のようなひとりの作家の声は、かれが選び取った断固とした政治的立場を無視しても、つねに必要とされるそうした声のひとつであると確信しています。なぜなら彼の声は、わたしたちが真実のなかで、真実を求めて生きるのを助けてくれるからです。彼の言葉が見失われることも、忘れ去られることもないよう、わたしたちは全力を尽くさなければなりません。

＊

植物・動物を用いた直喩や暗喩 / 他　（注意:人間とその身体のみ）

Cap. 1:　「蝸牛が背のびをしたように延びて」・「巣から顔だけピョコピョコ出す鳥のように」・「木の根のように…手だった」・「雑夫は豚のようにゴロゴロしていた」・「赤い臼のような頭をしえていた雑夫」・「モチを踏みつけた小鳥のように」・「粗製ゴムのような…膚をしていた」・「『木の根ッこのように』正直な百姓」・「人間が、蛆虫のようにうごめいて見えた」
（TOT.：9例）

Cap. 2:　「蟹の鋏のようにかじかんだ手」・「手や足は大根のように…身体についていた」・「皆は蚕のように、おのおのの棚の中に入ってしまう」・「鮭や鱒と間違われて『冷蔵庫』に投げ込まれたように」・「南瓜のように…頭を、無遠慮にグイグイと向き直して」
（TOT.：5例）

Cap. 3:　「手と足の先が擂粉木のように感覚なくなった」・「漁夫を煎豆のようにハネ飛ばした」
（TOT.：2例）

Cap. 4:　「雑夫が蟇のように覆いかぶさった」・「丸太棒のように…横倒れに倒れる」・「カキの貝殻のように…たるんだ目蓋」・「虱より無雑作に…タタき殺された」・「『人間でない』土方」・「労働者を『タ、コ、（蛸）』と云っている」・「『モルモット』より安く買える『労働者』」・「『マグロ』の刺身のような労働者の肉片」・「蚕の子よりも軽く、海の中へたたき込まれた」・「雪ダルマのように苦しみを身体に背負いこんだ」
（TOT.：10例）

Cap. 5:　「雑巾切れでもひッかかったように…吊り下げられている」・「両足が蜘蛛の巣にひっかかった蝿のように動いている」・「声が聞こえないので、金魚が水際に出てきて、空気を吸っている時のように、口だけパクパク動いてみた」・「膝から下は義足に触るより無感覚になり」・「首をひねられた鶏のように」・「雑巾切れのように、クタクタになって帰ってくると、皆は…相手もなく、ただ『畜生』と怒鳴った。…それは憎悪に満ちた牡牛の唸り声に似ていた」・「身体は壊れかかった機械のようにギクギクしていた」・「どれも泥人形のような顔をしている」・「監督は鶏冠をピンと立てた喧嘩鳥のように、工場を廻って歩いていた」・「外国のいい身体をした女が出てくると…豚のように鼻をならした」

（TOT.：11例）

Cap. 6:　なし

Cap. 7:　「監督は蛇に人間の皮をきせたような奴だ」・「鱗形に垢のついた身体全体は、まるで松の幹が転がっているようだった」・「疲れているので…石の入った俵のようになかなか起き上がらなかった」・「鮭か鱒の菰包みのように…積み込まれた」

（TOT.：4例）

Cap. 8:　なし

Cap. 9:　なし

Cap.10:　「半分裸の火夫たちが、煙草をくわえながら、膝を抱えて話していた。薄暗い中で、それはゴリラがうずくまっているのと。そっくりに見えた」

（TOT.：1例）

フランス語『蟹工船』翻訳をめぐって

エヴリン・オドリ

序　小林多喜二とフランス

小林多喜二の育った地小樽で、フランス語訳『蟹工船』の話をさせていただくにあたって、あらためて小林多喜二とフランスを結ぶ縁について考えたい。

1933年2月20日に小林多喜二が特高警察の手で虐殺された事に対し、3月14日付けのフランス共産党機関紙『ユマニテ』に抗議と追悼が掲載された。「その反戦活動のゆえに！――革命作家小林日本軍国主義の手により東京にて殺害さる」というタイトルで、小林多喜二を「帝国主義戦争への反対闘争を熱烈に支持するすべての者から彼は認められ、愛されていた」人とし、その生涯と死の事情を紹介した後「全世界のプロレタリアは日本軍国主義のこの新たなる犯罪に対して結束して立ち上がる。この犯罪は、日本の人民大衆の戦いの意志を掻き立てずにはいないのである。」と結ぶこの記事は、当時のフランスにおける小林多喜二への関心を著しく示している。

多喜二の死がすぐさまフランスに伝えられた事には、高橋純氏が明らかにしたように彫刻家高田博厚の果たした役割が大きかったのであるが[1]、その背景にはフランスにおける平和主義の思想と、より厳密には日本プロレタリア文学との強固な結びつきがあると言えよう。遡れば、架

1　高橋純「多喜二とロマン・ロラン：伝説の〈事実〉と〈真実〉」、『小樽商科大学人文研究』118号、191～220頁。

け橋になったのは小牧近江という人物である。仏文学者、翻訳家、社会科学者の小牧近江は1910年に渡仏し（当時16才）、苦学の末1918年にパリ大学を卒業。まさに第一次世界大戦の時期にフランスに滞在した小牧近江は、戦争の恐ろしさを知った。またロマン・ロランやアンリ・バルビュスの影響を受け、「クラルテ」（光）運動に参加する。1919年に帰国した後、金子洋文らと文芸雑誌『種蒔く人』を創刊、反戦平和をめざす詩や評論を執筆し、プロレタリア文学運動の先駆的な役割を果たした。

『種蒔く人』は、後のすべてのプロレタリア文学系の文芸雑誌の母体となったが、この『種蒔く人』の誌面でロマン・ロランとアンリ・バルビュスの論争が全面的に翻訳されて日本に紹介された事が示すように、フランスの思想家達との絆が強かった。ちなみに、『種蒔く人』のタイトルは、「クラルテ」運動の平和主義である真実（光）という種を、日本で蒔いて行くという小牧近江の使命感に由来する[2]。そして、初期『種蒔く人』（土崎版『種蒔く人』）の表紙に「Cahiers idéalistes des jeunes」（若者の理想主義的な雑誌）という副題と、フランス人画家ミレーの絵にちなんだ種を蒔く農夫の姿だけでなくミレーからの引用文がついているのが印象的である。

関東大震災の後、『種蒔く人』は廃刊となったが、翌年の1924年に小林多喜二等が同人誌『クラルテ』誌を創刊した。同人誌のタイトルはバルビュスのクラルテ運動にちなんだが、これもまた『種蒔く人』の灯を受け継ぐ志を表す[3]。小牧近江を通して、ロマン・ロランやバルビュスの平和主義・平等主義の精神が、小林多喜二へと直線的に伝わったのである。

これほど日本プロレタリア文学との縁が深いフランスだから、日本プロレタリア文学の中心人物である小林多喜二の作品がフランス語に翻訳されたのは当然だった。逆に、今まで彼の作品が翻訳されていなかった

---

2 ロマン・ロランとアンリ・バルビュスの、小牧近江への影響について、北条常久『種蒔く人 小牧近江の青春』、筑摩書房、1995年を参照。

3 小笠原克『小林多喜二とその周辺』翰林書房、1998年、100頁〜115頁。

ことを不思議に思う。近年のいわゆる「『蟹工船』現象」がフランス語訳を実現させる結果となったのは、何より嬉しいことである。

1、フランスにおける日本プロレタリア文学の研究および翻訳

日本プロレタリア文学がフランスにおいて全く知られていなかったわけではない。『蟹工船』と同じく1929年に発表された徳永直の代表作『太陽のない町』はすぐにフランス語に翻訳され、同年の内にフランスで出版された。その翻訳・出版に至る経緯は分からないが、当初は社会主義、国際主義、平和主義の色が濃かったリーデル出版（Éditions Rieder）が出版した。翻訳者名としてS. OhnoとF.-A. Orelの二人の名前が記されている。日本語からのフランス人翻訳者が少なかった当時、日本人・フランス人の二人組で翻訳作業に取り組むことはめずらしくなかった。日本人がとりあえずのフランス語に翻訳した後、その文章をフランス人が書き直すというやり方だったのだが、翻訳者の名前からするとこの『太陽のない町』もおそらくこのパターンだったのではないかと思われる。1933年に、フランスにおけるコミンテルン関連の出版社エディシオン・ソシアル・インテルナシオナール（Éditions sociales internationales）から再版された。日本プロレタリア文学を代表する作品としてなぜ『蟹工船』ではなく『太陽のない町』が選ばれたのかは興味深いが、今のところその問題を探る手がかりはない。

1970年代になりフランスにおける日本研究が少しずつ成長していくなか、プロレタリア文学も研究の対象になった。中でも、注目すべきなのがパリ第七大学の名誉教授ジャン＝ジャック・チューディン氏（Jean-Jacques Tschudin）の存在である。氏は、『種蒔く人』や日本プロレタリア演劇同盟に関する研究をはじめ、貴重な論文を著した[4]。そして、日本

4 Tschudin Jean-Jacques著『*Les Semeurs – Tanemakuhito : la première revue prolétarienne au Japon*』（種蒔く人—日本における最初のプロレタリア文学誌）、L'Asiathèque、1979年。同『*La Ligue du théâtre prolétarien*』（プロレタリア演劇同盟）、L'Harmattan、1989年。なお、東京・恵比寿にある日仏会館の紀要『Ebisu』28号（2002年春夏号）の特集「Anarchisme et mouvements libertaires au début du XXe siècle」（二十世紀初期における無政府主義と自由主義運動）にチューディン氏による「Ôsugi Sakae et la littérature ouvrière」（大杉栄と労働文学）と「Hirasawa

文学史などに関する教科書的な書物や事典類において、ほとんどが短い文章ではあるが、プロレタリア文学に関する鋭い解説を書いた[5]。翻訳の面では、氏は村山知義の『暴力団記』を訳した他、いずれも単独に出版されたのではなく、近・現代文学の短編集に収められた物であるが、葉山嘉樹の『淫売婦』と『セメント樽の中の手紙』、そして中野重治の『軍楽』を翻訳した[6]。そして、チューディン氏の訳ではないが、平林たい子の『盲中国兵』、佐多稲子の『ズボンを買いに』と『水』といった短編もフランス語に訳されている[7]。これらの研究書籍、事典、翻訳などによって、日本文学の専門家だけでなく、日本文学に少しでも興味を持つ一般読者も、プロレタリア文学に接することができた。

しかし、まるで彼だけが遠ざかれていたかのように、小林多喜二は文学史の書物や事典類以外ではまったく紹介されていなかったと言っても過言ではない。ただ一つ挙げられるのが、1984年にシルヴィア・コルドバ（Sylvia Cordoba）という国立東洋言語文化学院の学生が博士論文で

Keishichi et le théâtre ouvrier」（平沢計七と労働演劇）の二編が収録されている。

5 特に挙げられるのがPigeot Jacqueline、Tschudin Jean-Jacques著『La littérature japonaise』（日本文学）、Que sais-je ?叢書、PUF、1983年と、その再編のTschudin Jean-Jacques、Struve Daniel著『La littérature japonaise』（日本文学）、Que sais-je ?叢書、PUF、2008年である。またDidier Béatrice編の『Dictionnaire universel des littératures』（世界文学事典）、PUF、1994年に「Littérature prolétarienne」（プロレタリア文学）と「Kobayashi Takiji」、「Sata Ineko」などの見出ししがある。

6 Hayama Yoshiki「La prostituée」（淫売婦）、『Les Noix, la mouche, le citron et douze autres nouvelles ; Anthologie de nouvelles japonaises ; tome 1』（胡桃、蝿、檸檬その他—日本文学短編集、第1巻）Picquier、1986年収録。同「La lettre dans un baril de ciment」（セメント樽の中の手紙）、『Anthologie de nouvelles japonaises contemporaines』（現代日本文学短編集）、第2巻、Gallimard、1989年収録。Nakano Shigeharu「Musique militaire」（軍楽）『Anthologie de nouvelles japonaises contemporaines』（現代日本文学短編集）、第1巻、Gallimard、1986年収録。

7 Albertat Béatrice訳「Les soldats chinois aveugles」（盲中国兵）、『Les ailes, la grenade, les cheveux blancs et douze autres nouvelles ; Anthologie de nouvelles japonaises ; tome 2』（翼、ざくろ、白毛その他—日本文学短編集、第2巻）Picquier、1986年収録。Gossot Anne、Ishigaki Kichiyo訳「L'achat d'un pantalon」（ズボンを買いに）、同収録。Wasserman Estrellita訳「L'eau」（水）『Anthologie de nouvelles japonaises contemporaines』（現代日本文学短編集）、第1巻、Gallimard、1986年収録。

『蟹工船』の解説を執筆したものの出版には至らなかったことである[8]。

このように『蟹工船』がフランス語に訳されていない状況が近年まで続いていた。

2、『蟹工船』を毛穴で読むという経験

2008年7月中旬YAGO出版という小さな出版会社を経営している友人から「kobayashi?」という件名のメールが届いた。『蟹工船』の著作権を誰が持っているか知らないか、という問い合わせだった。そしてその直後、訳してくれないかという依頼になった。彼が『蟹工船』関心を持つようになったきっかけは、フランスの代表的な新聞ル・モンド紙に掲載されていた記事だった。ちょうどあの7・8月はいわゆる『蟹工船』ブームが各国のメディアに紹介され始めた頃であった。ル・モンドの記事とほぼ同時に、海外メディアの記事を紹介する週刊誌クーリエ・アンテルナショナル（Courrier International）でも『蟹工船』ブームを紹介する毎日新聞の記事がとりあげられた。ル・モンド紙の記事は「「新貧困層」がプロレタリア文学に熱中」というタイトルで、『蟹工船』をプロレタリア文学の傑作として評価し、ブームを簡単に説明したうえで、その背景にある社会状況を説明している。

「単純な「古典の再評価」ということだろうか？たしかにそういう面もある。しかし意外なのはその読者層だ。それはすなわち「若いプレカリア（不安定な 人々）」、時として「新貧困層」とも呼ばれる人々である。二〇代から三〇代の彼らは、パートタイム労働市場に打ち捨てられているのである。」[9]

記者は東京在住のル・モンド特派員で、社会問題に関する鋭い意見を持つことで知られるフィリップ・ポンス（Philippe Pons）だった。文学

---

8 Cordoba Sylvia 著『*Kani-Kô-Sen – Le Bateau-usine / Kobayashi Takiji ; Commentaire historique et littéraire*』（小林多喜二著蟹工船。歴史的及び文学的な解説）、1984年。国立東洋言語文化学院の付属図書館BULACに保管されている。その準備のためのものらしきコルドバ氏による『蟹工船』のフランス語訳も同学院の日本研究センターに残っている。

9 2008年7月11日付ル・モンド紙文学特集別紙『Le Monde des livres』。記事のタイトル、引用部分ともに島村輝訳。

を通して社会を考えさせることを目指しているYAGO出版の社長ダヴィッド・クニッグ（David König）がポンスの力強い文体と鋭い眼差しに惹かれたのであった。クニッグ氏は、記事を読んで、「その本に何か特別な魅力がある」と直感したと語っている。まず日本の労働問題とヨーロッパ、とりわけフランスのそれがよく似ていることを知り、フランスの今のありさまを顧みるための鏡としての『蟹工船』をフランス人に提供したいと決心した。また、カワバタ、ミシマ、ムラカミ・ハルキ等以外のフランスではあまり知られていない、苦と闘いの日本をもっと紹介したと思ったのだと。

私としては、数年前に大学で『不在地主』を発表のテーマとして与えられたことで、多喜二と偶然に出会い、その作品の現代性と普遍性、そして何より力強い文体に圧倒されて以来、この作家に非常に惹かれていたのである。翻訳の依頼が届いた2008年の夏は、まさに『蟹工船』ブームの行方を興味深く観察していた頃だったので、一方にあった専門外の作品だから関わってはいけないという内心の抵抗は早くもおさまり、話が素早く進んでしまった。それから2009年10月の出版まで一年間以上かかった。研究活動の間での翻訳作業ということを出版社側が理解してくれて、短い作品であってもたくさんの時間を与えてくれたのである。

時間というのは、今日では一番貴重な資源かもしれないが、文学作品の翻訳にとって大事な素材の一つであると思う。他の研究をしている間に寝かしておくことで、『蟹工船』の訳文は少しずつ発酵したのである。

一年間付き合っていた多喜二のことばは常に胸の中にあった。『蟹工船』の雰囲気を五感を通して浴びていて、リアルに感じていた。やや過剰な言い方だと思われるかもしれないが、最初は頭ではなしに肌で訳していたかと思う。毛穴から身体に入った文章を訳した。人間が非人間的な存在とされる場面を読む度に自分まで苦しくて沈黙に陥り、

「国道開たく」「鉄道敷設」の土工部屋では、虱より無雑作に土方がタヽき殺された。虐使に堪えられなくて逃亡する。それが捕まると、棒杭にしばりつけて置いて、馬の後足で蹴らせたり、裏庭で土佐犬に噛み殺させたりする。それを、しかも皆の

目の前でやってみせるのだ[10]。

や

苦しくて、苦しくてたまらない。然し転んで歩けば歩く程、雪ダルマのように苦しみを身体に背負い込んだ。

「どうなるかな……？」

「殺されるのさ、分ってるべよ」

「…………」何か云いたげな、然しグイとつまったまゝ、皆だまった[11]。

などの所で、しばしば翻訳作業を中断せざるを得なかった。

さて、柔軟性や受け身の姿勢が翻訳家にとって必要不可欠だとしても、このような感情的な態度は読者としての経験の延長に過ぎないことであり、感情的なままでは訳を完成できなかったと思う。与えられた長い時間のなかで、自分が感情的な読みに囚らわれるのではなく、肌で感じたことをどう活かすか。それが、この作品を預かる訳者に与えられた難題だと思う。

この難題に取り組むためには、肌でではなく作品を分析しながら作業を進めなければならない。そこで、特に心がけたところや気がついたところを簡単にまとめておきたい。

周知の通り、『蟹工船』では、特定の主人公がおらず、労働者の集団が主人公である。主語が一人か数人であるか、また特定の人物を指しているかどうかが判断しきれない所が多くあるが、その曖昧さによってこそ、特定の主人公ではなく、集団の主人公が描かれるのだと思う。これが『蟹工船』の大きな特徴であるため、できるだけ訳文でもそのまま活かしたかった。しかし、フランス語の文法と文型としては、主語を明示

10『小林多喜二全集』新日本出版社、1982年、第二巻、306頁。
11 同310頁。

しないと文章が成り立たない事が多いので、かなり苦心した。また、曖昧であるのは主語だけでなく、場面設定でもある。

例えば第四章にこのような連続がある。

> それから、雑夫の方へ「夜這い」が始まった。バットをキャラメルに換えて、ポケットに二つ三つ入れると、ハッチを出て行った。
>
> 便所臭い、漬物樽の積まさっている物置を、コックが開けると、薄暗い、ムッとする中から、いきなり横ッ面でもなぐられるように、怒鳴られた。
>
> 「閉めろッ！ 今、入ってくると、この野郎、タヽキ殺すぞ！」[12]

ここでは、『蟹工船』によくあるように、不定な場所で不定な（かつ複数の）人物がしばしばするような行動から、特定な人物による特定な場所での一回だけの出来事へと場面設定が急激に、しかし無理なく転換するのである。それぞれの場面ははっきりしているのだが、転換を提示するための時間・場所を表すことばがない。この意味で場面設定が曖昧だと述べた。だが、フランス語では不定な場面から人物などを特定する場面へ黙って移ることは不可能だと思う。上の引用のフランス語訳はこのようになっている。

> Puis les visites nocturnes au quartier des jeunes ouvriers commencèrent. Les hommes mettaient dans leurs poches deux ou trois caramels à la place des cigarettes, et sortaient par l'écoutille. Une fois, alors qu'un marmiton allait pénétrer dans la cale de stockage des condiments, il avait été giflé par un beuglement jaillissant de l'obscurité fétide.
>
> « La porte ! Si tu entres, je te casse la gueule ! »[13]

---

12 同299-300頁。

13 Kobayashi Takiji著、Evelyne Lesigne-Audoly訳、*Le Bateau-usine*、Yago、2009年、49頁。

下線を施した「Une fois」（ある時に）は、日本語にない語をごまかして付け加えたもので、同様に逃れたところは何カ所かある。訳文は説明的で解釈的だと言われるが、その点では小説は訳によって損しているのだと思う。失われるのは集団の主人公と関連する場面設定の曖昧さだけではなく、コラージュ的な、場面と場面の乱暴な連続という、この小説の特徴そのものでもある。

『蟹工船』という作品は荒い。場面と場面の連続も荒々しいが、文体自体もなめらかではない。乱暴な文体は乱暴な世界を描くのに相応しい。荒いからこそ読者に強い印象を残す作品である。多喜二は文章が荒くなるまでことばをよくよく練り鍛えたと思うが、さて自分も乱暴に荒く書こうと思ったら、失敗してしまった。それはフランス語の問題というより訳者の力量不足であろうが、ただの下手なフランス語になってしまった。むしろ厳格かつ流麗な文体で書いた方が遥かに容易だろうと常に思っていた。結局、文体をできる限りでこぼこにしてはいるのだが、原文と比較すれば仏訳文がおとなしい。

やむを得ないことだったと言いたいところだが、フランス語訳『蟹工船』は少し優しくなっていて本物の力強さを完全に伝えてはいない。

次に言及したいのが、擬音語・擬態語に関する問題である。先も述べたように『蟹工船』という作品は、蟹工船での生活を単に頭で理解するのはなく、小説を読むにつれて漁夫達の残酷な日々を自分の肌で感じることができるような作品である。こうした効果をもたらすものとして、過剰に使われている擬音語と擬態語が挙げられる。そこには、感覚的な共感から、小説の背景にある共産主義・反戦主義の思想への共感へと、読者を納得させるための仕組みがある。

例えばこのような文章がある。

> 波のしぶきで曇った円るい舷窓から、ひょい〳〵と樺太の、雪のある山並の堅い線が見えた。然しすぐそれはガラスの外へ、アルプスの氷山のようにモリ〳〵とむくれ上ってくる波に隠くされてしまう。寒々とした深い谷が出来る。それが見る〳〵近付いてくると、窓のところへドッと打ち当り、砕けて、

ザアー……と泡立つ。そして、そのまゝ後へ、後へ、窓をすべって、パノラマのように流れてゆく。船は時々子供がするように、身体を揺った。棚からものが落ちる音や、ギ――イと何かたわむ音や、波に横ッ腹がドブ――ンと打ち当る音がした。――その間中、機関室からは機関の音が色々な器具を伝って、直接に少しの震動を伴ってドッ、ドッ、ドッ……と響いていた。時々波の背に乗ると、スクリュが空廻りをして、翼で水の表面をたゝきつけた[14]。

擬音語と擬態語には物事をリアルに感じさせる効果がある。この文章も単なる描写ではなくて、蟹工船に乗る経験そのものである。では、フランス語でどうしようか。フランス語には擬態語がほとんどなく、擬音語も少ないが、その代わりに文章の内容をイメージさせるような音をあえて選ぶような方法がある。これは古典の詩でもよく使われている修辞技法である。

À travers les hublots embrumés par la tempête, on apercevait de temps à autre la ligne compacte des montagnes enneigées de Karafuto. Puis, aussitôt, elles étaient cachées par les vagues furieuses qui de l'autre côté de la vitre se dressaient pour former en un instant un glacier alpin. Une vallée profonde et froide se creusait. Elle se rapprochait à vue d'œil et venait frapper la vitre dans un bruit sourd, se brisait, puis explosait en écume, glissant le long des hublots, toujours plus loin vers l'arrière, telles les images d'un panorama. De temps en temps, le navire se dandinait comme un bambin. On entendait le bruit des objets qui tombaient des couchettes, des couinements, et toujours le tambour des vagues contre la coque.

Et puis de la salle des machines venait un bruit de moteur,

14『小林多喜二全集』、同271頁。

répercuté par toutes sortes d'appareils. Parfois, quand le navire passait le dos d'une vague, les hélices tournaient dans le vide et les pales frappaient la surface de l'eau.

ザアーと泡立つ波のイメージを思い起こさせるために「brisait」「explosait」「glissant」といった［s］と［z］の多い単語を選んだ。「ギーイと何かたわむ音」を、読んでみると「クイ」という音をする「couinement」で表現した。ついで「波に横ッ腹がドブ――ンと打ち当る音」を「tambour des vagues」（波浪のドラム）に訳したが、これは「tambour」（ドラム）自体が「トブーン」に近い音を持っていることと、ドラムのイメージを導入したことによってその音をさらに感覚的に運ぶためだった。最後に、「色々な器具を伝って」については、［p］［k］［t］の音を繰り返す「répercuté par toutes sortes d'appareils」という節にし、ドッ、ドッ、ドッという機関の音を真似してみた。原文とぴったり同じような印象を運んでいないかもしれないが、とりあえず音や臭いなどをどうやって言葉で作り出せるかと常に心がけながら訳した。

3、フランス人がいかに『蟹工船』を読んだか

フランス語版『蟹工船』は、出版から2012年2月現在までの間に約7300部が売れ[15]、各メディアで紹介された。

新聞や雑誌に載った書評の内容は大きく分けて3種類あったと言えよう。

まず、いわゆる蟹工船現象を現代日本の現象として紹介する記者がいた。日本での販売部数に驚き、従順的な日本人サラリーマンという紋切り型とはあまりにも違うから面白い、あるいは話題になっているからとりあげなければという根本的な動機によるものだったかもしれない。やや保守的な雑誌の「ル・ポアン」（Le Point）[16]やゴシップ系の婦人雑誌

15 翻訳家・出版業界関係者の間で、日本文学の作品の販売部数は平均的に1000〜2000部だとされている。

16 2009年12月10日付『Le Point』「L'inquiétant best-seller japonais」（恐れるべき日本のベスト・セラー）。クリストフ・オノ＝ディ＝ビオ（Christophe Ono-Dit-Biot）記。

「ガラ」(Gala)[17]などが書評を掲載したのも一種のはやりにのったものであろうが、それでもそれぞれが丁寧に作品を紹介した。

次に、小説『蟹工船』を日本文学あるいは世界文学の傑作と評価し、主にその文学作品としての長所を紹介する記事があった。なかでも、影響力の強いル・モンド紙文学特集別紙「ル・モンド・デ・リヴル」[18]と文学書評雑誌の「ル・マガジーヌ・リテレール」[19]が注目された。

最後に、『蟹工船』が孕むメッセージが今のフランスの労働状況にも当てはまると感想を述べたり、現在社会におけるこの小説の意味を論じたりする記事もあった。この類の書評は社会主義系の雑誌やネット上のブログや文学関係の掲示板に一番多かったかと思う。例えば、もとフランス共産党機関紙ユマニテ紙の文学別紙レ・レトル・フランセーズ(Les Lettres françaises)では階級闘争の視点から論じて、日露戦争の歴史と小林多喜二のハン・愛国主義について書いている[20]。

このような書評を読むと、小林多喜二が中国語訳『蟹工船』に寄せた序文が思い出される。

> (略)この作で取り扱われている事実は、日本のそれのようには支那のプロレタリアには或いは縁遠いかも知れない。然し!仮に、「蟹工船」の残虐を極めている原始的搾取、囚人的労働が、各国帝国主義の鉄の鎖にしばられて、動物線以下の虐使を強いられている支那プロレタリアの現状と、そのまま置きかえられることができないだろうか。できるのだ!とすれば、この貧しい一作は、貧しいと雖も一つの「力」となり得る。私は何よりもこのことを信じている。

---

17 2009年10月21日付『Gala』「Le petit livre qui pue le poisson」(魚臭い一冊)。ジャン=フランスワ・ケルヴェアン(Jean-François Kervéan)記。

18 2010年1月8日付『Le Monde des livres』「L'enfer des mers russo-japonaises」(日露の海という地獄)。記者は、作家や翻訳家としてもあるルネ・ド・セカティ(René de Ceccatty)。

19 2010年2月『Le Magazine littéraire』「Le triomphe d'un revenant nippon」(蘇ったニッポンの作家の大人気)。マクシム・ロヴェル(Maxime Rovère)記。

20 2010年2月『レ・レトル・フランセーズ』「La lutte des classes existe toujours」(階級闘争は未だ存在す)。フランソワ・エシャル(François Eychart)記。

そして、東西今昔も愛読されるこの小説の普遍性を改めて感じる。

むすび

これからのフランス語版『蟹工船』はどうなるのであろう。

もう話題にはなっていないが、今もインターネットでフランス語のタイトル「Le Bateau-usine」で検索してみると、どこかの研究会の紀要や個人のブログに書評を発見することが珍しくない。フランスにおいても、単なる一時のはやりのことではないと思う。

『蟹工船』は不思議な生命力を持つ作品だと思う。発表された当時には、発売禁止となっても売れて、高く評価された。戦後には中学校・高校で取り上げられるような古典的な存在になった。そして古典作品らしく読まれない本になってしまったと思ったら、急激にベスト・セラーになり、現代社会を理解するための読書に位置づけられた。外国語に訳されて、その国の人々のために書かれたかのように親しまれていく。

これからの『蟹工船』にも楽しみにおおいに期待している。

「方言」と「歴史」——『蟹工船』のノルウェー語翻訳について

マグネ・トリング

『蟹工船』は2010年に北欧言語として初めてノルウェー語に翻訳され、出版後はほぼすべての全国新聞紙に書評が掲載され、一部では一面にも二面にも渡って大きく取り上げるものもあった。

私が『蟹工船』の翻訳の依頼を受けたのは2008年の秋のことだった。当時まだ翻訳者の経験の浅かった私だが（と言っても現在でも決して深いとは言えない）、作業に取りかかる際は案の定、様々な問題に直面した。この作品の含む深い文学性・政治性・歴史性をノルウェーの読者に伝えるためには一体どのようにして翻訳すれば良いか、と頭を抱えることもよくあった。しかし、このような悪戦苦闘の繰り返しがあってからこそ、『蟹工船』と言う文学作品への理解を深めることができたと考えている。

本稿では『蟹工船』における「方言」について述べたい。『蟹工船』という小説に登場する人物の多くの台詞に「方言」が多く活用されている。「博光丸」の漁師や労働者が使う「方言」、それに対して浅川監督を初めとする上層部が話す「標準語」、ここに様々な力関係が表象され、「中央」と「周辺」を隔てる物理的・政治的・経済的な距離が強調されていることは述べるまでもないだろう。

このような作者の言語的な工夫をどのようにノルウェー語で再現するのかは、翻訳過程において重要な課題の一つとなった。「方言」の部分も標準ノルウェー語、あるいはそれに近い話言葉のままで翻訳するという選択肢ももちろんあり、実際、このような手法も多くの翻訳作品に一般的に見られている。しかし、『蟹工船』の翻訳作業に取りかかった際、私はこのような手法では、『蟹工船』で活用されている「方言」が内包する政治性・歴史生・地域性が損なわれる恐れがあると判断し、原作で使われている方言をノルウェー語の方言に置き換える、という手法を選択するに至った。

日本と同じく、ノルウェーにも各地で多種多様な方言が存在しているが、原作に登場する方言に内包されている歴史性・政治性をノルウェー語で再現するためにどの地方の方言を採用すればよいか、これはまた難しい判断が要求されるものだった。可能な限り『蟹工船』で描写されている労働環境を連想させるような歴史を持つ地方の方言を使いたいと考えていたため、ノルウェーの20世紀前半の歴史、主に漁業の歴史について調べることにした。ノルウェーは海岸線が長く、昔から漁業の盛んな国だが、戦前の日本の蟹漁のような産業化された漁業の歴史は浅く、ほとんどの漁は小型船で行われてきた。このようなノルウェーの漁師の生活は決して楽ではなかったと思われるが、小説『蟹工船』に描写されるような規模の、資本主義によってシステム化された搾取とは異なる過酷さであったため、『蟹工船』の背景にある蟹漁により相似している現象がノルウェーの歴史にないかと調査を深めることにした。その結果、20世紀前半に南極海で行われた捕鯨に着目するようになった。

その調査を進めていく中、労働条件においても、船上で起きた突発的な決起においても、『蟹工船』で描写されるものに非常に近いものを感じたので、このような出来事を翻訳の言語的な背景としても利用できないかと検討した。ただ結果から申し上げると、原作『蟹工船』では東京より何百キロも離れている東北地方や北海道を出身地とする漁師や労働者の方言が使われているのに対して、ノルウェーの捕鯨船の乗組員は主に標準ノルウェー語に近い東南部の方言を話していたため、このような方言を翻訳に使ってしまっては、『蟹工船』で幾度も強調される「東京」と「北の開拓地」の間の政治的・経済的・文化的な距離が再現出来ないと判断し、最終的には残念ながら捕鯨船の漁師の方言を活用することを断念せざるを得なかった。

しかし訳語としては採用できなかったものの、ノルウェーの捕鯨と日本の蟹漁の間に非常に興味深い歴史的な共通点があることを知り、私はこの点についてさらに研究を深めることにした。

ノルウェーにおける捕鯨は19世紀までは主に北部を中心とする近海で行われてきたが、19世紀後半より南極海にその重点が移されるようになった。当初鯨肉加工などの作業はサウスジョージア島を始めとする陸にある捕鯨基地で行われていたが、20世紀に入ってから船上で加工作業ができる捕鯨母船が採用され、基地設備のないところでの操業も可能となった。また1922年に考案された船尾のスリップウェーの導入により鯨の解体作業を甲板の上で行うことができるようになり、さらに効率があがった。『蟹工船』の時代背景となっている1920年代の時点ではノルウェーの捕鯨はほぼ産業化され、その加工作業は大型工船の捕鯨母船で行われるようになった。

このような工船に漁師や労働者が数百人単位で動員され、数ヶ月もの長期間に渡って陸を離れて操業に出たのだが、極寒の中でその危険な労働を日々繰り返す生活はきわめて厳しかったもので、『蟹工船』で描写されているオホーツク海での過酷な労働環境とよく似ていると言える。

また、捕鯨船や捕鯨基地に1912年以降、散発的に労働争議や突発的な決起がおきるようになり、このような事件が労働組合の結成に至る場合もあった。その背景には20世紀前半に捕鯨業界内の競争の激化があり、その展開がまた労働者への賃金の削減および労働環境の悪化を引き起こし、騒動の原因となった。また、脚気等の欠乏性疾患も漁師や労働者の間に流行し、上層部への不満の種となった。

捕鯨船での労働争議の一つの実例として1913年に起きた捕鯨母船「エムス」での決起（以降「エムス事件」）をあげたい。捕鯨業界において記録されている数少ない労働争議の一つであるこの事件について、大まかな概要だけまとめて行きたいたい。

「エムス」事件の発端には、乗組員が乗船した際に、他の会社がその船に運行させた石炭を降ろすように命じられ、8日間もかかったその作業に対しては何の支給も与えられなかかった、と言う出来事がある。ただ働きをさせられた乗組員は上層部に不満を述べ、争議が起き始めた。その結果、労働者の内の二人が処罰を受けるようになり、これをきっかけに乗組員の一部はストライキを起こし、二人への処罰の取り消しとともに乗組員の本国への帰還を要求した。会社側は労働者の条件に応じず、最終的に13人はアルゼンチンの帆船に引き渡され拘禁された。

この事件をきっかけに捕鯨母船「エムス」での過酷な労働条件が表に出るようになった。労働者に暴力が振われたことや、病人が仮病の疑いで殴られること等、様々な事実が明らかになった。また、工船「エムス」の労働者の中の数人が重病にかかっていたにも関わらず、母国への帰還許可がおりなかったため、結核で死人まで出た、という事実も浮上した。このような過酷な労働条件、虐待、ストライキ、一つ一つをあげても、『蟹工船』に描写されるものを思わせるものばかりだ。

「エムス」の決起後、サウスジョージアの捕鯨基地グリートウィーケンで労働組合が結成され、この組合から世界中の捕鯨漁師や労働者に組織化を呼びかける声明が発表された。これに対して雇用側である捕鯨会社は組織化された労働者をただちにブラックリストに載せ、新しく雇用される労働者には組織との関わりを持たないことを誓わせるなど、様々な対策を取った。

このような対応もまた『蟹工船』の次のような一行を連想させるのではないだろうか。「——何時でも会社は漁夫を雇うのに細心の注意を払った。募集地の村長さんや、署長さんに頼んで「模範青年」を連れてくる。労働組合などに関心のない、云いなりになる労働者を選ぶ。「抜け目なく」万事好都合に！　然し、蟹工船の「仕事」は、今では丁度逆に、それ等の労働者を団結——組織させようとしていた。」

グリートウィーケンの組合は結局雇用社側の圧力に耐えかねず、翌年にはもう消えていた、と記録されているが、短時間であったとは言え、この組合の結成はノルウェーの捕鯨史に於ける重要な出来事だったことは述べるまでもない。しかし、日本の蟹漁の場合とは異なってその出来事を文学の形で記録し、そしてその意味を解析する者がいなかったため、その事実は現在ほとんど知られておらず、ノルウェーでは戦前の捕鯨を今でも一つの「黄金時代」と位置づける傾向が続いている。そこに1929年の日本のプロレタリア小説という、思いがけない方向から光が充てられることは、多喜二の洞察力と分析力を改めて認識させるものであり、また多喜二文学の国際性・普遍性を語るものでもある。

スペイン語『蟹工船』翻訳をめぐって

ジョルディ・ジュステ
小野　志津子

はじめに

シンポジウムに参加させていただくことになり、改めてスペイン語『蟹工船』翻訳に向き合うことになった。これを機に、『蟹工船』スペイン語版が出版されたスペインとスペイン語プロレタリア文学について、そして『蟹工船』（小林多喜二　作）のスペイン語版翻訳作業の経験をもとに底本（蟹工船・党生活者　新潮文庫）とスペイン語版（Kanikosen. El pesquero. Kobayashi, Takiji. Ático de los libros）を比較し、スペインのメディアなどから一定の評価を得たものの、私どもには満足のいく『蟹工船』スペイン語版だとは感じられない理由についても考えてみたい。

1. スペインと『蟹工船』

1. 1 『蟹工船』のスペインメディアでの紹介

『蟹工船』が発表された1929年から近年までにこの作品がスペインのメディアで報道されたことがなかったとすれば、この記事が『蟹工船』について語った最初のものとなる。

『蟹工船』スペイン語版出版から遡ること約一年半の2008年夏、スペイン紙エル・パイス（El País）書評特集版Babeliaのなかで、予期せぬブームが日本で大きな反響を呼んでいると『蟹工船』が紹介されている。

> “En otros lugares, en cambio, resucita la literatura proletaria. Así ha ocurrido en Japón, donde la edición

de bolsillo de Kanikosen ("El barco-fábrica"), de Takiji Kobayashi, publicado en 1929, ha conseguido vender 400.000 ejemplares con su historia de pescadores explotados por patronos que los obligan a vivir en condiciones infrahumanas. Al parecer, numerosos jóvenes japoneses que trabajan sin contrato y en condiciones lamentables se identifican con sus personajes. En cuanto a su autor, que murió torturado por la policía en 1933, se ha convertido en una especie de héroe popular, lo que se ha traducido en un ligero aumento de altas en el Partido Comunista de Japón, al que perteneció. Ya ven: es como si, salvando las distancias, aquí se pusieran de moda Central eléctrica (Jesús López Pacheco, 1958), La piqueta (Antonio Ferres, 1959) o La mina (Armando López Salinas, 1960), por hablar de tres novelas que, sin ser para echar cohetes, no merecen el olvido acrítico de las jóvenes generaciones." (Rodríguez Rivero, Manuel. El capitalismo tiene los siglos contados. Babelia, El País 23/08/2008)

「日本でプロレタリア文学が息を吹き返している。1929年に出版された小林多喜二の『蟹工船』("El barco-fábrica")の文庫本が40万部を売り上げた。経営者によって搾り上げられ人並み以下の生活を強いられる登場人物の漁夫たちの姿に、正規雇用されず劣悪な待遇のもとで働く日本の大勢の若者たちが自分自身を重ね合わせているようだ。1933年に警察の拷問によって死亡した作者がこのところ巷で英雄視され、作者が所属していた共産党への入党者が若干増加している。ここスペインで言うならば、ヘスス・ロペス・パチェコ(Jesús López Pacheco)作*Central eléctrica*(1958)、アントニオ・フェレス(Antonio Ferres)作*La piqueta*(1959)、アルマンド・ロペス・サリナス

(Armando López Salinas) 作 *La mina* (1960) が見直されるようなものだ。これら三作品は非常に優秀な作品とは言えないが若い世代は読んでおいてもよいだろう」ロドリゲス・リベロ、マヌエル (Rodríguez Rivero, Manuel) エル・パイス2008年8月23日号、Babelia, El capitalismo tiene los siglos contados. から抜粋

取り上げられた三作品はいずれも抑圧される人間と彼らを取り巻く社会を表現したものである。*Central eléctrica* は僻地の水力発電所建設をめぐり、伝統と発展を対比させ社会の格差と労働者に対する搾取を描き、*La piqueta* は地方からの移住者であふれかえる1950年代マドリードのスラム街で大多数が送る貧しい生活を、*La mina* は故郷を捨て炭鉱労働に従事する男が企業収益を擁護する炭坑夫頭と争う様子をそれぞれ描いている。

多喜二の思想が表れた『蟹工船』が70年を経た現代に再び甦り脚光を浴びているという事実に触れねばならない。日本で『蟹工船』が現代的な小説と言われたのは、企業が労働者に犠牲を強いる現代社会の労働問題に通じるものがあったからであるが、それは日本に限らず現代スペインの問題でもある。

2011年11月現在スペインの失業率は22.52％（アンダルシア地方は30.93％）と伸び続け、25歳以下では45.84％[1]である。正社員雇用は減少し有期雇用、または契約を交わさず法的な保護も受けずに働く動きが広がっている。また、政府債務残高の対GDP比が65.2％[2]であるにもかかわらず社会保障給付金削減の措置がとられ日々の暮らしが直接脅かされている。これは、米大手債券格付け機関が評価を引き下げたこと、企業や個人向けの融資が巨額に達していることが原因となり流通利回りが上昇しているためである。銀行が融資を控え雇用が抑制されるなか、とくに若い年齢層が自立した生活を送ることが困難になっている。このスペ

1 失業率の数値は全てInstituto Nacional de Estadística（スペイン統計局）2011年11月28日付のもの。

2 スペイン銀行による2011年9月の数値。

インの経済的社会的現状は『蟹工船』がブームを起こした2008年の日本よりおそらく悪いであろう。

多喜二は、異議申し立てと仲間を増やすという明確な目的をもって『蟹工船』を書いた。非人間的な扱いを受ける労働者が、国家を利用し利潤を上げることに没頭する資本家から自分たちの権利を取り戻すため団結して立ち向かうことを訴えている。私どももこの多喜二のメッセージを重んじているが、スペイン語訳読者が『蟹工船』を日本、スペインだけでなく世界のいたるところに存在する労働問題のメタファーと捉えるかどうかには特に強い関心はない。

『蟹工船』の背景は、今日の多くのスペイン人の実生活とは異なる。現代のスペイン語読者の大半は、社会的・政治的に民主主義時代のスペインに生まれ育っており、社会保障が整備され労働組合が提起した要求が組み込まれた制度の中で生活を送ってきた。言語や文化、地理的距離、気候においても『蟹工船』とは隔たりがあるが、この数年は前述の通り経済状態や労働条件に苦しむ者が多く、またフランコ独裁政権下での不法ストライキや労働組合代表の迫害を記憶している者も少なくない。したがって実感を伴いながら読むであろう。

1.2　労働者を描いたスペイン語の文学

スペインにも「プロレタリア文学」と呼ばれるジャンルが存在し、多喜二が描くのに似た労働者たちの苦悩をスペイン語で書かれた作品から味わうことができる。1.1でマヌエル・ロドリゲス・リベロが紹介した三作品以外に、ホセ・エステバン（José Esteban）とゴンサロ・サントンハ（Gonzalo Santonja）あるいはフルヘンシオ・カスタニャー（Fulgencio Castañar）が20世紀初めの文学に関する文献で、セサル・M・アルコナダ（César M. Arconada）などの作品をプロレタリア文学として取り上げている。セサル・M・アルコナダは*Los pobres contra los ricos*（1933）や*Reparto de tierras*（1934）で20世紀初めのスペインにおける農民の不安定な立場と1930年代に農民たちが起こした革命的な抵抗を描いている。

一方、カタルーニャ地方（州都バルセロナ）ではカタルーニャ語で書かれたプロレタリア文学とみなされる文学のジャンルは大きな流れになっていない。20世紀初め当地のプロレタリア活動は活発であったにもかかわらず、無政府主義的組合主義が支配しオーソドックスな共産党の力が弱かったためである。

いずれにせよ1920、1930年代にスペインで出版されたプロレタリア文学のジャンルにある作品に『蟹工船』のように現代に甦った作品はない。『蟹工船』の主題と意図に共通する作品をスペイン語の文学作品から探すには、「プロレタリア文学」と分類された枠から離れなければならないのかもしれない。

多喜二と同世代であり、労働者の紛争を題材に文筆活動を行ったスペイン人作家で話題を呼んだのが、ラモン・J・センデル（Ramón J. Sender）である。無政府主義に近い立場で事物の現象を考察し*Literatura proletaria*を発表し、また階級紛争に触発された作品もいくつか残している。Imán（1930）で北アフリカにあるスペインの植民地へ軍事派遣された若者の厳しい生活を、*Siete domingos rojos*（1932）で第二共和政下（1931-1939）のマドリードにおける労働紛争を描いた。さらに、1933年スペインカディス県のある町で起きた労働者の革命を物語風のルポルタージュ*Viaje a la aldea del crimen*（1934）にした。その革命はのちに鎮圧されたが、*El lugar de un hombre*（1939）のなかで正義・カシキズモ（封建的な人格的支配関係）・権力者を支持したカトリック教会の役割について書き、*Réquiem por un campesino español*（1960）ではスペイン市民戦争（1936-1939）につながった貧困、社会格差、イデオロギー格差がアラゴン地方の村で広がる様子を描いている。

遠洋漁業に従事する者たちに焦点を当てたという点で、『蟹工船』との共通点がみられる作品としてバスク地方出身の詩人・作家イグナシオ・アルデコア（Ignacio Aldecoa）作*Gran Sol*（1957）がある。1950年代カンタブリア地方の漁夫たちのブリテン諸島西における過酷な労働、経済的苦悩、人間関係上の争いを描いている。全体を通し耽美的なスタイルであるが、フランコ独裁政権が隠ぺいしようとした市民戦争時下の社会紛争が行間から読み取れる。

「プロレタリア文学」の性質を帯びているという点で、ラテンアメリカにも『蟹工船』に近い文学作品がある。明白にプロレタリア文学と称されていない作品の中にも階級紛争や労使間の争いを題材にしたものがあり、作者たちは自らが弱者の立場であることを明白にしている。チリ、アルゼンチン、メキシコの数点を挙げておく。これら以外にも労働者と使用者の関係を扱い社会にインパクトを与えたラテンアメリカの秀作は多数ある。

チリ：バルドメロ・リリョ（Baldomero Lillo）作*Subterra*（1904）は19世紀終わりから20世紀初めにおけるチリの炭坑夫が送る苦しい生活を描いている。ボロディア・テイテルボイム（Volodia Teitelboim）作*Hijo del Salitre*（1952）ではチリ北部の硝石採掘の労働者のリーダーが労働者たちとともに不当な措置に立ち向かう様を、アンドレス・サベリャ（Andrés Sabella）作*Norte grande*（1944）はパンパで労働に従事するサンティアゴのある男の物語を通しチリ北部の労働者運動をそれぞれ描いている。

アルゼンチン：ホセ・マリア・ボレロ（José María Borrero）は*La Patagonia trágica*（1928）のなかでアルゼンチン南部の大地主に対し原住民への虐待と地方農民に課せられた厳しい労働条件について抗議している。ダビッド・ビニャス（David Viñas）作*Los dueños de la tierra*（1958）では原住民さらに労働者を殺害し暴力によって土地を支配するアルゼンチンの大地主を描いている。

メキシコ：ホセ・マンシシドル（José Mancisidor）作*La ciudad Roja*（1932）は、ある荷積み職の組合員が1920年に起きたベラクルスでのストライキを通し革命者になっていく様を、ホセ・レブエルタス（José Revueltas）作*El luto humano*（1943）は革命に失敗し困難な生活を強いられるメキシコの田舎の様子を描いている。

1．3　*Kanikosen. El pesquero*に対する書評

出版社が『蟹工船』スペイン語版を出版するにあたりスペイン語読者のどのような反響を予想したのかは定かでない。しかし、『蟹工船』を読むスペイン語読者は、彼らのもつ美化された昔の日本、ステレオタイプ的な日本、伝統と近代性の狭間で右往左往する人々で充満するポストモダン社会の日本のイメージとは異なる新たな側面を感じるだろうと察することはできた。

Kanikosen. El pesquero は出版直後から複数のメディアで紹介され、書評家の高い評価を得ていた。いずれも、未知の非典型的なすばらしい作家の作品を手掛けた出版社の勇敢さとその成功、内容、文体、さらにインパクトのある装丁（表紙）、を称えていた。以下に評を抜粋する。

「澱んだ空気、悪臭、窮屈さ、揺れ。コバヤシは正確にリアルに遠洋漁業の過酷さ、当時（現在もある程度はそうであろう）の漁夫の生活を描いている」Antonio G. Iturbe, *Qué leer*, 2010年3月24日号

「『蟹工船』のもつ意義、現代性には驚嘆する」Kiko Amat, *La Vanguardia* 2010年5月13日号 *Culturas*.

「コバヤシのスタイルは重々しい。短い文章と的確なことばで書かれた作品には嫌な匂いが終始漂っている」Paula Corrot, *Público* 2010年3月20日号

「日本の古い蟹加工船の中で追い詰められていく200人の漁夫や労働者たちの過酷な真実を、コバヤシは生々しい散文で詳細に伝えている」Anna Abella, *El Periódico de Catalunya*, 2010年3月31日号

「『蟹工船』は直接的かつ教訓的に、非情なオホーツク海で働く者たちの苦しみと闘いを描いている」Manuel Rodríguez Rivero, *El País*, 2010年3月27日号

「この作品は、人間以下とみなされ労働を強いられていた400人の男たちが権利奪還を決意するまでを主題としている。シンプルなストーリーだが、想像力を掻き立てられる場面がふんだんにあり読み応えを感じる。博光丸の労働者たちが変化していくさまが強調されている」Sra. Castro, *Solo de libros*, 2010年5月5日

『蟹工船』を読んだ書評家たちが肯定的な意見を超えたある種のインパクトを伴った感想を述べているのを目の当たりにし、出版までのいきさつを振り返ると複雑ではあったが、翻訳した者なりの嬉しさもあった。

2. 『蟹工船』スペイン語版　*Kanikosen. El pesquero*

私どもからみて腑に落ちないスペイン語版が出版された原因は、翻訳依頼日から出版日まで4か月であったこと、二作品（『蟹工船』と『党生活者』）の翻訳納期が2か月であったこと、翻訳納期2か月のその依頼を私どもが引き受けてしまったこと、ほとんどすべての校正作業を翻訳者抜きで出版社側が行ったこと、校正チェック後の原稿が翻訳者確認抜きで印刷段階へ進んだこと、印刷直前時に私どもが出版者に対し印刷原稿閲覧を強要しなかったことである。

しかしながら、前述したようにスペイン書評家からは酷評どころか肯定的な見方が多く出ている。つまり、底本とスペイン語版間のズレに私どもは違和感を感ぜずにはおれないが、スペイン語読者には気付かれることなく、最も重要な多喜二のメッセージはもちろん多喜二独自の表現もたいていはスムーズに受け取られている。スペイン語訳初稿納品直後の数少ないやり取りの中で出版社の担当者に私どもが言い続けたのは、多喜二の文体や表現を生かさなければ『蟹工船』らしさは半減するということであった。当時私どものその主張は快く受け入れられなかったが、結局出版社が校正し書店に並んだこの*Kanikosen. El pesquero*が多喜二の思いを含めスペイン語読者に『蟹工船』の本質が伝わったのならそれで満足すべきだが、私ども自身がほんとうに納得できるような分析をしてみたい。

2. 1　『蟹工船』翻訳までのいきさつ

『蟹工船』の日西翻訳依頼があったのは2009年11月、設立間もない小規模な出版社からだった。当時、別の出版社から私どもの翻訳による小説が出版されたばかりでそこからの紹介だったらしい。依頼内容は『蟹工船』『党生活者』の二作品の翻訳作業で納期は2か月後の2010年1月10日、分量的に二作品を一冊とし出版したいとのことだった（実際には個別に出版された)。『蟹工船』と『党生活者』が収められた新潮文庫、『蟹工船』の英語訳が収められた書籍[3]、『蟹工船』のマンガ[4]を渡され、依頼を受けた。

『蟹工船』『党生活者』を読み、その他の多喜二作品にも目を通したが、翻訳作業は非常に困難になるだろうとすぐに認識できた。『蟹工船』については日本の労働条件悪化の中でマスメディアによって現代の若者にも浸透したという情報はもっていたが、作者多喜二自身やプロレタリア文学については詳しく知らなかった。読み返してみて、『蟹工船』の訴えかける重厚なテーマ、複雑な文体、独特な表現・言い回しにあふれた文章に、日本プロレタリア文学の代表作と評される根拠が感じ取れた。作者多喜二が伝統的な手法から離れ生み出した大胆な作品を前に、翻訳作業に対する責任を感じたのは言うまでもない。

また、出版社と私どもの当時の知識は浅いもので、近年日本で『蟹工船』は再びブームを巻き起こしたが、前述した英語訳以外にヨーロッパ言語に翻訳されたことはかつてなくスペイン語訳は存在していないと思っていた。Frank Motofuji訳英語版[5]から重訳されたスペイン語版[6]がすでにキューバで出版済であったことを知ったのも、当翻訳がスペイン語版第一号として出版された後のことだった。

2. 2 『蟹工船』翻訳作業

日本語の文学作品をスペイン語に翻訳する作業は大変困難である。やはりそれは、日本とスペインの言語・文化の大きな隔たりから生じる場合が多い。ある言語を別の言語に置き換える際、ニュアンスの損失をすべて回避することはできない。とはいえ、つねにその損失を最低限に抑える努力を惜しんではならない。『蟹工船』スペイン語版の読者が原書の言語である日本語で読むのと限りなく近い感覚を味わうことができるかどうか、すべて翻訳者にかかっているのであるから大変な重圧を感じた。

3 Kobayashi, T.（1931）. *The Cannery Boat and other Japanese short stories*
4 小林多喜二原作 バラエティ・アートワークス（2007）『蟹工船マンガで読破』イースト・プレス
5 Kobayashi, T.（1973）. *The factory ship and The absentee landlord*
6 Kobayashi, T.（1983）. *El barco conservero. La Habana, Editorial Arte y Literatura.*

矛盾するようだが、原書に近い感覚を味わえるように翻訳するには、日本語の表現を柔軟にせざるを得ない場合もある。『蟹工船』の随所にみられる長文や従属節の多用・擬音語と擬態語の多用・方言・段落構成・傍点や約物などは、スペイン語訳読者にとって煩わしいと受け取られやすい。

しかし、原書に存在する表現の特徴をスペイン語訳に反映させる意義はやはり大きい。ことばの瑞々しさ・会話文の臨場感・語り手の視点・著者が創出した表現のオリジナリティ・主語や目的語の不明確さ・故意に漠然とさせた表現などがそれである。スペイン語訳読者の負担になりそうな箇所に配慮しながら、日本語独特または多喜二独自のスタイルや表現方法を生かすことを最大限考慮した。

2. 3 『蟹工船』スペイン語訳初稿と*Kanikosen. El pesquero*

とにかく必死に作業を続け、締切日に提出できたスペイン語訳初稿はかなり原書に近い形のスペイン語版『蟹工船』だった。期限はなんとか守ったが、詳細の確認不足は認識していたので出版社とのすり合わせ作業に時間を費やさねばならぬはずであった。

私どもが出版社に納品したスペイン語訳初稿に、一般のスペイン語読者にとって見慣れない奇妙な点が多少あったかもしれないが、日本語の原書が日本人にとって全く違和感のないものだとも言えないだろう。いずれにせよ、初稿を受けとった担当者の驚きは大きかったに違いない。1931年出版の英語訳しか照合するもののない担当者にとっては当然だろうと想像できた。数日後からメールでのやり取りが始まったのだが、言い回しが不明瞭、表現や単語が意味不明、符号が目障りと散々だったが、これも想定内であった。私どもの基準を伝え、変更・訂正も行いながらの作業だった。しかし突然担当者からの連絡が途絶え、その後、進捗具合を尋ねたときには校正も終了しすでに印刷直前とのことだった。おそらく、スペイン語訳初稿に目を通した担当者はこれでは読みづらくとても出版できないと判断したものの、翻訳者とのすり合わせに費やす時間的余裕もなく出版社側で校正作業を済ませたのだろう。どのように校正され印刷段階にあるのかも知らされず、ただ多喜二の精神と多喜二作品のスタイルが失われていないようにと願っていた。

出版社の予定通り2010年3月、『蟹工船』スペイン語版が*Kanikosen. El pesquero*というタイトルでスペインの書店に並んだ。納品したスペイン語訳初稿がどのように改められスペイン語読者に届いているのだろうか、不安に駆られながら本の中身をスペイン語訳初稿と照らし合わせてみた。

内容の本質に関わる大きな変化はなかったし、初版英語訳に準じ改めたと思われる箇所のうち私どものスペイン語訳初稿が読み易く改善された箇所も当然あった。しかし、なぜ変更・訂正を加えたのかと疑問を抱かざるをえない箇所、多喜二の文章が私どもの誤りと捉えられ訂正された箇所がでてきたことで、出版社とのコミュニケーションとすり合わせ作業の重要性を再認識させられた。

2．4 *Kanikosen. El pesquero*の考察にあたって

小樽商科大学の荻野富士夫先生から本シンポジウムへご招待いただき発表テーマを『蟹工船』スペイン語版への翻訳に関するものと定めてからは、それまで気後れし避けていた、私どものスペイン語訳初稿と実際に出版された*Kanikosen. El pesquero*との比較と分析に本腰で取り組むことになった。

本来であれば、納品したスペイン語訳初稿について翻訳者は出版社側と不明点を充分にすり合わせ、出来上がった原稿を校正者がチェックし、そして印刷されたスペイン語版が存在するはずだが、不本意ながらここにあるのは納品したスペイン語訳初稿に初版英語訳を参照したであろう校正が施されたものである。

納品したスペイン語訳初稿と出版されたスペイン語版では、詳細に見ると良くも悪くも異なる部分が見られる。まず*Kanikosen. El pesquero*の最初の文章「おい、地獄さ行ぐんだで！」で、先頭にあった三つの単語が削除されスペイン語訳初稿とは雰囲気を異にしている。どちらが良いかは断言できないが異なっていることは確かである。また、スペイン語訳初稿と初版英語訳間に生じる不一致は英語訳に傾倒し改められたと推測できる箇所もある。原書の「監獄」（底本P.40）の訳がその例である。

スペイン語訳初稿の“cárcel（監獄）”は“infierno（地獄）”に改められたが、これも初版英語訳が“hell（地獄）”であったからだろう。

すり合わせ作業を通し了解した上での変更・訂正・追加であれば今になって首を傾げたり納得したりすることもないだろうが、実際その作業はなかった。したがって、ここではスペイン語版を再校正するつもりでいくつか例を挙げながら『蟹工船』のスペイン語翻訳を全般的にみていく。

日本語の文学をスペイン語に翻訳する際のさまざまな困難性・疑問点に関しては、当該分野の研究者モンセ・ワトキンス（Montse Watkins）、フアン・ルイス・ペレリョー（Juan Luis Perelló）、エレナ・ガリェゴ（Elena Gallego）の文献を参考にした。彼らは、文学作家が日本語で思考、表現したものをスペイン語に翻訳することについて幅広い経験を基にきわめて論理的に説いている。

2. 5 『蟹工船』スペイン語版に見られる特徴のいくつかとその例

（P. は引用箇所の底本のページ。→の後は *Kanikosen. El pesquero* からの抜粋。　　　部分は、底本・私どものスペイン語訳初稿・スペイン語版 *Kanikosen. El pesquero* から考察しより適切と思われるもの）

●傍点

強調のための傍点は無視されているが、原書における強調部分である旨を冒頭で示した上で、太字にするなど際立たせることが可能。

それを何より恐れていた。（P.19）→ lo que más temían era [...]

lo que más temían era [...]

監督は日本語でハッキリそう云った（P.25）→ gritó el patrón

vociferó el patrón claramente **en japonés**

●鉤括弧

本来の意味以外の意味を表す「　」は、《　》で括られている。

「巣」（P.12）→《nido》「蛸《たこ》」（P.18）「タコ（蛸）」（P.68）→《pulpo》「糞壺」（P.25）

→《letrina》

「糞壺」は頻出するが、初出の際は比喩表現で表されている。
穴全体がそのまゝ「糞壺」だった（P.19）→ El agujero entero era como una letrina.
《　》で括れば、原文により近くなる。El agujero entero era una《letrina》.
以降の「糞壺」は《　》で括られていない箇所もあるが、全て《　》で括るべき。

一方《　》は文中の会話文や無音声の思考内容にも使われるため、煩わしくなる可能性はある。
気が狂ったように、「駄目だ、駄目だ！」と皆の中に飛び込んで、叫び出した。（P.15）→ fue hacia aquellos hombres gritando como un loco《¡No lo hagáis; no lo hagáis!》
給仕は「今」恐ろしい喧嘩《けんか》が！　と思った。（P.31）→ El camarero pensó:《¡Vas a ver qué bronca!》　El camarero pensó:《**Ahora.** ¡Vas a ver qué bronca!》
この場合の思考内容に含まれる「今」（強調の鉤括弧と傍点）も太字で表すことが可能。

単語を際立たせるための「　」も太字にすることが可能。
「サボリ」「サボ」（P.102, 111）→ escaqueo　**escaqueo**

●鉤括弧または鉤括弧と傍点
強調のための「　」や「　」と傍点は、省かれている場合と《　》で括られている場合がある。
「将軍」（P.9）→ almirante　「不意に」（P.63）→ de pronto　「毎日」（P.67）→ cotidiano
「立派な処」（P.66）→ un lugar《maravilloso》「横柄な」（P.66）→《insolentes》
頻出するため、省かれている場合や文脈で表現している場合がある。

●丸括弧で括られた疑問符・感嘆符

読者に訴えかけるための効果的な符号だが、省かれている。

次の年には又平気で（？）同じことをやってのけた。（P.16）→ el año siguiente otra vez, ya sin escrúpulos. [...] sin escrúpulos (?) .

一人七、八円の借金（！）になっていた。（P.37）→ tenían una deuda de siete u ocho yenes cada uno. [...] deuda (!) [...]

●丸括弧で括られた感嘆符

句点の後ろに現れ読者の注意を引くためだが、省かれている。

それは濫費にはならなかった。（！）（P.73）→ Eso no era derrochar. [...] derrochar. (!)

●感嘆符疑問符

文末に現れ音声の表情を表す感嘆符疑問符だが、感嘆符が省かれている。

船長としてだア――ア！？（P.31）→ ¿Así que *capitán*? ¡¿Así que *capitán*!?

本来スペイン語で感嘆符と疑問符を同時に付けることはないが、昨今はマンガの普及により不自然さはさほどない。

●二倍ダッシュ

文頭、文中、文末に現れ、文中での間《ま》を表すが、省かれている。文脈で表現可能な場合もある。

それが――心からフイと出た実感が思わず学生の胸を衝《つ》いた。（P.41）→ esta frase, dicha desde el corazón se clavó en el pecho del estudiante.

目的は――本当の目的は（P.117）Su objetivo, su verdadero objetivo,

眼の前にいて、仲々近付かない。――歯がゆかった。（P.44）→ estaban ahí enfrente y no lograban aproximarse más. Era desesperante.　estaban ahí enfrente y no lograban aproximarse más. —— Era desesperante.

●鉤括弧で括られたリーダー

沈黙している、または絶句している人物がいるなどことばを発してはいないがその場に人物が存在することを表現するが、省かれている。省くべきではない。

「・・・・・・・・・・・・」（P.62,64）「・・・・・・・・・・・・・。」（P.63,72,82,118）

●名詞

スペイン語の名詞は、具体的に何を指すかがわかっている特定されたものか、不特定のものかを区別し冠詞が付けられる。また単数・複数、男女の区別も必要である。

若い漁夫（P.52）→ Los jóvenes pescadores　若い漁夫（P.54）→ El pescador joven

若い漁夫（P.55）→ un joven pescador

P.52でUn pescador joven（不特定の初めて登場する若い漁夫一人）を基本にし、P.54は El pescador joven（すでに登場したことのある特定の漁夫）P.54の13行目で場面が戻るがP.55は el pescador joven（すでに登場している特定の漁夫）とし、一貫性を持たせるべき。

スペイン語版P.52 Los jóvenes pescadores（ロシア人に救われた特定の複数の若い漁夫）を基本とした場合（Los jóvenes pescadoresは“漁夫は若者ばかり”と解釈されがち）、P.54は Uno de los jóvenes pescadores（すでに登場した若い漁夫たちのうち不特定の一人）、P.55はel joven pescador（すでに登場している特定の若い漁夫）とするのが自然。

ロシア人達は（P.54）→ El ruso　Los rusos

●人称代名詞

例えば、私は・僕は・俺は　など主格人称代名詞の一人称単数はすべてyoで表すため、表現が限られてくる。

俺（P.89）→ yo　僕（P.103）→ Yo

私は（P.87）→ servidor のように自分を丁寧に表現するなど、特徴づけることが必要で可能な場合もある。

文脈によっては主語を省いた方が自然な場合がある。

俺《おい》らもう一文も無《ね》え（P.9）→ No tengo ni un chavo.

Yo（俺《おい》ら）を省くことでより口語らしさが出る。

●擬音語

聞こえる音や声を字句で模倣する表現は日本語によく見られる。それがスペイン語にも存在する場合はそれを充て、そうでない場合はスペイン語の音の中で創造し可能な限り原文に近い音が伝わるよう翻訳されている。ただし、文字表現が一般的でない音声は奇異なものにならないよう注意が必要である。

「ヒヒヒヒ・・・・・」と笑って（P.9）→ — Ji,ji,ji — se rió éste —.

ジイー、ジイーイと（P.32）→ Se oyó《I,ii,iii》

「むふ、むふ・・・・・・・・」（P.56）→ el《mfmfmf…》

ドブーン、ドブーンと（P.72）→《Pon, pon》

模倣された音である旨の説明を加えたり、模倣はせず音を別の言葉で説明したりする場合もある。

ガラ〜（P.98）→ un sonido que parecía decir《gara-gara》

ウインチのガラ〜という音（P.8）→ el ruido de un torno

ガラ〜とウインチで（P.71）→ utilizaban unos tornos que traqueteaban

ザアー・・・・と泡立つ（P.23）→ llenaban todo de espuma.

ウアハヽヽヽヽと、（中略）無遠慮に大きく笑った。（P.116）→ se reía el patrón sin reprimirse, a carcajadas

音の表現が省かれている場合もある。

ステイムでウィンチがガラ〳〵廻り出した。（P.41）→ Los tornos de vapor seguían dando vueltas.　この場合は省かずに、traquetear（ガタゴトいう）を用い Los tornos de vapor seguían dando vueltas traqueteando. と表現することが可能。

●擬態語

音や声はないがその状態を音によって象徴的に表す言葉は日本語で非常によく使われる。スペイン語にも存在するが日本語ほど多くはない。動作や事物を説明することで音を表している。

ベラ〳〵笑った（P10）→ se rió a carcajadas

ゴロリ横になって（P.25）→ Se tumbaron

棍棒を玩具にグルグル廻しながら（P.29）→ haciendo girar su porra como si fuera un juguete

キラッ〳〵と光る（P.22）→ brillaba　brillaba con fuerza

ジュク〳〵した雨（P.22）→ una fina llovizna　una lluvia fina y densa

●比喩

como や動詞 parecer（～のように見える）が用いられるが、頻出するので配慮が必要である。

木の根のように不恰好に大きいザラ〳〵した手だった（P.11）→ Sus manos eran grandes, ásperas y deformes como las raíces de un árbol.

豚のように（P.12）→ como cerdos

機械人形のように、行ったり来たり（P.9）→ como muñecos de cuerda　yendo y viniendo como muñecos mecánicos

流れの止った泥溝《どぶ》だった（P.19）→ El desagüe se había atascado. 通路自体が泥溝のような状態だと表現しているので Era como si un desagüe se hubiera atascado. または Aquello era un desagüe atascado.

●地名

北海道（P.10）→ Hokkaido　東京（P.36）→ Tokio　樺太（P.23）→ Karafuto

「樺太」は、サハリンとして知られているが『蟹工船』の主題に沿うようそのままにし、脚注を付けた。留萌（P.22）に脚注が付けられているが、同様に祝津、稚内、宗谷岬（P.22）にも脚注の可能性があった。または周辺地図を示すとより理解しやすい。

●敬称

天皇陛下（P.28）→ El emperador　浅川君（P.100）→ Asakawa

村長さんや、署長さん（P.113）→ los alcaldes y los jefes de policía

お釈迦《しゃか》様（P.113）→ el buda

同輩や目下の人に対する「君」に該当するスペイン語は一般的なものがないが、「さん」はseñorを用い、この場合の「村長さんや、署長さん」はlos señores alcaldes y los señores jefes de policíaとすることが可能。

この場合の「天皇陛下」は、Su majestad el Emperadorとし特徴づけることが可能。

●方言

方言をスペイン語に適切に翻訳するのは難しい。このような場合、スペイン語の方言を用いる方法がある。エレナ・ガリェゴの文献に、フェルナンド・ロドリゲス-イスキエルド（Fernando Rodríguez-Izquierdo）が『坊っちゃん』[7]の翻訳において四国地方の方言にアンダルシア地方のそれを充てたことを紹介している。

しかし、この方法がスペイン語読者に全く違和感がないとは言えない。たとえば『蟹工船』にアンダルシア地方の方言を使用すると気候の隔たりが感じられるだろう。南米のスペイン語やスペイン語の方言はそ

7 Natsume, S.（1997）. Botchan

の地理や歴史によって限定された意味を内包するので、適切な方言を探すのは容易ではない。

『蟹工船』の方言は、標準スペイン語を多少くだけた雰囲気の表現にして翻訳する可能性があった。言語変種を考慮した口語体のスペイン語を用いることで独特の会話らしさが生まれただろうし、これらの表現が作品全体に存在していても煩わしさは感じられなかっただろう。

おい、地獄さ行ぐんだで！（P.8）→ Vamos hacia el infierno.
（より口語体）Bueno, ya nos vamos hacia el infierno.
（さらに方言風）Bueno, ya nos vamos *pa' l* infierno.
俺ア、キット殺されるべよ（P.117）→ A mí seguro que me matan.
A mí me pelan seguro.
帰りてえな（P.63）→ Estaría bien volver a casa, ¿no?　Estaría bien volver pa' casa, ¿no?
又、長げえことくたばるめに合わされるんだ（P.14）→ Y aquí estoy otra vez, apuntado en un viaje largo, para que me hagan estirar la pata...
コンマまでをY aquí estoy otra vez *pa'* largoにし、後半部分の口調とのバランスをとる。
「ウム、そうか！」（P.33）→ ¿Es verdad lo que me cuentas? ¡Vaya!
丁度えゝさ（P.74）→ Vaya, ¿a que no te imaginabas que tendrías una muerte tan bonita?　¡Qué bien, no!
文法的に正しいスペイン語でない部分は斜自体で書かれる。これはスペイン語話者の言語変種のひとつであり、口語体を生かした方言風な表現になる。

●ことば遊び

ストライキやったんだ。　ストキがどうしたって？　ストキでねえ、ストライキだ（P.126）→ ¡Estamos en huelga! ¿Qué dices que cuelga? No cuelga nada, ¡huelga, huelga!
音に共通点のあるcuelga（吊るす）で応答している。

●誤字沢山の浅川の張り紙（P.35）の内容がスペイン語訳で誤字なしになっているが、雑夫（obrero）をovrero、手拭（toalla）をtoayaなど誤った綴りにする工夫することが可能。

●タイトル*Kanikosen. El pesquero*

出版社が*Kanikosen. El pesquero*というタイトルを掲げた理由は、おそらく商的な視点からであろう。蟹漁と蟹缶詰加工を併せて行う船がスペインで一般的でないためか「蟹工船」を翻訳しなかったのかもしれない。本のタイトルとして確かに悪くはないが、これら二つの言葉を並べることで、Kanikosen イコール El pesquero（漁船）だと誤解されるおそれがある。

この蟹工船博光丸（P.9）→ ese barco conservero de cangrejos, el *Hakko Maru*で、「博光丸は蟹を加工する船」であることが明白になるが、Kanikosenとの関係には触れていない。「蟹工船」イコール「蟹を加工する船」であることをタイトル上で示すためには*Kanikosen. El barco conservero de cangrejos*。

●その他、意味やニュアンスのズレを感じる箇所のいくつかを挙げる。

・彼は身体《からだ》一杯酒臭かった（P.8）→ El cuerpo del hombre apestaba a sake.
sake（日本酒）に限定されているが、全般的な酒臭さのイメージが伝わるalcohol（アルコール）を用い El cuerpo del hombre apestaba a alcohol.

・食べ物バケツ（P.9）→un cesto de comida
cesto（バスケット）より原文に近い un cubo de comida

・顔だけピョコ〳〵出す鳥のように、騒ぎ廻っている（P.9）→ como si fueran pájaros que asomaban la cabeza
動詞revolotear（虫や鳥が飛びまわる）を用い、parecía [...] que los pájaros sacaban la cabeza revoloteando とし擬態語「ピョコ〳〵」と「騒ぎまわる」を表す。

・膿《うみ》のような鼻をたらした、眼のふちがあかべをしたようにたゞれているのが（P.10）→uno por cuya nariz salía algo parecido a pus y que tenía el borde de los ojos enrojecido
「あかべ」の行為はスペイン語読者には理解しがたいが、「目の下の赤い部分を見せたように」と訳すことは可能。また enrojecido（赤くなっている）より inflamado（炎症が起きている）の方が原文に近い。あまり簡潔な文章とは言えないが、uno por cuya nariz salía algo parecido a pus y que tenía el borde de los ojos inflamado como si hubiera tirado del parpado inferior para enseñar la parte de dentro. と表現できる。

・空気がムシとして、何か果物でも腐ったすッぱい臭気がしていた。漬物を何十樽《たる》も蔵《しま》ってある室《へや》が、すぐ隣だったので、「糞」のような臭《にお》いも交っていた（P.10）→ El aire olía a cerrado y a fruta podrida. Además, en el compartimento de al lado se guardaban docenas de barriles de conservas, cuyo fuerte olor también se percibía en la bodega.
fruta podrida（腐った果物）と fuerte olor [...] bodega（貯蔵庫のきつい臭い）で臭いを表現しているが、a agrio（酸っぱい）と mierda（糞）を用い原文に近づけるべき。El aire olía a cerrado y a agrio de fruta podrida. Además, el compartimento donde se guardaban decenas de barriles de verduras en conserva estaba justo al lado, por lo que también se mezclaba un mal olor como de mierda.

・「こんだ親《お》父《ど》抱いて寝てやるど。」 ―漁夫がベラ〳〵笑った。（P.10）→ − Un día vas a dormir abrazado a papaíto − dijo uno de los pescadores mirando hacia los chicos y se rió a carcajadas.
dijo と uno de los pescadores で話者が漁夫の中の一人であること、mirando hacia los chicos で話の対象が少年たちであることをそれぞれ示している。いずれも原文にはない内容である。これらを加えることにより文章が明白になるが、明白にする必要がない場合や不明瞭な方がよい場合もある。ただし dijo（言った）は話しことばの後なので必要である。dijo un pescador y se

rió a carcajadas.
・青森、秋田の組合などゝも連絡をとって（P.19）→ Los sindicatos de Akita y Aomori se habían unido a ellos para conseguir ese objetivo.
unido（結びついている）、para conseguir ese objetivo（目的を果たすため）は補足的な内容になっている。También se habían puesto en contacto con los sindicatos de Akita y Aomori.
・漁夫は豚のようにゴロ〳〵していた（P.12）→ los pescadores estaban hacinados como cerdos
「ゴロ〳〵していた」の解釈だが、hacinados（ひしめいている）ではなく、tumbados（横たわっている）とし、los pescadores estaban tumbados como cerdos
・干柿《ほしがき》のようなべったりした薄い蟇口《がまぐち》（P.13）→ un monedero tan liso como un pañuelo recién planchado.
pañuelo recién planchado（アイロンをかけたばかりのハンカチ）ではいかにも清潔なイメージであるが、caqui（柿）が一般的なのでcaqui seco aplastado（平たい干した柿）で表現し、un monedero con cierre de boquilla delgado como un caqui seco aplastado
・巴投《ともえな》げにでもされたように、レールの上にたゝきつけられて（P.15）→ al caer se golpeó con el raíl
「巴投げ」を表し、cayó como si lo hubieran lanzado contra los raíles con una llave de judo
・モチを踏みつけた小鳥のように（P.16）→ como si fueran pájaros atrapados en cal viva
cal viva（生石灰）ではなくliga（トリモチ）とし、como si fueran pájaros atrapados con liga
・便所から（P.17）→ del baño
de la comunaの方が「便所」の意味に近い。
・頬ぺたをつゝついた（P.17）→ pellizcó los mofletes.
pellizcar（つねる）ではなくpinchar（突く）とし、pinchó con

un dedo el moflete

・飛んでもねえ所さ、然し来たもんだな、俺も・・・・・・（P.65）
→ Este sitio es un infierno, pero aquí estamos; yo también.
場所を曖昧にし、またより口語体にし、Y pensar que he venido a un lugar así.

・虱《しらみ》より無造作に（P.66）→ con menos ceremonia de la que se usaba para matar a una pulga.
pulga.（ノミ）ではなく、piojos（虱）でsin ceremonia, peor que si fueran piojos.

・鼻紙（P.69）→ el papel higiénico
papel higiénico（トイレットペーパー）ではなく、pañuelo de papel

・納豆の糸のような（P.22）→ como hilos oscuros
「納豆の糸」を表現するのは難しいが、hilos oscuros（色のついた糸）よりhilos turbios y pegajosos（濁りと粘り気のある糸）とし、どんよりとした雨を表現。

おわりに

私どもがこのシンポジウムでお伝えしたいことは何なのか、ずっと考えてきた。『蟹工船』スペイン語版は翻訳した私どもが心から満足と言える出来ではなかったので、小林多喜二さんに申し訳なくしばらくは憂鬱だった。しかし専門家の書評によると、多喜二が『蟹工船』に込めたメッセージはスペイン語読者に伝わっているようなので、それだけは救いであった。とはいえ、このたびの機会を与えられていなかったら、再び『蟹工船』と *Kanikosen. El pesquero* に正面から向き合い読み比べる勇気はまだ持てなかっただろう。

日本で時代を超え再び多くの人々に読まれ、空間を超え世界の様々な言語に翻訳され、常にメッセージを伝え続けているところにこの作品の力強さを感じる。東日本大震災で大きな痛手を受け懸命に立ち上がろうとしている今の日本にも、この多喜二のメッセージが生きているはずである。

畏れ多くもこのような傑出した作品に関わることができ、たいへん感謝している。と同時に、私どもが本当に納得できる『蟹工船』スペイン語版を近いうちに完成させ世に出す考えがあることもお伝えしたい。

最後になりましたが、このような機会を与えていただいた小樽商科大学の荻野富士夫先生をはじめ関係者の方々へ深くお礼申し上げます。

文献一覧

- Aldecoa, I.（1957）. *Gran Sol*. Barcelona, Ed. Noguer.
- Arconada C. M.（1933）. *Los pobres contra los ricos*. París / Madrid, Publicaciones de Izquierda.
- Arconada C. M.（1934）. *Reparto de tierras*. París / Madrid, Publicaciones de Izquierda.
- Borrero, J. M.（1928）. *La Patagonia trágica*. Buenos Aires, Kraft.
- Castañar, F.（2001）. *Panorámica sobre el compromiso en la Segunda República*. En Aubert, P. (ed.) *La novela española: siglos XIX y XX*. En Collection de la Casa de Velázquez, nº 66. Madrid, Casa de Velázquez.
- Castellanos, J.（2002）. *Literatura catalana i compromís social en els anys trenta*. En revista *Els marges, nº69*. Barcelona, Associació Els Marges.
- Dueñas Lorente, J.D.（1994）. *Ramón J. Sender, periodismo y compromiso（1924–1939）. Estudios Aragoneses*, nº40. Huesca, Instituto de Estudios Altoaragoneses.
- Esteban, J. y Santonja, G.（1988）. *Los novelistas sociales españoles（1928–1936）: antología*. Barcelona, Anthropos.
- Ferres, Antonio（1959）. *La piqueta*. Barcelona, Ancora y Delfín.
- Gallego, E.（2002）. *Lengua, literatura y cultura comparadas: Estudio y análisis de las dificultades que plantea la traducción de obras literarias de japonés a español*. Tesis de doctorado. Universidad de Sevilla.
- Kobayashi, T.（1931）. *The Cannery Boat and other Japanese short stories*. UK, New York International Publishers.

- 小林多喜二（1953）. *蟹工船・党生活者*　新潮社
- Kobayashi, T.（1973）. *The factory ship and The absentee landlord* (trans. Motofuji, F.）. Tokyo, The University of Tokyo Press.
- バラエティ・アートワークス（2007） *蟹工船マンガで読破*　イースト・プレス
- Kobayashi, T.（2010）. *Kanikosen. El pesquero*. Barcelona, Ático de los libros
- Kobayashi, T,（2011）. *El camarada*. Barcelona, Ático de los libros
- Lillo, B.（1904）. *Subterra. Cuadros mineros*. Santiago, Imprenta Moderna.
- López Pacheco, J,（1958）. *Central eléctrica*. Barcelona, Destino.
- López Salinas, A.（1960）.*La mina*. Barcelona, Destino.
- Mancisidor, J.（1932）. *La ciudad Roja*. México, Editorial Integrales.
- Natsume, S.（1997）. *Botchan*（trans. Rodriguez-Izquierdo, F.）. Tokyo, Luna Books.
- Nonoyama, M.（1979）. *El anarquismo en las obras de Ramón J. Sender*. Madrid, Playor.
- Perelló, J. L.（2008）. *Dificultades de la traducción del japonés al castellano*. Santiago, I Jornada de Estudios Asiáticos PUC.
- Revueltas, J.（1943）. *El luto humano*. México, Organización Editorial Novaro（1972）.
- Sabella, A.（1944）. *Norte grande*. Santiago, Lom, 1997.
- Sender, R. J.（1930）*Imán*. Madrid, Cénit.
- Sender, R. J.（1932）. *Literatura proletaria*. En Esteban, J. y Santonja, G.（1988）.
- Sender, R. J.（1932）. *Siete domingos rojos. Barcelona*, Balagué.
- Sender, R. J.（1934）. *Viaje a la aldea del crimen*. Madrid, Imprenta de Juan Pueyo.
- Sender, R. J.（1939）. *El lugar de un hombre*. México, Quetzal.
- Sender, R. J.（1960）. *Réquiem por un campesino español*. Réquiem por un campesino español, New York, Las Américas.

- Teitelboim, V. (1952) . *Hijo del Salitre*. Santiago, Lom (1996) .
- Viñas, D. (1958) . *Los dueños de la tierra*. Buenos Aires, Losada.
- Watkins, M. (1999) . *Reflexiones sobre la traducción de literatura japonesa al castellano*. Nagoya, *Cuadernos* CANELA.

『蟹工船』の韓国語訳をめぐる読者の階級認識

梁　喜辰

はじめに

2008年の日本社会に「蟹工船ブーム」が起きてから、小林多喜二の文学は再び脚光をあびることになった。これは良く知られているように、新自由主義が深まっている日本社会の状況とともに、深刻な貧富の格差がもたらした「格差社会」に苦しんでいる若者たちの間に話題になったのがきっかけになったからである。日本に起きていた「蟹工船ブーム」は一部のマスメディアを通じて韓国に伝わっており、それは当時韓国の慌しい政局の最中に起きていた 新自由主義の狂風が、韓国の問題だけではなく全世界に波紋を巻き起こしていることを知らせる便りであった。

小林多喜二は韓国社会に一部の研究者を除いてあまり知られていない作者であるが、日本で起きている「蟹工船ブーム」という事件がどのように人々に受けられており、またどのような影響を与えたのかは興味深い問題である。これは最近アメリカをはじめ全世界に広がっている市民たちの抗議デモを目の当たりにしている今だからこそもっとも意味がある。例えば2011年9月にアメリカで「ウォール街を占拠せよ」という運動が起きているが、これは現在の韓国はもちろん、全世界に広がっている新自由主義に対する抗議運動の背景と「蟹工船ブーム」との間に同じ問題が潜んでいるのが分かる。それでここではまず、2008年日本に起きた「蟹工船ブーム」の韓国への影響について同時代の韓国社会の事情をふまえ、多喜二文学が韓国に紹介される意味は何かを探ってみる。また多喜二文学の主な読者は誰だったのかを究明して、その影響の直接的な対象である「88万ウォン世代」などの事情を述べてみる。

「蟹工船ブーム」と韓国語新訳『蟹工船』[1]の刊行をめぐる背景

2008年に日本で起きていた「蟹工船ブーム」とその影響として、新しい韓国語新訳の『蟹工船』が出版された。多喜二の時代と違う時空間にもかかわらず、再び多喜二の作品が日本で甦り、韓国ではその影響とも言える韓国語新訳の『蟹工船』が出版される過程は、21世紀における多喜二文学の新しい意義を求める事件に違いない。日本プロレタリア文学の代表的な作者である多喜二だが、彼の文学が長い間に文学として正当な評価をされることがなかったのは、多喜二の時代から戦後に至るまでの権力側の凄まじい弾圧と検閲の問題があった。だが、その激しい弾圧にも関わらず多喜二の作品は生き残り、また今の時代に若者たちの間で話題になって読まれている。特に、再び多喜二が読まれている大きな理由について、多喜二時代と今の時代の「類似性」にあることはもはやよく知られていることだろう。周知のとおりに1929年世界大恐慌以来、今日のアメリカのサブプライム・ショックをはじめ、2008年リーマン・ショックなどに継ぐ「100年に一度の金融危機」とも言われている大規模な危機が起きている[2]。世界の経済を揺るがすこの事態の背景にあるのは、福祉削減と富裕者優遇税制、規制緩和、民営化などを標榜している新自由主義であるのは言うまでもないことである。

このような世界的な新自由主義の嵐は韓国でも例外ではなく、貧富の格差はさらに進んでいる状況であった。日本で「蟹工船ブーム」が起きている2008年6月頃の韓国は、同年5月から始る「蠟燭抗議デモ」が社会に階層や階級または世代を越えて、一層広まっている時期である。「蠟

---

1 ここで論じている新訳『蟹工船』というのは2008年8月に私の翻訳で文波浪（ムンパラン）出版社より刊行されたものを言っており、旧訳『蟹工船』というのは1987年8月にイ・グィウォンの翻訳によりチング出版社から刊行されたものを指している。

2 例えば、岩井克人は2008年の金融危機が1930年代の世界大恐慌に次ぐ大規模な経済危機だとして次のようにコメントしている。「それは（100年に一度の金融危機、筆者注）一九三〇年代の世界大恐慌に次ぐ大規模な経済危機です。アメリカでは九％を超える高い失業率が三年近くも続いている。確かに、大恐慌の時には三〇％近くに達しましたから、当時ほどは深刻ではないと言えるかもしれませんが、持続的なGDPの損失は当時に匹敵し、明らかに通常の景気後退とは一線を画すものです」、岩井克人「「一〇〇年に一度の危機」の後で自由放任主義と決別せよ」、中央公論、2011年11月（126-12）、151頁。

燭抗議デモ」というのは、過去の民主化運動の暴力的な軍事独裁政権に対して、自己防衛のために石や火炎瓶などを投げるようなデモではなく、市民たちは蠟燭を持ちながら非暴力的に行う平和的な抗議デモである。

国内外の言論に報じられたように、2008年5月の韓国は新しい市民運動、もしくは新自由主義を信奉する政権に対する新しい抗議デモ文化が生まれた時期であるが、これはアメリカの 狂牛病（BSE）の恐れのある牛肉を、再び輸入することに対して始まった「蠟燭抗議デモ」であった。しかし、これはやがて李明博政権の露骨的な新自由主義路線の国政に対する反対運動にまで及ぶことになる。韓国の新しい抗議デモ文化が生まれる蠟燭抗議は、5月から凡そ2ヶ月以上、毎日数百から数万人の市民たちが、非暴力というスローガンの下に自発的に参加されたと言われている。

牛肉の輸入に対する抗議が、なぜ、李明博政権の政策全般に対する不満と抗議にまで発展したのであろうか。2008年韓国の「蠟燭抗議デモ」の時代背景についてよく言われるのが、1997年の「IMF救済金融事件」である。韓国は1997年12月5日の「IMF金融危機」以来、IMF管理体制によって金大中・盧武鉉政権の間に一層厳しくなる新自由主義路線の政策は、「非正規社員の増加」や「貧富の格差」など様々な問題を起こしたのである。特に、若い世代の非正規社員の急速な増加による不安定な社会の状況は、日本の「ロスジェネ世代」に当たる「88万ウォン世代」と呼ばれる大きな社会現象をもたらした[3]。

IMF体制以後、新自由主義路線による 一層厳しくなる現実の競争社会は、入試や入社のためにあまり政治的に意識化されることなどなかった若い「88万ウォン世代」を、「自然発生的」に街路へ進行させるよう

3 禹皙熏（ウ・ソクフン）によると「88万ウォン世帯」というのは、韓国全体の非正規社員の平均賃金119万ウォンから20代の賃金割合の74％をかけると88万ウォンになっており、しかもこの金額は税金を控除されていない金額だと言っている。禹皙熏・朴権一（バク・コンイル）共著『88万ウォン世代』、Redian、2007参照。『88万ウォン世代』は2009年2月に日本語で翻訳出版されている。

になる[4]。特に、今まで韓国政府の教育政策に対して、抗議デモに参加したことのない中学生や高校生たちからは、激しい競争に追われている新自由主義的な教育政策に対する不満がこの時一気に爆発したのである。道路に進出した中学生や高校生たちの異例の行動によって刺激された大学生や市民たちも、ついに蠟燭抗議に参加するようになる。このような時期に韓国語新訳の『蟹工船』が新しく刊行されるようになるわけである。

しかし、この時期に韓国における日本プロレタリア文学の研究は乏しく、特に小林多喜二研究もろくにされていない状況である。まず、現在まで韓国の多喜二研究の状況を記しておく必要がある。韓国の日本プロレタリア文学の研究の中、特に多喜二研究の状況については、朴眞秀の2003年11月30日「小林多喜二生誕100年・没後70周年記念シンポジウム」に詳しく発表されている。その後、一部の日本人研究者の韓国語訳の論文や単行本を除いて、韓国人研究者の多喜二研究の状況を調べたところ、次の三人、夫洪植、黄奉模、そして朴眞秀の成果が確認されたのである。

済州産業情報大学の 夫洪植は、1995年に『党生活者』、2002年に『蟹工船』をテーマに論文を1本ずつ書いており、黄奉模は2000年から2011年にかけて、『蟹工船』をテーマに6本、『党生活者』で1本、『一九二八年三月十五日』で2本、合計全部9本、暻園大学校の朴眞秀は2003年に『一九二八年三月十五日』をテーマに1本を発表している[5]。

---

4 特に「蠟燭示威」の原動力になった中学生や高校生達の参加は、いかに韓国の教育問題が深刻な状況においてあるかを明らかに見せている。

5 夫洪植（ブ・ホンシク）の 論文の題目は次の通りである。「『党生活者』における愛情の問題：〈政治と文学〉論争を中心に」、『論文集』、第16集、1995年7月、「小林多喜二のリアリズム試論：『蟹工船』を中心に」、『論文集』、第23集、2002年8月。黄奉模（ファン・ボンモ）の論文の題目は次の通りである。「小林多喜二『蟹工船』の伏字」、『日語日文学研究』、37号、2000年12月、「小林多喜二『蟹工船』の成立」、『日語日文学研究』、40号、2002年2月、「小林多喜二『蟹工船』論：戦前の版本の研究」、『日本近代文学―研究と批評』、1号、2002年5月、「小林多喜二『党生活者』:「私」と「笠原」の関係」、『世界文学比較研究』、7号、2002年10月、「小林多喜二『 一九二八年三月十五日』の「音」」、『世界文学比較研究』、8号、2003年4月、「小林多喜二『蟹工船』の同時代評価」、『日語教育』、第30集、2004年12月、「小林多喜二『蟹工船』の伏字2」、『翰林日本学』、第18集、2011年5月、「小林多喜二「蟹工船」小考」、『日本

これで分かるように韓国の日本プロレタリア文学や多喜二研究の状況は、いまだに一部の研究者たちにしかなされていないのが現状である。しかしながら、1987年に旧訳『蟹工船』が翻訳されてから、その存在が知らされることなく、人々の前からすぐ消えてしまったかのように思われた多喜二の作品は、2008年「蟹工船ブーム」が起こる数年前から、韓国の日本文学の研究者の間で読まれ、その研究成果を少しずつ挙げていたことは意味深い現象に思われる[6]。それはもしかして、2008年「蟹工船ブーム」の先駆けの兆しだったかもしれない。

旧訳『蟹工船』

もともと多喜二の作品が韓国で初めて出版されたのは1987年にイ・グィウォン（이귀원）の旧訳『蟹工船』である。しかし、当時イ・グィウォンの翻訳本は出版されて間もなく絶版されたらしく、そのまま韓国の読者の記憶に残ることなく忘れ去られた。その大きな理由はやはり時代の流れにあったのであろう。もはや軍事独裁政権の代わりに民間の政権が出来てもう民主化されたと思われた韓国社会に、プロレタリア文学をはじめ左翼系の文学が読まれる時期ではなかったのである。多喜二の作品は丁度この時期に出版されるわけで、そのため当時の韓国社会に多喜二の作品が広く読まれることはなかった。これについて朴眞秀（パク・ジンス）も同様の見解を示している。

朴によると韓国において日本文学の研究や翻訳がそれほどなされていない理由について、まず日本帝国主義の植民地時代の教育を受けた多くの人たちの日本語能力のために日本語を韓国語に翻訳する必要がなかっ

研究』、第48号、2011年6月、「小林多喜二「一九二八年三月十五日」の研究」、『世界文学比較研究』、35号、2011年6月。朴眞秀（バク・ジンス）の論文の題目は次の通りである。「小林多喜二『一九二八年三月十五日』とプロレタリア・リアリズム論：視点技法としての「前衛の眼」」、『日本学報』、第57集2巻、2003年12月。

6　1987年旧訳『蟹工船』が翻訳される前まで、韓国の小林多喜二に関する研究は、朴眞秀と金勁和両氏の修士論文がある。最初、朴眞秀の修士論文が書かれており、論文の題目は次の通りである。「小林多喜二のプロレタリア・リアリズムの受容に関する考察」高麗大大学院、1992年。金勁和氏の修士論文は翌年書かれており、論文の題目は次の通りである。「小林多喜二の『党生活者』考察—「状況」と「人物」の典型性を中心に」韓国外国語大大学院、1993年。

たこと、また韓国の日帝からの独立後、社会の「日帝の清算」の雰囲気の中に「日本語や日本文学、日本文化を顧みるということ」が感情的にできなかったのではないかと言っている。そして、1987年まで韓国の独裁軍事政権による左翼系の出版物に対して、「国家保安法」「社会安全法」による禁止があったことを挙げている。このように、韓国は民主化されたと言われている社会の雰囲気にもかかわらず、まだ悪質的な権力側の弾圧の勢いが残っている最中に旧訳の『蟹工船』が翻訳されるわけである。しかし、1987年以後の韓国や世界情勢の状況は一気に変わってしまったのが事実である。

> 一九八七年の民主化以後は、解禁され左翼系の本の出版・印刷・翻訳・研究、いずれもゆるされますが、今度は一九九〇年前後の東欧とソ連の没落により、大衆はもちろん知識人自身も、社会主義思想から遠ざかります。このなかで日本プロレタリア文学に関心がなく、その研究や翻訳が行われなくなってしまったのでした[7]。

引いている文章で分かるように、1987年に初出版される旧訳『蟹工船』が韓国の多くの読者に読まれることがなかったもっとも大きな原因は、韓国の民主化運動の成功と現実の社会主義国家の没落にあると考えられる。

旧訳『蟹工船』の刊行における厳しい歴史と時代的な状況は、必然的に抑圧する権力に対する戦いの方法として『蟹工船』が用いられる傾向があったのも事実である。旧訳『蟹工船』の刊行における出版社の弁はそれをはっきり記している。「革命はどのように成し遂げられるか」という悲壮な文句から始まる文章は、すべての抑圧から解放されるためには「労働者たちの階級的な自覚」によって推進されて、必ず勝つという

---

7 朴眞秀「韓国での小林多喜二研究の現状と、私の多喜二研究の「視点」」、『小林多喜二生誕100年・没後70周年記念シンポジウム記録集』、白樺文学館多喜二ライブラリー、2004年、76頁〜79頁。引用は79頁。

強烈な確信と昂揚により完成されており、その「革命こそ人間が成し遂げることができる最高の美しさ」だと記した後、次のように述べている。

> 図書出版チングが企画した世界民主文学選シリーズは人間の解放のために闘争しながら前進しており、そして時たま凄絶な挫折に当たることもあり誤謬を犯すこともある。しかし、決して留まることのない真実の歴史主体の多様な姿を盛り込むために世の中に出る。／この地球の至るところに今日も人間の解放のための戦いは留まることはない。各々違う条件、違う情勢下に続いているこの戦いはその過程のなかに様々な結果物を創り出しておりまたそれらによって一歩の前進を約束されるのである。文学作品もその中のひとつである。（筆者訳）[8]

この「世界民主文学選シリーズ」の最初はベトナム作者のグェン・バン・ボン（Nguyen Van Bong）の『白い服』であるが、『蟹工船』はシリーズの二作目に刊行される。この引用のコメントから「世界民主文学選シリーズ」に含まれている『蟹工船』の刊行の狙いは、抑圧される「人間の解放」のために、またその戦いのさまざまな結果物と「一歩の前進を約束される」文学作品という認識にあったのが明らかである。

結局、『蟹工船』という作品が一つの道具として用いられたことは否定できない側面もあろう。もちろん、韓国当局の厳しい抑圧と弾圧に対する戦いのなかに左翼系が見せているその窮屈な立場は、多喜二時代の共産党員たちが抱えた問題と同様のことであるのも事実である。多喜二の時代に当局の厳しい弾圧と共産党の非合法下活動が「歴史的制約や活動家たちの経験の不足など、さまざまな未熟さや弱点が内包されていた」[9]ことは、まさに韓国の左翼系の悩みでもあったのである。

人間性の失われた文学という「文学の道具化」もしくは「文学の手段

---

8 イ・グィウォン訳『蟹工船』に乗せてある「この本を刊行しながら」という出版社のコメントからの引用で、日本語訳はなるべく直訳するようにした。

9 島村輝「「「政治」と「文学」」を転位する―「芸術的価値論争」の軌跡に見出すもの」、『国文学』第54巻1号、2009年1月号、37頁。

化」の問題は、特に第二次大戦敗戦後に平野謙・荒正人らと中野重治らの間に行われた「政治と文学」論争としてすでに議論されており、このテーマの詳論は別のところで論じることにしておきたい。だが、日本文学史における「政治と文学」論争以来の「政治」と「文学」という「対立項」という偏狭な捉え方は指摘しておかないといけない。これは多喜二をはじめプロレタリア文学における議論の際、「政治の優位性」の問題としていつも非難されている部分だからである。もちろん、これは言うまでもなく韓国における左翼系の文学や研究においても似ているところがある。

島村輝が指摘したように、この「政治」と「文学」という「対立項」的な捉え方が現れるのは、戦後の平野謙・荒正人らや中野重治らの間に行われた「政治と文学」論争からである。このような「対立項」的な捉え方は、日本文学史の記述や批評の上に大きな影響力を与えることになり、文学と政治の優位性をめぐる議論は「対立的枠組みの中」で展開されてしまった結果になるのだ言っている。

> 概括すれば、「政治」と「文学」という対立項は、文学の素材とその政治性、および文学者の政治的行動の中身、という二つのポイントをめぐっての枠組みとして提示されてきたといってよかろう。その場合問題になってきたのはもっぱら政治的力関係の中での文学者の立場の選択ということであった。今日「政治」と「文学」という枠組みで何事かを考えようとするなら、この対立的枠組みの中にとどまることは生産的とはいえないだろう[10]。

つまり、「文学の素材とその政治性」「文学者の政治的行動の中身」という枠組みで展開されてきたのが「政治と文学」論争であり、これは「政治的力関係のなかでの文学者の立場の選択」の問題に過ぎないことであって、「政治と文学の枠組み」で行われる議論もしくはそれが現実的な行

10 前掲書、37～38頁。

動であっても、その生産的ではない対立項的な枠組みを乗り越えないといけないと述べている。また一つの方法として、広い視野から「社会的なさまざまな言説の流通の中で、「政治」は言葉をどのように加工し、利用してきたかというメディア論や言説分析の中で、広義の「文学」との位置取りを構想する」ことを示している。

旧訳『蟹工船』の刊行をめぐる出版社と翻訳者の意図は前に述べたように抑圧される「人間の解放」にあるのは確かである。しかし、そのために『蟹工船』が翻訳出版されたということだけで、文学の「道具化」「手段化」の言説を述べるのは、結局「文学」と「政治」という対立項的な枠組みに留まっている認識に過ぎないかもしれない。

翻訳者と出版社は意図していなかったかもしれないが、旧訳『蟹工船』刊行における重要な意義は日本プロレタリア文学が韓国語で紹介されたこと自体であろう。前に述べたように、韓国は植民地時代に教育を受けた経験のある人々には日本語でプロレタリア文学を読むことができるが、日本語を知らない当時の若い世代には容易なことではなかった。その意味で日本プロレタリア文学の代表的な作者である多喜二の作品が韓国語訳に刊行されるというのは、一部の研究者の間にしか知られていない文学のジャンルが大衆に知られるきっかけになったと考えられる。

新訳『蟹工船』

新訳『蟹工船』が出版されるのは2008年8月であるが、これは「蟹工船ブーム」の影響であったのが事実であろう。2008年の韓国は新自由主義政策によるさまざまな問題が現れており、もはや限界に達している状況であった。この年の5月から始まっている蠟燭抗議の勢いが一層高まっていた6月、韓国の新聞に日本の「蟹工船ブーム」が報道される。記事には2008年1月9日「毎日新聞」で高橋源一郎と雨宮処凛の対談の後、それを読んだJR上野駅構内の書店の女性社員によって翌月2月に「今の現象（ワーキング・プア、筆者注）はもしかして「蟹工船」ではないか」という宣伝文と一緒に陳列されたことが「蟹工船ブーム」に至った要因であるということなど、日本の非正規雇用やワーキング・プアにより貧困に苦しんでいる状況が現代版「蟹工船ブーム」を巻き起こした原因であると紹介したのである[11]。

それほど長くない記事であったが日本で起きていた現象を聞いた出版社は、忽ち韓国の「蠟燭政局」と日本の「蟹工船ブーム」の背景にある「新自由主義」という共通の問題点に気がついたと伝えられている。それで出版社は『蟹工船』の翻訳を私（梁）に依頼するわけである。当時日々激しくなって行く韓国の政局に刺激されていた翻訳者は、出版社に声をかけられるとすぐ翻訳に携わることになる。新訳の翻訳者と編集者は、蠟燭抗議をしている市民たちが、ただ周りの勢いに流されることだけではなく、現在の韓国社会がなぜ蠟燭を持って街頭に進出しないといけなかったのか、またこれから韓国の市民社会はどうすべきであろうかという問題意識を持つ必要があると思ったと言っている。新訳の表紙には次のように出版社のコメントが入っている。

> なぜ今小林多喜二なのか？／88万ウォン世代、非正規職、両極化（格差、筆者注）、ワーキング・プア（Working Poor）…／もしかしてこの現象が蟹工船ではないでしょうか？／30万人の日本の読者が再発見した話題の小説

表紙の文句を決めた出版社の刊行の意図が 明らかに見られる言葉である。この「88万ウォン世代、非正規職、両極化、ワーキング・プア」に含まれている言葉には現在韓国の若い世代の苦しい状況が見事に説明されている。しかし、その苦しい境遇に置かれている人々には何故こうなってしまったのかという理由を知る必要があったかもしれない。そのためには韓国の政権が撒いているバラ色の新自由主義というシステムの正体と限界を徹底的に暴くことが必要だったのであろう。一生を資本主義の本質を暴く作業を貫いてきた多喜二の作品が役に立つことは言うまでもない。

---

11 記事は「ハンギョレ（The Hankyoreh）」東京特派員から送られたものである。ムンパラン出版社が見た記事は2008年6月1日にインタネットに掲載されたものである。http://www.hani.co.kr/arti/international/japan/290990.html

> 最近日本では〈蟹工船〉の熱風が吹いている。例年と違っていきなり増えた〈蟹工船〉の販売部数は現在の日本社会の性格を赤裸々に見せている。／このような熱風は日本マスコミが日本社会の貧困現象を、ワーキング・プア（Working Poor）と〈蟹工船〉の作品世界を繋いで報道されたのがきっかけになった。働いても非正規雇用として、正規職と同じ労働強度に虐げられており、相対的に低い賃金のために安定的な生活ができない、要するに「働いている貧困層」であるワーキング・プアは、現代版「蟹工船」だと言ってもそれほど違う言葉ではない。これはただ日本社会の問題だけではない／韓国の非正規職の実状は日本よりもっとも深刻な水準であることを考えると、韓国の非正規職の労働者は現代版「蟹工船」という現実に日々絶望的に慣れていくのかもしれない[12]。

小林多喜二と『蟹工船』を紹介している翻訳者（梁）の文章からであるが、日本の「蟹工船ブーム」を紹介しながら、その貧困現象の要因を、働いても安定的な生活ができない「ワーキング・プア」にあると捉えている。さらにそれは日本の問題だけではなく韓国の問題でもあることを示している。多喜二時代の資本主義というシステムがもたらした大恐慌に苦しむ民衆の嘆きは、21世紀の「ロスジェネ世代」や「88万ウォン世代」と呼ばれる非正規雇用の若者たちに繋がっている。もはや革命の時代ではないと言われている今日に、我々はプロレタリア作者の作品が甦ってくる不思議な現象を目の当たりにしている 。

このように新訳の刊行当時の歴史的な背景から刊行にいたる状況が分かる。前述した時代の背景をふまえて、実際に翻訳作業における訳者の翻訳の重点は何所にあったろうか。訳者が仕事にかかる前に、まず多喜二の書簡を参考しながら、多喜二が『蟹工船』を書く際に、何を意図し、何を目指して行ったのかを考えてみたと伝えている。多喜二の『蟹

---

12 梁喜辰「小林多喜二と〈蟹工船〉の作品世界」、『蟹工船』、ムンパラン、2008年、189～190頁より。

工船』の発表直後、多喜二が意図的に試みた「集団描写」に対し、蔵原惟人の「集団描写」への批判はよく知られているが、翻訳者の立場としては作者の創作意図を尊重し、そのテクストの再現に忠実することがもっとも大事なことではないか思われており、作品に対する評価より、作者の意図に従い、ありのままの作品の姿を韓国の読者に紹介するべきだと考えた。

それでなるべくもとの作品の「文体」に近い翻訳を試みたのである。しかし、それは容易な作業ではないことがすぐ分る。もっとも困ったのは「方言」の問題であり、心情的にはなるべく「方言」から来る人物の生き生きとした姿を見せたかったが、方言の翻訳というのはきわめて難しいことであり、残念ながら最初から諦めたのである。次に作業において苦しんだことは他の作品と比べて、一行が短いのにもかかわらず、読点が頻繁に施されていることである。読点が多いためにそのまま韓国語に訳してしまうと、何を言っているのかさっぱりその意味が分からない文章になってしまう。そのためやむをえなく作者の意図を損なわない程度に、読点を削除することにしたのである。

原稿を受け取った編集部が特に気を使っていたのは、なるべく分かりやすい韓国語表現を選ぶことだったのである。出版社が想定していたもっとも重要な読者層が2、30代の若い世代だったから、今の若い人たちもすぐ理解できるように言葉の選択には最善の注意をはらったと伝えている。

新訳『蟹工船』の刊行の際に出版社が想定していた2、30代の読者層というのは、もちろん日本の若者の間に「蟹工船ブーム」が話題になっているのを念頭においた戦略だったのである。それは言うまでもなく今日の「格差社会」の大きな影響をうけている世代だったからである。

『蟹工船』と読者

石原千秋は日本近代文学史のなかに近代文学の始まりは、「言文一致体」で書かれた二葉亭四迷の『浮雲』であるというのが今までの定説であるが、最近、近代文学の成立時期を自然主義文学の隆盛期である1907年（明治40）前後ではないかという議論が出ていると述べて、彼自身は近代文学の成立期を自然主義文学の隆盛期である論を支持していると表明する。特に近代文学研究において読者の問題として「パラダイムの変更」に言及しており、これが彼の読者論である「内面の共同体」に繋がる。「内面の共同体」というのは「内面を書かなくても読者は内面を読み、内面の共同体を形成する」ことで、これが「現代社会に生きる読者を拘束しているパラダイム」だと言っている[13]。

ここで注目したいのは「パラダイムの変更」という概念だが、これはアメリカ科学哲学者のトマス・クーンのパラダイムの概念から「パラダイム・チェンジ」を提案するわけだが、要するに、「ある時代に「正しい」とされていたことが、パラダイム・チェンジが起きると、それ以降は「まちがった」ことになってしまう」ことを意味している。この「パラダイム・チェンジ」を視野に入れて「学問の変化や定説の変更」について、石原は次のように述べている。

> こうしたパラダイム・チェンジを視野に入れれば、「論理は普遍的なものではない」ということになる。つまり、「どの時代でも、どこの国でも、誰にでも通用する論理などというものはない」と考えるのが、現在の学問の共通理解だと言っていい。それに、もしそうでなければ、学問の変化や定説の変更そのものが起こりえないことになってしまう。少なくとも、現在は人文科学や社会科学の最先端をいっている研究者はそう理解しているだろう[14]。

「どの時代でも、どこの国でも、誰にでも通用する論理」などないというのが「パラダイム・チェンジ」の意味である。これは『蟹工船』の読者にも言えることかもしれない。作者が読んでもらう対象として設定した当時の「労働者」というのは、果たして今日の「蟹工船ブーム」を起こした「ロスジェネ」などと一緒にしていいのだろうかという素朴な

---

13 石原千秋『読者はどこにいるのか―書物の中の私たち』、河出書房新社、2009年、189頁。
14 前掲書、13頁。

疑問が生じる。もちろんここで『蟹工船』を「読者論」の視点から論じるつもりではない。ここでは文学理論で論じられている「読者」の概念ではなく生の存在としての「読者」のことを論じるつもりである。多喜二が自分の作品を読んでもらいたかった当時の「労働者」と今日の「蟹工船ブーム」のなかで『蟹工船』を読まれるようになった「ロスジェネや88万ウォン世代」などの性格をはっきりすることとその意味を究明するのがここで狙っている目的である。では多喜二時代の「読者」である「労働者」と今日に「蟹工船ブーム」の「ワーキング・プアの読者」にはどのような違いがあり、『蟹工船』という作品を解釈しているだろうか。

多喜二が『蟹工船』を完成してから彼自身の創作の意図を示す1929年3月31日蔵原惟人に宛てた書簡は我々によく知られている。この書簡に多喜二は前篇『一九二八年三月十五日』より一歩前進していると自評しながら、『蟹工船』を「形式と内容」という側面からその意義を7項目に分けて詳しく伝えている。創作の形式は「主人公」や「個人の性格、心理の描写」というものがない「集団の文学」として書かれており、これは「プロ芸術大衆化のために、色々形式上の努力」を努めたと言っている。創作の内容としては「「蟹工船」という、特殊な一つの労働形態を取り扱って」おり、「労働者を未組織にさせて置こうと意図」している資本主義は、かえって労働者を自然発生的に組織させてしまうことを言っている。このように作品の「形式と内容」を述べているうちに、多喜二は当時の日本資本主義の性格を次のように決めている。

> 資本主義は未開地、殖民地にどんな「無慈悲的な」形態をとって侵入し、原始的な「搾取」を続け、官憲と軍隊を「門番」「見張番」「用心棒」にしながら、飽くことのない虐使をし、そして、如何に、急激に資本主義化するか、ということ[15]。

周知のとおり、この時期の日本資本主義は日本国内を超えて急激にそ

---

15 1929年3月31日蔵原惟人宛の書簡。『小林多喜二全集』、第七巻、1983年、390〜393頁。以後は『全集』とする。

の影響力を国外に伸ばしている時期である。さらに「官憲と軍隊」という物理的な力を用いた帝国主義政策の残虐性のことはもはや言うまでもない。共産党員である多喜二は、日本帝国主義の膨張政策の下にある「労働者」はこのような情勢を認識して「帝国主義戦争に、絶対反対しなければならない」ことを求めている。確かに多喜二の認識の前提には「プロレタリア」という階級性があるのは否定できない。これが少し気になる問題ではないかと思われる。つまり、執筆の段階ですでに「無産階級の労働者」という「読者」のことが想定されていることである。作品執筆の段階で前もって作品が読まれるだろうと思われる対象としての「読者」の設定は、作者の「書く」という行為にある程度の制約、もしくは影響が作用していたのではないか。プロレタリア文学は集団文学であり、プロレタリア文学の大衆化のための形式的な努力が必要だ思っていた多喜二の考えは承知しているつもりであるが、しかし、例えば『蟹工船』における形式の問題として同時代からずっと論争されてきた「集団描写」も、「読者」の設定からの影響で「集団描写」という形式を取り入れるきっかけの一つになったのではないだろうかと考えられる。

では、今日の「蟹工船ブーム」の読者はどのような性格を持っているだろうか。果たして、このワーキング・プアという象徴としての「ロスジェネや88万ウォン世代」などに「階級」という認識はあったのだろか。結論から言うと「蟹工船ブーム」が起きていた時点では党派的な「階級」の認識は薄かったのが事実であろう。多喜二が読むことを期待していた「無産階級労働者という読者」と今日の「蟹工船ブーム」の主役である「ロスジェネや88万ウォン世代」の「ワーキング・プアという読者」の間には少し認識の差が存在しているのではなかろうか。その認識というのは「階級認識」の有無である。現実の社会主義国家の没落という歴史的な事実を知っている人たちに「階級」という認識を求めることは難しいのであろう。にもかかわらず、実際の現実では『蟹工船』のような党派性の色が強い小説が話題になって読まれたのである。一体、この「ワーキング・プアの読者」は『蟹工船』から何を見ていたのだろうか。おそらく、今日の読者は、蟹工船という極限の空間の中で無名の人たちが酷使されている様子を通して自分たちの立場を見ていたかもしれない。作者が意図していた「階級」への認識を持っていない人々は、初めは驚愕して徐々に憤怒に至る意識の変化という「感情移入」の経験をしたと思われる。そのような「感情移入」という経験を可能にした要因は何か。作品が書かれた時代と現在、文学空間と現実空間という大きな溝を乗り越えることを可能にした要因は、多喜二のルポルタージュという「プロレタリア芸術の形式」への関心があったからではないだろうか。

多喜二は1929年『戦旗』5、6月に『蟹工船』を発表するが、執筆の際、蟹工船の実態を乗富道夫の協力により丁寧に資料を調べていたことは良く知られている。もちろんこれは多喜二が実際に現場へ入ってからのルポルタージュだとは少し言い難い。しかし、当時多喜二の蟹工船事件への関心と実際に蟹工船の実態調査を行っていた乗富の情報は『蟹工船』をルポルタージュ式の報告文学を可能にしたし、その過程の中で現実における「報告文学」の重要性を認識していたに違いない。もちろん『蟹工船』を発表する1929年の時点では彼の「報告文学」に関するはっきりした発言は見えないが、翌年5月14日～16日号の『東京朝日新聞』に連載される「「報告文学」其他」から、ルポルタージュ式の「報告文学」の認識が形成されて行くのが分かる。ここで多喜二はプロレタリア文学が持つ欠陥である「説明化」「卑俗化」「わい曲化」が、「プロレタリア作家の現実の闘争からの遊離」と「そのギャップを無細工に充たそうとする奇妙な努力」への自己批判から、「現実の闘争の中からのレポート」の意味で「レポート文学」を提唱している。

> この「報告文学」への着眼は、プロレタリア作家にその「職業化」による遊離をハッキリと示し、従ってそこからは本物に遠いプロレタリア作品しか生まれないということ、だからプロレタリア作家が自ら進んで労働者、農民の「通信員《レポーター》」とならなくては、決してその「うそ」と「行詰り」から逃れることが出来ないということを教えた[16]。

多喜二の「報告文学」への興味と実行は、当時「労農大衆の中へ」と

16「「レポート文学」の提唱」、『全集』、第五巻、223～225頁から引用。

漠然としたスローガンだけをしゃべっているプロレタリア芸術家に、実際、社会の下層に置かれている労働者と農民の間に入ることを求めている。それが「職業化」による「うそ」や「行詰り」のない真面目な「労農大衆」の文学として「「報告文学」への着眼」であると提唱している。

以上「蟹工船現象」による『蟹工船』という作品が、当時の若者たちの間に読まれていた「ワーキング・プアの読者」の背景を探って見た。この「ワーキング・プアの読者」には「階級認識」は無かったこと、酷い労働条件に置かれて酷使される人間への「感情移入」があったこと、そして、それを可能にしたルポルタージュ式の「報告文学」への共感があったと言える。

もちろん、最近ワーキング・プアに苦しんでいる人たちを「プレカリアート」という概念としての捉えようとしている動きがあるのは意味深いことであろう。「プレカリアート」はPrecario（不安定な）とProletariato（プロレタリアート）の造語である。これは2003年のイタリアの路上に落書きされた言葉だったと言われている。後に不安定な労働者やユーロメーデーに広く使われており、「不安定さを強いられた人々」という言葉として定義されている[17]。雨宮処凛などによる日本のプレカリアート運動は、多喜二が認識していたマルクス主義的「階級」と違う文化的「階級」としての認識を自覚させる運動に思われる。新自由主義に暴走してしまった資本主義がもたらした問題の解決は、結局ワーキング・プアたちの「階級認識」の自覚からだと言っているのかもしれない。

『蟹工船』の読者における「パラダイム・チェンジ」は、多喜二時代の「読者」と今日の「読者」を一緒に見る傾向に対する「視点転換」のことである。もちろん、非人間的な資本主義の本質は変わらないとしても時代と状況によって現実に対する「階級認識」と運動の様式は変わるものだと思われる。

まとめ

「蟹工船ブーム」が起きてからここ数年の多喜二文学における世間の

---

17 雨宮処凛『生きさせろ！難民化する若者立ち』、ちくま文庫、2010年、18頁。

関心は一部の作品に留まっている状況であり、むしろ多喜二の作品より彼が死にいたる瞬間まで守り続けた共産主義という思想に目を向けている傾向が強いと思われるのはなぜだろうか。もちろん一部の研究者の間に再び蘇ろうとしている多喜二を新しく文学の射程に取り扱おうしているのも事実である。だが、いまだに多喜二文学の研究はイデオロギーという偏見の壁を越えていない。なぜ、多喜二文学はイデオロギーの枠を越えることができなかったのだろうか。今まで論じてきたように、それは多喜二文学に対する権力側からの弾圧が大きかったのはもちろん、特に文学史における「政治」と「文学」論争の影響も無視できない。多喜二文学をめぐるこのような状況の中に、2008年の「蟹工船ブーム」は意外な現象として人々の間に話題された。しかも、その影響は新訳『蟹工船』の出版にまで及んだ。ここでは新訳『蟹工船』の刊行をめぐる事情を中心に述べてきた。しかし、『蟹工船』の「読者」の問題をどのように見ればいいのかについては今までそれほど論じていなかったのではないか思われた。ただ、ここでは文学理論として「読者論」を論じていなかったことは前もって了解を求めていたはずである。主にここでは観念的な「読者」の概念より、生の「読者」に関する疑問と解釈を臨んできた。繰り返しになるが、多喜二の『蟹工船』の新訳刊行の意味を探る中で、果たして「蟹工船ブーム」の当事者である「読者」たちは作品をどのように解釈しているのかを究明するのがここでの目的であった。これをはっきりすることは、これから多喜二の『蟹工船』をはじめ他の作品が読まれる可能性や翻訳される可能性の手掛かりになるからである。

ここでは『蟹工船』における「読者」について、多喜二の意図である「無産階級労働者の読者」と、「ロスジェネや88万ウォン世代」の「ワーキング・プアの読者」に「パラダイム・チェンジ」の視点として分けて考えて見た。それではっきり分かったのは二つの間には「階級認識」の差があり、その差がテクストの解釈に違う影響を与えたと考えられることである。

新訳『蟹工船』の刊行による韓国の「ワーキング・プアの読者」がどのように影響を受けたかについてはっきりした統計や現象は見られていない。だからといって、影響が無かったとも言いにくい。

蠟燭デモがあった2008年韓国で一番売れていたTシャツは日本の衣類会社コム・デ・ギャルソンの「I♥NY」のロゴが入っているものであり、次に売れたのはマーク・ジェイコブス（Marc Jacobs）の「Paris 1968」だったと言われている[18]。また、2008年を基準に韓国の自殺者は10万人当たり26.0人に至り、これは一日平均35.1人であると言っている。OECD国家の中で1位の自殺国である。10万人当たり日本は19.4人(2007年)、ハンガリー21.0人（2005)、フィンランド16.7人（2007)、フランス14.2人（2006)、スイス14.0人（2006)、イギリス5.8人（2007）であることを比べるとその深刻さが分かる。特に2、30代の死亡原因の1位が自殺であると言われている[19]。これが韓国の「88万ウォン世代」が置かれている状況を数値で示したものである。このような雰囲気の中に多喜二の文学が新しく紹介された。

形式の問題である『蟹工船』の「集団描写」のルポルタージュ式の「報告文学」の影響は、一つの可能性としてここでは詳しく論じることは避けたが、その影響とも言えるワーキング・プアたちの実情の報告が時々ルポルタージュで出版されたことは何らかの形で『蟹工船』の影響が感じられるのである。

18 禹晳熏『革命はこのように静かに—88万ウォン世代新しい場所創り』、Redian、2009年、31頁。
19 PRESSian編集部『韓国のワーキング・プア—何が我々を仕事しても貧乏にするのか』、チェッボセ、2010年、254頁。

第2部　多喜二と国際プロレタリア文学運動

多喜二生前の国際的評価: 1932年に見られるその一端[1]

高橋　純

革命作家小林多喜二の傑作というにとどまらず、日本プロレタリア文学史上の傑作である『蟹工船』（1929年）が2009年についに仏訳刊行された（*Le Bateau-usine* : trd. par Evelyne Lesigne-Audoly, éd. Yago）。作家はこの小説において、荒れ狂うオホーツク海上に送り出され、蟹漁と缶詰製造を行なう船の閉ざされた劣悪過酷な労働条件下で自らの命を守ろうとして展開される三百人の男たちの闘いを描きつつ、人間を搾取するシステムとしての資本主義を告発する。この作品は両次大戦間に生まれたものであるが、近年の日本の深刻な社会格差の拡大につれて新たな社会的不平等が自覚されるとともに再び脚光を浴びることとなり、新たな読者の新たな眼差しで読まれるようになったのである。

コミュニスト作家小林多喜二は、帝国主義と闘い、常に抑圧された人民のために書き続けたがために、迫害を受け、1930年には2度逮捕され、最後は1933年2月20日東京において、日本警察の手による拷問死により、29歳の若さで果てたのだった。この作家の死に対しては日本のみ

---

1 本稿はフランスのAssociation Romain Rolland が刊行する機関誌*Cahiers de Brèves*, No. 25-juillet 2010に掲載された＜*Une rencontre : Romain Rolland et Takiji Kobayashi*＞を邦訳加筆したものである。また本文中に提示する「ユマニテ」紙および*Feuille Rouge*の記事が掲載されたそれぞれの全紙面図版は本論末に添えられているので参照されたい。さらにその後ろの最終ページには、1930年代前半期についての高田博厚の記憶と事実経過を時系列的に対比した年表形式の表を示してある。こうして事実経過と高田の証言を厳密に対照させることにより、「ユマニテ」紙の多喜二虐殺報道記事の中にロマン・ロランの名が出現した経緯が明かされるとともに、このとき既に多喜二の作品がフランスにおいていかに高い評価を得ていたかも明らかになるのである。

ならず幾多の国で激しい憤りの声が沸きあがり、そのなかにはフランスの名も挙げることができるのである。

以下の報告は、日本人彫刻家高田博厚（1900-1987）の回想録『分水嶺』（1974）の中に残された彼自身のフランス滞在時代についての記憶錯誤を含むエピソードの記述の真相を検証した際の副産物であるとも言える。高田は渡仏後間もない時期の体験を以下のように語り、次いでその記述のなかには歴史的な事実と合致しないいくつかの記憶違いがあったことを自ら認めながらも、そこに潜んでいると信じられる何らかの真実へのこだわりからか、その回想録を単行本として出版した時には当該個所の記述を削除することも修正することもなかった。

> *私は思いがけぬ機会に会って、間もなくイタリア巡礼に出た。そしてこの年［1931年］の夏にクラマールに移り、十一月にはスイスのロマン・ロランの家に、ガンジーに会いにでかけた。この期間のいつ頃だったかは覚えていないが、ある日日本から厳重な封をした郵便小包が届いた。開けてみると『無産者新聞』で、小林多喜二が拷問獄死した追悼の特別号である。遺骸を囲んだ「同志」たちの大きな写真が載っている。これをフランスの同志たちに伝えてほしい。抗議の文を『ユマニテ』紙に出してほしいと手紙が添えてあった。*
> *私はその新聞を持ったまま、市街電車に乗り、座席で広げて読んでいた。日本語だから誰にもわかりっこない……ふと眼をあげると、私の前につり革にぶらさがって日本人が立っており、びっくりしたような顔で私を見ている。間もなく後に知り合ったのだが、これが嬉野満州雄だった。「パリに着いたばかりで、電車に乗ったら、『無産者新聞』読んでる奴がいる。あんなにおどろいたことはなかった」*
> *『ユマニテ』紙に抗議文を出すのにどうしようか？　共産党首のマルセル・カシャンと親しい画家のポール・シニャックが私を大事にしてくれているので、まず彼に相談した。「それは*

ぜひ出さなければいかん！」と彼の方が大乗気だが、私の名は出せない。「まず、スイスのおやじさんに相談してみろ」。私はロランに書いた。即座に返事が来て、「私が全責任を負う。今フランスは反動政府だから、君の名を出したら、いっぺんに追放されてしまう」。私は新聞の記事の大意をフランス語で書いて、新聞といっしょに彼の許に送った。『ユマニテ』紙は全面をあげて、ロランの抗議文と小林の遺骸の写真を転載した。（小林の死を一九三二年のように思っていたが、一九三三年だったと知らせてくれた人があった。またその頃『無産者新聞』はすでになく、『赤旗《せっき》』に変わっていたという。）[2]［下線部は引用者による強調］

上記引用文末の付記で高田自身が認める記憶錯誤の真相については筆者が既に検証したとおりである[3]。その結果断定できるのは、高田とロマン・ロランの間で交わされた「抗議文」のエピソードは1932年の出来事としては事実存在したということであった。しかし、なんとそれは多喜二存命中の話だったのである。したがって、その時点で話題にされた「抗議文」なるものが、ロマン・ロランが多喜二虐殺に抗議して書かれたものであるというのは嘘になってしまう。さらに、フランスの大作家ロマン・ロランが追悼文を寄せるほどに多喜二は生前すでに国際的に認知され高く評価されていたのだとする認識も、そもそも事実に基づかない勝手な思い込みに過ぎなかったことになってしまう。では本当のところ、とりわけ当時の多喜二の国際的評価はいかなるものであったのか。残念ながら、多喜二研究史上過去にこの点が十分検証されてきたとは言い難い。実際には第二次世界大戦後日本では、ロマン・ロランが多喜二

2 高田博厚『分水嶺』岩波現代文庫、2000年、pp. 74-741。この回想録は初め1974年に雑誌「思想」に15回にわたって連載され、1975年に単行本化された。読者からに指摘に基づく追記はこの単行本化の際に加えられたもの。また高田の記憶と事実経過の対応関係については本文末の表を参照されたい。

3 高橋純「多喜二とロマン・ロラン：伝説の〈事実〉と〈真実〉」、小樽商科大学『人文研究』118輯、2009年。

の死を悲しみ、告発の追悼文を記してフランス共産党機関紙「ユマニテ」に掲載したという逸話が、検証を経ぬ噂のレベルで語り伝えられてきたのだった[4]。

そこで筆者が、本当にロマン・ロランが自らがこの日本の国家的殺害事件に触れる発言をしたのか否かを検証すべく過去の資料を調査したところ、1933年3月14日版「ユマニテ」紙第3面にこの日本人作家の殺害を報じる記事が発見され、文中には紛れもなくフランスを代表するノーベル賞作家ロマン・ロランの名が見られるのだった。

NTERNATIONALES

de nos correspondants particuliers, et des agences

Pour son action contre la guerre !

KOBAYASCHI

ÉCRIVAIN RÉVOLUTIONNAIRE ASSASSINÉ A TOKIO PAR L'IMPÉRIALISME NIPPON

Assassiné par la police

LE DEUXIÈME PLAN QUINQUENN

Les succès de la productio automobile en U. R. S. S.

Un nouveau haut fourneau

EN AUTRICHE

Nouveau coup de force du gouvernement autrichi

図1　「ユマニテ」1933年3月14日版第3面

革命作家小林(KOBAYASCHI)日本軍国主義の手により東京にて殺害さる

小林多喜二が東京で殺害された！…

この犯罪の噂はわずか数日前にフランスにも伝わってきていた。

このニュースは――記憶に新しいところだが――A.E.A.R.（革命的作家芸術家協会）の猛烈な非難を呼び、ロマン・ロランの呼びかけに応じてこの犯罪に対する無数の抗議の声が湧き起こったのだった。

いまやこのニュースは確証された事実である！

小林！…　その名は世界を駆け巡った！

---

4 「赤旗」1974年2月20日版、第14面、手塚英孝『写真集　小林多喜二』、新日本出版社、1977年、等参照。

帝国主義戦争への反対闘争を熱烈に支持するすべての者から彼は認められ、愛されていた。

小林は若かった。1903年に北日本の小村に生まれ、非常に若くして社会問題に関心を寄せ、ほどなくして革命的知識人および労働者の前衛として戦うようになった。

彼は共産党機関誌と協働し、「戦旗」には、日本共産党の闘争を描いた『1928年3月15日』、次いで『蟹工船』や農民ストを語る『不在地主』といった傑作をつぎつぎに発表したのだった。彼は続いて他の作品も発表したが、そのいずれもが労働者階級とわれらが共産党の闘争にささげられたものだった。彼は革命的作家中央委員会メンバーであった。

警察の手で殺害

過去数ヶ月間に彼は決然として、極東における帝国主義的略奪戦争および反革命戦争に抗する運動の先頭に立ち続けていたのだった。

彼の不屈の革命的活動は日本帝国主義の脅威となっていた。

われらが同志は威嚇にも脅迫にもひるむことなく、その立ち位置を変えることはなかった。

去る2月20日、小林は「反軍国主義活動」の廉で逮捕された。

その1時間後、彼は警察署で死体となっていた！小林は殺されたのだ！

全世界のプロレタリアは日本軍国主義のこの新たなる犯罪に対して結束して立ち上がる。この犯罪は、日本の人民大衆の戦いの意志を掻き立てずにはいないのである。

記事の冒頭には、小林多喜二殺害の報は3月14日よりも数日前にフランスに届いており、それを知った革命的作家芸術家協会（A.E.A.R.）のメンバーが激しく反発したことが述べられている。次いでこの＜反発＞が——ロマン・ロランの「呼びかけ」に応えるかたちで——多喜二殺害に対するあまたの抗議を生んだと報じられている。そして、記事がこのことは「記憶に新しいところだ」と付言していることから、この記事が掲載された3月14日よりも以前に、必ずしも「ユマニテ」紙とは限らないどこかに、その＜反発＞の形跡が残されていることがこの記述から推測されるのである。

この時期、A.E.A.R.はポール・ヴァイヤン＝クチュリエが主宰する*Feuille Rouge*という不定期の号外新聞を刊行していた。これは1933年1月のドイツにおけるヒトラーの政権獲得に対する危機感に端を発して、当時の帝国主義とファシズムに反対する大衆運動を支援する目的で発行されたものだった。この*Feuille Rouge*第1号は1933年3月6日発行され[5]、ヒトラーの似顔絵と血まみれのハーケンクロイツが赤色で重ね刷りされたその第一面にはポール・ヴァイヤン＝クチュリエ、アンドレ・ジッド、アンリ・バルビュス、ジャン＝リシャール・ブロック、ジャン・パンルヴェ、エリ・フォール、ウジェーヌ・ダビといった作家・知識人の訴えが並び、紙面中央にはまぎれもなくロマン・ロランの呼びかけが掲載されているのである。

fascistes allemands ont mis le feu au Parlement d'Empire!

Au feu! Parce que les élections allemandes — qui ne sont plus que le plébiscite de la Terreur — viennent de se faire sous le signe de l'incendie du Reichstag, pendant fasciste grossier à la provocation « démocratique » de l'attentat contre Doumer trois jours avant les élections françaises de mai.

Au feu! Parce que tous les esprits clairvoyants doivent s'unir sans délai au-dessus de toute préoccupation de parti, à la fois pour soutenir le prolétariat allemand en bataille et pour faire la chaîne contre l'incendie chauvin qui déjà — aux nouvelles d'Allemagne — flambe sur notre propre sol et consume instantanément le foin des nourritures pacifiques genévoises.

Au feu! Parce que nous sommes responsables de ce qui se passe en Allemagne, parce que le feu hitlérien a été allumé par les pétroleurs ...

... qui a imposé aux petites gens d'Allemagne la charge écrasante du Traité de Versailles, qui a coupé le Reich en deux, et accumulé les explosifs de l'esprit de revanche. Hitler est autant le fils de Clemenceau que de Mussolini.

Au feu! parce que la civilisation est en péril, parce que l'incendie du fascisme — cette régression dans tous les domaines, cette déchéance suprême de la culture bourgeoise, ce retour à tous les vomissements religieux et nationalistes — gagne de proche en proche le monde capitaliste désespéré, faisant déjà danser sur nos murs l'ombre aux dents longues de Tardieu.

Au feu! Parce que, à la lueur de l'incendie fasciste, à côté des ... des dizaines de morts ... déjà dans les combats de ... bandes de la croix ... parmi les milliers de révolutionnaires arrêtés en Allemagne ... les milliers d'esprits ...

... figurent les meilleurs écrivains et artistes, les noms admirés et respectés de Ludwig Renn, de Kisch, de Mühsam, de von Ossietski, de Gerlach, de Heinrich Mann et de Kate Kollwitz.

A leurs côtés, aux côtés des ouvriers socialistes et communistes allemands se dressent ici, à l'appel de l'A.E.A.R., quelques-uns des plus grands parmi les artistes, écrivains et savants français. Demain, malgré la terreur, leur protestation sera connue des travailleurs d'Allemagne.

Copie de leur lettre a été envoyée à la presse française et à l'ambassade d'Allemagne. Nous saurons demain, par le silence ou le bruit que fera première, jusqu'où peut aller la solidarité de classe et les intérêts qui l'unissent à la seconde.

Vive la culture révolutionnaire! Vive la révolution prolétarienne ... A bas l'impérialisme français! A bas la guerre!

P. Vaillant-Couturier.

Romain Rolland :

... et des droits élémentaires sur lesquels repose toute la civilisation moderne. Nous en appelons, pour qu'ils se joignent à notre protestation, à tous les écrivains, à tous les porte-parole de l'opinion, à tous ceux d'Europe et d'Amérique, à quelque parti qu'ils appartiennent, qui ont le sentiment de l'indigne outrage fait à la dignité essentielle de l'homme et du citoyen, et le devoir de solidarité qui nous lie tous à tous ceux qui luttent contre le terrorisme déchaîné d'une réaction sans scrupules et sans frein.

3 mars 1933.

Jean-Richard Bloch :

Voilà ce que nous devons savoir d'abord ...

図2　*Feuille Rouge*第1号1面、1933年3月6日

5 *Feuille Rouge*には発行の日付がないが、Humanité紙3月6日版に同紙刊行の知らせとともにロマン・ロランのこの檄文の一部が掲載されていることから、この日に刊行されたと判断される。

ロマン・ロラン

褐色ペスト[6]は一挙に黒色ペスト[7]を凌駕してしまった。ヒトラーのファシズムはわずか4週間に、その師とも範とも仰いだイタリアファシズムが過去10年間に振るった卑劣な暴力を凌ぐ暴虐を恣にしたのだ。彼らは先の国会議事堂炎上[8]を稚拙にもおのれの暴虐の正当化のために利用せんと謀っているが、これこそ警察の手による下劣な挑発行為だったのであり、ヨーロッパ人の誰一人としてこれに欺かれはしない。我々はここに彼らの犯した侵害と虚偽を世論の前に暴きだす、――彼らは暴力的な一反動政党にすべての公の武力を掌握させてしまった、――彼らの政府は殺人に行き着く犯罪行為まで合法化してしまった、――彼らは言論と思想の自由をことごとく扼殺してしまった、――彼らは傲然とアカデミーの世界にまで政治介入し、自説を枉げぬ勇気を示した稀有な作家芸術家を追放してしまった、――彼らは革命政党のみならず社会主義者やブルジョワ自由主義者の中からさえ、人望ある人々を逮捕してしまった、――彼らはドイツ全土を戒厳令下に置いてしまった、――彼らはあらゆる現代文明の礎である基本的自由および権利を停止させてしまったのである。我々は訴える、人および市民の尊厳を陵辱する卑劣な犯罪行為への怒りと、そして、こうした臆面も歯止めもない犯罪に走るテロリズムと戦う者を結束させる連帯の意志とを我々と分かち合うかぎり、いかなる党派に属そうとも、ヨーロッパもアメリカも問わず、すべての作家、すべての世論の代弁者が、我々の抗議の声に唱和せんことを。

1933年3月2日

---

6 ナチスドイツ親衛隊の制服の色から生まれた表現。ナチスの暴力的支配をペストの猛威に例えている。

7 従来ペストは「黒死病」と称される。ここでは「黒シャツ隊」と呼ばれたイタリアファシスト党武装行動隊に重ねてイタリアファシズムを象徴している。

8 1933年2月のドイツ国会議事堂火災。ナチスはコミュニストの犯行と断じて弾圧の口実にした。

そしてこのロマン・ロランの呼びかけに応えるかのようにして、1933年3月8日の*Feuille Rouge*第2号（2面）[9]に「小林殺害を許すな！」という記事（抗議文）が出現したのである。

小林多喜二が警察の手によって東京で殺害された!

小林多喜二は、昨年、コップ（日本プロレタリア文化連盟）の解体[10]に対する抗議集会において朗読され、A.E.A.R.（革命的作家芸術家協会）の同士等からその偉大な才能を高く評価されたプロレタリア作家その人である。

彼が殺されたのは、日本が中国に仕掛けるおぞましい侵略戦争に反対して戦ってきたからであり、世界中に火を放とうとする帝国主義の一員に抗し、ひたすらソ連を目の敵にするブルジョワジーに抗して、戦い続けてきた故になのである。

A.E.A.R.は、帝国主義政府が勤労大衆支配の手段とする獣並みのテロに抗議するとともに、この卑劣極まる殺害を、いつの日か労働者階級が一丸となって「革命」を通じて報復するであろうものとして銘記する。A.E.A.R.は、こうした革命闘争に向けて、労働者と知識人が結集し、帝国主義的殺人集団政府に対抗する戦線を組むべく訴えるものである[11]。

---

9 この*Feuille Rouge*にも日付がないが、3月8日付け*Humanité*紙に「新たな*Feuille Rouge*」つまり2号発行の知らせが載っている。

10 ここで「解体」と呼ばれているのは、時期的にみれば1932年3月以降にコップに加えられた大弾圧（そのため多喜二はこれを逃れて地下潜伏することになる）を指すはずで、実際の解体は34年4月頃となる。

11 この記事が掲載された同じ紙面の左側には « Protestez ! » と題する記事が掲載されている。この抗議文の署名者には、A.E.A.R.創設者であるポール・ヴァイヤン＝クチュリエは無論のこと、ロマン・ロラン、アンリ・バルビュス以外にも、シュルレアリストのアンドレ・ブルトン、ルイ・アラゴン、ポール・エリュアール、バンジャマン・ペレ、さらにポール・ニザンその他30名を超す作家が名を連ねており、20世紀仏文学史上の重要な歴史的資料となっている。*Cf.* José Pierre (éd.) *Tracts surréalistes et déclarations collectives,* tome 1, éd.Eric Losfeld, 1980. この抗議文の存在はつとに知られていたはずであるが、同じ紙面に多喜二虐殺抗議の記事があることに気づかれなかったのは、*Feuille Rouge*の現物を参照する機会に恵まれなかったからであろう。

Alerte !

...ite)
...étruit tout pour
...s misérables. Il
...ite pensée libre,
...qui va de l'avant
...ntinuité de la pen-

...truit: Ses hurle-
...n'imitent pas la
... La pauvreté de
...rait le rire si la
...enit devant nous
...oir. Pas une idée
...it un lambeau d'i-
... vieilles doctrines
... vieux balbutie-
...au ne justifieront
... de la culture. De-
...ture spirituelle de
...lle réduite à n'ê-
... superstition reli-
...ugnante, la su-
... la plus basse.

... la civilisation et
...mes qui sont en

...s révolutionnaires
...t dans le combat
...s des usines. Car
...e même combat.

Les ouvriers qui tombent sous les balles nazis meurent aussi pour les laboratoires futurs, pour les musées futurs, pour les penseurs futurs, pour les poètes futurs.

Alerte ! Pour la défense de la renaissance spirituelle qui naît sur les barricades.

Alerte ! pour la défense des écrivains arrêtés par les policiers d'Hitler, pour Ossietky, pour Gerlach, pour Renn, pour tous ceux qui tomberont demain, qui tombent aujourd'hui dans les prisons, où les révolvers assassinent les porteurs de la culture de l'avenir !

Alerte ! rejoignez le front des exilés allemands ! Rejoignez le front d'Einstein, de Mann, de Glaeser, de tous ceux qui ont fui l'Allemagne de Hegel et de Marx pour que leur pensée ne soit pas détruite par les grenades et les balles des Mauser !

Alerte ! rejoignez le front des travailleurs des usines et des travailleurs des livres pour briser la barbarie qui monte en Allemagne et montera demain en France, pour assurer la transmission de la culture aux hommes de demain, pour arrêter la montée de la nuit !

Contre l'assassinat de Kabagashi

Seidsai Kabagashi vient d'être assassiné à Tokio par la police japonaise !

Seidski Kobagshi était ce jeune écrivain prolétarien dont les amis de l'A.E.A.R. avaient pu apprécier le grand talent au cours des lectures faites dans la soirée organisée l'année dernière contre la dissolution du K.O.P.F.J. le front culturel rouge japonais.

Il a été assassiné parce qu'il luttait contre l'ignoble guerre d'agression du Japon contre la Chine, parce qu'il luttait contre l'un des impérialismes qui préparent l'incendie mondial, contre la bourgeoisie qui vise en premier lieu l'U.R.S.S.

L'A.E.A.R. proteste contre la terreur bestiale que font peser les gouvernements impérialistes sur les masses laborieuses, elle flétrit ces lâches assassinats que la classe ouvrière vengera un jour collectivement par la Révolution. Elle appelle, pour cette lutte révolutionnaire, le ouvriers et les intellectuels à s'unir et à s'organiser dans un front de combat, contre les gouvernements assassins impérialistes.

FRONT UNIQUE CONTRE LE FASCISME

図3　*Feuille Rouge* 第2号（2面）1933年3月8日

この告発の記事こそが、1933年3月14日付け「ユマニテ」紙の小林多喜二追悼記事の冒頭に記されていたA.E.A.R.の中に沸きおこった抗議の声の証しではないか。そうであるとすれば、同記事中に現れる「ロマン・ロランの呼びかけ」とは先に掲げた*Feuille Rouge*第一号（1933年3月6日）の同人による檄文であったことに間違いない。つまり、「ロマン・ロランの呼びかけ」とは実際には多喜二虐殺への抗議を呼びかけたものではなく、さらに広いコンテクストにおいて、地域を問わず世界の軍国主義とファシズムの暴虐に対する抗議への呼びかけなのであった。そしてまさにその呼びかけに応えて小林多喜二殺害を告発する声がフランスで起こっていたのである。

ロマン・ロラン自らが『蟹工船』の作者の国家的殺害への抗議文を書いたのではなかったとしても、「ユマニテ」紙の多喜二追悼記事の中に何故いかにしてロマン・ロランの名が出現したのかを正しく跡付けるならば、作家小林多喜二の才能を評価し、その早すぎる無残な死を悲しみ憤る者が日本のみならずフランスにおいても声をあげ、いわば国を越えて反戦思想の共鳴現象が起こっていたことが確証されるのである。

ここに付け加えておくべきことがある。それは、この「思想的共鳴現象」は多喜二虐殺という凄惨な一事のみが原因であったわけではないということである。Feuille Rougeの記事の冒頭に、***「小林多喜二は、昨年、コップ（日本プロレタリア文化連盟）の解体に対する抗議集会において朗読され、A.E.A.R.（革命的作家芸術家協会）の同士等からその偉大な才能を高く評価されたプロレタリア作家その人である」***とあるように、生前すでにその作家としての才能をフランスの「同士」に知られていたのである。ここで言われる「コップの解体」とは、1932年春のこの組織に加えられた大弾圧を指しており、これを逃れて多喜二は地下に潜伏することになる。するとこの「抗議集会」は同年内のその後にフランス国内で行われていたことになろう。この年の「ユマニテ」紙を見るならば、7月19日版第4面の片隅に小さな、しかしこの時代のこの時期にあっては極めて驚くべき広報記事が掲載されている。

A. E. A. R.

N'oubliez pas ! que l'A.E.A.R. organise le mercredi 20 juillet, à 20 h. 30, à la salle du Grand Orient, 16, rue Cadet, une

SOIREE JAPONAISE

Une conférence sera faite par JEAN LOUBES, *sur le front culturel rouge nippon.*

Allocution de VAILLANT-COUTURIER

Lectures de poèmes, récits, théâtre révolutionnaire du Japon, par les camarades de la F.I.O.P.

Exposition de journaux, de dessins, tracts illustrés, etc.

Participation aux frais : 5 francs ; 3 francs pour les membres de l'A.E.A.R.

図4　「ユマニテ」紙1932年7月19日第4面

A.E.A.R.

A.E.A.R.（革命的作家芸術家協会）主催による、7月20日水曜日グラン・トリアン・ホール（カデ街16番地）にて20時30分開催の「日本の夕べ」をお忘れなく！

＊ジャン・ループ（Jean LOUBES）[12]による日本赤色文化戦線に関する講演

＊ヴァイヤン=クチュリエ（Vaillant-Couturier）の挨拶

---

12 この人物については詳細不明だが、1946年に小説*Le Regret de Paris*でDeux Magots賞を受賞している。

＊フランス・プロレタリア文化連盟同士による、革命的日本の詩、小説、演劇作品の朗読
＊新聞、絵、挿絵つきビラ等の展示

参加費5フラン：A.E.A.R. 会員3フラン[13]

当時フランスでこのような集会が催される環境にあったことも驚きであるが、それと同時に、実際にたとえばこの広告で予告された「日本の夕べ」が、時期的に見て件の「抗議集会」として企画されたものであったとしても一向におかしくはないし、もしもそうであったとしたら、さらにその場で作品が「朗読」された日本人作家たちの中に小林多喜二の名が含まれていたとしてもまったく不思議ではないであろう。フランスにおいて多喜二の名は、その凄惨にして衝撃的な死によって知られたのでもない。また、（誤って伝説化された）ロマン・ロランが自ら書いたとされる追悼文によって知られたのでもない。生前すでにその作家としての才能によって知られるところとなっていたのである。そしてここには、ロマン・ロランという偉大な名前の威光を受けて神格化された虚像の多喜二とは異なる、作家自らの才能が生み出した作品の独自性と普遍性によって高い国際的評価を獲得した、逆説的なことに、より大きな等身大の多喜二像が鮮やかに浮かび上がるのである。

1933年3月14日の「ユマニテ」紙第3面に多喜二虐殺を報じる記事が載ったとき、そこにロマン・ロランの名が出現したのは、個人としてのロマン・ロランが事実小林多喜二を知っていてこの日本人プロレタリア作家に言及したからではなかった。この歴史的瞬間に、反ファシズムの戦いを訴えるロマン・ロランの「呼びかけ」に耳を傾ける人々のなかに、遥か日本の小林多喜二というプロレタリア作家の運命を知った読者が数多いた事実を証する思想的共鳴現象として、二つの名前の出会いがこの新聞紙上で起こったのだった。

13「ユマニテ」1932年7月19日第4面の広告だが、翌日［集会当日］の「ユマニテ」第2面にも同内容（最終2行を除いた同文）の広告が見られる。

14-3-33 L'HUMANITÉ 3

NOUVELLES INTERNATIONALES

dépêches de nos envoyés spéciaux, de nos correspondants particuliers, et des agences

Une conférence secrète

A LOCARNO, DES FASCISTES HITLÉRIENS ET ITALIENS AVEC DEUX GARDES BLANCS ONT ENVISAGÉ UN PLAN D'INTERVENTION CONTRE L'U. R. S. S.

SOLIDARITÉ AVEC LES TRAVAILLEURS ALLEMANDS !

Des milliers d'ouvriers se prononcent pour la lutte contre le traité de Versailles !

Pour son action contre la guerre !

KOBAYASCHI ÉCRIVAIN RÉVOLUTIONNAIRE ASSASSINÉ A TOKIO PAR L'IMPÉRIALISME NIPPON

LE DEUXIÈME PLAN QUINQUENNAL

Les succès de la production automobile en U. R. S. S.

Les drames quotidiens

RUE SAINT-ANTOINE UN MÉNAGE D'ARTISANS SE SUICIDE POUR CAUSE DE MISÈRE

LE RAID ANGLETERRE-LE CAP

Sans nouvelles de l'aviateur Victor Smith

Libération scandaleuse

LADY OWEN L'AMIE DE CHIAPPE VIENT D'ÊTRE GRACIÉE PAR M. LEBRUN

Bagarres, arrestations journaux occupés

Les Japonais menacent Pékin mais l'activité des partisans reprend en Mandchourie

Nouveau coup de force du gouvernement autrichien

EN QUELQUES MOTS

Paul-Boncour oppose un refus brutal à l'ultime plan Mac Donald

La dangereuse affaire de Dantzig

Arrestations et perquisitions en masse

Les élections communales dans le Grand-Berlin

La crise bancaire aux Etats-Unis

les sports

LES BEAUTÉS DU SPORT BOURGEOIS

AUJOURD'HUI, PREMIÈRE ÉTAPE DE PARIS-NICE

Le 23 mars, réouverture cycliste à la Cipale

Réunion des chômeurs sportifs

ÉPREUVES DE LA F.S.T.

COMMUNICATIONS

RÉSULTATS

DANS LES COMMISSIONS

Un enfant tué près de Plessis-Trévise

Deux camarades sont arrêtés pour distribution de tracts

Deux provocateurs trotskystes s'attaquent à Coudert

Un mécanicien est écrasé

Explosion dans une teinturerie

Une caravane de quarante femmes arrêtée dans les Andes

Un troisième enfant vient de succomber

Toujours "l'espionnage!"

Une nouvelle affaire Falcou ?

Les métiers pénibles

「ユマニテ」1933年3月14日版第3面

début Mars 1933.

FEUILLE ROUGE

Rédigée par l'Association des Ecrivains et Artistes Révolutionnaires contre la terreur en Allemagne contre le traité de Versailles

13, rue du Fg Montmartre, Paris

Prix : 0.25 c.

André Gide:

L'Allemagne est en train de nous donner un effroyable exemple de l'oppression à laquelle est fatalement entraîné un pays qui cherche son salut dans l'entêtement nationaliste. Il se saisit aussitôt de tout prétexte ou le provoque et tout moyen de domination fût-il inique, lui devient bon. Une telle politique mène nécessairement à la guerre. Ceux qui prétendent vouloir l'éviter devront enfin admettre que seule la lutte des classes je veux dire celle de chaque pays contre son impérialisme peut faire avorter le nouveau conflit qui se prépare et qui cette fois serait mortel.

Front rouge

« ... Le plus solide rempart contre les assauts de la propagande soviétique, c'est la social-démocratie allemande qui l'a constitué.
Le Capital, 3 mars 1933.

Dans les rues allemandes, les nazis assassinent les ouvriers, les prisons s'emplissent d'ouvriers, aucune voix révolutionnaire n'a le droit de s'élever, les provocations policières tendent des pièges aux ouvriers. Les élections d'aujourd'hui ne sont que la reconnaissance publique de la terreur.

Où est l'ennemi ? L'ennemi est le Nazi, le capitaliste qui le paye et qui l'arme. L'ennemi est le Casque d'acier, le hobereau, l'industriel, le policier, l'officier, le juge, le ministre, le répugnant vieillard qui préside le Reich. L'ennemi est aussi le chef social-démocrate.

Il y a eu sur les murs, en U. R. S. S., une affiche : un chef social-démocrate, un gros petit homme en jaquette de notaire, saluant bas, inclinant le drapeau de la S. D. devant une botte coiffée du casque à la croix gammée.. Ainsi, quand les masses d'Allemagne luttaient « pour le travail, la liberté, le pain », les chefs socialistes reculaient devant la botte du militaire, la matraque et l'automatique du nazi.

Ils appelaient cela la politique du moindre mal. Vive Hindenburg ! Vive von Papen ! Vive von Schleicher ! Au moment où les fascistes abattent les ouvriers socialistes et les ouvriers communistes, sans doute ils se retiennent de crier aussi : « Vive Hitler ! »

Dans l'histoire de la Révolution les noms de N... sont aussi sanglants que ceux de Galliffet, de Thiers, de Goering; les cadavres de Karl et de Rosa pèsent d'un poids trop lourd dans l'histoire.

Les chefs social-démocrates ont préparé l'avènement des assassins d'aujourd'hui, ils ont empêché les masses qui les suivaient de se dresser contre le fascisme quand le combat était moins dur qu'aujourd'hui.

Le fascisme est là. Et il n'a point de reconnaissance pour ses bo... fourriers social-démocrates : ... besogne faite, ils sont chassés ... la scène, et ils gémissent po... forme : les pensions des an... ministres ne sont point suspendues.

La lutte est là. Les chefs social-démocrates protestent avec toute la politesse dont ils sont capables.

(Suite page 2)

Au Feu!

Jean Painlevé :

Tous ceux qui n'ont pas un cerveau complètement ossifié et une baudruche à la place du cœur, doivent joindre leur protestations en une clameur de dégoût contre l'immonde terreur que font peser les nationaux-socialistes sur le peuple allemand.

Elie Faure :

Il faut que notre protestation contre les actes ignobles des aventuriers hitlériens frappe en même temps qu'eux les Versaillais — je veux dire les auteurs du traité de Versailles — qui ont créé en Allemagne et dans le monde un état d'anarchie, de misère et de désespoir peut-être sans précédent. C'est nous, République française, et nous, démocraties anglo-saxonnes, qui avons fourni aux banquiers, hobereaux, industriels et politiciens d'outre-Rhin tous les prétextes qu'ils cherchaient pour retourner contre nous et le peuple allemand le fer empoisonné que nous avions enfoncé dans la poitrine du vaincu.

Voilà ce que nous devons savoir d'abord pour les combattre en connaissance de cause et prévenir chez nous les mêmes dangers. Les pillards ont envahi toutes les ruines. Ceux-là ne sont que les plus audacieux.

Eugène Dabit :

Les événements d'Allemagne ne se prêtent ni à des discours, ni à des poèmes. Chaque jour apporte de nouvelles menaces, de nouveaux drames, des cris de haine et aussi des cris de vraie révolte. Je me joins à mes camarades français : ouvriers, intellectuels, pour protester contre le régime qui opprime nos camarades allemands victimes de cette terreur mais non vaincus.

Cette feuille constitue la première manifestation d'une campagne qui doit s'amplifier Ecrivains, Artistes, Techniciens! ENVOYEZ-NOUS VOTRE PROTESTATION au Siège de la Confédération Culturelle, 13 rue du Faubourg Montmartre

Henri Barbusse :

Je joins aux vôtres, véhémente protestation contre machination monstrueuse ourdie en Allemagne contre mouvement ouvrier par provocation, mensonges et violences. Serrons nos rangs devant vague abjecte du fascisme qui massacre les vieilles forces libératrices du prolétariat et tôt ou tard déferlera ici.

Front culturel

Incendie du Reichstag! Elections du cinq mars! Dans la fumée qui montait des flammes provocatrices, dans la lueur abjectement théâtrale qu'allumèrent les exécuteurs des basses-œuvres du fascisme allemand, nous avons le devoir de dénoncer aussi l'insulte faite à la pensée révolutionnaire.

Dans le domaine culturel, le fascisme représente la pointe la plus aiguë d'un régime obligé, pour se maintenir, de recourir aux plus bas facteurs de répression mentale. Il cristallise et impose toutes les tendances régressives du capitalisme en crise. Sous le couvert d'un masque de révolution il prêche le sabotage de toutes les valeurs du progrès humain. Il dénonce le machinisme comme un mal : en Union soviétique, sur un sixième du monde, les machines dans les mains du prolétariat, enfin tournées au service de l'homme, l'aident à construire et à défendre sa liberté. Le fascisme hitlérien, avec sa démagogie, son cérémonial truqué et rechâtré, ses appels à un héroïsme d'assassinat, son réseau policier, ses formules fardées, représente l'aboutissement typique d'une culture de classe fondée sur l'injustice, d'une culture à bout de souffle et qui tend ses dernières grimaces sanglantes. Son système de propagande comporte l'emploi de toutes les germinations décadentes semées par la bourgeoisie pour sa sauvegarde.

Idéalisme sclérosé spéculant sur la panique de ceux qui possèdent et chatouillant leur vanité de classe, nationalisme revanchard, véritable exploitation de la peur et de la haine des privilégiés, mystique électorale qui ramasse tous les débris meurtriers de la vieille idéologie impériale et des exigences impérialistes de la classe qui, dans tous les pays porte la responsabilité des guerres, étalage bassement théâtral des moyens matériels d'intimidation cherchant à provoquer, par l'hystérie collective, le recours aux dernières violences, suppression par tous les moyens de la liberté d'expression, — l'ensemble de cet appareil de terreur fait appel aux sursauts d'une classe qui meurt, et dont les suprêmes « arguments », qui puent l'agonie dans leur débilité furieuse, doivent être pour toutes les consciences révolutionnaires le signal du combat décisif.

C'est le devoir de tous les esprits lucides d'organiser ce combat. Ici, c'est à nous qu'il appartient de dénoncer sans répit le faisceau de pourritures mentales qui soutient et reflète l'oppression sociale du terrorisme des exploiteurs.

L'exemple de nos camarades écrivains d'Allemagne frappés aux côtés de leurs frères ouvriers nous donne aujourd'hui, plus impérieusement que jamais, l'alerte.

Nous sommes solidaires de leur lutte.

Contre la répression de la pensée révolutionnaire, organisons et fortifions le front rouge culturel, organisons fortifions et diffusons la culture révolutionnaire, la seule qui veuille, qui sache et qui puisse aider la lutte du prolétariat mondial!

Front rouge de la culture!

André DELONS.

„ Un spectre hante l'Europe : le communisme “ *Karl Marx*

Feuille Rouge 第1号1面、1933年3月6日

LA CULTURE CONTRE LE FASCISME

Professeur Prenant :

Qui, à part les fauteurs de guerre internationaux, peut refuser de protester contre la terreur fasciste en Allemagne ? A défaut même de tout sentiment révolutionnaire ou de tout souci de la liberté, il suffit de l'instinct de conservation. Je m'associe pleinement à l'appel de Romain Rolland.

Darius Milhaud :

Il est navrant de voir en Allemagne la liberté de pensée et d'expression artistique arrêtée par la poussée de réaction qui menace d'engloutir toute la renaissance musicale allemande. L'ogre Wagner mange tout.

Jean-Richard Bloch :

Il n'est pas un esprit honnête, dans le monde, qui n'ait senti la nausée le gagner, à la nouvelle des événements qui se déroulent en Allemagne, depuis la funèbre nuit de samedi dernier. Les prétextes invoqués par la dictature hitlérienne, pour l'étouffement de toute lueur spirituelle, de toute indépendance intellectuelle, de toute liberté civique et corporelle, forment une comédie misérable. Personne n'est dupe de cette mise en scène. Ses sinistres régisseurs n'ont même pas pris le soin de respecter la vraisemblance.

Mais nous éviterons d'employer à notre tour — fût-ce pour l'adresser à nos frères opprimés d'Allemagne, — la fameuse exhortation fasciste : Deutschland erwache ! Nous fuirons le ridicule d'encourager le voisin dans sa lutte difficile, en restant nous-mêmes, les bras croisés. Nous souvenant de la parole courageuse et véridique, selon laquelle « le véritable ennemi est toujours chez soi », nous nous tournons vers les esprits libres de France pour leur dire, à la lumière de l'incendie moral qui dévaste le grand pays allemand : Frankreich erwache ! France réveille-toi ! Vois le danger. Il est le même partout. Le seul appui efficace que nous pouvons apporter aux victimes présentes et futures de la tyrannie, consiste dans notre combat contre les admirateurs français des bourreaux et contre leurs coreligionnaires politiques. Gardons-nous de faiblir dans cette tâche ! »

Andrée Viollis :

Du même cœur qui a si passionnément souhaité et plaidé le rapprochement franco-allemand et la Paix, je crie mon indignation à ceux qui, persécutant, emprisonnant, assassinant pour « crime de pensée », tuent du même coup toutes les libertés, si durement conquises à travers les siècles, rallument toutes les haines, préparent toutes les guerres, — guerres civiles et guerres entre les peuples. Et j'en appelle aux femmes, aux mères de tous les pays, aux Allemandes surtout, dont les maris, les compagnons, les frères, les fils sont les victimes désignées de ces guerres, je leur dis : « Pouvez-vous admettre, permettre cette horreur ? »

Luc Durtain :

« Pour la libre Allemagne de Kant et de Gœthe ! C'est celle-là que le monde entier regarde avec respect ».

Elie Faure :

Il faut que notre protestation contre les actes ignobles des aventuriers hitlériens frappe en même temps qu'eux les Versaillais — je veux dire les auteurs du traité de Versailles — qui ont créé en Allemagne et dans le monde un état d'anarchie, de misère et de désespoir peut-être sans précédent. C'est nous, République française, et nous, démocraties anglo-saxonnes, qui avons fourni aux banquiers, hobereaux, industriels et politiciens d'outre-Rhin tous les prétextes qu'ils cherchaient pour retourner contre nous et le peuple allemand, le fer empoisonné que nous avions enfoncé dans la poitrine du vaincu. Voilà ce que nous devons savoir d'abord pour les combattre en connaissance de cause et prévenir chez nous les mêmes dangers. Les pillards ont envahi toutes les ruines. Ceux-là ne sont que les plus audacieux.

Jean Painlevé :

Tous ceux qui n'ont pas un cerveau complètement ossifié et une baudruche à la place du cœur, doivent joindre leurs protestations en une clameur de dégoût contre l'immonde terreur que font peser les nationaux-socialistes sur le peuple allemand.

Paul Signac :

Je me joins à vous de tout cœur pour protester contre tant d'horreur, contre cet abominable recul de l'humanité. Mais on a honte de n'employer que des mots pour combattre ces indignités.

Eugène Dabit :

Les événements d'Allemagne ne se prêtent ni à des discours, ni à des poèmes. Chaque jour apporte de nouvelles menaces, de nouveaux drames, des cris de haine et aussi des cris de vraie révolte. Je me joins à mes camarades français : ouvriers, intellectuels, pour protester contre le régime qui opprime nos camarades allemands victimes de cette terreur mais non vaincus.

R. et J. Allendy, Fernand Léger :

Nous nous joignons de tout cœur à la protestation de Romain Rolland contre la terreur fasciste en Alle-

Ozenfant :

Le dictateur incarcère ceux qui pensaient que l'esprit dépasse les nations. Et ceux qui aimaient l'humanité plus que l'Allemand. Et ceux qui voulaient la Paix.

Le Japon fait sa guerre. Les Etats-Unis préparent la guerre du Pacifique (!) L'Italie prépare sa guerre. Les Balkans préparent la guerre. Le monde entier prépare la guerre !

Seule l'U.R.S.S. prépare l'ordre pacifique dans la paix des peuples associés, purgés des idées assassines et des hypocrisies qui enrichissent les faiseurs d'armes et mènent les peuples au massacre.

Artistes, écrivains, savants, regardez ce qui va se passer en Allemagne et réfléchissez si vous pouvez rester neutres. Reformez-vous. Agissez. Toutes les idées qui mènent à la guerre sont des idées-cancer. Front unique contre les vieilles idées-cancer !

PROTESTEZ!

L'Association des Ecrivains et Artistes Révolutionnaires élève la protestation la plus véhémente contre les provocations fascistes en Allemagne, l'incendie du Reichstag, organisé par les chemises brunes, la terreur qui a présidé aux élections du 5 mars.

Les hommes appartenant à tous les partis qui composent l'A.E.A.R., écrivains et artistes professionnels, écrivains et artistes prolétariens font appel au front unique de tous les travailleurs pour venir en aide au prolétariat allemand.

Le fascisme c'est, dans le domaine culturel, le dernier sursaut de la civilisation bourgeoise qui tente par la violence et le verbalisme révolutionnaire de revivifier les idéologies les plus caduques.

C'est l'expression la plus achevée du déclin irrémédiable et de la faillite de la pensée bourgeoise qui ne se fie qu'à la force brutale et qu'à la terreur.

C'est l'abandon de toute idée progressive.

C'est la régression certaine de la civilisation.

C'est la mise hors la loi de toute pensée qui ne se tourne pas en arrière...

C'est le pogrome et le retour à l'antisémitisme du Moyen-Age.

Déjà, en Allemagne, comme en Italie, des milliers d'écrivains, d'artistes, de médecins, d'avocats sont chassés de leurs postes, ou jetés en prison.

Et l'on tue dans les prisons allemandes !

Kate Kollwitz et Heinrich Mann sont exclus de l'Académie.

Des écrivains comme Kisch, Ludwig Renn, Brecht, des avocats comme Apfel et Litten, des pacifistes comme Lehmann Ruessbüdt et von Ossietzky, des médecins comme Bohnheim, Schinke, Hodann, sont emprisonnés.

Et encore la censure de la croix gammée ne nous laisse-t-elle apprendre qu'une faible partie de la vérité.

Tous ces camarades, dans les prisons et les camps de concentration sont en danger !

Unissons-nous pour [illegible] !

Quelles que soient les provocations de Hitler — fils du Traité de Versailles — sur le plan international que ceux qui se réclament de la défense de la paix et qui veulent lutter sincèrement contre le fascisme ne se laissent pas troubler. L'impérialisme n'est jamais la paix

Il n'y a pas de lutte des démocraties contre les fascismes...

Ceux qui pourraient le croire oublient qu'aux côtés de la démocratie française se rangent les « fascismes » assassins de Yougoslavie, de Roumanie et de Pologne...

L'ennemi, c'est l'impérialisme. Et pour nous, en France, c'est l'impérialisme français.

A l'appel de quelques-uns des plus grands parmi les écrivains, artistes et savants français l'A. E. A. R. invite tous les intellectuels à organiser contre la terreur en Allemagne et contre le traité de Versailles l'insurrection des consciences.

C'est sur le prolétariat seul que repose l'avenir de la civilisation.

Adressez les protestations au siège de l'A. E. A. R., 13, rue du Faubourg-Montmartre.

[illegible] Allendy, L. Aragon, P. Audard, J. [illegible], H. Barbusse, R. Bloch, J.-R. Bloch, [illegible], A. Breton, L. Bunuel, [illegible], C. Cahun, G. Camille, [illegible], R. Crevel, E. Dabit, [illegible], A. Delons, P. Eluard, M. Ernst, E. Faure, [illegible], J. [illegible], G. Friedmann, A. Giacometti, R. Gilbert-Lecomte, L. Guilloux, [illegible], F. Jourdain, [illegible], J. Lods, [illegible], [illegible] Lurçat, J. Lurçat, [illegible], L. Moussinac, P. Nizan, Louis Paul, B. Péret, G. Politzer, [illegible], V. Pozner, M. Roy, J. Rivet, R. Rolland, G. Sadoul, [illegible], H. [illegible], [illegible], T. Tzara, P. [illegible], P. Vaillant-Couturier, [illegible], M. [illegible], etc.

Le Gérant : TAVERT.

Imp. Centrale du Croissant, 19, rue du Croissant, Paris-2e.

Alerte !

(Suite)

Le Fascisme détruit tout pour sauver des profits misérables. Il marche contre toute pensée libre, contre la pensée qui va de l'avant pour assurer la continuité de la pensée.

Le Fascisme détruit: Ses hurlements de singes n'imitent pas la voix de l'homme. La pauvreté de son discours exciterait le rire si la haine ne se proposait devant nous comme notre devoir. Pas une idée fasciste qui ne soit un lambeau d'idées arraché à de vieilles doctrines en poussière. Les vieux balbutiements de Gobineau ne justifieront aucune régression de la culture. Demain toute la culture spirituelle de l'humanité sera-t-elle réduite à n'être plus que la superstition religieuse la plus répugnante, la superstition nationale la plus basse.

Alerte ! C'est la civilisation et l'avenir des hommes qui sont en jeu.

Alerte ! Que les révolutionnaires de la pensée entrent dans le combat des révolutionnaires des usines. Car leur combat est le même combat. Les ouvriers qui tombent sous les balles nazis meurent aussi pour les laboratoires futurs, pour les musées futurs, pour les penseurs futurs, pour les poètes futurs.

Alerte ! Pour la défense de la renaissance spirituelle qui naît sur les barricades.

Alerte ! pour la défense des écrivains arrêtés par les policiers d'Hitler, pour Ossietzky, pour Gerlach, pour Renn, pour tous ceux qui tomberont demain, qui tombent aujourd'hui dans les prisons, où les révolvers assassinent les porteurs de la culture de l'avenir !

Alerte ! rejoignez le front des exilés allemands ! Rejoignez le front d'Einstein, de Mann, de Glaeser, de tous ceux qui ont fui l'Allemagne de Hegel et de Marx pour que leur pensée ne soit pas détruite par les grenades et les balles des Mauser !

Alerte ! rejoignez le front des travailleurs des usines et des travailleurs des livres pour briser la barbarie qui monte en Allemagne et montera demain en France, pour assurer la transmission de la culture aux hommes de demain, pour arrêter la montée de la nuit !

Contre l'assassinat de Kabagashi

Seidshi Kabagashi vient d'être assassiné à Tokio par la police japonaise !

Seidski Kobagshi était ce jeune écrivain prolétarien dont les amis de l'A.E.A.R. avaient pu apprécier le grand talent au cours des lectures faites dans la soirée organisée l'année dernière contre la dissolution du K.O.P.F.J. le front culturel rouge japonais.

Il a été assassiné parce qu'il luttait contre l'ignoble guerre d'agression du Japon contre la Chine, parce qu'il luttait contre l'un des impérialismes qui préparent l'incendie mondial, contre la bourgeoisie qui vise en premier lieu l'U.R.S.S.

L'A.E.A.R. proteste contre la terreur bestiale que font peser les gouvernements impérialistes sur les masses laborieuses, elle flétrit ces lâches assassinats que la classe ouvrière vengera un jour collectivement par la Révolution. Elle appelle, pour cette lutte révolutionnaire, le ouvriers et les intellectuels à s'unir et à s'organiser dans un front de combat, contre les gouvernements assassins impérialistes.

FRONT UNIQUE CONTRE LE FASCISME

Feuille Rouge 第2号（2面）1933年3月8日

L'HUMANITÉ 19-7-32

Les ouvriers et employés de la "Pravda" envoient leur salut à leurs camarades de "l'Humanité"

RÉSOLUTION DE L'ASSEMBLÉE GÉNÉRALE

LES QUESTIONS POSÉES A MARTY

L'U.R.S.S.

POUR L'ÉLECTRIFICATION DU PAYS DU SOCIALISME

L'émulation socialiste pour le développement de la fabrique "Elektroapparat" à Leningrad

La campagne pour la qualité

C'est ce qu'on nomme enthousiasme

TÉMOIGNAGE DE BOURGEOIS

Défi

A. E. A. R.

La première turbine géante de 50.000 kilowatts construite en U. R. S. S. au mois de juin 1931.

ECHOS DE L'U.R.S.S.

Le téléphone Moscou-New-York

Le paiement des loyers en timbres

Equipement radiophonique des écoles

L'usine de la santé

Le point de vue des Américains

Un stade géant en U. R. S. S.

Ouverture de l'aéroport de Leningrad

BONNES PAGES

Une visite à Ford

VIENT DE PARAITRE : Henri CARTIER

COMMENT LA FRANCE "CIVILISE" SES COLONIES

DIMANCHE 24 JUILLET

A LA FORET DE SENART

Grande fête champêtre de la jeunesse communiste

ATTRACTIONS DIVERSES (Jeux — Concert — Bal)

A 17 heures GRAND MEETING où prendront la parole Gabriel PERI, PERRAULT et MONTGEAU

les livres

CHOMAGE

Jean FREVILLE.

A. E. A. R.

SOIREE JAPONAISE

Humanité, 1932年7月19日第4面

1930年代前半期についての高田博厚の記憶（左側）と事実経過（右側）との対比

（左側）

1931春、高田渡仏

（以下は『分水嶺』の記述内容）

＊1931.11ガンジーに会いに行った（正しくはロランからの誘いの手紙は12月2日付）

＊「無産者新聞」が届いて多喜二虐殺を知った（「ユマニテ」に抗議文を出すよう依頼された）

＊パリ到着直後の嬉野満州雄と出会った（高田は車中で「新聞」を読んでいた）

＊ポール・シニャックに相談した（「高田の名前を出すわけにはいかん」）

＊ロランに手紙を書いた

＊ロランが即座に引き受けてくれた（「私が全責任を負う」）

＊「ユマニテ」に「抗議文」と「写真」が出た

（雑誌掲載時読者から、上記の嬉野との出会いが事実だったとすれば、それは1932年の出来事だったはずだと指摘された）

1935.08.15 ポール・シニャック没

（右側）

1931春、高田渡仏

＊1931.12 ガンジー、スイスにロランを訪問

＊1932.03「無産者新聞」廃刊（「赤旗」に代わる）

＊1932.04 日本プロレタリア文化連盟（コップ）大弾圧（多喜二地下潜伏）

＊1932夏、嬉野パリ到着（遭遇時に高田が読んでいた新聞は「赤旗」1932.07.30：コミュニストの大量検挙と不当裁判に対する日共中央委の抗議文）

＊1932.09.23 ロランの高田宛て手紙（「R.R.が引き受けた」）

＊1932.09.29「ユマニテ」第一面に抗議の記事（La terreur blanche au Japon、マルセル・カシャンによる経緯紹介、ロランからの掲載依頼、日共中央委の抗議文の仏訳、遊就館前に立つフランス海兵の写真：この日共中央委の抗議文は「赤旗」1932.07.30に掲載のもの）

・・・・・・・・・・・

（多喜二虐殺後の事実経過）

＊1933.02.20 小林多喜二虐殺

＊1933.03.06 *Feuille Rouge* 1号にロランの反フシズム檄文

＊1933.03.08 *Feuille Rouge* 2号 にA.E.A.R.（革命的作家芸術家協会）の多喜二虐殺抗議文

＊1933.03.14「ユマニテ」に多喜二追悼記事（この記事中にロマン・ロランの名前が現れる：「このユースは数日前にはフランスに届き、ロマン・ロンの呼びかけに応えてA.E.A.R.内に抗議の声があがっていた」）

1935.08.15 ポール・シニャック没

多喜二「母たち」の中国語訳の意義

嘉瀬　達男

はじめに

「母たち」は小林多喜二が1931年に発表した短編小説である。母親から収監中の息子への書簡文の形式を用い、獄中の子を思う母親の切実な思いを表現している。わずか1万字あまりの作品であるが、1933年2月に多喜二が虐殺された直後、中国語に翻訳され上海の雑誌に掲載されている。この中国語訳の存在はこれまでほとんど注意されていなかったようであるが、日本語の原作と比べてみると、さまざまな問題を見出すことができる。たとえば原作の日本語では142文字ある伏せ字が、中国語訳では10文字しかない。また1930年代に中国語で単行されていた多喜二の翻訳書は『蟹工船』のみであり、しかも中国国民党によって禁書とされていた。そのような時に「母たち」の翻訳が発表されたのはなぜなのか、背景にはどのような事情があったのか、などである。そこでこれらの問題を考えつつ、中国プロレタリア文学運動と多喜二の関わりを探ってみることとする。

1　「母たち」日本語原作について

まず「母たち」の日本語原作について概要を整理しておこう。発表されたのは1931年11月1日発行の『改造』11月号であり、作品の末尾には作者によって「(1931・10・11)」という日付が記されている。物語は1930年に北海道で起きた「十二月一日事件」(全協事件) をめぐって展開される。事件以前より投獄されている主人公にあてて、母親が「十二月一日事件」で逮捕された若者たちとその母たちの様子を手紙で伝えるという構成である。全体は6章に分けられ、各章の間に空行が置かれている。各章に描かれるのはおおむね次の内容である。

1章：「十二月一日事件」の朝、主人公である伊藤の妹やインテリの山崎が逮捕される。旋盤工の上田の母は衝撃を受け動揺する。
2章：留置場に面会に行く母たち。上田の母は混乱して正気を失っている。
3章：山崎と伊藤の母は、息子たちの代わりにプロレタリア運動を守っている。
4章：母たちの話し合い。上田は暴行を受け、港湾労働者の大川の家族は貧窮に苦しんでおり、2人をプロレタリア運動に引き込んだ伊藤が糾弾される。
5章：山崎、伊藤の妹、上田、大川およびオルグの黒田の公判。
6章：運動家の窪田のことば。

文章は時折ユーモラスな表現をまじえはするものの、母たちが拘束中の息子たちを思う切実な心情をていねいに描きだし、時にせつなささえ感じさせるものである。作品では、プロレタリア運動に携わる者とその家族の問題、運動家と労働者の離間問題が取り上げられている。執筆、発表の時期から判断すれば、1930年から31年に多喜二が豊多摩刑務所に収監された経験に基づいており、「独房」(『中央公論』1931年7月号)に連なる作品と考えられる。なお、1931年の『改造』5月号に多喜二は「オルグ」を発表している。

「母たち」は『改造』11月号に掲載された後、多喜二全集などに繰り返し収録されている。各本いずれも、初出誌の旧字・旧かなを新字・新かなに改めたり、誤植の訂正など若干の修正を施しているものの、本文に大きな異同はない。ところが伏せ字をめぐってはいささかの差異が認められる。既述のとおり、『改造』では142文字を数えるのだが、1932年の『日本プロレタリア創作集』では138字、1935年のナウカ社版『小林多喜二全集(1)』では101字、そして1982年の新日本出版社版『小林多喜二全集第三巻』では92字が伏せ字になっており、今なお復原不可能とされている[1]。

伏せ字は9割が5章に見られ、公判中の場面で変節を拒んだ黒田、伊藤の妹、上田の発言に集中している。いまはまず、伏せ字をめぐって複数の原稿の存する可能性を指摘しておきたい。なお、伏せ字は、検閲によって発売禁止とされることを回避するために、商業誌である『改造』編集部によって施されたものと考えられる[2]。

2 「母たち」の中国語訳「母親們」について

「母たち」の中国語訳は「母親們《ムー・チン・メン》」の題で、1933年2月に多喜二が虐殺された五箇月後、7月1日に上海で発表された。掲載誌は『現代』3巻3期であり、訳者名は森堡、末尾に「―― 一九三三年五月　爲念死者而譯此――（1933年5月、死者のことを思い、これを訳す）」という付記がある。

当時、日本で公表されていた「母たち」は『改造』版のみであるが、『改造』版と『現代』の「母親們」とでは伏せ字部分に大きな差異が見られる。まず、新日本出版社版『小林多喜二全集』において今なお復原不可能とされている部分、4箇所について検証しよう。『現代』の「母親們」はそのうち3箇所に伏せ字が全くない。

以下に初出の『改造』版（旧漢字は常用漢字に改めた）、新日本出版社『小林多喜二全集』版[3]、『現代』の「母親們」およびその拙訳を列挙する。新日本出版社版『小林多喜二全集』によって頁数と行数を記し、括弧内に伏せ字の文字数を注記した。その伏せ字部分に相当する「母親們」拙訳箇所には下線を引いておく。

1　ほかに『小林多喜二全集第五巻』（1950年、日本評論社）、『小林多喜二全集3』（1959年、青木書店）、『定本小林多喜二全集第六巻』（1968年、新日本出版社）も調査したが、ナウカ社版全集もしくは新日本出版社版全集とほぼ同じである。

2　多喜二作品における伏せ字については、荻野富士夫『多喜二の時代から見えてくるもの』（2009年、新日本出版社）の「検閲とのたたかい」（117頁）に詳しい。

3　現在日本語では新日本出版社版が最も伏せ字が少ないわけだが、その底本について同社版『小林多喜二全集第三巻』は「母たち」解題に次のように記している。「『改造』一九三一年十一月号に発表された。一九三二年三月発行の日本プロレタリア作家同盟版『年刊日本プロレタリア創作集』に収録され、ナウカ社版全集第一巻に収録された。本巻は日本評論社版と同じく発表誌を底本にし、二種版本を参照した。」

① 391頁16行-393頁3行（黒田のセリフ）

『改造』版：「裁判長がそのやうな問ひを發すること自体が、われわれ＊＊＊＊＊＊＊＊するものである。＊＊＊＊＊＊といふものは後で考へてゐて間違つてゐたか＊＊＊するといふやうなものではないのだ。それは＊＊＊＊＊ゐる労働者農民が、その＊＊＊＊＊＊＊＊＊＊＊＊＊＊＊ため＊＊＊なものなのだ。われわれは＊＊＊＊＊＊＊＊＊＊＊＊＊ものではないことを、全われわれの同志を代表して云つておく。」(53字)

新日本出版社版：「裁判長がそのような問いを発すること自体が、われわれ＊＊＊＊＊を＊＊するものである。＊＊＊＊＊＊というものは後で考えていて間違っていたから＊＊するというようなものではないのだ。それは＊＊されている労働者農民が、その＊＊の＊＊から＊＊＊[4]を＊＊するための＊＊＊なものなのだ。われわれは＊＊＊＊もこの＊＊を＊＊＊ものではないことを、全われわれ同志を代表して云っておく。」(38字)

「母親們」：「裁判官提出那樣的問題的本身，就是對於我們的侮辱。一個眞正的革命者，他是不會後悔和翻心的。他們是要始終爲着勞動者農民而戰鬥的。我可以代表全體同志說一句：我們決不是個朝三暮四的人物。」(0字)

拙訳：「裁判長がそのような問いを発すること自体が、われわれをまぎれもなく侮辱するものである。一人の真の革命家という者は、決して後悔や心変わりはしないものなのである。彼らは一貫して労働者農民のために闘わなければならないものなのである。私は全同志を代表して一言する、われわれは決して簡単に態度を改め他を欺くような人間ではない。」

4　1950年日本評論社『小林多喜二全集第五巻』、1959年青木書店『小林多喜二全集3』、1968年新日本出版社『定本小林多喜二全集第六巻』は「＊＊＊を」を「＊＊を」と2字の伏せ字とする。

黒田のセリフは4つの文からなり、38字の伏せ字がある。3つ目の「それは＊＊されている労働者農民が、その＊＊の＊＊から＊＊＊を＊＊するための＊＊＊なものなのだ」という文は、「母親們」の「他們是要始終爲着勞動者農民而戰鬥的。（彼らは一貫して労働者農民のために闘わなければならないものなのである。）」とうまく対応していないようである。訳者の用いた原稿が異なるのか、敢えて異なる文に訳したのか、対応しない理由はわからない。しかしこの14字を除けば、他の24字分は中国語訳によって概ね解明できそうである。

② 392頁11行（伊藤の妹のセリフ）
『改造』版：「私は今でもちつとも変りません。＊＊＊＊＊＊＊＊＊＊＊＊＊＊。」（14字）
新日本出版社版：「私は今でもちっとも変りません。＊＊＊＊＊＊＊＊＊心積りです。」（9字）
「母親們」：「就是現在，我也一點不會變更。我始終都不會變更我的信仰和行動。」（0字）
拙訳：「私は今でもちっとも変りません。私は一貫して信念と行動を改めないつもりです。」

伊藤の妹のセリフは、中国語訳によって十分理解できる。

③ 393頁1-3行（上田のセリフ）
『改造』版：「われわれの同志であり、先輩である山崎君の＊＊＊＊＊＊＊＊＊＊＊＊＊＊ものである。もはや山崎は＊＊でもなく、先輩でもない！」と前置きをして、自分は山崎のやうに学問もないが、私自身が＊＊＊＊＊＊＊＊＊＊＊＊＊＊＊＊＊＊＊＊＊＊＊＊＊＊＊＊＊＊＊＊＊＊と云し《ママ》た。（50字）
新日本出版社版：「われわれの同志であり、先輩である山崎君の＊＊＊＊＊に私は＊＊を＊＊＊ものである。もはや山崎は同志でもなく、先輩でもない！」と前置きをして、自分は山崎のように学問もないが、私自身が＊＊＊＊＊いる＊＊＊＊＊＊＊＊

として、＊＊＊＊この＊＊＊＊＊＊＊＊積りだと云った。(34字)
「母親們」:「我們的同志，我們的前輩的山崎君的行爲是很可羞恥的。山崎已經不是個＊＊，也不是前輩！」然後才說:「我沒有山崎般的學問；但，我自身決不肯投降敵人，背叛革命。」(2字)
拙訳:「われわれの同志であり先輩である山崎君の行為は本当に恥ずべきものです。もはや山崎は〔同志〕でもなく、先輩でもない！」それから云った。「自分は山崎のように学問もないが、決して自分から敵に降伏したり、革命を裏切ったりはしない。」

上田のセリフも中国語訳によって、大部分の文意をとらえることができる。ただ「私自身が＊＊＊＊＊いる＊＊＊＊＊＊＊＊として」の部分は「母親們」にはないようである。また、初めの「山崎君の＊＊＊＊＊に私は＊＊を＊＊＊ものである」という文は、中国語訳では「山崎君的行爲是很可羞恥的（山崎君の行為は本当に恥ずべきものです)」となっているから、多少の言葉を補う必要がありそうだ。たとえば「山崎君の《裏切り行為》に私は《恥辱》を《感ずる》ものである」のように、中国語に沿いつつ訳されていない語を更に加えると意味が通じやすい。

④　393頁12-13行（窪田の言葉）
『改造』版:監獄では大体にやつぱり労働者出身のものが＊＊＊＊＊＊＊＊＊＊＊＊＊てゐる。(13字)
新日本出版社版:監獄では大体にやっぱり労働者出身のものが、＊＊＊＊＊＊して、＊＊＊＊＊ている。(11字)
「母親們」:在監獄裏，大體上還是勞動者出身的人＊＊＊＊＊＊着在；(6字)
拙訳:監獄では大体にやっぱり労働者出身のものが、＊＊＊＊＊＊している。

この部分は中国語訳も伏せ字になっているので、全く補うことができない。上述の3箇所とは異なり、この部分だけが伏せ字である。

「母親們」では、ほかに上述した③の上田のセリフにある「同志」と新日本出版社版の391頁12行にある「共産」の2字[5]が伏せ字である。「同志」はほかに『改造』版、『日本プロレタリア創作集』版も伏せており、「共産」は『日本プロレタリア創作集』版が伏せている。こうして見ると中国語訳が用いた日本語原稿は、『改造』版、『日本プロレタリア創作集』版に近いらしい[6]。

以上の調査結果を整理してみよう。「母親們」では①②の67字の伏せ字（字数は『改造』版）は解消されているが、③の50字は日本語原文と中国語訳に若干の差異があった。そして③の「同志」と「共産」の4字と④の窪田の言葉11字は伏せ字のままである。この結果から推して、「母親們」の翻訳者は「母たち」の完全原稿を見ていたと言うべきなのだろうか、それとも「母親們」で解消された①②③の伏せ字は、翻訳者の想像によって補われたと判断すべきなのであろうか。可能性はともに残されていようが、筆者は『改造』版や『日本プロレタリア創作集』版よりは完全に近い原稿を見ていたものと考えたい。

その理由の一つとして「母親們」の訳文が全体に日本語原文に忠実で正確につくられており、たいへん丁寧でよく行き届いたものであることがあげられる。こうした姿勢から翻訳者が注記することさえなく、原文の伏せ字を勝手に創作したとは考えにくい。かえって文末にわざわざ「死者のことを思い、これを訳す」と付記しているのであるから、翻訳者の独断による改作などは「死者」のためにも慎んだものと思われる。更に、次章以下に述べるように翻訳者森堡や当時の日中プロレタリア文学家たちの活動を調べてみると、多喜二と翻訳者は明らかに直接のつなが

5　公判で、裁判長が判決を決めるためにそれぞれの被疑者に必ず尋ねる、「これからも共産主義を信奉して運動を続けて行く積りか」（新日本出版社版）というセリフの中の「共産」の2字である。

6　新日本出版社版『小林多喜二全集第三巻』では復原されているが、新日本出版社版以外の版本で一時的に伏せ字とされた文字と、その版本名を参考まで指摘しておく。順に伏せ字のある版本名、「伏せ字にされた語句」、新日本出版社版での頁数行数に挙げる。ナウカ社版「スパイ」383頁10行。ナウカ社版「殺」387頁3行。『改造』版・『日本プロレタリア創作集』版・ナウカ社版「恥かし」390頁8行。『改造』版・『日本プロレタリア創作集』版「ガクリと首を胸の前」392頁8行。

りを持っていたと考えられる。だからより完全に近い原稿を入手することに大きな困難はなかったと思われる。そして、もし100字にも及ぶ伏せ字が翻訳者の想像によって補われたのであれば、④の窪田の言葉11字と③の「同志」と「共産」の4字を伏せ字のままにした理由の説明がつかない。特に③の「同志」と「共産」の4字は新日本出版社版で補われているし、そもそも2字ずつの単語であるから、文脈より容易に補いうるはずである。そう考えるとこの4文字と④の11文字は、翻訳者もしくは雑誌編集者に何らかの理由があって、伏せ字とされた可能性を推測したくなる。それは「同志」「共産」という語のもつ意味、そして窪田の言葉として語られたであろう内容もおよそ想像のつくものだからである。

ともかくまず翻訳者について検討してみよう。

3　翻訳者の任鈞（森堡）について

森堡は筆名であり、原名は盧奇新、その後盧嘉文と改めている。任鈞の筆名で活躍したプロレタリア詩人である。ほかに盧森堡とも名乗っているが、これはポーランド生まれのマルクス主義革命家ローザ・ルクセンブルク（Rosa Luxemburg、1871～1919年、中国語では羅莎・盧森堡と表記される）を尊敬しており、また本姓が盧であったためつけた筆名である。任鈞については没後遺族によって『詩筆丹心――任鈞詩歌文学創作之路』（盧瑩輝編、2006年、上海・文匯出版社）という本が編纂されている。任鈞が遺した詩文作品や回想録に加え、年表と作品総目録が付されており、多くの事実を知ることができる。以下ではまず本書によって、「母たち」を翻訳する1933年までの任鈞という人物の生涯と文学活動について整理してみる[7]。

任鈞は、1909年に生まれ、故郷は広東である。中学時代に詩や小説を書き始め、教会学校で英語の基礎を学んだ。1928年に上海の名門復旦大学の外国語学科に入学した後、同校の中国文学科に移っている。同時に文学結社の太陽社に参加し、雑誌『拓荒者』の刊行に協力し、中国共産

7 『詩筆丹心』では特に「任鈞自述生平及其文学生涯（任鈞自叙 生涯と文学人生）」と付録年表、作品総目録を参照した。

党の活動にも積極的に携わっている。

1929年夏に日本に留学し、日本語の補習を受けた後、早稲田大学の文学部に入学。太陽社の東京支部設立に協力する。1930年上海に中国左翼作家連盟（以下では左連、または中国左連と略称する）が設立されると、1931年左連の東京支部（以下東京左連と略称）を組織した。そして日本プロレタリア作家同盟との関係を深め、小林多喜二ほかの左翼作家たちを訪問している。

1931年9月に満州事変が起こると、東京の中国人留学生たちは反日愛国運動を繰り広げた。翌32年1月には上海事変が起こり、この年の初めに任鈞は帰国した。なお、多喜二の「母たち」が書かれたのは、脱稿が31年10月、雑誌掲載は同年11月である。そうすると任鈞が多喜二「母たち」の自筆原稿か掲載雑誌を中国に持ち帰ることは、時間の上でも両者の交遊があったことからも可能であったと言える。

帰国後は上海で左連に参加し、創作委員会に属して創作活動を続けるとともに、中国詩歌会も作った。33年には組織部長となり、左連の運営に参加した。「母たち」の翻訳が掲載されたのはこの年の7月である。

著訳書はこの頃までに4冊出しており、いずれも上海の出版社より刊行している。中編小説『愛与仇』（1930年、現代書局）、ゴーリキーの小説を日本語から重訳した『隠秘的愛』（1932年、湖風書局）、『藤森成吉集』（1933年、現代書局）、川口浩原作の翻訳『芸術方法論』（1933年、大江書舗）である。雑誌には復旦大学に入学した頃より、数箇月に一回の割合で、自作の詩、小説、随筆を寄稿している。翻訳で雑誌に掲載されたものには日本の詩や小説、論文のほか[8]、ソ連の戯曲、小説、論文もある。ほかに窪川いね子や秋田雨雀らの訪問記も遺している（『読書月報』第3巻1～4期、1932年）。任鈞は生涯にわたり21冊の単行書、300編以上の詩文を遺しており、そのうち翻訳は6冊、25編を数えるものの、多喜二の作品は「母たち」以外に翻訳していない。

8　任鈞が雑誌に翻訳した主な日本の詩や小説、論文には、次のようなものがある。縄田林蔵「在労働旗下」（『拓荒者』4・5期、1930年）、石浜知行「機械和芸術」（『当代文芸』2巻3期、1931年）、神近市子「解放了的俄国婦女」（『読書月報』3巻1・2期、1932年）、堀田昇一「凱旋」（『文学月報』1巻3期、1932年）、村田正夫「送士兵」（『新詩歌』1巻7期、1933年）。

その後、1949年に新中国が建国されると中国文芸家協会に参加し、国防文学を提唱する。詩を中心に散文や評論も多数発表し活躍し、また上海音楽学院や上海師範学院（1957年）の教授として現代文学を講じてもいる。

『詩筆丹心』には「翻訳工作的回顧（翻訳作業の思い出）」という文章が収録されており、任鈞自身が翻訳について詳述している。文中、日本語の翻訳を始めた経緯や藤森成吉や川口浩作品を選訳したことは述べられているが、「母たち」や多喜二についての言及はほとんど見られない[9]。同書所収の「関於“左連”的一些情況（「左連」のいくつかの情況について）」では、東京左連が活動の一環として日本プロレタリア作家同盟との関係を深め、小林多喜二ら左翼作家を訪問したことは記されているが、ほかには当時『蟹工船』が中国語に翻訳され人気があったこと、多喜二の虐殺に対し中国ではどのような対応がなされたか（後述する）など一通りのことが書かれているだけで、任鈞個人の多喜二に対する特別な感情は読み取れない。当時25歳であった任鈞は、中国詩歌会を結成し、小説よりも詩や評論を数多く発表していていた。小説家ではなく、詩人の道を志していたことからも多喜二への関心はそれほど高くなかったのかもしれない。それでも「母たち」を訳出したのは、「1933年5月、死者のことを思い、これを訳す」と付記に言う通り、多喜二の死を悼んでのことであろう。

それでは、なぜ任鈞「母親們」は多喜二の死を悼み、雑誌『現代』に「母たち」を翻訳し発表したのであろうか。任鈞と「母親們」を中心に当時の状況をもう少し詳しく調査し、「母たち」の翻訳が生まれた背景を考えたい。そして、当時の日本と中国におけるプロレタリア文学運動の在り様を些かなりとも探ってみたい。

9　他に見出せる任鈞と多喜二の接点は、1951年『人民詩歌』2巻2期（長春・吉林人民出版社）に、森山啓による多喜二追悼詩を訳出したことのみである。その詩は「遺言要執行——献給小林多喜二同志」（原詩は「遺言は実行される——同志小林多喜二に捧ぐ——」、『プロレタリア文学』1933年4・5月号、日本プロレタリア作家同盟）と題され、長文の付記が添えられている。付記には、多喜二虐殺より18年後にその死を追悼する思いと、アメリカの帝国主義の陰謀により日本が武装化されることへの抗議の意味を込めて、この翻訳詩を掲載したと述べられている。

4　東京左連、中国左連、日本プロレタリア作家同盟の活動と任鈞

まず、任鈞が結成した東京左連については、任鈞自身が「関於“左連”的一些情況」(「「左連」のいくつかの情況について」)という文章を残している。その中で任鈞は東京左連結成の目的を二つ挙げている。一つは中国左連と常に連絡を取って情報を交換し、中国国内の文壇と疎遠にならないようにするため、もう一つは日本の革命文学組織の日本プロレタリア作家同盟とそこに属する進歩的な作家と連絡をとるためである。(『詩筆丹心』200頁)

東京左連は任鈞ほか数名の在日中国人留学生によって構成され、胡風や葉以群といった人物が参加していた。雑誌『文化闘争』などを発行したり、中国通の藤枝丈夫（水谷孝）を通じて作家同盟との関係を深めており、任鈞は作家同盟が開いた詩人たちの集会に参加もしている。更に東京左連の成員は、小林多喜二・徳永直・中野重治・秋田雨雀・森山啓ほかの左翼作家を訪問している[10]。

そして東京左連と作家同盟の両方に入会していた唯一の中国人作家の胡風が、「中国左翼作家連盟にもはいっていたので、日本の作家同盟と中国の左連との連絡をいつもひそかに、そしてたくみにとってくれていた」[11]らしい。

このように1931年頃、中国左連、東京左連、日本プロレタリア作家同盟は密接に連絡をとり情報を交換していたとみられる。このほか1931年8月に、千葉で亡命生活をしていた郭沫若を作家同盟の幹部が訪問する計画さえあった[12]。この計画は胡風が発案したもので、書記長だった多喜二も初めは乗り気であった。しかし多喜二が自分たちの訪問によって郭沫若が警察に目をつけられることになるのを危惧して反対し、結局は実現しなかったという。

---

10 東京左連および任鈞ら在日中国人留学生については、小谷一郎『一九三〇年代中国人日本留学生文学・芸術活動史』(2010年、汲古書院）にも詳述されている。

11 江口渙『たたかいの作家同盟記』下（十七　弁証法的創作方法の問題、79頁、1968年、新日本出版社）

12 江口渙『たたかいの作家同盟記』下（十七　弁証法的創作方法の問題、81〜83頁、前出)。また「「左連」のいくつかの情況について」(『詩筆丹心』、201頁）にも述べられている。

他方、中国左連は結成後まもない1930年に、日本政府の日本プロレタリア作家同盟に対する弾圧についてきびしい抗議文を寄せており[13]、32年にも新聞に日本政府の左翼運動への残虐行為に対する抗議文を掲載したという[14]。任鈞が帰国し、中国左連に参加したのはこの頃である。

1932年任鈞は、中国左連の創作委員会に参加するとともに、その外郭団体として中国詩歌会を結成した。そして33年初めに『新詩歌』を発刊し、資産家階級の詩歌や創作論、その流派を批判し、反帝国・反封建主義的内容と表現を用い、わかりやすく通俗的な庶民的詩歌を発表した。当時、魯迅もこの活動を高く評価している[15]。

33年2月、多喜二虐殺事件が起きると、同年4月2日に中国左翼作家連盟は「小林同志事件抗議書」を『中国論壇』(2巻4期)に掲載した。5月には中国左連の書記であった丁玲が逮捕され、左連は組織体制の改変を迫られる。任鈞は組織部長となり、左連執行部の一角を担った。更に大衆文芸委員会とマルクス主義理論研究委員会などにも参加している。「母たち」の翻訳が掲載された雑誌は、この年の7月1日付けである。

5　30年代前期の中国における多喜二と日本プロレタリア文学運動への評価

ここで「母たち」の翻訳が出た頃の中国における日本文学作品の翻訳状況について一瞥しておきたい。王向遠氏の労作『二十世紀中国的日本翻訳文学史』(2001年、北京師範大学出版社)がこの点について詳述しているので、この本によって20世紀に中国で翻訳された日本の文学作品の状況、特に本稿で問題になる1930年頃の日本のプロレタリア文学作品の翻訳を中心に整理してみる。

氏の説明によれば、1920年から1937年は日本文学は全体に多数翻訳さ

---

13 江口渙『たたかいの作家同盟記』上(十二　作家同盟への最初の弾圧、291頁、1966年、新日本出版社)。また、中国で左連が活動していた1930〜36年の日中両国プロレタリア文学家の活動については、張朝柯「左連時期部分中日革命作家的戦闘友誼」(『東北師大学報』1981年4期)が論じている。

14 姚辛編『左連詞典』(1994年、北京・光明日報出版社、21頁)に、4月4日の「文芸新聞」に「中国左翼作家連盟抗議日本政府」を掲載したとある。

15『詩筆丹心』所収「関於“左連”的一些情況(「左連」のいくつかの情況について)」に見える。

れた時期と評価でき、主要な翻訳家は約20名、単行書は270点余りが確認されている。単行書の内訳は110点ほどが文学理論分野、残りが作品集の割合であると言う[16]。プロレタリア文学作品で出版された本には、葉山嘉樹『葉山嘉樹選集』（1930年、現代書局）、『売淫婦』（1930年、北新書局）、藤森成吉『新興芸術論』（1928〜30年、連合書局）、『藤森成吉集』（1933年、現代書局）、林房雄『一束古典的情書』（1928年、現代書局）、『林房雄集』（1933年、開明書店）、ほかに平林たい子や金子洋文、秋田雨雀の作品が指摘されている。ところが1937年7月の日中戦争の開戦により状況は一変し、1937年から1949年の間に出版された翻訳書はわずか50点に激減したという[17]。

王氏は、多喜二作品の翻訳にも少なからず頁を割いて説明している。ただ該書の性格上、単行書を主とした概括的な調査であるから、「母たち」のような雑誌に掲載された作品に言及はなく、1930年の潘念之『蟹工船』訳や1958、59年の『小林多喜二選集』全3巻の意義について論じている[18]。氏の指摘の中で注目しておきたいのは、1949年の中華人民共和国の建国以前に、多喜二作品の翻訳単行書が『蟹工船』1冊しかないのは、他の左翼文学者が多数翻訳されているのに比べ、十分な注目を受けていなかったと述べている点である。確かに30年代に葉山嘉樹、藤森成吉、林房雄など多数のプロレタリア文学者の作品が翻訳されているのに比し、多喜二が1冊のみというのは少なすぎるように感じられる。その理由についても考察が必要であろうが、それは将来の課題としたい。

今は、多喜二の生前、唯一中国で翻訳単行されていた『蟹工船』のも

---

16 王氏書の第2章「二三十年代的日本翻訳文学」第1節3「此時期日本文学訳介的総体成績（この時期の日本文学翻訳・紹介の全体的成果）」、同章第8節「対左翼文学的翻訳（左翼文学の翻訳について）」参照。

17 王氏書の第3章「戦争時期的日本翻訳文学」第1節「抗日戦争時期中日文壇関係与日本文学的訳介（抗日戦争期の中日文壇の関係と日本文学の翻訳・紹介）」173頁参照。

18 なお、『中国現代文学期刊目録滙編』（天津人民出版社、1988年）によれば、雑誌に掲載された多喜二の翻訳には紺弩訳「為市民」（『当代文学』1巻4期10月号、1934年10月）、楊騒訳「新女性的気質」「同（続）」（『今代文芸』1巻1期・2期・3期、1936年7・8・9月）、葉文律訳「墻頭小説与“短”的短篇小説」、（『東流』3巻2期、1936年11月）、辛荑訳「追踪着太陽的人」（『訳文』新3巻4期、1937年6月）があるという。土屋肇枝氏の教示。

つ意義、そして当時の多喜二への評価について考えてみたい。潘念之訳『蟹工船』は、日本で原作が発表された翌1930年4月に上海の大江書舗によって発行された。多喜二は序文まで寄せており、そこには「私は今「蟹工船」が、同志潘念之の尊敬すべき努力によって、その英雄的な支那プロレタリアの中に読まれるであろうことを考え、異常な興奮を感じている」と、感激したさまが述べられている（新日本出版社『小林多喜二全集』5巻所収「「蟹工船」支那訳の序文」）。翻訳に用いられた底本は、日本で出版禁止になった戦旗社版である[19]。戦旗社版と多喜二の序を入手していることから考えて、潘念之『蟹工船』出版関係者と多喜二の間を結ぶつながりがあったことは間違いなかろう。

潘念之（1902〜1988年）は国民党政府の弾圧を逃れて、地下活動に入った人物である。共産党に加入し、政治活動を行っていたが、1924〜27年の北伐戦争に敗れると日本に逃れ、明治大学法学部に学んだ。29年に帰国した後は、愛国運動、抗日運動に身を投じるとともに、著述業、翻訳業に従事した。後に政治学・法学を修めて多数の著作を残し、復旦大学などで教え、学者として活躍した[20]。

なお、潘氏の『蟹工船』が出版される直前に、次の3編の評論が発表されている。

若沁（夏衍）「関於“蟹工船”」（現代書局、『拓荒者』1巻1期、1930年1月）
沈端先（夏衍）「小林多喜二的“一九二八・三・一五」（現代書局、『拓荒者』1巻2期、1930年2月）
王任叔「小林多喜二底『蟹工船』」（現代書局、『現代小説』3巻4期、1930年1月）

19『（初版本による複刻全集）小林多喜二文学館 解説』（1980年、ほるぷ出版）に潘念之訳『蟹工船』への解題（手塚英孝）があり、そこに指摘されている。

20 潘念之の生涯については、紹興市檔案局のホームページに、共産党に貢献した紹興の人物として詳述されている（中共紹興党史人物http://www.sxda.gov.cn/users/dsrw/pnz.htm、2011年12月1日閲覧）。

『拓荒者』は後に中国左連の機関誌となる、プロレタリア文学作品やその翻訳を多数掲載した月刊誌であり、任鈞も詩や小説を発表している。『現代小説』も月刊の文芸雑誌であるが、この頃はプロレタリア文学作品を数多く載せている。こうした誌面での多喜二文学への注目を背にして、潘氏の『蟹工船』は刊行されたのである。

この潘念之訳出版の背景については阿部幸夫「中国近代文学と『蟹工船』」(『東方』340号、2009年、東方書店）が既に考察を加えている。氏は潘氏が王任叔と親しく、王氏が魯迅と連絡をとっていたことから「「王任叔、潘念之、魯迅による多喜二文学――『蟹工船』訳稿の検討」があって不思議はない」と述べる。更に、雑誌『拓荒者』第1期巻末の編集室だよりに、沈端先が『蟹工船』の翻訳を『拓荒者』3・4期に発表すると予告していること、王任叔「小林多喜二底『蟹工船』」に前述の多喜二「「蟹工船」支那訳の序文」と思しき文が添えられていること[21]を指摘する。こうした状況を見れば、潘氏『蟹工船』が周到な用意のもと、待望されて刊行されたことが理解できよう。

ところが『蟹工船』の翻訳は、刊行後まもなく国民党政府によって発売禁止処分を受ける。『蟹工船』の中国語訳は出版禁止となっても読み続けられたようだが[22]、多喜二については他に注目すべき動きは見当たらない。次に見なければならないのは、潘念之『蟹工船』より3年の後、多喜二の虐殺へ送られた数々の哀辞である。よく知られた以下の4件を挙げておく。

張露薇「小林多喜二哀辞」(『文学雑誌』創刊号、1933年4月、文学雑誌社)
郁達夫「為小林的被害檄日本警視庁（小林の殺害のために日本警視庁に檄す)」[23]（『現代』3巻1期、1933年5月、現代書局)

---

21 潘念之『蟹工船』の巻頭に掲載された多喜二「「蟹工船」支那訳の序文」の中国語訳と、王任叔「小林多喜二底『蟹工船』」に引用された多喜二「「蟹工船」支那訳の序文」と思われる文は、表現に多少の差異があるものの内容はほぼ同じである。

22『いま中国によみがえる小林多喜二の文学』(白樺文学館多喜二ライブラリー編、2006年、東銀座出版社)「呂元明東北師範大学教授に聞く」286頁に見える。

23 荻野富士夫編『小林多喜二の手紙』(2009年、岩波文庫）の付録に拙訳を載せている。

魯迅「同志小林ノ死ヲ聞イテ」(『プロレタリア文学』4・5月号、1933年5月、日本プロレタリア作家同盟)
郁達夫、茅盾、魯迅ら9名「為横死小林遺族募捐啓(不慮の死を遂げた小林氏の遺族のために義捐を募る書)」(『文学雑誌』2期1巻、1933年5月、文学雑誌社)

『文学雑誌』は北京を中心とする北方左連の機関誌であり、張氏「小林多喜二哀辞」はその創刊号の巻頭に掲げられている。『現代』はもちろん任鈞訳「母たち」が掲載される雑誌であり、それは3巻3期である。

6　雑誌『現代』、日中戦争と任鈞

相次いで哀辞が発表されたのに続き、任鈞「母親們」が1933年7月1日『現代』に掲載された。訳文の付記に「1933年5月、死者のことを思い、これを訳す」とあるから、訳出作業はまさに多喜二虐殺へ数々の哀辞が送られた頃である[24]。

この『現代』という雑誌は、『拓荒者』や『文学雑誌』とはいささか異なり、政治や思想色のやや薄い中間派と呼ばれるものであった。魯迅、郭沫若、茅盾ら当時の主要作家の作品を掲載し、またフランス象徴派の影響が強い戴望舒らの詩は「現代派」と呼ばれ、徐志摩たちの芸術のための芸術を唱える「新月派」に対抗した。任鈞は前述した通り左連に中国詩歌会を結成し、雑誌『新詩歌』を発刊したが、それはこれら「現代派」や「新月派」に満足できなかったからだと言う[25]。しかも『新詩歌』の発刊は1933年2月であった。

なお、任鈞が行った日本語作品の翻訳は、期間に偏向がある。『詩筆丹

24『小林多喜二生誕100年・没後70周年記念シンポジウム記録集』(白樺文学館多喜二ライブラリー・東銀座出版社、2004年)所収の劉春英「中国左翼作家による小林多喜二に対する評論」は、1930年代前半の中国左翼作家による小林多喜二評価をていねいにまとめている。

25『詩筆丹心』「「左連」のいくつかの情況について」に拠る。その後任鈞が『現代』に寄稿したのは、3巻6期に「社会主義的現実主義論」(ソ連・華西里可夫斯)の翻訳(33年10月)、4巻3期の社中座談欄に編者宛てて「致編者」(34年1月)、4巻4期の文芸独白欄に「文人的生活苦」(34年3月)の三回にとどまる。

心』付録の著作総編目によれば、新中国建国前に任鈞が発表した翻訳書は1933年と38年に各1冊、雑誌に掲載したのは30年～35年の間に8編である[26]。偏向の原因は言うまでもなく日中関係の変化と中国国内の混乱にある。

1931年の満州事変、32年の上海事変によって任鈞は帰国を余儀なくされたが、日本軍は33年には北方の熱河に侵攻し、37年ついに日中戦争に突入する。任鈞の日本語作品の翻訳活動は、1935年に江馬修の作品、1938年に他の翻訳作品8編と合わせて「文学研究会世界文学名著叢書」の1冊『郷下姑娘』を出版し、ほぼ終了している。代わりに任鈞は1936年頃から国防文学の主張に呼応して国防詩歌を盛んに発表するのである。

7 「母たち」中国語訳成立の経緯とその後

最後に小論の調査結果を整理し、「母たち」中国語訳成立の経緯とその後の影響についてまとめておく。

始まりは1929年夏、任鈞が日本に留学したことであろう。翌30年左連が上海に結成され、潘念之訳『蟹工船』が中国で広く受け入れられた。そして31年には東京にも左連の支部が作られ、多喜二は「母たち」を発表した。同年9月に満州事変、32年1月に上海事変と日中関係に大混乱が続き、任鈞は帰国した。帰国後、中国左連に中国詩歌会を作ったところ、翌33年2月に多喜二虐殺の報が届くのである。中国北部には日本軍が侵攻し、日中戦争への道を進んでいた。その7月に任鈞「母親們」は多喜二の死を悼んで発表されたのである。

以上の調査を通して考えたいのは、任鈞はなぜ多喜二の他の作品ではなく「母たち」を訳出したのか、という問題である。既に述べたとおり任鈞と多喜二の結びつきは東京左連の活動中に見出せたものの、決して

26 参考まで『詩筆丹心』の著作総編目に掲載されているものを列挙する。単行書は、1933年『藤森成吉集』（現代書局）、38年『郷下姑娘』（黒島伝治ほか、上海商務印書館）。雑誌掲載は、1930年縄田林蔵詩（『拓荒者』4・5期）、31年石浜知行論文（『当代文芸』2巻3期）、32年神近市子（『読書月報』3巻1・2期）、堀田昇一小説（『文学月報』1巻3期）、33年村田正夫詩歌（『新詩歌』1巻7期）、多喜二「母たち」（『現代』3巻3期）、34年今野大力（『詩歌月報』1巻1期）、35年江馬修（『申報・自由談』）である。

強固で密接なものとは考えられない。任鈞自身にも、「母たち」を翻訳する積極的な理由はなかった可能性が高い。そうするとまず、雑誌編集上の要請が考えられる。たとえば、多喜二を襲った突然の不幸を、雑誌の誌面で追悼するため、短期間で訳文を作成でき、誌面の大幅な変更を必要としない「母たち」のような短編が望ましかったという事情はあろう。更にこの訳文中に伏せ字がきわめて少ないことから、「母たち」の伏せ字の少ない原稿を何らかの方法で入手できたため、という理由も考えておきたい。

そしてもう一点、ゴーリキー「母」の翻訳（中国題『母親』）が当時の中国において高く評価されていたことに注意したい。現在、中国において多喜二の作品としてよく知られるものに「母親」という一編がある。多喜二の「母親」は、「党生活者」第4章を抜粋して名づけられたものであり、「母たち」とは母親を主題とすること以外に直接の関係はない。ところがこの「母親」は中国の多数の国語教科書に採られており、しばしばゴーリキー「母」と比較して論じられる一編なのである[27]。つまり初めゴーリキー「母」と比較する意図ももって「母たち」が訳出されたが、「母たち」は忘れ去られ[28]、代わりに「党生活者」第4章を抜粋した「母親」がゴーリキー「母」と比較されるようになった可能性を指摘したいのである。それは潘念之訳『蟹工船』の巻末広告に、沈端先（夏衍）訳のゴーリキー『母親』（大江書舗刊）が掲載されていることからみても、無理な推測ではないと思われる。

さて、任鈞の「母親們」が発表されると、日中関係は悪化の一途をたどる。その結果、日本文学の受容自体が途絶えがちになり、任鈞「母親

27「党生活者」第4章を教材として論じるものに劉清楽「小林多喜二和他的《母親》」(『山東師院学報（社会科学版）』1978年5期があり、ゴーリキー「母」と比較するものには李谷鳴「譲比較文学回到中学」(『安徽教育学院学報』1990年4期)、呂興師「異彩を放つ人間像——小林多喜二とゴーリキーにおける母親像——」(『いま中国によみがえる小林多喜二の文学』、前出)などがある。

28 任鈞「母親們」に言及する文献は、管見の及んだ範囲では『左連詞典』(前出)、劉春英「中国左翼作家による小林多喜二に対する評論」(前出)、『詩筆丹心』(前出)のみである。「母たち」が忘れ去られ「党生活者」を抜粋した「母親」が脚光を浴びた理由は、後者には伏せ字がないことや内容が教科書により相応しいと判断された可能性が考えられる。

們」を含む多喜二作品は残念ながら多くの読者を失った。この多喜二への失われた評価が回復されるのは1955年頃からのようである。1955年、北京・作家出版社から楼適夷による『蟹工船』の新訳、李克異『党生活者』が出版されると、翌56年には震先『不在地主』がやはり作家出版社から刊行されている。そして『小林多喜二選集』全3巻が、1958・59年に北京・人民文学出版社から出版される。この『小林多喜二選集』の第三巻には、舒暢による「母たち」の新訳が収録されている。底本は1954年青木文庫本『小林多喜二全集』が用いられ、1982年新日本出版社版『小林多喜二全集第三巻』と同じ部分に65字の伏せ字を残している。任鈞「母親們」は見ていないらしい。

こうしてみると、任鈞「母親們」の影響力はそれほど高くなかったことになろう。しかし中国において多喜二受容が途絶える時期に訳出された作品であり、貴重な存在である。また、多くの伏せ字が解消されている点、任鈞による翻訳の経緯を探ることで30年代の日本と中国のプロレタリア文学運動の連携情況が理解できる点など、資料的価値も高く認められよう。

なお、多喜二「母たち」の原稿は『小林多喜二　草稿ノート・直筆原稿』DVDに見当たらないものの、『詩筆丹心』編者後記によれば、任鈞の手稿や日記が上海図書館に寄贈されているとのことである。今後また「母親們」の関連資料が現れる可能性も残されているのかもしれない。

附記：本稿を成すにあたり中国社会科学院外国文学研究所副研究員の秦嵐氏、成蹊大学講師の土屋肇枝氏、小樽商科大学教授の荻野富士夫氏より御教示を受けた。記して謝意を表したい。

「母たち」と「母親們」関連事項年表

1903年	小林多喜二生まれる
1909年	任鈞生まれる
1921年	中国共産党の成立（第1回全国代表大会を上海で開催）
1922年	日本共産党成立
1928年	任鈞、上海の復旦大学に入学
1928年	北伐完了、国民政府が全国を統一
1929年	『戦旗』に「蟹工船」発表
1929年夏	任鈞、日本に留学
1930年1月	『拓荒者』現代書局の出版
3月	左翼作家連盟が上海で結成される
4月15日	『蟹工船』潘念之訳の出版
	北海道で「十二月一日事件」（全協事件）
1930年から31年	多喜二が豊多摩刑務所に収監される
1931年	「オルグ」（『改造』5月号）、「独房」（『中央公論』7月号）発表
	左連の東京支部（東京左連）結成
9月18日	満州事変
10月11日	「母たち」脱稿
11月 1日	『改造』に「母たち」発表（伏せ字は142字）
1932年1月	上海事変
初め	任鈞　帰国する
3月	満州国建国
9月	中国詩歌会の成立
	『日本プロレタリア創作集』の出版（伏せ字は138字）
1933年2月	多喜二虐殺される
	日本軍、熱河に侵攻
	任鈞、左連の組織部長となり、運営に参画。『新詩歌』発刊。
7月1日	『現代』に「母親們」森堡（任鈞）訳が掲載される（伏せ字は10字）
年末	林煥平らによって東京左連が再建される
1934年10月	紅軍長征開始
1935年	ナウカ社版『小林多喜二全集（1）』の出版（伏せ字は101字）
1936年	中国左連、東京左連の解散
1937年	日中戦争
1982年	新日本出版社版『小林多喜二全集第三巻』の出版（伏せ字は92字）

国際モダン・ガールのジレッマと『安子』

ヘザー・ボーウェン=ストライク

18世紀に英国で始まった産業革命は、多くの経済的、また社会的な変化を引き起こしました。20世紀初頭になり、世界の発展途上国では、特に著しい現象として家庭外で働く女性の姿がみられるようになります。地域によってローカルな差異はあるにせよ、国際的な観点から考えると、大きな共通点は二つあるといえるでしょう。まず挙げられるのは、家を離れて自活する若い女性の道徳性への懐疑や不安がいわゆる社会問題として取り扱われたという点であり、もう一つは、前者とは逆に自立した女性が確立するにつれ、性差への姿勢の変化が女性解放や社会革新に繋がるものとして認識されたという点です。ここでは、資本主義の発展によってもたらされる近代性にはこのように不安と期待といった両義性があることを指摘しておきたいと思います。

ところで、不安と期待といえば、大正時代末期に現れたモダン・ガール（モガ）という新しい女性のタイプが直ぐに思い浮かぶでしょう。モダン・ガールといえば、断髪洋装で映画館やデパートに行き、いわゆる“銀ブラ”をするなど、生産的階級とは距離のある女性たちというイメージが強いのではないでしょうか。しかも、派手な商品を買ったり、生きているマネキンのようにいろいろな洋服を着たりする消費者の代表としての側面だけではなくて、商品文化の発展のために、彼女たちの生意気なエロチシズムは利用されたのであり、性的な対象としての視線も浴びていました。小説や広告にも、彼女たちはよく取り上げられたのですが、それと同時に、モダン・ガールの風俗を利用したメディア戦略により影響を受け、髪を切ったり、デパートで買ったドレスを着たりと、生活スタイルを変えていった女性たちも現れるようになりました。どちらかといえば、モダン・ガールは現実に生きる血の通った女性というよりも、商品文化としてのイメージが強く、今でも、前衛的な女性のファッションスタイルについては同じようなことが言えるのではないかと思います。つまり、モダン・ガールといえば、労働階級の女性のイメージとは異なり、退廃的なブルジョアかプチブルの女性のイメージなのです。また、働いていたにしても、家のためではなくて、自分のために働いて、勝手気儘に生活をしていたように見えます。

それはそうと、小林多喜二の作品とモダン・ガールにはどんな関係があるでしょうか。換言するならば、なぜ多喜二の作品とつながらなくてはならないのでしょうか。20年前、ミリアム・シルバーバーグが次のような持説を以て学会に挑戦しました。彼女は、外見から判断すると非政治的に見えるモダン・ガールであるが、実はミリタント（つまり戦闘的）な政治性を持っていたといったチャレンジを述べたのです。

> "That the obsessive contouring of the Modern Girl as promiscuous and apolitical (and later, as apolitical and nonworking) begins to emerge as a means of displacing the very real militancy of Japanese women (just as the real labor of the American woman during the1920s was denied by trivializing the work of the glamorized flapper)."[1]

シルババーグのチャレンジその他にしたがって、近年モダン・ガールは世界中で高い関心を集め、研究対象として、その政治性を問われています。2008年に出版された「世界のモダン・ガール」では、第一次世界大戦から第二次世界大戦にかけ、世界中で、同じようなメイクや断髪、エロチックな洋装、エロチックな微笑みを浮かべたモダン・ガールたちが登場したことが指摘され、英国、アメリカ、フランスだけにとどまら

1 Miriam Silverberg, "The Modern Girl as Militant," in *Recreating Japanese Women, 1600-1945*. Ed. Gail Lee Bernstein (Berkeley, Los Angeles, Oxford: University of California Press, 1991): 260.

ず、インドやロシアや南アフリカなど、そして、日本と中国に現れたモダン・ガールのイメージと意味とが問われています[2]。また、この書物のテーマは、モダン・ガールによって何が可能になったか、また、何が不可能になったか、ということだと思います。私も同じような問題意識を持っています。

今日のテーマは「モダン・ガールのジレッマ」です。日本における家父長制に抑圧された女性たちにとって、この新しい女性のタイプとは、伝統的な相続財産としての慣習や生活様式に反対したという点において、一つのラディカルな可能性を広げる存在であったと思われます。他方では、モダン・ガールのイメージ、そして彼女たちの在り方は商品文化と密接に結び付いていたため、プロレタリア評論家の多くの視点によると、プロレタリアであるはずの女性たちがモダン・ガールを模倣するのであれば、プチブルの階級意識が生み出されてしまう、といった危険性がある、ということになります。

小林多喜二の新聞小説『安子』には、モダン・ガールのもう一つの可能性が存在していると思います。ただし、もう一つの可能性といっても限界があり、解放的であるといっても、暗い可能性もあります。結論を述べる前に、まず、プロレタリア文学の評論家はどのようにモダン・ガールを取り扱ったかという問題について触れ、その上で『安子』における可能性について説明させていただきます。

資本主義の産物としてのモダン·ガール

1930年1月の『東京パック』の表紙は、池田栄治による絵です。「今年も同じ登場者:金と女を中心に。。。」という題で、三人組が描かれています。左はタバコを吸っている労働者で、右はステッキを持つ紳士で、その真ん中に体の線が露出されている洋服を着ているモダン・ガールがいる、という構図です。三人とも腕を組んで、こちらへ進んでくるかのようです。このイメージからモダン・ガールの危険性がすぐ分かるのでは

2 Ed. The Modern Girl Around the World Research Group, *The Modern Girl Around the World: Consumption, Modernity, and Globalization* (Duke University Press, 2008).

『東京パック』1930年1月、絵：池田栄治

ないでしょうか。

モダン・ガールが日本に登場した時期ですが、1924年8月に『女性』という雑誌で北澤秀一が英国のモダン・ガールを紹介したということです。紹介した英国のモダン・ガールは、「働く婦人」であり経済的に自立していたと述べられていました。「モダン・ガール」はただちに話題になり、『文芸春秋』や『中央公論』や『婦人公論』や『太陽』などが、モダン・ガールを論じ始めました。しかし、モダン・ガールは職業婦人といったような側面での紹介から始まったにもかかわらず、1924年には谷崎潤一郎が『痴人の愛』においてナオミという気まぐれな登場人物を描き、広告によく現れたモダン・ガールは断髪洋装女性といった風俗を纏ったものに過ぎず、当初の「働く婦人」であったことは忘れられたかのように、一方的な消費者であることが強調されていきました。

1928年の近代新用語辞典によると、「モダーン・ガール（Modern girl 英）近代式の女と云ふ意味であるが、普通には断髪洋装の女を多少軽蔑して云ふ。単に『モガ』とも云ふ。」[3]と定義づけられています。平塚らいてうらの青鞜時代のフェミニストの新しい女と違って、モダン・ガールは思想よりもその格好で見分けられたようです。しかし、モダン・ガール（またはモダン・ガールのイメージ）は、単に『痴人の愛』における

3「作家・新居格についてのページ」、『白炭屋』。http://hakutanya.web.fc2.com/niia.html（accessed 19.1.2012）。引用：『音引正解近代新用語辞典』（修教社書院、昭和三年一月））

ナオミのような、性的に乱れた消費者、といった女性だったとは言い切れないでしょう。しかしながら、逆に近代的な商品に目もくれず、ひたすら働くばかりの女の人だとも言えません。

モダン・ガールは単数ではなくて、伝統を破る女性像として、『東京パック』の絵が示唆するように複数の可能性がありました。例えば、プロレタリア文学では、モダン・ガールは訓戒的な物語の妖婦（毒婦）という役割で登場することもありました。

貴司山治の『ゴー・ストップ』という新聞小説は、1928年8月から1929年4月まで『進め・止まれ』という題名で、『東京毎夕新聞』に連載されました。小説の最初は、「プチブルは階級社会の寄生虫だ」という題で、芳川品子というモダン・ガール的な女優を指して批判的に描かれています。

また、林房雄の『都会双曲線』は『朝日新聞夕刊』で1929年10月8日から12月10日まで連載されました。この連載小説では、モダン・ガールのような幼女（ヴァンプ）が登場し、ユーモアのある場面で黒田という偉そうな主人公を騙し、お金を取ります。読者を笑わせながら、モダン・ガールはプチブルの好色や退廃を代表するものとして描かれています。他方では、新居格が、モダン・ガールは自然な無政府主義者であるという認識を持っていたようです。研究者によると：

> 「今」行われている、「似非モガ」を見て持たれた、悪いイメージから生まれている議論には何の興味もないのだ、と言う。彼の「モダン・ガール」は、自主性を、「自由性」を持った自我的自由人であり、拘束を嫌い、故に約束をしない、そう言った「無意識のうちの解放」があって初めてそうなのである。その上での機知、聡明さ・・・。その自由性の重視については、同書の「文芸と時代感覚」で「僕の理論したモダン・ガールは無政府主義思想を情感の上に取り容れたもの」であると言っている。[4]

4 「作家・新居格についてのページ」、『白炭屋』。http://hakutanya.web.fc2.com/niia.html (accessed 19.1.2012)。引用：新居格、「文芸と時代感覚」、『季節の登場者』人文会出版部 1927。79ページ。

プロレタリア系の思想者のなかではもちろん、このような自説を持っていた新居格は珍しい存在でした。逆に蔵原惟人は、モダン・ガールを文学テーマとして人気がある芸者や乞食と同じようにはねつけました。

> しかし、プロレタリア作家は現実に存在するすべてのタイプを差別的に描いて行けばよいのではない。彼は時代の発展という見地から多少とも積極的な意義をもっているタイプだけを表面に取り出して、あとは陰に置いていてよいのである。われわれにとっては労働者や、農民や、兵卒や、共産主義者や、社会民主主義者や、ファシストの様々なタイプは必要である。**しかし芸者や、女給や、モガや、モボや、乞食や、ルンペンやの細々とした分類やら、そのタイプやらはそれだけでは我々にさして必要ではない。**（強調は引用者による）[5]

特に注意してもらいたいのは、引用にあるように、蔵原が「芸者や、女給や、モガや」を労働者として認めない、ということです。後でまた述べますが、多喜二が描いた〈安子〉という作中人物は、女給であるからこそ革命的な意識を持つようになるので、多喜二がモダン・ガールや女給に対して抱いていた意識と、蔵原のそれとでは異なっていると言えるのではないでしょうか。蔵原惟人はブルジョア階級またはプチブル階級の退廃的な娯楽としてはねつけましたが、平林初之輔は、歴史的、社会的な全体性が分かるために消費文化は経済基盤といっしょに考えなければならないとし、次のように説明します。

> エロチシズムも同様に、利札切りの好色や淫蕩からは説明されない。それは家族の崩壊、結婚の破産、婦人職業の社会化等と蜜接に結びついている。これ等の基礎的要素からはなれて、近代のエロチシズムを理解することはできない。だからそこに

5　蔵原惟人「芸術的方法についての感想（後編）」『ナップ』1931.9。『日本プロレタリア芸術論』下巻、和光社、1955：189ページ。

は健康性と不健全性、進歩性と退廃性と錯雑しているのである。（中略）蔵原のように、エロチシズムそのものを利札切りの文化として一括してしまうことはできないのだ。（中略）土地と工場とは、田園に、または郊外に姿をかくしている。そして消費の尖端だけが銀座にあらはれる。銀座のフラッパやシイクボーイは、現代の一産物であるが、ただそれをつかんだだけでは、現代の末端をつかんだことにしかならない。それは政治機構に、経済機構に、つながっている。この胴体にこそモダニイズムの母胎がある。それを見逃している限り都会芸術はいつまでたっても華やかではあるが薄っぺらなイリユーミネーションでしかない[6]。

つまり、モダン・ガールはカフェーや工場や大衆新聞などと同じように、資本主義から生まれたのだといえるでしょう。モダン・ガールは独立した現象ではありませんでした。だからこそ、資本主義全体を考えないと、モダン・ガールを理解することはできません。消費文化は生産的な基礎と繋がっています。そのため、資本主義の矛盾では、生産物は使い捨ての娯楽にも革命的な武器にもなり得る二重性があります。言い換えれば、モダン・ガールは近代性それから資本主義そのものと同じように退廃的な可能性もあれば、革命的な可能性もあるのです。

女給であるからこそ

『安子』は元『新女性気質』の題で、8月23日から10月31日まで69回で『都新聞』に連載されました。ここで、あらすじを確認しておきたいと思います。小作人であった〈田口〉の一家は、父親を喪ったあと、恋愛の三角関係でつまずいた長男の三吾が地主の息子を切るという事件を起こし、刑務所に入れられます。そのため、残っているのは女性ばかり――母親のお兼と責任を背負う長女のお恵と明るい妹の安子だけです。長男が

6　平林初之輔「芸術派、プロレタリア派及び近代派」『平林初之輔文芸評論集』中巻、日本文学全集・選集叢刊；第4次，東京：文泉堂書店，昭和50［1975］：250－251ページ。

犯罪者になったため、一家は村では生きづらく、生活も立ちゆかなくなったため、母親とお恵は村を出て、安子がすでに出稼ぎで働いていた小樽に行きます。一方、安子は、勤め先のカフェーで共産党関係の運動家と知り合い、搾取の構造について勉強をします。その後、ようやく姉妹二人ともが無産階級的な意識を抱くようになりますが、二人は違う道を歩むことになります。その「違う道」については最後に述べたいと思います。

ところで、宮本阿伎は、『新女性気質』の中で対照的な女性のタイプについて次のように述べています。安子は「黒髪がふさふさとした色白の肌を持ち、思ったことは即実行、まっしぐらに突き進んでゆく積極的な胸のすくような女性です」。安子に対して「赤茶けた縮れ毛をもつ姉娘のお恵は、安子が組合活動家の山田と結婚して食うや食わずの生活を陰でささえる地味で目立たない、重い生活の殻を背負った蝸牛のような女性です」。[7]

安子は小樽のカフェーの女給として働く女性です。先にも触れたように、蔵原惟人は、「芸者や、女給や、モガや」労働者として認めないけれども、この作品における安子にとっては、働くカフェーはいろいろなことを学び、革命的意識を育ててくれる職場であります。客のなかには、最近小樽で現れはじめた新しい男性のタイプである組合の人も含まれているからです。

> 所々スリ切れて光っているコール天の上下の服を着て、ガパガパする沼まみれの靴をはいているところを見れば、もちろん労働者のようでもあるが、しゃべるのを聞いていると、それは此処へくる他のどの労働者や人足や日雇いの言葉ともちがっていた。——学問のある人で、おちぶれたのではないか、最初はそんな風に考えた。だが、それがそうでなくて「クミアイの人」?だという事はその後すぐ分かった。その男はよく何でも

7　宮本阿伎「多喜二が描いた新しい女性像——リアリズムの深化にそくして」『生誕100年記念小林多喜二国際シンポジウムPart II 報告集』、白樺文学館多喜二ライブラリー企画、編集島村輝監修、東銀座出版社、2004年：64ページ。

しゃべる人で、来る度に安子に色々なことを話してきかせた。
「クミアイの人」というのは、丁度その頃小樽に出来かかっていた「労働組合」の人ということであることも分かってきた[8]。

資本主義により、男性のジェンダーの変化もありました。安子は組合の人の面白い話を聞いたり、それから本を読んだり、段々と資本主義が分かるようになります。最初は、新しいゆえに面白いという風でしたが、「ただ非常にムキになって、顔を輝やかしてしゃべるその男の気持ちに迫力に安子は不思議な魅力を感じていた」（113）というように、たくさんの「新しいこと」を吸収していきます。

また、「初め、安子は例えば単語か何かとにかく「新しいこと」を覚える興味から、そんなことを書いてある本を読んだ」（115）とあるように、モダンな魅力を感じたがゆえに、安子は「オルガナイザー」や「工代会議」という言葉をたくさん覚えていったのでしょう。しかし、段々と、新しいからというよりも、自分の経済的な地位が説明されているから、ということと、女給であるからこそという理由でより勉強していきます。（160）そして、女給であるからこそ、カフェーというモダンな空間で小樽にちょうど初めて現れた組合の人と親しくなったのであり、そのうち、お恵と母親の部屋を会合の場として使わせてくれるように頼まれるようになるのです。（128）

家制度から解放されたら、だれが母親を守る?:お恵の肩の重さ

小説の中で、安子の方が魅力的に描かれているといえますが、読者にとっては、姉妹のうちどちらが印象に残るでしょうか。同情的に描かれているお恵は、普通の女性における近代性のジレンマを表している登場人物だからこそ、面白いのではと思われます。安子がプロレタリア階級意識を抱いて、モダン・ガールのように家制度から解放されたとしたら、お恵は同じプロレタリア階級意識を抱きながらも、家から解放されないのです。

8　小林多喜二『安子』『小林多喜二全集　第六巻』：113ページ。

小説の第5章は「お恵の肩」です。初めは、お恵の肩は辛い仕事のため重いのだと読者は理解する筈ですが(つまり、「時間は朝の六時間半から夜の五時、或いは九時までの夜業だった。」(128))、実はお恵の肩の重さは家を守るための重さであることがすぐ分かります。父もおらず、それから長男も不在のため、「家」制度から解放された筈の姉妹ですが、別の責任をもっているのです。なぜなら、母親はまだいるからです。しかし、安子はそんなことをほとんど考えていません。

何よりお恵は知らず、知らずのうちに感じていた。――それが眼に見えない重さになって、肩にのしかかっていたのだ。お恵は半ばうらめしいような、半ば羨ましい気持で、妹を見た。この妹はそういう家のことを考えていてくれてるのだろうか。

お恵は今一家にとっては、「柱」のように大切だった(136)

それでも、組合の山田が会合のためにお恵と母親の部屋を使わせるようにと安子に頼みます。安子がお恵にその件を頼んだ場面では、お恵は安子にどれほど責任感を持っているかと聞きます。お恵は次のように、安子に質問します。

「――安ちゃんは、少しは自家のことを考えてるだか。。。?」
安子は姉がどういうことを云い出そうとしているのか、と思って。。。唇をみた。
「わしにも安ちゃんの云うこと分かるえんた。んでも、そんな人に室を貸して万一のことがあったら、どうする積り?。。。よく分からないども、その仕事は警察にウンと、にらまれているんだべ?」(138)

その後、安子は山田と親しくなり、一緒に住むことになります。結婚といえるかどうか不明ですが、一応モダン・ガールのように「家」制度から解放されたような生活をしているのです。しかし、まだ生きている母親については誰が責任を負うのでしょうか。

お恵は母親、そしてあとで牢獄から出る兄の責任を負っています。それでは、モダン・ガールの自由とは、家父の支配からの解放という意味だけではなく、扶養家族を捨てるという意味をも持つのでしょうか。山田は家父長制の論理を次のようにお恵に説明します。

「女の人は昔から、どんなことがあってもご無理もっとも様で慣らされてきたんだね。家庭というものを持っても、男が一家の暮らしを稼いでくるので、女は頭が上がらない。男の無理は通るが、女の場合は正当なことでも通らない。だから、女が自分で働いて、自分の身の処置をチャンチャンとやっていけるようにならなければ駄目なわけだ。」（144）

今回の発表の出発点は、家庭外で働く女性の姿であったので、そろそろ結論を述べることになりそうですが、山田の論理はもちろん正しいといえるでしょう。しかし、皮肉にも、安子は女工ではなく、女給であったために、山田と知り合うことができ、それから階級意識を持つようになります。また、女性自身が家父長制の論理に気がつけばいいのですが、この場合は男性の言葉によって気がつくのです。

同じ場面ですが、山田によると、家父長制を破るためには、働いている女性の意識が変わらなくてはいけません。

「あんたが一家の主人ってわけだから。。。まー、これは例ですよ。最近世の中が不景気になって、資本家は成るべく安い賃銀で人を使わないと間に合って行かない。それで色々な仕事にこれから益々女を使うようになってくるんです。昔から女は針仕事と台所仕事と子供の仕事と働く場所が限られていたのに、今度は男と同じ仕事場所に――広い社会の一線に立つようになる。そうすると、女の考え方も変わってくるし、それで兎にも角にも金を得るので、経済的にも独立できるようになるから、今迄のような男頼りの奴隷的な考え方から脱けてくることが出

来るようになるんです。」(145)

女性は経済的な独立を得れば得るほど、「今迄のような男頼りの奴隷的な考え方から脱けてくることが出来るようになるんです」。

「昔は女の商売と言えば、女郎位だったんです。それがどうです。何十万という女工さん、カフェーやバーの女給さん、女の事務員、タイピスト、バスの車掌さん。数が殖えていくばかりでなしに、その方面もどんどん増えて行く。——こういう事が女のものの考え方を、非常に社会的にし、高くするんですよ。」(145)

山田は、女性が社会に出て男性と同じ一線で働くことが、女性たちの考えを「非常に社会的にし、高くするんですよ。」と語っています。しかし、どれほど家父長制を説明しても、お恵はまだ迷っています。なぜなら、母親を守る責任を負うはずの家父がいないためです。結局、山田も分かっていますが、どうすることもできません。

山田は自分たちのやっている仕事の上から、或意味では安子よりもお恵に望みを持っていた。然しお恵の場合、あまり度重なる日暮しの重みに、ひょっとしたら、かえって「卑屈」になってしまうのではないか、とそれを山田は何より心配していた。労働者があまりに窮乏した生活を強いられると、それに対して跳ねかえる前に、所謂「貧民」らしい卑屈さに陥ることがあるものだ。(173)

この問題に関し、ノーマ・フィールドは次のように説明しています。

お恵に家族を捨てる用意がなければ、この運動に参加しつづけることはできなさそうだ。それはできない。しかし、山田が考えたとおり、彼女のような人を「立ち上がらせることが出来なければ」運動は根つかない。この暗い結びは『安子』をプロレタリア文学として無効にするものだろうか。そうとはいえない。運動がフィクションではないかぎり、作家はフィクションとしてバラ色のウソを書くべきではないだろう[9]。

結論:モダン・ガールと新しいプロレタリアの家族の可能性

『安子』という新聞小説は周知の通り、未完で終わります。多喜二のノートによると、この後の展開では、母親の再婚のため、お恵は、東京に出た安子と愛人の佐々木と東京で一緒に生活する予定でした。少しでも、暗い義理・人情の問題を越えるように構想されていたようです[10]。しかし、私にとっては、問題を超えるというよりも、問題を強調したほうが面白いと思います。なぜかというと、山田が正しく説明したとおりに、色々な職場で働く女性が増えれば増えるほど、社会的意識も変わっていくけれども、封建の道徳性もブルジョアの道徳性も捨てたとしても、未来におけるプロレタリアの道徳性とは、いったいどんなものであるかはまだまだ分からないわけです。お恵の肩の重さはすぐに解決できない問題ですが、解決されなければならない問題でしょう。多喜二が特高によって虐殺された直後、『働く婦人』で彼に関する特別な思い出を発表した窪川稲子（佐多稲子）は次のように書きました。

> 小林多喜二は世界的な優れた共産主義作家であったが、彼の作品には常に婦人の生活も正しく取り上げられている。今日の資本家地主のもとでは、勤労婦人はどんな辛い条件の中にあるか、そしてそれからの解放は男子労働者と手を組んで資本家地主と闘うことなしにはあり得ないことを小林多喜二は常に、おくれた婦人大衆にもわからせようとした[11]。

9　ノーマ・フィールド『小林多喜二：21世紀にどう読むか』岩波新書、2009年：222ページ。
10「解題」『小林多喜二全集』、636-640ページ。
11 窪川（佐多）稲子「私たち働く婦人と小林多喜二」、『働く婦人』1933年3-4月。9ページ。

窪川稲子も優れたプロレタリア作家だったことは広く知られています。しかも、安子と同じようにカフェーで女給であり、『驢馬』の中野重治や窪川鶴次郎と知り合い、プロレタリア作家の道を歩みました。つまり、やはり女給はプロレタリア階級の労働者と考えるべきなのです。

また、新しく発展していた男女関係も大事な意味があります。モダン・ガールは、ほとんど物質主義文化の代表者として批判され、また賛美もされたりしましたが、多喜二の『安子』における姉妹の抱える別々の問題を考えると、もう一度、モダン・ガールはどれほどの女性労働者から由来したのか、またはどれほどの女性労働者に影響を与えたかを考えなおさなければいけません。近代的な物質主義文化の本質は両義性でした。物質主義文化のおかげで、安子のような女給には、ある機会が与えられました。と同時に、そのような困難な時代に、お恵のような存在には女性の解放はまだまだ明らかなものではありませんでした。

モダン・ガールが登場したきっかけは、資本主義により作られた近代性です。欧米から輸入されたというよりも、資本主義の産物といったほうが妥当でしょう。もちろん欧米、それからフランスのファッションの真似はしたけれども、近代性によりもたらされた社会変動によって、モダン・ガールの可能性が流布されました。一方では、退廃的な可能性があったかもしれませんが、他方で、日本でも世界でもストライキするイメージの女性たちは、モダン・ガールのイメージに重なります。

結論になりますが、女性も、それから、男性も、封建的な伝統から解放されるために、「家」を作りなおさなければなりません。果たして、蔵原惟人は賛成するでしょうか。

北フランスの紡績女工がゼネストに参加する、『文芸戦線』1930年10月

『戯曲蟹工船』と中国東北部の「留用」日本人
――中日戦後史を結ぶ「蟹工船」

秦　剛

一、瀋陽で刊行された『戯曲蟹工船』

小林多喜二の文学の中国における翻訳と受容の歴史を調査するにあたり、筆者はある異色の「蟹工船」関連本に出会った。『戯曲蟹工船』という書名の日本語図書で、小林多喜二の小説「蟹工船」に基づいて創作した同名演劇のシナリオが収録されている（図①、図②）。12.5 cm ×18cmの大きさで、全47頁。

図①　『戯曲蟹工船』表紙　図②　内表紙

嵐の中で作業船を回収する労働者たちの姿を描いた木版画を使った表紙には、「小林多喜二の原作より渡辺一夫作」と記されている。1949年4月に、当時の瀋陽特別市の民主新聞社より刊行されたものである。60数年前の戦後の特殊な時期に中国東北地方で出版されたこの日本語書籍の存在は、これまで中日双方の日本文学研究者に気付かれることがなかった。国立国会図書館を含む日本国内の図書館で、当書の所蔵情報は現在のところ確認されていない。

この書籍は現在、中国人民大学図書館に一冊所蔵されている[1]。筆者

1　中国国家図書館の蔵書データにも、『戯曲蟹工船』の所蔵データを確認したが、2012年現在に至ってもなお閲覧できない状況が続いている。

は、同館所蔵本を閲覧したのをきっかけに、当書の出版背景を調査し始めたが、関連情報を集める間についにネット書店を通じて一冊入手することができた。

『戯曲蟹工船』が出版された1949年4月は、中国共産党が国民党との内戦において決定的な勝利をおさめ、新政権の樹立を準備する時期に当たる。新中国の政権は1949年10月に成立することになるが、何故その半年前に、日本語による「蟹工船」のシナリオが瀋陽で出版されたのだろうか。その出版背景を究明するためにはまず、戦後の一時期、多くの日本人が中国に「留用」された歴史を振り返らなければならない。この薄い一冊の書物は、中国東北部の「留用」日本人による文化活動の貴重な証だからである。

二、「東北日本人」の「留用」

『戯曲蟹工船』は「われらの作品叢書」と題するシリーズの第一輯として刊行されたもので、巻頭には「「われらの作品叢書」の刊行について」と題する序文が載せられている。その全文は次のような内容である。

> 今後、東北日本人の手になつたすぐれた文芸作品（戯曲、小説、詩、ルポルタージュ、シュプレヒコール、童話、文芸評論等）を「われらの作品叢書」として発行します。
>
> この叢書には、各地で発表されたもの、民主新聞や近く発行予定の月刊文芸雑誌に発表されるものの中からも集録する考へですが、同時に「われらの作品叢書」のために特別に書き下される新作品に多くの期待をかけるものであります。
>
> 第一輯の『蟹工船』は鶴崗炭鉱の同志によつて創作され、同炭鉱日本人工会の文工団によつて、昨年の十二月に公演され、好評を受けたものです。
>
> なおこの戯曲は小林多喜二の『蟹工船』をもととして作られたものでありますが、原作と脚本との間にはかなり内容上の相違があることを出版者としてお断りしておきます。

この序文が明かしたところによれば、『戯曲蟹工船』は鶴崗（現黒龍江省鶴崗市）炭鉱の「日本人文工団」によって1948年12月に公演されて好評を博した演劇の脚本である。民主新聞社が自社刊行の「民主新聞」及び「月刊文藝雑誌」（雑誌「前進」などがある）掲載の文芸創作を「われらの作品叢書」に編集するという企画の一環として、このシナリオが刊行された。叢書の名称となる「われらの作品」の「われら」とは、引用文の言い方を借りれば、すなわち「東北日本人」のことで、戦後中国の東北部に滞留していた日本人の共同体のことを指している。

終戦時の1945年8月の時点に、旧満州及び関東州にいた民間の日本人は、開拓団民を含めて155万人だったと言われている。日本敗戦翌年の1946年5月から1949年にかけて、約105万人が日本に送還されたが、東北部がまもなく国共内戦の戦場となり、その混乱のために、相当数の日本人は帰国することができなかった。その中にも大きく分けて二通りのケースが見られるが、ひとつは家族と離散した孤児や、中国人と結婚した日本人女性などのいわゆる「残留」日本人のケースで、もうひとつは中国側の要請や動員に応じて帰国せずに引き続き東北で仕事に従事した、いわゆる「留用」日本人のケースなのである[2]。

「留用」とは、もともと中国側の言い方で、「留めて用いる」という意味である。国民政府と共産党の両方の政権に留用のケースがあったが、各分野の技術者を中心に、留用は鉄道、医療、軍事工業、炭鉱、発電、通信、紡績、製紙、映画など多くの職種に及んだ。留用された日本人は、戦乱で破壊された中国社会の復興に協力し、新中国の国家建設のために貢献したのである。その歴史的な事実についに光が当てられたのは、今世紀に入ってからのことで、中国側では中国中日関係史学会の編集のもとに全二巻の『友誼鋳春秋 為新中国做出貢献的日本人』[3]（新華出版社、

2 「留用」問題に関しては、鹿錫俊の論文「戦後中国における日本人の「留用」問題——この研究の背景と意義を中心に——」（『大東アジア学論集』第6号、2006年3月）を参照されたい。

3 この全二巻の《友誼鋳春秋 為新中国做出貢献的日本人》は、武吉次朗の翻訳で、『新中国に貢献した日本人たち 友情で綴る戦後史の一コマ』（日本僑報社、2003年10月）『続　新中国に貢献した日本人たち 友情で綴る戦後史の一コマ』（日本僑報社、2005年11月）として日本で刊行された。

巻一2002年9月、巻二2005年8月）が出版された。そして日本側では、NHKが中日国交正常化30周年記念番組として「『留用』された日本人 日中・知られざる戦後史」を製作・放送し、番組取材班が著した『「留用」された日本人 私たちは中国建設を支えた』（日本放送出版協会2003年3月）が刊行された。中日双方の努力によって、留用日本人が新中国の建設と中日友好事業に寄与したという埋もれた歴史が、後世の人々に広く知られるようになった。

『友誼鋳春秋』と『「留用」された日本人』の中日双方の著書は、いずれも鶴崗炭鉱の日本人労働者のことを特別に取り上げている。1946年から1953年にかけての7年間、千数百人の日本人が鶴崗炭鉱で仕事をしていた。この事実に関しては、例えば近年の地方史の文献として、中国政協鶴崗市委員会編集の『百年風雲　鶴崗重大歴史事件紀実』（中国文史出版社、2009年5月）にも鶴崗炭鉱の歴史の一コマとして特筆されている。それらの鶴崗炭鉱の日本人労働者が、小林多喜二の小説を舞台で再現した主役だった。

同じ「留用者」の中でも、鶴崗炭鉱で働く日本人たちは極めて特殊の「留用」集団だと言わざるをえない。技術者を主にした一般的な「留用」とは異なり、鶴崗炭鉱の日本人労働者は、ソ連軍の捕虜収容所帰りの軍人、軍属から、役人、商人、満蒙開拓団民、満蒙開拓青少年義勇隊員などに至るまで、かなり雑多な人員からなるものであった[4]。しかも、彼らは日本人の送還中止で帰国できなくなった状況下で、何も知らされずに鶴崗に移送されたのである。採炭経験を持たなかったほとんどの者にとって、極寒地帯での炭鉱労働は想像を超える厳しさがあったに違いない。実際帰国までの七年間に、生産事故による負傷者や犠牲者も多数出た[5]。

4　東海林正志『夕やけの地平線　痛恨の義勇隊開拓団』（1996年2月）で、次のように回想されている。「鶴岡に連れてこられた私たち日本人のなかには、終戦前の社会の縮図のように、さまざまな職業に就いている人がおった。満洲国の行政機構の役人、民間人の組織のように装っていた共和会の幹部。満洲国の警察官、特務機関員やその手先、軍属、商人、土建業者、元兵隊に招集されて終戦となり、ソ連の捕虜となってソ連から中国に帰された人、開拓団員、義勇隊出身者などだった。」

5　黄幸「鶴崗炭鉱の日本人労働者」（『新中国に貢献した日本人たち 友情で綴る戦後史の一コマ』）によると、「十分な調査ではないが、鶴崗炭鉱での作業によって六〇名余りの日本人が

図③　中国東北部地図

「留用」の歴史を振り返るとき、鶴崗[6]（当時は合江省興山市。興山とも呼ぶ）はしばしば言及される地名のひとつである。鶴崗は黒龍江省の東北部、ロシア連邦（旧ソ連）との国境に近いところに位置する（図③）。日本の敗戦後、ソ連軍の支援のもとに鶴崗は中国共産党に接収され、東北部における共産党勢力の根拠地となる。そして国共内戦の勃発後、東北民主連軍第四後方病院、中国医科大学（旧満州医科大学）などのいくつもの重要な機関がそこに疎開してきた。その中には、かつての満州映画協会（満映）を再編して成立した「東北電影公司」（東北映画会社、略称東影）もある。東影とともに鶴崗まで疎開した80数名の日本人職員の中には、内田吐夢、木村荘十二など、戦前から名の知られた映画監督も含まれていた。後に触れることにするが、本稿で取り上げる『戯曲蟹工船』の装丁と挿絵は、実は映画監督木村荘十二の手によるものである。

東影の日本人職員を含め、新中国の民主政権に協力した日本人の多くは、鶴崗に足跡を残している。

三、日本人炭鉱労働者の文化活動

中国最北端の極寒地帯に位置する鶴崗が、歴史の表舞台に現れた主な原因は、その地下に埋蔵された豊富な石炭資源にある。1916年に地下の炭層が発見され、まもなく小規模の採掘が始まり、そして1918年以後官商共同経営の鶴崗炭鉱有限会社の管理のもとに採炭された。1932年に「満州国」が成立して、興山鎮は関東軍に占領され、炭鉱も満州実業部に

犠牲になった。その内五一名は突撃隊員で、その名は突撃隊の隊旗に記された」。また、林紀美氏の紹介によれば、2000年のツルオカ会名簿の統計では、生産事故による死者が60数名いる。そして、東北建設突撃隊の隊旗に記された突撃隊員の死者が49名となっている。また、日本人のなかで採炭労働の経験者はわずか3人しかいなかったそうである。

6　一部の日本語の資料、文献には「鶴岡」と表記されている。

接収されることになる。その後満州炭鉱株式会社（満炭）が設立され、鉱山には東山、興山、南山の三つの採掘所が相次いで設置された。後の統計によると、植民地時代の13年間には、鶴崗炭鉱の採炭量は1300万トンに上る。特に太平洋戦争勃発後、石炭の需要量が激増すると、労働者の安全を無視した掠奪的な作業法が採られ、坑道に大きなダメージを与えただけでなく、多くの労働者を死に追いやった。日本の敗戦後、鶴崗の東山近くに労働者の遺骨が大量に捨てられた「万人坑」が発見され、1968年、ここに東山万人坑階級教育展覧館が建てられた。

終戦時の炭鉱は、坑道が破壊されて廃鉱となったが、1945年12月に、民主政権所属の鶴崗鉱務局が設立されて、生産を再開した。特に、共産党と国民党の全面戦争の勃発後、鶴崗は中国共産党の勢力圏における唯一の石炭生産基地として、軍事輸送のための石炭を供給し、中国共産党の全国解放戦争の勝利を裏から支えた[7]。その功績の中には、千数百人の日本人労働者が流した血と汗が滲んでいる。

鶴崗鉱務局編集の『鶴崗炭鉱大事年表 1914 - 1998』（1999年12月）によれば、1946年2月に、まず「278名の日本人が鶴崗鉱務局に配置され、採炭作業に従事する」。そして同年9月に、「ソ連から送還された日本軍将兵、北安開拓団団員及びその家族の1336人が北安から鶴崗鉱務局にやってきて、炭鉱の仕事に従事する」とある。この前後二回の人数を合わせれば、1600人を超えるはずだが、人員の出入りが複雑だったために、日本人労働者の人数については、約千五百人というおよその数字で記述されることが多く[8]、正確な数字を明かす資料は、この『鶴崗炭鉱大事年表』以外には今のところ見当たらない。

また『鶴崗鉱務局志　1914 - 1984』下巻（鶴崗鉱務局編審委員会編、黄振孝主編、1988年12月）には、「鶴崗鉱務局が成立した後の民国35年（1946年）9月、ソ連から送還された日本軍将兵、北安開拓団の団

7 中共鶴崗市委党史研究室王放《鶴崗人民対解放戦争的歴史貢献》(《世紀橋》、1997年Z1号）によれば、1946年から1949年にかけての3年間に、「鶴崗炭鉱の累計生産量は500万トン余りに上り、軍事運送用の石炭需要を保障することができ、全国の解放戦争を支えた」のである。

8 NHK「留用された日本人」取材班著の『「留用」された日本人』では、「北安から移送された者も含め鶴崗には千七百人ほどの日本人が暮らした」としている。

民とその家族1336人が帰国を阻まれたために、北安から鶴崗へ移送されて炭鉱の仕事に従事した」との記録がある。この記述は『鶴崗炭鉱大事年表』とほぼ一致する。さらには、筆者は鶴崗で調査する際に、鶴崗市档案館で当時の鶴崗炭鉱労働組合外籍部による報告書「外籍部工作報告」[9]（図④）を閲覧することができた。同報告書の表紙には、当時外籍部の部長を務めた銭子修の印鑑が押されてあり、1947年5月2日の日付が見られる。報告書の冒頭部分には、次のように書かれている（原文中国語、日本語訳は筆者による）。

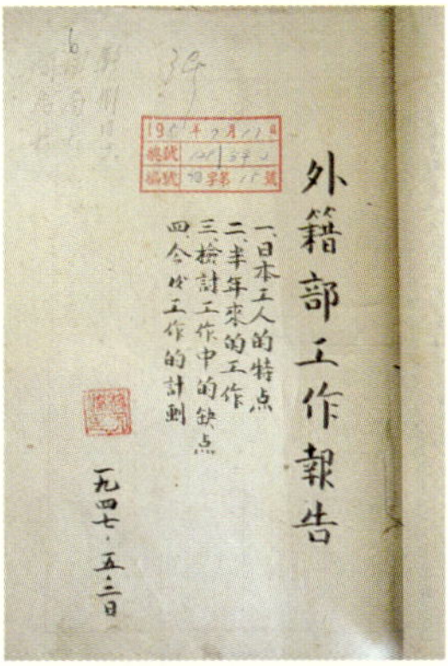
外籍部工作報告

一、日本工人的特点
二、半年来的工作
三、檢討工作中的缺点
四、今后工作的計劃

一九四七・五・二日

図④　鶴崗市档案館所蔵「外籍部工作報告」

本炭鉱に働く日本人労働者は、約千二三百名いる（現在は東山、西山所属）。その中の千人以上は北安から送られてきたのである。この千人の中の六、七百人は元関中《ママ》軍の出身で、警察、特務もいる。彼らはソ連軍の捕虜となり、シベリアに連れて行かれるはずだったが、病弱のため黒河に残された。残りの三、四百人（現在は西山所属）は元北安開拓団の農民である。昨年八月日本人を送還する際に、帰国させると伝えたものの、結局炭鉱に移送してきた。

ここでは、それらの日本軍将兵について、「ソ連から送還された」のではなく、捕虜となったが病弱のために中ソ国境の黒河に残された人々だったとしている。とにかく、この一部の元日本軍将兵が、難民となった開拓団民とともに北安という街に集められて、1946年9月に送還帰国のために、南下の列車を待っていた。しかしその時には、共産党の支配地域からの日本人送還は中止を余儀なくされていた。東北部では国共内戦

9《鶴崗鉱区工会弁公室　鶴崗炭鉱職工総会 関于如何領導訴苦、糾偏問題報告》（1947年5月-1947年5月8日）の中の一部。

が一触即発の状態で、国民党の管理地域に送り出した日本人が、内戦遂行のため徴用された事実が明らかになったからである。帰国できなくなった千数百人の日本人集団の衣食問題を解決するために、共産党側の日本人送還事務所（責任者は李立三）は急遽彼らを鶴崗炭鉱の職場に送り込むことを決定した。ところが、北安で日本人の送還に携わった日本人民主連盟の担当者は、不測の事態が起きるのを恐れて、何も説明せず彼らを列車で鶴崗まで送り出したのである[10]。

鶴崗に移送された日本人は、帰国の夢が破れたために、深い絶望感と不満を持ち、仕事につくことを拒否し、集団逃亡を企む人もいたという[11]。そこで日本人の思想教育を行うために、中央東北局から、大塚有章[12]（当時の使用名は毛利英一）、横川次郎、北尾忠義の三人が炭鉱に派遣されてきた。炭鉱の「日本人工会」[13]（日本人労働組合）が組織され、

10 このような千数百人の日本人が鶴崗に移送された経緯については、関連する資料の説明がほぼ一致する。筆者は大塚有章『未完の旅路』第6巻（三一書房、1976年5月）、横川次郎著、陸汝富訳《我走過的崎嶇小路　横川次郎回憶録》（新世界出版社、1991年1月）、古川万太郎『中国残留日本兵の記録』（岩波書店、1994年10月）、黄幸《鶴崗煤鉱里的日本鉱工》（《友誼鋳春秋 為新中国做出貢献的日本人》巻一）、政協鶴崗市委員会編《百年風雲　鶴崗重大歴史事件紀実》などの中日双方の多くの資料を参照。

11 前掲の「外籍部工作報告」による。またこの報告では、日本人労働者の特徴について「一、事前にここまで送ることを説明しなかったために、彼らが騙されたと感じて、中国共産党と日本人民主連盟に強く反感を持っている。二、七百名あまりの軍人、特務、官吏がいて、思想的には極めて反動的である。三、着の身着のまま状態で、ほとんど所持品がない」と纏めている。また、大塚有章『未完の旅路』第6巻には、「中国側からの説明によると、鶴崗の日本人の中には戦犯や黒河暴動の残党などが姓名を変えて潜りこんでいる。最大の比重を占める旧開拓義勇隊の青年たちは自暴自棄に陥っている」と記述している。

12 大塚有章（1897-1976）社会運動家、教育家。河上肇の義弟。1932年の赤色ギャング事件の責任者として起訴され、懲役10年の判決を受ける。1942年8月に満州映画協会に勤務し、巡映課長に就任。日本敗戦後、満映が東北電影公司として再建される際に、日本人代表委員の一人として協力する。1946年4月に中国東北部の日本人民主連盟の委員長に就任し、中国東北部における日本難民の救援と民主化運動を指導する。1950年に東北人民政府日本人管理委員会宣教課長、民主新聞社副社長に就任。1956年に帰国し、日中友好協会京都府連合会の常任理事、副理事長などを勤める。1962年に大阪日中友好学院を設立し、1967年に大阪日中友好学院高等部を母体に毛沢東思想学院を創立した。著作には全6巻の自伝『未完の旅路』、『新中国物語 中国革命のエネルギー』（1957年、後に『大衆路線』に改題）、『老兵はいどむ』（1974年）などがある。

13 鶴崗炭鉱の日本人工会については、薛世孝《鶴崗煤鉱的日本人工会》（《当代鉱工》1998年8

大塚有章が委員長、横川次郎が教育部長を担当した。また、大塚有章は吉林省西安（遼源）炭鉱で活躍していた「東北建設青年突撃隊」の青年隊員20名を鶴崗炭鉱に連れてきた。突撃隊の青年たちは鉱区のもっとも危険な現場で採炭の仕事に従事しながら、仕事の合間に「社会主義研究会」などを作って、学習会や読書会などを通じて思想宣伝を続けた。「東北建設青年突撃隊」（後に「東北建設突撃隊」と改名）を中心に、「労働新聞」、「同志」、「ツルオカ」（1951年3月創刊）などのガリ刷りの定期刊行物も発行された。図⑤は、1953年1月発行の「ツルオカ」第8号、「東北建設突撃隊創立七周年記念号」の表紙で、左下に「東北建設突撃隊」の印が押されて、「鶴崗鉱務局人事処外籍職工科発行」となっている。各鉱区に繰り拡げられた学習活動に関しては、山崎竹男が『友情は国境を越えて』（2007年1月）において、興山鉱区で「社会科学研究会」が作られたと証言している。また、東海林正志の『夕やけの地平線　痛恨の義勇隊開拓団』（1996年2月）によれば、南山鉱区では小林多喜二の「不在地主」の読書会も開かれたという。このように、日本人工会と青年突撃隊の二つの組織が両輪となって、政治学習と生産活動が推し進められた。その結果、各鉱区の採炭目標は急速に超過達成され、同時に「東北建設突撃隊」の組織も速やかに拡大していき、一年後に隊員数は100人を超え、三年後には500人に急増し、五年後には日本人労働者の約8割が隊員になった[14]。そして、突撃隊員を中心に技術開発が進められ、採炭量の記録を次々に更新し、全鉱ないし全国で表彰される労働英雄が日本人の中から輩出した。

図⑤　「ツルオカ」第8号表紙（林紀美氏提供）

ところで、鶴崗炭鉱では労働者の文化活動を活性化するために、各鉱

号）という紹介の文章がある。

14 林紀美氏の証言と、元東北建設突撃隊隊員大塚功の大塚有章追悼文「お別れに際して」（『未完の旅路』刊行委員会編集『追憶大塚有章』、1980年6月）の回想などを参照。

山に職工劇団が組織されていた。1947年に全鉱で12だった職工劇団が、1948年には22団体にまで増えたという記述がある[15]。職工劇団が炭鉱に花咲いた背景には、東北電影の芸術家たちの指導と影響があったと推測される。そうした状況下で、日本人工会も劇団を組織し、活発な演劇活動を展開した。工会の教育部長を務め、後に中国外文局に勤務して退職した横川次郎は自伝『我走過的崎嶇小路　横川次郎回憶録』(新世界出版社、1991年1月)で、日本人労働者の演劇活動について次のように証言している(原文中国語、日本語訳は筆者による)。

> 大塚氏は革命的な演劇を通して日本人労働者を教育することに熱心だった。演劇の題材は主に日本共産党の闘争の歴史から取ったもので、彼は自ら脚本を作った。日本人労働組合には、戦前にプロレタリア演劇運動に参加した人がいて、彼を中心に臨時の劇団が作られ、数多くの演劇が上演されて歓迎を受けた。観客には炭鉱の日本人労働者だけでなく、ほかの部門から見にきた日本人もいた。(中略) これらの演劇活動は戦前の軍国主義思想に毒害された日本人労働者たちにとって、効果的な階級教育となり、彼らの階級意識を高めるには大きな役割を果たした。

この回想に言及された日本人労働組合の組合員の一人で「戦前にプロレタリア演劇運動に参加していた」経験のある劇作家は、すなわち『戯曲蟹工船』の脚本を書いた渡辺一夫のことだったと思われる。

渡辺一夫は本名中村敬二、京都の生まれで、「ナップ」と「プロキノ」(日本プロレタリア映画同盟) に参加した経歴がある。「労働者農民の為の映画が堂々と公開される社会の実現」[16]を自らの希望とした彼は、御手洗一夫という名で1940年に松竹出品の「めをと御殿」、「維新子守唄」、「縁結び高田馬場」などの映画の原作及び脚本を担当していた。1942年

15『鶴崗鉱区工会志』編集会『鶴崗鉱区工会志　1917－1984』(1986年8月) による。
16 渡辺一夫「自伝の一部――出生からナップ参加まで――」、「前進」第7号、1950年5月。

にシナリオライターとして満映に入社し、そして戦後は東北電影に参加する。その後、鶴崗炭鉱の日本人文化活動の指導者となり、1950年に病没した。民主新聞社編集の文芸雑誌「前進」第7号（1950年5月）には、特集「渡辺一夫の追悼のために」が組まれ、渡辺一夫自身の「自伝の一部」を含む数編の文章によって、その人生と文化的な功績が振り返られた。その中の杜富滋の「中村同志を想う」と題する文章によれば、渡辺一夫が炭鉱に入ってから、日本人労働者の間で小説、詩、演劇の各種のサークルが組織されて、炭鉱の文化活動が飛躍的に発展したという。また、「彼はプロレタリア・リアリズムを如何にわかり易くみんなの中にもち込むかに非常に苦心し」、「雨の日も雪の日も、興山、東山、南山と駆けまわつて」、「周囲のものを燃え上らせずにはおかない」ほどの情熱で日本人の文化活動を牽引してきた。また、彼は内田吐夢を炭鉱へ招いて、演劇と映画についてのシリーズ講座を開設させたともいう[17]。特集に紹介された渡辺一夫の鶴崗炭鉱時代の創作には、「不在地主」、「蟹工船」、「壁に貼られた写真」など小林多喜二の原作を脚色した戯曲が多く[18]、しかもそれらの演劇はいずれも演劇部によって実際に上演されていた。炭鉱の日本人の文化活動において、小林多喜二の文学が大切な心の糧と精神的な支えとなったのである。

演劇を中心とする鶴崗炭鉱の日本人の文化活動は、「民主新聞」や雑誌「前進」などでしばしば報道され、東北部の日本人の間に広く知られていた。例えば、「前進」第8号（1950年7月）掲載の大山光義のレポート「鶴岡日本人の文化活動について」では、炭鉱の日本人の文化活動が「経常的に行われていること」と「広汎な大衆を巻きこんでいること」を

---

17 内田吐夢が鶴崗炭鉱の日本人労働者のために文化講座を開いたことが、鈴木尚之『私説内田吐夢伝』（岩波書店、1997年9月）にも紹介されているが、当書においては大塚有章の懇願によるものとなっている。

18「渡辺一夫の追悼」特集に紹介された渡辺一夫の「作品目録（鶴岡炭鉱時代）」には、1948年度の戯曲「屈辱の歴史」、「不在地主」、「蟹工船」、一九四九年度の戯曲「土」、「壁に貼られた写真」、「カキクケ子供はビオニール」、「両天一夜」、「秧歌踊りつ上海へ」、さらには1949年度の詩「解放区の春」、「おいらは主人」、「多喜二に」、「若い鍛冶屋（翻訳）」などが挙げられている。

特徴として捉えた上で、演劇の内容については、「ここで創作し、演出した劇としては、蟹工船、土、壁に貼られた写真、不在地主等々、階級社会の矛盾対立と激烈なる闘争を描き、我々の階級意識をよび醒し、鼓舞し、闘争に蹶起せしめるような革命的なものである。このことは已に東北日本人の多くが知つているところである」と賞賛する。また、それらの演劇が「技術的にも決して低くな」く、「蟹工船、不在地主等は技術的にも非常に高度のもの」だったと述べている。このような好評を受けたからこそ、『戯曲蟹工船』が「東北日本人」の代表的な文化活動の成果として刊行されたのだろう。

『戯曲蟹工船』の巻末には、「始めて演出する方のために」と題する演出指導が特別に付けられ、「戯曲を作つた鶴崗炭鉱日本人工会文工団の同志」による「演出プラン」も紹介されている。その「演出プラン」では、「主題は何か」「筋、事件は何か」「この事件を発展させる性格」「焦点について」などの点に分けて解説されている。このような「演出プラン」が付け加えられたことからは、当演劇を東北日本人のコミュニティーでさらに普及させようとする出版側の意図が強く見て取れる。

四、『戯曲蟹工船』の改編について

『戯曲蟹工船』のシナリオは、全八幕から構成される。特殊な環境の中での創作であるだけに、そのシナリオ化には鮮明な特色が刻印されている。蟹工船の上で働く労働者たちが一団となって決起するという劇的な展開はそのまま原作より受け継がれたが、秩父丸の沈没や中積船の到来などの原作の場面は省略されている。簡略化された演劇のストーリー展開では、主に二つの事件がピックアップされ、それを海上労働者たちの変貌を促す大きな契機としている。ひとつは、博光丸のロシア領海での密漁とそのための第三川崎船の失踪、そしてもうひとつは浅川監督の虐待による宮口少年の死である。

本劇の中でも、浅川監督は原作と同様、暴力の権化として描かれ、彼は「俺に一寸でも反抗する奴は一人だつて生かしておけないンだ……これがこの船の中の法律だ」と堂々と宣告するのである。ただし、戦後の時点での改編と考えれば、浅川監督が示す暴力性は、おのずと戦前の日本帝国主義の暴力性をも表象するものとなり、浅川への反抗は、軍国主義、帝国主義の戦前日本に対する清算を同時に意味することになる。

労働者たちの名前が明記されていない原作に対して、戯曲では漁夫の常吉と竹造、百姓出の藤兵衛と重次、のんべえの安、雑夫の長沢などのように、主要人物には名前が付けられ、登場人物の一覧表には年齢まで明記されている[19]。このうち労働者側の中心人物として、26才の早阪と21才の佐山の二人が、組織者の役割を果たしていた。彼らが登場する際、漁夫が二人のことを「学生上がりだね」と確かめたところから、彼らが原作の二人の「学生上り」をモデルに作られた人物だとわかる。

ただし戯曲では、この二人が蟹工船の労働者たちを組織する任務を背負わされた「オルグ」で、東京から派遣されたという、原作にはなかった設定が付け加えられた。自らの任務を完遂するために、二人はあらゆる時機を狙って、労働者たちに現実の厳しさを認識させるアジテーションを行う。このような改編によって、労働者たちの決起は、原作の自発的なものというよりも、オルグの指導による闘争として意味付けられている。前衛組織とオルグの指導的な役割の強調には、大塚有章の率いる日本人工会および「東北建設青年突撃隊」の炭鉱における実際的な役割をある程度反映していると言えよう。前述したように、突撃隊員の青年たちの「エネルギッシュなオルグ活動」[20]（大塚有章）は、日本人労働者たちが一団となって、鉱山労働への情熱を高めた決定的な契機となったのである。

前述した巻末の「始めて演出する方のために」に紹介された「演出プラン」にも、「全幕を通じての焦点は、主題であるオルグの活動にある」と強調し、本劇の主題を次のようにまとめている。

> 主題は何か——オルグ二人がどうにも手のつけられない様な出稼集団、食詰めの渡り者、すれつからしの人夫、ルンペン、

---

19 例えば、劇中の浅川監督は34才、宮口少年は16才とある。

20 大塚有章『未完の旅路』第六巻では、「東北建設青年突撃隊」の隊員たちが「坑内労働を終えて貧しい夕食をすますと、その足でオルグに出かける」という「エネルギッシュなオルグ活動」が回想されている。

百姓、諦め切つた船乗り等々に団結の力を自覚させ、結集した力をもつて他の蟹工船の同志と共に階級闘争の火焔の中へ――

蟹工船に寄り集まった、経歴も階層も雑多な労働者集団。それは、炭鉱の日本人労働者たちの状況にも似通ったところが多い。上述の主題に関する説明は、その実、炭鉱労働者の現状を語っているようにも見える。結びの「共に階級闘争の火焔の中へ」という言葉が示すように、この戯曲では、労働者たちの闘争の性質にかかわる重要な書き変えがなされている。つまり、ストライキの労働運動が、「階級闘争」という政治的な闘いに置き換えられたのである。そのために、浅川監督への反抗は、労働者階級の敵とその手先に対する「階級闘争」の意味がとりわけ強調され、逆に原作で重んじられる「サボ」や「ストライキ」などの闘争方法は本劇においては極度に薄められている。このような処理は、本劇が鉱山の労働者を主な観劇対象とすることと、当時の中国共産党が主導した政治運動の状況に深く関わっている。中国の東北部に新政権を樹立した後、中国共産党は人民内部の結束力を高めるために、都会及び農村で広範な階級闘争を目的にした大衆運動を発動した。この時期の中国のもっとも代表的な演劇「白毛女」は、まさに明確に階級闘争を主題にしたものだった。

ところで、演劇の結末の処理は原作と著しく異なる。原作では、労働者たちの決起が帝国海軍の介入によって一旦は鎮圧されるものの、その後二度目の「サボ」は成功したと附記で語られるのに対して、戯曲では、労働者たちが無電室まで占領して、海軍の介入を防ぐことができ、「激しい格闘」の末に浅川を縛り上げる結果となった。ちょうどその時に、暴風雨の中の密漁で行方不明だつた第三川崎船の乗組員たちがロシアの船に送られて帰ってきた。労働者たちが、「ソヴエート・ロシアは決して俺達働く者の敵」ではなく、「俺達の力強い味方」であると悟る。さらには、浅川が「資本家のホンの手先」であると認識し、「俺達は俺達を苦しめる、もつと根本的な悪党をやつけなければならない」と決心する。そして、労働者一同が、「他の蟹工船の同志と共に団結して東京の丸ビルに巣喰つてゐる悪党どもをやつけようではないか！」と約束して、全劇は次のような最終幕を迎える。

第　八　幕

『博光丸の甲板』

常吉　おい皆、あそこを見ろ！あの赤旗のひるがへつてゐる船を！あの船が俺達を送つて来てくれたのだ。

竹造　あの人達が、この船の事件を知つたらどんなに喜んで呉れるか判らないぞ！

早阪　おい！みんなで大声出して知らそうぢやないか！

佐山　さうだ！おい、みんな、ありつ丈の大声を出せよ！

常吉　よし、ぢや俺がウロ覚えのロシア語でやるから、みんな大声を出してくれ。

（と云つてロシア語で）

常吉　同志よ……俺達は団結して勝利したぞ。

一同　同志よ、俺達は団結して勝利したぞ！

早阪　（手をかざしながら）お——い、判つたらしいぞ、さかんに赤旗を振つてゐるぞ——

佐山　万歳！万歳！

一同　ウラ！ウラ！

（感激の叫喚の中に——）

——幕——

「赤旗のひるがへつてゐる」ロシアの船に、「同志よ、俺達は団結して勝利したぞ！」と労働者達が歓声を送るという、高揚した雰囲気の中で幕になるが、おそらくこのような終幕も、日本での改編では考えられない処理の仕方だろう。これは、当時の中国共産党の率いる人民解放戦争と土地改革が全面勝利を収めた、中国国内の政治状況に呼応していると同時に、中国共産党とソ連共産党との緊密な関係をも如実に反映している。また一方、「団結して東京の丸ビルに巣喰つてゐる悪党どもをやつけ」ることへの決意が示されたところからは、当時アメリカ主導の連合軍に占領された日本国内の社会状況を強く意識していたことが窺える。

同じく戦後における小説「蟹工船」の改編として、鶴岡炭鉱で公演された『戯曲蟹工船』とそれより5年遅れて日本で製作された映画「蟹工船」とは、結末の処理が対照的で、興味深い対比となっている。1953年、山村聡の脚色と演出による映画「蟹工船」が、現代ぷろだくしょんによって製作された。この映画の上演後、悲劇的な結末は一時大きな議論を呼び起こした。映画のラストシーンで、帝国海軍がストライキの組織者たちを撃ち殺し、反抗する群集を無残な形で鎮圧したのである。カメラのロングショットで撮った沈黙の群集。血に汚れた海軍旗。そして、駆逐艦と蟹工船が立ち並ぶシーンで、映画は終わる。それは労働者たちの闘争の勝利ではなく、逆に戦後日本の新たな弾圧を受けた労働闘争の実情を反映するもので、見方によっては、1946年から1948年にかけての東宝争議や、1952年の血のメーデー事件の再現とも見える。この結末は、上映当時、「敗北主義である」[21]とも批判されたが、そこには朝鮮戦争をきっかけにした日本の再軍備への強い警戒と、アメリカ占領軍が主導したレッド・パージによる左翼陣営の挫折感が色濃く反映していた。特に、製作の山田典吾、カメラの宮口義勇など主要な製作者は、「来なかったのは軍艦だけ」だったと言われる東宝争議の当事者で、監督の山村聡もその支持者だったこともあり、彼らの屈折した闘争体験が映画のラスト処理に投影されたのである。

中国で上演した演劇のラストの高揚感と、日本で製作した映画のラストシーンの敗北感は、それぞれ戦後の中国と日本の完全に異なった政治状況と国際関係を映し出している。

五、民主新聞社の出版物

ここで『戯曲蟹工船』を刊行した出版社、民主新聞社の歴史を振り返ってみよう。

日本の敗戦後に、旧満州の政治の中心地だった長春市（旧称新京）に一部の戦前の左翼知識人が日本人共産主義同盟を組織した。それを母体

21「映画“蟹工船”をめぐって」（「多喜二と百合子」第1号、1953年12月）、坂下修介「「蟹工船」脚色に当って」（「多喜二と百合子」第13号、1955年12月）などを参照。

に翌年の4月に日本人民主同盟が結成され、中央東北局の民族部の指導のもとに、日本人難民の救助に取組んだ。その中心的な人物は、大塚有章である。「民主新聞」は、日本人民主同盟の機関紙として1946年10月13日に創刊された。出版元は一時期チチハルに疎開したが、1948年の年末に瀋陽市和平区民主路49号に移転している。新聞は初期の謄写版から活字印刷となり、発行周期も5日間に1回から週2回に発展した。新聞社は後に東北人民政府外事局日僑管理委員会に所属するようになり、社長井上林、副社長大塚有章、編集長池田亮一という、いずれも戦前の日本共産党員が主幹となった。

中国全域の解放に伴って、「民主新聞」の発行範囲も拡大し、発行量は最大7000部まで増えた[22]。戦後中国で発行する主要な日本語新聞として、中国在住日本人のための「中央紙の役割を果たすことになった」と言われている[23]。後期には日本の家族と音信不通となった人のために人探しの情報を掲載したり、また日中友好協会と協力して、中国在住の日本人の日本への送金を手伝うなど、1953年の日本人帰国の再開のためにも一翼を担っていた[24]。

民主新聞社は「民主新聞」のほかに、総合雑誌「前進」と「学習の友」などを発行し、さらには、多数の日本語図書も出版していた。筆者は中国国内の図書館の所蔵を統計して、民主新聞社による単行本の出版物を約70点確認することができた。すべて1949年から1953年にかけての刊行で、この四年間は新聞社のもっとも結実の多い時期だった。

民主新聞社刊行の書籍の多くは、社会主義思想及び共産党関係の出版物である。その意味で、在中国日本人に対する思想改造と理論教育の糧を提供する出版機関としての性格がはっきり表われている。例えば出版

22 劉徳有《“人生無悔”――記日本専家菅沼不二男》、丁民、朱福来《井上林与日文報紙《民主新聞》》（《友誼鋳春秋 為新中国做出貢献的日本人》巻一）、劉徳有《留下他業績的一座座“紀念碑”――記日本専家池田亮一》（《友誼鋳春秋 為新中国做出貢献的日本人》巻二）などによる。井上林の夫人井上繁子の回想によると、前後して民主新聞社に勤めた人物に、石田精一、池田亮一と夫人檀寿美、菅沼不二男と夫人檀久美、和田、岡田章、林弘、松村一夫、松尾幸雄、長尾忠直などがいる。

23 大塚有章『未完の旅路』第六巻、三一書房、1976年5月。

24 日本中国友好協会（正統）中央本部編『日中友好運動史』、青年出版社、1975年9月。

物の中には、毛沢東『延安に於ける文芸座談会上の講話』(1949)、劉少奇『国際主義と民族主義を論ず』(1949)、野坂参三『亡命十六年』(1949)、徳田球一・志賀義雄著『獄中十八年』(1950)、スターリン『無政府主義か社会主義か』(1950) など、各国の共産党指導者の著作が目立つ。その外、『レーニン略伝』(1949)、『レーニン 生涯の事業』(1952)、『ゲオルギー・ディミトロフ プロレタリア革命家の半生と闘爭のスケッチ』(1951)、『愛国者ロサの生涯 スペイン抵抗運動の血の記録』(1952) などの思想家、革命家の伝記も多く見られる。

民主新聞社によって刊行された書籍の中に、新中国の文芸作品の日本語訳が多く含まれていることは特に注目に値する。その代表的なものは、以下の通りである。

○ 胡可著、森茂訳『戦いの中に育ちて』(1950)
○ 杜印ほか三人著、畑眞訳『戲曲 新しい事物の前に』(1951)
○ 陳登科著、鮑秀蘭訳『活人塘 新河集はいきかえつた』(1952)
○ 白朗著、鮑秀蘭訳『幸福な明日のために』(1952)
○ 巴金ほか著、民主新聞社編訳『最も愛する人びと——朝鮮前線ルポルタージュ—』(1952)
○ 柳青著、森茂訳『金城鉄壁』(1953)

これらの訳本は、いずれも新中国の文芸作品の最も早い時期の日本語訳にあたる。その中で、民主出版社刊の白朗の小説『幸福な明日のために』は、1953年1月に三一書房によって新たな装丁で日本で出版され、日本国内の読者にも読まれるようになった[25]。

新中国の革命文学を日本語に翻訳する一方、民主新聞社は日本の現代プロレタリアの労働文学も数点出版した。

○ 延山きよし著『ある豚飼いの日記から』(1949)

25 そのほか、木葉蓮子訳、ユリウス・フーチク著『絞首台からの報告』も1952年民主新聞社から出版された後、翌年9月に東京の須田書店によって再版された。

○　春川鉄男ほか著『日本人労働者』（1951）
○　タカクラテル著『ハコネ用水』（1952）
○　徳永直著『静かなる山々』（1953、復刻版）

上に挙げたものの中で、『ある豚飼いの日記から』は1947年、日本共産党の機関紙「アカハタ」の懸賞小説の第一席に選ばれた小説で、「アカハタ」に連載された後に、民主新聞社によって始めて単行本となったものである。『日本人労働者』は、1951年の日本の文芸雑誌「新しい世界」と「人民文学」に掲載された8篇の短編小説をまとめた短編小説集である。表題作の春川鉄男の『日本人労働者』はのちに作家出版社によって中国語版も刊行された[26]。

現在確認できる民主新聞社刊の書籍の中、「われらの作品叢書」の第一輯として刊行された『戯曲蟹工船』は、当社刊行の唯一の「東北日本人の手になつた」文芸創作として、東北部留用日本人の文化活動の実態を証言する貴重な資料となった。

1953年に日本人の集団帰国の再開に伴い、「民主新聞」は停刊となり、新聞社も解散になった。その後、民主新聞社の多くの優秀な編集者が北京の中国外文局に招かれて、日本語雑誌「人民中国」の編集に携わるようになった。「人民中国」雑誌社の初期の頃の職員だった劉徳有氏の回想によれば、雑誌社に招かれた日本人専門家の中には、池田亮一と夫人池田寿美（檀寿美）、菅沼不二男と夫人菅沼久美（檀久美）、戎家実、林弘、岡田章、松尾藤男などがいた[27]。檀寿美と檀久美は実姉妹であり、作家檀一夫の腹違いの妹である。檀久美は鶴崗炭鉱までやってきた「東北建設青年突撃隊」の早期メンバーの一員で、南山旧一支隊の炊事の仕事を一時期受け持っていた[28]。

---

26 春川鉄男著、梅韜・文潔若訳『日本労働者』、作家出版社、1955年4月。
27 劉徳有《“人生無悔”――記日本専家菅沼不二男》（《友誼鋳春秋 為新中国做出貢献的日本人》巻一）。
28『未完の旅路』第六巻において、大塚有章が「東北建設青年突撃隊」の「隊歴の古い同志」の名を挙げている。それによると、彼らは「真砂、安部（婦人）、小室、中原、増村、徳田、浜崎、河原、松尾、三田部、国光、大塚、後藤、常沢、檀（婦人）、森藤、大寺、古川、上村、

六、「留用」映画人と「蟹工船」

ところで、『戯曲蟹工船』には特別にデザインされた表紙と内表紙があるだけでなく、三枚の挿絵も付けられている（図⑥)。この装丁と挿絵は、当時「留用」されていた映画監督木村荘十二が手掛けたものである。

図6　木村荘十二による挿絵

木村荘十二は1930年に左翼的な傾向の映画「百姓万歳」で監督デビュー。1932年に新興キネマ京都撮影所の下層労働者の待遇改善を求めるストライキに参加したことで会社に解雇される。その後、独立プロP・C・L（東宝の前身）との提携で、社会派映画「河向ふの青春」を作り、その作品は彼自身の言葉で言えば、「労働者の団結を描こうとした日本最初のものだつた」[29]。しかし、映画の中の労働者闘争の場面は審査の段階ですべて削除された。1941年、木村は満州映画協会に招かれて、映画講習所で映画の専門科目を教えるようになり、満映の啓民映画部の次長も務めた。戦後、新しく成立した東北電影公司から、内田吐夢とともに演出顧問として協力を要請され、東影に「留用」される。当時の東影の日本人代表委員の一人に、旧満映巡映課長の大塚有章がいた。1947年から、木村荘十二は東北画報社、東北文工団で美術関係の仕事をし、1951年に東北魯迅文芸学院演劇部の舞台美術の専門講師にもなる。

会社と共に鶴崗に移転した木村荘十二は、「精兵簡政」(組織の簡素化)という名目のリストラに遭い、本業の映画撮影に参加できなくなった。その頃、東北部には専門的な美術者が極端に不足していたために、東影社長舒群の推薦で東北画報社に入社することができた。帰国後に書かれた回想記『新中国』（東峰書房、1953年10月）によれば、東北画報社に

永野、松田、清水の諸君でした」。

29 木村荘十二『新中国』、東峰書房、1953年10月。

いた時代に、木村荘十二はマルクスやエンゲルスなど共産党指導者の巨大な肖像画を300枚以上も描いたという。そしてその時期に、彼は新中国の美術史に名を残すような仕事をひとつ成し遂げた。1948年12月3日に東北全域の解放を記念するために、東北郵便管理総局は同図案三枚セットの「東北解放記念」切手を発行したが（図⑦）、この切手の絵を描いたのが、木村荘十二だったのである[30]。

図⑦　東北郵便管理総局発行「東北解放記念」切手　原画木村荘十二

『新中国』の中で、木村荘十二は日本人の文化活動の状況に触れ、特に鶴崗炭鉱の日本人労働者の活発な演劇活動に言及している。

> この運動（日本人の文化活動。引用者注）に最も積極的であつたのは鶴崗炭鉱で働いている若い労働者たちであつたと思う。東北の東北にあたる山の中でこの人々は多くの困難を克服してみんなが助け合い協力し合つて文化活動をどんどん成長させた。文学でも美術でも誠にしつかりとした生活の裏付けのある素朴な力強いものを発表していた。演劇活動も勿論盛んで、鶴崗の炭鉱は北山・東山・南山・西山と四つの地区にわかれているのだが、これが互いに競争し合うという華々しさだつた。この鶴崗の人々がハルピン、長春、瀋陽にまで公演に廻つたこともある。その時の劇は日本の軍事基地反対の闘いを描いた「観光道路」という新劇だつたがこれが東北各地の日本人たちに強い感動を与えた[31]。

1951年に鶴崗炭鉱の「東北建設突撃隊」の隊員を中心に創設された「劇団ツルオカ」は、翌年の国慶節に新中国で人気絶頂の歌劇「白毛女」

---

30 何宏《東北解放区郵票史話》、《集郵》、1981年9号。

31 木村荘十二『新中国』。ただし、文中の「鶴崗の炭鉱は北山・東山・南山・西山と四つの地区にわかれている」という記述は正しくなく、正確には、興山、東山、南山、西山、大陸の五つの鉱区である。

を日本語で上演した。それに当って、木村荘十二は特別に招かれ、鶴崗炭鉱で一ヶ月にわたる芸術指導をつとめた。当時、歌劇「白毛女」の主役をつとめた大塚瑛子氏（大塚有章の次男大塚浄の嫁）の回想によると、木村の指導によって演出の効果が大幅に高まったとされる。三時間半に及ぶ「白毛女」を三回連続して公演し、「当時鶴崗に住む1600人の日本人全員が我々の演出を見にきた」という[32]。

終戦直前の延安で誕生した歌劇「白毛女」は、新中国の芸術家が創作した、最も代表的な舞台劇である。中国共産党の指導を受けた最初の映画撮影所として、後に新中国映画の揺りかごとも称された東北電影は、1950年に歌劇「白毛女」を見事に映画に改編した。その際、編集を担当したのは、東影留用の日本人技術者、一時期鶴崗炭鉱で働いた経歴もあった岸富美子（中国名は安芙梅）である。当時の体験について、岸富美子は『はばたく映画人生――満映・東影・日本映画――《岸富美子インタビュー》』（せらび書房、2010年3月）で詳しく回想している[33]。

1953年、中日赤十字協会の共同声明に基づき、日本人の集団的送還が再開される。『鶴崗炭鉱大事年表 1914 - 1998』では、鶴崗炭鉱で働いた「1330名の日本人は、5回にわたって引揚げた」[34]と記録されている。帰国の前に、日本人労働者たちは「和平」の文字が刻まれた石を鶴崗市に贈った。それは現在鶴崗郊外にある松鶴西湖公園の中日友好林の間に置かれている（図⑧）。

図⑧　日本人労働者が残した「和平」記念碑

32 山田晃三《《白毛女》在日本》、文化藝術出版社、2007年11月。同書《第五章　鶴崗劇団――1952年日本人在中国東北排演歌劇《白毛女》》において、鶴崗炭鉱の日本人が創設した「劇団ツルオカ」のことが詳細に振り返られている。

33 四方田犬彦・晏妮編『ポスト満洲映画論　日中映画往還』（人文書院、2010年8月）にも、岸富美子へのインタビューが収録されている。一時期鶴崗炭鉱で働いていたことについては、「安芙梅（岸富美子）が語る“東影”の思い出」（《友誼鋳春秋 為新中国做出貢献的日本人》巻一）、《難忘東影 難忘興山》（胡昶《東影的日本人》、長春市政協文史資料委員会、2005年8月）などで振り返られている。

34 前掲《鶴崗炭鉱大事年表1914－1998》。

1953年4月以降、木村荘十二、岸富美子など東影に「留用」された映画人たちも徐々に帰国した。しかし、東宝争議やレッドパージなどの影響で、日本の大手映画会社のいわゆる「五社協定」が結ばれ、中国から帰国した映画人を雇用しない方針が採られた。そのような状況の中で、岸富美子が帰国して最初に関った映画が、現代プロ製作の「蟹工船」だったのである。ネガの仕上げの手伝いだったが、「良質の映画に参加して喜びを感じ」たと、前記『はばたく映画人生』で岸富美子は語っている。一方、木村荘十二は独立プロで児童映画「森は生きている」（1956）、反戦と反核を訴える「千羽鶴」（1958）などを製作した。

岸富美子が勤めていた東影は、1950年代に長春電影製片廠（長影）に名称が変わる。東北電影の伝統を受け継いだ長影は、ソ連映画を配給するために設立され、後に独立プロ作品の配給に乗り出した北星映画社から多くの日本映画を輸入し、中国語吹替え版を製作して、中国全土で上映した。その中には、山本薩夫監督の「箱根風雲録」（原作はタカクラテル『ハコネ用水』、1954年輸入）と「太陽のない街」（1955年輸入）があり、そして山村聡監督の「蟹工船」（1958年輸入）もあった。「蟹工船」の吹替え版[35]が中国で上映される時、図⑨のようなポスターが作られた。その頃には、楼適夷訳の『蟹工船』（1955年3月）がすでに作家出版社より刊行されており、小林多喜二の名前は新中国の読者に広く知られていた。

図⑨　映画「蟹工船」の中国上映に使われたポスターの画稿

七、終わりに当って

元鶴崗炭鉱の留用日本人の多くは、帰国後、中日友好運動に積極的に参加した。彼らは、「元鶴崗炭鉱日本人労働者の会」を作り、1970年代以後年に一回の懇親会を行ってきたが、健在者が高齢に達したために、2009年の「第31回ツルオカ会　舞鶴の集い」をもって最後の集

35 シナリオ翻訳白帆、吹き替え監督李景超。1958年4月に吹き替え版が完成された。

会となった。

鶴崗炭鉱の留用日本人について調査し、本稿を仕上げるに当たって、筆者は2012年初春に幸運にも北京と札幌で二人の当事者に対面する機会を得、貴重な証言に触れることができた。元中国国際放送局日本語放送アナウンサー林紀美氏（85才）と、日中友好協会札幌支部理事長斉藤康治氏（91才）である。

林紀美氏（旧姓は常澤紀美子）は、満映社員として入社二年目に日本が敗戦。その後、安部紀美子という名前で大塚有章が指導する難民救援と在留日本人の民主運動に参加し、東北建設青年突撃隊創設当時の隊員の一人となった。鶴崗炭鉱時代に、組織の派遣で一時第四後方病院の見習い薬剤師として務めながら院内の日本人の教育活動に携わったが、後に炭鉱に戻って、旧第一支隊の炊事係と職工病院の司薬に勤める傍ら、婦人部長を担当し、雑誌「ツルオカ」の編集を始めとする文化活動に携わっていた。1951年設立の「劇団ツルオカ」の団員になった同氏は、大塚瑛子氏と共に日本語で上演した歌劇「白毛女」の主演（喜児の役）を担当した。そして、1953年に北京放送局（現在名：中国国際放送局）の日本語部に配属された。放送局の功労者で、著名なアナウンサー（アナウンサー名が林華）だった氏は、鶴崗で送った七年間を、困難は多かったものの、もっとも輝かしく、忘れ難い青春の日々だったと振り返った。そして、多くの貴重な資料と写真を説明しながら、炭鉱の演劇や東北建設青年突撃隊のことについて語ってくださった。また、中国で苦楽を共にした弟の常澤巌氏が著した『失われた日記　満洲から中国へ――残留日本人の軌跡』（東銀座出版社、2011年11月）をわざわざ取り寄せてくださった。なお、亡くなった東北建設突撃隊員52名の名前を記した突撃隊の隊旗及び一部の関係資料が、林紀美氏の尽力で、現在中国国家博物館に収蔵されている。創設当時の突撃隊員として、氏は唯一の生存者となった。

一方、斉藤康治氏は1943年に衛生兵として召集され、北安陸軍病院で敗戦を迎えた。1946年9月に同病院の医師、患者と共に炭鉱に運ばれ、興山鉱区に配属された。炭鉱の民主化運動の影響で突撃隊に入隊し、組長として10数人のグループを率いて坑内労働に従事した。斉藤氏は、日本人労働者たちの文工団が上演した戯曲「蟹工船」を実際に見たのである。劇は自分の働く興山の近くの広場で上演されたことや、同組の大阪出身の奥谷要という人が上演に参加し、そして東山鉱区の背の高い人が浅川監督の役をやったことなど、貴重な証言を筆者に聞かせてくれた。斉藤氏の回想によると、当時の日本人文工団は、多くの中国の歌を日本語の歌詞に直してから炭鉱で歌い広めていた。斉藤氏はその時の歌をまだはっきり覚えておられ、忘年会で披露したばかりの「黄河大合唱」（光未然作詞、冼星海作曲）の一曲、「遥かに望む黄河の流れ／崑崙の峰を頂き中原を分ち／ひしめきうねり沃野うるおし／九度曲りしぶきを上げて」と始まる全3段落の日本語歌詞を、流麗な筆致で一気呵成に書いてくださった。その記憶力の確かさは驚くべきものだった。鶴崗時代のことについては、10年前に執筆された連載の回想文「鶴崗炭鉱での六年間」[36]や、山崎竹男著の『友情は国境を越えて』（2007年1月）などの資料をご紹介くださった。

お二人が語った記憶、そして紹介してくれた個人史の数々は、戦後の中国在留日本人の文化活動の一端を明かしてくれるものだった。林紀美氏と斉藤康治氏に、この場を借りて敬意と感謝を捧げたい。そして、開拓団民や軍人、警察など大陸政策の手先と侵入者として旧満州の地に赴いた日本人が、戦後になって新中国の国家建設の貢献者に生まれ変わる過程の中で、小林多喜二の文学が彼らの精神的な糧となった事実は、多喜二の文学と20世紀の歴史の深いつながりを雄弁に物語っていると言えるだろう。

---

36 斉藤康治「鶴崗炭鉱での六年間　斉藤康治さんの「自分史」より」（一）～（七）、札幌版「日中友好新聞」、2002年9月25日・10月5日・11月15日・12月5日・2003年1月15日・2月15日・3月15日。

第3部　多喜二の「反戦・平和・国際主義」をめぐって

フェミニズムを赤で書く:姜敬愛の『人間問題』における文学的な矛盾

サミュエル・ペリー

姜敬愛は、小林多喜二と同じ時期に生き、多喜二と同じように革命的で素晴らしい文学を書き、そして多喜二のように、若い盛りに死んでしまった朝鮮の女性作家である。資本主義が言語、ジェンダー、民族、地理、文化などの相違を利用し、世界中のプロレタリアやプロレタリア運動家を切り離そうとしていた植民地時代には、越えがたい多くの障害があり、二人が相見えることはなかったし、日本語を理解した姜敬愛が知っていたであろう多喜二は朝鮮語が出来ず、満州国の小さい村に住んでいた姜敬愛の存在さえ知らなかっただろう。しかし、二人が死んでから70年の月日が流れた現在、彼岸の人となったこの二人の作家の対話を改めて試みることができると思うし、こうした対話のための仲立ちをすることは非常に重要なのではないかと私は思う。

姜敬愛は1905年に生まれ、1943年に亡くなったが、小林多喜二のように、その悲劇的に短い生涯の中で、二つの長編小説と、何十編もの短編小説、随筆、紀行文などを残した。そして、『人間問題』という小説は東亜日報という韓国語の一番発行部数の多い新聞に1934年の8月から12月まで連載された、いわゆる「連載小説」あるいは「新聞小説」であった。姜敬愛自身は1943年に亡くなったが、『人間問題』は、彼女の夫が北朝鮮の労働出版社の主任編集者だった1949年に始めて単行本として出版された。しかし、共産主義の宣伝や共産主義運動を支持する言論が何十年も禁止されていた韓国では、姜敬愛のことは、80年代までは広く知られていなかった。新聞小説として連載された『人間問題』は姜敬愛の存命中に、作家自身の筆で編集され、単行本として再出版されることがなかったため、粗削りな部分が見られたり、韓国版と北朝鮮版が少々違ったりしているにもかかわらず、両国で朝鮮プロレタリア文学の傑作として広く知られている。姜敬愛が書いた小説の多くがそうであるように『人間問題』でも、女性主人公は結局、死んでしまい、最後のページでは、登場人物の語り口ではなく、姜敬愛自身が作家の声で、読者に向け、女性主人公の死が象徴するようなすべての『人間問題』を解き明かすべき人間はブルジョアではなく、プロレタリアに外ならないのではないか、という直接的な質問で、そして小説らしくない終わり方でその小説を終わらせている。

植民地出版文化下の状況もあって、いわゆる「粗削りな」部分が多いためか、その最終部分が小説らしくないためか、『人間問題』を翻訳した原稿をまず、ハワイ大学の出版社に送ってみると、大変丁寧な、しかし、申し訳なさそうな返事をいただいた。韓国文学関係の作品を扱う編集者の意見では、姜敬愛の小説は「文学的価値が少ない」ということで、出版を拒否された。私が楽観的すぎたのかもしれないが、アメリカの学術出版社が、植民地朝鮮文学のすばらしい業積の一つを「文学的価値が少ない」ものとして判断してしまうとは、全く思ってもいなかった。

いわゆる「客観的」な美意識にこだわる編集者が未だ存在しているということ自体は別に驚くことではないが、文学の歴史において、フェミニスト学者たちが芸術の自律性に意義を唱えることに成功してから三十年もたつ現在、姜敬愛のような小説の「標準」からの逸脱を、意味のある文学的指針として理解できてもよいのではないか。植民地出版文化の状況下で書かれた女性作家の小説の粗削りな部分を理解しようとすることによってこそ、文学そのものが、ある規定された文学的標準によって判断すべきものではなく、むしろ、社会参加の形の一つとして解釈できるものであり、姜敬愛の小説の深層に描かれた美学的側面をもっと深く理解できるものだと分かってくるのだと思う。

さて、こうした問題を考えるために、私はまずリター・フェルスキーというアメリカ人の学者が書いた論文「フェミニズムの後の文学」という本を参考にした[1]。フェルスキーは、ポストコロニアル・スタディーズが盛んになって以来、文学という学問の領域における、ある二項の対立のことを指摘している。それは、ポストコロニアル・スタディーズで優先されている第三世界、或は、植民地の女性作家が書いた作品において、どのように文学を分析すればいいかという激しい論争でもある。文学的価値という概念に疑念を持つある批評家は、芸術自律性は西洋の概念であると拒絶し、第三世界や植民地の女性作家による文学は、継続的な女性への弾圧と戦う武器として読まなければいけないと主張する。また、植民地の女性作家の文学を、女性の実生活をある程度反映している歴史文書として解釈する傾向をみせている。貧しい女性たちの生活経験を中心的なものとして描きつつも、性的、経済的な搾取に対する女性としての新たな自覚と、階級意識のめばえとのつながりを指摘しているからこそ姜敬愛の『人間問題』は傑作であると主張する多くの韓国や日本の批評家たちはこのような分析態度を持っていると言える。

しかし、朝鮮文学の世界から離れると、このように「弾圧」や「搾取」や「抵抗」などを見いだそうとしながら「非美学的」読書を実践することは、植民地女性文学の包括する様々な矛盾や曖昧さや複雑さを単純化してしまい、植民地時代の、美学的及び倫理学的思想構造に逆行させてしまう方法だと、認識論からの批判を激しく行う、いわば「脱構造主義者」とでも名付けられる、もう一つのグループも存在する。彼らによると、女性作品を主に社会学的見地から研究する「非美学的な」分析方法は、植民地の「他者」への西洋人類学的視線を再現し、非西洋文化及び文学が非常に単純なものでしかないという、傲慢とも言える前提を、気づかずに作り続けてしまう恐れがあるそうだ[2]。搾取やそれに対する抵抗、あるいはその作品の中に示唆された教訓などを読み取るのではなく、多種多様な声などが絡みあった、より複雑な多重レベルでの意味を追求することによって、混成された形や断片的な声や風刺的な意味も

---

1 Rita Felski, *Literature After Feminism* (Chicago, IL: University of Chicago Press, 2003), 159.

2 レイ・チョウ「プリミティヴへの情熱―中国・女性・映画」本橋哲也、吉原ゆかり訳、青土社、1999年.

内包する、非常に入り組んだテキストとして理解しなければならないと主張するわけだ。

東アジアの文学で一例を挙げると、レイ・チョウ（Rey Chow）という割と知られた中国文学の学者が「淑徳な取引」という概念を紹介している[3]。レイ・チョウによると、二十世紀の中国では、女性作家は男性中心の文学界に対処するために家父長制社会の「文章」的しきたりに細心の注意を払いつつも、数々の巧妙な策略を使ってそのしきたりの拘束力を弱め、衰退させることができたという。これをレイ・チョウには「淑徳な取引」をした、という。姜敬愛をアメリカで初めて研究したキャロリン・ソ（Carolyn So）という学者が姜敬愛の小説に対して同じような分析を行っており、姜敬愛の文学にはいわゆる「二重忠節」が見られると主張している[4]。キャロリン・ソの少々挑発的とも言える意見を引用してみると、「姜敬愛の二重忠節の特徴は何かと言うと、そのプロレタリア的主物語に対するアイロニックな関係を構築し、その革命的な内容との不一致を引き起こすことである。つまり社会主義を取り込むことによって、家父長制的理想による弾圧をも受け入れてしまうことになる」ということだ。

レイ・チョウやキャロリン・ソなどによるこのよう論議は確かに説得力のあるものだが、一つ気になる点がある。これは日本、朝鮮そして中国の女性を扱うプロレタリア文学の学者にも見られがちな問題でもあるのだが、このような論議は、マルクス主義とフェミニズムが、悪意を持った言葉を借りて言うなら、「不幸な結婚」によって結ばれている、という奇妙な大前提を強化してしまうのではないかと思われる点である。この方法では、テキストの範囲内でのみ社会関係を考えるため、フェミニズムと家父長制との対立を強調する代わりに、フェミニズムとマルクス主義との

---

3 Rey Chow, "Virtuous Transactions: A Reading of Three Stories by Ling Shuhwa," in *Gender Politics in Modern China: Writing and Feminism* (Durham, N.C.: Duke University Press, 1993), 90–105.

4 Carolyn So, "Reading a Modern Woman Writer: Kang Kyŏng-ae and Double Allegiances," in Chang Yun-Shik, Donald L. Baker, Hur Nam-lin and Ross King, eds., *Between Tradition and Modernity: Select Papers from the Forth Pacific and Asian Conference on Korean Studies* (Vancouver, B.C., Institute of Asian Research, University of British Columbia, 2000).

対立をも際立たせることになるのである。これにより、姜敬愛のように、共産主義を信じ、実際の運動の矛盾を理解した上で積極的に参加した女性をも、逆に見下すような態度を喚起してしまうのではないかと思う。

植民地朝鮮でも、他国と同様に、男女、恋愛、家庭などの私的関係においては、生産関係においてほど共産主義的な平等主義が徹底的に応用されたわけではなかった。そして経済的な自由も権利も殆どなかった朝鮮の革命的フェミニストたちが、より普遍的となったフェミニズムになれた我々の神経を逆撫でするような前提に基づいた文章を時々書き、保守的とも思える活動をしてしまったのは当然のことだと考えなければならない。日本でもそうであったように、女性作家は家庭生活や家事などのより幅広い文化の領域を革命的行動の中心的な舞台にし、男性の同志ほど経済主義に感化されなかったと言ってもいい。姜敬愛の場合も宮本百合子などのように比較的保守的に見える部分は少なくはない。つまり、姜敬愛を代表とする植民地朝鮮の女性作家は、その文学においてもその実際生活においてもジェンダーと革命における矛盾が明らかに多いわけだ。しかし、アメリカのプロレタリア文学をジェンダーの視点から分析する研究論文「ラジカル・リプレゼンテーション」という本を書いたバーバラ・フォーリー（Barbara Foley）という学者が論ずるように、「理論と実践における進行的領域と逆行的領域を分けることは不可能」なので、プロレタリア文化は進行性も逆行性も同時に孕んでいるということになる[5]。

小林多喜二同様、姜敬愛のような朝鮮の作家も、ブルジョア文化から受け継いだ全ての文化は革命的表現としては非常に限られたものだとよく理解していた。特に長編小説におけるプロット、登場人物、語り手、視点、完成性などは、ヨーロッパのブルジョア階級が発達するのと同時に出来上がったもので、ブルジョアジーのイデオロギーが深く刻まれた物だと当時でも認識されていたと言えるだろう。しかし、『人間問題』が東亜日報に連載された1934年には、朝鮮批評家たちの多くは男性であり、革命的女性とブルジョア文学との関わりについてはほとんど論じ

5 Barbara Foley, *Radical Representations: Politics and Form in U.S. Proletarian Fiction, 1929–1941* (Durham: Duke University Press, 1993), 216.

ておらず、論じていたとしてもレイ・チョウやバーバラ・フォーリーのような深みのある議論をせず、逆に姜敬愛が書いたような「新聞小説」をブルジョア文学におけるもっとも低俗的で、センチメンタルなものだと、厳しく批判した批評家が多かったのである。例えば、モダニスト作家だった金起林は新聞各社が新作の新聞小説で競い合っているのがまるでオリンピックの競争のようだと言い、「情緒過剰の読者の涙を誘い、笑いを引き起こし、完全に陶酔させていくこの長距離競走の状態はまだまだ続くだろう」と、新聞小説の低俗さはまるで感情的になりやすい女性読者のせいであるかのように批判した[6]。出版市場の力は確かに強く、『人間問題』が連載された東亜日報は、女性の就学率が一パーセント未満の朝鮮には存在していない、新しい女性読者層を作ろうと、姜敬愛の文学を掲載することにしたに違いない。つまり、彼女の文学がいかに革命的な内容を孕んでいたとしても、編集者たちは女性が書いた小説を女性化し、メロドラマチックに読ませていくように努力したのであった。『人間問題』は、社会小説、ポピュラーロマンス、そして、後で論ずるように革命的な「教養小説」でもあり、折衷小説のようだが、1934年当時に姜敬愛は、決してプロレタリア作家、或は革命的な作家としてではなく、寧ろ、新しい「女流」作家として語られていたのである。そして、同じ東亜日報に掲載された、「中央公論社」などの日本語広告を見てみると分かるように、日本の出版社も朝鮮女性読者を新しい消費者としてターゲットにし、尾崎紅葉の「金色夜叉」、泉鏡花の「婦系図」などを売り込むために、日本の男性作家が書いたメロドラマチックな、新派などに影響された文学を好むような読者を育てようとしたのは明らかである。

『人間問題』に関連して、もう一点付け加えると、東亜日報上の姜敬愛の小説には、直ぐ隣に、新聞社に雇われた職業画家による、時々姜敬愛の言わんとしている意味とのズレが少々ある「挿絵」があるのだが、その小説にもその挿絵にも暗い影を投げ掛けているのは日本の商品の広告なのである。味の素、金鶴香油などの家庭的な商品を売るその広告を見てみると、新聞社側は姜敬愛の小説を利用し、『人間問題』に出てくる内

6　金起林「新聞小説『オリンピック』時代」、三千里（1933年1月号）.

容と関連づけて、適当な商品の広告を載せていることがすぐ分かる。姜敬愛が田舎に住む貧しい女性や工場などで活動家の仕事をする女性について書き、革命的なプロセスに参加している女性を描写しようとしているのにもかかわらず、新聞というメディアでは、女性は貧しくて革命的活動家になるのではなく、良妻賢母という家庭的な役割をまず果たす義務があるのだ、というようなありきたりのメッセージを帯びた商品と、紙面上で闘わなければならないような印象を受ける。

さて、作品の中に入ろう。姜敬愛の小説を分析する際に、先に述べたジェンダーに関する「進行的」領域と「逆行的」領域が、いかに「同時」に『人間問題』の美学的次元に現れているのかということを、先に述べた植民地出版文化の歴史的な流れの中で理解しなければならないということをまず、指摘しておきたい。しかし、その歴史的背景だけに注目してしまうと、小説そのものがどうやって意味を作り出すのか十分に理解できない。『人間問題』の中にテキスト外のことと矛盾しているような内容があるとすれば、小説の中にも、つまりその小説構造の枠内にも色々矛盾を内包しているわけだ。そしてその内部構造を理解するためには、『人間問題』に見られる教養小説（Bildungsroman）の構造を見て、小説の革命的政治における進行的領域と逆行的領域がどう絡み合っているのかを追求する必要性が生じるのである。バーバラ・フォーリーが論ずる進行性と逆行性の「同時性」を認める分析方法を行いつつ、姜敬愛の革命的プロセスへの献身も認識する分析方法を確立したいと思われる。

先にも述べたように、日本でも植民地朝鮮でも、「小説」が革命的な視点を伝える形としては非常に妥協的な形であることはよく知られていた。その中において教養小説は、小説が革命的視点を伝える手段の一つになった100年ほど前当時は、ブルジョアの個人性を構造するものとして特に優先順位の高かった重要なジャンルであったに違いない。簡単に説明すると、教養小説というジャンルは、未熟な若い主人公を想定し、その主人公が自己の本性的な人格を発見していく過程を物語るジャンルである[7]。社会に対する自意識を育成しながら、その社会を背景とする本

---

7 James Hardin, ed, *Reflection and Action: Essays on the Bildungsroman* (Columbia, S.C.: University of

質的な自己意識を育成し、小説の終局には、自分自身そして周囲の社会に対する知識に自信を深めていくのだ。そして、読者は作家の全知的な視点や意見をまとめて手にしているため、主人公が成長して意識を深めていくのに付随して、同じ価値観を抱くようになっていくというわけだ。日本や朝鮮のプロレタリア作家たちは、ブルジョア個人性を普及させるつもりはなく、労働者の読者に、革命的な視点、ひいては、共産主義的な価値観を、抱かせることができるようになるのではないかという考えを持っていた。そのため、姜敬愛のような作家がこのような「教養小説」の形式を借りるのは珍しいことではなかったのである。

ここで、『人間問題』のプロットを簡単に説明しよう。ヨーロッパの教養小説とは少々異なり、主人公は一人ではなく、若い農民二人と中流階級の青年二人の四人である。その四人が現北朝鮮にある小さな村で巡り会い、各々の理由でソウルに逃げ、インチョン（仁川）という港町に移り住むまでの成長を描くというプロットである。教養小説としては、ソンビというおとなしいプロレタリア女性は、最初は小間使いとして登場するが、村長の性的搾取を受けその妻の憎しみを知り、ソウルに逃げ、女工から地下に潜伏する運動家になる。チョッチェというプロレタリア男性は同じ村に住む売春婦の息子で、村長に抵抗したことから米を作る権利をなくし、食べる物がないために、大きい町に逃げ、最終的にインチョンの港湾で働く労働者になる。法律を勉強しているシンチョルという大学生は、村長の娘であるオクチョムの招きで、夏休みに村に遊びに来たものの、面白いことにモダン・ガールであるオクチョムにはあまり関心を持たず、マルクス主義などを勉強している影響か、むしろオクチョムの小間使いとして働いている美しくて家庭労働をよくするソンビへの愛に溺れるようになるのである。そのために、オクチョムとは結婚せず、共産主義の運動に参加するようになり、インチョンの港湾で働いているチョッチェに遭遇し、共産主義について色々と教えることになる。そして、実はソンビとチョッチェは、幼い時から愛し合っていたにもかかわらず、話す機会を持たないまま、二人ともインチョンで運動家にな

South Carolina Press, 1991), xiii.

る。知らずに地下運動の同志となったため、夜になると、お互いのことを知らないまま、恋人同士としてではなく、共産党の同志として一緒に働くようになるわけだ。このように非常に面白くて、メロドラマ性が高いプロットの中で、ソンビとチョッチェの共産主義的教養を物語ることになる。つまり、共産主義的教養小説とポピューラー・ロマンスとが絡み合った物語なのである。ソンビとチョッチェは一緒になって、幸せなプロレタリア的な愛情関係ができるのではないかという期待を読者の心にもたらすのだ。

このように、『人間問題』は非常に面白い話だが、この教養小説とロマンスとの絡み合いの間にこそ、フォーリーがいう進行性も逆行性も含む矛盾が存在しているのではないかと論じたい。インテリのシンチョルは、最終的に、警察に捕まり刑務所に入れられてしまい、小説自体が、活動家たちが望んでいる革命はたぶん来ないのではないかという悲観的なトーンを徐々に帯びるようになるのだが、読者がまだまだ期待しているソンビとチョッチェとの恋愛成就の結末は、小説の終盤まで分からないのだ。

最後の場面で、チョッチェは愛するソンビの遺体を発見し、それを眺めながら、出獄し転向してから金持ちの女性と結婚してしまったシンチョルと、ソンビに死なれた自分とを比較することになる。

> そうだ！シンチョルはそれだけの余裕があった！その余裕が彼を転向させたのだ。しかし、自分はどうか。過去がそうであったように、そして目の前に現れる現実がそうであるように、いかなる余裕もないでないか！しかし、シンチョルには選べる道が多い。シンチョルと自分の異なる点は、ここにあるのだ！こう考えたチョッチェは目を見開いてソンビを見つめた。幼い時から愛してきたあのソンビ、妻に迎え、息子・娘をもうけて暮らそうとしたソンビ。一度会って話すこともできなかった彼女が、結局死体となってまさに目の前におかれているのでないか！今となって死んだソンビを、さあ受け入れ、と投げてよこしたのではないか。

ここまで、考えたチョッチェの目には、怒りの炎が燃え上がるようだった！[8]

姜敬愛はブルジョワ教養小説が約束する個人の充実感を、若い労働階級の登場人物には与えない。その個人的な充実感を得ることによって教養小説的な物語の完成性に到達し得たのは、金持ちの女性と結婚し満州国に就職し、そして登場人物としては登場する場面がなくなったシンチョルしかいなかった。この最後の場面はその後少々続くが、語り手の声は作家自身の言葉に変わってしまい、「この人間問題！何よりもこの問題を解決しなければならないであろう。人間はこの問題のために、何千万年もかかって闘ってきた。しかし、この問題はいまだ解決できないでいるではないか！とすれば、将来、この当面する大問題を解き明かすべき人間は誰か」という、読者に直接向けられた、まるで小説らしくない問い掛けで、姜敬愛は「人間問題」を終わらせるのである。

しかし、女性関係を比較することによって、大学生のシンチョルと労働者のチョッチェとの階級的格差を強調することは、女性の立場から見ると逆に非革命的な行動なのではないだろうか？つまり、この最後の問い掛けは、大学生のシンチョルと労働者のチョッチェとの、「進歩性」も「逆行性」も含む、煩わしい対比を強化してしまうのではないか。この論文の最初に述べた「粗削りな」部分とも関連性があるが、公的領域における女性の活動に対する家父長制度的禁止をくつがえし、ジェンダーと階級との関わりにおいて革命運動の矛盾を明快にした『人間問題』という小説を懸命に書いた姜敬愛は、一体どうして、小説というもっとも間接的形式をやめて、読者に直接語りかける手法を取ることに決めたのであろうか。私の意見では、『人間問題』を終わらせるこのあからさまな叫びは、姜敬愛の「文学的な」欠点ではなく、文化そのものにおける矛盾を意識するサインであり、革命的な文学をより革命的なものにしようとする、その厄介な、矛盾だらけのプロセスに参加している自分自身に対する意識に外ならぬ、ということを最後に主張したいと思う。

---

8 姜敬愛「人間問題」大村益夫訳、平凡社、2006年、372.

多喜二の世界中の同志達

ジェリコ・シプリス

我々は皆あの有名な文章を知っている：「金持ちが神の国に入るよりも、らくだが針の穴を通る方がまだ易しい」。「らくだ」という言葉はアラム語と古代ギリシア語の誤訳らしい。イエスが実際に言ったのはもっと論理的で、もっと詩的なのだ：「金持ちが神の国に入るよりも、ロープ（つまり綱、縄）が針の穴を通る方がまだ易しい」。ナザレの革命家は三十歳ぐらいの時に殺されたが、彼の言葉や彼の人類への愛はいまだに生きている。小樽の革命家についても同じことが言えるだろう。

多喜二の若い命はある寒い二月の日に残忍な終焉を迎えた。彼が敵に囲まれて、独りで死んだ。にも関わらず、その苦渋の最後の瞬間にも彼が決して独りではないということを意識していたに違いない 。日本中に、世界中に、何万人の同志達がいたからなのだ。彼が数限りもない 労働者達、農民達、学生達、芸術家達、作者達と堅く、不変に繋がっていたのだ——非人道的なシステムから人類の解放に専念している、すべての者と。彼の兄弟姉妹は、マルクス主義者、共産主義者、社会主義者、アナキスト、因襲を打破し、体制に従わない人々、さまざまな種類の現状の反対者を包含している。多喜二の顕著な時代の文学芸術の国際共同体は、数十人の素晴らしい、建設的な「破壊分子」の作者達を含んでいる。例えば：

Kurahara Korehito
Nakano Shigeharu
Wakasugi Toriko
Sata Ineko

Hirabayashi Taiko
Tsuboi Shigeji
Oguma Hideo
Kaneko Mitsuharu
Im Hwa
Ch' ae Manshik
Yu Dafu
Lao She
Ba Jin
Premchand
Nguyen Cong Hoan
Maxim Gorky
Yevgeny Zamyatin
Isaak Babel
Pablo Neruda
Patricia Galvão
Upton Sinclair
Agnes Smedley
Meridel Le Seuer
Jack Conroy
Richard Wright
Victor Serge
Halldór Laxness
Bertolt Brecht
Tsuboi Sakae
Kuroshima Denji
Ishikawa Jun
Yi Kiyŏng
Han Sŏrya
Lu Xun
Mao Dun
Wen Yiduo
Xiao Hong
Mulk Raj Anand
Nazim Hikmet
Alexandra Kollontai
Mikhail Bulgakov
César Vallejo
Jorge Amado
José Mancisidor
Theodore Dreiser
Josephine Herbst
Tillie Olsen
Langston Hughes
Marcel Martinet
Cesare Pavese
Bruno Traven
Miroslav Krleža

言うまでもなく、この全体の偉大な世代は、数十年が経過し、この世から去った。万物は変転する——仏陀、ヘラクレイトス、カール・マルクス、ジェイムズ・ジョイスなどがとても正しく観察したように。しかし、オウィディウスが追加した通り：Omnia mutantur, nihil interit——万物は変転するが、何一つ滅びはしない。従って、ペンと筆のこれらの戦士たちの強力な言葉と精神は、グギ・ワ・ジオンゴ、エドゥアルド・

ガレアーノ、アルンダティ・ロイ その他に代表されているもっと新しい世代の多くの情熱的で、同情的な作家達のそれと一緒に、今だに心に響く。

残念ながら 、非常に望ましくない資本主義と呼ばれる無情な社会経済システムも持続している。資本のグローバルな独裁がすべての大陸の人々の生活の発育を阻止し続け、おそらくチャールズ・ディケンズまでが想像出来ない規模の恐ろしい不平等、巨大な苦しみ、完全に不必要な苦難を与えつつある。したがって、それに対しての闘争も継続しているのだ――多喜二が新奴隷制度に対して心をこめて目覚ましい忍耐力を持って行っていた闘争はまた、我々の闘争なのだ。

世界中の男性と女性、老いも若きも、資本の専制政治に対して、資本の買弁エリートに対して、聖ならざる三位一体と呼ばれる世界銀行・国際通貨基金・世界貿易機関 のような大量虐殺の凶悪犯人に対して 粘り強く戦っている人間の一人一人は皆、多喜二の同志だ。すべての包括的な社会的、政治的変化を求めるために殴られている方、単に利他、幸福、協力と平和の人間的な世界を構築しようとしているために、警察や他の現状の手先によって殴られ、拷問されてしまって――これらの人々の誰も彼もが、多喜二の同志なのだ。だから、多喜二さん、あなたは決して独りじゃない：あなたはまだ世界中に数千万人の同志達を持っているよ。私たちの誰もがあなたと一緒なのだ。あなたの人生、達成、そしてあなたの勇気は、私たちのより良い、より住みやすい、より威厳のある世界のための長く、苦しいながら爽快な闘争を鼓舞し続けるのだ。多喜二さん、有難う！

『蟹工船』とマイノリティ

今西　一

はじめに

数年前からの「『蟹工船』ブーム」は、私たちの世代の人間には、興味深い現象であった。客観的には、若者の非正規雇用が五〇％に接近し、年収三〇〇万円に満たない若者が、両親の年金などをあてにして「パラサイト・シングル」として暮らすという異常な生活が、普通になってきている。これでは少子化に歯止めがかかるはずもない。このままの日本では、一〇年も経たずに、現在の年金制度は崩壊するであろう。

若者たちが、『蟹工船』の冒頭の「おい、地獄さえ 行ぐんだで！」という言葉を、居酒屋やコンビニなどにアルバイトに行く時に、よく使っている、という話も聞かされた。「監獄船」と言われた蟹工船と、現在の若者が行くアルバイトが比較できるか、と怒る人もいるかもしれないが、貧困、ニート、ワーキングプアなど、「人を使い捨てにする社会」が続くかぎり、『蟹工船』は、読み継がれてもいい作品である。

高校時代以来、久しぶりに『蟹工船』を読み返したが、むしろ新鮮な感動を覚えた。現代文学をそんなに読むわけではないが、村上春樹や東野圭吾を読んで、まず感じるのは、その「社会性の喪失」という感想である。古いと言われるかもしれないが、私たち「六八年の世代」は、ロマン・ロランの『魅せられたる魂』を感動して読んだのも、その主人公の「反戦思想」に共感したからである。村上は、確かにストーリーテラーとしてはうまいと思うが、「革命とは、お役所の看板が変わるだけのことよ」（『羊をめぐる冒険』）と言った調子で語られては、ガッカリする。実に巧妙に、革命や社会運動を「風俗」現象にすり替えていく手法には感心する。村上たちが、若者の間で圧倒的に人気があるのは、一面ではこの若者たちの「生きにくさ」を巧みに表現しているからである。これは、『ノルウェーの森』でも、最近の『一Q八四』でも同様である。

むしろ「プロレタリア文学」が持っていた「社会性」「政治性」が懐かしく読み返されるのは、私の老化現象だけではなく、「三・一一」以後の脱原発運動などの「新しい社会運動」が、日本でも再燃していることと無関係ではないと考える。しかも、『蟹工船』では、労働者の性的なメタファーが多様に登場し、その俗語の使い方も含めて、民衆の差別性や暴力性がリアルに描かれており、決して民衆世界を理想化するものではない。ここでは、歴史を勉強しているものの立場から、多喜二の文学への二、三の問題点を提起しておきたい。そのことが、現在の社会的弱者やマイノリティ問題を考えるうえでも重要であると考えているからである。

一 『蟹工船』の論点

戦後の一時期、「プロレタリア文学」や小林多喜二は、最も攻撃を受けた文学であった。その批判の中心になるのが、平野謙や荒正人ら雑誌『近代文学』に結集した人びとであった。戦後の「近代主義」は、政治学の丸山真男、歴史学の大塚久雄に代表されるが、哲学でも梅本克己の「主体性」論、文学の小田切秀雄の「近代的自我」論など、さまざまな潮流があった。

平野は、特に多喜二批判の急先鋒で、『党生活者』の「ハウスキパー」問題や多喜二の女性関係、『蟹工船』が集団を描いても、個人を描いていないという表現の問題、晩年の多喜二が私小説に逆転しており、多喜二は革命家ではあっても、「文学の革命」はできなかったと批判し、政治からの文学の「自立」を説いていった（これを「政治と文学」論争と言った）。戦後は総じて共同体からの「個」の「自立」を説く「近代主義」が、大きな影響力をもっており、これと正当派マルクス主義は対立することが多かった。

その後、一九六〇年代の安保闘争を経て、吉本隆明や武井昭夫からの「前衛党」批判がだされ、文学者の「転向」問題や戦争責任が提起された。私は、文学研究では猪野謙二、歴史学では飛鳥井雅道らの影響を受けており、「近代的自我史観」を批判して、文学の「社会性」を重視する議論に魅力を感じていた。ここでは、これらの論争ではふれられなかった、マイノリティの問題を提起しておきたい。

具体的に多喜二の『蟹工船』や『不在地主』を読むと、突然、社会科学の議論がでていきて、純粋な文学の愛読者を驚かすかもしれない。しかし、『蟹工船』を書くにあたっては、小樽高商の同期生で、演劇研究会の仲間であった、漁業労働調査所函館支所の乗富道夫に助けをかり、停泊の蟹工船の実地調査を行い、乗組員や労働組合の人から話を聞いているのは有名である（『小林多喜二全集』第四巻「改題」新日本出版社、一九六八年）。従ってこの作品は、極めて記録文学性の強いものである。

また調査に加えて、多喜二の草稿を読むと、新聞からの影響ものが、見られるようである。草稿の冒頭では、『東京××新聞』の記事の書き抜きから初めている。「『（北、）北洋の（国際）漁業戦に、巨利をあさ漁る／蟹工船。」として、次のような文章から始まる（（　）内は挿入文、以下同）。

（一）、「海上に浮かべる移動カニ罐詰工場」—（）荒波ほゆる（カムチャッカ）北洋の真只中で死線を越えて活躍している）この（わが）「蟹工船」（こそ）は、一寸お伽噺のようだが、一ケ年のに（製造高）二十三万缶、お金にしてザット八百万円のカニをとってゐる（ってゐる）。（後略）

日露漁業の交渉が二年もかゝって、まだ国営漁区だの、労働法適用だのに引っ掛って、連日外ム省に泣き込んだり、どなり込んだりして、大騒ぎをしてゐるのにひきかへ、同じ北海洋上の漁業でも、カニ工船だけはどこを風（が）吹く[redacted]かといった案配梅《ママ》、ロシアなどにビター文毛一本気兼ねする必要がないのだ。何しろ活動舞台は見渡す限り、雲と浪との外はない、北洋の「公海」だ。（領海の外にさえ浮かんでれば）こゝそこにはケチ臭い国家の縄張りなんぞないんだ。

そして、ロシアによる拿捕、蟹工船の発展、「漁夫」「雑夫」の雇い入れ、カムチャッカ航海と蟹工船での缶詰製造の工程、故国からの便りも運んでくる、「中積船」の話が書かれている。この新聞記事を図書館で読んだ男が、蟹工船に乗っていた自分を回想するというエピローグから始まるというのが、最初の設定であったらしい。

しかし、経済学の教科書ではないのだから、「おい、地獄さえ 行ぐんだで！」という言葉で始まり、函館の雑踏とした労働者の乗り組みの場面から描写する方が、はるかにインパクトは強烈であり、小説としての完成度も高いものがある。

しかし、一九二九年当時の新聞は、蟹工船に対して、実際に厳しい記事を載せている。これは六月二三日付けの『北海タイムス』でも、「極北の海から—工船漁夫の手記—」として、次のような投書が載せられている。

> 皇土の上、警察権の直下に於いてさへ治外法権の世界「監獄部屋」が存在します。まして司法権を遠ざかること幾百カイリ浬の極北の公海に「監獄船」が浮かんだとて別段不思議ではありません。極北の海上では正邪善悪を超越した大暴力が一切を解決し空に高鳴る鞭の一撃こそ神聖なる法典であります。（後略）

これを引用した司法省の役人遊田多聞も、「之は一漁夫にしては余りに名文過ぎるので、恐らくは新聞記者が其実見記を掲載したと思われる」というのが当たっているであろう。しかもこの遊田の書いた司法省報告『函館を遡源とせる北洋漁業に索聯する犯罪の研究』（一九三〇年）は、戦前の蟹工船の労使関係を知る最善の資料であり研究である。もちろん司法省の役人という彼の立場から来るバイアスには注意する必要がある。ここで遊田は、「工員船労働者の代弁」をするものとして、多喜二の『蟹工船』をあげて、次のように評価している（二七四頁）。

> 所謂プロレタリア文芸の一ツであるこの作品は帝国主義的段

階に於ける国際資本戦の一場面を捉へ各種の政治的関係や国際資本主義経済の暴露に全力をつくして成功しているが、かの『ジャングル』(アプトン・シンクレア著) 一国内の産業資本主義時代を取り扱ひ肉類罐詰製造工業に於ける全生産過程の暴露に主力を注いだ如く蟹の捕獲乃至は罐詰生産工程に関する暴露には余り力を用ゐて居るとは見受けられない。又この『蟹工船』と同じ立場から書かれた小説に『セムカ』(昭和四年十一月改造所載前田河広一郎作) があるがこの『セムカ』に於いては陸揚漁場の漁夫生活を暴露し成功して居る。要するにこの『蟹工船』又は『セムカ』は固よりその凡てが事実だと言ふ訳ではあるまいが唯其の持つ思想が如何に多くの人々の胸を打ちつゝあるかと又如何に魚雑夫等が資本主義下に於て恵まれぬ地位に置かれつゝあるかと言ふことを良く紹介し資本主義の欠陥を暴露し労働者の自覚と反省を促しつゝあるかは之を見逭すことが出来ぬである。

遊田は相当な読書家で、アメリカの「プロレタリア文学」と言われているアプトン・シンクレアの『ジャングル』(既に前田河広一郎によって翻訳されている) や前田河の『セムカ』との比較など、今日の文学史でも興味深い論点である。社会科学好きの多喜二が、蟹工船の社会経済史的な位置や、全生産過程を描きたかったことは、草稿ノートの走り書きからも想像できる。多喜二は、トルストイの『戦争と平和』のような「全体小説」を書きたがっていて、いつも「誰か命がけで文学をやってくれる人間はいないか」と言っていたと作家の江口渙は語っていた (聞き取り)。しかし、官憲の弾圧によって、この可能性は消滅した。

二、『蟹工船』とマイノリティ

遊田の報告書を読んで気にかかるのは、彼が付録につけている第一表の函館「昭和三年度露領出漁邦人労務者出身府県別総数調」である。蟹工船の労働者が、北海道 (その中身が問題だが) に次いで青森、秋田など東北が多いことは、よく言われているが、最後の「朝鮮人」七八人という数字である。もちろんこの数字の信憑性はそれほど高くないし、帝国臣民として登録した朝鮮人もいるだろう。同年の「露漁漁場出漁々雑夫出身府県別調」でも、六六人の「朝鮮人」が使われており、そのうち六五人は「日露漁業株式会社」であり、一人は、「坂本作人」の個人経営である（四六三〜四六五頁）。

要するに蟹工船の労務者・雑夫は、単一な「日本人」だけではない、という問題である。浅利政俊によると、「戦争中になると勿論そこにはアイヌ人、朝鮮人、女子労務者も働き、春から夏にかけての北洋漁業は、まさに民族移動の様相を呈していた」のである（同「北洋漁業と出稼ぎ労働」、桑原真人編『北海道の研究』第六巻、清文堂、二一九頁）。

多喜二が朝鮮人問題を知らないはずはなく、『蟹工船』のなかでも、北海道の「開拓」について、「内地では、労働者が「横平」になって無理がきかなくなり、市場も大体飼いたい開拓されつくし、行き詰まってくると、資本家は「北海道・樺太へ!」鉤爪をのばした。彼等は朝鮮や、台湾の殖民地と同じように、面白い程無茶な「虐使」が出来た」と、北海道の「殖民地」性を語る。そして「土方労働」では、「殊に朝鮮人は親方、棒頭からも、同じ仲間の土方（日本人）からも「踏んづける」ような待遇をうけていた」と指摘している（新潮文庫版、六六〜六七頁）。また『不在地主』のなかで、空知川から江別、石狩に至る延々二十里に至る工事に、「土方は皆褌一つで働いていた」。「鮮人は百人近くいた」と書いている（岩波文庫版、二二六〜七頁）。この「鮮人」を差別語とするのか、という意見もあるだろうが、私は現在使えば差別語であるが、当時は慣用語であったと考えている。

多喜二は、草稿の冒頭で、興味深い走り書きを残している。「家庭の事」「鮮人のこと」「北海道資本主義浸入史」「殖民地資本主義浸入史」である。最後の言葉は、『蟹工船』の最後が、「この一篇は、「殖民地に於ける資本主義侵入史」の一頁である」（一三九頁）という言葉に対応するものであろう。

「家庭の事」はともかくとしても、蟹工船で働く朝鮮人のことは、多喜二は当然知っていたはずである。それではなぜ蟹工船のなかの朝鮮人（やアイヌ）のことは書かなかったのであろうか。日本の労働者の団結したストライキを書くのに、蟹工船のなかの朝鮮人やアイヌの差別を書くのが難しかったのであろうか。それが蔵原惟人らが提唱した「プロレタリア・リアリズム」の方法なのであろうか。

現在の朝鮮人差別の問題を、詩人の金時鐘《キムシンジョン》は次のように語っている。

> 私の家の郵便受けは「金時鐘」という表札が大きく掛かっています。ところが、この固有名詞を、「キンジショウ」と呼んでくれる人はめったにいません。アルバイトの郵便屋さんとか、来つけたない酒屋さん、または配達してくれる人のほとんどは「きんときさん、きんときさん」と呼びます。私は被差別の最たる者といわれている在日朝鮮人のひとりですが、個々の日本人はかくも愛すべき人達なのです。（中略）ですが、疑いもなく「きんときさん」と呼んでいられる生理そのものに、ときたまスーット隙間風が走ります。この町内に朝鮮人がいるという発想そのものがからっきしないのです。

「日本に日本人以外は住んでいるのは〝西洋人〟だけだという認識」になり、朝鮮人（中国人）は、「見えない人間」（ラルフ・エリスン）として暮らさなければならないのである。そのことが、今回の東北大震災でも、よく現れれている。テレビなどで、「がんばろう日本」というスローガンが叫ばれて、ナショナリズムが喚起されているが、被害にあっているのは、当然、「日本人」ばかりでない。二〇一〇年の「外国人登録者」では、在日中国・台湾人は六八万七〇〇〇人となり、在日朝鮮人の一二万人を、はるかに超えている。この内、多くの女性が東北の農家に嫁いでおり、東北には、多くの外国人労働者もいるのである。それなのに、彼・彼女らのことが殆ど報道されないというのも奇妙である。

私は、古典的なマルクス主義の大きな弱点は、農業問題とともに、民族問題であると考えている。「民族」よりも「階級」を重視し、「階級闘争」に勝利すれば、「民族」問題が自動的に解決するような見方である。このことが非現実的であったことは、旧ソ連の崩壊の時の民族問題の噴出、今日のチェチェン問題を見ても明らかである。中国もまた、チベット、新疆ウイグル、内モンゴールなど自治区の「同化」政策の「民族的」矛盾が明らかになってきている。多喜二の「プロレタリア・リアリズム」が、「蟹工船」を描くなかで射程に入れられなかった問題を、今日では考える必要がある。

三、国内植民地について

『蟹工船』のもうひとつの魅力は、「国内植民地」としての北海道・樺太を、先駆的に問題にしたことである。既に引用した部分でも、「内地」と「殖民地」北海道・樺太ということが指摘されているが、次の有名な叙述も引いておきたい(六八頁)。

> 北海道では、字義通り、どの鉄道の枕木もそのまゝ一本々々労働者の青むくれた「死骸」だった。築港の埋立には、脚気の土工が生きたまゝ、「人柱」のように埋められた。——北海道の、そのような労働者を「タコ(蛸)」と云っている。蛸は自分が生きて行くためには、自分の手足をも食ってしまう。これこそ、全くそっくりではないか!そこでは誰をも憚らない「原始的」な搾取が出来た。「儲け」がゴゾリ、ゴゾリ掘りかえってきた。
>
> しかも、そして、その事を巧みに「国家的」富源の開発ということに結びつけて、マンマと合理化していた。抜け目がなかった。「国家」のために、労働者は「腹が減り」「タヽキ殺されて行った。
>
> まず北海道の「原始的蓄積」の厳しさが指摘される。そして——それから「入地百姓」——北海道には「移民百姓」がいる。「北海道開拓」「人口食糧問題解決、移民奨励」、日本少年式な「移民成金」など、ウマイ事ばかり並べた活動写真を使って、田畑を奪われそうになっている内地の貧農を扇動して、移民を奨励して置きながら、四、五寸も掘り返せば、下が粘土ばかりの土地に放り出される。豊饒《ほうじょう》な土地には、もう立札が立っている。雪の中に埋められて、馬鈴薯も食えずに、一家は次の春に

> は餓死することがあった。（中略）
> 稀に餓死から逃れ得ても、その荒ブ地を十年もかゝって耕やし、ようやくこれで普通の畑になったと思える頃、それは実にちアんと、「外の人」のものになるようになっていた。資本家は――高利貸、銀行、華族、大金持は、嘘のような金を貸して置けば、（投げ捨てゝ置けば）荒地は、肥えた黒猫の毛並のような豊饒な土地になって、間違なく、自分のものになってきた。

と、見事に北海道移民の「搾取」の仕組みを指摘している（七〇頁）。ただ、ここでも『不在地主』のなかでも、開拓農民の搾取や貧困の実態が描写されているが、その土地が先住民であるアイヌなどから取り上げられてことは、不思議なほど触れられていないのである。

私が、「国内植民地」という概念を使って、従来使われてきた「内国植民地」概念を使わない理由のひとつは、幕藩体制までの蝦夷、樺太、琉球、小笠原などは、「異域」であって、とても「日本」という範囲で括れるものではない、ということを強調したいからである（ましてや「固有の領土」などではない）。冨山一郎などの言うように、近代国民国家による「再領土化」と言った方が正確であろう（同「国境」『岩波講座　近代日本の文化史』第四巻、岩波書店、二〇〇四年）。

また田中彰のように、野呂栄太郎や小林多喜二らの議論を継承した「講座派」的なマルクス主義者が、「内国植民地」論を使うときには、経済的、政治的な「後進性」が問題にされるが、これもコロニアル・モダンの問題が欠落した議論に陥りやすいという問題がある。詳細は拙稿「帝国日本と国内植民地」（『立命館言語文化研究』第一九号、二〇〇七年）、同「国内植民地論・序論」（『商学討究』第六〇巻一号、二〇〇九年）を参照していただきたい。

おわりに

多喜二の文学のなかに、マイノリテェの視点が弱いと言っても、これは当時のマルクス主義者全般の問題である。一例をあげれば、日本共産党は、一九七〇年代のはじめに、「民主連合政府」の綱領を提起する時に、はじめて「アイヌ問題」を民族問題として提起するという自己批判を、上田耕一郎の名前で行っている。それまでは「アイヌ系日本国民」などと呼んでいたのを、アイヌのなかの共産党員らによって批判されたからである。多文化主義などが本格的に議論されるのは、一九八〇年代に入ってからである。

新潮文庫の『蟹工船』の「解説」は、蔵原惟人が書いている、一九五三年のものをそのまま載せている。蔵原は、『蟹工船』が「全体としての集団の力はかなりダイナミックに示されているが、個々の形象がはっきりと印象づけられない結果をともなった」という弱点も指摘している(二七二頁)。また『党生活者』では、平野謙らの批判を意識して、「私はその当時の運動の歪みを肯定するものではもちろんない」と言っている。

しかし、五〇年代の初頭ということもあって、蔵原は「透谷、啄木、多喜二」という二〇代で早世した「三人のT」に、「新しい国民文学への道を切りひらいた人」という評価を与えている(二七一頁)。当時の「国民文学」論に乗った評価である。しかし私は、『蟹工船』が、多喜二の目指していた「全体小説」のうえに書き直されて、海上の朝鮮人やアイヌの生活と差別、尾西康充が指摘している一九三二年のソ連の蟹工船での日本人労働者の争議まで視野に入れた(同「『蟹工船』における労働者の連帯」『三重大学　日本語学文学』第二〇号、二〇〇九年、七三頁)、新しい「海洋文学」として書き直されていたら、『蟹工船』は、真に国境を越えた世界文学になっていたのでは無いだろうかと想像する。もちろん現実には、多喜二にはその可能性は残されていなかった。

第2分科会

多喜二「草稿ノート」を読み解く

「蟹工船」から「党生活者」へ――ノート・草稿に見る多喜二の挑戦

島村　輝

Ⅰ、DVD版『小林多喜二　草稿ノート・直筆原稿』の制作まで

近代における文学現象は、印刷における技術革新、出版・流通の産業化、教育の普及による密室での黙読の慣習などを背景に、活字となって刊行されたテクストの、読書経験における共有を前提として議論されてきた。作者による本文の改変をめぐってのテクスト・クリティックや、「全集」類編纂にあたっての本文の校訂と選択なども、基本的には刊行され、流通した本文の比較の上で行われ、部分的に直筆原稿類の参照がなされるというのが一般的だったと思われる。これとは対照的に、大量印刷と流通ルートを通じての消費という仕組みが確立していなかった時代の文学現象にあっては、何度にもわたって、複数の人間により書き写され、伝えられてきた「異本」の存在が当然のこととされる。そうした中では、本文校訂にあたってそうした筆写テクストを参照するのは、古典研究の第一歩であった。その点、近代文学における本文のプライオリティーは古典文学の場合とは異なり、自筆原稿や書き損じの反古、草稿ノートなどよりも、筆者や編集者の手入れによって流通に乗せられた、刊本のほうにほぼ独占的に置かれてきたといえるだろう。

しかし近年、戸松泉『複数のテクストへ――樋口一葉と草稿研究』(二〇一〇、翰林書房)のような「生成論的研究」と呼ばれる手法が脚光をあびるようになり、「近代文学」という枠組みの中で問題化されることの少なかった、テクストの生成過程と、そこから生じる異本の存在が、あらためて興味と関心の対象となって浮かび上がるような動きが生じてきた。

このようなテクストの生成過程が最も先駆的、かつ端的に問題になったのは、『校本宮沢賢治全集』（一九七三 - 七七、筑摩書房）の編纂の際だったといってよかろう。賢治の場合、生前に刊行された作品と、トランク等に草稿類の形で残されたその文学的営みの痕跡とでは、分量の面だけでいっても問題にならないほど後者のほうが大きい。内容的にも、草稿のまま残されたものに、巨大で豊富な内容が、さまざまな形で記録されていることは、早くから意識されていたことであった。しかしそれを活字化して、読者たちに共有され得るテクストを創り出すためには、この膨大・複雑な文学的営みの痕跡のジャングルに、分け入らなければならない。『校本宮沢賢治全集』は、その困難な試みに挑戦して得た、大きな成果であった。

『校本宮沢賢治全集』の達成はさらに『新・校本宮沢賢治全集』（二〇〇九年完結、筑摩書房）に発展的に受け継がれるが、この事業はあくまでも草稿、メモ、刊本への書きいれなどの「活字化」という制約をもったものでもある。『校本宮沢賢治全集』の編纂に取り組む時点では、全資料の複製図像化は、費用の点でも、また活用の際の利便性の点でも、現実的でないとの判断はありえたであろう。しかし、その後のデジタル・メディアの進歩・普及により、生の手書き資料を、高画質のデジタル画像として提供することは、技術的にはさして難しいことではなくなった。例えばDVD-ROM付きで出版された『「改造」直筆原稿 画像データベース』（二〇〇七、雄松堂）では、七〇〇〇枚を超す多数の作家の直筆原稿とその活字化された本文を収録、提供することが達成された。これだけ大量の画像情報のデジタル出版化が可能になったことで、活字化された本文の下に潜在していた、手書き原稿の持つ膨大な情報を、画像化して広く提供する途が開けてきたのである。

そうした中、二〇〇八年初頭に巻き起こった「蟹工船」再評価の動きは、折からの世界的経済危機とその国内への反映としての「反貧困」の社会的動きとを背景に、広く世間の関心を呼ぶ出来事となった。アクチュアルな時代を映す作品として、外国語への翻訳・紹介が行われ、その世界的な広がりが注目されるとともに、この作品の本文、異本などの成立過程への研究も、一定の進展を見せた。また一方で、「蟹工船」を書いた小林多喜二という作家の立ち位置、その人間像を解明しようとする動きも顕著に現れてきた。

こうした状況を受けて、多喜二の「創作ノート」、自筆書簡などを含む手稿類への関心が高まりつつあった。なかでも特筆すべき出来事は、『小林多喜二全集』（一九九三、新日本出版社）等で部分的に紹介されていた小林多喜二「草稿ノート」の中心部分（全一三冊、約一七〇〇頁）が、先般個人蔵から日本共産党中央委員会の所蔵となったことである。多喜二の「創作ノート」の内容詳細については『全集』の編集の際を除き、これまで立ち入って研究されてきたことはほとんどなかったといってよいが、この所蔵変更を機にマスコミの取材要請などに応じて公開されることも重なり、さまざまな場面でその存在がクローズアップされることになった。

筆者は二〇〇九年に、日本共産党中央委員会に出向き、この「草稿ノート」の現物、およびコピーの一部を閲覧する機会を得た。「蟹工船」を含むノートの画面を詳細に見ていくと、これまでの各種の版本の本文や『全集』その他の解題類からは到底想像もつかなかったような、この作品の制作における多喜二の思考のプロセスが浮かび上がってくるような気分になった。ノート稿を多くの人が見ることで、多喜二作品の、従来の読み方が、変わってしまう可能性もあると考えられた。

これを一つの契機として、筆者を含む多喜二研究者が日本共産党中央委員会に協力を要請し、それらの資料を、デジタル・アーカイブ化し、学術研究等への利用のために広く公開する承諾を受けたのが、二〇一〇年のことである。この資料類は「蟹工船」下書きや多喜二の日記である「析々帳」（従来「折々帳（おりおりちょう）」とされてきたもの。今回のデジタル画像公開に当って、現物通りの表記と読みを採用した）を含み、格別の重要性を持つ。資料を保存しつつ細かな研究を進めるために、これら手稿類の精密な複製作成による、より条件を緩めた公開の承諾を得たのはまことにありがたいことだった。

この機会を得て、各地に分散所蔵される小林多喜二直筆原稿等をあわせてデジタルデータとし、それぞれの資料に解題を付し、DVDに収録・出版し、広く学術研究に資することを企画した。その過程で、「草稿ノート」の中から欠落していると考えられた「オルグ」の草稿を含むノート、その他の貴重な手稿類が日本近代文学館、薩摩川内市川内まごころ文学館、市立小樽文学館等に保存されていることが明らかになっていった。これらの資料も、可能なかぎり収録する方針をとった。またこの調査にあたって、これまで未発見、あるいは『全集』未収録であった資料のいくつか、手書き原稿に準ずるものとしての、発表作品に対する多喜二自身の手入れの跡などの資料も、併せて収録することとした。さまざまな事情から、所蔵が判明しているにも関わらず収録できなかったもの、全体の規模の関係で画像化したが収録されなかったものが残ったのは残念ではあったが、『「改造」直筆原稿 画像データベース』を手掛けた雄松堂が制作・刊行を引き受けてくれ、二〇一一年二月に刊行することができたのは幸いであった。今回の発表では、このまとめられた資料の中から、もっともよく読まれている「蟹工船」、および「党生活者」など多喜二の非合法活動移行後に書かれた原稿・ゲラ類を検討することにより、ここからどのような多喜二研究、文学研究、歴史・文化研究の新たな展望が開けてくることになるかについて提起したいと考える。

Ⅱ、誰も知らなかった原「蟹工船」の構造

「おい地獄さ行ぐんだで ！」

「蟹工船」といえば、誰もがこの冒頭の衝撃的な書きだしの一句を思い浮かべるであろう。作家の天才的なひらめきがこの冒頭の一句を導き、そこから糸が紡がれるように「蟹工船」の小説世界が展開された、と、そのような想像さえかきたてられるほどに、この書きだしは強烈な力をもって読者に迫るものである。しかし今回公表された「蟹工船」の草稿ノートを見ると、事情は決してそのような単純なものではなかったことが理解される。多喜二が「蟹工船」を構想したとき、そのいわば原「蟹工船」ともいうべき小説は、どのようなイメージのものだったのだろうか。それを「草稿ノート」に残された多喜二の文学的営みの痕跡から、掘り起こしていってみよう。

①　登場人物には名前があった。

表紙に「原稿帳　1928（C）」と記されているのが、「蟹工船」下書きを含む草稿ノートである。「Covaiashy」という英語風の署名が、多喜二の茶目っ気とも衒気とも思える心境を伝えている。表紙を開けると「蟹工船」というタイトルと「小林多喜二」の署名、その間に鎌とハンマーをあしらった労農ソビエトを示すマークが記されている。

ページをめくると、見開きの上半分には原「蟹工船」の構想を示すメモ書きが遺されている。すでにDVD版に付けられた日高昭二による解題で触れられているように、ここには「田口」「山田」「石川」といった登場人物たちの「名前」とその出自設定が列挙されており、もともとこの小説が「基本的に名前のない労働者たちの群像劇」としてではなく、「一人一人名前を持つ労働者たちのドラマ」として構想されていたことをはっきりと示している。その他の重要な情報としては、中央付近に「北海道資本主義侵入史　植民地資本主義侵入史」と、この作品のテーマとみられるものが書かれていること、上辺に「家庭の事　鮮人のこと」とあり、さらに左辺に走り書きのような筆致で、構想の一部とみられるメモがある。ここには「日本人がバカニされたので、起るのではなくて、ワザとそうさせて、難くせをつけて」云々という条があり、当初民族問題も構想に入っていた可能性も見出だすことができる。

見開きの下部はイラスト入りの「蟹工船」というタイトルのもとに、小説の草稿が書きだされているが、この書きだしからして現行の「蟹工船」とは全く異なることがわかる。『北氷洋の国際漁業戦に、巨利を漁る蟹工船』とタイトルが振られた、新聞記事の抜き書きのような文章から始まっているのである。

この新聞記事抜き書きのような文章はノート7ページ分ほど続き、その末尾に（以上、新事実が出来次第、訂正・加筆すること。）という、執筆メモと思われる言葉が記されている。

実はこの「（東京××新聞）」の引用とされるこの部分の存在と内容は、これまでも『全集』の「解題」によって知られていた。すでに活字に起されて『全集』にも収録されている。『全集』編纂の際にこの草稿ノートを参照した編集担当者（手塚英孝）の判断により、削除の指示も

「見せ消ち」も施されていないこの部分は、まがりなりにも『全集』に収録されてきたのであった。

②　採用されなかった「新聞記事」

しかし『全集』解題を見ても、この「新聞記事引用」と、現行冒頭の「おい、地獄さ行ぐんだで！」の間がどうつながるのかという点に関しては、全く不明だったと言わざるをえない。その間をつなぐものが、この草稿ノートには残っていた。それが「見せ消ち」風に斜線をほどこされた、次の部分である。

新聞の記事はこゝで「お目出度く」終わってゐる。馬鹿にしてる！然し、まぁいゝさ。――私は、新聞綴を邪険に放ってやった。私はこの時カムサツカの起きで自分が毎日五行、六行と、（それより多くは書く暇がないのだ）覚書風に書きとめてきた、それを土台に記憶を辿りながら詳しく書いてみやう――イヤ、「書かなければならない」と思ひ付いた。いゝことに思ひついたものだ。何故か。それは然し読んで行ってくれゝば分ることだらふと思ふ。

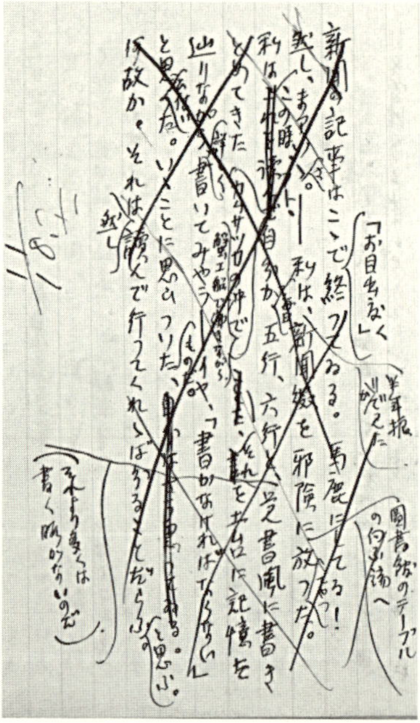

またその次には以下のように書かれてまた消されている。

殆ど半年振りでみた東京××新聞の綴で、自分はこれを読んだ。読みながら、自分がカムサツカの沖の蟹工船で働いた「生々した」記憶を思ひだし、底からギリ〳〵くる興奮を感じた。そして「あの事実」を書いてやらふ、――毎日一行、二行と書きとめてゐたそれを土台にして書かなければならない、さう思った。

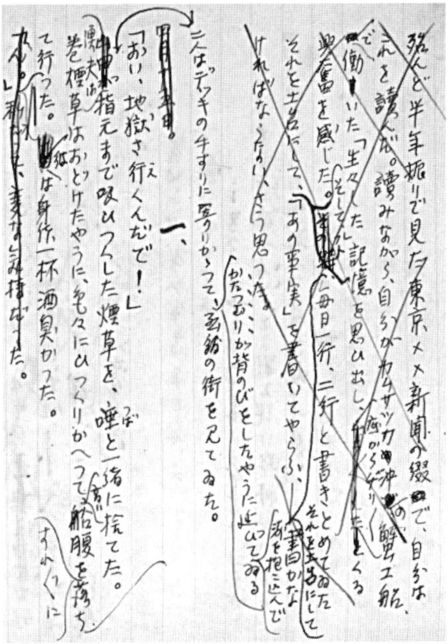

ここからは、原「蟹工船」には「新聞記事」と現行の冒頭をつなぐ「枠」の部分があり、それは二通りに書かれて、清書の際に削除されていたということがわかる。これは今回「草稿ノート」を調査して初めて明らかとなった事実である。

さらにここから始まる本編の冒頭部分は、「おい、地獄さ行くんだで」の前に「四月十五日」という日付が書かれ、また「漁夫」には「山田」という名が与えられていたこともわかる。冒頭部分は「私」の語りによって、「私」と「山田」とのやりとりの記録という風にして書かれていた。削除された部分にあったように、もともとの構想では原「蟹工船」は、「蟹工船」に乗り組んでカムサツカの漁場に出ていた漁夫の手記として書かれていたのである。

ここでただちに思いだされるのは、多喜二が総合雑誌『改造』に初めて執筆した作品「『カムサツカ』から帰った漁夫の手紙」である。この作品は『改造』一九二九年七月号の「労働者生活実記」という小特集に、高橋長太郎「鉱山の労働と生活を語る」、山内大造「自由労働者汗の手記」、萩原テイ「女工生活断片」といった記事と並べて掲載されてあり、その大部分が函館市内のある労働組合に届けられた労働者の手記の引用というかたちになっているため、従来の全集では「評論」の取り扱いをうけている。しかし内容を検討すると、「蟹工船」の中にエピソードとして扱われたのと同様の題材が採り上げられていること、また次に述べる事情も含めて、原「蟹工船」の構想の影響を多分に残した多喜二の「創作」作品とみるべきであろう。

大幅な削除やいたるところに施された伏字のため、この作品の現存テクスト自体からプロットの細部を復元するのは難しいが、概略としては「こゝへ来た以上、戦争と同じなんだ。いゝか、露助に負けてならないんだ。死ぬ覚悟で働け。行く行くは、この辺を我が帝国のものにしなければならないんだ」という監督の指示のもと「死んでも、日本のために働き通さなければならない」と思いつつ、ロシアの国営漁場の進出を恐れている会社側が、ロシアの労働者を煽動してストライキを起こさせたり、器具を破損させたりするのを「応援さえした」日本の漁業労働者が、ストライキの末獲得した賃金を会社に没収されてしまった経緯が記された短編である。ここですでに近い将来に領土拡張のための帝国主義的な戦争が勃発する可能性が示唆されていることは興味深い。

「『カムサツカ』から帰った漁夫の手紙」末尾には（一九二九・六・八）という日付が記されているが、それから間もなくして『改造』編集者の佐藤績に宛てた書簡の中で、多喜二はこのことについて次のように言及している。

あの小篇を書いてから、あの中で取り扱った露国国営と日本の資本家とのアツ轢が、あの通りの筋道を辿って、頻々と今、現実の問題となってきたという事を申上げて置きたいと思います。そして、これは、単に、これだけの事ではなしに、そのことのうちには、北海漁業労働者のとらなければならない重大な国際的態度があり、しかもそのことのうちには、帝国主義戦争の危機が十分にハラまれているということです。（一九二九年六月一四日付佐藤績宛書簡）

多喜二は蔵原惟人にも「「改造」の「カムサツカから帰った漁夫の手紙」は、現に今、おなじことが、公然と行われているので、いゝ機会と思い、（骨ばかりですが）バク露して置きました」（二九年六月二〇日付蔵原惟人宛書簡）とも記していて、両作品のテーマ上、手法上の関連の深さを示唆している。

③　構想の変化の痕跡

原「蟹工船」の草稿に残された日付や登場人物たちの名前は、草稿を書き進めるにしたがって姿を消していき、それに合わせるようにして、冒頭付近の日付や登場人物たちの名前も抹消されたり「漁夫」「雑夫」といった表現となる。作品中の語り手（書き手）としての「私」の存在も消えていく。そのような構想上の変化の結果として、「枠」「つなぎ」の部分として書かれていた先ほどの引用が採用されずに消されることとなったのであろう。今回「草稿ノート」のこの部分を精査することによって、少なくとも冒頭部分については、原「蟹工船」が現在の姿になるまでの経緯を、ノートに残された文学的営みの痕跡から辿り、復元することができたように思う。実は「草稿ノート」に書かれていながら、清書原稿、そして刊本では省かれてしまったエピソードは、かずかず見出だすことができる。本稿においてそれらにいちいち触れることはできないが、例えば冒頭のメモに見られた「家族の事　鮮人のこと」という一節が、ノート稿と原稿本文でどのように改変されているのかという点だけでも、精査に値するいくつもの問題を指摘することができる。こうしたノート稿、メモから各種刊本にいたる様々な段階を考察することで、後に述べるような、文学研究、文化研究、歴史研究の新しい可能性が開けてくるのではないかという期待を禁じえない。

Ⅱ、「転形期の人々」(断稿)などの処遇をめぐって――貴司山治の関与

①　「転形期の人々」(断稿)原稿の謎

次に掲げるのは、多喜二没後一九三三年六月の『改造』に発表された「転形期の人々」の一部の原稿である。「蟹工船」で見たように、多喜二は普段「草稿ノート」に入念に下書き・推敲を施し、編集者に提出する清書原稿には、目立った直しがほとんどないというのが常態であった。しかし地下活動に移行後は、居場所を常に移さなければならず、「草稿ノート」への下書きという習慣を変え、直接原稿用紙に記す方法に変えなければならなかった。このことについては手塚英孝の評伝『小林多喜二』にも記されているが、今回この時期の手書き原稿を調査することによって、その事実は確かめられたといえる。「蟹工船」などの清書原稿に比べ、この時期の「地区の人々」「転形期の人々」などの原稿には直しが多いことは一目瞭然である。

ところでこの原稿には奇妙なところがある。

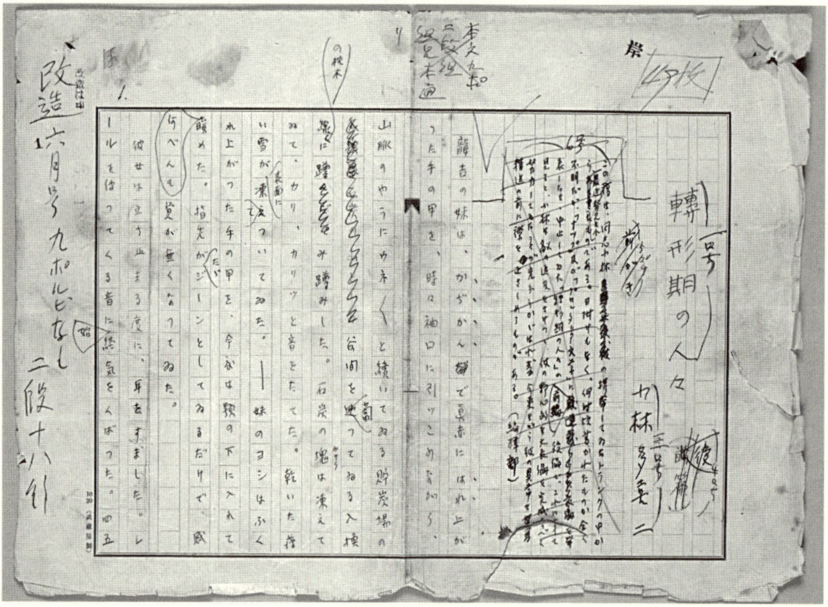

表紙タイトル「転形期の人々」とその下の「前篇」とした筆跡は、本文の筆跡・筆記具にほぼ一致し、多喜二が記したものと思われる。しかし「前篇」を「後篇」に訂正した箇所、「小林多喜二」の署名、「(編輯部)」の名による「前がき」は太い万年筆によるもので、インク、筆跡も多喜二の筆とは異なる。これは当時作家同盟版の多喜二全集編纂等に関わっていた貴司山治のものと推定される（専門家による筆跡鑑定による)。

また、編集のための指示には黒字のものと赤字のものとの二種類がある。黒字の指示は「後篇」「前がき」を活かして、原稿一枚目上部に「本文九ポ　二段組　組見本通り」となっているが、赤字の指示は「後篇」「前がき」を消し、一枚目左部に「改造六月号九ポルビなし二段十八行」との指示になっている。すべての用紙に「改造は印」が押してある。

赤字編集指示によって削除された「前がき」に「この稿は、同志小林の携帯してゐたトランクの中から最近発見されたものである。日附けもなく、何時頃書かれたものか全く不明だが、「ナツプ」及び「プロレタリア文学」に前編を発表したまま、中止してゐた「転形期の人々」の後編で、これによつて見ると、小林は敵の追及をさけつゝ、彼の野心的な大長編を完成すべく努力してゐたことが十分うかゞはれ、今更ながら彼の異常な努力精進の前に襟を正さしめるものがある。」とあるように、虐殺後に発見された遺稿である。

「前がき」の署名が「(編輯部)」となっていることに関連して、不破哲三『小林多喜二——時代への挑戦』104頁に「最初、作家同盟関係の雑誌に掲載する予定で、編集部が書いたものと推測される」としてある。今回の筆跡調査でこれが貴司山治のものである可能性が高くなったことから、貴司が、作家同盟機関誌『プロレタリア文学』への掲載のため原稿に手入れし、すでに組版に回す段階で、急遽「改造」への掲載へと変更したものと推測される。DVDデータベース画像番号49の末尾に、一旦（未完）と記して消し、(——中絶）と入れているのも同じく貴司の筆跡である。

②「地区の人々」原稿とゲラ

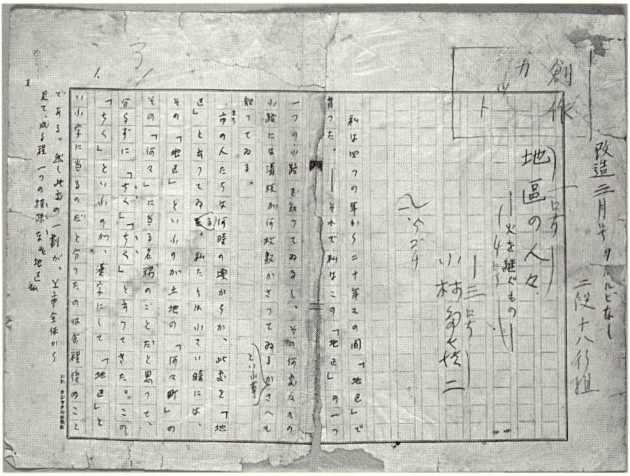

上に掲げたのは「地区の人々」の原稿である。読みやすい文字で丁寧に記された原稿であるが、完全な清書稿ではなく、書き進めていく中で直しをかなり入れている。また原稿のほとんどすべての頁に、編集により多くの伏字・削除の指示がされている。現行『小林多喜二全集』第四巻解題（手塚英孝）には「作者の没後三十五年の一九六八年三月、川並秀雄保存の「地区の人々」の原稿が発見され、改造社版書入本が原稿による正確なものであることがあらためて確認された」とある。これがその現物の画像である。『全集』の本文はこの直筆原稿による校訂を経たものであり、その際伏字・削除の大部分が復元された。

戦前この作品は初出「改造」のほか、1933年5月の改造社版『地区の人々』、35年6月のナウカ版「全集」第3巻に収録されたが、どれも削除等の多いものだった。おなじく手塚の『全集』解題に「一九四九年発行の日本評論社版全集は、平野謙所蔵本のなかに前記改造社版の削除個所の復元書入本がみつかり、原稿あるいは校正刷りによる確かなものと認定されてこれを底本にした。平野謙の談話によると、この書入本は故池田寿夫（本名は横山敏男、文藝評論家、一九三二、三年ごろ作家同盟とくに文化連盟の活動家、全集刊行委員）の所蔵本であるが、書入れは池田の筆跡ではないとのことであった」とある。この書入れが、池田らとともに作家同盟版「全集」の編纂に携わっていた貴司山治のものであることも、今回さまざまな調査の結果からほぼ明らかとなった。

③ 「党生活者」の二つの完全ゲラ刷り

多喜二没後に発表されたもう一つの作品「党生活者」は、直筆原稿は残っていないものの、掲載誌『中央公論』の努力により、伏字のない完全なかたちの版が作られ、そこからとられたゲラ（伏字無し）数部が保存されてきた。

タイトルの「党生活者」は時局への配慮のため、いわゆる「ゲタ」と

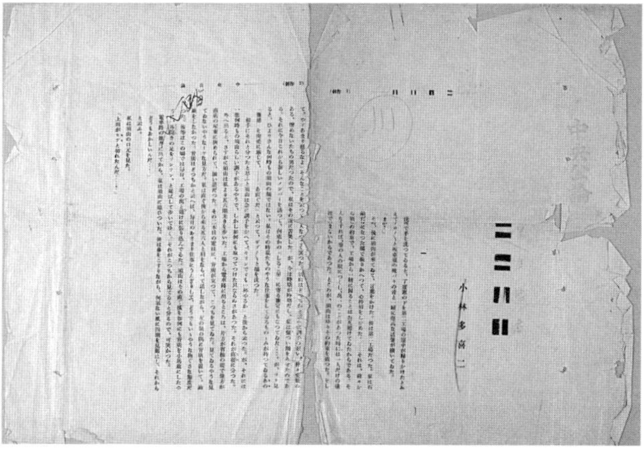

いう仮の活字が置かれ、雑誌発刊時には「転換時代」となっていた。このゲラについては、『DVDデータベース』の解題に、荻野富士夫が以下のように記している。

> しかし、密かに「この作品を完全につたえるための努力」がなされた。貴司・立野と中央公論編集部の「手配によって、削除や伏字のない完全な校正刷りがひそかに保存された。校正刷りは四通とつたえられている」（『全集』解題）。『全集』は徳永直家保存のものを底本としている。ゲラの最後の2枚の右端が破損しているため、その部分は鉛筆で補われている。
>
> 多喜二の他の作品の直筆の原稿と初出誌・紙との異同はごく

わずかであったことからみて、この「党生活者」もそうであった可能性が高い。このゲラは、編集段階において、どのように発禁を回避するための伏字や削除の措置がなされたかを推測する一つの手がかりとなる。

多喜二から送付された原稿に忠実にこの校正刷（初校）をつくり、まず誤字脱字などの技術的な校正をおこなうとともに、編集者の判断により「×××」などの伏字を指定する作業をおこなっている。仔細にみると、その赤字には二種類あり、少なくとも二人以上の編集者の作業がなされているようである。ただし、それは「四」までで、「五」以降には伏字の指定はなされていない。伏字の指定の頻出する「三」でみると、「非合法」「度重なる拷問」「警察などに」「戦争の時期」「組織の重心」「共産党」「彼奴等」「革命的」「金持ちの手先の警察」などを数えることができる。これらは、多喜二虐殺前になされた措置であろう。

多喜二虐殺後、編集部の勇断により、掲載に踏み切った。4月号の「編輯後記」に「創作欄に、我国プロ文壇の驍将小林多喜二氏快心の遺稿たる大雄編を発表す！　苦闘幾年、其の哀しき死を憶ふとき、この絶作こそ一大金字塔なのだ」とするほどだが、掲載にあたっては多喜二虐殺直後ということが配慮されねばならなかったのであろう、本ゲラの伏字では到底間に合わず、後半の拷問場面を中心に、大幅な伏字と数行にわたる削除を余儀なくされるのである。『全集』第四巻解題によれば、「中央公論」33年4月、5月号では「削除と伏字は七五八ヵ所、その字数の総計は一四、〇五九字」に達した。

ところで「党生活者」の全貌を後世に残すための努力は、これだけではなかった。この点についても荻野の解題を引用する。

なお、「この作品を完全につたえるための努力」がもう一つなされた。1933年、『小林多喜二全集』（日本プロレタリア作家同盟出版部発行）全三巻が企画され、第二巻（「蟹工船」などを収録）刊行のみにとどまったが、全集刊行会により「党生活者」は原稿にもとづく組版がおこなわれ、いくつかの校正刷が保存されたのである。その一通が中野重治によって保存された（現在、市立小樽文学館所蔵）。それを収める封筒には、中野自身の筆で「最初の小林全集のための校正刷（貴司から一通渡され戦時を通して保管したもの）」と記されている。これには伏字や削除の指示はない。

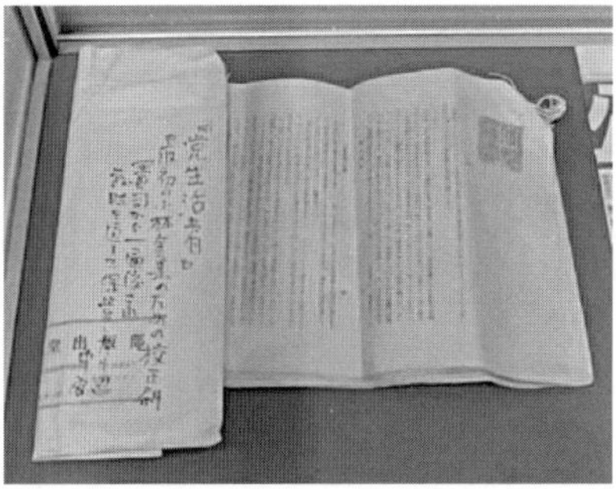

右記荻野の「解題」には「この紙型を底本として、1947年1月に『党生活者』（民衆書房）が刊行された」とあるが、この間の事情を調査し、「民衆書房」版『党生活者』のゲラの謎を明らかにしたのは貴司のご子息である伊藤純氏であった。その詳細については伊藤氏の「小林多喜二の死と貴司山治——貴司を出所とする「党生活者校正刷」（小樽文学館所蔵）をめぐって」（徳島県立文学書道館起用『水脈』第九号　二〇一〇年）にその詳細が記されている。この調査論文はweb上にある「貴司山治資料館」http://www1.parkcity.ne.jp/k-ito/index.htmから閲覧することが可能であるが、ここには単に「党生活者」ゲラの保存と復元をめぐってのエピソードとして以上の、非常に興味深い戦中・戦後の左翼運動の人間関係が浮き彫りにされているような印象を受ける。

この時期、多喜二の遺稿の処遇、没後の『全集』編纂などにおいて、貴司山治が果たした役割については、これまで十分に調査がされてこなかった。しかし「地区の人々」（断稿）を『改造』へ掲載する仲立ちとなり、一九三三年八月号『改造』には、多喜二をモデルとした小説「子」を発表している貴司の遺稿を精査することで、これまでに判らなかった問題がいろいろ出てくるであろうことが、当然予想できる。

DVD版『小林多喜二　草稿ノート・直筆原稿』が刊行されたのは二〇一一年二月であるが、それに先立つ一月、『貴司山治全日記』が

DVDと解題書籍セットで不二出版から刊行された。これには立命館大学貴司山治研究会の手による、詳細な人名索引、著作目録がつけられている。時期の関係等の事情でこの調査研究の成果をDVD版『小林多喜二　草稿ノート・直筆原稿』の解説等に直接反映させることができなかったのは残念であるが、こうした資料が公開・精査されることで、一つの作品がどのように世の中に広まっていくかということについての詳細な事情が徐々に明らかにされていくであろう。

Ⅲ、「社会的テクスト生成論」の可能性

今回まとめられた多喜二の『草稿ノート・自筆原稿　データベース』『貴司山治全日記』、また各地の図書館に保存された初出発表紙・誌、各種版本などを活用することで、この作家のノート稿、下書き、浄書稿、その編集者手入れ、ゲラ、その手入れ、初出、初版、その後の収録本などを精密に追いかけていくことができるようになる。印刷・出版・映画・放送などのマス・メディアの発達、社会主義国家の出現による社会変革運動の高揚と弾圧、内政・外交・経済的行き詰まりによる戦争への傾斜など、相次ぐ激動の時代を生きた多喜二という作家についてこのプロセスを追っていくことは、「社会的テクスト生成論」とでもいうべき、未踏の領域を探究することになるだろうと考えている。そこには作家個人の内面の問題だけでなく、文学作品が、人間関係などを含めた広義の「メディア」を通じてどのように社会化するのか、そのメディアにどのような「力」が加わってテクストが変形していくのかといった、歴史の力学の解明へのルートがある。先に挙げたような条件下で文学活動を行った多喜二の場合にはその過程全体がひとつの典型的なケースとして研究の対象になるであろう。

刊行本文の水面下にある、未刊行の直筆資料が今後さらにデジタル化、データベース化されるならば、近代文学研究の未踏の領域が、大きく開けてくるに違いないと確信する。

（※二〇一二年二月二二日、「小樽小林多喜二国際シンポジウム」での報告に加筆。なお本稿は内容上、筆者の既発表の文章と重複する部分があることを御断りする。）

「一九二八年三月一五日」草稿ノート考

高橋　秀晴

1　インクの色

本稿では、小林多喜二直筆資料デジタル版刊行委員会編『小林多喜二草稿ノート・直筆原稿』（雄松堂書店、2011年2月20日）によって公開された「原稿帳／（A）1928／小林多喜二」および「原稿帳／（B）1928／小林多喜二」に記された「一九二八、三、一五、」というタイトルの草稿について、考察を加えてゆく。その際、草稿において青インクで書かれた部分は青字で表記し、判読不明文字については「●」で示すこことする。

「原稿帳（A）」の「一九二八、三、一五、」の3ページ前半までは黒インクで書かれ、それ以降は青インクで書かれている。つまり、「原稿帳(A)」の表紙の「（A）1928」が青なのは、ノートが二冊目「(B)」に入った時点で書き加えられたことを意味する。

また、執筆と同時進行の訂正は同色のインクで、時をおいての訂正は違う色のインクで書かれていることを看過してはならない。たとえば、冒頭、本文が始まる前の部分は、次のようになっている。

一九二八、三、一五、（~~全日本無産者~~
~~芸術聯盟に捧ぐ~~）
我がプロレタリ前衛の闘士に捧ぐ。

一

青インクであるので、少なくとも3ページ前半以降に加筆されたものである。11ページ後半の「二」がすでに青であるから、それまでの間に「一」とつけられたと考えられる。ただし、タイトルについては微妙だ。小林多喜二は、『若草』第7巻第9号（1931年9月）の「処女作の頃を思う」という特集に「一九二八年三月十五日」という文章（1931年7月17日付）を寄稿しているが、その中で「いよ〳〵出来上ったとき、私はこの作品には濫《みだ》りな題をつけてはならぬと考えた。そして「一九二八年三月十五日」とその題が決まったとき、私はこれは恥かしくない立派な題だと思った。」と述べている。タイトルが本当に最後に記されたのか、あるいは仮題として置いていたものをそのまま採用したのかは断定できない。

　　　意識の
「「嬶の~~教育は~~訓練~~は~~手こずるツて‥‥」
　　　　　　となると

1ページ9行目にあるこの部分はすべて黒インクで書かれているので、「嬶の教育は」と書いて即座に「教育は」を消して「意識の訓練は」とし、「は」を「となると」に直して「手こずるツて‥‥」と続けたことがわかる。

13行目には、2ページ7〜9行目の次の部分が挿入されている。

　　実際
「俺の嬶シヤツポだ。」~~龍吉が皆にそんな風に云つた~~。

「ウイフとの理論闘争になると負けるんだなあ。」と、

　　皆に
そして、ひやかされた。

この3行は、お恵の回想部分を挟んだ後それ以前の会話に戻る格好で

置かれていたが、会話部分を一つにまとめたわけである。青い線で移動が指示されているので、後の改変ということになる。

1ページの最後から2行目にあるお恵の娘の名前が「礼子」から「幸子」に、最後の行の組合員の名前が「武田」から「工藤」に青で変えられている。これも後の改変だが、「三」では最初から「工藤」なので、それ以前の変更ということになる。

3ページ後半以降は最初に青、後の訂正が黒で書かれている。5ページ10〜12行目の、

> かへつて　　してしまつて、　　　　~~キチンと~~
> お恵は~~かへつて~~ぼんやり、何時迄も、~~寝巻のまゝ~~寝床の上に坐つて
> それから　　　　　たまゝで
> ゐた。思はず、ワツと泣き出したのは、餘つ程経つてからだつた。

については、一旦「かへつて」を削除するも、その後「ワツと泣き出」す関係から後に復活させ、「ぼんやり」との不整合を避けるため「キチンと」を削除したと考えられる。

7ページ11行目の「玩具箱」は「色々な遊び道具」と言い換えられ、幸子の目線からの叙述となっているし、9ページのラストから10ページのはじめにかけて、レーニンとそっくりな学校の小使さんとの6行半にわたるエピソードが青で削除されている。巡査が踏み込んでくるという緊迫した場面において、

> あとで、自分ながら、幸子は、その「レーニンさん」が滑稽になつ
> 思ひ出し、思ひ出し
> て、笑つた。

という記述は、やはりそぐわない。削除したのは的確な判断だったと言える。

17ページ最終行では、組合員たちが連行されてゆく様子の描写として、「ドブから出てきた鼠のやうに」という比喩をやめ、「灰色の一かたまりにかたまつて」としている。

また、19ページ2〜3行目においては、次のように直喩を隠喩に変更している。

の数
今、この九人の組合員は、九人といふ一つ一つではなしに、それ
か、
自身何一つのタンク~~のやうなもの~~に変つてゐた。
たつた

他にも、たとえば5ページの1行目から2行目にかけての一文に、

紙のやうに白くなつた顔をして
お恵は胸を~~梛~~抑へたまゝ、家のなかをウロ〳〵した。

という追加が見られるし、27ページ最終行、

半分
佐多は~~いきなり後頭をなぐりのめされた人のやうに~~、障子を開~~け~~か
き
けたそのまゝの恰好で、丸太棒のやうに、立ちすくんでしまつてゐた。

では比喩の重なりを回避するなど、全体を通じて、比喩表現に特に着目しつつ推敲した形跡が認められる。

20ページ9行目には、工藤の妻お由が泣いている我が子に言う台詞がある。

何時も来る人さ　奴　何んでもない。
「誰でもないよ。~~又、警察の人さ~~。さ、泣くんでない。」
~~の人さ。~~

確かに、子どもに対して「警察の人（奴）」とは言い難い。よりリアリティのある言い方になっている。

21ページ後ろから7行目、お由の両手が「樹の根のやう」であったことを述べた後に、「子供が背中をかゆがると、お由は爪でなくて、そのザラ〳〵した掌で、何時もかいてやつた。子供はそれでさうされるのを、非常に気持よがつた。」と黒で追加されている。読者の皮膚の感覚を起動させることで荒れた掌の状態を伝えるような表現となったわけである。

2　葛藤

22ページの後半には、黒でかなり長い文章が挿入されている。「今度は長くなる」と予感した工藤の心中である。

組合で皆と一緒に、昂奮してゐる時はいゝ、然し、さうでない時は、子供や妻の生活を思ひ、やり切れなく胸をしめつけられた。プロレタリアの運動は笑談にも呑気なものではな~~いんだ！~~
かつた。

23ページ中程には、やはり黒で、「妻が又苦労するのかと思ふと、膝あたりから、妙に力が抜ける感じがした。」という加筆がある。この場面では、「運動」をすることの現実的な辛さが意図的に書き加えられている。

53ページはじめには、木村という組合員が「組合活動のために警察に引っ張られるのは困るし恐ろしいのでいつかやめなければならない」と考えた部分に続けて次のような記述がある。

結局　して
が、~~さういふ中にゐて、~~彼は、後しろから押されるやうに、

知らず〳〵の間に
今まで押されてきてゐた。

それが動機になつて
何かものにつまづけば、すぐ、軌道から外へころげ落ちる形のまゝ

だつた。彼は組合の仕事も割あてられたことだけしかしなかつた。

左翼
然し本当のところ「戦闘的だ」と云はれてゐる組合に、~~実に~~かうい
~~実のところ~~、数の上でも、
ふ者等が中枢をなしてゐることは、さう軽々しく考へ捨てゝゐるこ

との出来ないことだつた。

また、54ページ中程には次のような記述もある。

木村の紹介で、最近組合に入つた柴田は、両膝をかゝえて、皆を
と同じ蒲団に寝るので
見てゐた。彼は木村~~から~~、彼が心底からぐしやんとしてゐることを

聞かされて知つてゐた。~~いくら龍吉や斎藤がどうしやうがどうにも~~

~~なるとは、だから思へなかつた。柴田は案外、「組合の労働者」であ~~

然し
~~つてぐしやんと参つた人の多いことが分らなかつた。~~柴田も、初め、
は　~~であり~~
参つたと思つた。然し、こんな事は勿論~~必然の「鍛錬の段階」だと~~
だと、普段から思つてゐた。
切つて行か　~~だと思つた。彼は、~~
~~思い~~、~~グツと~~堪え~~きら~~なければならないこと~~を知つた。~~自分●、さ
で、
ういふ点では、殊に至らない、つまらないものであると思つてゐた

> 彼は　　　　　　　　　　つた。
> から、人一倍一生ケン命にな~~らなければならなかつた~~。

草稿ノートにおいては、組合活動をめぐる葛藤が描かれた部分が多く加筆・訂正されている傾向が認められる。3.15事件を糾弾するというテーマに沿わない状況に対して慎重に筆を進め検討を重ねたものと推定されよう。

他方、「一九二八年三月十五日」発表から4年後、多喜二は「それに当時のプロレタリア文学に取扱われている人間と云えば、みんな所謂目的意識を図式化したような観念的なものばかりだった。所が三・一五事件で引張られて行った実際の人たちを見ていると、決してそんなものではなくて色とり〳〵である。私はそれをそのまま描こうと思った。」（『プロレタリア文学』第一巻第三号、1932年3月）と述べている。「図式化」「観点的」な人物像から脱却するための格闘の跡が、草稿ノートにはっきりと刻まれているのである。

3　拷問

59ページはじめ、竹刀で三十分も打たれた渡が「床の上へ、火にかざしたするめのやうに、ひねくり返つて」いる場面に続けて、次の部分が加筆されている。

> 　　　　　　　　　　こたえ
> 最後の一撃（？）がウムと身体に~~来~~た。彼は、毒を食つた犬のやうに手と足を硬直さして、空へのばした。ブル〳〵つと、けいれんした。そして、次に、彼は気を失つてゐた。

「毒を食つた犬」というのは効果的な比喩表現だ。しかし、ここで気を失わせてしまっては、渡が拷問に堪えられる「気合」を会得していたというその次の部分との接続が悪くなる。加筆による影響を見逃したための瑕疵と判断されよう。

前掲「処女作の頃を思う／一九二八年三月十五日」の中に次のような回想がある。

私は勤めていたので、ものを書くと云ってもそんなに時間はなかった。何時でも紙片と鉛筆を持って歩いていて、朝仕事の始まる前とか、仕事が終って皆が支配人のところで追従笑いをしているときとか、又友達を待ち合せている時間などを使って、五行十行と書いて行った。［中略］この作品を書くために二時間と続けて机に坐ったことは無かったようである。

作中の不整合は、こうした状況によって生じたものと考えられる。
さて、60ページ後半には、渡に対する拷問の場面が記されている。

だが、　　　　　　　　　　畳屋の使ふ太い　　　も
~~だが~~、渡は、今度にはこたえた。それは、縫針~~を二、三十本●一纏~~
刺　　　　　　　　　　を
~~めにしたのをもつて~~身体にさす！　一刺しされる度に、彼は自分の
強烈な電気に触れたやうに
身体が、句読点位にギユンと、瞬間縮ま~~つて、反動で~~彼は吊されて
ると思つた。
ゐる身体を、くねらし、くねらし、大声で、叫んだ。
口をギユツとくひしばり
「殺せ、殺せ、殺せ、殺せ、殺せ！！」
——え　——え　——え　　それは竹刀、平手、鉄棒、細引で
なぐられるより、ひど~~かつた。~~
く、堪えた。

極めてショッキングな描写である。はじめ「縫針を二、三十本●一纏めにしたの」を身体に刺すとしていたのを、「畳屋の使ふ太い縫針」に変えている。その方が鋭く激しい痛みを生むだろう。「強烈な電気に触れたやうに」という比喩も、その痛みの特徴を的確に表す。さらに、身体が「句読点位」に縮まると思ったところで文を切ることも、痛みを強調する効果を上げている。
次に、62ページ中程に記された工藤に対する拷問場面を見てみよう。

＼いきなり／
たゞ、彼が、~~金切声をあげ~~て飛び上がつたのは、彼を素足のまゝ立
力一杯
たして置いて、後から、~~いきなり~~、靴の爪先きで、かゞとを蹴ける
それは頭の先までズーンときた。　それをされて
ことだつた。彼は、取調べ室を、二回も三回もグル〳〵廻つた。足
~~それは二人がダンスでもしてゐるやうな恰好~~●●●●●●●●●●●●●●●●●●●●●
＼は　　　　　　＼~~無感覚~~しびれてしまつた。＼が／
首から下~~が何か~~スリコギのやうに~~なつた~~。かゞとから出た血~~を~~室の
＼~~が出来た~~。　　　　　　　　や　　　　　／で＼
中に、円~~を描いた~~。工藤は、~~蹴られる度に~~、痩せ馬のやうに、はね
／を描いた。　　　／金切声をあげながら
上つた。「~~さあ。どうだ。これでもか、これでもか。~~」
　彼は終ひには、へな〳〵に坐り込んでしまつた。

「金切声」をあげるというインパクトの強い表現が後半に移動し、「力一杯」によって強調された痛みは、「頭の先までズーンと」くる感覚として表現され直している。「を描いた」は「が出来た」とされてから再び元に戻っている。相当な時間をかけて文章を練っている様子が偲ばれよう。

さらに、70ページ冒頭に記された龍吉に対する拷問場面はどうか。

たも＼て、　よろめきながら、
~~然し~~、彼が巡査の肩に、~~身体を~~半ば保たせ~~ながら~~、~~半分以上自分の~~
半分以上も自分の~~身体~~でなくなつてゐる身体をやうやくに
廊下を帰つてゆくとき、　彼に　　　　　を
~~身体でなくなつてゐるよろめく~~が一度も「拷問」~~も~~受けた事のなか
酷　　　心から
つた前に、それを考へ、恐れ、~~或ひ~~はその惨~~め~~さに惨めにされたこ
●●／＼つ／　　　　　　　　　　　　　　　てゐ
とが、実際にな~~つ~~てみたとき、ちつともさうではなかつたことを

＼知つた。
~~考へてゐた~~。

ここにも呻吟の跡が認められるが、この後に挿入された、

殺してくれ、殺してくれと云ふ、然し、本当のところ、その瞬間は惨酷だとか苦しいとか何だとか、さういふことはちつとも働かなかつた。云へば、それはたゞ「極度」に張りきつた神経と気持だった。

という部分には訂正が全くない。抽象的な表現については一度で確定できたことが窺われる。

多喜二は、前掲「処女作の頃を思う／一九二八年三月十五日」の中で、

この作品の後半になると、私は一字一句を書くのにウン、ウン声を出し、力を入れた。そこは警察内の場面だった。書き出してからスラ〳〵書けてくると、私はその比類（！）ない内容に対して上ッすべりするような気がし、そこで筆をおくことにした。

と述べているが、草稿ノートの書き込みや推敲の跡には、その「力を入れた」様子がはっきりと示されている。

言うまでもなく、多喜二自身はこの事件で検束されてもいなければ拷問も受けてはいない。聞いた話をもとにして書いている。その特筆すべき想像力は、翌年の「蟹工船」以降においても遺憾なく発揮されることになる。

4　結語

多喜二は、1928年8月8日付蔵原惟人宛書簡の中で、「今、自分は力のこもったものを作っています。いずれお目にかけたいと思っています。」と記している。時期的に見てこの作品が「一九二八年三月十五日」(同年

5月26日起筆、8月17日擱筆）を指すことは間違いない。それから3年後の前掲「処女作の頃を思う／一九二八年三月十五日」においては、これを「「所謂」初めて認められた作品」と認定したうえで、組合運動をしている多様な人々に対して「全く新しい「驚異」」を感じ、その「刻まれた驚異とも云うべきもの」が作中に出ていると述べている。執筆中も発表後も相当な自負と思い入れを持っていたことがわかる。そうした意識が、ここで見てきた加筆・訂正・吟味といった推敲過程として、顕現しているのである。

小林多喜二「工場細胞」草稿ノートの分析——女性労働者の描き方——

尾西　康充

小林多喜二の中編小説「工場細胞」は、総合雑誌「改造」第一二巻第四号（一九三〇年四月）に第一～一六章、第五号（五月）に第一七～一九章、第六号（六月）に第二〇～二二章までの三回に分けて掲載された。同誌編集者佐藤績に宛てた一九三〇年三月三日書簡によれば、多喜二は「「工場細胞」と共産党とが結びついた「三・一五」以後の日本の左翼運動を描いて居ります。それは「企業の集中」による一産業資本家の没落を背景にして「工場委員会」の自主化への闘争として描かれてゐます。作品の芸術としての出来ばえ如何はまずとして、この一系列の内容は、未だ他の誰によっても具体的にはかゝれなかったと思っているものです」と作品テーマを明らかにしている。佐藤に宛てた同年一月三〇日書簡によれば、今回の作品は「私としては可なり自信のあるもの」なので「四月号に一度に出せる最高限度の枚数」として「百八十枚位」のページを確保して掲載してほしいと伝えていた。「ノート」に下書きをしながら本文の推敲と字数計算をしていた多喜二は、当初二〇〇枚ほどに上っていたものを一八〇枚に縮めていた。実際には三回に分けて掲載されることになるのだが、本稿では、二〇一一年雄松堂書店から刊行されたDVD-ROM版『小林多喜二草稿ノート・直筆原稿』に収録された「工場細胞草稿ノート」から、この間に削除された二〇枚分の原稿には何が書かれていたのかを復元するとともに、推敲プロセスを追いながら多喜二の作品構想をできるだけ忠実に再現したいと思う。

再び一月三〇日佐藤績宛書簡に戻れば、多喜二は「自惚れときかれてもいゝですが」とわざわざ断ったうえで、「今迄の多くの工場もの」は

「いずれにしろ、まだ露骨な、残酷な搾取をもつた鉄工所式の「工場」」しか描いていないが、自分の作品は「最も、「資本主義化」された「近代の」工場」に着目し、「フォード化」によって近代的労務管理をおこなっていると宣伝している工場の実態を取りあげたという。そして「産業の合理化」という「今やかましい問題」を背景にしながら「「工場細胞」の活動、「工場新聞」の潜入、「工場委員会」の自主化、「健康保険法」「共済組合」等の問題、「共産党員の工場進出」「工場代表者会議」、専務と社民党」や「スパイ（党員のうちのスパイ）」などの要素を大胆に盛り込んだことをアピールしている。佐藤三郎氏の実証的研究によって、「工場細胞」の舞台「H・S工場」は北海製罐倉庫株式会社の小樽工場がモデルとされ、作品を取りまく歴史的背景があきらかにされている[1]。この作品では、「H・S工場」は近代的労務管理を会社の看板にしながらも実はそれが封建的な労働搾取を土台にしていることが暴露され、他の港湾労働者とは違って特恵的な労働者であると信じ込まされてきた「H・S工場」従業員が次第に階級的自覚を持ちはじめ、労使協調と反共主義を掲げる日本労働総同盟系列の御用組合を排除するために、日本共産党の指導を受けた工場細胞が中心になって日本労働組合全国協議会系列の工場委員会が「自主的」に組織される。手塚英孝によれば、多喜二は「工場細胞」創作に際して、三・一五事件によって検挙されて北海製罐倉庫株式会社小樽工場を解雇された全小樽労働組合書記伊藤信二をはじめ、同工場に務める労働者から取材をしたとされる[2]。伊藤はナップ小樽支部に所属する詩人でもあった。

その一方、多喜二は「芸術的な点」でも「今迄の「蟹工船」「不在地主」が持つていた欠点を清算して、「筋の変化」と「女工間のエピソオド」を考顧し、読みづらいことを避けるために努力」をしたという。ここで多喜二が積極的に描こうとしたという「女工間のエピソオド」は、読みづらさを克服するためだけではなく、それらを通して女性労働者の

---

1 佐藤三郎「『工場細胞』解説」（白樺文学館多喜二ライブラリー・ホームページ;http://www.takiji-library.jp/collection/read/kojosaibo/）

2 手塚英孝『小林多喜二』下（一九七一年一月、新日本出版社、二五頁）

過酷な労働環境を読者に伝える役割も持たされていた。多喜二がどのように女性労働者を描こうとしていたのか、多喜二のジェンダー意識をノート稿から検証してみよう。ノート稿までさかのぼって推敲プロセスを追うことで、戦後ハウスキーパー問題を批判された多喜二の側からの反証をおこないたいと思う。

なお作品の本文は初出誌から引用し、『全集』とあるのは『小林多喜二全集』第三巻（一九八二年九月、新日本出版社）に拠って、本文の異同を照合した。初出雑誌における伏字は「共産党」、「三・一五事件」「革命」「暴動」「特高係」「お金」「淫乱」「無償」「軍需品」「国家」「党」「陸奥」「帝」「請負制度」「不穏な」「キツカケ」「煽動」「キヨウサントウ」などの言葉であった。

Ⅰ、草稿ノート一冊目（草稿ノート一〇「一九二九.一二　原稿帳　小林多喜二」）

「工場細胞」草稿ノート一冊目は、作品冒頭から「下二〇」の途中（『全集』一七一頁四行目）までの内容が記されている。体裁は縦二二・五×横一七・〇センチ、縦置、縦書、黒色ペン字。表紙の中央には「1929.12」、「原稿帳」、「小林多喜二」と大きく横書きされ、左下隅には「Moon-Light-Sonata」の文字が小さく記されている。表紙見返しには、枠に囲まれて「創作　●　―「工場細胞」―　●　「改造」四月号」と記され、歯車とハンマー、煙突と工場のイラストが描かれている。枠外左には「（一九二九・一二・一八）、「傍題（新職工読本）」と書かれ、「ワイヤー・プレー」、「Moon-Light-Sonata」とメモ書きされている。「不在地主」（「中央公論」第三九巻第一一号、一九二九年一一月）が「新農民読本」であったのに対して、「工場細胞」は労働者に向けて書かれた作品であった。「Moon-Light-Sonata」の走り書きは、ノート稿全般にわたってみられるもので、ベートーヴェンのピアノソナタ第一四番嬰ハ短調作品二七の二『幻想曲風に』（通称『月光ソナタ』）に由来している。戦前の尋常小学校国語教科書には「月光の曲」という物語が掲載されていたこともあって、日本の一般市民にとっても親しみのある曲であった。西洋古典音楽に関心を持っていた多喜二は、楽章を追ってテンポが速くなり、第三楽章では作曲家の激情が遺憾なく表現されているこの曲を好んで聴いていたのだと思われる。耳の具合が日増しに悪くなって悩んでいたベートーヴェンがこの曲を捧げた相手の女性は、ベートーヴェンにとってピアノの弟子で恋人でもあった伯爵令嬢ジュリエッタ・グイチャルディ一七歳、年の差が一四歳もあった。「不滅の恋人」ともいわれるジュリエッタと身分差のために結ばれることもなく、ベートーヴェンは自殺を考えるようになったとされている。このような伝記的事実もまた、田口タキを情熱的に愛していた多喜二が共感を寄せる背景になったと思われる。

草稿ノート一冊目に関して、島村輝氏は「冒頭の二葉分が切り取られており、つぶしのカギカッコや草稿の一部と見られる文字が切り残しの部分にみられることから、多喜二は最初に書いた冒頭部分を破棄して、新たに現在の冒頭部を書き出したものと推測される。扉部分には、『工場細胞』とともに『細胞』というタイトルも見られ、当初タイトルにも揺れがあったことが伺われる」と指摘している[3]。ではつぎに、ノート稿の内容を検証してみよう。以下引用には、DVD-ROM版『小林多喜二草稿ノート直筆原稿』に収録された「工場細胞草稿ノート」のPDFページ番号を付している。

1、「上」

「上」という文字の下には「(この一篇を「工場労働者」に」と記されていたが、初出では削除されている。

「上2」の「「H・S工場」に勤めていると云えば、それはそれだけで、近所への一つの「誇り」にさえなっていたのだ」(『全集』八〇頁一一～一二行目)の後には、つぎのような段落が構想されていた。

色の変つたパン〳〵をかぶつた幹部が、事務所にゐる工場長のところへ「ビラ」を持つて行つた。――海からの日光の反射が

3 島村輝「草稿ノート一〇解題」(『DVD-ROM版小林多喜二草稿ノート・直筆原稿』、二〇一一年一月、雄松堂書店)

ギラ〳〵とたえず事ム所の天井に揺れてゐた。低く所々仕切りを立てた机には白いワイシヤツ一枚になつた社員が頬杖をついて、扇を使つてゐた。道路をたつた一つしか隔てゝゐないのに、工場とは、ガラリと世界が変つてゐた。物憂い真昼の、だらんとした空気が一杯だつた。蜂のかすかな唸りのやうな旋風器の音と、思ひ出したやうなタイプライターの音だけだつた。椅子には深く身体を落して、靴をはいたまゝの足を机の端に、頭より高く乗ツケ薄く眼を閉ぢてゐた工場長は、手だけを動かして、ビラを受取つた。見たか見ないか、すぐそれを机の端の方へ押してやつた。

——内からか、外からか？

口のなかで云つた。それは然し喧しい機械の音に慣れてゐる幹部の耳には入らなかつた。彼は手持ち無沙汰に立つてゐた。

——誰か外のものが持つてきたの？　それとも内のものが撒いたのかね？「H・S工場」では誰でもぞんざいな言葉使ひをしないことにされてゐた。専務でさへ職工を「さん」付で読んだ。そればかりでなく、何時でもナツパ服を着てゐた。誰か休むと、自分で機械のわきに立つことさへあるのだ。工場長に何か云ふ職工があつても、専務には誰も云はなかつた。

——えゝ、えゝ、外からです。

幹部は自分のことのやうに答へた。それは工場長を充分に満足させる答だつた。「勿論さうでなければならなかつた。」全国的に云つても、十の指に折られるこの「模範工場」の職工が、こんなことで、「尻馬」に乗る筈が絶対にないことを、工場長はハツキリ知つてゐた。第一そんな理由がこの工場に一つだつてある筈がなかつた。

——工場では動いたといふ形跡も‥‥

みんな云はせないで、幹部が言葉をすくひ取つた。

——えゝ、えゝ、そんなことはちつとも！　でも、まア参考にと思ひまして。

——あゝ。さう——。有難ふ。

工場長は幹部が出て行かないうちに、ビラを片手で握りつぶすと、そのまゝ机の下の屑籠へ投げこんでしまつた。――それからすぐ、うつら〳〵し出した。

【作者によって黒色ペンで上から消去】

【PDF一〇頁】

この部分は初出ではすべて削除されてしまうのだが、工場長のいる事務所は、労働者たちの働く工場に比べて「ガラリと世界が変つて」いるかのようなところとされていることや、工場長のくぐもった声は「喧しい機械の音に慣れてゐる」工場幹部には聞き取れなかったとされているところなど、同じ会社に勤めながら職場が異なれば、異なった身体感覚を持つようになることが印象的に描かれている。

「上5」では、河田を知る前の森本は「普通の職工と同じように、安淫売をひやかしたり、活動をのぞいたり、買喰いをしたり喧嘩をして歩いていた。それから青年団の演説もキツパリやめてしまった」とされている(『全集』九五頁一三〜一四行目)。ノート稿では、「彼は「映画フアン」で、一かどの意見を持つてゐた。顔が子供のやうにクルクルツと何時でもぼんやりしてゐるやうで、どういふものか、「映画」のことをこつそり調べてゐた。普段は人の二倍働くからとき〳〵映画を見るにやらせてくれ、と云つて河田たちを困らした。――彼は他の仲間から愛されてゐた」【PDF二三頁】とされていた部分である。作品のなかには、ところどころに映画に関する言葉が使われるのであるが、多喜二は森本を映画好きの青年として設定し、作品冒頭から「田中絹代」に似ている女工を登場させたことも併せて、読者から親しみの持たれるように多喜二が努力していたことが分かる。

同じ「上5」の河田と鈴木、石川、森本が秘密会合で顔を合わせる場面、「河田が謄写版刷りの番号を揃えていたが、顔をあげた。――顔を出すと危いか。ハヽヽ、汽車に乗ったようだな」(『全集』九六頁六〜七行目)という言葉の後に、「森本は鈴木を知らなかつた。鈴木は二十九日抑留を食つて昨日帰つてきたばかりだつた。警察で貴様等はこの頃移動本部を持つてるんだらふ、それを云へ、とブン殴られてきた」と記されていた【PDF二四頁】。鈴木が警察に勾留されていたことが明示され、この後のストーリー展開の伏線になっていたのだが、この部分は省略しても差し支えないと判断されたのだろう。

「上8」では、特高警察の主任刑事から訊問を受けていた鈴木が、河田に関する偽の情報を主任刑事から聞かされる場面がある。「鈴木はその言葉の切れの間に思わず身体のしまる恐怖を感じた」（『全集』一〇九頁一六行目）の後には、つぎのような言葉が記されていた。

> ——この前河田に「山」をかけたんだ。鈴木を調らべたら、貴様等は又党の再組織をやり出してるな、ツて。河田が……
> 河田が？　——グイと胸に来た。
> ——河田がその時何んて云つたと思ふ？　鈴木？　ふウん、彼奴か、党も見縊られたもんだなアつて！　どうだ。
> ——…………。
> ——彼奴《あいつ》ァ運動の落伍者だよ、そう云つたんだ。
> ——…………。
> ——だが。
> 特高主任は調子をかへてゐた。
> ——僕はその時、河田に対してムラ〳〵ツと憎悪を感じた。立場がかはれこんな男と一緒に——それも知らずに、正直に運動をしてゐる君に対して、何んとも云へない気持になつたんだ。本当だ。
>
> 【作者によって黒色ペンで上から消去】
> 【PDF三四頁】

河田に対する不信感を募らせるために、特高警察の主任刑事が偽の情報を鈴木に吹き込んでいる場面である。それが特高の使ういつもの「手」であることを十分に理解してはいるのだが、普段から鈴木は「理論的にも、実践的にも、それに個人的な感情の上からでも、あせっている自分の肩先きをグイグイと乗り越してゆく仲間を見ること」に「拷問にたえる以上の苦痛」を感じていたこともあって、不覚にも心理的な動揺を来してしまったのである。「こういう無産運動が、外から見る程の華々しい純情的なものでもなく、醜いいがみ合いと小商人たちより劣る掛引に充ちていることを知った」という鈴木の心理描写は、無産主義運動の困難さを個々の活動家の内面に踏み込んでとらえようとした多喜二のリアリズムにもとづくもので、過剰な競争意識に煽られて脱落感をもたされた人間の心理的な弱さからスパイが生まれることを明らかにしている。組織の内側、活動家の内面から運動全体の敗北に繋がるきっかけが芽生えていることを多喜二は厳しい眼でとらえているのである。

同じ「上8」の続きの場面で、主任刑事の「分ってるよ。固くならないでさ。一度位はまアゆっくり話もしてみたいんだよ。——いくら僕等でもネ。／と云つて、ヒヽヽヽヽと笑つた」（『全集』一一一頁一七行目〜一一二頁一行目）という言葉の後には、つぎのような言葉が記されていた。

ビールを飲み出すと、特高係は何度も小便に降りて行つた。
——ね、君、君は成る程潔癖だ。分りました。だが、君は河田がどんな事をしてゐるか知らないだらふ。つまりだ。そのつまりだ……。もう余程酔つてゐる。酔ふと赤黒い下品な汚い顔になつた。
——つまり、組合の仕事関係でなしに、その個人の生活だ。彼奴は酒と女に入り浸りなんだぜ。いゝかい。酒と女だ。——ところが、酒と女には何がいる。金だ。これだ。（指を円るくしてみせた。）いゝかい、スウちやん聞き給へ。その金は何処から来るかつてことだ。
——フン、まアいゝさ。僕は君が潔癖であることを、大いに喜ぶよ。
——…………。
——こゝのカフエ！　モンナミにもよく来るんだぜ。
——河田が？
——ソよ！　ハヽヽヽヽ。
きたない歯ぐきを大げさに開けて笑つた。

何を、この酔払ひ！
女給がお代りのビールを持つて上つてきたとき、鈴木が
——君、こゝに河田ツて人がよく来るのかい。
ときいた。
——河田さん？　あのコール天の服をきた人でせう。組合の人でせう。……よく来ますわ。
——ウハヽヽヽヽ！　どうだ。
特高係は足を跳ね上げて、後へひつくりかへつたまゝ笑つた。
僕は君が潔癖であることを大いに喜ぶよ。鈴木はいきなり顔をひねり上げられた子供のやうに、顔色をかへた。
特高の帰へる所だつた。下の便所で、フラ〳〵な身体へ危げに重心をとりながら、用を達してゐると、女給が顔を出した。
——や、ご苦労〳〵。
彼は銀貨を女の掌に握らした。
——でも、大丈夫？
——何んでもない。女のことさ。河田といふ男と面白いかけをやつてゐるんで、君を使つて、一寸からかつてやつたんだ。
女は浮かない顔をした。
——いゝんですか？
——だがだまつてゐないと面白くないんだからな。——

【作者によって黒色ペンで上から消去】
【PDF三六～三七頁】

初出では、この後「彼はもう破れ、かぶれだと思った。彼はそこでのめる程酔払ってしまった」と続くのだが、なぜ鈴木が自暴自棄になったのかは、削除された部分を読むとより明らかになる。戦後、荒正人は多喜二が「こつそりダンス・ホールへ出入したことを秘密にして置いてくれと或る人に頼んださうだ」と仄めかしたうえで、「このゴシップの真偽は問はず、ただ自他ともに、指導者を神々のごとく安置せねばならぬと思ひ謬つたことはあると思ふ」とまことしやかに述懐した。根拠のない噂にもとづいて多喜二の文学を貶めようとした荒の主張は、主任刑事の

言い草に通じる、児戯に等しいものであったといえよう[4]。

2、「中一一」～「中一五」

「中一一」では、会社は「そういう問題が深刻になって来れば来るほど、それが又「Yのフォード」である「H・S」の職工たちにもデリケートな反映を示してくるということを考えていた」(『全集』一二一頁一～三行目)の後には、「そればかりでなく、市内中小の鉄工場・ゴム工場・印刷工場などが、経営不能に陥つて、ドシ〳〵「工場閉鎖」をやつてゐる。そこから溢れた職工たちが「H・S」へ履歴書をもつてやつてきてゐる」という言葉が記されていた【PDF四六頁】。また「中一一」の「自慢じゃ御座んせぬ」(一二一頁三行目)という言葉ではじまる歌の直後には、「「窓から一寸首を出してごらん。」工場長が機械の間を歩きながらよく云ふのだ。「浜で働いてゐる労働者は朝五時から晩の八時迄——十五時間も働いてゐるんだ。それも毎日仕事があるのか、無いか分らないと来てゐるんだからね。」況や国家的奉仕をその偉大な眼目としてゐるこの工場では八時間半。——けれども利口な工場長はそれ以上後は云はなかつたが」【PDF四七頁】とあった。他の職場に比べて、「H・S工場」の労働者が特権的ともいえる厚遇を受けていることに触れ、「H・S工場」には戦闘的な労働運動を盛り上げる機運のまるでないことや、他の職場の労働者と連帯する可能性の乏しいことなどが暗示されていた。

同じ「中一一」では、「中や小のゴチャ〳〵した商工業を整理して、大きな奴を益々大きくし、その数を益々少なくして行こうというのが、その意図だった」(『全集』一二四頁二～三行目)の後には、つぎのような言葉があった。

> ——これに金解禁でも加はつてみろ！　飛んでもない不景気が来るさそれもデツかい奴にはとても都合のいゝ。然しこれがあまり露骨にやると社会的な反感を引き起すので、裏側では、云ふだけがだ、逆に、中小商工業者を金融上指摘しなければなら

4　荒正人「第二の青春」(「近代文学」第一巻第二号、一九四六年二月、一四頁)

ないと云ふのだ。この矛盾を平気でやつてゐる。まるで、表では笑顔を見せて、後《ママ》中で拳固を握つてゐるやうなものだ。
――さうかな。
――この合理化の黒幕に銀行がゐるんだといふことは知らないだらう？　毎月三田銀行へ詳細な業務報告を書かせられてゐるのでよく分つてるんだ。が、何処でもさうだが、「銀行と工場」とは切つても切れないものなんだ。それにおかしいことだが、何処の工場だつて、それが小《ち》つぽけなものならなほ更、銀行には絶対に頭が上らないもんだんだ《ママ》。どんなことをするとしたつて、銀行の資金が無かつたら出来ないことに多額の金が固定する重工業なら云ふ迄もないんだ。驚くかも知れないが、「H・S工場」の監督も統制権も支配権も、三田銀行が握つてゐるんだぜ。だから我が親愛な専務君も三田銀行へ日参してるさ。誇張して云へば、専務は三田銀行から来てゐる「H・S工場」出張員のやうなものだ。――

森本はだん〳〵青空を見てゐなかつた。かういふ方面のことを知るのが、河田のいふ「高等政策」でないかと考へた。労働者が一番知つてゐなければならないもので、しかもちつとも知つてゐないこと。彼は休憩時間に貪つて笠原から聞かなければならないと思つた。

資本主義の時代に入つてくると――笠原が云ふのだ。――それは一面から云へば信用制度が非常に発達することを意味する。それはそして勿論銀行を中心としてのもので、資本主義と銀行とは同じ意味を別な言葉で云つたに過ぎない。さうなつてくると、ある産業資本家は一々自分の力で金を掻き集めて仕事をするのでなしに、銀行を経由して、手ツ取早く要るだけのものを準備することが出来る。流動資本でも固定する資本でもお好みである。銀行が大きなものであればある程、色々な額の金融網は蜘蛛の巣よりも引かれる。

合理化の最も進んだ形態である「工業企業の集中化」といふのは、実質上の糸を操るものが銀行だつた。一方に於ては収益性の乏しい経営をブチ壊したり、合併したりして、その収益性に富む経営だけを極度に発達させ、その生産能力を高め、そして他方、収益性に富む大企業をして安々と独占価格の甘い汁を吸はせるところにあるのだつた。――その方策を実質的に得るものは「銀行」を措いてない。笠原はこのことを云ふのだつた。それは例へば、銀行が沢山の鉄工業者に多大の貸出しをしてゐる場合、自分の利潤から云つても、それ等のもの相互間に競争のあることは望ましいことではない。だから銀行は、企業間の競争を出来るだけ制限し、廃止することを利益であると考へる。かういふ時、銀行はその必要から、又自分が債権者であるといふ「力」から、それ等の同種産業者間に協定と合同を策して、打つて一丸とし、本来ならば未だ競争時代にある経済的発展的段階を独占的地位に導く作用を営むのだ。――これと同じ事は勿論銀行それ自体の中にも起る。大銀行と小銀行。親銀行と子銀行といふ間がそのことを意味してゐる。

合理化の政策は更に購買と販売の方にもあらはれなければならなかつた。資本家同志で共同購入や共同販売の組合を作つて「価格の統制」をする。さうすれば彼等は一方では労働者を犠牲にして、余剰価値をグツト殖やすことが出来ると同時に、こゝでは、自分の製品販売価格が保証されるわけだから、二重に利潤をあげることが出来るのだつた。彼等の価格協定のために、安い品物を買えないで、苦しむのは、誰か。国民の大多数をしめてゐる労働者だつた。

それだけか？　まだあるのだつた。政府は外国に対抗して、国内産業を助けるのだといつて、「安い」外国品に対して、保護関税をくツつける。そして結局は一般の人達に――労働者に「高い」国内の品物を買はせることをする。

――かう云つただけなら何でもないと云ふのだらうが、これらのことが労働者にとつて一体どういふ意味を持つかといふことだ。酷いことが起る。合同などされた方は眼もあてられない待遇をうける。要らなくなつた工場は閉鎖する。余つた労働者はオツぽり出される。幸ひにまだ首がつながつてゐる労働者はますく科学的に少しの無駄もなく搾られる。——かういふ無慈悲な摩サツを伴ひながら、資本主義といふものは、大きな社会化された組織、独占の段階に進んで行くものなのだ。だから、産業の合理化といふのは、どの一項を取り出してきても、結局資本主義を最後の段階まで発達させ、社会主義革命に都合のいゝ条件を作るものだけれども、又どの一項をとつてみても、皆結局は「労働者」にその犠牲を強いて行はれるものなんだ。「H・S」だつて、こつそりやつてゐるからな……。同じ産業の合理化でも、ロシアのやうに万事労働者のために、——その利益のための見地から、産業を合理的に統制するのもあるんだが。さ。どうなるかな。

笠原は眼をまぶしく細めて、森本を見た。

——君は本当の労働者だから云ふけれども、

——「Yのフオード」も、何時迄も「フオード」で居れなくなるんでないかと思ふがな。

【作者によって黒色ペンで上から消去】

【PDF四九〜五一頁】

これは『全集』一二四頁三行目から「彼等の独占的な価格協定のために、安い品物を買えずに苦しむのは誰か？　国民の大多数を占めている労働者だった」（『全集』一二五頁四〜五行目）までの部分に当たる。金融資本である銀行によって産業合理化が画策され、資本が独占された結果、労働者に犠牲が強いられる。「Yのフォード」といわれた「H・S工場」も近い将来その厚遇を維持できなくなるという危険が語られる。多喜二としては、このようなカラクリを暴露して読者に分かりやすく示したかったと思われるのだが、さきに佐藤績に宛てた書簡のなかで多喜二が「当初二〇〇枚ほどに上っていたものを一八〇枚に縮めようとしている」ことを紹介したように、「中一一」のこの部分約二二〇〇字が削除されたのである。ノート稿では最初この部分には章番号「一二」が当てられていたのだが、文字数を少なく抑えることにともなって章番号は「一一」と修正され、これ以後一つずつ番号が小さく修正されている。

同じように削除されたのは、「中一二」最後の「表紙に鉛筆で「すぐ読むこと」と、河田の手で走り書きしてあった」（『全集』一二九頁七行目）に続く部分である。

森本は拘泥《こだ》はるまいとすると、なほへんだつた。お君と会ふことが、——さういふことが、どんな意味にしろ、今迄一度も無かつたことなので、ひよつとすると、そのことを思つて胸をときめかしてゐる自分に気付いて、狼狽した。馬鹿野郎だな、俺は、——彼はその度に苦笑した。——それどころでないんだ！

削り取られてゐる石切山は暗い大きな祠《ほこら》を思はせた。そこはY市全体からよく見えるので、「森永ミルクキャラメル」「クレーム・レート」「両関」の明滅燈が立つてゐた。その一帯がきまつた間《ま》をおいて、明るくなつたり、暗くなつた。明るくなつたときは、火事の夜のやうに、草の葉の一つ一つがハツキリした明暗をもつて見えた。盆踊りの太鼓が反対の側の山腹から、ぬるんだ湯のやうな空気をドーン、ドン、ドンスコ、ドンスコ……と聞えて、時々遠い人達のどよめきがそれに続いた。

ムン、ムンしてゐた。空気は牝猫の膚のやうに柔かつた。——岩角を曲がると、闇の中に白い顔がすぐ前にあつた。こちちを向いて、それが笑つた。「中野英一」が待つてゐた。

——遅いのねえ。

【作者によって黒色ペンで上から消去】

【PDF五四頁】

そして「中一三」冒頭（一二九頁八行目）も、ノート稿のつぎの部分が削除される。

お君を森本は学校が同じだといふ隣の女から知つてゐた。—

―その女を通してきいたお君はたしかに仕事にはもつてこいの女らしいと思つた。お転婆なことは森本の方で知つてゐたが、それだけ反抗心の強いキツイところのある女であることが分つた。それでも、若し、お君が案外駄目な女なら、或ひはそれから別な手づるが見付からないものでもない、森本はさう考へてゐた。

河田が笑ひながら、然しそれとはちぐはぐな厳《きび》しい口汚で云つた。

女工の組織のことで、河田が何度でも云つた。

――女が入るやうになつたら、気をつけなけアならないな。よく運動を変にしてしまうことがあるから。男の同志と女の同志が惚れてもいゝし、惚れられてもいゝが、あくまでもそいつは私事にして、その「仕事」に仕《ママ》障を来たさないことだ。云つて置くよ。

河田がよく云ふことだつた。

【作者によって黒色ペンで上から消去】

【PDF五四頁】

削除されたこの部分の最後から四行目「女が入るやうになると、気をつけなければならないな」という言葉が初出に重なるものになっている。ノート稿には「キマラヌ　キミカヘツテカラ」という作者の言葉が三回メモ書きに記されているように【PDF五四、五五、五七頁】、ノート稿では、お君をめぐる森本と河田の関係が注意深く書き進められていたことが分かる。

その一方、「中一三」の「こういうところが、皆今迄の日本の女たちが考えもしなかった工場の中の生活から来ているのではないか、と思った」（『全集』一三二頁一六〜一七行目）という部分は、つぎのように記されていた。

左の眼のフチに黒い疲労の蔭をもつて、黙りこんでゐる。彼の知つてゐる淫売婦が考へも、見もしなかつたやうな世界と視座に「女」を追ひやつた。それが女に全く新しい、明るさを与へたのではないだらうか。森本は自分の母や眼のフチに黒い疲労の陰をもつて、黙りこくつてゐる知り合ひの淫売婦のことを考へた。それに違ひなく思はれた。

【作者によって黒色ペンで上から消去】

【PDF五八頁】

さらに同じ「中一三」には「顔が変なために誰にも相手にされず、それに長い間の無味乾燥な仕事のために、中性のようになった年増の女工は小金をためているとか」(『全集』一三四頁三～四行目)の後には、「さういふ女工は編物が上手で、仕事の暇に編んで居り」が入り、「決して他の女工さんの仲間入りをしないとか」(同五行目)の後には、「女工から経上《へあが》つて「社員」になり、工場の看護婦上りで、「社員」で「女工監督」を、「看護婦さん」と呼ぶと、怒つて返事をしないとか、「村田さん」と云はなければならないので、それが分つてゐて、お君たちはワザと「看護婦さん」と云つて怒らせるとか、女工が仕事を働いてゐる側へ職長が来て、ワザと女の腋の下に手を入れたりするので、「何をするのよ!」と云つて肱を払らつた拍子に、その端が廻転してゐるローラーに噛まれてしまつた。ハッ!　と息をのむ一瞬のうちに、女の指が味噌のやうにつぶれてゐた。それは然し大きな騒ぎにもならなかつたとか」とある【PDF五九頁】。これらはみな作者によって削除されてしまうのだが、多喜二は女工の姿をよりリアルに描こうとしていたことが分かる。

3、「中一六」～「下二〇」

お君をめぐる森本と河田との緊張関係は、「中一六」冒頭(『全集』一四五頁一三行目)につぎのように構想されていた。

森本はお君にひかれてゐた。ニュースや集会のことで会ふ度に、お君の明るい、屈託のない、ピチ〳〵とはね返へるやうな性格の魅力に引きずり込まれてゐたのだ。集会にお君が一人ゐるか、ゐないかで、その会が活気にはづんだり、さうでなかつたりする。――ニユースの作製の時に、お君が来ないと、彼は自分でも分るほどの気抜けを感じた。

何でもズケ〳〵と云ふ河田に従ふと、お芳は「漂泊の孤児」だつた。顔の膚がカサ〳〵と艶がなく、何時でも安さうな、肩の狭い女だつた。無口であつたが、思慮のあることを云つた。およそお君とはちがつてゐた。お君がそばにゐると、日陰になつたやうに、その存在が貧相になつた。然し余裕のないほどの生《き》真面目さは、みんなを惹きつけてゐた。

彼はかういつた仕事をしてゐるものが、こんなことを考へていゝか、悪いか、それを何んべんも考へた。一意専心仕事をして行かなければならない時、このことは「側道へそれた」ことではないか、と思つた。――ところが今度は逆にこの私事《わたくしごと》から今度は逆に仕事に興味を感じたり、感じなくなつたりしたら！　それを恐れた。又、さうでなかつたらいゝだらう、さうも考へる。然し本当にさうか？　――彼はそれ等のまはりをグル〳〵廻りにまはりながら、然し、そのことのために、少しでもお君への自分の感情がどうにもならず、かへつて増してゐることを知らなければならなかつた。

然しお君は最初会つたときとちつとも変つてゐなかつた。本当のことを云へば、あの晩彼は、この女は俺に！　とひそかに思ひさへした。が、それは、お君がどの男に対してもさうである、といふことが分つた。

【作者によって黒色ペンで上から消去】
【PDF七一、七二頁】

森本がお君に惹かれ、「仕事」との間にジレンマを感じている一方、河田はお芳に関心を持っている。これは作品の結末部分で、逮捕された河田の身の上を案じてお芳が涙ぐむシーンの伏線になっている。さらに同じ「中一六」結末（『全集』一四七頁一一行目）の「お芳の想っている相手が誰か、お君は云わなかった」の後には、つぎのように記されていた。

それはルーズなのではない。――彼はこんなことで、河田に拘泥したら大変だぞ、と思つた。仕事から見て、お君や河田の態度の方が、お芳や自分よりも（お芳と自分は何と惨めにも似てゐることか！）余程しつかりしてゐるのではないか、彼はおぼろにも、それが分るやうに思はれてきた。然し彼は自分のその淋しさと、河田とお君のことを考へれば苦しくなる感情から抜け切れずにゐた。

【作者によって黒色ペンで上から消去】

【PDF七三頁】

お君との関係をめぐって森本が河田に嫉妬を感じる場面で、ノート稿のままであれば森本の個人的な感情を強調しすぎてしまうために削除されたのだと思われるだが、次作「オルグ」（「改造」第一三巻第五号、一九三一年五月）のなかで森本が獄中で同志を裏切ってしまうことの伏線になっている。

他方、大幅な削除の部分として、「下一七」の「やつぱり俺達はな……！／と云って、お互いに笑った」（『全集』一四九頁一一～一二行目）の後には、つぎのように記されていた。

その言葉にお互だけの気持を感じ合つた。

もう少し大きくなれば、この「工代」を産業別にすべきだつたが、Yではまだそこ迄行つてゐなかつた。

「H・S工場」はだん〳〵「フオード」の仮面を巧妙に脱ぎかけてゐた。周囲の殆んど全部の不況と産業予備軍の充溢に対して、工場の労働者を遠廻はしに、牽引してゐた。意識的に、賃銀の安い日雇――会社は臨時工を雇ひ入れた。永くから会社にゐて、――会社のためにその一生を捧げてゐる高給の職工たちに、「何時でもこれらで間に合はせる」ことが出来るのだといふことを暗示させた。どの職工もさういふことには敏感だつた。で、彼等はもつと〳〵働くことを会社に見せなければならなかつた。

やがて、「カムサツカ」と「蟹工船」へ供給する空罐を、六千五百万罐作らなければならない。さうなれば昼夜業を三ケ月も打ツ続ける。労働時間の問題が表に出てくる時だつた。然しそればかりでなくそれまでに、自動化された製罐機据付の計画のあることが洩れた。——森本たちの手を分けての「家庭訪問」や、半年近くも、粘りツこく出されてゐる「H・Sニユース」が無駄である筈がなかつた。仕上場でも製罐部でも、ネーリングでもラツロー工場でも、自分達の立場を擁護しなければならないといふ考へを持ち出してきてゐた。そして、それに「健康保険法」の会社全額負担「共済組合」「工場委員会」の自主化「購買組合」の管理権要求等の問題を結びつけるところまで進んでゐた。——それが囚人的な搾取を強いられてゐる市内のボロ鉄工所やゴム会社、印刷工場でなら或ひはめづらしくないと云つてもいゝ。が、「Yのフオード」でだつた！

仕上場に比らべれば、「製罐部」の方の仕事はもつと激烈で、もつと機械的で、賃銀も半分位でしかなかつたが、こゝでは完全に工場に買収されてゐる職場の職長《おやぢ》や、親や子や兄弟が同じ所で働いてゐる等の関係のために、まだその動きが纏まつてゐなかつた。然し、仕事がコンヴエイヤーと機械の分業化のために、女工をうまく使へば、女工で間に合ふところがある。会社は「産業の合理化」は「国家の名によつて」行はれるのだといふ強い楯をとつて、それを強行しさうに見えてゐた。——最近、「H・Sニユース」が最も熱心に胴付部《ボディ・ライン》の職工によつて読まれ出してゐることが、そのことをハツキリ示してゐた。

河田は、新聞の切抜きを持つてきてゐた。それは、「八幡製鉄所」が産業の合理化を行つた統計だつた。

「驚異に値する其記録を見よ！」といふ題目だつた。

——八幡製鉄所では大戦後の不況期に遭遇するや、率先して、1. 技術の改良、2. 工場設備の整理、3. 製品の統一、単一化、4. 経営の改善　をはかつてきたので、無限の資力を有する「官営事業」とは云へ、昭和三年に於ては大正十三年に比して大略左の如き著しき進歩の跡を見せた。

一、鋼材生産高は大正十三年は四九万トンであつたのに、昭和三年には九四万トンに増加してゐる。これ程の増加をしてゐるのに、トン当りの延人員はどうかといふのに、トン当り十人であつたのが、六人で間に合つてゐる。（さうすれば九四万トンの生産をするのに、延人員として、三百七十五万人の失業者を出してゐるわけだ。）

一、トン当りの固定資本二二四円を要したものが一三五円で出来上り、更にその他の経費も一六円のものが九円、蒸気、電力費一一円のものが、七円でいゝといふことになつてゐる。

一、更に生産費のより低下をはかるために各民間鉄業者との原料の「共同購入」、販路の整理を行はんとする計画をたて、「全国的共販組合」を組織することに努力してゐる。

かくて本邦鉱材総需要額二百万トン中半額の供給を引受け、外材輸入の防圧を漸次実現しつゝある。この表を見てゐると、彼奴等の巨大な富と、血にまみれてあえいでゐる労働者、おつぽり出されて飢えてゐる労働者の姿がアリ〳〵と見える。
――官業でこれだ。産業の合理化が徹底してくれば、「H・S工場」はいくら「フオード」であらうがこれ以上の惨酷な犠牲を産む。たゞ、それを、彼奴等がどういふ巧妙な方法でやつてくるか、だけだ。

「工代」に集つた他の代表は、各々の工場の情勢を述べながら、合理化の事実が自分たちのところでは、「露骨」に来てゐると云つた。

然し「H・S工場」では、それ等の事実がまだ具体化してきてゐたわけではなかつた。だから、それはそれだけなら、「動き」と云へるほどのことは無かつた。――殊に会社としても一年中の最繁期を控へて、それを露骨にすることは、決して賢明な方法ではなかつたのだ。問題はそこにはなかつた。もつと外部からやつてきた。

【作者によって黒色ペンで上から消去】

【PDF七四、七五、七六、七七頁】

すでに紹介した佐藤績宛の書簡に「「健康保険法」「共済組合」等の問題」を取り上げようとしていたことが記されていたが、残念ながら削除されてしまったものの、この部分はその問題が丁寧に説明されているところであった。

「下二〇」の「鍛冶場の耳の遠い北川爺」と「打鋲の山上」が登場する場面、ノート稿の余白部分には「この一篇を「四・一六」の同志森良玄に」というメモ書きがなされている【PDF八六頁】。森良玄は三・一五事件後、小樽の党組織の再建に取り組み、多喜二とも直接関係のあった人で、「河田」のモデルと推定されている人物である。この「下二〇」（『全集』一七一頁四行目）までが一冊目のノートに記されている。その後、ノート稿には、構想メモとして「訂正の時、河田、森本、お君、三人の、前生、履歴、性格、癖を入れること。会話に北海道をハッキリさせること。女工の集会、男工の集会（細胞の）が必要。政府の労働者教育。文章では常識的な云い方を避けること。ネツスルと、邑林のカニ工船――資本の輸出」とある【PDF九二頁】。結局これらの訂正をする機会は訪れなかったのだが、多喜二の創作意識がうかがえる貴重なメモである。「中外商業新報」（一九二八年一〇月七日）の記事によれば、「スィツルのネッスルミルク会社は今回大日本乳製品株式会社を買収して、大日本乳製品ネッスル会社という新会社を作ることとなった」とあるが、その背後には日本国内外の市場を独占する計画があるために、「本邦煉乳会社は大恐慌」におちいったという。さらに「大阪朝日新聞」（一九三一年九月三日）は、「火花を散らす内外煉乳の攻防戦／ネッスルの進出に対抗して内地四社が統制計画」という見出しのもとで、「ネッスルミルク会社」の日本進出は「内地会社の一致反対に遭って一時退却の余儀なきにいたった」が、「あくまで内地進出の希望を貫徹せんとし最近貴族院議員有吉忠一氏が斡旋者となって日本側とネッスル社側との共同出資により北海道において新会社の創設を計画中である」と報じている。

他方、「邑林」という文字は、何を意味しているのかが分からない言葉である。「蟹工船」草稿ノートの二頁上段には「北海道資本主義侵入史」「植民地資本主義侵入史」とあり、下段には本文のタイトルの後に「北氷洋の国際漁業戦に、巨利を漁る蟹工船」という言葉が記されている（草稿ノート七「原稿帳一九二八（C）Covaiashy」【PDF三頁】）。「邑林」とは、このような蟹工船に関係のある固有名であると推測される。

Ⅱ　草稿ノート二冊目（草稿ノート――「クロス装　無題」）

縦二〇・五×横一六・二センチ、縦置、縦書、黒色ペン字、クロス装、本格製本の冊子体ノートに「工場細胞」の「下二〇」途中（『全集』一七一頁五行目）からと「同志田口の感傷」（「田口の『姉との記憶』」改題改作）の草稿が記されている。DVD版の解説を執筆した島村輝氏が指摘しているように、手塚英孝は「日本評論社版『全集』編纂時には存在が知られておらず、定本版『全集』編纂時までの間に見出された」と証言している[5]。最初のページ中央には「専務の且つてを思って職工の中に動揺が起る事」とあり、下のページには「一、ユーモラス、一、機械の描写、一、スパイになる動機（・思想的ギャップ、労農派的、・個人的性格、・生活難）、一、偽マン的な工・委のシーンを描くこと」とメモ書きされている。島村輝氏が指摘しているように、「推敲・訂正は草稿ノート一〇に記された前半部分よりは少なめであり、結末に近づくにつれてさらに減っていく傾向」がある[6]。

「下二一」で、森本とお君が秘密会合が開かれる「「二階」に上る前には、必ず二度程家の前を通つて、様子を見てからにされてゐた」（『全集』一八四頁一～二行目）の後には、「森本はお君と肩をならべて歩いてゐたので、かういふ方の人間であるといふ注意は人から向けられなかつた」と記されていた【PDF一四頁】。

「下二二」で、逮捕された河田と森本とが留置場で壁越しに意思を伝え合う場面、「――サイゴマデ……。／――ん。／――ガンバレ。／――分った！」（『全集』一九五頁三～六行目）という会話の下側ページには、「森本は、河田との通信を終ると、居たたまらない『恐怖』を感じ出した」と記されていた【PDF二一頁】。

---

5 「草稿ノート一一解題」、手塚英孝「解題」（『小林多喜二全集』第三巻、一九八二年九月、新日本出版社、六二五～六二六頁）

6 島村輝「草稿ノート一〇解題」（『DVD―ROM版小林多喜二草稿ノート・直筆原稿』、二〇一一年一月、雄松堂書店）

アステリスクマークが付せられたエピローグは、ノート稿では「下二七」として構想されていた。作品の最後の一文は「お芳にも河田がゐなくなつてゐた」とされ、「一九三〇・一・二二・午後三時了」、「一九三〇・二・一六零時二十五分・訂正了」「一九三〇・二・二四、午後十一時十五分再訂」と記されていた。しかしこの後に「お芳はそつと眼をぬぐつた。／――泣くんぢやない。泣いちや駄目！／お君は薄い彼女の肩に手をかけた。お芳にも河田がゐなくなつてゐた」と追加されている。初出では、最後の「お芳にも河田がゐなくなつてゐた」が修正され、「お君は薄い彼女の肩に手をかけた。お芳は河田のことを考えていた。／春が近かった。――ザラメのような雪が、足元でサラッ、サラッとなった」と続けられている（『全集』一九六頁五～六行目）。ノート稿では“Tokyo's school”と筆記体で四回記されている。これもまた何を意味しているのかが分からない言葉である。

ところで「上一四」のはじまる部分、ノート稿の余白部分には「中野重治」と二回メモ書きされている【PDF六一頁】。多喜二が「工場細胞」を執筆していた頃、中野重治は「新潮」第二六巻第一〇号（一九二九年一〇月）に「芸術に政治的価値なんてものはない」を発表し、平林初之輔との間で芸術的価値論争をおこす。一九二九年九月には「春さきの風」が夏衍訳日本新写実派作品集『初春的風』（大江書鋪）に収録されて上海で出版されていた。「春さきの風」の初出は「戦旗」（第一巻第四号、一九二八年八月）、初収は『鉄の話』（一九三〇年六月、戦旗社）である。三・一五事件で保護檻に収容された「村田ふく」は、獄中で赤ん坊を死なせてしまい、釈放された後、赤ん坊の追悼集会を開こうとするが、主催者側の人びとが予備検束を受け、当日会場に集まった者たちも検束される。未決監にいる夫からの書簡に返事の手紙を認めはじめると、「強い風が吹いてそれが部屋のなかまで吹き込んだ。もはや春かぜであつた」。「わたしらは侮辱のなかに生きています」と最後の一文を書き記してから眠りに就く。一九三〇年四月一六日に中野は左翼劇場劇団員の原政野と結婚するのだが、このように「春さきの風」に描かれ、中野自身もそれを実践した同志愛そして夫婦愛を念頭におきながら多喜二は「工場細胞」を書き進めたのではないだろうか――。お君から森本のもとに届いた手紙の差出人は「中野英一」とされていたり、作者によって削除されたもののノート稿には「村田さん」という「女工監督」が登場したりすることも、この推測を裏付ける根拠となるものである。すでに紹介した佐藤績に宛てた書簡のなかで、多喜二は「「筋の変化」と「女工間のエピソオド」を考顧し、読みづらいことを避ける」努力をしていたことを明かしていた。ノート稿を通読して最も強く感じられたのは、多喜二がいかにリアルに女工の姿を描こうとしていたのか、その努力の跡がはっきりと分かったことである。「中一四」には「コンヴェイヤーの側に立っている女工が月経の血をこぼしながらも、機械の一部にはめ込まれている「女工という部分品」は、そこから離れ得る筈がなかった」(『全集』一三九頁五行目)とある。『全集』では復元されているが、初出は「月経の血」が伏字にされていた。また「下二〇」には、森本がお君に工場大会に参加する女工の人数を尋ねる場面がある。森本が「どうだ?」というと、お君は「四分の一位。別に反対の人はいないのよ。それで女は一度も出つけないでしょう」(『全集』一六八頁一八行目〜一六九頁一行目)と答える。ノート稿ではお君のセリフは「半分位。女ツて昔からそんな会は出るもんでもないし、出なくてもいゝことにされてるツて考が、案外あるんだわ。——別に反対ツて人は無くてもさうなの」とされている【PDF九〇頁】。最初は「半分位」とされていたのが「三分の一」にされ、初出では「四分の一」に替わっている。この数字の違いからも分かるように、多喜二がよりリアルに描こうとしていた女性労働者の姿は、読みづらさを克服するために「女工間のエピソオド」を作品に盛り込もうとしただけではなく、女性労働者の生活と意識の実態を読者に伝える役割を持っていたのである。

※拙稿『小林多喜二「オルグ」草稿ノート研究—雄松堂書店DVD・ROM版にもとづいて—』(「近代文学試論」第四九号、二〇一〇年一二月)も併せてご高覧下さい。

「独房」に秘められた想い
――草稿ノートからの展望――

神村　和美

はじめに

小林多喜二が文学者として活躍した一九二〇年代後半から一九三〇年代初頭は、関東大震災の反動ともいえる出版界の“拡張”、左翼系の文化運動の隆盛などにより、内務省による検閲が一段と神経質になっていった時期ではないかと思われる。そのような時代の言論統制の下、雑誌の編集者たちは伏せ字や削除という形で先手を打つことで、雑誌を世に出そうと努めた[1]。言うまでもないことではあるが、戦前に発表された多喜二の作品も例外ではなく、特に初出テクストは伏せ字や削除で損なわれている。核となる部分を切除された形で世に出された自らの作品を突きつけられた多喜二の落胆と戸惑いは、編集者宛の書簡から窺い知ることができる[2]。さらに多喜二の場合は、国家権力に生命を奪われただけではなく、虐殺された後も弾圧を受け続け、一九三七（昭和十二）年からは一切の初版本の刊行が認められなかった。文学者が自分の作品を世に問う自由が、殺されてもなお奪われてしまった時期があったのである。

しかし、多喜二の直筆原稿やゲラ刷りは、彼をめぐる人々の非常な努力によって弾圧・戦火の下でも秘かに守られ続け、戦後になると、中野

1 紅野謙介『検閲と文学　1920年代の攻防』（2009.10.20　河出書房新社）及び、NHK「ETV特集　禁じられた小説～七千枚の原稿が語る言論統制」（2008年1月27日放送）を参照した。

2 『中央公論』編集者であった雨宮庸蔵宛の書簡（1929年10月24日）には、「不在地主」（初出『中央公論』1929年11月号）になされた「削除、省略」に対する「作者の気持も、（削除された時の）考えて頂きたく思います。」という多喜二の抗議及び削除された箇所の再掲依頼の文言がみられる。

重治が紙面を通じて多喜二の原稿、葉書、作品集、作品の掲載誌などを貸してほしいと呼びかけ（「小林多喜二の原稿につき」／『文学時標』1946（昭和二十一）年3月1日号）、全集の編纂を始める一方、手塚英孝は小林家に保存された多喜二の草稿ノートの存在を明らかにした（「小林多喜二の原稿帳」／（『新日本文学』1947（昭和二十二）年10月号）。このような過程を経て、多喜二の文学は戦後再び陽の眼を見ることになったが、多喜二の文学＝共産主義イデオロギーに忠実な文学といった先入観のためか、国内外の社会情勢の変化—政治の季節の終焉、ソヴィエト連邦の崩壊など—の影響により、長らく読まれない文学となっていたように思われる。しかし、経済が停滞し格差の歪みが再び可視化されてきた二十一世紀に入ると、いわゆる"蟹工船ブーム"が巻き起こり、多喜二の代表作の一つ「蟹工船」が約八十年の時空を超えて現代の読者を獲得するという他に類を見ない形での復活を遂げ、二〇一一年には多喜二の創作の原点である草稿ノート及び、直筆原稿がDVD化されデジタル保存されるに至った[3]。今、多喜二の文学を見直すにあたって、彼の手を離れるまでの原稿に盛り込まれようとしながらも零れ落ちたモチーフ、自由な構想のままに書き付けられた腹案などが窺える草稿ノートは、非常に価値ある資料といえるであろう。

本稿では、前掲の「DVD版　小林多喜二　草稿ノート・直筆原稿」（2011年2月　雄松堂）所収の資料を一つの軸としながら、ノート稿と決定稿の異同が多く、多喜二自身の体験を素材とした作品である「独房」にアプローチしていきたい。なお、テクスト以外からの情報も絡めつつ、作家として—そして人間としての多喜二が「独房」に秘めた想いに触れてみたいと思う。

Ⅰ．草稿ノートからの問題提起

生前の多喜二が、当局の思想・言論弾圧の実態を自身の身体で体験させられたのは、治安維持法違反という罪名で豊多摩刑務所に収監され

3　小林多喜二直筆資料デジタル版刊行委員会『DVD版　小林多喜二　草稿ノート・直筆原稿』（2011.2.20　雄松堂書店）

た、一九三〇（昭和五）年八月二十一日から翌一九三一（昭和六）年一月二十二日までの時期と、その前後ではないかと思われる。豊多摩刑務所収監に先立つ一九三〇年五月、『戦旗』防衛三千円基金募集巡回講演旅行中に大阪島之内警察に留置された多喜二は、髪の毛が何日も抜けるような拷問を体験させられている（斎藤次郎宛書簡　1930.6.9）。また、「東京朝日号外」（1931年5月21日付号外）によると、大阪から帰京してほぼ一ヶ月のちには、今度は東京の警視庁において顔面が硬直するような峻烈な取り調べを受けており、彼が心身ともに追いつめられた状況で豊多摩刑務所に収監されたことが窺える[4]。そして、刑務所から出所した直後は、外の世界へなかなか順応できない自分自身を吐露するような手紙を友人たちに書き送っていることも明らかである[5]。

しかし、獄中で自身の文学のスタイルを振り返り、新たな創作の道を模索し続けた多喜二は、出獄後まもなく「オルグ」（『改造』1931（昭和六）年5月号）「独房」（『中央公論』1931（昭和六）年7月号・夏季特集号）、そして“壁小説”としての小品を精力的に発表してゆく。「東京朝日号外」を眼にした人々の中には、『中央公論』に掲載された重々しいまでにシンプルなタイトルを持つ「独房」に、多喜二が当局から受けた被害の赤裸々な告発を期待した人もあったかもしれない。しかし「独房」は、そのタイトルを、そして「一九二八年三月十五日」（『戦旗』1928（昭和三）年11・12月号　以下「三・一五」）、「蟹工船」（『戦旗』1929（昭和四）年5・6月号）を書いた作家の作品であるというイメージを裏切るかのように、思想犯が強いられる独房生活の痛苦は全面に押し出してはおらず、むしろ暢気な笑いと別荘での休息といった楽観性が印象的な短

4　荻野富士夫「解説1　獄中からの手紙を中心に」（荻野富士夫編『小林多喜二の手紙』岩波文庫　2009.11.13）を参照した。

5　1931年1月26日、出獄から四日目の多喜二は、田口タキ、壺井繁治、中野鈴子、壺井栄にそれぞれ手紙を書いている。タキ宛書簡には、「神経衰弱」「夜あまりよく眠れないので、（色々の刺戟で）頭が今悪い。」などの言葉が見られる。また、壺井繁治宛書簡には「ぼくは大変元気に、そこの敷居を大きく跨いで出てきたのだが、今ぼくは襟がみをひッつかまれて、グルへ、させられて、頭がどうも変になりそうだ」、鈴子には「出たら、世の中がやっぱりぼくをのけものにする位に進んでいて、それが（それは雑音とザットウが）ぼくの頭をコングラかしてこの四日憂鬱の限りにいます。」などと書いている。

篇となっている。彼の親しい仲間たちが実際に体験した拷問描写に力を込め、大衆を憤怒に駆り立てることを意識した「三・一五」とは対照的に、自身が特高の拷問を体験したにもかかわらず、拷問に関する描写は比較的少なく、さらりと流されていることも興味深い。

罪人として扱われ、複数の官憲から密室で一方的に受ける拷問、その直後に強いられる不自由な独房生活、といった体験は、当事者にとって相対化することのできない絶対的な体験であろう。そして、多喜二をはじめ、当時の左翼運動家や文化人らが受けた特高の拷問とは、肉体を責めるだけではなく、人間としての尊厳を損ない精神を徹底的に苛むような類の拷問であったことは想像に難くない。心身ともにダメージを受けた自らの記憶を掘り起こし、客観的に整理し、言葉に紡ぎ直すことで追体験するということは、たとえ表現者と雖も非常に苦痛を伴う行為に違いない。

ところで、一九三一年のノート稿に書き残された「独房」草稿を紐解くと、草稿では拷問に関する描写は殆どなく（「プロレタリアの旗日」における、同志への懲罰としての“締め込み”のみである）、発表稿における、取り調べの際の拷問——竹刀で殴る、靴のまま蹴られる、着物が背中からズタ〳〵に切られる——という描写は、発表稿へ編集される際に加筆されたことがわかる。また、「オルグ」ノート稿では、〈河田〉に関する記述に「一週間程ブッ続けに拷問に会つてゐるらしく、調べに出て行く前何んでもなかつた着物が、帰つてくると背中からヅタ〳〵に切れてゐたりした。」という、「独房」の記述と類似した箇所がみられるが、「オルグ」発表稿では省略されており、〈河田〉からのレポにおいても、〈拷問〉という言葉が〈弾圧〉に変更されている。つまり、「オルグ」で削除された拷問に関する描写は、「独房」で生かされたのだと思われるが、その理由を推測するための鍵は、草稿ノートにある〈プロレタリア文学に於ける「憎悪欠除」の問題〉というメモにあるのではないかと思われる。

多喜二の残したメモによると、〈憎悪欠除〉とは、一九三一年当時の徳永直、貴司山治らの作品に見られた傾向である。田郷虎雄「印度」（『改造』1931（昭和五）年4月号）への批判、〈愛情の問題〉と並列されて箇条書きにされていることから、『中央公論』五月号に発表された「文芸時評（一）」（4月8日脱稿）に関するメモと推測でき、「オルグ」及び「独房」草稿が書かれた以降に執られたものなのではないかと思われる。なお、「文芸時評（一）」では、〈憎悪欠除〉に関し否定的な叙述が展開されていることから、階級的な憎悪を表現するためには、自身を含め多くのマルクス主義者が体験させられている拷問の事実を多少なりとも書き込むべきだと判断しての拷問描写の加筆であるとも考えられるであろう。但し、拷問の痛苦よりも、警察署の隣家に住むズロースを忘れないモダンな娘に対する男たちの興味と期待が留置場の空気を支配しているかのような描き方がなされており、拷問に関する記述を付加しても読者に恐怖感のざらつきを残さないような匙加減がなされているように感じられる。拷問体験直後の多喜二が拷問描写に以前のような筆を割かないのは、自らの体験を書き綴り追体験することの苦痛以前に、一般大衆にこびり付きつつある左翼運動に対する危険なイメージを和らげるための戦略である可能性もなきにしもあらずであろう。

しかし、「独房」には「三・一五」や「蟹工船」などを読んできた読者が想起するような、そして作家同盟や党から要請されるような、暴圧的な国家権力へ挑む勇ましい獄中闘争が描かれていないことによる肩すかしは、同時代の評価もさることながら当時の一般読者も共有する印象であった、とも言えよう。実際に多喜二は、一読者から“苦痛のない独房”を描いたとしての批判を受けている[6]。しかし多喜二は、その批判に対し「「一九二八年三月十五日」を書いた私が、何故それとは対蹠的な「独房」を書いたかという意図（結果から見れば、機械的に反撥した私はこゝで大変な誤りを犯した）を見て、そこから私を具体的に教えてくれるような、ヨリ発展的な批判を進めてもらいたかった。」と書いており[7]、この言葉からは、「三・一五」と〈対蹠的〉なものというスタンスで描かれたものとしての「独房」が浮かび上がってくる。確かに形式の面に

---

6 寺嶋徳治「でっち上げた嘘—主として近作『独房』について—」「苦痛のない『独房』—ほの見える殉教者の衒気」（『時事新報』1931.10.1／10.3）

7「良き協同者　寺嶋徳治君に」（『時事新報』1931.10.4）

おいても、活動家たちだけではなくその妻子をも視点人物とし、多角的な視点から弾圧事件を描いた「三・一五」とは対蹠的に、「独房」はライト・モチーフを繋いだオムニバス形式の作品であり、草稿の段階では独房生活を体験した〈私〉の一人称語りで貫かれている。また、草稿段階では〈私〉の一人称語りで綴られていたテクストが、発表稿では〈田口〉という人物の語った内容を〈私〉が記録したという枠物語へと変更されていることも興味深い。

単に〈私〉の物語が〈田口〉の物語に移行しただけで、一人称語りという面では大きな変化がないと感じられるかもしれないが、多喜二が過去に生み出した〈田口〉の物語を描いた作品としては、「田口の「姉との記憶」」「同志田口の感傷」が先行しており、「独房」が敢えてこの系譜を継ぐ形式に填め直されたという事実には、決して小さくはない意味があるのではないかと思われる。

他に、草稿から決定稿への編集過程で変更された点として興味深いのは、ノート稿における最終章の、獄中の〈私〉へ手紙を書き送る女性の人物設定に二つのヴァージョンが見られ、結果として後で書かれたものが選択された点であろう。

多喜二の絶対的な体験を素材にした「独房」が、「田口の「姉との記憶」」「同志田口の感傷」といった作品の系譜を継ぐものとして編集し直されたこと—つまり、〈私〉の語りから〈田口〉の語りへの変更がなされたこと、そして手紙の書き手の設定変更には、多喜二のある想いが秘められているように感じられはしないだろうか。まず、多喜二文学における〈田口〉という作中人物を整理するところから始めてみたい。

Ⅱ．“「田口」もの”の系譜としての「独房」

多喜二文学における〈田口〉という姓から想起されるのは、言うまでもなく多喜二の恋人であった田口タキの存在であろう。彼女との関わりが、作家として歩みだそうとする多喜二の源泉を豊かにし、彼のその後の方向性を決定づけたこと、そして“タキ”という女性名、“田口”という姓が多用されていることから、彼女の存在自体が、作品を生み出す原動力の一つであったことが窺える。

ところで、“瀧子”“タキ子”という女性名が、田口タキの過去を匂わせる、私娼として生きることを余儀なくされた登場人物のものである印象が強い一方、“田口”という姓は、「田口の「姉との記憶」」（『北方文芸』1927（昭和二）年6月発行第4号）・「不在地主」（『中央公論』1929（昭和四）年11月号）・「同志田口の感傷」（『週刊朝日』1930（昭和五）年4月春季特別号）・「独房」（『中央公論』1931（昭和六）年7月号・夏季特集号）・「安子」（『都新聞』1931年8月23日号から同年10月31日号まで69回連載。当初の題名は「新女性気質」）など、男性キャラクター及び活動的な女性キャラクターに用いられるケースが多いように思われる。

また、一九二五年の草稿ノートに遡ると、後の「田口の「姉との記憶」」に繋がる断稿が見られるが、当初は、姉の〈郁子〉と弟の〈健〉という登場人物による物語が構想されていたようである。その後、「姉との記憶」というタイトルが付けられ枠物語という意匠が選択されるが、自身の過去を語る人物には、“田口”という姓ではなく“芹田”と読める姓が与えられている。しかし、この作品は直ちに発表されることはなく、二年の時を経て、加筆・改作された形で発表された。その際に、“芹田”は“田口”に変更され、タイトルにも「田口の「姉との記憶」」というように“田口”姓が登場している。しかも次なる改作「同志田口の感傷」では、“田口”という姓に“同志”を冠することで、“田口”と書き手である〈私〉との近しい距離が、タイトルからして印象づけられるような操作がなされている。また、主人公のない小説として多喜二が挑んだ「蟹工船」の草稿ノートからも、北海道であらゆる労働をしてきた経験豊かな労働者である“田口”という人物の登場が真っ先に考えられていたことが推測でき[8]、“田口”という姓を用いることに対する多喜二の非常なこだわりが感じられる。

ところで、「田口の「姉との記憶」」・「同志田口の感傷」における〈田

8 （註3）の小林多喜二直筆資料デジタル版刊行委員会『DVD版　小林多喜二　草稿ノート・直筆原稿』（2011.2.20　雄松堂書店）所収の草稿ノート7（1928年の原稿帳の一つ。表紙に「原稿帳　1928（C）Covaiashy」という表記がある。）を参照した。ノート2頁目に、田口（あらゆる北海道の労働をしてきた。）山田（酔つ払（ママ））石川（炭山から来た男）安本（ゴム工場から来た男）など、作中人物に関する走り書きメモがある。

口〉は、書き手の〈私〉に対して自身の体験を打ち明け、〈私〉に筆を執らせる役割を持つ男性キャラクターとして描かれているという共通点が見受けられる。このように、〈田口〉が語り、〈私〉が書き留める、という意匠を持つ作品群を、“〈田口〉もの”の系譜とひとまず括るならば、“〈田口〉もの”の最後の作品となったのは「独房」である。“〈田口〉の物語”は結果的に「独房」をもって終結してしまうが、「独房」には、〈私〉のなかに〈田口〉に関する情報が「まだ〱」ストックされているという提示が付記として記されており、〈田口〉の物語を今後も書きついでいこうとしていた多喜二の意図が顕れているとも受け取ることができる。

しかし、「独房」草稿からは、当初「独房」は“〈田口〉もの”の系譜ではなく、のちの「飴玉闘争」(1932(昭和七)年7月4日脱稿、『三・一五、四・一六公判闘争のために』パンフレット)、「監房随筆」(『アサヒグラフ』1932(昭和七)年1月20日号)のように、〈私〉という一人称によって綴られる、実際に独房に繋がれた等身大の多喜二自身の姿を想起できるような作品として構想されていたことがわかる。だが多喜二は、自らの絶対的な体験を文学化するにあたり、一度取り組んだ〈私〉の一人語りという形式を捨て、かつて改作を繰り返した〈田口〉ものの意匠に填め直した。そして、「独房」は田口の話の一部に過ぎないとし、〈田口〉が一晩寝ないで喋り通した中から、〈私〉が幾つかを選択して「独房」として書き纏め、最後に付記をつけたという枠物語の形式を用いている。つまりは、〈田口〉が喋り通した体験談のエピソードを取捨選択し構成し直して書いたのは〈私〉なのである、という設定がされているのである。

ところで、先行する“〈田口〉もの”では、姉の死については詳しく語らない〈田口〉と、敢えて聞かない〈私〉という構図が付記として描かれており、〈私〉も知らない事実が存在することが提示されている。一方「独房」では、〈私〉が書いたものは〈田口〉が話した事柄の「ホンの一部」であり、他の沢山のエピソードについては別の機会に紹介する、とされている。彼が話した体験談のすべてを、〈私〉は一息に書ききることはできないのである。〈田口〉が「人が変わったのか」と思うほど「饒舌」になっているという設定は、姉の死について黙して語らなかった

〈田口〉を描いた先の二つの作品と呼応しており、「独房」に書かれることのなかったエピソードの存在をより強調しているように感じられる。

ところで、このテクストには盛り込めなかった〈田口〉の話とはどのようなものであろう。この末尾の付記からは、ノート稿にはあるが発表されなかった「おいらん船」「こら、何しとるんだ？」の存在が想起させられはしないだろうか。書かないけれども知っている〈私〉――つまりは、「独房」というテクストに織り込まれたことだけがすべてではないのだというメッセージを、多喜二は枠物語という形式に託したということも考えられる。「保釈になった最初の晩」、私的な空間で、朝までかかって打ち明けられた独房体験談のすべてを〈私〉は書き尽くすことはしなかった、という提示を与えることで、多喜二は書かれなかったものに対する読者の想像力を掻き立てるような方法を採っている。検閲の厳しい時代情勢において、自身が体験させられた独房体験という素材を扱った小説を発表するにあたっての、彼なりの戦略であるともいえるだろう。

それでは、なぜ多喜二は、「独房」の内なる語り手を〈田口〉と名付け、かつての“〈田口〉もの”を継承するかのような作品に仕立てたのであろうか。つまりは、語り手はなぜ〈私〉ではなく〈田口〉でなければならなかったのであろうか。

Ⅲ．“独房”への手紙

ここで、再び「独房」草稿ノートに眼を転じてみたい。ノートによると、「独房」草稿は、一九三一（昭和六）年三月十一日に十三章〈出廷〉の章で一度擱筆されているが、初出稿（『中央公論』1931（昭和六）年7月号）の末尾には「（六月九日）」と書き終えた月日が記されており、草稿と初出稿との間には、約三か月の期間があったことが窺える。そして、一人の女性からの手紙で始まる十四章は、十三章〈出廷〉の章で一旦擱筆された後（三月十一日）、一息おかれたあとで付け足されている。のちに「独房」初出稿の最終章「独房小唄」冒頭に配置されることになる手紙の原型である。なぜ「独房」は〈私〉から〈田口〉の物語に填め直されたのか、という問いの答えを導き出す前に、この女性からの手紙の成立経緯に触れなくてはならない。

「独房」決定稿とは異なり、この箇所に関する最初のノート稿では、手紙の書き手は、自身を〈あたし〉、受信者の〈私〉を〈君〉と呼んでいる人物として描かれている。言葉遣いも飾り気がなく、決定稿の手紙のように、ドストエフスキーを「読まなければよかった」「眠ることも出来ず」と、自身の不安な気持ちを纏わり付かせるような文面でもない。ここから、当初想定されていた手紙を媒介にして見える送信者と受信者の関係性を考えると、二人の間に仮に上下関係があるならば、手紙の書き手である女性が〈私〉よりも優位にあっても不思議ではないような印象を受ける。

ところで多喜二は、作中人物の女性の一人称をその立ち位置によって細やかに選択している作家である。例えば「曖昧屋」の私娼〈タッちゃん〉や「「市民のために！」」における玉ノ井の断髪の私娼の一人称の場合は〈妾〉、また、「不在地主」における地主・〈岸野〉の令嬢には〈あたし〉、主人公〈田口健〉の恋人・〈節〉には〈わし〉というように、自身を称させている。また、「安子」では、村から小樽に出た〈田口安子〉が自身を〈あたし〉と称することと対照的に、姉の〈お恵〉の一人称には〈わし〉という表現が用いられている。（ただし、〈安子〉は運動に深く関わっていくにつれ、〈あたし〉ではなく〈私〉という自己表現を身につけていく。）ちなみに、「オルグ」における魅力的な女性闘士・〈お君〉も自身を〈あたし〉と称している。

ともかく、多喜二の作品において、〈あたし〉という一人称は、都会に生きる女性や、積極的に行動を起こし左翼運動にも身を投じることのできる女性、そして華やかな性的魅力を放つモダンな女性に用いられているようである。ちなみに、「独房」第一章の表題「ズロースを忘れないお嬢さん」は、楢崎勤「ヅロオスを穿き忘れたお嬢さんの話」（『神聖な裸婦』1930（昭和五）年4月　所収）のパロディーであると思われるが[9]、楢

9　多喜二は、鹿地亘宛獄中書簡（1931.1.16）において、楢崎の「ヅロオスを穿き忘れたお嬢さんの話」に触れている。また、井上章一『パンツが見える。羞恥心の現代史』（2002.5.25　朝日選書）によると、「ヅロオスを穿き忘れたお嬢さんの話」とのインターテクスチュアリティーがみられる他の作品には、飯島正「燃えない人形」（『近代生活』1930.1）、久野豊彦「あの花！この花！」（『モダンTOKIO円舞曲』1930　春陽社　所収）がある。なお、井上は、1930

崎の小説のヒロインであるモダンな女学生も、自身を〈あたし〉と称している。

また、男性に対して〈君〉と呼びかける女性の作中人物で思い浮かぶのは、「党生活者」の〈笠原〉であろう。（彼女は〈佐々木〉に対し「君、男だから弱る」と言う。）半断髪・洋装のタイピストで、左翼に共感を抱き、活動家である〈佐々木〉との同棲に踏み切った彼女は、ある意味典型的なモダンガールとしての要素を持っているように思われる。これらを総合して考察すると、当初、この手紙の書き手は、同じく東京で活動する女性同志か、左翼活動へのシンパであるモダンな女性として構想されていたのではないだろうか。

そして、東京で活動する女性運動家といえば、「独房」では、〈私〉（ここではノート稿にちなんで〈田口〉ではなく〈私〉としておく）が共に仕事をした一人の女性同志に関する挿話が想起できよう（「豆の話」）。この章で描かれているのは、ある時偶然に、二人の耳に飛び込んできた、“豆”にちなんだ性的な冗談を媒介にしたときに垣間見えた彼女の一面に関する記憶が、現在時の語り手に彼女への〈愛着〉を起こさせるというものである。彼女は、食堂の厨房の男性が口にした性的な冗談を耳にしたとき、嫌悪感を露わにしたり黙殺するどころか、その意味を理解すると同時に思わず吹き出し、その後〈周章てて〉赤面するという反応をする。彼女が性的な冗談に即座に身体反応してしまうこの場面は、瞬間的に彼女のハビトゥスを見事に表しており、これが〈私〉に一種の親しみやすさを覚えさせたのであろう。男性の会話の中の性的な冗談の意味がすぐに分かってしまったこの女性同志は、おそらく様々な経験を積んだ女性であるように思われる。そして、東京で左翼運動に身を挺していることから、やはり自身を〈あたし〉と称するタイプの女性なのではないかと推測できる。

ここで、やはり自身を〈あたし〉と称する最終章の女性からの手紙を

年代当時ズロースを履いていたのは、女学生、モダンガール、女性の共産党闘士、ブルジョア家庭の女性たちが中心であったと指摘、女性闘士は男性同志との関係の乱れを防ぐためにも比較的早くからズロースを履いていたとし、多喜二の「党生活者」に登場する〈伊藤ヨシ〉にも触れている。

想起すると、多喜二は、「豆の話」における、語りの現時点から女性活動家へと向けられた衝動的な〈愛着〉を伏線とし、最終章にある一人の女性同志からの獄中への手紙を付加し、彼女らと〈私〉との関わりをより深めて書くことで、男性同志と対等に渡りあい、激しい弾圧下でも時には冗談に笑いながら運動に身を投じている、いわゆる“新しい女性”を印象づけることを試みようとしたのかもしれない。しかも、草稿ノートをよく見ると、当初は手紙の書き手の一人称は〈私〉なのだが、後から鉛筆のような筆記用具で〈あたし〉と訂正されており、この女性の一人称表記への多喜二のこだわりを感じさせられる。また、このノートには「新女性気質」（後に「安子」と改題）腹案相関図も書かれている点からも、当時の多喜二が“新女性”の表象をモチーフにしていたことが窺えるであろう。

だが多喜二は、〈私〉を〈兄さん〉と呼び、自身を〈私〉と称する、より親しい間柄にあると思われる頼りなげな女性からの手紙のヴァージョンもすぐ次のページに書き、決定稿としてそちらを選択した。但し、この手紙の書き手を〈私〉の妹のうちの一人と解釈するのは不自然であるように思われる。なぜなら、「オン、ア、ラ、ハ、シャ、ナウ」ですでに妹からの手紙は登場していること、髪を刈られるのを嫌がる〈私〉に「面会に来る女があるんだろうからな」と言う床屋の台詞、手紙の書き手が幾度も面会に来ていることから、〈私〉には、刑務所にまで一度ならず面会に来てくれるような親しい関係の女性がいることがそれとなく示唆されている。そして、彼女（手紙の書き手）がドストエフスキーを読む人であることと、手紙ではなくお守りを送ってくる〈私〉の母、小説嫌いの〈私〉という設定とを統合させると、彼女が〈私〉の妹だとすると、彼女一人だけが異なる文化資本を持っているように感じられるからである。

さらに、現在の時点で明らかになっている文脈外の情報—田口タキが多喜二を“兄さん”と呼び、多喜二に読書を勧められ長年実行していたことを照らし合わせると、この手紙の書き手として、肉親ではないが肉親同様に親密な関係にあった女性—“田口タキ”のイメージと重ねられる女性像が浮かび上がりはしないだろうか。このように仮定すると、非常に興味深いのは、多喜二がかつての恋人・タキのイメージを仄かに持つ女性からの手紙を決定稿として選択し、最終章を飾ったということである。〈豆の話〉で女性同志への愛着という伏線を張っておきながらの最終章の手紙の書き手の変更は、多喜二の中の何かしら秘めた想いの発露のようにも感じられる。なぜなら、監獄の外から監獄内部へもたらされる手紙というものは、獄中の人間にとって唯一外の空気をもたらしてくれる壁の風穴のようなものであり、その価値の大きさは、実際に獄に繋がれた時期の多喜二の心に沁みたであろうし、当時はまだ恋人であったタキからの手紙を何よりも彼は待ち焦がれていたからである。

独房での多喜二は、村山籌子や中野鈴子といった、運動を理解した進歩的な女性たちと頻繁に手紙のやりとりをし、本を差し入れてもらうなど好意的な援助を受けるが、恋人であるタキは、食べ物などの差し入れはするものの手紙を書いてよいかどうかさえわからず、多喜二の入獄から一月以上経ってようやく手紙を書いた（田口瀧子宛書簡 1930.10.11)。一方、中野鈴子宛書簡に書かれた「貴女たちの手紙を、同じ手紙を、一日に二度は読み返え《ママ》しています。その中に、何か読み残したもの、新しいもの、社会の匂い・・・・・が無いかと。これは本当です。」（中野鈴子宛書簡　1930.9.27）という多喜二の言葉は、獄中に在る彼がもっとも欲していたものが手紙であったことを物語っている。手紙を書かないタキへの苛立ちからか、多喜二は、タキは一度も手紙を送ってこないけれども鈴子はいかによく自分のために動いてくれるのかをあてつけるように書いた書簡を獄中から出しているが（田口瀧子宛書簡 1930.10.2)、同じ手紙の文末で、「いずれにしろ、瀧ちゃんは、一日に一本は便りを書かなければならない義務を持っている筈なのだ」と書いており、タキからの手紙を純粋に待ちわびている彼のもどかしい心情が伝わってくる。

しかし、彼女の過去に懊悩しながらの苦しい恋愛を結婚という形で昇華させることを決意しながらも、獄の壁に隔てられてしまった多喜二と、さらに深刻な家庭事情を背負うことになったタキとの間に決定的な別れが訪れてしまう。獄中の多喜二は、十一月の面会時にタキが自分との関係を解消する決意をしたことにそれとなく感づき、彼女を覆う淋しそうな雰囲気をみてとり、彼女に対し最初で最後の〈お前〉という呼びかけをしている(田口瀧子宛書簡　1930.11.22)。

小説「独房」の楽観性とは異なり、現実の独房体験は多喜二に様々な心身へのダメージを与えたと思われるが、その最たるものの一つは、大切な人びととのコミュニケーションを奪われたことであり、その結果として田口タキとの恋人関係を失ったことは相当な痛手であっただろう。初期の草稿ノートには、多喜二の東京への憧れと、タキへの愛情の狭間で揺れ動く心情が、欄外に繰り返される走り書きという形で散見できる。そのような激しい思いを抱いていた多喜二であるが、ようやく悲願のタキとの東京暮らしが叶ったと思いきや、僅かな間のタキとの同居生活を最後に獄で隔てられ、結果として彼女との恋人関係を失ったのである。

ところで、「独房」の手紙では、投獄されても大声で明るく笑っている〈兄さん〉に、タキのイメージが窺える女性が驚くという内容が描かれているが、実際のタキは、面会の際に多喜二を見て「青い」と言ったようである(田口瀧子宛書簡　1930.10.31)。タキが“兄さん”＝多喜二の明るさに驚くということは、実際にはなかったのではないか。顔色を心配された多喜二自身とは対照的な作中人物〈田口〉を据え、手紙を送ってこない恋人ではなく、笑わせる手紙を送ってくる年下の女性の存在を挿入したという点から推察すると、この作品の最終章には、現実とは異なりタキからこのような手紙が届いたのであったなら・・・という多喜二の想いが込められている、とも考えられる。彼女から獄中に在る自分に送られたかった手紙、その手紙の内容を笑い飛ばす自身の姿を投影した作中人物を描くことで、独房体験とは切っても切れない終焉させられた恋愛への感傷を、乾いた笑いで癒そうとしたのかもしれない。「独房」で〈田口〉が手にした手紙は、多喜二の過去への希望の一欠片ではなかったろうか。

Ⅳ.〈私〉の物語から〈田口〉の物語へ

ここで再び、この小説の枠組みが、“〈私〉の物語”から、“〈私〉が聞き書きした〈田口〉の物語”へと改められた経緯について考えてみたい。ノート稿から推測する限り、最終章の手紙の書き手が女性同志を思わせる人物から田口タキを彷彿させる人物に代替させられた後に、決定稿への編集段階において“〈私〉の物語”から“〈田口〉の物語”へと変更がなされている。つまり多喜二は、語り手を〈兄さん〉と呼ぶ頼りなげな女性――田口タキをイメージさせる女性に設定し直したあと、語る人物として〈田口〉という姓を持つもう一つの人格を設定する一方で、〈私〉＝〈田口〉の体験談を記録する人――“語り手”ではなく“書き手”――として、物語内容から後退させたのである。そして、手紙の書き手である女性の輪郭を描きこむことはせずに手紙の文面だけを取り込むことで、タキのイメージのみを仄かに匂わせるだけに留めたことも、この小説の構造の変化に影響したのではないかと考えられる。つまり、タキと作中人物との間の距離を、人物像の輪郭を持たない短い手紙の文面だけに留めたように、書く自分と書かれる自分との間の距離を〈田口〉に委ねたのではないだろうか。

ところで、多喜二が初めて〈田口〉ものの原型「姉との記憶」を書いたのは、一九二五（大正十四）年四月五日から六月九日の期間であった。それは、多喜二が東京商科大学の受験に失敗した直後であり、田口タキが銘酒屋で働いていた時期でもある。「姉との記憶」」起稿の約一ヶ月前に書かれた多喜二のタキ宛書簡（1925.3.12）には、嫌いな客を無理矢理取らされる彼女を気遣う多喜二の苦悩がみてとれる。

同年十二月のタキの身請けより一ヶ月遡る十一月十九日、彼はタキの日常をモチーフとし、女性の一人称独白体を用いた「曖昧屋」をノートに執筆しているが、ここで興味深い事実が浮かび上がる。多喜二は、この作品に“田口たつ子”というペンネームを用い、一九二五年十一月号『文藝春秋』に告知された懸賞小説に応募しているので

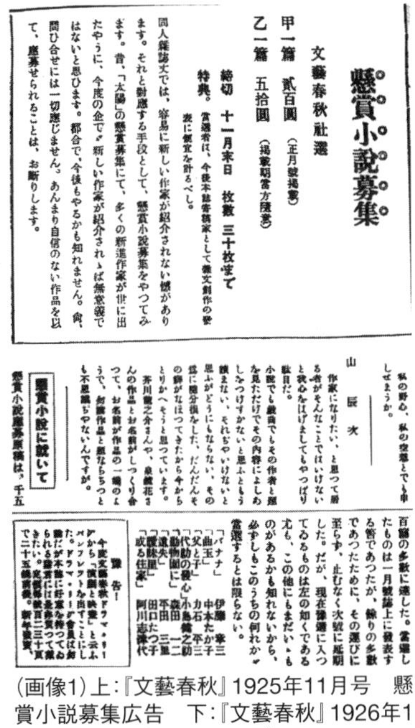
懸賞小説募集
文藝春秋社選
甲一篇　貳百圓　（正月號掲載）
乙一篇　五拾圓　（掲載期嘗方隨意）
締切　十一月末日　枚數　三十枚まで
特典。當選者は、今後本誌寄稿家として徴文創作の發表に便宜を許るべし。
同人雜誌丈では、容易に新しい作家が紹介されない憾があります。それと對應する手段として、懸賞小説募集をやつてみます。昔、「太陽」の懸賞募集にて、多くの新進作家が世に出たやうに、今度の企で〃新しい作家が紹介されゝば無意義ではないと思ひます。都合で、今後もやるかも知れません。尚、問ひ合せには一切應じません。あんまり自信のない作品を以て、應募せられることは、お斷りします。

私の野心、私の空想とでも申しませうか。
山　辰　次
作家になりたい、と思つて居る者がそんなことではいけないと決心をはげましてもやつぱり駄目だ。
小説でも戯曲でもその作者と題を見ただけでその内容によしあしをつけすかないと思ふともう讀まない、それぢやいけないと思ふがどうにもならない、その爲に隨分損をした。だんだんその癖がなほつてきたから今からとりかへそうと思つています。
芥川龍之介さんや、泉鏡花さんの作品とお名前がしつくり合つて、お名前が作品の一部のようで、何篇作品と題ならちつとも不思議ぢやないんですが。

懸賞小説に就いて
懸賞小説應募原稿は、千五百篇の多數に達した。當選したものは一月號誌上に發表する答であつたが、餘りの多數であつたために、その選びに至らず、止むなく次號に延期した。だが、現在豫選に入つてゐるものは左の如くである。尤も、この他にもまだいゝものがあるかも知れないから、必ずしもこのうちの何れかゞ當選するとは限らない。
「バナナ」　伊藤幸三
「曲玉」　中本たか子
「父と子」　力石平三
「代助の發心」　小島健之助
「動物園に」　森田一二
「遺失」　平田三星
「曖昧屋」　田口たつ子
「或る住家」　阿川志津代

豫告！
今度文藝春秋ドラマ・リーグから「演劇と映畫」と云ふパンフレツトを出すことにした。ドラマ・リーグ會員は勿論だが本誌に好意を持つてゐられる諸君には是非買つて頂きたい。定價郵稅共二三十頁で二十五錢前後。新年發賣。

（画像1）上:『文藝春秋』1925年11月号　懸賞小説募集広告　下:『文藝春秋』1926年1月号“「曖昧屋」田口たつ子”とある。

ある（画像1）。なお、宮本阿伎によると、翌年一九二六年十二月号『文藝春秋』には、「曖昧屋」の改作「酌婦」が“辻君子”のペンネームで応募されている。ちなみに、「酌婦」投稿の約一ヶ月前の一九二六年十一月にはタキが家出をしており、この時期の多喜二は、〈田口生〉というペンネームも用いている。

ところで菅聡子は、作家の「署名」と小説文体における〈異性装〉について、次のように書いている。

> 作家名ぬきに読者がそのテクストを受容することは、出版メディアを基本的な場とする近代的読書のコンテクストにおいてはあり得ない。とすれば、読書行為のコンテクストにおいて、読者はつねに、まずその署名から作者の〈性〉を参照し、そのうえで、テクストの視点設定と作者の〈性〉との一致・交錯を見ることになる。［中略］言文一致体定着以降の小説文体における〈異性装〉は、テクストの外部を装いながら、実はテクストの一部としての作家の「署名」においてこそ創出されるのであり、そこにおいて決定的な役割を果たすのは、読者による読書行為、すなわち作者の「署名」を参照しつつテクストにおけるジェンダーを仮構しようとする読者の身振りなのである[10]。

菅の論を踏まえると、多喜二が〈田口たつ子〉〈辻君子〉というペンネームを用いたということは、作者による〈異性装〉という意匠のレベルではなく、曖昧屋の“タッちゃん”、路上で客を引く“辻君子”自身が小説を書いて、懸賞小説に投稿したという、作品の範疇を超えた物語性——私娼による私小説という物語性を読者に問うことの意識の顕れということになろうか。また、懸賞小説応募という点も考慮しなくてはならないであろう。

紅野謙介は、懸賞文・懸賞小説というメディアによる装置（「「文学」がなにかを共有する読者が少なかった社会において、「文学」をとりあえず目に見えるものに換える装置」）が作動することにより、近代日本にお

10 菅聡子「〈男〉の目で見る—文体としての〈異性装〉をめぐる断想」（『文学』2010年7、8月号）

いて「文学」がさまざまな文化のなかで次第に特別な位置に近づいていった、と述べている。また、「懸賞小説の「賞」とは、みずからをより大きな社会のなかで位置づけ、確認するための記号の獲得を意味する」のであり、懸賞小説というイベントは一見開かれたシステムでありながらも、男性ジェンダーであることによって、皮肉にも「紋切型」の小説モードが生み出されていったのだという[11]。

ここで、文壇デビュー前の多喜二が、女性の視点・言葉で紡いだ「曖昧屋」に、作者として自身の名前を「署名」するのではなく、“田口たつ子”というペンネームを被せて懸賞小説に応募した、という事実を考えると、彼にとっての“文学”の意味が浮かび上がってくるように思われる。「みずからをより大きな社会のなかで位置づけるため」懸賞小説に挑み、文学を志す、というより、多喜二は、男性中心社会の底辺で生きる私娼が、みずからの言葉を紡いで男性ジェンダーによるシステムである懸賞小説に応募してくる、といったようなアクションを受け止め、既成のジェンダーシステムを揺り動かす可能性こそを文学に見出したのではないだろうか。なぜなら、貧困に縛られる名も無き少女によるエクリチュールという試みは、「誰かに宛てた手紙」「救援ニュース№.18附録」「テガミ」に継承され、“壁小説”という運動の試みとも繋がってゆき、多喜二文学を貫く一つの流れとなっていくからである。中期の多喜二の作品にみられるような、偶然に少女のエクリチュールが第三者の手に渡り、それがメディアを通して流布される、というあり方ではなく、少女自身が雑誌に投稿をするといった弱者の主体性を、多喜二がその作家的出発の時期に描こうとしていたことは興味深い。ただし、後の多喜二は、カタカナと平仮名の混在や突然の空白に傷つけられた、よりリアルなエクリチュールを追求していくのであり、「曖昧屋」から「誰かに宛てた手紙」「テガミ」「級長の手紙」などへの軌跡は、彼にとってのリアリズム追求の軌跡でもあると言えるだろう。

また、残された多喜二の日記や書簡によると、「姉との記憶」が「田口の「姉との記憶」」に改作されるまでの二年間、多喜二とタキとの間に

11 紅野謙介『投機としての文学　活字・懸賞・メディア』（2003.3.20　新曜社）

は並々ならぬ紆余曲折があったことが窺える。先ほども触れたように、多喜二が選び取るペンネーム、作中人物の姓名にも、タキとの関係が大きく影響していることは首肯できるであろう。タキとの不安定な関係を抱えていた多喜二が、敢えて〈田口〉という姓にこだわり、作家主体の象徴でもあるペンネームにもそれを用いたことは、少女であった田口タキが直面し、その犠牲とさせられた“子どもの貧困”という問題は、今や何不自由ない身だと思われる多喜二自身もかつて共有していたのだという同胞意識を彼女に伝えたい心情の顕れのようにも感じられる。彼の当時のタキ宛書簡を読むと、作品をタキに届けては彼女からの返信を期待する多喜二の姿が浮かび上がるのである。また、「田口の「姉との記憶」」脱稿の時期には、同時期に発表した「十三の南京玉」(『小樽新聞』1927(昭和二)年5月23日/5月30日)についての詳しい説明をタキに書き送っていることからも、「姉との記憶」の「田口の「姉との記憶」」への改作は、読者としてのタキを意識して行われたものであると言えるのではないだろうか。

これらのことを踏まえると、「独房」における手紙の書き手の変更、〈私〉から〈田口〉への語り手の移行は、多喜二の断ちがたい彼女への思慕の発露であるとともに、自身の独房体験がどのようなものであったかを、タキも理解しそして共有してほしいという願いが秘められているようにも感じられる。なお、多喜二は、「独房」発表の二ヶ月後に発表した壁小説「テガミ」についても、タキに手紙を書いている。恋人関係は解消したとはいっても、やはり自身の作品の読者としてのタキを求め続けたのであろう。

結果として、〈私〉の同志・〈田口〉の物語は、「独房」以降は復活することはなく、「監房随筆」は、〈田口〉の物語ではなくノート稿にあったような〈私〉の物語として語られることになる。

同じ志を信奉することも叶わず、私生活でもパートナーとしての関係を続けることができなかったが、常に彼の文学の読者として意識される田口タキと、作者の分身であると同時に書き手・〈私〉の同志である、ペンによって生み出される〈田口〉。小説「独房」の生成過程は、多喜二に内在化した二人の〈田口〉の存在と、〈田口〉の物語に作品を填め直さざるを得なかった多喜二の心情を浮かび上がらせるとともに、“〈私〉の物語”という構造では受け止めきれなかった、多喜二の独房体験の重さを物語っているのである。

V．“不滅のもの”

ところで、仄かな女性の面影—田口タキのイメージ—が取り込まれた一方で、性的対象としての女性のイメージを強調した「おいらん船」という章全体が削除されたということから、どのような意味が見出されるであろうか。まず、「おいらん船」を簡単に振り返ってみたい。

〈私〉は、留置場にいたときも、刑務所に来てからも〈月に二度位×精した〉。〈私〉はすべての身体的特徴を記録にとられ分刻みで管理されているが、独房に繋がれようと〈私〉の身体は健康である証拠に性欲を感じている。しかし、〈月に何度か激しく欲情を感ずること〉があり、健康な証拠だと安穏してもいられないほどに身体の奥からわき上がってくるものに放心させられてしまうことがある。しかし〈私〉は、自慰行為は体力の〈無駄な浪費〉であるとし、夢精を健康チェックのバロメーターのように捉え、セクシュアルな要素を無理矢理に削ぎ落とそうとする。そのように無理矢理自慰を我慢した翌日は〈きまって頭がぼんやり〉するのであるが、〈私〉が密かに自慰に踏み切ることはない。しかし、自慰を我慢することは、〈私〉に蟹工船の漁夫にストライキを起こさせないための〈阿片〉として〈「おいらん船」〉を計画した資本家のエピソードを思い出させる。そこから、〈私〉の〈プロレタリアの「おいらん船」〉に関する妄想——〈プロレタリアの「おいらん船」〉が、独房めぐりをやってくれる——が始まり、〈私はそのまンま何時間も他愛なく放心して、空想にふけってしまう〉。そして〈私〉は、「蟹工船」の漁夫たちのように口ずさまずにはいられないのである。「三銭切手で届くなら・・・」と。以上が、「おいらん船」の内容である。

〈私〉自身も〈馬鹿〉だと斬り捨てたい、〈プロレタリアの「おいらん船」〉による独房めぐりという妄想であるが、人間社会には階級の問題以前にジェンダーの問題が立ちはだかっているという重要な問題を提起しているとも言えるだろう。つまりは、プロレタリアの社会が実現しようと、男性にとって都合の良い身体を持つ女性が必要とされ、不特定多数の男性を慰めるものとしての役割を担わされる可能性があるということである。

しかも、“おいらん船”という言葉からは、船上で春をひさいだ江戸の“船饅頭”や、高度経済成長期までその姿が見られたという瀬戸内海の“おちょろ船”（画像2）の女性たちのように、身を売る女性たちの中でも最下層に置かれていたといっても過言ではない女性たちのイメージが想起されないだろうか。この章では、そのような女性たちが集められ、〈阿片〉として蟹工船の漁夫たちに与えられようとしていた、という資本家の計画が批判されるどころか、むしろ彼女たちへの〈私〉の欲望が剥き出しにされている。しかも、〈プロレタリアの「おいらん船」〉（下線部は筆者）による独房めぐり、という〈私〉の発想は、強いていうなら、売春という職業に就いている女性ではなく、活動に身を挺した男性同志の生活を支える女性たち――“ハウスキーパー”に、プロレタリア解放運動のためという名目の下、男性同志の性処理の役割を担わせることを厭わない発想の肯定に繋がりはしないだろうか。しかし、〈私〉のこのような妄想は否定されることはないまま、〈枚葉をつけたモウ想が、勝手に頭のなかに手足をのばして行く〉のである。換言するならば、ただでさえ自由を奪われている身体が、自身の性欲にまでも支配されてゆくという苦痛を意識させるのが、“独房”という独特のトポスなのだ、とも言えるであろう。

（画像2）『辺界の輝き―日本文化の深層をゆく』五木寛之・沖浦和光（岩波書店 2002.3.）より“おちょろ船”の写真。

ところで、「おいらん船」が書かれた最後のページには、“不滅のもの”という言葉が大きく斜めに走り書きされ、その上から見せ消ちのように波線が引かれた痕跡がある。多喜二がこの章を書き終わったとき、彼の脳裏に無意識に浮かんだ言葉であろうか。しかし、多喜二はこの言葉を軽く打ち消すように、波線を被せている。“不滅のもの”とは、人間から切り離すことのできない性欲の問題であったろうし、いにしえより世界中にみられた“売春”という名の不滅の職業でもあろうし、革命の前に立ちはだかるジェンダーの問題でもあったであろう。ただ、これらを「不滅のもの」として安易に括ることは、その問題を歴史が当たり前に孕んできたものとして異化することなく受け入れ、男性の性処理の役割を担わなければならない女性の必要性を肯定することに繋がるという危険があるだけに、最終的に章全体の削除という選択が取られたのかもしれない。

そもそも多喜二にとって、男性の性欲の問題、若い貧困女性の売春問題は、青春時代の苦悩と結びついたものであったと言える。小樽時代、銘酒屋で働いていた恋人・タキの過去にこだわり懊悩した多喜二は、医師に性の問題について意見を求めたりもしていたという[12]。そして、田口タキに取材した初期の作品においては、男性の性欲こそが売春制度を支えている最たるものであると〈瀧子〉に語らせ、「蟹工船」においても、漁夫の性欲の苦しみ、漁夫にキャラメルで買われる雑夫の姿を描いている。そのように、田口タキの実体験及び性欲を軸に生じる優劣関係を文学化してきた多喜二が、「独房」においてタキのイメージを取り入れたとき、彼女と彼女を愛する自分自身をも苦しめ続けたもの―女性が男性の性処理の道具として売買されることを認知する社会―や、男性中心主義がはびこる左翼運動のなかで、女性闘士が男性闘士を性的に慰安する役割を担わされる恐れのあるハウスキーパー制度の肯定に繋がると読めるような要素を発信することにやはり躊躇を覚えたのではないだろうか。

しかし、ノートに書かれた「おいらん船」をみると、多喜二の細かい推敲の痕跡が見られることから、この章をできるだけ生かそうとした多喜二の姿も思い浮かぶ。なぜなら、自慰に関しては「オルグ」ノート稿でも取り上げられており、同志である〈お君〉と同居するなかで彼女への性的欲求に苦しみ、時々自慰をする〈石川〉という男性闘士が描かれ

12 倉田稔『小林多喜二伝』(2003.12.20　論創社)「第三章　北海道拓殖銀行時代Ⅰ（大正期)」(P336) を参照した。

ていることがわかる[13]。若い男女が共に寝起きする非合法生活の中、主に男性が抱えざるをえない“性”の苦しみを真っ向から描こうとした痕跡が見えるが、〈石川〉が自慰を行う記述は決定稿には入れられなかった。〈お君〉への愛情に先駆けて肉体を貫く性の欲動のみをインパクトの強い言葉で表現するよりも、〈お君〉への愛情と組織内恋愛に対する躊躇の思いが錯綜する中に性欲を並列させ、彼女との恋愛関係に踏み込めない〈石川〉の苦悩を全面に押し出すことの方に重きが置かれたのではないだろうか。何れにせよ、「オルグ」で試された左翼闘士の性の問題は、「独房」でも試みられながらも結局は保留されることとなる。しかし、多喜二はこのモチーフを完全に消去したのだとはいえないだろう。むしろ「おいらん船」のモチーフは、“書く〈私〉”という枠物語形式のなかに潜在させられているのではないだろうか。物語内容としてはオープンにはされないものの、〈田口〉＝体験者から書き手である〈私〉に伝えられ、〈私〉の中にストックされたものとして。また、その後の作品の流れの中でこの問題を捉えるならば、このモチーフは性愛を超えてもなお愛おしい田口タキのイメージが取り込まれることで捨て去られたのではなく、自慰という対自的な性欲との向き合い方を突出させる描き方から、他者との関係性のなかで捉えられる左翼闘士の性を描くことにシフトされ、その試行錯誤は「安子」や「党生活者」へと受け渡されていったとも考えられるであろう。

×　×　×　×　×

独房体験の傷を文学化する際に多喜二が結果的に選んだ形式は、かつて「自信がある」とし、改作を重ねた“〈田口〉もの”であった。そして、“〈田口〉もの”が生み出された背景―貧困の犠牲となり酌婦として生きるタキの姿を書き続けた多喜二、強く惹かれあいながらも別れを繰り返す二人の不安定な関係―を考慮すると、「独房」の編集過程からは、独房生活の代償として完全に失うことになってしまった恋人・田口タキ

13『DVD版　小林多喜二　草稿ノート・直筆原稿』（2011.2.20　雄松堂書店）所収の草稿ノート12（「オルグ」ノート）の130頁（画像063）を参照した。

への錯綜した想いの残照が散見できるように感じられる。

しかし、「独房」は、獄に繋がれることにより失った彼女との関係を嘆くような、悲観的なニュアンスを持つ作品として紡がれることはなかった。むしろ、弾圧をもってしても枯渇されることのない希望に繋がるものであり、どのような辛い体験をも新たな道への糧とする決意の顕示という意味をも持つ作品でなくてはならなかったのではないか。だからこそ多喜二は、実際にあった生々しい体験、痛めつけられる身体、心の痛みのみが前景化されるような描き方はしなかったのであろう。そして、共産党員らしからぬ共産党員としての〈田口〉を造型することで、運動の外にある人々（タキを含む）にも共感できるような作品としての「独房」を編集していったのではないだろうか。

ノート稿と決定稿との異同からは、〈私〉の物語ではなく〈田口〉の物語とされることにより、そして、最終章の手紙の書き手も、女性同志を思わせる女性から、田口タキを彷彿させる女性に変更されることにより、語り手の人間関係の拡がりが付加されていることも指摘できる。つまり決定稿では、タキのように運動には携わっていないが、活動家たちが手を取り連帯すべき女性たちの存在が、作品のクライマックスともいえる章で仄めかされているように感じられるのである。運動内部の人間たちだけではなく、運動外部にある人間たちとのコミュニケーションも深めていくべきであり、運動は内部だけで充足するべきではない、というメッセージが込められているように思われることから、「安子」との関連も読み取ることができるであろう。

テクストのみを取り上げると、独房生活を軽い筆致で描き出し暢気なものとして笑い飛ばす楽観的な「独房」という印象が残るが、多喜二が残した文章及び草稿ノートを紐解くと、国家権力との闘争において、憤怒を燃やすばかりではなく、笑いの力を借りて次なる闘争への意欲に繋げるという視点の転換により過去の作品「三・一五」を乗り越えようとする意識、そして、独房に繋がれることにより失ってしまった恋人・タキの面影を“〈田口〉もの”の意匠と共に取り込むことを最後に、多義的な意味で次なる段階へと前進しようとする多喜二の想いが錯綜している作品であるように感じられるのである。

第3分科会

多喜二研究の諸相

小林多喜二『防雪林』における比喩表現――「狼と犬」を中心に

山﨑　眞紀子

はじめに

現在、人はまだ見たことがない風景を写真で、テレビで、映画、WEBで見ることができる。今日ほど映像がメディアの中で優位性を持っている時代に、小説を通して〈見る〉ことの有効性などあるのだろうか。もちろん、「風景」とは単なる一例であり、まだ見たことがないこと、経験したことがないこと、生きたことがない時代、自分以外の存在に仮想的になり替わることなどと置き換えてもよい。現地に赴かなくてもたとえばアフリカの奥地を私たちは〈見る〉ことができるバーチャル《仮想的》な時代に、文字の羅列がどのように人間に働きかけることができるのか。そのような時代に見たことも経験したこともない世界を言葉だけで伝えることなどできるのか。もしできるとすれば、並々ならぬ力量のいることではないだろうか。しかも紙の上に文字だけが並んでいるシンプルな構成である。

改めて考えてみれば活字の羅列に、なぜ私たちはこれほど心を揺り動かされるのか、私はとても不思議に思う。映像であれば、『蟹工船』で描かれたオホーツクの荒海も、波に揺れながら狭い船室で垢まみれで襤褸を着て過重労働をさせられる悲惨な状態を、あっという間に伝えることができる。このような環境のなかで、なぜ、いま小林多喜二を「読む」のか。

ノーマ・フィールドは「どうしてプロレタリア運動に関わる人たちが文学を必要としたか」と問いかけ、「もともと文学青年だった、という答えもあるでしょうし、文学青年が多く存在していたこと自体、文学がメディアのなかでも重要な位置を占めていた時代だったことも考慮すべきでしょう。そして、文学が個々人の精神に浸透する力を実感した人たちが、社会的効力を求めたことに不思議はないでしょう。」と述べている[1]。

文字の羅列だけでは、「個々人の精神に浸透する力」は持てないであろう。そこには「文学」という転換が必要となる。ノーマ・フィールドは続けて「人を説得するにはその心理を尊重しなければならない。小説はもちろん社会全体をつかむこともできますが、心理を捉え、分析し、表現するのにとくに適した道具であることは近代小説の歴史が示すところです。小説を書く手間は、人のこころを観察し、理解し、表現する行為を引き受けることを意味していて、説得という目的に到達するための手段といえます。」[2]とも発言し、まさに正鵠を得ている。

21世紀を迎えて十数年経過し、メディアはこれからもますます変容していくことだろう。ヴァーチャルリアリティは進化し、生身のアイドルだけでなくコンピュータで合成されたアイドルにも若者は熱狂する[3]。いまや人々の心に伝えられる力をもつ表現媒体は、多喜二の時代とは異なり文学が優位とは限らなくなっている。祖父母や両親、多くいる兄弟を通じて家族の中で交わされてきた言葉が、現在の核家族化や希薄になった地縁社会の中で、これまでの明治、大正、昭和という3世代の中で交わされてきた言葉も昭和、平成となり、多喜二の生きた時代を伝える会話も無くなることだろう。

「昔そういうことがあった」と切り離すのではなく、いま、この時代に生きている自分たちの問題として継続していることを、どのように文字の力で伝えられるのだろうか。文学の持つ可能性、それは後述する多喜二が絵画や映画をこよなく愛しながらも、結局は文学を選んだことにも何かヒントが隠れているのかもしれない。本論は、小林多喜二『防雪林』で何気なく描かれた、主人公・源吉の幼い弟・由が口にする「兄、犬

---

1 ノーマ・フィールド「小林多喜二と文学――格差社会とリベラル・アーツを考えるために―」「みすず」2010年11月号）P19

2 注1同書P20

3 2012年2月6日～12日に開催された札幌雪まつりでは、札幌生まれのヴァーチャルアイドル初音ミクの雪像が話題を呼んだ。

の方強えでなア」に注目して、由が手にする「絵本の雑誌」に描かれている物語の寓意性を考察してみたい。そして、小林多喜二が『防雪林』で人々の心に「小説」という媒体で何を伝えようとしたのか、その文学の可能性を確認したいと思う。

Ⅰ　その絵画的、映像的方法

小説家には絵が巧い人が多い。それはひとえに凡人が持たない観察眼と、ものごとを捉える力、それを再現する力が絵画も小説も同じ基盤となっているからだろう。小林多喜二も絵が巧かった。彼は、一九〇三年十月十三日、秋田県北秋田郡、現在の大館市川口に自作兼小作農家の次男として生を受け、一九〇七年十二月、一家は北海道小樽区新富町でパン店を営む伯父に勧められて小樽へ移住している。幼少期から青年期まで小樽で育ち、潮見台小学校、小樽商業学校、そして小樽高等商業学校（現在の小樽商科大学）で学ぶなかで最も多感な時間を過ごした。十四歳のころから多喜二は、天性の芸術的資質を開花させ、水彩画を描き、詩、短歌、小説執筆に手を染めるようになる。手塚英孝、貴司山治、倉田稔が記した年譜や、伝記を参照して佐藤三郎（元・白樺文学館多喜二ライブラリー学芸員）が作成した年譜によると[4]、一九一九年十一月一日～二日小樽区稲穂町の中央倶楽部での小羊画会展に、水彩画六点を出品、とある。多喜二が十六歳のときである。翌年の展覧会にも五月に水彩画を三点出品している。「小羊画会」とは、小樽商業学校の友人数人と立ち上げた学内サークルの名であり白羊洋画会と改称された展覧会のもとで、一九二〇年九月十八日～十九日に多喜二は五点の水彩画を出品した。だが、それ以降は伯父によって絵をやめさせられている[5]。

4　佐藤三郎「小林多喜二　その歩みと作品〈年譜〉」（神谷忠孝・北条常久・島村輝編「国文学解釈と鑑賞　別冊　『文学』としての小林多喜二」至文堂、2006年9月15日）P279

5　倉田稔『小林多喜二伝』（論創社、2003年12月）によれば、多喜二は庁商予科二年生（1917年）の頃から、校友たちと共に水彩画を画き始め、翌年本科一年生の時、秋に六,七人のグループができ、校内の廊下で初の展覧会を開いた。これが好評で新しい仲間も加わり、日曜日ごとに郊外へ写生に出かけたりした。彼は『文章世界』のカットの懸賞募集にも、入選・選外佳作などになったという。このグループは小羊画会という名がつけられ、翌年には白洋画会と改名した、とある（P60）。倉田は同書で、伯父が多喜二に絵を書くことを禁じた理由を

一九二一年に小樽高等商業学校、現在の小樽商科大学に入学後も、在学期間内での水彩画展出品履歴は見つからない。しかし、一九二四年三月に同校を卒業の際の「卒業生徒詮衡表」備考欄に「水彩画を描く　小説をカク　酒煙草を飲まず」と書かれている[6]。「小説をカク」よりも前に「水彩画を描く」という言葉が置かれていることに注目したい。多喜二が絵筆を握ることに情熱を傾けていたことは倉田稔の『小林多喜二伝』にも詳しい倉田稔『小林多喜二伝』(論創社、2003年12月)[7]『防雪林』が非常に絵画的表現力にあふれていることは、すでに栩沢健の論考でも詳述されている[8]。もちろん他の作品がそうではないというのではなく、

多喜二が絵の仲間としばしば外出するのをよしとせずに、悪い仲間と交際しているのではないかと懸念し、勉強に打ち込むように命令をくだしたという解釈を多喜二の初期作品『石と砂』から読み取っているが、「結局、絵をやめた理由は小説は金がかからないから」に倉田は結論を見ている(同書、p66)。また、WEB上の三星製菓HPのコラムによれば、伯父・小林慶義は、事業の失敗により秋田の地主だった小林家の田畑を失い小作農に転落させ、その後始末を弟の末松(多喜二の父)に任せ上京。再び失敗し、当時活況に沸いていた小樽に向かい、パン屋を創業して成功する。最初は多喜二の長兄・多喜郎を小樽に引きとり、小樽の学校に通わせようとした。しかし、多喜郎は小樽にわたって間もなく病死、その後多喜二一家を小樽に呼び寄せ、自ら創業したパンと菓子店「小林三星堂」が卸すパンと菓子小売店を小樽若竹町で開業させた。小学校を卒業した多喜二は、伯父の家であり三星の工場に住みこみ、登校前と後に製パンや配達、掃除などの雑事を手伝い商業学校に通っていた。しかし、経営者の身内が学費を援助してもらいながら学校に行かせてもらう姿を従業員たちは快く思わず、多喜二は優秀な成績でその思いにこたえたいと修学に努め、同時に絵画に情熱を込めた。遅い時間まで絵筆を握っている姿を見て、多喜郎を病死させてしまった痛恨もあった慶義は、多喜二に絵を書くことを禁じた、とある。(三星製菓HP、コラム参照　http://www.rakuten.co.jp/mitsubosi/873564/：2012年1月閲覧)

6　現在、小樽商科大学史料展示室に展示されている。

7　倉田稔『小林多喜二伝』(論創社、2003年12月)

8　栩沢健『防雪林』―小林多喜二の“絵”―(早稲田大学国文学会「国文学研究」第百十八集、1996年3月)は、小林多喜二の「防雪林」ノート稿に描かれていた電信柱と防雪林の連なりと、それらによって守られている一筋の道が遠近法によってとらえられた絵に注目している。作品中で実際に防雪林が姿を見せるのは後半であり、防雪林の見えない風景から見える風景へ、これが物語の大まかな流れだと指摘した。さらにラストの放火場面は、従来の論考では放火する行為主体の意味を考察していたが、むしろ、「源吉を、放火へと、そして放火を俯瞰できる場所を選ばせ、導く物語の語りないしは叙述の展開」に注目すべきであると述べている。展開の一つの例示として、「電信柱の一列がマッチの棒をならべたように」という比喩の中の「電気」と「マッチ」、「マッチ」と「ランプ」そして放火へ、を挙げている。

十分絵画的ではある。私は中学生の頃に読んだ『蟹工船』の船内の描写が、いまだに脳裏に焼き付いている。北海道にもオホーツクの海に行ったことがない、カニの缶詰工場が入っている「工船」の意味すらよくわからない無知な子どもだった私が、挿絵もなく文字だけの小説を読み進めるうちに目の前には冷たい荒海が見え始めた。船内には人間の垢のたまった体臭や糞尿の臭気が立ち込め、ボロ雑巾のように草臥れている労働者の姿がある。活字の上から立ち上がってきた、あの読書体験を私はいまだに忘れることはできない。映画や絵画などで具象的に表現されたわけではなく、文字だけで未だ経験したことがない世界の扉が開かれたことの衝撃は大きかった。振り返って思うのは改めて、小林多喜二の描写力、その力の大きさに驚くばかりである。

絵画のみならず、多喜二は無類の映画好きであったことも有名である。北海道の一人の小作農の姿を綿密に描いた『防雪林』の冒頭場面は、一枚の絵というよりは動きや音や光の陰影などを伴い、映像的と言った方がふさわしいかもしれない[9]。作品の書き出しは、「北海道に捧ぐ」と置かれ、第一行目が「十月の末だった」とある。小林多喜二は、東京・豊多摩刑務所から村山籌子宛ての書簡に「東京の秋は何処まで深くなるのですか。僕は二十四カ年北の国を離れたことがない。それで、この長い、どこまでも続く、高く澄んだ東京の秋を、まるで分からない驚異をもって眺めている。」[10]と記している。東京の十月末と北海道のそれとは大きく異なる。北海道は八月末から秋が始まり、十月末は冬の到来を意味する。初雪を見る頃で、これから長くつらい冬がやってくる時期を迎えるころであり、「十月の末だった」という短い一文には、苦難が待ち受ける予兆が意味されている。細かい硝子のような雪が冷たく降り始め、それから半年間は凍りつくような冬の寒さが続く。その切なく暗澹たる思いを、夕闇が迫ろうとする荒涼とした石狩の平原を通して描かれ、そして主人公・源吉が大きな包みを背負って貧しく粗末な家に帰ってくる

9 『防雪林』における闇と光の映像的な表現に着目したのは日高昭二である（「小林多喜二の世界」北海道大学放送教育委員会編『北海道文学の系譜』北海道大学、1984年）。

10 一九二九年三月三一日（消印）、荻野富士夫編『小林多喜二の手紙』岩波文庫、二〇〇九年十一月、P120～121

場面から作品は始まるのである[11]。

源吉の住むあばら家には電気も水道も煙突もなく、家の中で焚き火をし、その煙は排出穴もなく窓や入り口から漏れ出ており、明かりはランプによって灯されている。そのランプのホヤを源吉の弟・由は毎日磨くことを命じられ、それを由はひどく嫌い、言いつける母親に悪態をつくが、その姿も含め何気ない彼の振る舞いがこの作品に奥行きをもたらす。この弟の子どもっぽい仕草は、綾目広治もすでに指摘しているように非常にかわいらしい[12]。特に由は夜になってランプの下で「二、三枚位しかくっついていない絵本の雑誌をあっちこっちひっくりかえして見て」、この絵本の雑誌[13]に描かれている物語の結果が気になり、何度も兄

---

11 防雪林の冒頭は以下の通り。十月の末だった。その日、冷たい氷雨《ひざめ》が石狩のだゞッ広《ぴろ》い平原に横なぐりに降っていた。何処《どっち》を見たって、何にもなかった。電信柱の一列がどこまでも続いて行って、マッチの棒をならべたようになり、そしてそれが見えなくなっても、まだ平《たいら》であり、何にも目の邪魔になるものがなかった。所々箒のように立っているポプラが雨と風をうけて、揺れていた。一面に雲が低く垂れ下がってきて、「妙に」薄暗くなっていった。鳥が時々周章てたような飛び方をして、少しそれでも明るみの残っている地平線の方へ二、三羽もつれて飛んで行った。源吉は肩に大きな包みを負って、三里ほど離れている停車場のある町から帰ってきた。源吉たちの家は、この吹きッさらしの、平原に、二、三軒ずつ、二、三軒ずっと、二十軒ほど散らばっていた。それが村道に沿って並んでいたり、それから、ずっと畑の中にひっこんだりしていた。その中央にある小学校を除いては、みんなどの家もかやぶきだった。屋根が変に、傾いたり、泥壁にはみんなひゞが入ったり、家の中は、外から一寸分らない程薄暗かった。どの家にも申訳程位にしか窓が切り抜いてはいなかった。家の後か、入口の向いには馬小屋や牛小屋があった。(『小林多喜二全集　第二巻』(新日本出版社、1982年6月) なお、本論文における『防雪林』引用は、本書による。

12 綾目広治「『防雪林』—その可能性」(「国文学　解釈と鑑賞別冊　『文学』としての小林多喜二」至文堂、2006年9月、p98) で、「『防雪林』の優れたところ」として「由の、いかにも子どもらしい可愛さもうまく描かれていて」と述べている。

13「二、三枚位しかくっついていない絵本の雑誌」を「絵本」と表記するには抵抗はある。現代の私たちが思い浮かべる絵本とは異なり、二、三枚位しかくっついていない簡易版のものであろう。2012年2月21日〜23日小樽商科大学で開催された「2012小樽　小林多喜二国際シンポジウム」での私の口頭発表後に (23日午前)、この絵本は雑誌の付録のようなものであり、「赤本」という角度から調べてみてはどうか、との助言を小樽在住で以前は札幌大学生協書籍部勤務、現在は古書店 (渓森堂みみずく文庫) を営む小笠原寛行氏からいただいた。小笠原氏は、赤本は明治期より駄菓子屋、露店にて細々と売られていたようであり、北海道木古内町出身の詩人・吉田一穂が、1940年〜1944年まで金井信生堂で「赤本」の絵本を作っていたからその方面で調べてみてはどうかと助言を受けた。『防雪林』執筆より13年〜17年も後のこと

や姉に聞いている。

「姉《ねね》、ここば読んでけれや。」
由がそう云って、炉辺で足袋を刺していた姉の袖を引っ張った。
「馬鹿！」姉は自分の指を口にもって行って、吸った。「馬鹿、針ば手にさしてしまったんでないか。」
「なあ、姉《ねね》、この犬どうなるんだ。」
「姉《ねね》に分からなえよ。」

（中略）

「道庁の役人が来てるッて聞いたで。えゝか。」
源吉は肩を一寸動かして、「役人か……」そう云って笑った。
「なア兄、この犬どうするんだ。」
由が今度は絵本を源吉の側にもって行った。「こんだこの犬が仇討ちをするんだべか。——」
「母、ドザ（紺で、糸で刺した着物）ば支度してけれや。」
「よオ、兄、この犬きっと強えどう。隣の庄、この犬、狼んか弱いんだってきかねえんだ。嘘だなあ、兄。」

この後も由は、「なア、兄、犬と狼とどっちが強《つ》えんだ。犬だなあ。」と繰り返し絵本に描かれている犬と狼の物語の結末を気にかけている。由はどうしても「犬の方が強い」ことを確かめたくてたまらない。源吉も由も絵でしか狼は見たことがないのだ。話題がお稲荷様の話に及ぶと、

だが、北海道文学館に所蔵されている吉田一穂が編集に携わっていた赤本を調べてみたが、手掛かりは見つけられなかった。小笠原氏からは、講談社のキングが1924年、改造社の円本が1926年であり、大衆出版文化成立の流の中で駄菓子屋等のルートから出版社自ら赤本を手がけ、流通量も増え、北海道の子どもの手元にも届いたと充分想像できるのでは、という意見を頂戴した。なお、赤本については南部亘国「明治・大正・昭和絵雑誌の流れ」（瀬田貞二他著『復刻　絵本絵ばなし集　解説』ほるぷ出版、1978年3月、P192〜193）に詳しく、無名の画家、無名の人による粗悪品だが安価であり、どの家庭にも普及していたという。

今度は「兄、狐、犬よんか弱いんだべ。」と狐と犬を比べている。
なぜ、由はこの絵本に描かれている犬に肩入れするのであろうか？

Ⅱ　「犬と狼」の寓話

結論から先に言ってしまえば、由が実際に目にしたことのある動物が犬であったから、と言えるのではないだろうか。由は源吉に「兄、狼見たことあるか。」と尋ね「見たことねえ。」と源吉が答えると、「絵で見たべよ」と由は言う。由も実際は狼を見たことがないのだろうが、「絵で見た」ことは「見た」ことに準ずるのである。

「犬」は隣家が飼っており、「――隣りの犬おっかねえでえ。」と由は怯えていることからも、「犬は強い」存在なのだ。絵でしか見たことがない狼と、実際に「おっかねえ」犬を比べてみると、実際に目にしている犬の方が強いと思いたいのである。また、さらに由が「犬の方が強い」ことを強調したいのは、既知のものに強者の基準を合わせた方が世界に対する怯えが少ないからだろう。ただでさえ犬は怖い。それ以上怖い存在がこの世界にいるとしたら、未知の世界が多い子どもの世界は、さらに恐怖が増し怯えなければならないからである。

幼い由が絵本を読んでくれと姉・お文や兄・源吉にせがむ場面を小林多喜二が挿入したのも、絵は文字よりも幼い子どもにわかりやすいことを示唆したことと思われる。絵本に描かれた物語を通して、子どもの心に何かが伝わり、それが世界に慣れさせていくことになるとすれば、由はまず身近にある世界で、誰がこの世で強いのかという強者と弱者の把握をして過ごしていることがわかる。隣にいて、自分を脅かしている犬は、果たして狼より強いのか。

由が読む絵本については、書き込みがなされている小林多喜二「防雪林」ノート原稿にヒントとなるメモはない[14]。また注13にも記したよう

14『小林多喜二全集　第二巻』（新日本出版社、1982年6月）巻末解題および注参照。全集巻末解題によれば『防雪林』は、原稿帳の一九二七年、第三号に、未発表のまま書きのこされていた百八十三枚の中編小説で、表題には、「北海道に捧ぐ」というサブタイトルがあり、「(未定稿)」と記されている。ノート稿の終りには、「(一九二七、一二──→一九二八、四、二六夜)稿了」と執筆期間の記入がある。「防雪林」については、一九二七年十一月二十三日の日記に

に、この本が明治期から出版された少年向きの講談本・落語本の赤本であるとしても、現在、由が手に取っている本と同様の書物をいまのところ見つけられずにいる。ここでは、一般に流布している絵本に用いられる物語内容から探っていくとする。『防雪林』が書き始められたのは、一九二七年十一月末で、書き終えたのが翌年四月末であることから、一九二六年十二月に刊行された、日本も含む『世界童話体系』[15]を参照して考察したい。この童話体系から犬と狼が登場する物語をあたってみると、「犬と狼」というタイトルで収録されていたのは、イソップによって創始された寓話を継承したラ・フォンテーヌ（1621～1695）による寓話集の一編である。長くなるが、その内容を以下に紹介する。

一匹の狼が痩せて骨と皮ばかりになった。番犬たちの見張りがあまりに厳重で餌食を得ることができなかったからだ。この狼が、脂ぎった、毛並みの艶々した強壮な犬と道で出会った。狼は犬に襲いかかろうとしたが、相手の犬は立派な体格で狼は痩せていて激しい闘いに耐えられるか自信がなく、そこで狼は遜って、犬の肥え太った立派な体格を褒めると、犬はこう答えた。「なあに、僕がこんなに太っているのは全く君たちのお陰さ。君も森を離れ給え。その方が君の為だよ。森にいる君たちの仲間は目も当てられないじゃないか。素寒貧野郎で飢え死にするのが関の山だ。君たちには安全というものがなく、無料のごちそうにありつくこともできない。ほんのちょっとしたけちな食物を得るためにも、君た

「『防雪林（石狩川のほとり）』約百二、三十枚ぐらいの予定で、三、四十枚程書いて、（月初めに）そのままになってしまった。これは是非完成さしたいと思う。原始人的な、末梢神経のない、人間を描きたいのだ。チェルカッシュ、カインの末裔、如き。そして更に又、農夫の生活を描く。」と記されており、また、一九二八年一月一日の日記には、「『防雪林』は百三十枚程迄出来上がった。もう、十五、六枚で終わりだ。」と、書かれている。この小説は、最初、十一月初めに書きはじめて、一時中断していたものを、十二月になって、さらに稿をあらため、題名も最初の「石狩川のほとり」を「防雪林」に改めたものと思われる。（中略）「防雪林」のノート原稿は、作者の没後十四年後の一九四七年、全集編纂中に発見された。日本共産党機関紙『アカハタ』同年六月十九日付第一五一号で紹介、ナウカ社発行『社会評論』十一・十二月合併号、一九四八年一月号に分載発表され、転換期の代表作として評価された。完成されたはじめての中編小説でもあった。一九四八年八月、日本民主主義文化連盟から、『防雪林』（B六判仮綴一八七ページ）が刊行された。とある。

15 吉澤孔三郎『世界童話体系第九巻』（世界童話大系刊行会、1926年12月）

ちは死ぬほど危ない目に遭わなければならない。森を棄てててついて来給え。ずっと幸せな身の上になるよ」

狼は「で、どういうことをするのでしょう？」と尋ねると、犬は「胡散臭い乞食どもを追っ払ったり、家の人たちのご機嫌をとったり、主人に気にいられるようにしたりするぐらいでいいんだ。」と答える。狼は喜んで犬について行くことにしたが、歩いているうちに犬の首のところに皮が擦り剝けているのを見つけてその理由を聞くと、「首輪をはめてつないで置かれるので、多分その跡がついているんだろう」と犬が言うので、狼は繋がれていることに驚き、自由を奪われていることを犬に指摘すると、犬はそんなことはどうだった構わない、と答える。狼は「構いますとも。あなた方の食事はみんなそのことに関係しているんです。私はそんな事は真平です。」と言い捨てて走り去ってしまった。

以上の「犬と狼」と題された物語は、生活保証（従属）か自由（自尊）かを、それぞれ犬と狼によって寓意的に示したものであるといえる。この物語を参考に考えてみれば、痩せた狼が置かれている状況は、石狩川のほとりの小作農を表していると考えられるであろう。骨と皮ばかりになってしまった狼は、わずかな菜っ葉と芋で飢えをしのぎ、三か月も魚を食べていない農民をさし、ちょっとした食べ物を得るためには死ぬほど怖い思いをしなければならないのは、源吉と勝が道庁の役人による検察に見つからないように秋味（鮭）を採捕する場面を当てはめてみれば、ぴたりとくるだろう。もし、同庁の役人に見つかれば捕まって罰せられてしまう。役人におびえていることは、由が近所から聞いたとして道庁の役人が来ていることをすかさず兄に伝えていることからもわかる。次に引用する場面は、実際に鮭を採捕した後に、行動を共にした勝が向こうからくる何かに対し役人ではないかと怯えており、それに対し悠然と構えている対照的な源吉の姿である。

「役人なんて、提灯ばつけてくるけア。」と源吉が笑った。
「んだら、なおおっかねべよ。鼻先さぶつかるまで、分からねえでないか。」「んだら、こら。」そう云って、身体を半分後ろにねじ曲げて、勝の鼻先に、さっきのこん棒をつき出した。「これよ。」

勝は、その棍棒から血なまぐさい臭いがその時きたのを感じた、と同時に、ギョッとした。
「馬鹿な！」勝は自分でもおかしいほどどもって云った。
「この村で、これで三か月も一匹の魚ば食ったことねえんだど。こったら話ってあるか。後《うら》さ行って、川ば見てれば、秋味の野郎、背中ば出して、泳いでるのに、三か月も魚ば喰わねえってあるか。糞ッたれ。そったらわからねえ話あるか。それもよ、見ろ下さ行けば、漁場の金持の野郎ども、たんまりとりやがるんだ。鑑札もくそもあるけア」
勝はだまっていた。（第二章）

見つかったら罰を受けるので、勝は怯えているのである。一方で、かつては自分の住まいのそばには熊が出没し石狩川の鮭を捕獲していたのに、いまや国家による管理化が進み採捕を禁じられている怒りに全身貫かれている源吉は、万一役人に見つかったら、棍棒で殴り殺す覚悟であった。果たして、犬（警察）と狼（源吉）は「どっち強い」のだろうか。

Ⅲ　犬と狼、どちらが強いか

本作には、過酷な冬の北海道、貧しさから一生逃れられない小作農のしくみ、北海道移住者の望郷の思いが描かれている。小林多喜二は北海道移民を奨励してきた国策を書物によって相当に学んだ。多喜二は、開拓民が入植地に分け入り身を粉にして耕し、苦労に苦労を重ねてきたことを、自身の目で見て知っている。しかし、その希望が無残にも敗れ、働いても働いても貧しさから逃れられない仕組みを、文学作品を通して描こうとした。

『防雪林』源吉の父は一家を引き連れて北海道に渡ってきたのだった。「その頃では死にに行くというのと大したちがいのなかった北海道にやって来、何処へ行ってい丶か分からないような雪の広野を吹雪かれながら、『死ぬ思いで』自分達の小屋を見付けて入った」ときから、二〇年年近くの年月を働き通した。心血を注いで耕した土地はわが子のように可愛く、「俺なア、俺アの畑が可愛《めんこ》くてよ。可愛くて。畑、風邪でもひかねえかと思ってな。」と時々真夜中に畑に行き、しばらく畑を見守っているほどであった。この土地への思い、農業がいかに人を支えているか、農民にとって農地を奪われることがどれほどの思いに駆られるのか。それを多喜二は、小作農に見切りをつけ札幌の工場に出て働き始めた勝の手紙によって浮き彫りにさせている。

勝は朝から晩まで畑を耕し土にまみれて働いても、つぎをあてた襤褸衣類しか着られず、食べるものもわずかな菜っぱと芋類ぐらいしかない農家にうんざりして、札幌に出て働く事を選んだ。しかし、彼が源吉に書いてきた手紙には、密閉された工場内の汚い空気のもとで、時間に管理され、作業中の事故で危険にさらされながら働かせられるより、屋外の新鮮な空気を吸いながら、自分の裁量で作業を決められ、誰に命令されるのではなく、自分の体を自分の頭一つで動かすことができる、畑を耕していた頃の方がどれほどいいか、と綴られていた。確かに農業は時に自然災害にさらされながらも、体を動かして土地を耕し、それによって作物が実り、という自分の行為が目に見える形で達成されていく喜びがある。だからこそ、源吉の父のように土地は可愛い存在で愛おしく、命そのものと言ってもいいくらいであったはずだ。しかし、その土地も借金の形に取り押さえられ、小作農へと転じてしまっていた。

『防雪林』では、いよいよ生活に困窮した小作農たちが地主に反逆しようと行動を起こそうとした途端、巡査につかまり、警察に連行され暴行を受け泣き寝入りする場面があるが、そのさまは「鼻血を出し、それが顔一杯についていて、鉄道線路の轢死人が立ちあがってきた、という風に見えるものもあった。顔一杯が紫色にはれ上がって、眼が変に上づっているのや、唇をピクピクケイレンさせてはいってくるものもあった。」と凄まじく表現されている。源吉も巡査複数名から顔を殴られ鞘に入った剣で滅多打ちにされ、踏んだり蹴ったりされる。

この場合、先ほどあげた寓話の中の犬＝警察の方が圧倒的に強い。狼（小作農たち）は食物がなく痩せた狼は骨と皮ばかりになり、犬を相手にも闘う体力がなかったのだ。肥え太って立派な毛並みを持つ犬と同じような生活を一瞬でも望むのは、職を求めて都会に出た芳や勝や文の行動からもうかがうことができる。しかし、彼らは肥え太った犬になろうとしても、国家が後ろ盾となっている警察のようにはいかない。肥え太ることもなく、その上永遠に首に鎖がかけられたままの状態である。源吉は警察で受けた拷問を受け身をもってわかったことや、恋人・芳の自殺とその遺書を目にしてもあり、自分の「敵」が明確に見えてきた。犬は狼の敵ではなく、狼の敵は犬を鎖につなぐ〈ご主人〉なのである。このことがわかった源吉は、地主の家に火を放ち、焼死させることを企てる。

――「死んでも、野郎奴！」と思った―。源吉は、ハッキリ、自分たちの「敵」が分かった。敵だ！　食いちぎってやっても、鉈で頭をたゝき割ってやっても、顔の真中をあの鎌で滅茶苦茶にひっかいてやってもまだ足りない「敵」を、ハッキリ見た。それが「巡査」というものと、手をくみあわせている「からくり」も！　ウム、憎い！　地主の野郎！

由は「兄、犬の方強えでなア」と、繰り返し源吉に問うていた。源吉はその場面では返事をしていないが、「いや、痩せていても狼が強い」ことを行動で示したのだ。少なくともこれからを生きる幼い弟へ向けて、自分達狼が犬よりも弱いことを見せてはならず、闘いを挑まなければならなかったのである。

結びにかえて

この作品は主人公を立て、彼の周囲の人間関係や体格、性格を詳細に描くことで、読者は主人公の行動を理解して行く方法をとっている。逆に、主人公を立てずに、集団を描く方法をとった作品に『蟹工船』が挙げられる。小林多喜二は『蟹工船』送付の蔵原惟人宛の書簡で以下のように記しいている。「この作には『主人公』というものがない。」「で、当然、この作では『一九二八・三・一五』など試みたような、各個人の性格、心理が全然なくなっている。細々しい個人の性格、心理の描写が、プロレタリア文学からはだんだん無くなりかけている、このことは、プロ文学が集団の文学であることから、そうならなければならないと思っている。然し、そのためによくある片輪な、それから退屈さを出さないために、考顧した筈である。」[16]

一方で『防雪林』は、逆に「細々しい個人の性格、心理の描写」を源吉に込めて描いた作品と言える。及川和男は多喜二が日記に記した『防雪林』の意図（1927年11月23日）、「原始的な、末梢神経のない、人間を描きたいのだ。チェルカッシュ、カインの末裔、如き。そして、更に又、農夫の生活を描く」を引きながら、「観念の所産としての農民ではなく、自然的社会的存在としての農民そのものを丸ごとつかんでいきたい、そのことによって要求での連帯を強化し、自己の方法を強化したい、そのために源吉が描かれることは当然の多喜二にとって必然であったと言ってよいのではないだろうか。」と述べ[17]、小笠原克も、ラストの放火場面を「農民同士の連帯が下地にあり、それを弾圧する地主＝警察権力へぶつける満身の怒りがある」、「『防雪林』は、月形小作争議を踏まえているにせよ、明らかな調査取材不足はそれとして、争議そのものを描こうとしたのではなく、源吉という主人公を描こうとしているのである。」と指摘している[18]。

『防雪林』はこれまで多く論じられてきた。本論では主人公・源吉に込められた農夫の姿の一視角として、由が目にしていた絵本に注目し「犬と狼」の意味、そこに込められている寓意性をさぐってみた。作品中にさりげなくはさまれている絵本、それは子ども時代における物語世界の入り口であり、子どもの心にそっと届く。源吉の生きていく姿もまた多くの人々に届けられることを願う。

---

16 注10同書P279 ～280、一九三〇年十一月十一日。

17 及川和夫（「民主文学」1983年2月）、「多喜二の『描きたいのだ』とする文学的欲求の根底には、当時の農民のなかにひそむ根源的な要求、それが本能的原初的なエネルギーの不定形のかたまりであっても、それを一個の農民像をとおしてつかみ、自らの要求と重ねて体験することによって、不徹底な弱点をひきずるインテリゲンチアとしての自己を強化し、さらに前へ進みでようという思いがあったと私は考えるのである。「観念の所産としての農民ではなく、自然的社会的存在としての農民そのものを丸ごとつかんでいきたい、そのことによって要求での連帯を強化し、自己の方法を強化したい、そのために源吉が描かれることは当然の多喜二にとって必然であったと言ってよいのではないだろうか。」と述べている（「民主文学」1983年2月）

18 小笠原克「小林多喜二・『防雪林』の位相」、『小林多喜二とその周圏』翰林書房、1998年10月、P69、P76）

多喜二・身体・リアリズム
――「工場細胞」「オルグ」をめぐって――

鳥木　圭太

1、「工場細胞」の背景

小林多喜二は1930年1月30日付佐藤績宛書簡の中で「工場細胞」（『改造』1930.4～6）について、

> 私は、この中で、今までのどの作家も取扱わなかった、「工場細胞」の活動、「工場新聞」の潜入、「工場委員会」の自主化、「健康保険法」「共済組合」等の問題、「共産党員の工場進出」「工場代表者会議」、専務と社民党。
> 今までの作品にはなかった「スパイ（党員のうちのスパイ）」――之等の、その後進展してきた日本の現代の工場を考えるとき、決して度外視することの出来ない問題を大胆にとり入れた最初の作品ではないか、と思っています。そして之等の背景に、「産業合理化」の、今やかましい問題を織り込んでいます。
> （『小林多喜二全集』第七巻　新日本出版社　1983.1）

と、この作品にかけた意気込みを語っている。

ここで述べられているように、物語の背景となった1920年代末から30年代初頭にかけての労働運動の高揚の中で顕在化してきた様々な問題を、多喜二は重要な構成要素として作品内に盛り込んだ。

1927年の金融恐慌によって弱小企業の淘汰、大銀行への資本集中が著しく進行するなかで、財閥系銀行は全産業部門にわたる支配力を強化し、コンツェルンを完成していくことになる。この過程で、独占資本は恐慌対策としてカルテル化による生産制限・価格協定・共同販売などの強化や合理化を推し進め、これにより公債収支の悪化、為替相場の動揺を招いていく。こうした危機打開のため、独占資本を中心として金解禁の要望が高まり、これにそなえた経営合理化が緊急な経営・経済政策の実践となっていくこととなる。政府も産業合理化をその経済政策の先頭に掲げ、商工審議会第一特別委員会「産業合理化に関する答申」(1929.12.23)、臨時産業合理局の設置(1930.6.2)などを通じこれを促進しようとした。しかしこうした金融資本による経済再編成にともなう産業合理化は、実際には独占資本による「生産費低下」と「生産制限」として行われ、大幅な賃金切り下げと同時に、機械導入による生産手段の更新や、それにともなう作業の規格化、標準化が労働者に労働強化を強制し、人員削減をもたらしていくことになる。

「工場細胞」では、生産の現場において「生産力の強度化」として推進されたこれらの産業合理化運動の背後に、銀行を中心とした金融資本による経営統合政策があることが次のように説明される。

> 然しこれ等のことは、どれもたゞ「能率増進」とか「工場管理法」の徹底とか云ってもいゝ位のことで、「産業の合理化」という大きな掛声のホンの内輪な一部分でしかなかった。――「産業の合理化」は本当の目的を別なところに持っていた。それは「企業の集中化」という言葉で云われている。中や小のゴチャ〳〵した商工業を整理して、大きな奴を益々大きくし、その数を益々少なくして行こうというのが、その意図だった。
> で、その窮極の目的は、残された収益性に富む大企業をして安々と独占の甘い汁を吸わせるところにあった。そして、その裏にいて、この「産業の合理化」の糸を実際に操っているものは「銀行」だった。
>
> (「工場細胞」十一)

こうした経営合理化にともなう失業者の急増は、当然労働者の側の反発を招き、1929・30年の労働争議発生件数は飛躍的に増加し、1931年には組合組織率が第一次大戦後最高に達することになる。

こうした中、1925年5月に組織された日本労働組合評議会（評議会）によって用いられた闘争戦術の一つが、先の書簡でも挙げられていた工場委員会である。闘争的左翼労働組合として共産党及びコミンテルンを支持し、労働現場における党の政策の代行機関としての役割を持っていた評議会は、従業員が未組織状態にある工場において従業員を組合へと組織し、その政策を実現するための機関として工場委員会を位置付け、労働者自身による工場の自主的管理をめざした[1]。

さらにこの工場委員会運動が抱え持った一工場集中主義を克服し、ゼネストおよび一産業・一地域単位の組織化をめざす工場委員会の発展形態である工場代表者会議の設置を求める運動が展開されていくこととなる。「工場細胞」の中で、主人公森本を指導する党オルグの河田が、活動の中心に位置づけるのがこの「工代会議」の設置である。

> 森本は更に河田から次の会合までの調査事項を受取った。
> 「工場調査票」一号、二号。
> 河田はこうしてY市内の「重要工場」を充分に細密に調査していた。それ等の工場の中に組織を作り、その工場の代表者達で、一つの「組織」と「連絡」の機関を作るためだった。「工場代表者会議」がそれだった。――河田はその大きな意図を持って、仕事をやっていたのだ。ある一つの工場だけに問題が起ったとしても、それはその機関を通じて、直ちにそして同時に、Y市全体の工場の問題にすることが出来るのだ。この仕事を地下に沈ませて、強固にジリ〳〵と進めて行く！　それこそ、どん

1　自主的工場委員会は、労働運動の「方向転換」のなかで、改良主義的な労使工場委員会とはまったく別に、下からの自主的な運動として、漸次、労働運動のなかにくみいれられるようになってきたのであるが、評議会の第一回拡大中央委員会（大正一五年一月二三―四日）は、自主的工場委員会の生成に仕上げを加えるものであった。／すなわち、「労働組合の任務は妥協にあらずして戦闘である。大衆の日常利益の為に戦闘すると共に、労働階級解放の最も強き戦闘部隊となることは労働組合本来の使命である」ことを宣言した評議会第一回拡大中央委員会は、もっとも重要な戦術として、労働組合の統一、無産政党の結成、未組織労働大衆の組織を明らかにした。（木元進一郎「評議会と自主的工場委員会」（『経営学論集』1961.3）

な「弾圧」にも耐え得るものとなるだろう。この基礎の上に、根ゆるぎのしない産業別の労働組合を建てることが出来る。

（「工場細胞」六）

「工代会議」は1926年末の健康保険問題を受けて、健康保険実施という具体的目標を掲げ、労働運動における主要な闘争課題としてその設置が目指されることとなる。1922年の法案制定から実施に至るまで5年の月日を要した健康保険制度は、当初労使協調を狙った政府の〈産業平和策〉として推進されてきた[2]。しかし1920年代後半の反動恐慌のなかで、資本の側の経営強化・合理化にともなう労働災害の増加、失業者の急増によって労働者の側からの要求項目として再び浮上し、1927年1月の法案実施をとらえ健康保険争議と呼ばれる一連の争議が起こる。

「工場細胞」の中で、森本は職工たちの持つ具体的な不満をとりあげ、彼らを組織していくが、そこで職工たちの口から具体的な不満として出てくるのが、この健康保険法案実施後の工場側の負担逃れについてであった[3]。

月々の掛金や保険医の不親切と冷淡さで、彼等は「健康保険

---

2 第一次大戦期以降の労働攻勢に対し、経営は労使の意思疎通を円滑にするために微温な懇談会的（たんなる諮問機関的）な工場委員会制度を設け、さらにこれに労働者の生活不安を救済する共済機能を付加したり、あるいはすでに共済組合のあるところではこれに工場委員会設立のいわば「核」としての機能を与えたりしたのであるが、「健康保険法」を制定するに際して、以上のような点に照応して、大企業においてそれらを法的に保証するために健康保険組合を設立させようとしたのである。その場合、横断的団体交渉権獲得運動に対して経営が企業内に限定した縦断的な工場委員会を対置させたことに照応して、健康保険組合の組織領域・構造も同一の企業内に制限され、企業の枠を超えて職種別・産業別・地域別に組織されることは回避されたのである。（坂口正之「労働運動と民間共済組合の適用除外――産業平和策としての「健康保険法」(3)」（『名古屋学院大学論集』1976.7）

3 労働者の反対の理由は、業務上災害の健康保険制度への包含に対するものであった。つまり、「健康保険以前には全くただで業務上の傷病を治して貰ってゐた労働者が、今度はその費用を分担せねばならなくなったのであるから、この点からいって、労働者としては割り切れないものが残った」のであり、そういうことでの反溌であった。（土穴文人「健康保険法制定について〈下〉」（『経営経理研究』1982.3）

法」にはうんざりしていた。そればかりか、「健保」が施行されてから、会社は職工の私傷のときには三分の二、公傷のときには全額の負担をしなければならないのをウマク逃れてしまっていた。「健保は当然会社の全負担にさせなければならない性質《たち》のもんだ。」――誰にも教えられずに、職工はそう云っていた。
（「工場細胞」十四）

健康保険争議は、評議会によって経済闘争から政治闘争への転換の意図を持って闘われた。伊藤晃はこの健康保険争議以降、労働運動に対する官憲側の対応も変化し、それまでの受け身的対応から「権力にリードされて労働運動が新しい段階に入」っていくと分析し、次のように述べている。

一九二七年を「大正デモクラシー期」における自由主義運動の前進とみえたものの後退が決定的になった年と見るのは、おそらく当たっていよう。左翼が相当な無理をして作り出した少数の争議が、運動全体のこの後退局面で孤立して支配集団の準備された力の前にあったのである。それらが労働者集団内に一つの連鎖を形成する以前に個別的に打ち砕かれ、運動史上の単なるエピソードとして労働者達の記憶から消え去ってしまう危険は十分に予想できた。支配集団は労働者大衆のなかに深く蓄積された不満の歴史的意味を直感していた。一つ一つの争議がこの不満に点火し、運動を波及させる可能性を持っている。これへの対策を用意していたのである。
伊藤晃『日本労働組合評議会の研究』（評論社　2001.12　324-325頁）

こうした官憲・資本側の攻勢に併せ、福本主義の席捲による評議会指導部の理論的混乱も重なり、健康保険争議そのものは失敗に終わることになる。この失敗からの脱却を目指し、また、折からの金融恐慌に端を発する工場閉鎖・休業に伴う失業問題を労働者側の闘争意識に結びつける契機として、工場代表者会議は評議会の中心的戦術となっていく。
こうした労働運動の動きに対し、第56回帝国議会（1929年）において、「団体協約」を排除したかたちでの労使間の協調を目的として、労働者100人以上の事業所に対し「産業委員会」設置を強制する「産業委員会法案」が提出された。この法案の意図は、団体協約を排除することで工場委員会を労働組合の「代行機関」として育成し、労働組合運動を形骸化させ、その結成を阻止するということにあった。
結局この法案は左翼側のみならず、労働運動に利用される危険性を恐れた資本家団体側からの反対によって廃案となったが、こうした情勢に対し1928年4月の評議会解散の後を受けて結成された日本労働組合全国協議会（全協）は、工場委員会の自主化および自主的工場委員会設置による運動躍進を目指すことを、1928年12月25日の全協準備委員会全国代表者会議において「行動綱領」に掲げ、大工場を中心としてその闘いを展開することとなる[4]。
こうした労働運動の状況の中、左翼運動を席捲していた福本イズムを「労働組合を機械的に政治化する」と批判し、「××××（共産主義）は労働者階級の日常的闘争に積極的に参与し、かくしてこれらの闘争に於て指導権を握らねばならぬ。彼等は労働者に向かつてこそ彼等こそが労働者の利益の為の唯一の忠実なる亦断固たる闘士であることを証明しなければならぬ」[5]と主張した1927年コミンテルンの「日本問題に関する決議（27年テーゼ）をうけて、それまでは労農党を合法無産政党として非合法に活動していた日本共産党が大衆の前に姿を現すこととなる。具体的には28年の組織テーゼを受けて、「工場細胞を基礎とする大衆的組織」[6]を目指し、共産党員は評議会・全協オルグとして工場に潜入し、工場新聞の発行や経済的・日常的闘争の指導、重要産業工場（金属・交通・化学・紡績）における組織拡大を通じ労働者の階級意識を醸成し、「経済的

4 渡部徹「日本労働組合全国協議会史」（『日本労働組合運動史』青木書店　1954.7）
5「日本問題に関する決議　一九二七、いわゆる二七年テーゼ」（『現代史資料（14）社会主義運動』みすず書房　1964.11）
6「組織テーゼ（一九二八）」同前

闘争を政治闘争に結合・従属して闘う」[7]ことを目指して活動していくのである。

以上のような重層的に構成される複数の要素を、小林多喜二は島徳蔵一派の露領入札事件のような時事的要素と織り合わせながら物語を構成したのである[8]。

2、機械と身体

――そこは工場の心臓だった。そこから幹線動脈のように、調帯《ベルト》が職場の天井を渡っている主動軸《メェンシャフト》の滑車にかゝっていた。そして、それがそこを基点として更にそれ〴〵の機械に各々ちがった幅のベルトでつながっていた。そのまゝが人間の動脈網を思わせる。穿孔機《ボールバン》、旋盤、穿削機《ミーリング》……が鋭い音響をたてながら、鉄を削り、孔をうがち、火花を閃めかせた。

働いている職工たちは、まるで縛りつけられている機械から一生懸命にもがいているように見えた。

（「工場細胞」二）

そこでは、人間の動作を決定するものは人間自身ではない。コンヴェイヤー化されている製罐部では、彼等は一分間に何十回手先きを動かすか、機械の廻わりを一日に何回、どういう速度でどの範囲を歩くかということは、勝手ではない。機械の回転とコンヴェイヤーの速度が、それを無慈悲に決定する。工場の中では「職工」が働いていると云っても、それはあまり人間らしく過ぎるし、当ってもいない。――働いているものは機械

7　谷口善太郎（『日本労働組合評議会史』上巻　高桐書院　1943.8　6-7頁）

8　このような北洋漁業に従事した出稼ぎ労働者と製罐工場の労働者の闘いは、恐慌下の合理化構成の中で、客観的には三菱独占資本という共通の相手と対決するものとなり、必然的に相互に連帯して共同闘争を進めざるをえない方向性をもつものであった。同時に、反ソの意図を秘めながら漁業資本の護衛のために北洋漁場に出没する日本海軍の動向もからみながら、切迫する戦争の危機を阻止する闘いにもつながるものであった。（細尾幸作「「工場細胞」「オルグ」と北洋漁業」（『民主文学』2004.10）

しかないのだ。コンヴェイヤーの側に立っている女工が月経の血をこぼしながらも、機械の一部にはめ込まれている「女工という部分品」は、そこから離れ得る筈がなかった。

（「工場細胞」十四）

「工場細胞」では工場内部の様子が機械と人間の有機的な結合のイメージによって描かれる。ここでは機械が人間の身体に投影され、ひとつの生命体のように描き出される一方で、工場内部で働く人間たちはこの機械に取り込まれた内臓器官の一部でしかない。

多喜二はこうした機械の描写について次のように述べている。

原始芸術を見れば、透き通るように分ることだが、芸術はその時代の生産力の発達によって決定されるということは、もはや疑いのないことである。（中略）私たちは、「機械」をも、この唯物論的な立場から「必然的」に「意識的」に問題にするのである。（中略）

それについてマルクスが云っている。（「資本論」）

「そも〳〵機械なるものは、資本主義的に充用されるときは労働日を延長せしめるが、それ自身に於ては労働時間を短縮せしめ、資本主義的に.充用されるとき人類を自然力の下に隷属せしめるが、それ自身に於ては自然力に対する人類の勝利を意味し、資本主義的に充用されるとき生産者を被救恤的窮民に転化してしまうが、それ自身に於ては、生産者の富を増殖せしめる。」

で、「機械」をそのどっち側から見るか、（或いは中立に）ということが問題となって来る。今の社会に存在するどの機械でも、マルクスの云ったこの法則の外にあり得るものは一つもないのである。

「機械の階級性について」（『新機械派』1930.3

（引用は『小林多喜二全集　第五巻』新日本出版社　1982.11）

「工場細胞」で多喜二が描こうとしたのはこの「生産者を被救恤的窮民に転化してしまう」機械の姿であり、機械によって人間が疎外されていく過程そのものであった。

そして、こうした工場内部における生産行程の描写と対をなすもとして、工場外部における従業員たちの振る舞いが次のように描かれる。

> 市《まち》の人は「H・S工場」を「H・S王国」とか、「Yのフォード」と呼んでいる。――若い職工は帰るときには、ナッパ服を脱いで、金ボタンのついた襟の低い学生服と換えた。中年の職工や職長《おやじ》はワイシャツを着て、それにネクタイをしめた。――Y駅のプラットフォームにある「近郊名所案内」には「H・S工場、――約十八町」と書かれている。
>
> Y市は港町の関係上、海陸連絡の運輸労働者――浜人足、仲仕が圧倒的に多かった。朝鮮人がその三割をしめている。それで「労働者」と云えば、Yではそれ等を指していた。彼等はその殆んどが半自由労働者なので、どれも惨めな生活をしていた。「H・S工場」の職工はそれで自分等が「労働者」であると云われるのを嫌った。――「H・S工場」に勤めていると云えば、それはそれだけで、近所への一つの「誇り」にさえなっていたのだ。
>
> （「工場細胞」二）

「H・S製罐」の従業員たちは、自分たちが勤める工場が「Yのフォード」と呼ばれることに誇りを持ち、Y市の港で働く運輸労働者たちとひとくくりにされることを嫌う。ここには、産業合理化によって工場に導入された機械システム化が、単に上からの強制としてだけでなく、労働者の側からの一体化によって進行していった様子が描き出されている。従業員たちは、危険で劣悪な環境での作業を強いられているにもかかわらず、一歩工場の外へ出ると、工場から与えられた特権意識を内面化し、港湾にたむろする運輸労働者たちを蔑視するようになるのだ。

夏枯時で、港には仕事らしい仕事は一つもないのだ。市役所へおしかけようとしている連中がそれだった。岸壁につながっている艀はどの艀も死んだ鱶を思わせた。桟橋に近い道端に、林檎や夏蜜柑を積み重ねた売子が、人の足元をポカンと坐って見ていた。

その「あぶれた」人足たちは「H・S工場」の職工達が鉄橋を渡ってくるのを見ていた。ありありと羨望の色が彼等の顔をゆがめていた。「H・S」の職工たちは「俺らはお前たちの仲間とは異うんだぞ」という態度をおッぴらに出して、サッサと彼等の前を通り過ぎてしまった。この事は然し脱衣室の前の貼紙がなくても、そうだったのだ。

浜人足――この運輸労働者達は「親方制度」とか「現場制度」とか、色々な小分立や封建的な苛酷な搾取をうけ、頭をはねられ、追いつめられた生活をしているので、何かのキッカケでよくストライキを起した。Y市の「合同労働組合」はこれ等の労働者をその主体にしていた。しかし「H・S工場」の職工は一人も入っていないと云ってよかった。

（「工場細胞」三）

コンベヤーによる作業の自動化と並んで、フォードシステムに取り入れられたテーラーの科学的管理法では、工場内の従業員の作業を動作ごとに細分化し、それぞれの作業に必要な時間を割り出すことによって一定の出来高に要する労働時間を設定する。そして、それに向けて各労働者が自主的に無駄な動作を省き各々の作業を効率化していくことが求められる。「H・S製罐」においても、工場長助手の笠原が、「工場長のもとで「科学的管理法《サエンテフィック・マネージメント》」や「テイラー・システム」を読ませられたり、色々な統計を作らされる」という描写があるが、労働者はまさに機械の一部としてその作業を機械化（単純化・規格化・標準化）されていき、管理・統制が労働者の身体のみならずその意識にまでも及ぶのである。こうした人間の機械化は、マルクスの言葉を借りれば、資本主義生産諸関係における人間の物象化ともいいかえられるが、こうした従業員たちの労働形態と「Yのフォード」意識、すなわち港湾労働者たちに対する彼らの差別意識が密接に結びついていることを示すのが多喜二の狙いであったと考えられるのだ[9]。

しかし、こうしたシステムはH・プレイヴァマンが指摘するように、生産過程から労働者の主体的・知的側面を剥奪していく[10]一方で、「工場細胞」作中に製缶部（熟練工）と仕上げ部（非熟練工）の対立として描かれているように、熟練工ならずとも生産行程に従事でき、同一賃金を得ることができるという利点にもとづいた労働者の側からの受け入れによって、工場内における生産場面に新局面をもたらすことになる。こうした新局面――従業員間の緊張関係や、新たな労働形態、それらが人々にもたらす階級意識をめぐって、労働運動を組織する側にはこれらにどう対応するか、という課題が突きつけられることとなる。

イタリアにおいて工場労働者たちによる自主的な生産管理を目指す「工場評議会運動」[11]を推進したA・グラムシは、アメリカにおいてフォードが展開した「ベルトコンベヤー方式」「相対的高賃金」といった試みが普遍化されるべき合理性を有することを指摘し、それがこうした「産業主義」の新局面に対応した労働者の新しい生活様式と文化の創出へと転

---

9 和田博文「「工場細胞」――コンテクストとしての一九二九年の小樽」（神谷忠孝・北条常久・島村輝編『「文学」としての小林多喜二』至文堂　2006.9）では、工場内における「社員や女事務員がいる事務所→熟練工がいる仕上げ場→「女工でも出来る」製罐部→日雇いや荷役方」という「階層性」を指摘し、この階層性が工場を一歩出ると不可視化され、「工場の従業員であることが、市民に対する階層性として意識され」ることを指摘している。

10 富沢賢治訳『労働と独占資本』岩波書店　1978.8　124-134頁

11 グラムシは労働組合について、「それは資本主義的社会の構成部分であり、私的所有制度に固有な一つの機能を持っている、ということができる。〈中略〉労働組合の主要な性質は競争にかかわることであり、共産主義的ではない。労働組合は社会の根本的な革新の用具となることはできない。」（河野穣訳「労働組合と評議会」『オールディネ・ヌオーヴォ』1919.10.11　引用は石堂清倫編『グラムシ政治論文集Ⅰ』五月社　1979.6）と述べて、労働組合に代わってすべての生産部門の労働者の意志を代表し、労働者が自らを「生産者――賃金労働者や資本の奴隷ではない――」として引き上げるための機関として工場評議会を構想した。ともに自然発生的な工場内組織を基盤としながらも、日本における工場委員会運動は、評議会の中心戦略のなかで、労働組合へ工場労働者を獲得するための下部機関として位置付けられた。両者の性格は大きく異なるが、ここでは労働者の意識の変革へ至るための問題意識が、多喜二とグラムシにおいて共有されていることを確認しておきたい。

化する可能性に言及している[12]。しかし同時に、グラムシはこうした産業主義にともなう合理化が、実際には外部からの抑圧と強制によって、資本と国家による労働者の生活にまでおよぶ統制を伴いながらそのヘゲモニーの下に進行したことを指摘している[13]。

「工場細胞」においても、職工たちは仕事を終えるとそれぞれ「学生」や「会社員」になり、女工たちは「お嬢さん」や「女給」になる。しかし、一見自主的にそうしているかのように見える彼等のこうした生活様式は、実際は資本のヘゲモニーの下に、暴力を伴わない強制と抑圧によって進行しているのである。グラムシは、このヘゲモニーを労働者のもとに奪還し、労働者の側からの真に主体的な、新しい生活と文化の様式を創出するには、労働の外部からの強制によるのではない、生産主体としての労働者の側からの「より高次の新しい型の精神―肉体関係」の創造、「労働者および人間の新しい型」の創造を可能とする「アメリカの商標のつかない『独創的な』生活体系をみいだす」ことが必要であるという[14]。それは下部構造としての生産構造内部の問題にとどまらず、そうした労働観念をもたらす政治・経済・文化の各段階にわたる支配的イデオロギーへの対抗を通じた労働者の質的変換を志向することによってはじめて可能となるだろう。

伊藤晃は日本におけるフォーディズムの導入について、

> 古い型の熟練工が新しい労働者に置き換えられていく現象は、その内容を見れば、作業過程の主導権を企業側が握ること、労働力の養成課程を企業が握ること、古い労働組織の頭ごしに新しい労働者集団と企業が同盟すること、その過程で管理者型職長育成が重視されること、すべて実はフォーディズムが重要課題としたことなのである。そしてフォーディズムは労働力再生産過程全体への関心を強めるが、日本型労使関係では企業によ

12「アメリカニズムとフォード主義」(山﨑功監修『グラムシ選集　第3巻』合同出版　1978.9　54-57頁)

13「アメリカニズムとフォード主義」同前39頁

14「アメリカニズムとフォード主義」同前42-44、63-64頁

る福利の重視（労働者の私生活に至る企業丸がかえ主義）を顕著な特徴としている。

前出『日本労働組合評議会の研究』24頁

と述べて、この「日本型フォーディズム」が戦後、「社会的に確立した諸権利によってつながれ、経済的同質性の意識を紐帯とする労働者階級を欠」いた形での完成を見るにいたる前段階として、戦前期、特に20年代の労働者側の抵抗期と、それが敗北を迎える30年代を区別して考察することを提起している。伊藤が述べるように、戦後フォーディズムがアメリカや日本の後期資本主義の完成を促した歴史を知っている我々の目からはグラムシの分析はきわめて楽観的なものにも見える。しかし、同じ時代を共有した多喜二たちプロレタリア作家にとって、フォーディズムとは単に打倒すべきものなのではなく、いかにして乗り越えるかということが問われる問題ではなかっただろうか。つまり、現にそのシステムの中で生活を営む労働者達の権利をいかに拡充し、従属的状況から抜け出させるのか、そのためにきわめて現実的な対応がもとめられる課題だったといえるのだ。多喜二たちプロレタリア作家が自己の身体を運動に投企した20年代後半から30年代にかけてのまさにこの時期こそ、生産形態の新局面を背景とした、支配的イデオロギーに対する労働者階級の新しい文化・生活・意識形態の創造をめざすヘゲモニー闘争の場であったのだ。

だとすれば、労働者の質的転換を促すためのこの闘争は何よりもまず、上部構造の中で大きな比重を占める文化の領域における闘争、なかでも文学における闘争がその大部を担うものであったはずである。しかし結論を先にいえば、プロレタリア文学運動を含む日本の労働運動は、こうした生産過程における新局面に対応することには成功しなかった。

プロレタリア運動の側のこの新局面への対応は、蔵原惟人「プロレタリア芸術運動の組織問題」（『ナップ』1931.6）で示された「広範なプロレタリア・デモクラシーの組織原則を、芸術運動の中に確立し、企業内に於ける労働者を基礎として、それを再組織しなければならない。言ひ換へれば、インテリゲンチヤに対しては、今までと同様な基準を適用しつゝ、労働者に対しては遙かにその要求を低下させることによつて広く芸術運動の門戸を労働大衆の前に開放すること」という方針にみられるように、それは組織の再編成によってなされることとなる。しかしこれはプロフィンテルンの組織テーゼを文化運動に機械的に適用したものであり、組織的要請から導かれる、組織論に根ざした文学運動論に他ならなかった。

「工場細胞」「オルグ」(『改造』1931.5)から「党生活者」(『中央公論』1933.4・5)へといたる小林多喜二の一連の組織内小説を見渡した時に、こうした組織論の教条性を受け入れつつ、しかしなお彼が課題としたのは、グラムシのいう文学による新しい人間像の創造であったと、ひとまずは言えるであろう。彼がこの困難な課題にどのようにして向き合おうとしたのか、「工場細胞」「オルグ」作中におけるリアリズムの問題を通して見ていこう。

3、リアリズムと身体

物語のなかで職工たちの身体と対置されるのが、工場細胞・オルグの身体である。「工場細胞」冒頭、職工およびその労働場面にフォーカスされていた語り手の視点は、物語の中盤以降、工場内で労働運動に従事する前衛活動家たちの身体に焦点化されていく。「オルグ」においては、特にこの傾向が顕著であり、物語は森本・河田検挙のあとを受けて、工場細胞再建に従事するお君と、党オルグ石川の動向を中心に描かれる。

これについては多喜二自身が、

> 私はこの作の中で、まず地下に沈んで工場の組織の仕事に働いているオルグの生活を、弾圧を受けて壊滅に瀕した「金菱製罐工場」の組織の再建強化の過程と結びつけて描き出そうと試みた。(中略)この作の中では、工場の集団の生活・集会と個人の生活とが織り合っている。(中略)
>
> しかし私が石川とお君の生活を描くことによって、在来地下に潜って生活している我等の前衛の生活を、その正しい姿で示すことが大きな眼目だった。殊にその愛情の問題に於て色々と歪曲され、デマの材料にされているとき、私はその必要を覚え

たのである。

「小説作法」（『綜合プロレタリア芸術講座』第2巻　内外社　1931.6　引用は『小林多喜二全集　第五巻』新日本出版社　1982.11）

と述べているように、「工場細胞」では労働者の生活・労働場面の描写を通して、その背後にある生産機構の変化、労働運動の新局面を描こうとしたのに対し、「オルグ」ではむしろ前衛活動家の実態そのものを意識的に物語の主題に据えたことが伺える[15]。

中村三春は「「オルグ」は「工場細胞」がそうであったのと同じように、複数のストーリーラインが交錯し、異なる水準のエクリチュールを点綴して構成された、モンタージュ的なテクストである。（中略）これらの連作は、顕著に、映画映像的なエクリチュールを、その表現の核心に置いているのである」[16]と述べて、「オルグ」の形式が「工場細胞」同様に映画のモンタージュ的構成を持つことを指摘している。小林多喜二はこの「オルグ」のもつ形式について、

私が北海道から東京へ出てきて、――東京の働いている人達が殆ど電車の中でばかり本を読んでいるのに気付いた。田舎の人のように、時間的に云って、ゆっくり机の上で本を読むなどゝいうことが出来ない。私は机の上でなければ、読んでも分らないような小説は書いてはならぬと考えた。それで、雑踏している電車の中で読んでも、そのまゝ頭にくるような小説を書きたいと思った。

「小説作法」（前出）

15 布野栄一「『工場細胞』・『オルグ』の距離」（『語文』1960.6）では、こうした主題の変化について、「オルグ」を多喜二の文学を三つの時期に区分した内の、「第二の発展期」（第三期の冒頭を飾るもの）とし、「工場細胞」を「第二期から第三期の過渡的な要素を持つ」ものとしている。

16「「オルグ」の恋愛と身体」（神谷忠孝・北條常久・島村輝編『「文学」としての小林多喜二』至文堂　2006.9）

と述べて、何よりもまず労働者にわかりやすく読ませることを主眼に置き、複数の主題を小説内に盛りこんで立体的に構成するために、未組織工場における活動家たちの男女間の関わりを基底において、様々な主題・コンテクストをモンタージュ的に散りばめるこうした手法を採用したことを説明している。

こうした形式によって「オルグ」では前衛活動家たちの姿が描かれる。これはもちろん佐藤耕一（蔵原惟人）「「ナップ」芸術家の新しい任務」（『戦旗』1930.4）で提唱された「「×（党）の政治的・思想的影響を確保・拡大」するために」「我が国の前衛が如何に闘ひつヽあるかを現実的に描き出すこと」という要請に多喜二が忠実に応えようとした結果であるが、前衛を描けというこの要請を、多喜二は先に見た新たな人間像の創造という、自らの問題意識と結びつけていくこととなる。

中村三春は、「オルグ」の中に現れる「権力の身体支配と、それをも逃れようとする身体の強度」を指摘し、この身体のありようが「階級と密接な関わりを帯びている」ことを示す特徴として、「身体＝ハビトゥスへの注視」を挙げている[17]。

「ハビトゥス」とは、P・ブルデューが「社会的主体が社会界を実践的に活用する認識構造は、身体化された社会構造である」[18]と述べて、「構造化された構造」「構造化する構造」[19]として身体化された慣習行為（慣習行為であると同時に慣習行為を生み出す体系・原理でもある）に名づけた概念である。

「オルグ」ではこの「ハビトゥス」の描写を通して、お君や石川の階級意識が描写される。

> お君は、芳ちゃんから戸籍謄本を借り、かの女を先生にして福井県の「なまり」を二日程習ってから、柄のジミで田舎臭い着物を着、赤い帯を胸の上に締め、髪を結いかえて——出掛け

17「「オルグ」の恋愛と身体」同前
18 石井洋二郎訳『ディスタンクシオンII』藤原書店 1990.4　340頁
19 石井洋二郎訳『ディスタンクシオンI』藤原書店 1989.2　263頁

て行った。

お芳がそれをおかしがって、室の中をズッて歩いて、笑った。

「駄目、駄目！」

お君は表から大きな声を挙げて、帰って来た。

「一枚上ッ手よ！」

お君は、スリッパを出されて間誤つかなかったし、どうしても、今迄山や田圃や林ばかり、見ていた目付きではなし、工場で働いた「手」と、鋤や鍬を持っていた「手」とは、まぎれもなく異なっていなければならなかったし、・・・・・・問題にならなかった。

（「オルグ」七）

正面からやってくるスパイを誤魔化す位は、そう困難なことではないのだ。――例えば、眼鏡でも付け髭でも、帽子でも、何んでもそのために役立ってくれる。怖しいのは、どう「カムフラアジュ」しようにもすることの出来ない、そして、そのまんま一人々々の癖を出してしまう「背後」である。

（「オルグ」十五）

ここで描かれるのはお君や石川がそれまで所属してきた階級（労働者階級）の慣習行為や身体的特徴であり、これらは、他の「関与的特徴を見定め、解釈し、評価するのに必要な知覚・評価図式を備えた行為者」[20]（ここでは、工場主やスパイ）によって知覚されることによって、彼らがもともとは工場労働者であったことを如実に示す生活様式として機能する。「オルグ」に描かれるのは、彼らがこれまで工場労働者として獲得してきた慣習行為や規範意識と、オルグとしての身体に獲得しようとする新たな規範意識や慣習行為との葛藤の過程なのである。

例えば、仲間の秘密をしゃべって釈放された「裏切り者」森本に対する次のお君の言葉は、彼女が獲得しようとする「オルグ」としての身体

20『ディスタンクシオンⅠ』同前

が、組織の保全を至上命題とする制度の中で再生産されたものであることを如実に表している。

「森さん、あたし云っちまいますが、——あたしは森さんを死ぬ程愛しているんです。でも、あたしたちの愛が、この・・・・・このあたしたちがやっている運動と、別物ッてことがあるの？森さんはあたしを愛してくれてると云ったが、そのために、そんな、そんな・・・・・裏切りをさせるような愛なんて、ニセものです！ニセものでなかったら、それは銀行員か、会社員の愛です！」

（「オルグ」五）

お君は「運動しているものに、この男と女のことぐらい、気をつけなけりゃならないことがないからな」と語る石川のことを「まるで「ロボット」みたい」と考えるが、お君自身もまた「階級的恋愛」の規範意識をその身体において再生産していくのだ。

このように前衛活動家の恋愛観がどのような規範意識によって構築されているのかを、そしてその抑圧的に作動する規範のなかで揺れ動く人間の意識の有様を描いていくことこそが、「オルグ」における新たな人間像を描くための手法であったといえる。つまり活動そのものに付随する身体的作法の取得によって、いかに人間の意識と身体が規範化・規律化されていくのかということを、新しい人間像の創出と結びつけて描くということ。多喜二はあらたな人間像の模索を、この新たな階級のハビトゥスの描出を通して提示してみせたのである。

一方で多喜二は「オルグ」の中で、そうした身体の支配に抵抗する意識をも描いてみせた。こうした規範意識は、さまざまな葛藤の中で取捨選択され、重層的に決定されていく。登場人物はみなこうした規範意識に対する内面の葛藤を抱えるが、それは獲得しつつある活動家としての階級的身体と、それ以前に獲得してきた身体との葛藤なのである。こうした活動家たちの運動への接近と離反を通し、彼らの逡巡する意識そのものが描き出されるのである。「工場細胞」では、労働者たちの身体・意識に及ぶ権力の支配が描かれていたことを想起するならば、「オルグ」で提示されるのは、さながら活動家たちの身体をめぐるヘゲモニー闘争そのものであったとも言えるだろう。

4、前衛の「英雄化」と芸術大衆化をめぐって

これまで多喜二が現実の労働運動と社会状況を、どのように作品の中に折込みながら描いてきたかを見てきたが、同時期に作品に於ける前衛の英雄化、いわゆる「英雄主義」をめぐって、運動内で大きな議論が巻き起こっていた。その発端となったのが、プロレタリア作家貴司山治の作品である。

貴司山治の長編小説「ゴー・ストップ」（原題「止まれ・進め」『東京毎夕新聞』1928.8―29.4）、短編「忍術武勇伝」（『戦旗』1930.2）はともにプロレタリア文学運動内部で大きな反響を呼んだ。

「ゴーストップ」は人道主義者野々村参平のもとに引き取られた不良少年山田吉松が、働きに出た東京硝子の工場で評議員オルグの沢田（実は共産党オルグ）と出会い、労働運動に目覚めていく過程を描いた物語である。巧妙化する資本側のストライキ対策や白色テロに対する運動側の赤色テロを描くなど、先に述べた労働運動の新局面に対応する形で新たな主題を盛り込んだ意欲作であった。

「忍術武勇伝」は1926年の浜松日本楽器争議をモデルに、評議会から派遣された指導者木多村主郎が、神出鬼没の活躍で警察を翻弄する様を、幕末の京都で暗躍した桂小五郎になぞらえて描きだした活劇である。

これらはともに、「工場細胞」「オルグ」などと同じく、工場内における前衛活動家の姿を描き、また発表時期や取り扱おうとした主題にいたるまで多くの共通点を持ちながら、そこに与えられた評価は全く異なるものであった。

これらの作品は読者から大きな人気を博した[21]一方で、「芸術大衆化に関する決議」（『戦旗』1930.7）における、「忍術武勇伝に於ける「忍術」

21 たとえば、「俺達労働者には忍術武勇伝のやうに、読みよくて俺達の胸にドキンと来るやうな奴は大へんいい今後も読み良く、労働者向に頼むぞ。」（『戦旗』1930.3投書欄）など。

又は恋愛の要素の如きは、主題のマルクス主義的把握を歪曲する以外の効果を持つて居ない」といった名指しの批判をはじめとして、主にプロレタリア作家の側から、これらの作品に描かれる超人的活躍でストライキを勝利に導く前衛活動家の姿が批判されることとなる。

こうした批判に応える形で書かれた「プロレタリア英雄主義の形成とその形式について」(『ナップ』1931.2)の中で貴司は、「工場勞働者が、文學作品に對していかに英雄主義を熾烈に要求するか」について、ある労働者との「ゴー・ストップ」をめぐる会話を紹介し、「英雄主義的傾向、乃至かゝる傾向をいたく好むところの労働者先天性」があると分析する。そして、「××(共産)主義的イデオロギー」を「芸術の形において階級的必要に役立て、機能づける」ために文学が持たねばならない「大衆性」とは、文学の形式と内容の「一致したる姿においてのみ見出される」と述べ、この「文学の内容の一特性」である「英雄主義」をも、「プロレタリア・イデオロギイにまで転化発展せしめつつ、常にわれ〱はこれを文學の要素として取り入れ」なければならないと主張した。

この貴司の主張には、「ゴー・ストップ」や「忍術手武勇伝」が大衆的人気を得たという事実、また木多村主郎のモデルとなった日本楽器争議における三田村四郎の活躍が事実にもとづくものであるという強い自負に裏打ちされている。それは芸術が力を持つためには、現実にいる大衆にまず読まれることこそが肝要であり、自らの作品が大衆的人気を獲得したことへの理論的検討もなされないままに上から批判・指導が与えられることへの反発であった。

ここで表明される〈文学の大衆性〉についての貴司の主張は、芸術を共産主義イデオロギーのアジテーションの道具と捉える蔵原惟人の主張に近いが、彼の主張の眼目は文学の大衆化そのものにあるではなく、労働者の持つリアリティと作家の持つリアリティの差異をいかに測定するかという問題にかかわるものであった。

貴司は「文学形式に関する労働者との二三の問答」(『ナップ』1930.10)において、「ゴー・ストップ」の実際の読者である「旧評議会系の、闘争経験のある或る地方の労働組合の、若い四人の男、若い一人の女」にインタビューを行った結果、彼らが小説の内容を現実と照応させ、時事的な問題に結びつけようとする傾向があることを指摘し、「読者の熟知している現実の事実を、題材の中に絶えず書き入れながら、一方非現実的な抽象的などんな細かな形式をも駆逐するやうにしなければならない」と主張する。すなわち、この主張は読者のリアリティと作家たちの持つリアリティが異なるという認識に立ち、読者に受け入れられる現実こそを描けというものであり、先に見た蔵原惟人の主張と真っ向から対立するものであったのだ。

また貴司は、

> プロレタリア運動には、非常な闘争の場面がある筈ではないか。時によつて闘争渦中の前衛の活動が封建的英雄の行動にホーフツたることもある筈である。たゞそれがいかに異常な、複雑した、日常的にはかけ離れた英雄的行動であらうと、それが封建的英雄主義と違ふ所以は、それらの行動の一切が、大衆の意思と感情を組織して階級闘争を起こさせるための行動であり、それが階級的諸原則から少しも離れてはゐない點にある。われ〳〵は、そこにその行動の階級的現實性を認識する。
>
> 「プロレタリア英雄主義の形成とその形式について」前出

と述べて、リアリズムとは単に「現実性」とだけ結びつくものなのではなく、大衆の「意志と感情」にこそ結びつかねばならず、そのための形式をこそ作家は模索すべきではないかと提起した。

こうした貴司の主張に対し、例えば「勞働者におけるかかる（引用者注、「英雄主義」を希求する）性格心理の存在は、勞働者自身の解放を妨げるところの反動的要素として理解されなければならぬ」（林田茂雄「プロレタリア・ヒロイズムは如何に理解さるべきか」『ナップ』1931.4）といった再批判が展開されたが、こうした批判は「英雄主義」そのものに対する批判とはなり得ても、貴司が提起した問題に正面から向き合うものではなかった。

こうした貴司の主張を、「工場細胞」や「オルグ」をはじめとした多喜二作品と併置した時、リアリティに対するアプローチの手法には相違があるものの、両者が目指そうとした地点には実はそれほど隔たりがあったわけではないことが見えてくる。

「オルグ」以降、「党生活者」に代表される多喜二の組織内小説が前衛活動家の描写に特化していくのは、多喜二にとって抗うことのできない組織的要請に基づくものであり、そうした抑圧的規範意識のなかで「党生活者」は成立していったともいえる。しかし、これらの作品のリアリティが持つもう一つの可能性を、例えば「工場細胞」の次のような場面に見出すことはできないだろうか。

父は返事をしないで、薄暗い土間にゴゾ、ゴゾ音をさせた。少しでも暗いと、「ガス」のかゝった眼は、まるッきり父をどまつかせた。父は裏へまわって行った。便所のすぐ横に、父は無器用な棚をこしらえて、それに花鉢を三つ程ならべていた。その辺は便所の匂いで、プン〱していた。父は家を出ると、キット夜店から値切った安い鉢を買ってくる。
――この道楽爺！　飯もロク〱食えねえ時に！
　母はその度に怒鳴った。その外のことでは、ひどい喧嘩になることがあっても、鉢のことだと父は不思議に、何時でもたゞニヤ〱していた。――父はおかしい程それを大事にした。帰ってくると、家へ上る前に必ず自分で水をやることにしていた。仕方なく誰かに頼んで、頼んだものが忘れることでもあると、父は本気に怒った。――可哀相に、奴隷根性のハケ口さ、と森本は笑っていた。
――今日の暑気で、どれもグンナリだ。
　裏で独言を云っているのが聞えた。

（「工場細胞」四）

これは主人公森本が自宅に戻った際の陸仲仕の父親とのやりとりを描いた場面である。物語の視点は工場内部に中心化されていて、工場の外にいる父親の描写にはさほど重点が置かれている訳ではない。しかしここに注がれた多喜二の視線こそが、政治的規範意識にもとづくリアリズムの要請と格闘するなかで、彼が獲得した大衆への「肉感的把握」[22]を象徴しているといえないだろうか。きついアンモニア臭のする長屋の一角に、その日暮らしのなけなしの給料をはたいて買い求めた花鉢を並べ、それを眺めることできつい仕事や親方のことを忘れようとする老人足の姿を、われわれはありありと脳裏に思い浮かべることができる。この父親の愚かさにも似た慣習行為と、それを見つめる森本のまなざしは、肉感的な実感をともなって我々の胸に迫ってくるのだ。

これはこの後「安子」(初出題名「新女性気質」『都新聞』1931.8.23-10.31)へとつながる大衆へと向けられたまなざしでもあるだろう。もちろんここに描かれた父親の習慣は、与えられた制度の中で慣習化された行為のひとつにすぎないのだが、それは日常性に根ざしたリアリティを持つことでわれわれの感情に訴えかけてくる。この場面には彼らの心理の直接的な描写が皆無であるにもかかわらず、読者には彼らが抱いているであろう感情をはっきりと読み取ることができるのだ。それは、この場面が日常における感情の生起のメカニズムそのものを描き出しているからにほかならない。

貴司山治は、大衆的形式の模索を通じて読者の感情に訴えかけるリアリティを獲得しようとした。貴司と多喜二の相違点は、目的に接近するためのアプローチの相違であり、その目的はともに「大衆の感情」であったことに注目するならば、両者はともに芸術大衆化論争によって浮き彫りにされた問題点を継続的に引き継ぎ、緩むことない模索の中でリアリズム理論の核心へと手をかけようとしていたといえるのではないだろうか。

そして、はからずもその両者の試みは、テクスト内部のみならず、現実の作家身体においても抑圧的に作動する「リアリズム」の支配に抗しようとする作家身体のありようを如実に提示することとなったのである。

---

22 中川成美「多喜二・女性・労働――「安子」と大衆メディア」(『「文学」としての小林多喜二』前出)

付記　「工場細胞」「オルグ」からの引用に関しては、『小林多喜二全集第三巻』新日本出版社　1982.9所収の本文を用いた。

雑誌記事からの引用に関しては、特に断りがない場合は初出を用いた。その際、旧字は新字に改めた。また、引用部分の傍点は原文のまま、傍線に関しては引用者が施した。

壁小説の集団芸術性 ――「オペレーター」としての プロレタリア作家――

楜沢　健

集団で読む小説の実験

小林多喜二は、壁小説を「プロレタリア文学の新しい一つの形式の萌芽」(「壁小説と『短い』短編小説―プロレタリア文学の新しい努力」板垣鷹穂編『新興芸術研究 (2)』刀江書院、一九三一年六月所収) ととらえ、その形式的な新しさと可能性に着目し、数多くの制作を手がけたプロレタリア作家であった。「プロレタリアの修身」(一九三一年六・七月合併号「戦旗」)、「テガミ」(一九三一年八月「中央公論」)、「争われない事実」(一九三一年九月「戦旗」)、「七月二十六日の経験」(不明)、「父帰る」(一九三一年九月三日「労働新聞」)、「疵」(一九三一年十一月二十三日「帝国大学新聞」)、「級長の願い」(一九三二年二月「東京パック」) などがそれにあたる[1]。

壁小説は、一九三〇年六月のプロレタリア作家同盟「芸術大衆化に関する決議」を受けてはじまった、その名のとおり壁に掲示することを目的に書かれた短い小説の試みである。ポスターのように、あるいは壁新聞のように、あるいはビラのように、壁に貼り出して読む小説。文学は本や冊子や新聞で出会い、読むものとはかぎらない。プロレタリア文学は、文学を書籍から解放し、往来で、街頭で、工場で、職場で読み、出

1　本稿は、拙稿「落書きと連載―小林多喜二における『連載』の発見」(二〇〇四年十一月「日本文学」)、同「集団で読み、集団で考え、集団で書く『壁小説』―小林多喜二『テガミ』」(『だからプロレタリア文学―名文・名場面で『いま』を照らし出す17の傑作』勉誠出版、二〇一〇年六月所収) につづく、小林多喜二と壁小説をめぐる考察である。

会うことができる形式を構想したのである。一九三二年五月号の「中央公論」に「壁小説を募る」と題する募集広告が掲載され、そこに「壁小説」の定義が次のように明快に記されている。

> 「壁小説」——それは、職場の壁に貼られた労働階級自身の手になる文学だ。仲間に呼びかけ、仲間と語り合う同志の文学だ。これが本来の壁小説だ。

仲間と語り合う同志の文学。小説を街頭に掲示するメリットは何か。壁に貼り出せば、その前に集まって仲間と語り合いながら小説を読み、考え、会話を交わすことができる。読んだり考えたりする行為は、ひとりひとり孤独でばらばらなものになりがちだが、ここではそれが集団的かつ相互交通的なものとしてとらえかえされる。小説はひとりで孤独に読み、考えるものとはかぎらない。また書籍という形式をとおしてのみ享受し、出会うものともかぎらない。ひとり部屋の隅で静かに黙読するのが近代文学の享受のあり方だとすれば、集団でわいわい、がやがや、騒がしく壁の前にたむろして読みあうのが壁小説の享受のあり方といえる。ひとりではなく集団、書籍ではなく壁、黙読ではなく対話を重視する形式である。

そこでは、ひとりで読むのとはちがい、さまざまな読みや解釈をお互いに交換・確認することができるだろう。あるいは、字が読める人と読めない人、教育を受けている労働者と受けていない労働者が、互いに教えあい、支えあいながら読み、考えることができるだろう。テキストに書かれていることを、自分たちの現実と比較しながら批評的に読むことができるだろう。つまり壁小説は、その場で共に集まり働いているという、そういう集まり方や出会いや集団性を無駄にせず生かそうとする試みといえる。

書籍は、いつ、どこで、どれくらいの分量を読もうが個人の自由だ。壁小説はまったく逆である。読めるのは、掲示されている間だけ、掲示されている場所においてだけ。しかも掲示できる分量はかぎられている。自由ではなく、書籍にくらべ不自由で制約だらけの形式ともいえる。しかし、工場や職場に集まり、互いに労働と場と時間を共有する労働者にとってみれば、そうした不自由と制約は、必ずしも不自由や制約とはならない。むしろ、書籍の自由の方が、はるかに不自由なものと感じられるにちがいない。ひとりで黙読し、考える享受のあり方から、集団で読み、考える享受のあり方へ。壁小説は不自由や制約を逆に生かすことによって、書籍にはない可能性に光をあて、引き出そうとしたのである。

壁小説は、場所に限定されて、その場所であるからこそ意味が生まれる小説である。書籍とちがい、壁小説の内容は貼った場所に左右される。何を書くべきかは、どこに貼るか、によって決まる。もしくは誰が読むか、そこにどんな読者がいるのか、によってその書くべき内容は異なってくる。読者と貼る場所を踏まえて小説の内容を決定するのでなければ、書籍から開放し、わざわざ読まれる場を限定し、壁に貼り出す意味がない。貼る場所もまた、当然のことながら小説の一部、内容の一部となるのだ。どこで読んでも、誰が読んでも同じ内容なら書籍のままでかまわない。貼る場所によって内容も読者も変わってくる壁小説は、いつ、どこで、誰と、何を読むのかを重視した形式といってよい。

壁小説はどう読まれたのか

とはいえ、壁小説のことは今日ほとんどわかっていない。記録も証言も資料も少ない。壁小説は書籍で読むように書かれ、作られたものではない。本や雑誌を手にする読者を想定したものではない。書籍とはまったく別の読者や読む行為を重視するところから考え出された形式である以上、残されたテキストだけで壁小説を考え、評価することはできない。壁小説は今日、雑誌に掲載され残されているものを通して、その全体を思い描くしかない。どのように貼り出され、どれくらい制作され、またどう読まれ、どのような反響や効果を生み出したのか。そうした読者の視点からの享受のプロセスもまた壁小説の一部と考える必要がある。壁に貼り出されることによって、壁小説ははじめてその意味と可能性を発揮する。貼り出された具体的な「場」のコンテクストを含みこんでいきながら読まれ享受される形式である以上、壁小説は街頭に掲示されたものを読むのでなければ、その意味と力を理解し実感することはできない。壁に貼り出して、そこで共に働き読む読者とともに享受するのでなければ、壁小説は壁小説たりえない。

何が書かれているのか、誰が書いたのか、何を意図したのか、ということよりも、誰が誰と読むのか、いつ読むのか、どこで読むのか、どう読まれたのか、ということの方が、壁小説を考え評価する上では重要な問題になるといえよう。書き手や作者よりも、読み手や読者のあり方に着目するのでなければ、壁小説という形式の新しさと画期性は何も明らかにならない、ということである。

壁小説は、これまでのプロレタリア文学研究においてもほとんど目を向けられてこなかった領域である[2]。おそらく、プロレタリア文学運動が、作者や作り手の視点を重視するあまり、受け取り手である読者の視点をあまり考慮してこなかったからであろう。「どうつくるか」という証言や記録は残しても、「どう読まれたか」という証言や記録は軽視されてきたにちがいない。実際に掲示された壁小説の正確な記録をたどることは、いまや当時の生存者も少なく、きわめてむつかしい。

壁小説は、啓蒙やプロパガンダを目的とするアジプロ的な任務を背負っていた。教育の機会をもつことができなかった労働者、書籍を手にする機会を持ちにくい労働者に、職場の仲間とともに読み、考え、出会う場をつくることで、社会の仕組み、労働の仕組み、職場や工場の仕組み、あるいは政治や運動の課題を教え、伝え、アジテーションする役割が壁小説に求められていたことは確かである。こうした側面をとらえて、壁小説をしょせんアジプロ的な政治的道具にすぎないとして、これまで低く見る傾向がつづいてきた。しかしそうした見方は、読者の機能よりも作者の意図、作り手や運動主体の戦略や意図にアクセントを置きすぎたプロレタリア文学評価であり解釈にすぎないように思われる。そこでは

---

2 最近の研究に、島村輝「『壁小説』の方法―『救援ニュース№18・付録』と『テガミ』」(「国文学　解釈と鑑賞」至文堂、一九九四年四月)、渡邊晴夫「小林多喜二と壁小説」(「民主文学」二〇〇三年二月)、亀井秀雄「小林多喜二の『テガミ』―『壁小説』の実験性」(「亀井秀雄の発言」サイト内「小樽文学館での発言」二〇〇三年二月二三日、http://homepage2.nifty.com/k-sekirei/otaru/takiji.html)がある。

意図や戦略を、読者がどう受けとめたか、どう受けとめることができなかったか、作者の戦略や意図を越える読み、裏切る読み、想定外の読み、批判的な読み、あるいは誤読といったものは軽視されがちになる。

あたりまえのことではあるが、しょせん押し付けがましいアジプロ小説に過ぎなくても、読者は書かれてあることをそのまま受け取るとはかぎらない。読者は必ずしも従順ではない。読者の存在は、つねに書き手の意図、作者の戦略を裏切るように機能し、出現する。そこから書き手が予想さえしなかった想定外の読みが生まれてくるのだ。とりわけ壁小説のように、集団で読み、集団で考え、集団で享受することを目的とした形式の場合、そのことは顕著になるだろう。そこでは作者と読者の関係にとどまらず、それを前にして読みあい、考えあう読者と読者の関係が生まれ、顕在化さえする[3]。

壁小説は、何よりもそのように顕在化した読者の存在や読み自体を無駄にせず、生かすことのできる、生かすために考案された文学形式であったはずなのだ。そこに光をあてないかぎり、壁小説の形式的な新しさと可能性を真につかみとることはできない。壁小説を読みなおすことは、あらためて読者の視点からプロレタリア文学運動の力と可能性を見定め、再評価することにほかならない。

壁小説の物質的、技術的、形式的な側面について

読者の視点の不在は、壁小説の紹介や雑誌への掲載の仕方に、すでに見て取れる。壁小説がはじめて雑誌に紹介されたのは、一九三一年二月の「戦旗」に掲載された窪川いね子（佐多稲子）「食堂のめし」と、堀田昇一「建国祭を叩きつぶせ」の二編である。大きな挿絵を中心に見開き二ページ、原稿用紙二、三枚程度の分量で、形式的には新聞連載小説の分量やスタイルを想起させるものとなっている。

ところが、ここには肝心の壁小説についての解説が載っていない。実

3　小説ではないが、壁に貼られた一枚の「写真」を前に、読者と読者の対話的関係が生まれる瞬間をとらえた小林多喜二の作品に「壁にはられた写真」（一九三一年五月「ナップ」）がある。壁小説が実際にどのように読まれたか、その正確な雰囲気を伝える貴重な作品である。拙稿「落書きと連載―小林多喜二における『連載』の発見」で詳しく論じた。

際に貼り出された作品ならば、掲示の記録と証言がなければ意味がない。街頭に貼り出され、読み捨てられるものである以上、その詳細な記録が残りにくいのも無理はないが、しかしこの掲載の仕方では、この二編がほんらい雑誌で読むのとは異なる読み方を読者に要求する小説形式であることを理解し、実感することはむつかしい。実際に、どこに貼り出された小説なのか、そしてどのように制作され、どのようなレイアウトで、どのように読まれたのか。

たとえば「食堂のめし」は、真ん中にひし形状に挿絵が入れられており、この形は当時の日本式アールデコ家屋でよく使われた扉の飾り窓のデザインを髣髴とさせる。扉に貼れば、あたかもひし形の窓から食堂の内部を覗いているようなイメージと効果を読者に与えることができたにちがいない。この場合、実際に使われた壁小説を雑誌にそのまま転用したことになろう。どこに貼るか、そこがどんな場所であるかによってデザインも内容も変ってくる。

壁小説であるがゆえに、おそらくその背後にまとわりついていたであろう、通常の小説にはないディテールの詳細すべてが、雑誌ではきれいに取り除かれてしまっている。仮に壁小説の方法を伝える「見本」「実例集」だとしても、解説と注釈が必要なことに変りはない。あるいは、「食堂のめし」とは逆に、掲載ページを破りとってそのまま壁に貼り付けることを想定していたとしても同様である[4]。もしそうだとしたら、掲示する場やそこにいるであろう読者の存在をまったく考慮しない創作になってしまい、どこでも読める、いつでも読める書籍形式の小説とたいして変らなくなってしまう。要するに、既存の小説をいくらでも壁に貼り付けて流用すればいいだけのことだ。わざわざ「壁小説」などと新しい看板を掲げる意味などなくなってしまう。

その意味で、実際にどのような大きさのレイアウトや印刷技術が使われていたのかという詳細は、内容をも規定する重要な要素であったはず

4　宮本顕治は「戦旗」に掲載された二つの壁小説—中野重治「根」と橋本英吉「社会ファシスト」を論じた「六月の批評」(一九三一年六月「ナップ」)で、「この二つの壁小説は各々一頁におさまって居り、適当な挿絵も入っているから、壁にはって使うには丁度いい」と述べている。

だ。ガリ版刷りだったのか、それともポスターのような大きさや構成や多色刷りが使われていたのか。リトグラフやオフセット印刷など、当時の広告ポスター制作の技術的ノウハウはどの程度踏まえられ、また検討されていたのか。そういった壁小説制作における物質的、技術的、形式的な側面については何もわかっていない。

レイアウト形式は、物語内容を規定するだろう。壁小説においては、どこに貼り出すのか、そこにどんな読者がいるのか、によって物語の内容が左右されるのと同じように、どのようなレイアウトが可能か、構成的もしくは技術的にどのようなことが可能なのか、などによって書くべき物語内容も左右され、ちがってくるだろう。印刷やレイアウトをはじめ、フォントや活字の大きさの選択など、どのような見せ方ができるかによって、何を書けるか、どのように書くべきかが決まる。どのような場所に貼り出すことができるかによって、何を書くべきかが決まる。そうでなければ、ここでもまた、わざわざ書籍から小説を開放した意味がない。壁小説においては、貼り出す場所同様、レイアウト構成や技術も、当然のことながら、小説の一部、物語の一部とならざるをえない。

川端康成の壁小説評価

たとえば当時、プロレタリア文化運動においてポスターを制作するさいには、電柱や塀など、貼る場所の特性によって、縦書き・横書き、色の選択、メッセージ等を柔軟に入れ替えたり、変更したりすることが行われ検討されていた。

> ポスターの貼られる物質（主として建築物）の特殊的な形態色彩等に適応する事も亦必要だ。例えば、日本の都会の、ポスターを貼り得る建築物は主として、塀・電柱等であり、それ等は多く全く縦の線で構成されて居り、殊に電柱、かまぼこ型のトタン塀等は全く縦の形態であるので、ポスターがそれ等の形態に適応するためには、重要なスローガンなぞが横に長く描かれる事は全く不適当であり、これを縦に描く事が必要である。又、黒い建物の上に貼るには、赤を基調とするポスター、或い

は白地の上に黒若しくは赤を以って描いたものを用ふべきであり、白い建物は、黒・赤・緑等を基調とするものを用ふべきであらう。(略) かかる際は、同一のポスターを種々異なれる色彩で印刷しておき、それを貼る物質のそれぞれの色に対照しつつ貼っていくべきである（木部正行・大月源二「プロレタリア・ポスターの作り方」一九二八年十二月「戦旗」)

読者の視点を重視しながら、場所のもつ制約や限定性をいかに内容や制作に生かすのか。これは壁小説を制作する上でも当然踏まえられるべき前提であっただろう。しかし、雑誌に掲載された瞬間、あったはずのコンテクストはすべて消失している。というよりも、コンテクストを無視している。

こうした壁小説をめぐる矛盾と疑問は、すでに当時、川端康成が「時事新報」の「文芸時評」(「第一回　文学的死物　生彩のない壁小説」一九三一年七月三〇日）で指摘していたことだ。そこで川端は「中央公論」に掲載された壁小説―小林多喜二「テガミ」、片岡鉄兵「今度こそ」、立野信之「若い者等の権利」、村山知義「オルグ二人」、細田源吉「差入れ競争」、武田麟太郎「朝の一景」―を評して、「その材料にも、その形式にも、『壁小説』の『壁小説』たる所以のものが、余りに少ない」と苦言を呈している。「『中央公論』誌上にそれが現れたので私の目にも触れたのだが、これらの『壁小説』は、あるべからざる雑誌の上にではなく、あるべき壁の上にあらしめたならば、忽ち光彩陸離と気息が通ふのだろうかといふ、謙虚な疑問を外にしては、せっかくの『壁小説』といふ名も、作品のつまらなさを蔽ひかくすことが出来なかったとしか、私には感じられなかった」。

壁に貼り出して読む壁小説は、ほんらい雑誌で読むものではない。雑誌で読めるものを、そのまま壁に貼り出す意味はない。ほかでもない、壁に貼り出す意味を受けとめ、そのことを内容に反映させ生かす必要がある、と川端は提言しているのである。

しかし、そうした掲載六編の中で唯一、壁小説であることの意味を自覚し、その形式の可能性に自覚的な作品として川端が評価しているのが小林多喜二の壁小説「テガミ」であった[5]。

壁に掲示した痕跡を残した「テガミ」

「テガミ」は、冒頭に「此処を出入りするもの、必ずこの手紙を読むべし」という附記が添えられている。附記は、このテキストが壁に掲示されて読まれるべきものであることを明示している。しかもその痕跡を雑誌に掲載するさいにもちゃんと消すことなく残しているのである。この読者への配慮は壁小説を享受する上で欠かせないものだ。

> 此処を出入りするもの、必ずこの手紙を読むべし。
>
> 君チャンノオ父ッチャハ、工場デヤスリヲトイデイルウチニ、グルグルマワッテ居ル卜石ガカケテトンデキテ、ソレガムネニアタッテ、タオレテ家ヘハコバレテキタノ。オイシャハ氷デヒヤセト云ウケレドモ、氷ガカエナイノ。オ母ッチャハワザワザ三町モアルイドニ、四ドモ五ドモ水ヲクムニユクノ。ソノイドノ水ガイチバンツメタイノ。君チャンノオ母ッチャハ、ナンデ今ブユデナイカト云ッテ、泣イテバカリ居タノ。
>
> （「中央公論」一九三一年八月）

「此処を出入りするもの、必ずこのテガミを読むべし」の「此処」とは、この小説が貼り出された場所をさしている。カタカナ表記でつづられた「テガミ」の本文を読み進めていけば、「此処」がどこであるか、おのずと明らかになる。

物語はこうである。舞台は、ヤスリを研ぐ工場。君チャンのお父さんはその工場で働く労働者。彼はある日、砕けた砥石の欠片に当たって大ケガをしてしまう。はじめは見舞いにきた工場の仲間も、だんだん遠ざかり顔をみせなくなる。半年後、みんなに忘れられたお父さんはひっそ

5　宮島新三郎も「別冊年刊小説（詩と試論別冊）」（一九三二年三月一八日）所収の「月評・八月」で、「テガミ」と細田源吉「差入れ競争」の二編を「比較的成功している」と評している。

りと亡くなる。母と幼い弟妹とともに残された君チャン一家は、会社にも仲間にも見放されたあげく路頭に迷い、餓死寸前まで追い詰められる。君チャンの友だちが書いたとおぼしきテガミは、そんな労災事故の顛末と一家の窮状を切々と訴えている。

貼り出された「此処」とは、おそらく物語の舞台である「工場」を指している。具体的に工場のどこであるかは、テキストからは判断できない。労災というテーマから考えて、組合事務所である可能性が高い。ほかにも工場の労働者たちが寄り合い、会話を交わすことのできる、たとえば食堂、集会所、広場、更衣室、便所といった場所も考えられる。壁新聞やポスターやビラとの類似性から言っても、少なくとも一枚ではなく複数枚印刷され、あちこち効果的と思われる壁という壁にペタペタと貼り出された可能性もありうるだろう。さらに、実際に張り出された場所を明記せず「此処」とだけ記してあるのは、複数の工場に持ち込むさいに、張り出す場所に応じて臨機応変に改変できる余地を残したため、というふうにも考えられる。もしそうであるならば、貼り出す場に応じた、いくつものバリエーションが作られ、存在したはずである。

読者への配慮から生まれた手紙形式

このテキストは「手紙」という形式を選びとっている。壁小説「級長の願い」（一九三二年二月「東京パック」）でも手紙形式が採用されており、小林多喜二にとって手紙は壁小説を支える重要なメディアとしてくりかえし登場する。

おそらくそれは読者への配慮から導き出された選択であろう。呼びかけと対話を基調とする手紙は、読者である工場労働者にとって読みやすく、親しみやすい、見慣れた形式のひとつであったにちがいない。また、子どもの視点と語りを採用している点にも読者への配慮が感じられる。目線の低さ、用語のわかりやすさ、カタカナ表記、ルビの採用等がそれによって可能になり、漢字が読めない読者、教育を十分に受けられなかった読者でも入ることができるような工夫が施されている。たとえ字が読めなくても、わからない言葉があったとしても、壁小説は集団で享受する以上、字を読める読者が読めない読者に教え、互いに読みあわせていくことが可能だ。作者と読者の対話だけではなく、読者と読者の対話がそこから生まれる。

それだけではない。手紙形式は、当然のことながら「返事」というものを想定した表現だ。手紙は書いただけでは終わらない、読者からの返事を前提にした形式である。返事が返ってくるまで、書いたことの意味は宙吊りになったままとなる。何が返ってくるかわからない。どう読まれたか、相手がどう読み受け取ったか、という対話のやりとりが成立してはじめて、書いたものの意味が明らかになる。それは「テガミ」においても同様だ。

この小説は、読者による返事や応答が返ってくるまで、書いたことの意味は同じく宙吊りになったままとなる。読者は「テガミ」を読んで、さまざまな想いや感想を抱くだろう。集団で読むことで、互いにそうした感想や想いを交換したり、話し合ったりするだろう。大ケガをした彼を助けることはできなかったのか、会社はどう対応したのか、それは適切だったのか、工場の仲間は会社と交渉し抗議すべきではなかったのか、なぜみなはだんだん見舞いに行くことをやめたのか、どうしたら彼を助けることができたか、なぜ助けなかったのか、なぜ家族を餓死寸前まで放置したのか。また、自分たちの現実と比較することで、自分たちが見落としていること、足りないことを見つめなおすきっかけにもなるだろう。そのような読者の感想や想いや疑問や反省が「返事」として返ってきて、はじめて書いたことの意味も、手紙形式であることの意味も、明らかになり、物語が動き出すのだといえる。「返事」なしに「手紙」は「手紙」たりえない。「返事」なしに壁小説「テガミ」は成立しない。未完結のままとなる。読者の参加なしには成立しようがない小説、それが「テガミ」なのである。

読者の参加は、読むこと、考えることに限定されるわけではない。壁小説は、「書く」ことを通じた参加を読者に求め、可能にする形式なのだ。手紙形式は、「読む」だけでなく読者ひとりひとりに返信を「書く」ことを要求できる。しかも、返事というものをイメージしやすい。無理なく、返信という形で、読者ひとりひとりに応答することを、小説のつづきを考え、書くことを促すことができる。読者が、読むだけでなく書き出せるための配慮が、ここには仕掛けられている。読者が参加できるよう、参加しやすいように形式を工夫し用意することも、壁小説を制作する上で重要な読者への配慮といえる。小説の横に返事を投函できるような箱を置いておくことも、そうした配慮のひとつといえるかもしれない。

もっとも、配慮以前に、読者が小説のヨコに返事を貼り付けたり、落書きのように感想や意見を直接書き足したりするようなことを勝手にはじめていただろう。そういった応答の実際を目撃して、壁小説のあるべき方向と可能性を、小林多喜二はつかみとっていったのではないかと思われる[6]。

川端が指摘していた「その材料にも、その形式にも、『壁小説』の『壁小説』たる所以のもの」とは、小林多喜二が「テガミ」にちりばめた、さまざまな表現上の工夫、読者への配慮全体を指していた、といえるだろう。小林多喜二が手がけた壁小説の中で「テガミ」は、もっともこうした配慮と実験性が際立つ作品である[7]。

ドイツのアジプロ演劇との接点

読者の声を募り、読者への配慮から物語を構築していく壁小説は、くりかえしになるが、工場や職場に集まり働く労働者が、まさにそこに集まって働いているという集まり方をどう無駄にせずに生かすのか、という発想から生まれている。この場合、集団で読み、考え、会話を交わし、出会うということが重要で、そのような場に即した集団性の中からはじめて生まれてくる議論や問題を生かすことができる形式である。

プロレタリア文学といえば、上（前衛）から下（大衆）への啓蒙や説教や絵解きに終始する押し付けがましい文学として批判的に捉えられがち

6　註4参照。「壁にはられた写真」には、写真のヨコに読者が落書きをする様子がとらえられている。

7　「手紙」というメディアがいかにプロレタリア文学にとって重要であったかを考えるとき、忘れてはならない先駆的な作品が葉山嘉樹「セメント樽の中の手紙」（一九二六年一月「文芸戦線」）である。拙稿「葉山嘉樹とシュルレアリスム」（「国文学　解釈と鑑賞」二〇一〇年四月）参照。

だが、壁小説の世界はこれとは逆である。考えるべきことは必ずしも上から全部決められるわけではない。それは上から与えられる一方のものではない。工場や職場という労働の場に即して、そこから新たに考えるべきことが引き出されてこなければならない。引き出すことによって、考えなければならない問題の幅というものを広げていかなければならない。そのために壁小説のような、その場に即した集団芸術が必要となるのだ。いつでもどこででも読める書籍は「場」に限定されることはないが、「場」に限定されて、その場に掲示されるからこそ意味のある、意味をもちはじめる文学も存在するし、必要なのだ。おそらく、貼り出す工場や職場のちがい、貼り出す場所のちがいによって、当然のことながら読者も変わり、テキストに対する反応やそれに付随して寄せられる感想などもパターンがすべて異なってくるだろう。こうしたちがいや差異を顕在化させる力こそが壁小説の特徴であり、重要な点だといえる。その場に応じて考えるべきことがちがうのだという問題提起をすることができた形式として、壁小説の手法は画期的だったはずだ。

このように見てくること、壁小説は演劇の手法にきわめて近いものであったことがよくわかる。同時代のドイツやロシアのアジプロ移動演劇の影響を受けた日本のプロレタリア演劇は、特定の劇場を活動の場にせず、工場や職場や集会所など、上演するその場その場を渡り歩きながら移動する街頭劇を運動の柱にしていた。そのはじまりは、一九二六年一月から三月の共同印刷争議の応援に初出動したトランク劇団であろう。壁小説と同じく、そこでは演じるその場に即した芝居をそのつど現場の声や状況を取り入れながら再構築していく手法がとられた[8]。

壁小説が誕生した詳しい経緯は、よくわかっていない。「芸術大衆化問題に関する決議」を受けて、「戦旗」に掲載されはじめたという事実以外、いかなる影響関係や議論のもとに提唱されたのか不明である。もっとも、江口渙は後年、「専門作家と工場とを直接的に結びつけるひとつの新しい方法」である壁小説の試みは、壁新聞のノウハウをめぐる議論の

8　早稲田大学坪内博士記念演劇博物館主催「集団の声、集団の身体〜1920・30年代の日本とドイツにおけるアジプロ演劇」展パンフレット（二〇〇七年一一月）

中から誕生し、「わが作家同盟が世界ではじめて生みだした」形式だと述べていること[9]、さらに手塚英孝が「ドイツで発達していた小形式の文化活動」[10]の影響を指摘していることから、どうやらロシアで試みられていた壁新聞とドイツのアジプロ移動演劇、この二つの流れが日本で合流して誕生したと考えられる。

一九二〇～三〇年代ドイツのアジプロ移動演劇は、レニングラードのトラム（労働者青年劇場）、モスクワの青シャツ隊（シーニャヤ・ブルーザ）などの影響のもとドイツ各地で結成された。ベルリンの〈赤いメガフォン〉や〈ピスカートア・ビューネ〉、千田是也も参加した〈赤シャツ隊〉〈劇団1931〉などがよく知られている。上演は労働者が出入りするあらゆる場所で行われた。工場や街頭、食堂、酒場、ダンスホール、空き地、労働者住宅……。そこでは時事的な問題を扱う寸劇をはじめ、特定の作品よりも、その場その場に即した場面のモンタージュが上演された。何より興味深いのは、その場その場での上演に際して、たえずその場に居合わせる観客の声を募り、それを芝居の修正に生かしていた事実である。

> 労働者演劇は働く大衆との結びつきを深めようと絶えず努力していた（たとえば〈赤シャツ〉は、質問表の形で観客に感想を書いてもらい短期間に四〇〇〇通の〈労働者批評〉を集め、これを材料にして隊の上演を修正していった。）これによって空虚な形式上の遊びや図式主義、停滞や間違った進路から身を守るとともに、新しい条件に難なく適応し、そのための新鮮な解決方式をいつも準備することができた。（L.ホフマン、G.クラット『労働者演劇と階級』未来社、一九七九年三月）

こうした手法が、それを目の当たりにしてきた千田是也を通じて、日本のアジプロ演劇や壁小説の技法に移入されていたとしても不思議では

9 江口渙『たたかいの作家同盟記（下）』（新日本出版社、一九六八年五月）
10 手塚英孝『小林多喜二』（筑摩書房、一九五八年二月）

ない。〈赤シャツ〉と同じく、読者の返事や声や批評を集め、これを材料にして壁小説の内容を修正していった。これによって空虚な形式上の遊びや図式主義、停滞や間違った進路から身を守るとともに、新しい条件に難なく適応し、そのための新鮮な解決方式をいつも準備することができた。壁小説を考える上で、このような可能性と想像を排除すべきではない。

偶然起きる出来事の観察者としてのプロレタリア作家

読者の返事なくして成立しない「テガミ」は、壁に貼り出された瞬間に作者の手を離れ、読者ひとりひとりの手にゆだねられる。つまり、物語の「つづき」を考え、決めるのは、もはや作者ではなく読者であるということだ。作者である小林多喜二が物語のつづきを決めることはできないし、そんなことをしても意味がない。作者にできることは、貼り出された小説がいかなる波紋を読者に呼び起こすか、いかなる応答や出来事を呼び起こすか、それを時間の経過とともにじっと受け身のまま見守ることだけである。小林多喜二という作者は、そのようにして偶然起きる出来事の受け身な観察者となる。そして、落書きなどのゲリラ的な方法によって浮かび生起した応答や出来事を拾い、集め、編集し、生かし、コラージュし、続編としてまとめ、貼り出すことだろう。要するに、一話完結にするのではなく、連載形式にすることだ。そのようにして、「読者」とともに、「時間」とともに膨らみ、発展し、生動する出来事の連鎖＝物語を最大限に生かすことが作者に残された唯一の仕事だ。壁小説は「作者」と「読者」との共同制作にならざるをえない。

作者が読者となり、読者が作者となる。作者と読者のあいだに横たわるヒエラルキーや役割を破壊し、誰もが読み手であると同時に書き手にもなるべきだという方向性の萌芽が、「テガミ」から読みとれる。

当然そこから「小林多喜二」という近代の作者神話もまた、破壊の対象になる。なぜ小林多喜二は壁小説において手紙形式を採用したのか。壁に掲示された「テガミ」を読む読者にとってみれば、あくまでも小説の書き手はテガミの書き手であって、「小林多喜二」という作者名はあってもなくてもどうでもいいものになるだろう。全編が子どもの手紙の語りで成り立つ小説を書籍ではなく街頭に掲示すれば、作者名は限りなく小説の背後に後退し、消失することは小林多喜二自身がよくわかっていたはずだ。「小林多喜二」という作者は、書かれたものの背後に消えてゆく、いや消えるべきだ。それが壁小説を手がけるもののあるべき姿であり、プロレタリア作家のあるべき姿だ。小林多喜二はそう考えていた痕跡が、「テガミ」からは感じられる。だから、「小林多喜二」を消すために、作者神話を消すために、壁小説でなければならなかったのであり、手紙形式でなければならなかったのだといってよい[11]。

壁小説の作者は、もはや従来の文学における「作者」とは根本的に異なる機能と役割を担う観察者、仲介者、もしくは編集者のような存在であるといえる。読者との共同制作者である。実際そのことは、「テガミ」の冒頭の附記以降が、すべて手紙の引用で構成されていることに端的にあらわれている。附記を添えた書き手が、どのようにして手紙を手に入れ、この場所に掲示するに至ったか、その詳細は記されていない。附記の書き手が手紙の受取人であったのか、それともたまたま拾ったのか、誰かに手渡されたのか、定かではない。いずれにせよ、ここでの小林多喜二という作者の役割は、他者の声を拾い、つなぎ合わせ、コラージュし、切り貼りし、編集する仲介者にすぎないように見える。少なくとも、観察者、仲介者、編集者という立場に小林多喜二はここで徹している[12]。これは当時、ロシア・アヴァンギャルドの作家セルゲイ・トレチャコフが、旧来の職業的作家に代わる新しい作家概念として提唱した「オペレーター」にきわめて近い立場である。トレチャコフの活動を取り上げたヴァルター・ベンヤミンのエッセイ「生産者としての作家」

---

11 亀井秀雄は註2の論文で、数ある小林多喜二の壁小説の中で「『テガミ』は最も『作者』名に対して自己否定的な作品」であり、「小林多喜二という名前の流通性があまり意味を持たないかもしれない、いや、彼の名前を必要としないかもしれない『壁小説』を手がけていたわけです。その点をこそ、私は重視したい」と述べている。

12 観察者、仲介者、編集者に徹する態度は、雪道で偶然拾った紙片の断片をつなぎ合わせ編集した作品「誰かに宛てた記録」(一九二八年六月「北方文芸」)にもすでに見て取れる。プロレタリア作家として書くとは、街頭に落ちている声や言葉を拾い集め、できるだけその原形を尊重しつつ、読者に提示する観察者、仲介者、編集者の立場を堅持すること、という小林多喜二のこだわりが強く感じられる。

(一九三四年)による紹介で広く知られるようになった戦略的な仲介者・手術者を意味する「オペレーター」は、壁新聞や通信をひとつの手がかりに、作者（生産）と読者（享受）の関係を変革し、誰もが書き手になる共同制作の可能性を追求することの中から生まれた概念である。

「小林多喜二」は、物語の最初のきっかけを作るだけの存在にすぎない。読者の応答を募る存在。できるだけ多くの応答を募ることができるような形式と内容を考案する存在。偶然起こる出来事の観察者に徹する存在。浮かび上がってくる読者の応答を整理し、切り貼りし、仲介し、手術し、編集する存在。編集したものを再び読者に続編として公開していく存在。それは、まさに従来の文学の規範と作者神話を批判的に乗り越えるプロレタリア文学の方向性とプロレタリア作家という存在の可能性を指し示すものであったといえよう。

もっとも、実際に「テガミ」が読者にどう読まれ、どのような応答や展開が生まれたのかは不明である。返事や応答があったとして、小林多喜二が、それらをどう受けとめ、どう生かそうとしたか、いまとなってはいっさい不明だ。しかし少なくとも、壁小説「テガミ」は、作者と読者による共同制作へと発展していく可能性の萌芽をはらんでいたことだけはまちがないように思われる。残されたテキストは、そのきっかけとなるほんの序章にすぎない。壁小説と小林多喜二とプロレタリア文学運動の力と可能性は、いまも闇に埋もれたままである。

多喜二の戦争観･軍隊観と北洋漁業 ――「蟹工船」から見えてくるもの――

荻野　富士夫

はじめに

小林多喜二は、なぜ、どのように『蟹工船』というテーマに到達しえたのだろうか。

『全集』第二巻「解題」（手塚英孝）によれば、函館合同労組の村上由《ゆかり》を通じて、「一九二七年三月、磯野小作争議が小樽でたたかわれた時期」に「調査の端緒」をつかんだとされる。その後、小樽高商の同級生で安田銀行函館支店に勤務し、産業労働調査所函館支所を引受けていた乗富道夫の援助を受けたという。函館に行き、「停泊中の蟹工船の実地調査をしたり、漁夫たちとも直接会い、漁業労働組合の人たちからも具体的な知識をえた」ほか、新聞記事や資料を収集している。

「調査の端緒」に貢献した村上は、次のように語る（「小林多喜二をしのぶ」〔NHKラジオの速記録〕『多喜二と百合子』第四二号、一九五八年九月）。

> 小樽にいきまして、多喜二君といろいろ話をしていたら、蟹工船の話に、話がやはり進みました。というのは、拓殖銀行がやはり蟹工船に相当に投資しておりましたから、こっちでどうだいわかるかい、というような話がきっかけと思います。それで、彼は非常に関心を持ちまして、あのときは非常に目を輝やかして、それは函館に一回行かなければだめだ、北洋から帰ってきた雑夫とか、それから漁夫だとか、そういう連中にも直接会えるし、というようないろいろな話をしたことがあるんです。

北海道拓殖銀行が投資する工船蟹漁業の経営実態などについて、村上から拓銀行員である多喜二に質問がなされたことを契機に、多喜二は「非常に目を輝やかして」関心を深め、函館行を決意する。蟹工船乗組員の引揚げは九月から一〇月ころだから、多喜二の函館調査は一九二七年秋の可能性がもっとも高い。

この多喜二の「非常に関心」の前提には、二六年九月の博愛丸事件に関する新聞報道が指摘されている。それは確かであろうが、同時に工船蟹漁業、さらに北洋漁業全般について、北海道、とりわけ小樽においては、経済・経営的観点から、労働者の観点から、また軍事的な観点において関わりが深かったこと、したがって多喜二もそれらについてある程度の知識をもっていたのではないかと推測される。村上の談話中の「蟹工船の話に、話がやはり進みました」という一節は、すでに「蟹工船」に関心を抱きはじめていた多喜二が即座に反応したことをうかがわせる。

ここでは多喜二の戦争観・軍隊観を検討するとともに、「蟹工船」＝工船蟹漁業を含む北洋漁業をめぐる軍事的な状況と意味について粗描することにする。

一　小説『蟹工船』における「帝国主義戦争の経済的な根拠」の希求

「蟹工船」執筆完了後、一九二九年三月三一日、その執筆意図を詳細に蔵原惟人に書き送るなかで、多喜二は「七」として次のように述べている。

> プロレタリアは、帝国主義戦争に、絶対反対しなければならない、と云う。然し、どういうワケでそうであるのか、分っている「労働者」は日本のうちに何人いるか。然し、今これは知らなければならない。緊急なことだ。
>
> ただ単に軍隊内の身分的な虐使を描いただけでは、人道主義的な憤怒しか起すことが出来ない。その背後にあって、軍隊自身を動かす、帝国主義の機構、帝国主義戦争の経済的な根拠、にふれることが出来ない。
>
> 　帝国軍隊――財閥――国際関係――労働者。

この三つが、全体的にみられなければならない。それには蟹工船は最もいい舞台だった。

この蔵原宛書簡は現存している。きれいに清書され、内容もよく練られたものになっているのは、「草稿ノート　7」に「蟹工船」草稿につづいて書簡を下書きしていたからである。蔵原宛ということで下書きをするほど、多喜二の緊張ぶりもうかがえる。「七」に相当する部分は、次のように書かれていた。

プロレタリアは、帝国主義戦争に絶対反対しなければならないと云ふ。然し、どういふわけで、さうであるのか、分ってゐる、労働者は日本に百人のうち一人もゐないと思ふ。自分は、この作で、そのことを、「誰れでも」分るやうに、具体的に示すことを大きな目的とした。黒島氏の作のやうに、たゞ単に、軍隊内の身分的な虐待を描いただけでは、人道主義的な興奮におち入り易く、その軍隊を動かす帝国主義の機構にふれることは出来ないと思ふ。

帝国軍隊――財閥――兵士に引張り出さる労働者。

この三つが、全体的に見られなければならない。それには、「蟹工船」は、最も、いゝ舞台であつた。

この下書き自体にも、いくつもの追加や削除、入れ替えがなされている。たとえば、「黒島氏の作のやうに、」の部分は、あとからの追記である。

清書した書簡で「帝国軍隊――財閥――国際関係――労働者。」となる部分は、下書き書簡では「帝国軍隊――財閥――兵士に引張り出さる労働者。」となっていた。多喜二が清書書簡で、四者の関係にもかかわらず「この三つ」と書いたのは、下書きの記述に「この三つ」とあったためである。

その「兵士に引張り出さる労働者」とは、労働者層から徴兵・応召された兵士という意味であろうが、実際には「蟹工船」においては十分に展開されていない。わずかに、「駆逐艦のことから、兵隊の話が出た。漁夫には秋田、青森、岩手の百姓が多かった。それで兵隊のことになると、訳が分らず、夢中になった。兵隊に行ってきたものが多かった。彼等は、今では、その当時の残虐に充ちた兵隊の生活をかえって懐しいものに、色々想い出していた」という部分に、兵隊と農民の関係が示される（「草稿ノート」では「今では、」の次に「（何時でも、そのやうに慣らされていたが）」とあったが、傍線で削除されている）。

きびしい訓練にあけくれ、「残虐に充ちた兵隊の生活」も、除隊後には「かえって懐しいもの」として「夢中」に語りあう。それは貧窮な農村に比べ、そして「蟹工船」内の劣悪な食事に比べ、白米の三食が保証され、わずかながらも給与が出たことに加え、除隊まで勤め上げ、国民の義務を果たしたという自らの体験の誇らしさと、帝国の軍隊に対する信頼と信望に由来するといえる。この箇所は、後半の多くの漁夫らの「我帝国の軍艦だ、俺達国民の見方だろう」という、ギリギリの段階での勘違いと痛切な打撃をともなった真実の理解への伏線となっている。

「草稿ノート　7」の蔵原宛書簡の下書きには、「帝国主義戦争の根底が、二、三の大金持の意図――資本輸出からなされる、この具体的」という書きかけもある。ここで書こうとしたことは、船長や監督の話を耳にした給仕が「糞壺」のなかで暴露する内容に通じる。

> 「俺初めて聞いて吃驚したんだけれどもな、今迄の日本のどの戦争でも、本当は――底の底を割ってみれば、みんな二人か三人の金持の（そのかわり大金持の）指図で、動機だけは色々にこじつけて起したもんだとよ。何んしろ見込のある場所を手に入れたくて、手に入れたくてパタパタしてるんだそうだからな、そいつ等は。――危いそうだ。」

ただし、これはそれ以上に展開されず、戦争の内幕を推測させるエピソードとして置かれるにとどまる。先の下書き部分が書きかけで、なお傍線で削除されていることも、多喜二自身がまだ戦争の本質暴露の決定的な証明の前にたたずんでいることを示そう。

それでも、多喜二は直感的に「軍隊自身を動かす、帝国主義の機構、帝国主義戦争の経済的な根拠」に気づき、それを創作上にわかりやすく、具体的に叙述することに工夫をこらした。「草稿ノート　7」の最後に近いところに、次のようなメモが記されている。

一、帝国戦争は、黒島のやうに、軍隊ソレ自身ノアアイウモノヲ書イテモ、必然ニ来ナイ。コノヤウニ、経済的ナ理由ヲ明カニスル
（中略）
一、所謂、軍隊を門番にさせて搾取をつづける殖民地の労働

先にも「黒島氏」と出てきたが、「渦巻ける鳥の群」「橇」などのシベリア出兵に関する作品を書いた黒島伝治を指している。それらは希有な反戦小説として現在では高い評価を受けているが、多喜二にとっては「軍隊内の身分的な虐待」は描けていても、「軍隊を動かす帝国主義の機構」に迫りえていないとして、克服すべき存在であった。黒島を一刀で切り捨ててしまう短兵急なところが多喜二にはある。その力みも、この「蟹工船」を舞台に「帝国軍隊――財閥――国際関係――労働者。」の相互のつながりと全体性を一挙に把握するという構想の大きさを自覚するがゆえにもたらされたといえる。

その構想の大きさは「草稿ノート」の各所にうかがうことができ、それまでの多喜二作品の主題・手法の集大成といった意気込みが伝わる。その一方で、多喜二は「エポックを作るもの」（斉藤次郎宛、二九年一月九日）、「もっと新らしい「冒険」したもの」（同、三月一〇日）をめざして、小説としての「蟹工船」の完成度を高め、プロレタリア文学として画期的な作品とするための努力を重ねる。

「草稿ノート」によれば、途中から（おそらく最初の一、二か月は学生上りの「私」の覚書にもとづく日録風に書き進められていた）、個人ではなく「集団」を描くという点に焦点を絞り、舞台を「蟹工船」と設定することによって見えてくる諸問題（たとえば、「草稿ノート　7」の冒頭ページには、「家庭の事」「鮮人のこと」というメモがある）をすべ

てあつかうことを断念し、帝国主義戦争の背後にある「経済的理由」の解明と「一、所謂、軍隊を門番にさせて搾取をつづける殖民地の労働」を描くことに収斂していった。取材中に知った北洋漁業のもう一つのかたち、露領カムチャッカ沿岸漁場におけるストライキ事件については、「「カムサッカ」から帰った漁夫の手紙」という短編に譲るのである（『改造』、一九二九年六月）。

結局、多喜二が「蟹工船」で描いたと自覚したのは、四月二四日の斉藤次郎宛書簡にある「一、主人公がない、集団が主人公。一、性格、心理の描写がない。一、国際関係の経済的根拠、一、植民地の労働形態の描写……等々」であった。その大部分は当然のことながら上述の蔵原宛書簡で語った執筆意図と重なるが、そこでは「蟹工船」執筆に込めた構想が最大限に盛り込まれている。その意味では、この斉藤宛書簡の短い一節が実像に近いといえる。

戦争や軍隊そのものを主題としなかったが、「一、国際関係の経済的根拠、一、植民地の労働形態」の背後に帝国主義戦争と軍隊があることを、的確に、具体的に、しかも衝撃的に描きだした。それをより詳細に説明したのが、蔵原宛書簡の次の一節、「六」の後半である。

> 資本主義は未開地、殖民地にどんな「無慈悲な」形態をとって浸入し、原始的な「搾取」を続け、官憲と軍隊を「門番」「見張番」「用心棒」にしながら、飽くことのない虐使をし、そして、如何に、急激に資本主義化するか、ということ。

先の「草稿ノート」のメモにも「所謂、軍隊を門番にさせて搾取をつづける殖民地の労働」とあった。

では、具体的に、多喜二はその「門番」ぶりなどをどのように描いたのだろうか、なお、多喜二は軍隊と並んで「官憲」にも「門番」的な役割を想定している。「蟹工船」においてはわずかに水上警察（外事警察）が顔を出すが、それ以外に農商務省とその北洋漁業監視船、外務省と在ソビエトの領事館、内務省と特高警察・外事警察、憲兵隊などが実際に関わっている（後述）。「「カムサッカ」から帰った漁夫の手紙」では、「蟹工船」における海軍の駆逐艦の役割を、函館水上警察の外事警察が担っている。資本家・経営者にとっての「見張番」「用心棒」の役割である。

二　「門番」「見張番」「用心棒」の具体相

官憲と軍隊の「門番」「見張番」「用心棒」としての役割を象徴する場面が、「一」の後半に登場する。函館出航前、「空気が濁って、臭く、穴全体がそのまま「糞壺」」と形容される漁夫や雑夫の船底と対比的に、船尾の「サロン」では「会社のオッかない人、船長、監督、それにカムサッカで警備の任に当る駆逐艦の御大、水上警察の署長さん、海員組合の折鞄」が宴会を催している。出航前の警備などの打合せを兼ねた、工船経営者側の接待である。

「会社のオッかない人」とは工船経営者の代表で、草稿では「松崎」とされていたが、実際にはほとんど登場せず、監督＝「浅川」が実質的に会社の代弁者となる。「博光丸」の「船長」はチャーターされているため、権限は「監督」に握られている。「水上警察の署長さん」は、漁夫らのなかに労働組合関係者が紛れ込むことを警戒するほか、ソビエト側からの「赤化思想」の宣伝を取締る。「駆逐艦の御大」とは、青森県大湊要港部に所属する駆逐隊の司令あるいは艦長である。「海員組合の折鞄」とは、労資協調的な日本海員組合の幹部を指すだろう。彼らは、「畜生、ガブガブ飲むったら、ありゃしない」と給仕がふくれかえるほど、饗応されていた。

宴会を終えて「サロン」から船長らとともにハッチ下の「糞壺」に降りてきた監督「浅川」は、漁夫らに向けて「蟹工船の事業」の意義――「一会社の儲仕事」ではなく、北洋をめぐる国際上の漁業戦の「一騎打ちの戦い」であること――を言い渡す。それは「一会社の儲仕事」という本来的な目的を国家間の「漁業戦」という、漁夫らにとって高次元の名目で目くらますという巧妙さを有する（「こんな事をしゃべったって、お前等には分りもしないだろうが」）。その一方で、国家間の「漁業戦」での勝利＝北洋漁業という国益への言及――「我カムサッカの漁業は……国際的に云ってだ、他の国とは比らべもならない優秀な地位を保って居り、又日本国内の行き詰った人口問題、食料問題に対して、重大な使命を持っているのだ」という監督の言葉――もタテマエ的なものではない。

「草稿ノート 7」の冒頭には、「蟹工船」に関する一般的な理解を提示するという意図のもとに『東京××新聞』の連載記事「北氷洋の国際漁業戦に巨利を漁る蟹工船」が置かれている。取材した架空の記者は「労働者よ、資本家よ、ともに一致協力して、我日本帝国のため、国際漁業戦に於て決して、ヒケを取らないやうに、ますます努力せられんことを！」と結ぶ。「蟹工船の事業」を日ソ間の「一騎打ちの戦い」=「国際漁業戦」とみなそうとする理解は、「蟹工船」への社会的関心が高まるなかで、強く浸透させられていった。

その「一騎打ちの戦い」に勝利し、国家的に重大な利益を保護するために、「軍艦」が派遣される。監督は次のように言及する。

> 日本帝国の大きな使命のために、俺達は命を的に、北海の荒波をつッ切って行くのだということを知ってて貰わにゃならない。だからこそ、あっちへ行っても始終我帝国の軍艦が我々を守っていてくれることになっているのだ。……それを今流行りの露助の真似をして、飛んでもないことをケシかけるものがあるとしたら、それこそ、取りも直さず日本帝国を売るものだ。

ここでは端的に「日本帝国の大きな使命のために」、「あっちへ行っても始終我帝国の軍艦が我々を守っていてくれること」という「見張番」「用心棒」の役割が語られている。それは改めてみることとし、引用後半の「今流行りの露助の真似」=「赤化思想」の啓蒙宣伝を追っておこう。小説『蟹工船』では「三」の後半で、難破し漂着した川崎船のソビエト側での体験を語る場面として描かれる。ロシア人とともに来た通訳の「支那人」から聞いた話は「馬鹿に「当り前」のこと」で、「そのどれもが、吸取紙に吸われるように、皆の心に入り込んだ」が、川崎船の船頭によって中断させられる。

漁夫らが「威張んな、この野郎」や「殺されたくないものは来れ！」などに触発されて、次第に団結していく過程を描く「八」の後半でも、漁夫らが意図的に「漂流」し、「赤化宣伝」のパンフレットやビラを持ち帰ることがあったとする。「漁夫達は、飛んでもないものだ、と云いながら、この「赤化運動」に好奇心を持ち出していた」とするのは、サボタージュの先にあるストライキ惹起への伏線である。

その、あまりの虐使の末についに立上がった漁夫・雑夫らのストライキを一瞬で鎮圧してしまう小説『蟹工船』のクライマックス・シーンでは、連行される指導者に水兵らから「露助の真似する売国奴」という罵倒の言葉が投げつけられた。ここに至る前の、監督や船長にストライキの「要求条項」を突きつける際、意外にも「監督は落付いて」おり、「明日の朝にならないうちに、色よい返事をしてやるから」とうそぶくのも、すでに駆逐艦に打電し、「保護」を依頼済みであったからである。先のメモにある「所謂、軍隊を門番にさせて搾取をつづける殖民地の労働」の実態は、ここに明らかにされた。

また、沿岸漁場において「赤化」の働きかけを受けたとされた漁夫たちは、函館に帰港後、水上警察によって勾留されてしまう（「「カムサッカ」から帰った漁夫の手紙」）。そこでは、駆逐艦の代りに警察が資本家・経営者の「門番」「見張番」「用心棒」の役割を果たしている。

「草稿」冒頭の『東京××新聞』の連載記事では、「領海問題」をめぐり「ロシアの監視船が猛烈に暴れ出し」、拿捕されたり、「大砲のお見舞いを頂戴して、おまけに密漁で罰金のおきゆうをすえられた」とする。この事態に「工船組合」は「海軍省に泣き込」み、「うまうまと駆逐艦四隻を出動させて、警備の任につかせることにした」。後述するように、実際にもこのように展開する。多喜二は仮空の新聞記事を削除するが、函館出航前の「サロン」での「駆逐艦の御大」らへの饗応を描くことで、この民間企業と海軍の癒着ぶりを示唆したと思われる。

駆逐艦が「蟹工船」を具体的にどのように警備するかについても、「草稿」から削除された場面に描かれていた。「九」に相当する部分で、付属の発動機船が領海侵犯の疑いでソビエト監視船に拿捕されてしまった、という状況が設定される。「雑夫の二、三十人や、乗組員の五、六人位糞でもねえ。船が惜しい。船が惜しいんだ」と苛立つ監督浅川は、次のような行動をとる。

監督はすぐに、駆逐艦に無電を打った。
「そろそろ罐詰も役に立つ時が来るんだで。」
駆逐艦××は夕方本船の近くに停船した。監督と雑夫長、船長が又（！）罐詰を船員に背負はせて、駆逐艦に持って行った。

駆逐艦が出帆したあと、霧のなかからソビエト監視船があらわれ、博光丸に乗込んできたロシア兵は、船長らに拿捕した発動機船について訊問をした末に退去する。この臨検について「駆逐艦に打電」した監督らは、「国辱だ、国辱だ」と叫ぶ。この一触即発の場面全体は削除されてしまうが、日本の駆逐艦とソビエト監視船の銃撃戦や砲撃戦が始まりそうなシチュエーションである。拿捕された発動機船や川崎船の奪回を目的とする駆逐艦の出動――示威行動をともなう返還の交渉や実力行為による奪回――は、後述するように実際にしばしばなされている。

しかし、多喜二はこのエピソードを盛込むことを止め、別の「警備」＝駆逐艦の活用を描く。不漁のためにソビエト領海内に入って操業することを監督は決意し、その領海侵犯の行動を駆逐艦に保護・「警備」してもらう、という「六」の場面である（また、「九」では漁期が過ぎていく割りに生産高が低いことに焦慮した監督が船長の躊躇を振り切り、領海内で操業し、ソビエト側の監視船に追跡され、訊問を受けたという場面を設定する）。ここでも情報をもたらすのは、給仕である。

「士官や船長や監督の話だけれどもな、今度ロシアの領海へこっそり潜入して漁をするそうだど。それで駆逐艦がしっきりなしに、側にいて番をしてくれるそうだ――大分、コレやっているらしいな。（拇指と人差し指で円るくしてみせた）」

この前には、駆逐艦から博光丸にやってきた士官連を夜明けまで接待するという場面がある。この饗宴後、船長・監督らは「罐詰を船員二人に持たして、発動機船で駆逐艦に出掛けて行った」。この様子をみて、漁夫らは「俺達の作った罐詰ば、まるで糞紙よりも粗末にしやがる！」と憤懣を洩らす一方で、「こんな処まで来て、ワザワザ俺達ば守ってゝけるんだもの、えゝさ――な。」という理解も示す。駆逐艦が動きはじめると、「蟹工船では、船長の発声で、「万歳」を叫んだ」。その「万歳」には、「一会社の儲仕事」のためには違法操業も辞さず、駆逐艦を「見張番」「用心棒」に仕立てるという監督の思惑と、漁夫・雑夫らの素朴な「帝国海軍」信奉が入り混じっている。

後述する海軍側の史料では、北洋警備に出動する駆逐艦の任務を公海での操業の保護としているが、実際の漁場という“現場”においては、個別の便宜を図ってもらうためにこのような饗宴や贈答を含む供応がなされていたことを推測させる。この博光丸のような供応は、おそらく北洋で操業するどの蟹工船も競っておこなっていたとみるべきだろう。そして、やはり給仕が「農林省の役人が来れば来たでタラップからタヽキ落ちる程酔払うしな！」と洩らすように、農商務省の北洋漁業の監視船の場合も同様に供応され、個別の利益の保護＝「取締」をおこなっていただろう。

このような、駆逐艦が「側にいて番をしてくれる」ためには「大分、コレやっているらしい」という、金品の贈与を給仕に推測させる場面は、おそらく多喜二が函館の取材を通して得た情報にもとづくのではないだろうか。

さて、「国民の見方でない帝国の軍艦、そんな理屈なんてある筈があるか！？」という漁夫らの通念となっていた「帝国海軍」への信奉は、このあっけない鎮圧劇によって、「帝国軍艦だなんて、大きな事を云ったって大金持の手先でねえか、国民の見方？　おかしいや、糞喰らえだ！」へと逆転される。このあとの「献上品に石ころでも入れておけ」について、「草稿ノート」では「今まで知らずにいた自分たちの「居所」が、漁夫や水、火夫達にハッキリしてきていた」という一文がつづいていた(傍線を引いて削除)。こうして漁夫らは自らの置かれた状況が「アリアリと見えてきた」、そして「帝国海軍」の本質を理解することによって、さらに「自分たちの「居所」」が分ってきた。

「門番」、そして「見張番」「用心棒」としての軍艦の役割について、給仕はもう一つの見方をもたらした。「六」の最後に近いところで、次のように語らせる。

「皆の話を聞いていると、金がそのままゴロ〳〵転がっているようなカムサッカや北樺太など、この辺一帯を、行く〳〵はどうしても日本のものにするそうだ。日本のアレは支那や満州ばかりでなしに、こっちの方面も大切だって云うんだ。(中略)
「それでさ、駆逐艦が蟹工船の警備に出動すると云ったところで、どうして〳〵、そればかりの目的でなくて、この辺の海、北樺太、千島の付近まで詳細に測量したり気候を調べたりするのが、かえって大目的で、万一のアレに手ぬかりなくする訳だな。

これにつづくのが、前引の「今迄の日本のどの戦争でも、本当は……二人か三人の金持の（そのかわり大金持の）指図で、動機だけは色々にこじつけて起したもんだとよ」という箇所となる。ただし、これらは給仕の見聞した内幕話となっており、小説『蟹工船』の本筋として展開されているわけではない。多喜二にもまだ十分にこれらを創作に仕立て上げるだけの知識と考察の深まりは準備されていなかった。

それでも「日本のアレ」・「万一のアレ」＝経済的な権益の獲得と確保が、帝国主義戦争と軍隊の背後にあることを、多喜二は的確に見出していた。先のメモでいえば、「帝国戦争は……コノヤウニ、経済的ナ理由ヲ明カニスル」ことの糸口が示された。

三　北洋漁業と海軍

青森県大湊から出港した駆逐艦はカムチャッカ半島の東西沿岸を巡航し、領海一二浬《かいり》を主張するソビエト側の取締＝漁船の拿捕・抑留などに対抗し、ときに拿捕漁船の奪回などの実力行動にでる（欧米諸国とともに日本側は領海三浬を主張）。

この駆逐艦の巡航は、発展する北洋漁業に不可欠なものと認識された。一九二五年に露領水産組合から海軍省に出された巡航期間延長を求める電報の一節――「第二駆逐隊のカムサツカ沖に於ける御駐在は露国の地方官憲又は監視船と本組合等の蟹工船との間の紛擾を全然予防し、殊に露国が主張する所の保護区域なる十二浬説を打破するに最も有力なる根拠と被認、本組合員等が何等の不安なく作業に従事することを得る」（「極東露領沿岸に於ける漁業雑件」一九二五年度・第六巻　外交史料館所蔵）――は、それをよく物語る。

一九二六年からソビエト側の取締が強化されると、拿捕抑留事件が頻発した。露領水産組合はさらに「近来屢々《しばしば》露領沿海州及堪察加《カムチャッカ》方面の公海に出漁したる我漁船及其乗員を迫害し、依て以て帝国の国威国権を蹂躙しつゝあることは真に国家の面目上よりも、将《は》た我産業の発展上よりも、到底一日も忍ふへからさる汚辱に非らさらんや」（「「ソヴィエト」連邦領海拡張関係一件」、「外務省記録」、外交史料館所蔵）として、駆逐艦による警備の拡充を請願する。このような意味合いにおいて、日ソ間の「一騎打ち」＝「国際漁業戦」、そのための海軍艦船の警備活動が重視された。

海軍少将を退役後、南洋水産取締役となっていた宮治伝三郎は駆逐艦に便乗して北洋漁場を視察した経験をもとにした『水産立国策　続』（一九二五年）というパンフレットのなかで、「工船統一の急務」を展開する。その根拠の第二は「海軍の警備保護に関すること」であり、ソビエトとの間に「今後永遠に領海問題の継続するや明にして、従て国家を代表する軍艦旗の下に在りて作業を継続するを安全とすへけれは、警備艦は公海出漁中、露領近海にては特に離るへからさる重要機関てあることは従来の事実の通りてある」と論じている。「軍艦旗の下」でこそ、北洋漁業が可能となっていた。

北洋警備の巡航にあたり、海軍省では各駆逐艦に対して、示威行動を主眼とし、「直接我艦艇に対し敵対行為ある場合等の外武力を使用せさること」などの慎重な方針を指示している。それはソビエト側への刺激を抑えて、北洋漁業全般の権益を優先させるためだった。しかし、実際の漁場では駆逐艦艦長の判断で、「遠慮なく我漁業者保護の手段を執り、露国側より脚下を見透されぬ様すること肝要なるべし」（一九二三年に出動した駆逐艦千早艦長枝原百合一のメモ、「極東露領沿岸に於ける漁業雑件」、一九二三年度・第六巻、外交史料館所蔵）という強硬な姿勢をとる場合が多かったと推測される。

多喜二が「万一のアレ」と言及する対ソビエト戦争に備えて、海軍省は実際に地形や海流・気象などの調査を周到に進めていたことも注目される。早くもロシア革命後のシベリア・カムチャッカ方面の混乱に際して、一九一九年にカムチャッカ沿岸の巡航警備に出動した第九駆逐隊の任務は、「此機を利用し、出来得る限り、我北方境域に於ける万般の事情」(「大正戦役　戦時書類　巻二二七」、防衛省防衛研究所図書館所蔵)を調査することにあった。また、一九二四年に出動した第一八駆逐隊の「堪察加警備報告」には、「国防上、将又《はたまた》国益上平時堪察加方面に於ける研究の必要なる事は隣接国として今茲に贅言を要せず」(第一八駆逐隊「堪察加警備報告　巻一」、防衛研究所図書館所蔵)と明記されていた。

「蟹工船」=工船蟹漁業を含む北洋漁業(さらに規模の大きなものとして漁区租借の露領沿岸漁業があり、これについても多喜二は「「カムサツカ」から帰った漁夫の手紙」を創作している)は、監督「浅川」にいわせれば、「我カムサッカの漁業は……国際的に云ってだ、他の国とは比らべもならない優秀な地位を保って居り、又日本国内の行き詰った人口問題、食料問題に対して、重大な使命を持っているのだ」ということになる。国家的な権益という認識だが、多喜二の場合、それが日露戦争によって獲得したものという見方には至っていない。

北洋漁業の規模が拡大されるにつれ、その権益は「満州」とともに膨大な戦費と人的犠牲の結果として獲得したもの、という認識が広まった。一例だけ引けば、多喜二の「蟹工船」発表の直後の時期にあたるが、『大阪毎日新聞』記者としてカムチャッカを視察した長永義正はその著書『カムチヤツカ大観』(一九三〇年)の「序」冒頭に、「ベーリング海、オホツク海の北洋とカムチヤツカ沿岸はわが水産業の一大宝庫である。カムチヤツカ沿岸に於るわが漁業権は幾多の先駆者が血涙の辛苦を嘗め、日露戦役といふ絶大の犠牲で獲得した帝国の権益である」と記している。満鉄を中心とする「満州」権益の数分の一という規模ではあったが、北洋漁業の権益は日露戦争の大きな犠牲の上に獲得した「国益」という認識が強まり、それはさらに拡充すべきもの・できるものとされた。

四　「満州事変」後における戦争観･軍隊観の深化

小説『蟹工船』後、多喜二の戦争観・軍隊観のうかがえる創作はしばらく途絶えるが、一九三一年九月の「満州事変」後になると、多喜二の全創作の背後に「戦争」の問題が置かれることになったといってよい。ごく簡単に追っておこう。

まず、「級長の願い」(『東京パック』一九三二年二月）と「失業貨車」(『若草』三二年三月）という二つの短編は、「満州事変」がもたらした社会の激変の一端を描く。前者は、多喜二にとっては馴染みの「手紙」(小学校高等科一年の級長の担任宛）形式をとり、学校で集める国防献金が出せないほど、父親の長い失業で貧窮のどん底におちいっているとして、次のように先生に訴える。

> お父さんはねるときに、今戦争に使っているだけのお金があれば、日本中のお父さんみたいな人たちをゆっくりたべさせることが出来るんだと云いました。――先生はふだんから、貧乏な可哀相な人は助けてやらなければならないし、人とけんかしてはいけないと云っていましたね。それだのに、どうして戦争はしてもいゝんですか。
>
> 先生、お父さんが可哀そうですから、どうか一日も早く戦争なんかやめるようにして下さい。

この高等科一年の児童も「私はどんなに戦争のお金を出したいと思っているか分りません」とあるように、戦争を支えようと考える一方で、「お父さんが可哀そう」という観点から戦争中止を願いはじめている。担任の教師からこの手紙を見せられた「私」が「もう一息だ」と考えるのは、小説『蟹工船』の漁夫らが果たした軍隊観の転換とつながっているからといえる。

「Ｏ市」にとって、多数の失業労働者の存在は「癌」とされていた。失業者は職業紹介所に押しかけるが、「満州に出ている兵士の苦労を考えてみろ」と追い返される。市長に迫っても、「今わが日本は国を挙げて、戦っている時です！……」と逃げる。一九三一年秋から冬にかけて「Ｏ

市」では空いた貨車に失業者を収容し、粥の支給をおこなうが、それが滞ると、「貨車」の失業者は自分たちの「居所」を理解する、「市が本当に自分たちを救済してくれるために「失業貨車」を仕立てゝくれたのではなくて、ジッとさせて置くためのゴマ化しだった」と。

この「居所」に気づいたこと、そして再び「粥」支給を市に要求する際の戦法の工夫——「明日は成るべく眼につかないように、バラバラになっているんだ」「蹴散らされないように、直ぐ集まって、直ぐ押しかけるんだ」——も、『蟹工船』付記のストライキ再起を彷彿とさせる。

ついで、「沼尻村」（『改造』三二年四月・五月）では全農支部長山館に「今は時期が時期で、日本の軍隊が極寒の満州で苦戦をしているとき、我々国民としては内でこのような騒ぎを起しているときではないと思う」と語らせる。「地区の人々」（『改造』三三年三月）は、「Y市」の「リトマス試験紙」というべき「昨年の九月十八日頃から、又その様子を変えはじめた」「地区」が舞台となる。「地区」に入って「指導グループ」を形成する平賀は、要之助と久保田との話し合いのなかで、次のように「満州事変」後の課題を述べる。

この前の市バスの時は「国家非常時」とか、国民総動員の秋とか、こんなブルジョワジーの欺瞞的スローガンによって、我々の生死的要求が踏みにじられたわけだ。我々の力の不足、組織的計画性の欠除のために、あの時はとうとう敗れてしまった。だが、今度こそは、殊にこれが帰休兵の馘首問題であるだけ、この闘争は広汎な反戦闘争に発展させ得る可能性を多分に持っていると思うんだ。更にこの場合、戦争の強行ということが資本家の我々に対する攻撃の層一層の強化＝臨時工との交代による大量的馘首、賃下げと密接に結びついているわけだ。今度の事件ぐらい、戦、争、と、労、働、者との利害の関係＝からくりについて広汎なアジ・プロを展開する好機はないと思うんだ。

いうまでもなく「党生活者」（『中央公論』三三年四、五月、執筆は三二年八月）は、藤倉工業の毒ガスマスク製造工場労働者の反戦活動を中心に展開される。

これらの意欲的な小説執筆と並行して、この時期に活発化していた評論活動においても、多喜二は戦争と社会・文学の問題に切り込んでいる。二つだけあげると、まずずばり「戦争と文学」(『東京朝日』一九三二年三月）では、「レマルクの反動性」として人道主義的な戦争反対論を否定するところから出発する。ここで黒島伝治の「厳冬の地の戦場の描写にのみ終始し」たため、「戦争の悲惨と戦りつさだけが浮かび上」るだけだった欠陥や危険性に論及するが、それはかつて小説『蟹工船』で克服がめざされたものだった。そのとき対比されたのは帝国主義戦争の経済的根拠の解明だったが、三年を経て、戦争観は新たな展開を見せている。それは多喜二にとっては、なぜプロレタリア文学陣営では「反戦小説」を持ち得ていないのか、という自省を導く。

多喜二が「反戦小説」としてモデルにするのは、「ロシア帝国主義戦争が如何なる経路をとって、プロレタリアートの革命的な戦争に転化させられていったか」という点を描いたとみるショーロホフの『静かなるドン』である。そのうえで、この闘争は「勤労者大衆の経済的、政治的日常生活の追究の中において見出されなければならない」と付け加える。それを描いたものとして、「極めて不完全」としつつも黒島伝治の「前哨」(『プロレタリア文学』三二年二月）を評価する。

もう一つは、「八月一日に準備せよ！」（『プロレタリア文化』三二年八月）である。プロレタリア文化運動の直面する情勢の基本的なものは「戦争の新たなる段階」であり、「満州」占領が「東側よりのソヴェート干渉戦争に於ける「前哨の任務」を引き受ける」ことになっているとみて、次のように日本が推し進める戦争の意味を突く。

> 日本の地主と資本家は強盗戦争を強行して中国の勤労大衆を掠奪し、日本が嘗めている最も尖鋭且つ全面的な経済恐慌からの活路を見出そうと試みているのであって、戦争は国内的（国際的）政治、経済と切り離して理解することは出来ない。——殊に日本帝国主義の種々な経済的弱さ（カッコ内は略——引用

者）から、常に日本帝国主義ブルジョワジーは、国外侵出によって植民地を掠奪し戦利品の獲得によって資本の蓄積と自身の強固化をはかってきた。これが日本帝国主義のもう一つの「特殊性」である。……国外市場の「暴力的」「軍事的」拡大の道へ、それが当然日本帝国主義に与えられている。

小説『蟹工船』においては、まだ抽象的な「帝国主義戦争の経済的な根拠」の解明という見方であったが、「満州事変」の展開を「戦争の新たなる段階」と捉え、「日本帝国主義」固有の「特殊性」を強く刻印されてきたという認識に至ったことは、多喜二の戦争観の幅と奥行きが大きく広がったことを示している。しかも、かつて指摘したように（拙著『多喜二の時代から見えてくるもの』）、「戦争の新しい段階は又被搾取者大衆に対するヨリ更なる「抑圧」と「搾取」の強化となってあらわれている」という理解をともなっていることに、多喜二の卓越性をみてとることができる。すなわち、「帝国主義戦争強行のための、又国内に於ける経済的、政治的危機の克服のための（即ちファシズム的支配強行のための）弾圧」に注目し、それを「軍事的＝警察的反動支配」と全的に把握するのである。

こうした創作活動だけでなく、一九三二年後半から死に至るまでの半年余は、日本反帝同盟の執行委員として、三三年八月に上海で開催予定の極東反戦会議のために奔走していた。三二年一二月には、江口渙・佐々木孝丸らとその準備会を開いている（佐藤三郎「〈文学〉が〈戦争〉を描く意味――「党生活者」と旧日本軍の毒ガス・細菌戦前夜の多喜二」『いま中国によみがえる小林多喜二の文学』）。

おわりに

多喜二の『蟹工船』に導かれて、私はようやく北洋漁業と海軍艦船の警備という問題に気づくことができた。それは、日露戦争時からアジア太平洋戦争時まで、ほぼ平時における帝国海軍の「国益」確保・拡充を遂行した任務の一つであった。その全体の解明は今後の課題である。

この構図は、一九九〇年代以降の自衛隊の海外派遣、すなわちペルシャ湾・インド洋・イラク派遣、ソマリア沖海賊の対策部隊派遣などと相似形というべきだろう。直近では南スーダンへの派遣がある。石油の利権、そしてシーレーン防衛論議を想起すると、それらは多喜二のいう「軍隊自身を動かす、帝国主義の機構、帝国主義戦争の経済的な根拠」と密接に関連しているといえる。

軍隊の役割は戦争＝有事の軍事的衝突における武力の行使にとどまるものでなく、平時におけるその存在の「示威」、たとえば海上における軍艦の巡航も必要不可欠なものであったし、現在もありつづけている。

付　　　録

韓国現代史と小林多喜二

宣《ソン》　憲洋《ホンヤン》

韓国の現代史はアメリカを後ろ盾とし、腐敗しきった李承晩独裁政権を、素手で打倒した1960年の4月革命から始まる。この時、小学校4年生の少女カン　ミョンヒは、次のように歌った。（4月の塔編纂委員会、『4月の塔』世文社、1967年10月15日、ソウル、72ページ—74ページ）

4月の心

カン　ミョンヒ
宣憲洋《ソンホンヤン》　訳

「あー、悲しい
朝空が明けてくると
駆け足の音が聞こえてきます。
夕焼けが消える時になると
バンバンバンと銃声が聞こえてきます。
明け方の空と夕焼けを
お兄ちゃん、お姉ちゃんたちは
血で赤く染めました。
お兄ちゃんお姉ちゃんたちは
鞄を抱いてなぜ銃で撃たれたんですか
泥棒をしたんですか
強盗を働いたんですか
どんな悪いことをしたのでお昼も食べないで
夕飯も食べないで、何も言わずに倒れたんですか涙が流れて流れて止まりません。

忘れられない4月19日
学校からの帰りに
弾丸は飛んできて
血は道を覆うのに
寂しく残されたかばん
とても重かったんですよ

私は知ってます
お母さんお父さん何も言わなくても
お兄ちゃんお姉ちゃんたちが
なぜ血を流したのか・・・・

お兄ちゃんたちとお姉ちゃんたちが
学び残した学校で
学び残した机で
私たちはお兄ちゃんたちとお姉ちゃんたちに
ついていくつもりです。

革命を主導した学生たちは「行こう北へ、来たれ南へ」というスローガンで南北学生会談の開催を要求した。

しかし、この革命は1961年5月16日、反統一と反民主主義、反共を国是とし「先建設・後統一」の方針を掲げる朴正熙軍事政権による5.16軍事クーデターによって、簒奪されてしまった。朴正熙軍事政権は1965年にはアメリカの要請によりベトナムに後方支援部隊2000人を派遣し、同年7月には猛虎部隊が、1966には白馬部隊が派遣され、総派兵人員5万5000人の規模でベトナム戦争に派兵した。

外資依存型で輸出主導型の経済開発の矛盾は1970年代に入って一挙に噴き出し始めたが、朴政権は、これによって生じるあらゆる負担を国民大衆、とりわけ労働者階級に転嫁し、政治的な弾圧を強化することで、この危機を切り抜けようとした。

こうした状況の中で、1970年11月13日ソウルの清渓川・平和市場前の路上で23歳の被服工場労働者全泰壱氏が「勤労基準法を順守せよ！」「われわれは機械ではないぞ！」と叫び、全身にガソリンを浴びて焼身自殺した。

彼は酒飲みの洋服屋の父のもとで弟妹や優しい母とともに釜山で育ち、小学校も卒業できず、16歳になってようやく夜間中学に入ることができたが、それも父親に学校を中断してミシン仕事をするように言われたやめなければならなくなり、ソウルに行って苦学しようと2歳年下の弟を連れて家出し、苦労の末にようやく平和市場で衣料工場の補助工として職を得たのだった。

> 「全泰壱《ジョンテイル》青年は、平和市場内企業の劣悪きわまる労働条件と超低賃金で苦しむ2,700余名従業員仲間の親睦団体「三棟会」を組織し、企業主に作業場の環境改善と労働条件の改善を要求して、その日ストライキを決行したが警官隊に鎮圧されたのに抗議して自殺したものだった。」全泰壱著、卞宰洙訳『遺稿集・炎と青春の叫び』朝鮮青年社、1977年11月1日9ページ
> —「発刊にあたって」より—

このころのソウルは、朴正熙軍事政権下で、大学ではROTC（学生軍事教育団）の学生が制服姿で闊歩し、長髪の学生が町を歩いていると、突然派出所に引っ張られて警官にハサミでザクザクと髪を切られて、挙句の果て説諭されて放免されるというようなこともしばしばあった。

また、夜の大学街では特務機関員とおぼしき男たちに運動圏の学生が無理やりジープに乗せられ、どこへともなく連行されていったりするようなこともあった。

筆者が、その頃ソウル大学法学部構内の売店で金芝河の譚詩「五賊」が掲載された月刊『思想界/1970年5月号』を買い、数日後に、再びその売店に行ったところ、店員が『先日のあの雑誌まだ持っているでしょ

う？ちょっと事情があるので、買い戻させてください』と言うのだった。「あれは、発禁になったとニュースで聞いたので燃やしてしまったよ」と答えるというようなこともあった。その件に関して筆者には、幸いその後何事も起こらなかった。

また、イギリスの高級コールガールをめぐる「キラー事件」を彷彿させる鄭仁淑事件も起こった。

1970年4月8日、ソウル西大門区倉前洞でバラックの貧民街を強制撤去して急ごしらえで建てた臥牛市民アパート第15棟が落成後4か月も経たない内に倒壊すると言う惨事が起こった。

「五賊」を発表した金芝河は、1974年9月13日に死刑の判決を受けた。

1971年4月20日「在日僑胞スパイ団事件」でソウル大学大学院社会学科の学生徐勝、法学部4年の徐俊植兄弟が、スパイ罪と日本の治安維持法を模倣した国家保安法違反容疑で逮捕され、兄の徐勝は、酷い拷問を受け、捜査官が席をはずしたすきに石油ストーブの燃料タンクの軽油を浴びて火をつけ自殺を図り、顔・手・腕にやけどを負った。

彼ら兄弟は嫌疑を否認したが、徐勝は死刑の判決を受け、徐俊植は懲役7年の宣告を受けた。この時、小林多喜二こそ全泰壱や、金芝河、徐兄弟にもっとも近い人物であったにちがいない。

1971年第7代大統領選挙で朴正熙は、野党候補金大中氏に辛うじて勝利したが、続いて実施された国会議員選挙で、野党はかつてない89議席を得、与党の113議席に肉薄した。

窮地に立った朴政権は1971年10月15日の衛戍令、12月6日の国家非常事態宣言、12月27日国家保衛に関する特別措置法を発動した。

1972年7月4日午前10時、ソウルと平壌では、南北間で武力挑発せず、対話を通して自主的統一を追求しようという点で合意したという要旨の7・4南北共同宣言を同時に発表した。

同年10月17日午後7時、全国に非常戒厳令が宣布された中で、朴正熙は、大統領特別宣言を発表し、国会を解散して、非常国務会議を設置し、「祖国の平和統一を志向する憲法改正案」を公布した。

さらに11月21日の国民投票で確定した維新憲法に続いて作られた統

一主体国民会議から単独出馬した朴正熙候補は12月23日第8代大統領に選出された。

1973年8月、金大中氏が東京のホテルから韓国の中央情報部によって突然拉致されたが、アメリカの介入によって辛うじて殺害をまぬかれた「金大中事件」が起こった。

1979年10月26日、朴正熙は金載奎中央情報部長官によって銃殺される。

1980年5月17日、光州民衆抗争が起こり、全斗煥がクーデターにより政権を奪取し、1980年8月27日第11代大統領に就任した。

1987年12月16日盧泰愚大統領選挙当選。1988年2月25日盧泰愚第13代大統領就任。民主化宣言。

1988年、第24回夏季ソウルオリンピック開催。

1990年ソ連と国交回復。1991年韓国・北朝鮮国連同時加盟。1992年中国と国交回復。

1993年文民政権、金永三政権誕生。

1997年12月21日IMF外貨危機起こる。

1998年金大中政権誕生。

2000年南北首脳会談。

2002年第17回サッカーワールドカップ・サッカー大会日韓共同開催。

2003年盧武鉉政権誕生。

1985年に労働運動家として全国に指名手配され、91年安全企画部の手で逮捕された13年間の地下運動のため「顔のない労働者詩人」と呼ばれてきたパクノヘが20代最後の年に出した処女詩集『労働の夜明け』の中の1編「布団カバーを縫いながら」を私の希望の歌として皆さんにご紹介したいと思う。

布団カバーを縫いながら

パクノヘ

宣憲洋　訳

「布団カバーを縫いながら
下着を洗いながら
俺は恥ずかしさの胸を打つ

まったく同じく工場から帰って来て真夜中過ぎまで
後片付けや部屋掃除や薬味入れの蓋の始末までしている妻に
俺はただ「めし　風炉　寝る」と言ってきた
同僚たちと労組の仕事をしてから
傲慢で専制的な経営者の真似が
目上に立つ夫の名のもとで妻に向けられていたことを
痛切に直視する

「命令する男、従う女」と
世間が教えてくれた通り
妻をもぐもぐと搾取しながら
俺は誠実な模範労働者でいた。

労組を作りながら
彼らの賞賛と表彰状が
猫の尻尾に結び付けられた鈴の音であることを
労働者を家族のように愛する思いやりが
見せかけの良い綿菓子であることをしっかり悟った

便利な理論と絶対的権威と常識で包まれた
身の毛がよだつ利潤追求のように
俺もやはり妻を搾取して
家庭の独裁者になっていた

闘争が深まるごとに実践の中で
俺は奴らの残りかすを排泄してしまう
労働者は利潤を生む機械ではないように
妻は俺の小間使いではなくて

平等に愛し合う友であり夫婦であるということを

われわれの全ての関係は信頼と尊重と
民主的でなければならないということを
残業を終えて帰ってくる妻を待ちながら
布団カバーを縫いながら
痛い覚醒の針を刺す

韓国現代史の中で、小林多喜二は、どのように紹介され、研究されているだろうか。

韓国で小林多喜二が研究され出したのは、少なくとも越北作家の作品が解禁された1988年2月以降、早くとも盧泰愚政権の末期、南北同時国連加入が実現した1991年以後のことであろうと考えられやすいが、作品はすでに1987年8月に釜山の「チング（友）」からチング文芸＜世界文学撰＞の「日本編」として李貴源の翻訳で、「1928年3月15日」、「蟹工船」「党生活者」を1冊にしたものが『蟹工船』という書名で刊行されている。

1980年10月25日の光州民衆抗争関連者225名に対し内乱罪などが適用された5名に死刑が、7名に無期懲役が言い渡された軍事独裁政権下である。

劇団わらび座の財団法人民俗芸術研究所前理事長で作家の茶谷十六氏のインタビュー記事によると訳者李貴源氏は釜山大学の歴史学科出身で全斗煥軍事独裁政権に反対する民主化闘争に参加し、唯物論研究や社会科学理論学習のため日本語文献解読が必要で、学生たちはグループやサークルを作って日本語のテキストを使ってひそかに学習活動を進めたという。李貴源氏は、日本語の読解力が優れていたので、グループのリーダーを務め、翻訳に携わり、成果をより多くの仲間たちに広めるために、出版する必要があって生まれたのがチング出版社であったという。出版するたびに検挙投獄され厳しい尋問を受けたという。正に小林多喜二と年代こそ違え、同時代を生きていたと言えよう。なお、翻訳者・発行人等は、代表書名を、「党生活者」が、民主化運動に携わる自分たちの姿そのものだとして、「党生活者」としたかったが、時代的制約のため、結局「蟹工船」としたとのことである。（しんぶん赤旗2007年9月18日、19日「学問・文化欄）。

次いで、梁喜辰訳『蟹工船』(ソウル:図書出版 文波浪, 2008年8月18日)が出版され、漫画:バラエテイ アートワークス,ユミンソン訳『漫画で読みとおす蟹工船』(ソウル:シンウオン文化社, 2009年11月10日)も出版された。

昨2011年にも、“Jisigeulmandeuneunjisik”から、題名の一部を少し変えた黄奉模訳の『蟹漁工船』が出版された。

このほか、韓国語訳としては、1978年1月に中国遼寧省の遼寧人民出版社から中国語訳『捕蟹/捉蟹』からの重訳”gejabi”(蟹漁)が辛成哲(xin, chengzhe)訳で出版されている。

研究論文

(1) 高麗大学大学院日語日本文学科朴眞秀修士学位論文「小林多喜二のプロレタリアリアリズム受容についての考察」1992年6月

(2) 韓国外国語大学大学院日本語科金勁和の修士学位請求論文「小林多喜二の『党生活者』の考察」1993年8月

(3) 朴眞秀(暻園大学)、「小林多喜二『一九二八年三月十五日』の作中世界と視点―「プロレタリア前衛の目」と「視点人物の眼」とのかかわり」(中国　小林多喜二国際シンポジウム　基調講演)

(4) 李修京(東京学芸大学)「若くして死したる多喜二と尹東柱」(中国　小林多喜二国際シンポジウム　基調講演)

(5) 李修京(山口県立大学助教授)「反戦クラルテ運動と日本の文学者」『生誕100年記念小林多喜二国際シンポジウムpart2報告集』、(東京:東銀座出版社、2004年12月)

(6) 黄奉模「小林多喜二『蟹工船』の同時代評(1)」、「小林多喜二『蟹工船』の同時代評(2)」,1998年9月『千里山文学論集』
黄奉模「小林多喜二文学の書誌的研究」、詩文学社、2011年。

なお、朴眞秀修士学位論文「小林多喜二のプロレタリアリアリズム受容についての考察」1992年6月の構成(目次)と、引用文献・参考文献は、次のとおりである。

p.76「また歴史的な概念としての日本プロレタリア文学の成果を現在の視覚から新たにクローズアップするためには、蔵原惟人のプロレタリアリアリズム理論を批判的に評価した基礎の上で小林多喜二の作品の問題点を徹底的に分析することが必要であろう。

上記論文における引用文献および参考文献は、下記のとおりである。

1. 引用文献
① 麻生磯次『日本文学史』第16版、明治書院、1973
② 市古貞次編『日本文学全史』、学燈社、1978
③ 三好行雄編『近代文学史研究必携』≪別冊国文学≫、学燈社、1987
④ 蔵原惟人『蔵原惟人評論集第1巻』、新日本出版社、1966
⑤ 山田清三郎『プロレタリア文学史（下）』理論社、1954
⑥『1928年3月15日』≪戦旗≫1928年11、12月号掲載
⑦『蟹工船』≪戦旗≫1929年5、6月号掲載
⑧『転換時代（党生活者）』≪中央公論≫1933年5月号

⑨　平野謙「一つの反措定」≪新生活≫1946年4,5月合併号
⑩　中野重治「批評の人間性＜一＞≪新日本文学≫1946年6月号
⑪　臼井吉見『近代文学論争　下』筑摩書房、1975年
⑫　手塚英孝『小林多喜二　上』、新日本出版社1970
⑬　分銅惇作「『蟹工船』の評価」、三好行雄外『近代文学　5』、有斐閣、1977
⑭　平野謙『昭和文学史』、筑摩書房、1963

2. 参考文献

1. 作品

小林多喜二『定本小林多喜二全集』全15巻、新日本出版社、1968－1969

小林多喜二『小林多喜二全集』全3巻、ナウカ社、1935－36

小林多喜二『小林多喜二全集』（一）（二）日本プロレタリア文学集26・27新日本出版社、1968

2. 全集および単行本

岡澤秀虎『ソウェート・ロシア文学理論』神谷書店、1930

ゲオルグ　ビスツレイ『マルクス主義のリアリズムモデル』編集部訳、ソウル：人間社、1985

橋川文三『昭和思想集Ⅱ』近代日本思想大系　36、筑摩書房、1978

久松潜一編『新版日本文学史』7　近代Ⅱ、至文堂、1971

臼井吉見『近代文学論争』上・下、筑摩書房、1975

宮本賢治『宮本賢治文芸評論選集』全4巻、新日本出版社、1980－81

吉田精一　浅井川　編『近代文学評論大系』全10巻角川書店、1971－1975

金采洙『川端康成研究』（ソウル：高麗大学出版部、1989）

レーニン『レーニンの文学芸術論』イーキルチュ訳（ソウル：論場、1988）

麻生磯次『日本文学史』第16版　明治書院、1975
マンフレット　クリーム編『マルクス・エンゲルス文学芸術論』チョマンヨン・チョンジェギョン訳（ソウル：トルペゲ、1990）
樊籬他著、ユセジョン訳、『9人の文芸思想』、青年社、1991
分銅惇作『近代小説』東京堂、1983
山田清三郎『プロレタリア文学史』上・下、理論社、1991
三好行雄　編『近代文学史研究必携』≪別冊国文学≫（東京：学燈社、1987）
三好行雄　祖父江昭二　編『近代文学評論大系』全6巻（東京：角川書店、1971－1972）
三好行雄・竹盛天雄　編『近代文学　5』現代文学の胎動（東京：有斐閣、1977）
三好行雄・竹盛天雄　編『近代文学　10』文学研究の主題と方法（東京：有斐閣、1977）
小山弘健　編『日本マルクス主義史概説』ハンサング・チョキョンナン訳（ソウル理論と実践、1991）
小田切秀雄『昭和の作家たち　Ⅰ』（東京第三文明社、1979）
小田切秀雄『小田切秀雄著作集』第2巻民主主義文学論（東京：法政大学出版局、1972）
小田切秀雄『現代文学史』上・下（東京：集英社、1975）
粟田賢三『岩波小辞典　哲学』（東京：岩波書店、1958）
昭和史研究会『昭和史事典』（東京：講談社、1984）
昭和女子大学近代文学研究室　編『近代文学研究叢書34』（東京：昭和女子大学近代文学研究所、1971）
手塚英孝『小林多喜二』上・下（東京：新日本出版社、1970-71）
シュミット/シュラム編『社会主義　現実主義の構想』文学芸術研究会美学分科訳（ソウル：テーベク、1989）
ステファン　コール著、ヨキュンドン編訳『リアリズムの歴史と理論』（ソウル：未来社、1982）
市川貞二　編『日本文学全史』全6巻（東京：学燈社、1978）
阿部知二『世界文学の流れ』（東京：河出書房、1963）

野間宏　他編『日本プロレタリア文学大系』全9巻（東京：三一書房、1955）

歴史問題研究所文学史研究のつどい『カップ文学運動研究』3版（ソウル：歴史批評社、1989）

外山史郎『プロレタリア文学』岩波講座　世界文学（東京：岩波書店、1933）

遠山茂樹他『昭和史』（東京：岩波書店、1959）

栗原幸夫他編　『世界プロレタリア文学運動』全6巻（東京：三一書房、1972）

イムキュチャン編『日本プロ文学と韓国文学』（ソウル：研究社、1987）

長谷川泉『近代日本文学評論史』1977年改定4版（東京：有精堂、1966）

蔵原惟人『蔵原惟人評論集』（東京：新日本出版社、1966-1979）

蔵原惟人『マルクス・レーニン主義の文化論』7版（東京：新日本出版社、1966）

蔵原惟人・手塚英孝編『物語プロレタリア文学運動　上』（東京：新日本出版社、1967）

中野好夫「市民社会成立と文学」『文学の歴史』（東京：筑摩書房、1951）

中村光夫『日本の現代小説』（東京：岩波書店、1968）

川副国基・田中保隆外註釈『近代評論集』Ⅰ、Ⅱ（東京：角川書店、1972）

平野謙『昭和文学史』（東京：筑摩書房、1963）

ホルゴジイ　ゲル『ソビエト文学理論』ジョンジェギョン訳（ソウル：研究社、1988）

3. 研究論文

加藤則夫「小林多喜二『党生活者』小論』——笠原のこと」『日本文学、伝統と近代』和田繁二郎　博士　古希記念論集刊行会（大阪：和泉書院、1983）

国岡彬一『蟹工船』、三好行雄『日本の近代小説Ⅱ』（東京：東京大学出版会、1986）

分銅惇作「『蟹工船』の評価」三好行雄・竹盛天雄　編『近代文学5　現代文学の胎動』（東京：有斐閣、1977）

蔵原惟人「小林多喜二と宮本百合子」（1951）『現代日本文学大系55』宮本百合子・小林多喜二集（東京：筑摩書房、1987）

4. 翻訳

1. 世界民主文学選①日本編　小林多喜二著・イキュウオン訳『蟹工船』「1928年3月15日」、「蟹工船」、「党生活者」（ソウル：チング、1987年8月15日）
2. 小林多喜二著・梁喜辰訳『蟹工船』（ソウル：図書出版 文波浪，2008年8月18日）
3. 小林多喜二原著，漫画：バラエテイ アートワークス、ユミンソン訳『漫画で読みとおす蟹工船』（ソウル：図書出版 文波浪、2008年8月18日）

＊『創作と批評』総目録創刊号～91号（1966年冬～1996年春）までの目次には小林多喜二を冠した記事は見当たらない。

「朴眞秀」5ページ注11）「実際日本プロレタリア文学は1920、30年代我が国のKAPF（Korea Artista Proleta Federacio カップ）文学と深い関連があるにもかかわらず、それ自体についての国内の研究は多くなく、個々の作家や作品についての理論的分析や研究も足りない。日本プロレタリア文学に対する国内の単行本研究書としてはイムギュチャン編著『日本のプロ文学と韓国文学』（ソウル：研究社、1987）があり、小林多喜二の作品に対する唯一の翻訳としてイキュイウオンが訳した『蟹工船』（釜山：チング、1987）があるだけである。」

「2012小樽小林多喜二国際シンポジウム」報告

松澤　信祐

一、経緯

「2012小樽小林多喜二国際シンポジウム」が多喜二の母校・小樽商大主催により、二月二十一日から三日間の日程で行われた。

二〇世紀末からの国際的な「格差社会」の拡大、非正規労働者やワーキングプアの増大の中で、「蟹工船」ブームが起こり、小林多喜二が甦った。

“多喜二の現代的関心”の気運醸成に寄与したのが、白樺文学館多喜二ライブラリーの過去四回におよぶ、多喜二国際シンポジウム（〇三、〇四年東京、〇五年中国河北大学、〇八年英国オックスフォード大学）であり、多喜二研究深化に寄与し、従来とは格段の国際性を帯びる結果となった。

今回のシンポジウムでは、研究分野や国際性の広がりに加え、若い研究者（国内外共に）の台頭著しい特徴があった。

国外からの参加者は、欧米・アジアの日本文学研究者で、中国・韓国・アメリカ・フランス・スペイン・イタリア・ノルウェーの七ケ国で新たに『蟹工船』などを中心とした翻訳書が刊行された折の翻訳者十一名、国内からは、研究者・発表者を含め、連日百名を超える参加者で、長崎、大阪、東京、秋田、北海道、その他各地から集まり、予定された会場は狭いほどだった。

マスコミからも注目され、「しんぶん赤旗」（2・22、3・5、3・6など）は、今回の国際シンポの意義や歴史性、日程を詳しく解説・紹介。2・22付の「朝日」「読売」「北海道新聞」（いずれも地方版）その他が、詳しく紹介した。

二、概要

シンポジウムは、三分科会で行われた。

第一分科会は、「多喜二文学の国際性」をテーマに、(1) 多喜二文学翻訳の可能性、(2) 多喜二と国際プロレタリア文学運動、(3) 多喜二の「反戦・平和・国際主義」をめぐって、の三部に分け、各国語翻訳者の翻訳・刊行上の具体的な問題やその後の動向などの報告、討論が行われた。

第二分科会は、「多喜二「草稿ノート」を読み解く」と題し、昨年一月に刊行されたDVD版「小林多喜二 草稿ノート・直筆原稿」の制作経過、多喜二作品の草稿段階での構想、その修正、原稿への推敲過程などの明らかになった諸点と、それを本格的に用い、「蟹工船」はじめ「工場細胞」「独房」などの具体的な草稿分析を通して、新たな読みなどが発表された。

なお、以前から知られていた小林多喜二「草稿ノート」(全十三冊、約千七百頁) などの資料が個人蔵から、日本共産党中央委員会に寄贈されたことを契機に、多喜二研究者たちの要請を受け、これらの賛料を、デジタル・アーカイブ化し、学術研究等への利用のために広く公開することを、二〇一〇年に日本共産党が承諾したことで実現した。この資料類には、「蟹工船」下書きや多喜二の日記である「折々帳」も含まれ、研究上重要なものであることを付け加えておく。

第三分科会「多喜二研究の諸相」では、若い世代の研究者たちによって、多喜二小説への多様で斬新なアプローチがなされ、北海道・北洋を舞台とする「防雪林」「蟹工船」の独自な捉えかえしが試みられた。

また、二十一日には、『小林多喜二——21世紀にどう読むか』(岩波新書) の著者アメリカ・シカゴ大学教授ノーマ・フィールド氏の「小林多喜二を21世紀に考える意味」と題する記念講演が、小樽市民センター・マリンホールで、満堂の聴衆を前に行われた。

三、翻訳の国際性と可能性

第一分科会では、七ケ国語の翻訳者が、翻訳事情や問題点を、それぞれの国の状況などと併せて発表した。

(1) イタリア語訳者ファリエロ・サリス氏は、「社会参加」型作家が死に絶えた現代イタリアの「一種の真空状態を埋める」ためにも、さらには、川端、谷崎、芥川といった古典作家や、よしもとばななや村上春樹で占められた出版市場に、多喜二を紹介し、日本文化史の見過ごされた側面に光を当てることによって、日本民族が、帝国主義の言説に酔いしれて、好戦的な言辞に屈しやすく、政治面では「社会と関わらない」民族というステレオタイプの偏見を打ち破りたいために翻訳刊行したと述べた。

イタリアでは、「蟹工船」は賞賛を浴び、破格の書評に恵まれただけでなく、一〇年二月、有名な司教が国営放送の番組で日本紹介の中でこの作品の現代的意義と深い人間性を強調したため、出版社に嵐のような注文が殺到し、間もなく第三版を出す状態にある。

多喜二の言葉が見失われたり、忘れ去られることのないよう、わたしたちは全力を尽くさなければならない、と強調した。

(2) フランス語翻訳者エヴリン・オドリ氏は、多喜二とフランスとの縁について詳述した。

多喜二は、フランス共産党員で作家のアンリ・バルビュスの小説『クラルテ』(光明) を愛読し、友人たちと同人誌『クラルテ』を発行して、その創刊号の扉に『クラルテ』結末の一文を引用し、「真理 (平和の理念とインターナショナリズムの大義) から目を外らすな」と書いたことは有名だが、このバルビュスや友人のロマン・ロランの思想を日本に広めたのは、小牧近江であった。

第一次大戦後、国際的な反戦運動「クラルテ」の組織指導者バルビュスの影響から小牧近江によって、日本で最初のプロレタリア文学誌『種蒔く人』が作られ、後継誌『文芸戦線』が生れた。

この紹介の中で、多喜二虐殺に対し、直後の一九三三年三月十四日付のフランス共産党機関紙『ユマニテ』が抗議と追悼文を掲載し、ロマン・ロランの一文も含まれていたことが述べられた。

フランスでの『蟹工船』出版は〇九年十月。「(日本で)「新貧困層」がプロレタリア文学の傑作 (『蟹工船』) 熱中」(ル・モンド紙) という記事が出ると、「日本の労働問題とヨーロッパ、とりわけフランスの状況が似ていて、『蟹工船』をフランス人に提供する意義がある」という意図から出版され、現在までに、七千三百部が売れ、各有名メディアで紹介されていると述べた。

翻訳上では、擬音語・擬態語によるリアルに感じさせる効果を、フランス古典詩の技法を採り入れて完成した苦心談も貴重だった。

（3）ノルウェー語翻訳者マグネ・トリング氏は、「『蟹工船』における方言と歴史」と題し、一〇年、北欧語として初めて翻訳・出版するのに際し、小説に登場する漁夫の「方言」を、どのようにノルウェー語に再現するかに苦心した経過を述べた。

結果的には思い通りに行かなかったが、一九二〇年代の南極海での労働環境が「蟹工船」に類似していて、大型工船で数ケ月も捕鯨や鯨肉加工の重労働に従事した数百人の労働者が、過酷な環境で酷使され、栄養失調やさまざまな身体的・精神的疾患に苦しめられ、突発的に蜂起する事例などを知った。残念ながらこれらの乗組員の「方言」は標準語に近すぎて使えなかった、と述べた。

ただし、「方言」という言語的現象の検証を通して、多喜二の生きた時代と一九二〇年代のノルウェーとの歴史的・政治的共通点を知り、多喜二文学の国際性・普遍性を確認した、と述べた。

（4）スペイン語翻訳者ジョルディ・ジュステ氏、小野志津子さんは、すでにキューバで出版されたスペイン語訳本の存在を知らず、翻訳上の問題点を残したことを報告した。〇八年夏、日本で「蟹工船」が予期せぬブームとなったことが新聞で報道され、出版社から依頼を受けて一〇年三月、“kanikousen, El pesquero”（漁船）と題して翻訳出版され、直後から複数のメディアで紹介され、書評家の高い評価を得た。

日本で「蟹工船」が脚光を浴びている事実は、企業が労働者に犠牲を強いている現代社会の労働問題に通じるものがあったからであるが、それは現代スペインの問題でもある。

一一年十一月現在、スペインの失業率は二二・五二パーセントと伸び続け、二十五歳以下では、四五・八四パーセントである。正社員雇用は減少し、有期雇用や法的保護もない労働者も多く、とくに若者の自立はむつかしくなっている。スペインの経済的社会的現状は、「蟹工船」ブームを起こした当時の日本より悪いであろう。

翻訳上の問題はいろいろ出されたが、省略する。

(5) 韓国語訳者梁喜辰氏の発表。一九八七年旧訳『蟹工船』が出版されたが、当時の独裁軍事政権による圧力や、九〇年前後の東欧・ソ連の崩壊によって社会主義思想は不振で、間もなく絶版となる。

〇八年五月、李明博政権の露骨な新自由主義路線の国政に対する「蠟燭抗議デモ」が始まり、二ケ月以上毎日数百から数万人の市民によって行われた。その背景には、新自由主義政策による、若い世代の「非正規社員の増加」、「貧富の格差」、その結果もたらされた、(日本の「ロスジェネ世代」に当たる)「88万ウォン世代」と呼ばれる社会現象があった。

〇八年八月、日本で起きた「蟹工船ブーム」の影響もあり、新しい韓国語新訳『蟹工船』が出版され、若者たちの人気を得た。

〇八年韓国の自殺者は、十万人当たり二六・〇人(一日平均三十五人)で、OECD国家中、一位の自殺国であり、「88万ウォン世代」が置かれている状況を数値で示したものだが、こうした雰囲気の中で、多喜二文学は新しく紹介され、歓迎されたわけである。

(6) 中国語訳者秦剛氏の発表。“『戯曲蟹工船』と中国東北部の留用日本人―― 戦後中日共同の歴史の中の「蟹工船」”と題し、日本敗戦後、中国最北端の鶴崗炭鉱に留用された日本人のために、一九四八年、日本人文工団によって公演され、好評を得た演劇脚本『戯曲蟹工船』の製作経緯を中心に発表された。

鶴崗には、旧満州映画撮影所(満映)の八十数名の日本人職員(その中には、内田吐夢、木村荘十二などの有名な映画監督もいた)も疎開して来ていて、中国共産党に協力して、戦前の軍国主義思想に毒された日本人労働者たちの思想教育の一環として、『戯曲蟹工船』に改作され、舞台で上演され、賞讃を得た。

『戯曲蟹工船』は、民主新聞社から一九四九年、前述の映画監督木村荘十二の装丁と挿絵が施され、単行本として出版された。

なお、中国では、〇九年七月、人民文学出版社から漫画版『蟹工船』(小林多喜二著・藤生剛絵、秦剛・応傑訳)と『蟹工船』(小林多喜二著、応傑・秦剛訳が合本一冊として発行、発売されている。(なお、作品解

説・島村輝、作者年譜紹介・佐藤三郎、推薦・小森陽一）

四、「草稿ノート」を読み解く

各報告の骨子を記す。

(1) 島村輝「『蟹工船』から『党生活者』へ――ノート・草稿に見る多喜二の挑戦」＝DVD版『小林多喜二　草稿ノート・直筆原稿』製作の経過と作品研究にもたらす意義を、（ア）作品構造、（イ）貴司山治の関与の意義、（ウ）「社会的テクスト生成論」で詳述。

(2) 高橋秀晴「『一九二八年三月一五日』草稿ノート考」＝（ア）インクの色、（イ）葛藤、（ウ）拷問、（エ）結語と草稿での推敲過程を検証。

(3) 尾西康充「小林多喜二『工場細胞』草稿ノートの分析」＝（ア）草稿ノート一冊目、（イ）草稿ノート二冊目による推敲プロセスを追って作品構想を再現。推敲プロセスを追うことで、戦後ハウスキーパー問題を批判された多喜二側からの反証をする。

(4) 神村和美「『独房』に秘められた想い――草稿ノートからの展望――」＝（ア）草稿ノートからの問題提起、（イ）"「田口」もの"の系譜としての「独房」、（ウ）"独房"への手紙、（エ）〈私〉の物語から〈田口〉の物語へ、（オ）"不滅なもの"。国家権力の闘争で、憤怒を燃やすばかりでなく、笑いの力を借りて次なる闘争への意欲に繋げた。

(5) 鳥木圭太「多喜二・身体・リアリズム――『工場細胞』『オルグ』の背景、（イ）機械と身体、（ウ）前衛の「英雄化」と芸術大衆化をめぐって。多喜二が「プロレタリア・リアリズム」を身体化（機械と人間の有機的結合のイメージ）していくために、どのように作品に描いたか、そのリアリティの変容を考察する。

(6) 栩沢健「壁小説の集団芸術性――『オペレーター』としてのプロレタリア作家――」＝（ア）集団で読む小説の実験、（イ）壁小説はどう読まれたのか、（ウ）壁小説の物質的、技術的、形式的な側面について、（エ）川端康成の壁小説評価、（オ）壁に掲示した痕跡を残した「テガミ」、（カ）読者への配慮から生まれた手紙形式、（キ）ドイツのアジプロ演劇との接点、（ク）偶然起きる出来事の観察者としてのプロレタリア作家。作家は物語のきっかけを作り、あとは読者の応答を整理、編集しさらに続編につなげるという、プロレタリア文学の方向性を示した。

（7）荻野富士夫「多喜二の戦争観・軍隊観と北洋漁業――『蟹工船』から見えてくるもの」＝（ア）多喜二の戦争観・軍隊観、①『蟹工船』における「帝国主義戦争の経済的な根拠」の希求、②「門番」「見張番」「用心棒」の具体相、③「満州事変」後の深化、（イ）北洋漁業と海軍①露領漁業の「保護」④日露戦後の海軍艦船の派遣⑤シベリア出兵との連動⑥一九二〇年・二一年の海軍艦船「冬営」⑦一九二一年・二二年の「自衛出漁」警備⑧工船蟹漁業勃興期の警備　a「軍艦旗の下」で　b工船蟹漁業勃興期の警備　c工船蟹漁業全盛期の警備。当時の詳細な資料を駆使して、多喜二の戦争観・軍隊観を手がかりに、「蟹工船」＝工船蟹漁業を含む北洋漁業をめぐる軍事的な状況と意味が、作品に即して詳述された。

五、研究の諸相（標題のみ）

山﨑眞紀子「小林多喜二『防雪林』における比喩表現」、宣憲洋（韓国）「韓国現代史と小林多喜二」、ヘザー・ボーウェン＝ストライク（アメリカ）「国際モダン・ガールのジレッマと『安子』」、高橋純「多喜二生前の国際的評価：1932年に見られるその一端」、嘉瀬達男「多喜二『母たち』の中国語訳の意義」、サミュエル・ペリー（アメリカ）「小林多喜二と姜敬愛の新聞小説――ジャンルと主義における文学的矛盾を求めて」、ジェリコ・シプリス（アメリカ）「多喜二の世界中の同志達」、今西一「『蟹工船』とマイノリティ」

六、最後に

最後に、今回のシンポジウムの意義について、私の経験を述べたい。

昨年、私は中国・河北大学大学院（日語科）のゼミで、『蟹工船』をテキストにして演習し論文を書かせた。

学生たちの論文は、「小林多喜二の作品を読む機会を与えて下さって感謝する」、「日本の貧しい労働者たちの実態や、帝国主義――植民地の構造もわかった」、「多喜二が侵略戦争に反対して虐殺されたことを知り、涙がとまらなかった」、「日本人に対する、見かたがすっかり変った」というものばかりであった。

この学生たちの言葉を胸底におく私にとって、このたびのシンポジウムは、まさに多喜二は世界中の人々から敬愛され、現在に生きていると痛感した日々であった。

（文教大学名誉教授、『民主文学』二〇一二年五月号掲載）

2012小樽小林多喜二国際シンポジウムに参加して

宮本　阿伎

シンポジウムの詳細を知ったのは、『しんぶん赤旗』本年（二〇一二）一月十八日付に掲載された、荻野富士夫氏の記事「研究の進展に期待」によった。「創立100周年を記念する事業の一つとして、多喜二の母校小樽商科大学の主催で、雪の二月に小樽小林多喜二国際シンポジウムが開催されることになった」と書かれ、3日間の日程で三つの分科会とノーマ・フィールド氏の記念講演会があることを告げていた。

多喜二が愛してやまなかった母校の百周年記念事業として、このような盛大な国際シンポジウムが開かれること自体、感無量だった（身内でもないのに！）が、プログラムの中身にも惹きつけられた。

近年人々の耳目を集めた「多喜二浮上の社会的要因が国際的・構造的なものであることから」欧米・アジアの日本研究者から注目を浴びて『蟹工船』を中心とする新たな翻訳書が刊行されているが、七カ国の翻訳者が一堂に会して多喜二の国際性を論じるという第一分科会について、荻野氏は「壮観であろう」と記していた。

二日目の午後におこなわれるという第二分科会は、一年前に雄松堂書店から刊行されたDVD-ROM版『草稿ノート・直筆原稿』中、「『草稿ノート』を読み解く」という内容だった。これは見逃せない。

シンポジウムでも触れさせていただいたように、私は『定本小林多喜二全集』（一九六八～六九年に新日本出版社から刊行）の編集の折、手塚英孝の校訂の手伝いをして、多喜二の原稿帳に接する機会を得た。原稿帳や直筆原稿のDVD-ROM版の刊行は、もう一度それらを読みたいという衝動を引き起こし、購入を決意した。それらを初めて本格的に用いて行う第一線の研究者たちの草稿分析は、自分には、必修科目ということになる。

初日の夜のマリンホールでノーマさんの講演「小林多喜二を21世紀に考える意味」を聴くのも楽しみだ。九年前の生誕百年・没後七十周年の年の二月二十日に、同じ会場でお嬢さんと連れ立ったノーマさんと隣り合わせで、澤地久枝さんの講演を聴いたことを思い出した。その時は「袖振り合う」関係に過ぎなかったのだが。

ところで前日に羽田を発つことができず、初日午後三時近くなって、雪に埋もれた小樽商大の構内に足を踏み入れた。ここからの〝三日間〟は、期待した以上の刺激と感激に満ちていた。研究の課題を豊富に得たが、まだ本腰を入れて向き合う段にいたっていない。そのワンステップのつもりで、印象に残った幾つかのことを記して参加記にかえたい。

私が参加したのは、第一分科会のうち、初日午後におこなわれた第二部「多喜二と国際プロレタリア文学運動」の途中、それも四報告の最後にあたる、秦剛氏の「『戯曲蟹工船』と中国東北部の『留用日本人』——戦後中日共同の歴史の中の『蟹工船』」の報告からだったが、始めから胸が高鳴った。

戦後、中国東北部に中国側の要請に応じてとどまり仕事に従事した日本人（「留用日本人」）のうち、極北に位置する鶴崗炭鉱で働いていた日本人労働者によって創作され上演された『戯曲蟹工船』についての報告だった。

日本、中国双方の研究者がその存在に気づいていなかったというが、海外の研究者によって多喜二研究が取り組まれていることの重要さはこのようなところにあるとつくづく思われた。高橋純氏のロマン・ロランの話もそうだが、シンポジウムおよび予稿集で初めて知り得た〝事実〟は少なくなかった。挙げればきりがないので、ここでは触れずにおく。

秦氏の報告が終わると程なく午後三時からの休憩に入り、三十分後、第二部の報告者、四名の方が正面の席に並ばれ、全体質疑・討論の段となった。「国際モダン・ガールのジレッマと『安子』」を報告したヘザー・ボーウェン=ストライク氏の報告についての質疑・応答となった際、このコーナーの司会者の島村輝氏からのご紹介に与り、女性描写に関していかがですかと発言をすすめて頂いた。

ヘザー氏の報告をお聴きしていないからもう少し考えてからとお断りしたが、大人気ないと反省されて神村和美さんが発言されたあと、噛みあわないことを覚悟して、「安子」だけでなく、女性の描き分けは多喜二作品には特徴的、「分裂」しているとも言えると述べたところ、小森陽一氏から、「分裂」と捉えるのではなく、「相互浸透してゆく関係」と見たほうがよいとのご指摘を受けた。

当然のことだと思った。なぜなら私は、「弁証法的に」という言葉を「分裂」のあとに言う積りで、言葉を飲み込んだのだから。表現が〝生過ぎる〟と躊躇したのだが、小森氏の批判の意図は別にあるとしても、「分裂」とだけ言ったのでは誰もが怪訝に思うはずだ。

これについては、翌日の午後第二分科会（前掲「多喜二の「草稿ノート」を読み解く」）の四報告の後の質疑・応答のところで、補足発言をさせて頂いた。多喜二の執筆の過程の修正や葛藤のあとを島村輝氏、高橋秀晴氏、尾西康充氏、神村和美氏の報告者たちが、それぞれの着眼と方法で分析されたことに触発を受けたからだが、私が言いたいのもそこだった。二十九歳余で生命を断たれた多喜二は、生涯あらゆる矛盾と正面から向き合い、葛藤を繰り返した。その振幅はむしろ大きかった。それは逆に見れば、多喜二の可能性の大きさを物語るものだという見方をしている私は、「分裂」という言葉をこの意味でつかった。

女性の描き分けもそうなのだ。多喜二にはそれは新しい手法とも捉えられていたふしがあるが、今日から見ればタイプ分けにとどまっていると言えないわけではない。多喜二は必ず将来、矛盾や分裂を「止揚」して、「統一」された圧倒的に魅力的な女性像を描いたに違いないというのが私の考えだ。「相互浸透」ということにも通じることかもしれないが。

もう一つ言い訳をすれば、最初の発言の最後に、「多喜二にモダン・ガールという認識があったのでしょうか」とヘザー氏に質問をしてしまったが、後から一九二七年三月七日の日記（「析々帳」）のことを思い出した。「ノラとモダン・ガールに就いて」という講演を余市の（実科高等）女学校でおこない、「モダン・ガールをくさしたあたり痛烈を極めていると云っていた」と得意げに書き付けている。
そのことがすっかり頭から消えていた。ヘザー氏が当惑された表情を浮かべていられたのを覚えている。ただ私は、「安子」における安子がモダン・ガールとして描かれたと考えたことはなかった。さて後からヘザー氏の予稿を読むと、一言もそうは言っていない。
蔵原惟人、平林初之輔、新居格の三者の見解を引用しながら、モダン・ガールの出処、概念について多角的に検討をくわえている。「モダン・ガールはどれほど女性の労働者から来たか、またどれほど女性の労働者を影響したか」「(モダン・ガールは) 欧米から来たというよりも、資本主義からきたといったほうがいいでしょう」など、モダン・ガールと、「安子」におけるお恵と安子の姉妹が、どのような関係にあるのかを考察しているのだ。
結局姉妹は各様に家の重荷を背負っているのであり、「女性もそれから、男性も封建的な伝統から解放されて、独立になるために、家族を作りなおさなければならない」という結論にいたっているが、昭和初期のモダン・ガールを対置して、「安子」における女性像を検証するこの視点は有益だと納得した。
それればかりではなく、私にはいま一つ謎だったことを解く鍵を頂いた気がする。書かれずに終わった「安子」後編への〈腹案覚書〉(ノート稿) に、安子に関する記述として「カフェーへ。(マルクスのマントをきた近代的な浮薄な女になっていること。女ルージン)」と書かれていることについてだが、やはりこの小説は「新女性気質」が原題であったことも考えあわせるとモダン・ガール批判をモチーフの一つとしながら、階級闘争を担う新しい女性像の描出をめざすものではなかったか。
続きは稿をあらためて、とするが、女性描写に関しては、第二分科会の神村和美氏の「「独房」に秘められた想い——草稿ノートからの展望——」も刺激的だった。とくに「おいらん船」削除の問題は、『全集』(新日本出版社) の解題に収録されていたにもかかわらず、削除の理由をきちんと考えたことがなかった。
神村氏の考察のすべてに同意はできないが、井上ひさし「組曲虐殺」の〝独房からのラブソング〟のシーンの終わり、眠りにつく多喜二役の井上芳雄が天を仰ぐかたちで、女性をかき抱く仕草をする場面を思い出した。

神村氏に倣い、私も草稿ノートをたどって、多喜二が「固定化への反逆」、「人間を描く」などの運動方針に勇み立ち、プロレタリア文学作品として当然もたなければならない「階級的観点の強調」や「政治的関心」を抹消したという自己批判も残した「独房」という作品の、その成立過程のうちに、作者の身辺の愛情や性の問題がどのように滲出しているか、また、そのことを論ずる意味とは何かという問題追求も込めた「独房」論を書きたいと思うことしきりだった。

尾西康充氏も「工場細胞」のノート稿にその推敲プロセスを追い、いかに多喜二が女性労働者の生活と意識をリアルに描く努力をしていたかを跡づけ、戦後ハウスキーパー問題を批判された多喜二の側からの反証を試み、この面でもノート草稿を読みこむことの大切さを痛感した。

二者のみに触れたが、「多喜二「草稿ノート」を読み解く」の四報告のすべてを私は息を詰めるように聴いた。シンポジウムが終わって一月後、『しんぶん赤旗』紙上（三月二十日付）に島村輝氏が「多喜二草稿ノートを読む——国際シンポから」が掲載された。個々の報告のすぐれた要約と意義について先ず述べ、次いで「本DVD資料の刊行後一年にして、すでにこのような明白な成果が表れた」「この資料がさらに多くの人の目に触れることにより、今後ジャンルをまたいだ未踏の研究領域が、大きく開けてくることを深く期待する」と語られていた。ここで言う「未踏の領域」は、激動に次ぐ激動の時代に生きた多喜二のノート草稿、直筆原稿などの資料を駆使して「社会的テクスト生成論」とでも言うべき方法で接近することによって「あらたな歴史の力学を解明するルートが見いだされることが明らかになった」という意味で使われている。

以上の考え方も含めて、また「蟹工船」その他の海外の翻訳者たち、研究者たちの多喜二文学への真摯で新鮮な感動と熱意、3・11後に多喜二を考える意味を探ったノーマ・フィールド氏の講演などをあわせて、このたびの小樽シンポジウムの全体が、多喜二研究における「未踏の研究領域」を開いたと言えるのではないだろうか。

今西一「『蟹工船』とマイノリティ」、栂沢健「壁小説の集団芸術性—

『オペレーター』としてのプロレタリア作家」の切れ味も忘れ難いが、多喜二文学の研究テーマは無尽蔵であることを証明していただいたこのたびのシンポジウムの成果に盛大な拍手を贈りたい。シンポジウム終了後に行われた「小樽市内バス見学」も何と楽しかったことか。小樽時代の多喜二の足跡を全体的に把握できた余韻は脳裏から消えない。最後になるが、身に余るおもてなしをいただいたことに対し、山本眞樹夫学長、荻野富士夫先生ほか大学の皆様に深い感謝の意を表したい。またこのシンポジウムで出会ったすべての方々に喜びと感謝を申し述べたい。

（多喜二・百合子研究会運営委員）

小林多喜二国際シンポジウムでの「2つの発見」

武田　晃二

父が、小樽時代、多喜二と文学仲間であったこともあって若い頃から多喜二について関心をもってきた。現在、盛岡に住んでいるが、秋田の多喜二祭に参加した折、このシンポジウムの企画を知り、70歳近くになって、懐かしい小樽に向かった。駅前の宿舎から雪に埋もれた地獄坂を、多喜二を想起しながら、会場に通った。このような大規模で高質なシンポジウムに参加できてほんとうによかった。講演、各報告そして予稿集などはそれぞれ大変充実したもので、すべてが勉強になった。私はそのなかで、とくに3日目の楜沢健氏の報告「壁小説の集団芸術性—『オペレーター』としてのプロレタリア作家—」に接し、強い衝撃を受けた。この報告にしぼって感想を述べてみたい。

私は知らなかったが、小林多喜二は「壁小説」という小説形式を、プロレタリア文学の新たな形式としてきわめて重視していた、という。

そのなかに「テガミ」と題する作品がある。虐殺される約1年半前の28歳の時の作品である。新日本出版社『小林多喜二全集』第3巻に収録されているが読んでいなかった。

「私」が書いたテガミが工場の壁に張り出される。内容はこうである。長屋に住む君チャンの両親が労災と貧困とで相次いで死に、餓死寸前の子どもたちがお葬式に出されたお供え物に手を付けた。それを見ていた長屋の人たちがおもわずもらい泣きをする、という内容だ。

労働者たちは壁に貼られた短い作品を読み、思い思いに批評しながら、自分たちの社会認識・政治認識を深め発展させていく、そこに文学の使命がある、と多喜二は訴える。

このことは私にとって多喜二についての大きな「発見」であった。「対話」や議論を通じて自らの世界観・社会観を築き上げていく。この古典的な哲学的命題に対するプロレタリア文学分野からの挑戦、と私には映った。

しかし、この発見は私にとっては、もう一つの発見でもあった。子どもたちは「対話」という教育的活動を通じて、自らの世界観を自主的に作り上げていく、このような教育はまさに憲法に言う「普通教育」の根本理念に通じるものである。「普通教育論」を研究テーマとしてきた私にとって梛沢氏の報告はまさに衝撃的であった。私の研究に対する思いが、この小樽で、多喜二の文学に対する思いと重なることに、不思議な縁を感じた。

とは言っても、これだけでは自己満足と言われるだけである。どうしてそんなことが言えるのか、梛沢氏の報告に頼りながら、少し述べることにしたい。

「壁小説」というのは、職場などに貼りだすことで、仲間が集団で、わいわいがやがや、騒がしく読みあい、互いに語り合い、自分たちの考え、会話を交わすことができるように工夫された「文学の新しい一つの形式の萌芽」と位置づけられている。この「壁小説」をとおして、作者は社会の仕組み、労働の仕組み、職場や工場の仕組み、あるいは政治や運動の課題などを提起し、労働者たちは「壁小説」を通して自分達の考えなどを自由に深め発展させていく。

「壁小説」について、梛沢健氏は概ねつぎのように報告した。

(1) 壁に掲示された「壁小説」を読む読者にとってみれば、あくまでも小説の書き手は「壁小説」の書き手であって、「小林多喜二」という作者名はあってもなくてもどうでもいい。

(2) 壁に貼り出せば、読んだり考えたりする行為は、それ自体ひとりひとり孤独でばらばらなものであっても、批評を集団的かつ相互交通的なものとして読む限り、作品は生命力を発揮する。
(3) 「壁小説」をとおして、さまざまな読みや解釈をお互いに交換・確認することができる、互いに教えあい、支えあいながら読み、考えることができる。
(4) 読者は必ずしも従順ではない。読者の存在は、つねに書き手の意図、作者の戦略を裏切るように機能し、出現する。そこから書き手が予想さえしなかった想定外の読みが生まれてくる、そこに読者と読者の関係が生まれる。
(5) 手紙形式は、当然のことながら「返事」というものを想定している。返事が返ってくるまで、書いたことの意味は宙吊りになったままとなる。何が返ってくるかわからない。どう読まれたか、相手がどう読み受け取ったか、という対話のやりとりが成立してはじめて、書いたものの意味が明らかになる。
(6) 「テガミ」を通して、読者たちは、大ケガをした彼を助けることはできなかったのか、会社はどう対応したのか、それは適切だったのか、工場の仲間は会社と交渉し抗議すべきではなかったのか、なぜみんなはだんだん見舞いに行くことをやめたのか、どうしたら彼を助けることができたか、なぜ助けなかったのか、なぜ家族を餓死寸前まで放置したのか。また、自分たちの現実と比較することで、自分たちが見落としていること、足りないことを見つめなおすきっかけにもなるだろう。そのような読者の感想や想いや疑問や反省が「返事」として返ってきて、はじめて書いたことの意味も、手紙形式であることの意味も、明らかになり、物語が動き出す。
(7) 壁小説は、「書く」ことを通じた参加を読者に求め、可能にする形式だ。手紙形式は、「読む」だけでなく読者ひとりひとりに返信を「書く」ことを要求できる。しかも、返事というものをイメージしやすい。
(8) 考えるべきことは必ずしも上から全部決められるわけではない。それは上から与えられる一方のものではない。工場や職場という労働の場に即して、そこから新たに考えるべきことが引き出されてこなければならない。引き出すことによって、考えなければならない問題の幅というものを広げていかなければならない。

(9) 寄せられる感想などもパターンがすべて異なってくる。ちがいや差異を顕在化させる力こそが「壁小説」の特徴である。

(10) 読者の返事なくして成立しない「壁小説」は、壁に貼り出された瞬間に作者の手を離れ、読者ひとりひとりの手にゆだねられる。つまり、物語の「つづき」を考え、決めるのは、もはや作者ではなく読者である。作者である小林多喜二が物語のつづきを決めることはできないし、そんなことをしても意味がない。

(11) 作家は、そのようにして偶然起きる出来事の受け身な観察者となる。そして、落書きなどのゲリラ的な方法によって浮かび生起した応答や出来事を拾い、集め、編集し、生かし、コラージュし、続編としてまとめ、貼り出す。要するに、一話完結にするのではなく、連載形式にする。

(12) 「壁小説」の作者は、もはや従来の文学における「作者」とは根本的に異なる機能と役割を担う観察者、仲介者、もしくは編集者のような存在である。読者との共同制作者である。戦略的な仲介者・手術者を意味する「オペレーター」は、「壁小説」や通信をひとつの手がかりに、作者（生産）と読者（享受）の関係を変革し、誰もが書き手になる共同制作の可能性を追求することの中から生まれた概念である。

(13) 作家は、物語の最初のきっかけを作るだけの存在にすぎない。読者の応答を募る存在。できるだけ多くの応答を募ることができるような形式と内容を考案する存在。偶然起こる出来事の観察者に徹する存在。浮かび上がってくる読者の応答を整理し、切り貼りし、仲介し、手術し、編集する存在。編集したものを再び読者に続編として公開していく存在、である。

それは、まさに従来の文学の規範と作者神話を批判的に乗り越えるプロレタリア文学の方向性とプロレタリア作家という存在の可能性を指し示すものであった。

栩沢健氏は、「壁小説」の出発、文学・芸術史上の位置づけ、「壁小説」に対するわが国のプロレタリア文学における評価、等についても触れているが、ここでは省略したい。

なお、栩沢氏は、「テガミ」が、実際に貼られたのかどうか、読者にどう読まれ、どのような応答や展開が生まれたのか、などはいっさい不明であり、「壁小説」と小林多喜二とプロレタリア文学運動の力と可能性は、「いまも闇に埋もれたままである」と結んでいる。

小説の分野で、作り手よりも読者を主体とする形式は、今日にいたるまでなぜ再評価されてこなかったのか、なぜ継承・発展されてこなかったのか、他の文学・芸術分野ではどうなのか、について栩沢健氏の報告は触れていなかった。

小林多喜二が手紙形式による「壁小説」を重視した意義は、「普通教育」の根本理念に通底していると思われる。そればかりか、今日の授業のあり方を根本的に変革するうえで多くの示唆を与えてくれる。それはどういうことか。

「普通教育」という概念は、日本国憲法上の概念でもあり、またその内実は憲法と一体のものとして制定された教育基本法に示されている。言い換えれば、「憲法の指導理念」のもとで「人間を育成」することである。ここにはルソーの教育理念が反映されている。ルソーは、大人の理性を子どもに注入する当時の支配的な教育観を根本的に否定し、子どもの中に理性の萌芽を見出し、「共通感覚」の育成を軸とした教育論を展開した。「共通感覚」の育成は、ルソーによれば、教師を交えた「仲間」(semblable)との「対話」や学びあいの中でこそ可能となる。これは日本を含め近代以降の一斉授業を基軸とした支配的伝統的な教育論との訣別を意味する。日本国憲法はそのような意義を有する「普通教育」を子どもたちに保障することをすべての国民に求めているのである。

このように考えたとき、「壁小説」と普通教育の理念とは交じりあう可能性があると言えるのではなかろうか。

（元岩手大学教員、現北里大学教員、2012.9.30）

DVD-ROM版『小林多喜二草稿ノート･直筆原稿』刊行で見えてきた研究の可能性
——2012年小樽小林多喜二国際シンポジウムから

島村　輝

小樽商科大学で二月二一日から二三日まで開かれた小林多喜二国際シンポジウムで、「多喜二『草稿ノート』を読み解く」という分科会が企画された。刊行一年になるDVD-ROM版『小林多喜二草稿ノート・直筆原稿』を用いた当面の成果について、筆者を含めて4名の研究者が発表を行った。

高橋秀晴・秋田県立大学教授は、「『一九二八年三月一五日』ノート考」と題した発表を行い、インクの色などの違いによる執筆、手入れの時期の前後を考証したうえで、多喜二が草稿に修正を加えていく過程の一端を解明した。活動家・渡に対する拷問場面では、当初「縫針を二、三十本も一纏めにしたものをもつて身体にさす」とあったものを「畳屋の使ふ太い縫針」に変更し、「強烈な電気に触れたやうに」「口をギユッといひしばり」といった語句を付け加えるなど、効果を考えて手直しされた跡が丹念に辿られ、その鋭く激しい痛みの表現に到達するまでの、多喜二の作家としての苦闘が明らかとなった。尾西康充・三重大学教授は「工場細胞」草稿ノートを中心に分析し、丹念な解読をふまえて、総合雑誌というメディアに発表する制約の中ということもあって、草稿には含まれながら、完成形態では一部割愛しなければならなかった、特高刑事たちによる卑劣な離間工作の実態などについての作者の問題意識を掘り起こした。神村和美・東京学芸大学助手は草稿ノートに記録された「独房」の執筆経過を追うことにより、多喜二の人生と作品系列の中で「〈田口〉の物語」として、人間から切り離せない性欲の問題、革命の課題とジェンダー問題といった点からこの小説がどのように位置づけられるかについての斬新な見解を表明した。

こうした発表に先立って、筆者はこの『草稿ノート・直筆原稿』集がまとめられるまでの経緯を概説するとともに、「蟹工船」「転形期の人々」「地区の人々」「党生活者」など、収録された草稿ノートや直筆原稿の画像を示しつつ、一つの作品が、作家の内面に発想されてから、それが読者の間に流通するまでのさまざまな経過を、これらの資料群から読みとることができるとの可能性を示した。それぞれの発表後、会場を含めての討論に移ったが、そこでは多くの有益なヒントが提示され、実りの多い分科会となった。

本DVD資料の刊行後一年にして、すでにこのような明白な成果が現れた。激動相次ぐ時代を生きた多喜二という作家について、こうした資料を駆使して「社会的テクスト生成論」とでもいうべき方法で接近すれば、あらたな歴史の力学を解明するルートが見出されることが明らかになった。この資料がさらに多くの人の目に触れることにより、今後ジャンルを跨いだ未踏の研究領域が、大きく開けてくることを深く期待する。

（『しんぶん赤旗』二〇一二年三月二〇日掲載）

2012小樽小林多喜二国際シンポジウムを終わって

荻野　富士夫

開催までの経過

二月二一日から二三日まで、北海道小樽市の小樽商科大学の主催で小林多喜二国際シンポジウムが開催された。研究者三〇名、一般参加者も連日八〇名前後を数え、盛況であった。

この多喜二シンポジウムは五回目であり、過去四回（白樺文学館多喜二ライブラリーの主催により、二〇〇三年・〇四年の東京、〇五年の中国・保定市の河北大学、〇八年のイギリス・オックスフォード大学で開催）の蓄積を継承し、論議された課題をさらに発展させる意図の下に準備された。私自身は第三回から参加しているが、そのころから多喜二の思想・文学形成の場となった小樽市・小樽商科大学（小樽高等商業学校を前身とする）で、二〇一一年の商大創立百周年を期して締めくくりのシンポジウムを開催したいという希望が語られた。

最初のシンポジウム開催以来、白樺文学館の企画したマンガ『蟹工船』の刊行、「蟹工船」エッセーコンテストの開催などが起爆剤となり、二〇〇八年春から文庫版『蟹工船』が爆発的に読まれだし、一躍多喜二は「時の人」となった。その直後のオックスフォード・シンポジウムの開催は、偶然ながらリーマン・ショックと重なり、多喜二を復活させた現在の社会・経済状況の混迷と閉塞感は日本にとどまらず、世界中を通じてますます深刻となった。そして、二〇一一年三月の東日本大震災・福島原発事故が時代の転換期を画する大きな衝撃をあたえるなかで、小樽シンポジウムは準備され、日本内外の研究者の報告も用意されたことになる。

シンポジウムの具体的準備は二〇一〇年夏から始めた。準備段階からシンポ当日の運営まで、島村輝氏（フェリス女学院大学教授、オックスフォード・シンポジウムのコーディネーター）から的確な助言と示唆をいただいたことが、大きな支えとなった。まず全体的なシンポジウムの構成内容を固め、内外の研究者に開催意図を伝え、参加を打診した。多喜二の育った小樽で実施するということも決め手となってであろう、幸いにほとんどの方から快諾をいただくことができた。

思わぬ蹉跌はあったものの、一二月には大学の創立百周年事業の一つとして大学の主催で開催することが決定した。その際に、開かれたシンポジウムをという学長の要請もあり、市民向けの記念講演会の開催とともに、シンポジウム自体に一般参加者を募集することになった。後者の試みは、この種のシンポジウムとしては異例のものであり、実際にも多くの一般参加者の熱心な参加を得て、多喜二の文学が求めたものと照応することにつながったと思われる。

なお、例年、小樽では小樽多喜二祭実行委員会主催の「多喜二墓前祭」と「記念の夕べ」が二月二〇日に開催されているが、今年度の墓前祭はそのまま実施し、「記念の夕べ」はシンポジウム記念講演会で代替することになった。内外の研究者・一般参加者の多くが墓前祭から参加された。墓前祭の後、商大の「駅前プラザ」を会場に全国各地の多喜二祭実行委員会の交流会がもたれたほか、同夕には小樽多喜二祭実行委員会主催の「歓迎レセプション」が開かれた。

三つの分科会設置

ここ約一〇年間、多喜二研究は急速な進展を示している。まず、過去四回のシンポジウムを貫くテーマだった多喜二文学の国際性という観点はさらに加速され、日本から発信された「蟹工船」の社会問題化が世界各地で共振した結果、それを直接の契機に新たに各国で「蟹工船」翻訳が取組まれ、公刊とともに反響を呼び起こした。それらと連動しつつ、多喜二文学の国際性や普遍性に関する新たな検討も加わった。

多喜二への関心の喚起は、二〇一一年には多喜二の草稿ノートの全面的公開・DVD化という画期的な研究素材の提供という次元に導くと同時に、従来いくつかの主要作品に論点が集中していた研究段階を越えて、さらに多様な作品群への注目という研究の活性化が、比較的若い世代のなかに生み出された。また、「文学」の領域にとどまらず、社会経済史的な・軍事史的な「歴史学」の観点からのアプローチも緒につきはじめた。

このような近年の研究動向を踏まえながら、今回のシンポジウムを過去四回のシンポジウムの成果を引継ぐという意味で一応の締めくくりの場とするとともに、それを跳躍台に今後の多喜二文学・思想の研究の新たな展開の出発点とするという意図から、シンポジウムは三つの分科会——第一分科会「多喜二文学の国際性」、第二分科会「社会経済史的観点からみた多喜二文学」、第三分科会「多喜二「草稿ノート」を読み解く」——で構成することを計画した。

二〇一一年六月末、参加予定者に最終確認をするとともに、これらの分科会に沿った各自の報告テーマの設定を依頼した。九月末ころまでに届いた報告テーマを再検討した結果、第一分科会を第一部「多喜二文学翻訳の可能性」・第二部「多喜二と国際プロレタリア文学運動」・第三部「多喜二の「反戦・平和・国際主義」をめぐって」に分割することとし、第二分科会を「多喜二「草稿ノート」を読み解く」に変更した。

当初に予定していた「社会経済史的観点からみた多喜二文学」という分科会の設定は、小樽商大での開催の特色を前面に押し出すものであったが、分科会を構成するだけの報告を揃えることができなかったために、新たに設定した「多喜二研究の諸相」のなかに含めることとした。

六月末の依頼時に、一二月を目途とした報告原稿の提出を求めた。これに応えて、力作が寄せられ、シンポジウム開会を前にA4版三〇〇ページに達する「予稿集」が完成した。第一読者となった私は、これらの論稿を読むなかで、今回のシンポジウムの充実ぶりと質の高さを確信できた。ただ、実際のシンポジウムでの発表時間は限られているため、すべての報告が圧縮したものにならざるをえないことになった。

なお、シンポジウム第一日目の記念講演について、多喜二文学の国際性や普遍性を語っていただくにはもっともふさわしいノーマ・フィールドさん（アメリカ・シカゴ大学教授）にお引き受けいただいたこともありがたかった。何といっても、ノーマさんは島村輝氏と並んで現在の多喜二研究を牽引しつつある方である。記念講演会の後半の部では、海外から参加される各国語の翻訳者に登壇していただく企画を練った。

「多喜二研究のもたらす大きな衝撃力」

「多喜二を単一の出発点としながら、池に広がる波のように、時空を貫いて多様な領域に広がる、多喜二研究のもたらす大きな衝撃力」とは、ヘザー・ボーウェン＝ストライクさんによるオックスフォード・シンポジウムの総括の言葉であったが、それは今回のシンポジウムにおいて、より深く、より強く広がったといってよいだろう。報告者にとどまらず、質疑応答に加わった研究者、そして終始熱心に報告・質疑を聞いていただいた一般参加者にも、この「衝撃力」、そして世界のなかで多喜二が語られ、しかもいずれも現在と深く切り結んでいることに感動を共有していただけたように思う。

新聞などでも「多喜二の精神　世界へ」(『朝日新聞』道内版、二月二二日)、「世界が見る多喜二」(『読売新聞』道内版、二月二二日)、「「多喜二後世に」討論尽きず」(同、小樽後志版、二月二四日) などと報道された。また、一般参加者のブログにも「新しい多喜二が発見でき、彼の残した遺産は地球上で大きく活動していることを知りました」「各国の母国語での「蟹工船」の朗読は圧巻でした。彼、彼女らが多喜二の原本を手に苦悩しながら翻訳した熱意・自信がほとばしり心揺られました」(yuu*a2*miki**「北海道は素敵です!!」) などの感想が綴られている。

第一分科会

全体として「多喜二文学の国際性」を主題とする第一分科会は、まず「多喜二文学翻訳の可能性」からはじまった。「蟹工船」ブーム以前になされたイタリア語への翻訳を筆頭に、フランス・ノルウェー・スペイン・韓国の順で、それぞれの取組みの経緯と翻訳上の苦心、そして出版後のメディアなどの反響が語られた。報告者はいずれも日本文学研究者・翻訳者ではあっても、プロレタリア文学に向き合う機会は少なく、日本での「蟹工船」現象に刺激を受けた出版社からの依頼を受けての翻訳作業であったが、実際に翻訳に取組むなかで多喜二文学の魅力に引き込まれていったという。現実社会へのインパクトに満ちていることへの驚きが、決して容易ではなかった翻訳作業の完遂につながった。

漁夫や雑夫の用いる東北方言、さらに蟹缶詰の製造過程にともなうさまざまな混濁した異臭のただよう「蟹工船」を、それぞれの言語でどのように表現するか、模索と試行錯誤の経過や反省の弁もこもごも語られた。また、若者世代の失業者の増大と抗議の声の高まりの渦中で、この翻訳が反響をもって迎えられたことも紹介された。

この報告のために、あらためてそれぞれの翻訳の作業と意義を振り返って考察してもらった結果、いずれも力のこもった発表となり、すべての参加者にこのシンポジウムの質の高さを理解してもらうには十分だった。ただ、他の分科会に比べて、質疑応答の時間が十分にとれなかったことが悔やまれる。

「多喜二と国際プロレタリア運動」と題する第二部は、多喜二の同時代における国際的な関わりがフランスおよび中国において具体的に明らかにされた。高橋報告を借りれば、多喜二という「作家自らの才能が生み出した作品の独自性と普遍性によって高い国際的評価を獲得した」となる。いずれも、新たな資料を用いた丹念な実証性に裏づけられている。

フェザー報告は世界的なモダン・ガールの潮流のなかに多喜二の描く新聞小説「安子」を位置づけ、そこに新しいプロレタリアの家族の可能性を探った。秦剛報告では、戦後の中国東北部の「留用日本人」による文化活動の一つとして「蟹工船」が上演されていたという、新事実を詳細に発表して参加者の眼を見はらさせた。この『戯曲蟹工船』では結末が「共に階級闘争の火焔の中へ」と改変されているが、それは多喜二文学の読みなおしの可能性を示唆する。

二日目の午前の第三部会は、第三回の中国におけるシンポジウムの課題を直接引継いだ「多喜二の「反戦・平和・国際主義」をめぐって」を主題として、三つの報告がなされた。ペリー報告は朝鮮の姜敬愛の小説「人間」に焦点をあてることにより、シプリス報告は多喜二と同時代の「文学芸術の国際共同体」の数十人の「同志達」をとりあげることにより、多喜二文学の社会変革の質の問題にせまったといえる。プロレタリア文学とその周囲の文学の境界をどのようにとらえるかについて質疑応答がなされたことも、収穫であった。

今西報告は『蟹工船』において朝鮮人やアイヌが見落とされていると指摘し、そのマイノリティの視点の欠如は当時の日本マルクス主義全般の問題であったと論じた。これに対して、『蟹工船』や他の作品においても朝鮮人らは多喜二の視野に入っているという反論や、そうした問題を設定すること自体への疑義も提出された。

第二分科会

二〇一一年一月の「多喜二草稿ノート」のDVD刊行においては、まず多喜二文学の検討に大きな進展を期待しうる素材の公開を優先させることとし、ノート・原稿類・作品については書誌的な解題にとどめていた。一一月に横浜で開催された図書館総合展のなかで「草稿ノート」分析の一端が紹介されたが、本シンポジウムが本格的な成果発表の第一歩となった。開始に先立つ昼休みに、DVD版の作成にあたった雄松堂によるデモンストレーションによって概要が紹介され、報告の理解を助けることになった。

島村報告は全体の総論として、このDVD版刊行により多喜二文学研究が画期的に引き上げられることを論じ、「蟹工船」の原構造や構想変化の痕跡を追うことの意義に言及した。つづく高橋・尾西・神村各報告は、それぞれ「一九二八年三月一五日」・「工場細胞」・「独房」という作品を通じての各論と位置づけることができ、これまでの作品論にいくつもの刺激的な論点を付け加えた。ペンやインクの違いによる草稿ノートの時間的推移の解明は、謎解きにも似てスリリングであり、多喜二の行きつ戻りつの推敲ぶりを実感させてくれるものとなった。当初の構想はさまざまな要素と広がりを持ちながら、特に依頼原稿の場合には枚数の制約から大幅な削除や書き直しが必要となる。多喜二がどの要素を、どのように断念せざるをえなかったのかという点も、今後の課題となることが認識された。

第三分科会

四つの報告からなる第三分科会は「多喜二研究の諸相」という、苦肉のくくり方で臨んだものの、それぞれの発表はそうした思惑を越えて、いずれも従来の研究を越えた問題意識と実証を試みたものであり、三日目のやや疲れた頭を覚醒させるに十分な衝撃をもっていた。

山﨑報告では『防雪林』冒頭の「狼と犬」の比喩表現の検討を手がかりに、主人公源吉の農夫の内面世界に迫る。鳥木報告は「工場細胞」「オルグ」を題材に、一九三〇年前後の労働状況を見渡すなかで、「多喜二作品のリアリティーの持つもう一つの可能性」を探る。

栩沢報告は、多喜二の「テガミ」という作品を斬新な視角から読み解くだけにとどまらず、「偶然起きる出来事の観察者としてのプロレタリア作家」という問題を提起し、すべての参加者に鮮明な印象を残した。荻野報告は『蟹工船』ノート草稿の未完の構想を含めて多喜二の軍隊観・戦争観を抽出し、それを糸口に北洋漁業と海軍の警備について論を進めた。

記念講演会

第一日目の夜は会場を市民センターマリン・ホールに移しての記念講演会となり、小樽商大の創立百周年記念事業にちなんで、商大の室内管弦楽団の演奏――一曲は多喜二の愛聴したブラームス「ハンガリア舞曲」二番・五番――がオープニングとなった。山本眞樹夫学長は挨拶のなかで、百周年記念事業が伊藤整文学賞贈呈式ではじまり、多喜二シンポジウムで終わることにふれ、「商科大学でありながら枠にとらわれない自由さを尊ぶ校風のあらわれ」と述べた。

「小林多喜二を二一世紀に考える意味」と題するノーマ・フィールドさんの講演は、「「格差」、「貧困」、「非正規雇用」などがキーワードとなったときに「蟹工船」ブームが起こった。福島第一原発事故を受けて、多喜二は私たちになにを語るだろうか。私たちは何を見出すことができるだろうか」という問いかけではじまった。

ついで、「三・一一によって到来した時代をいかに生きるか」として、錯綜した困難な問題を解きほどく手がかりを多喜二文学のなかに見出していく。たとえば、小説「一九二八年三月十五日」のなかで留置場での浜人夫（原発の「作業員」に相当する）の訴え――（誰か警察に「犠牲になって」行く必要があっとき、彼が指名されたが）「俺アそったら事して、一日でも二日でも警察さ引っ張られてみれ、飯食えなくなるよ。嫌だ！［......］お前達幹部みたいに、警察さ引ッ張られて行けば、それだけ名前が出て偉くなったり、名誉になったりすんのと違んだ」——に、知識人・思想家と最底辺の人間の間にあるギャップを指摘する。最後は「多喜二は命がけの運動を続け、命を逸した。反・脱原発運動は命がけとはいえないだろうが、生活がかかっていると思われ、参加しない人も多いだろう。究極的には生命に引き換えて目の前の生活を重視せざるを得ない、という判断、ともいえよう。抗議すること、人権を主張することは贅沢なのだろうか。だとしたら、その「贅沢」をもっと公正に分配するには……」(当日のレジュメから引用)と結んだ。

後半は島村輝氏のコーディネートによる「『蟹工船』の広がりと深まり」というミニ・パネルで、各国語の翻訳者の方が一人ずつ登場し、翻訳の苦心や反響などを語ったあと、『蟹工船』冒頭の函館出航の場面を母国語で朗読した。『読売新聞』の記事を借りると、「ノルウェー語やスペイン語、フランス語などに訳された蟹工船は、異国の風景を思い起こさせるような響きを持ち、楽しそうに聞いていた聴講者が大きな拍手を送っていた」(二月二四日)。翻訳者を中心に一〇名の方が壇上に並ぶ姿は壮観で、多喜二文学の世界性を鮮明に印象づけるものとなった。入場者は例年の「多喜二祭」を越えて、四〇〇名にのぼった。

新たな多喜二研究へ

客観的にみれば、この小樽シンポジウムは過去四回のシンポジウムの締めくくりとなったといえるが、私自身も含め、すべての参加者にとって、ここが新たな多喜二研究の出発点になったという印象が強いといってよいであろう。はたして次回のシンポジウムが開催されるかどうかも未定だが、確実に多喜二研究は小樽シンポジウムの成果と刺激を糧として次の段階に踏み出していくはずである。

最後に、これまでの多喜二研究を築いてこられた方々、今回のシンポジウムに参加された研究者・一般市民の方々、そしてシンポジウムの準備・運営を献身的に進めていただいた小樽商大の皆さんに心からお礼を申しあげる。

(『治安維持法と現代』二〇一二年春号掲載)

発表者プロフィール

①生　年　　②現職（シンポジウム開催時）　　③主要著作・論文

ノーマ・フィールド

①1947年　②シカゴ大学教授　③『源氏物語、〈あこがれ〉の輝き』（1987、みすず書房2009）／『天皇の逝く国で』（みすず書房、1994　増補版2011）、『祖母の国』（みすず書房、2000）／『小林多喜二――21世紀にどう読むか』（岩波新書、2009）

ファリエーロ・サーリス

①1967年　② Italian language teacher（渋谷日伊学院）; Italian lecturer（桜美林大学）; Culture writer for "Eco, l'educazione sostenibile" monthly magazine;　③ Essay: World in a box: some remarks on Japanese haiku (with a translation of 72 Japanese haiku). In: "Biblioteca della storia delle civiltà: l'Oriente", ed. Araba Fenice, Cuneo, 1992. / Essay: The sin to be different (with translation and critic introduction of short novel Uma no ashi, by Akutagawa Ryûnosuke). In: "La Sfida" monthly magazine, I, 1, 1997, pp.19-21. / Translation and editing of the novel Kani Kôsen, by Kobayashi Takiji, with introduction, critical comment and notes, ed. Tirrenia Stampatori, Torino, 2006. / Essay on Modern Japanese Literature: Il giallo come nostalgia: i torimonochô di Okamoto Kidô (The Mystery Novel as Nostalgia: Okamoto Kidô's Torimonochô). In: Noir, giallo, thriller: orme critiche e tracce di genere, ed. Valeria Gianolio, vol. 3, pp. 90-112, Tirrenia Stampatori, Torino, 2010. / Article: Disaster, media and acquiescence: Japan at a crossroads, in "Eco, l'educazione sostenibile" monthly magazine, n.5, may-june 2011, 20-22.

エヴリン・オドリ

①1975年　②フランス国立東洋言語文化学院(INALCO)助教　③徳永直著『Le Quartier sans soleil』(太陽のない町)の解説、Yago出版、2011年9月 / 「小林多喜二とロマン・ロラン―反戦・国際主義の文学を求めて」、ロマン・ロラン研究所紀要『ユニテ』、38号、2011年4月 / 「L'auteur, parodie du texte; Sei Shônagon dans les récits médiévaux」(作品のパロディとしての作者像―中世説話における清少納言)、国際基督教大学　アジア文化研究所　紀要『アジア文化研究』　別冊、2011年1月 / 小林多喜二著『Le Bateau-usine』(蟹工船)の翻訳および解説、Yago出版、2009年10月

マグネ・トリング

①1978年　②翻訳者　③小林多喜二著「蟹工船」のノルウェー語訳 "Krabbeskipet" (2010年) / 村上春樹著「スプートニクの恋人」のノルウェー語訳"Elskede Sputnik" (2010年) / 金原ひとみ著「蛇にピアス」のノルウェー語訳"Slanger, piercing" (2006年) / 大場つぐみ、小畑健作「デスノート」(まんが)のノルウェー語訳"Death Note" (2008年)

ジョルディ・ジュステ

① 1968年　② JusteOno Language & Communication Universitat Oberta de Catalunya (カタルーニャ公立通信大学) 講師 / スペイン紙 El Periódico de Catalunya 記者　③論文 – Cuatro constantes temáticas de Vargas Llosa en El Paraíso en la otra esquina. (Cuadernos CANELA, 2004) / – Los animales en las novelas de Baltasar Porcel. (Cuadernos CANELA, 2005) / – Persuasión bajo la línea de flotación. Investigaciones sobre la vía heurística en los medios de comunicación. (Anàlisi 40, 2010) (共同) / 翻訳 – La música os hará libres.(音楽は自由にする/坂本龍一) (ALTAÏR, 2011) (共同)

小野　志津子

① 1965年　② JusteOno Language & Communication　③ 翻訳 - Cosas por las que llorar cien veces.(百回泣くこと/中村航) (Editorial Planeta, 2010) (共同) / - La música os hará libres.(音楽は自由にする/坂本龍一) (ALTAÏR, 2011) (共同)

梁　喜辰

①1968年　②中央大学大学院　文学研究科　博士後期過程　③『씁씁함보다 더 큰 힘이 어디 있으랴』(芥川龍之介小説集)韓国語訳　文波浪／『게공선』(蟹工船)韓国語訳　文波浪、「小林多喜二『蟹工船』の「集団描写」—日本自然主義との関係から」、『中央大学大学院研究年報』(文学研究科編)39号

高橋　純

①1949年　②小樽商科大学言語センター教授　③「『ユマニテ』紙の小林多喜二追悼記事」小樽商科大学言語センター広報、17号、2009年／「多喜二とロマン·ロラン:伝説の〈事実〉と〈真実〉」小樽商科大学『人文研究』118輯、2009年／＜Une rencontre : Romain Rolland et Takiji Kobayashi＞Cahiers de Breves, No. 25-Juillet 2010／「ロマン·ロランと『赤旗(せっき)』の「訴え」(1932年7月20日)」小樽商科大学言語センター広報、19号、2011年

嘉瀬　達男

①1965年　②小樽商科大学言語センター准教授　③(翻訳)張承志「墨濃けれども語れず」:『藍』(藍文学会)2001 年第 3·4 期／(翻訳)張承志「正午のカシュガル」:『藍』(藍文学会)2002 年第1期／(翻訳)王元化「思辯随筆」:『王元化著作集II』(岡村繁主編)、汲古書院、2008

ヘザー・ボーウェン＝ストライク

①1971年　②ロヨラ大学、講師　③"Streets of Promise, Streets of Sorrow: Kobayashi Takiji and the Proletarian Movement," Japanese Studies, journal of the Japanese Studies Association of Australia, edited by Vera Mackie, Vol. 31, No. 3, December 2011.／「クールジャパンがなくしたこと、見つかったこと」(Lost and Found in 'Cool Japan'), in「日本的想像力の未来~クール·ジャパノロジーの可能性」(The Futures of Japanese Creative Power: The Possibilities of Cool Japanology) (NHK Books: 2010).／"Sexing class: 'The Prostitute' in Japanese proletarian literature,"Gender and Labour in Japan and Korea, edited by Ruth Barraclough and Elyssa Faisson (Routledge Press: London and New York, 2009).

秦　剛

①1968年　②北京外国語大学　北京日本学研究センター　副教授　③芥川龍之介と谷崎潤一郎の中国表象――〈支那趣味〉言説を批判する『支那游記』(『国語と国文学』、2006年11月) / 一九二九年に交差する歴史と表象――小林多喜二『蟹工船』と宮崎駿『紅の豚』をめぐって(『2008年オックスフォード小林多喜二記念シンポジウム論文集　多喜二の視点から見た〈身体〉〈地域〉〈教育〉』、小樽商科大学出版会、2009年2月 / 罐装了现代资本主义的《蟹工船》(《读书》2009年6月) / 宮崎駿『千と千尋の神隠し』の物語の深層――国民的ファンタジーの想像力を支える歴史と記憶 (『サブカルで読むナショナリズム――可視化されるアイデンティティ』、青弓社、2010年11月)

サミュエル・ペリー

①1969年　②Brown University　③"Korean as Proletarian: Ethnicity and Identity in Chang Hyŏk-chu's 'Hell of the Starving.'" Positions: East Asia Cultures Critique, 14(2) (Duke University Press, 2006) / Translator, From Wonso Pond, by Kang Kyŏng-ae (New York: The Feminist Press, 2009) / Translator, "White and Purple," by Sata Ineko (Winner of the 2010 William F. Sibley Memorial Translation Prize in Japanese Literature).

Željko Cipriš (ジェリコ・ツィプリッシュ)

①1952年　②パシフィック大学准教授　③Radiant Carnage: Japanese Writers on the War Against China (コロンビア大学博士論文、1994) / Soldiers Alive (石川 達三の生きている兵隊の英訳、ハワイ大学出版部 2003) / A Flock of Swirling Crows and Other Proletarian Writings (黒島伝治の渦巻ける烏の群、武装せる市街その他の英訳、ハワイ大学出版部 2005) / The Crab Cannery Ship and Other Novels of Struggle (小林 多喜二の蟹工船、安子、党生活者の英訳、ハワイ大学出版部 2012)

今西　一

①1948年　②小樽商科大学商学部教授　③『近代日本の差別と村落』(雄山閣) / 『近代日本の差別と性文化』(同) / 『文明開化と差別』(吉川弘文館) / 『遊女の社会史』(有志舎)

島村　輝

①1957年　②フェリス女学院大学文学部教授　③『読むための理論』（共著、世織書房、1991年）／『臨界の近代日本文学』（単著、世織書房、1999年）／『「文学」としての小林多喜二』（共編共著、至文堂、2006年）／DVD版「小林多喜二　草稿ノート・直筆原稿」（2011年、雄松堂　刊行委員会代表）。

高橋　秀晴

①1957年　②秋田県立大学教授　③『七つの心象／近代作家とふるさと秋田』（秋田魁新報社、2006年）／『秋田近代小説そぞろ歩き』（秋田魁新報社、2010年）／『出版の魂／新潮社をつくった男・佐藤義亮』（牧野出版、2010年）

尾西　康充

①1967年　②三重大学人文学部教授　③『北村透谷論―近代ナショナリズムの潮流の中で』（明治書院、1998年）／『北村透谷研究―〈内部生命〉と近代日本キリスト教』（双文社出版、2006年）／『田村泰次郎の戦争文学―中国山西省の従軍体験から』（笠間書院、2008年）／『「或る女」とアメリカ体験―有島武郎の理想と叛逆』（岩波書店、2012年）

神村　和美

①1976年　②東京学芸大学　日本語学・日本文学講座　助手　③「言説の彼方・空白の力―「救援ニュース№18」を中心に―（2008年オックスフォード小林多喜二記念シンポジウム論文集、2009年）／一九四九年「蘭眸帖」―多喜二祭の点景と中野重治―（『社会文学』、2010年）／「小林多喜二　直筆原稿　草稿DVD」（2011年）／解題の執筆に参加、小林多喜二の反戦思想と二十一世紀の〈反戦〉〈平和〉（多喜二奪還事件80周年記念論文集、2011年）

山﨑　眞紀子

①1961年　②札幌大学教授　③『田村俊子の世界』（彩流社、2005年）／『村上春樹の本文改稿研究』（若草書房、2008年）／共著:『大正女性文学論』〈翰林書房、2010年）／『国文科へ行こう!』（明治書院、2011年）

鳥木　圭太

①1980年　②立命館大学大学院研究生　③「怒りという感情の生成——中野重治「万年大學生の作者に」について」（『論究日本文學』立命館大学日本文学会発行第89号、2008年）／「リアリズムと身体——「党生活者」を起点として」（『2008年オックスフォード小林多喜二記念シンポジウム論文集　多喜二の視点から見た身体　地域教育』、小樽商科大学出版会、2009年）／「プロレタリア文学における「ままならぬ身体」—葉山嘉樹「淫売婦」を起点として」（『生存学』立命館大学生存学研究センター、4号、2011年）

楜沢　健

①1966年　②早稲田大学非常勤講師　③『だからプロレタリア文学』（勉誠出版、2010年）／『だから、鶴彬』（春陽堂書店、2011年）／論文「『独房』の落書き」「葉山嘉樹とシュルレアリスム」

荻野　富士夫

①1953年　②小樽商科大学教授　③『特高警察体制史』（せきた書房、1988年）／『思想検事』（岩波書店、2000年）／『戦前文部省の治安機能』（校倉書房、2007年）／『多喜二の時代から見えてくるもの』（新日本出版社、2009年）／『特高警察』（岩波書店、2012年）

多喜二の文学、世界へ

2012小樽小林多喜二国際シンポジウム報告集

2013年3月31日発行　第1刷発行

編　者＝荻野　富士夫
発行者＝山本　眞樹夫
発行所＝国立大学法人小樽商科大学出版会
〒047-8501　小樽市緑3丁目5番21号
電　話　0134-27-5271　　FAX　0134-27-5278
http://www.otaru-uc.ac.jp/htosho1/shupankai/
発売元＝株式会社　紀伊國屋書店
http://www.kinokuniya.co.jp/

定　価＝本体 2,000円＋税
ISBN 978-4-87738-416-6 C3095 ¥2000E